KNAUR

Über die Autorin:
Dana S. Eliott ist das Pseudonym für die beiden aus Ostwestfalen stammenden Autorinnen Sandra Dageroth und Diana Kruhl. Seit die beiden sich 1996 kennenlernten und beschlossen, ihr Hobby gemeinsam auszuleben, sind bereits mehrere Science-Fiction- und Fantasy-Romane entstanden. Doch erst mit dem jüngsten, »Taberna Libraria: Die Magische Schriftrolle«, haben sie sich an die Öffentlichkeit gewagt.
Mehr Informationen unter http://magischeschriftrolle.jimdo.com/

DANA S. ELIOTT

Taberna Libraria

Die Magische Schriftrolle

Roman

Wenn Ihnen dieser Roman gefallen hat, empfehlen wir Ihnen gerne
weiteren spannenden Lesestoff – schicken Sie einfach eine E-Mail
mit dem Stichwort »Taberna Libraria« an fantasy@droemer-knaur.de

Besuchen Sie uns im Internet:
www.knaur.de

Originalausgabe Dezember 2013
Knaur Taschenbuch
© 2013 Knaur Taschenbuch
Ein Unternehmen der Droemerschen Verlagsanstalt
Th. Knaur Nachf. GmbH & Co. KG, München
Alle Rechte vorbehalten. Das Werk darf – auch teilweise –
nur mit Genehmigung des Verlags wiedergegeben werden.
Redaktion: Maren Ziegler
Umschlaggestaltung: ZERO Werbeagentur, München
Umschlagabbildung: FinePic®, München
Satz: Adobe InDesign im Verlag
Druck und Bindung: CPI books GmbH, Leck
ISBN 978-3-426-51438-2

2 4 5 3 1

*Dieses Buch ist allen unseren Lesern gewidmet,
unseren Freunden und unseren Familien.
Durch euch sind wir das, was wir sind!*

Prolog

In den Gängen des unterirdischen Labyrinths herrschte vollkommene Stille. Nichts existierte, das die Anwesenheit eines lebendigen Wesens hätte vermuten lassen. Im matten Licht vereinzelter Kerzen türmten sich dunkle, rohgezimmerte Kisten an den feuchten Wänden. Einige wenige waren sorgfältig bearbeitet worden. Sie besaßen verzierte goldene Schlösser und kunstvoll geschmiedete Bänder. Ihr Inhalt war zu kostbar, um ihn in einfachen Behältnissen zu lagern.

So leblos, wie es zuerst scheinen mochte, war es hier unten jedoch nicht. In einer kleinen Kammer am Ende eines schmalen Tunnels brannte eine Kerze. Ihr mattes Licht fiel auf einen niedrigen Schreibtisch, der mit Pergamenten und versiegelten Schriftrollen bedeckt war. Ein kleines Tintenfass und mehrere Schreibfedern waren so dicht an die obere Kante gerückt, als hätten sie beschlossen, sich gemeinsam in die Tiefe zu stürzen.

Eine Gestalt saß tief über den Tisch gebeugt und schrieb.

Feine, verschnörkelte Buchstaben und sorgfältig ausgeführte Zahlen bedeckten bereits die Hälfte des Blattes, als die Kerzenflamme in der kühlen Luft jäh aufloderte. Ihr Feuer leckte am dürren Docht, bis es beinahe fünfmal so hoch reichte wie zuvor.

Erschrocken fuhr die Gestalt hoch und ließ die Feder fallen. Schwarze Tinte bespritzte das angefangene Pergament und hinterließ hässliche, spinnenförmige Flecken.

Gleichzeitig zerriss die Stille.

Ein tiefes Brummen erfüllte den gesamten Raum und schien alles gleichermaßen zu erfassen – den Stein der Wände und des Bodens, den Schreibtisch und die Schriftrollen. Sogar den Schreiber selbst, der das Vibrieren bis tief in seine Knochen spürte.

Das Brummen wurde lauter und höher, schwoll an und ab. Zuerst nur langsam, dann schneller und unkontrollierter. Der Boden begann deutlich zu beben, die Fächer des Schreibtischs klapperten.

»Hallo?« Der Schreiber versuchte, seine Stimme über das weiter ansteigende Summen zu erheben. »Ist hier jemand?«

Klirrend zerbarst das Tintenfass auf den Steinen unter dem Tisch, und die Federkiele schwebten auf die vibrierende Tintenlache.

»Was soll das?« Der verwirrte Schreiber zog sich an die Wand neben der Tür zurück. Die fest an ihrem Platz verankerte Kerze brannte noch immer so hell, als zöge sie ihre Kraft nicht aus dem Wachs allein.

Was ging hier vor?

Wenn Veron und Amber dahinterstecken, können sie etwas erleben, fuhr es dem Schreiber durch den Kopf. *Dagegen wird ihnen das Aufrollen der* Endlosen Papyri von Samrod *wie Urlaub vorkommen.*

Oder das Putzen der Glaskuppel.

Doch als mit einem Mal ein blaues Licht durch den Teppich vor dem Schreibtisch drang, begriff er.

Hastig stürzte er vor und zog den Läufer mit einem Ruck zurück.

Auf dem alten, ausgetretenen Stein darunter kamen die glühenden Umrisse eines komplizierten Symbols, einem

Drudenfuß ähnlich, zum Vorschein. Das Leuchten wurde heller und heller, bis es in einem blauen Blitz an die Decke schoss. Der vormals dumpfe Ton hatte ebenfalls seinen Höhepunkt erreicht und glich nun eher einem Jaulen.

Der Schreiber wandte geblendet den Kopf, in einer Hand noch immer den fleckigen Teppich, und kniff die Augen zusammen.

Dann war plötzlich alles wieder still.

Das Licht und der Lärm waren verschwunden. Die Kerzenflamme flackerte wieder so matt, wie sie es zuvor getan hatte.

Langsam öffnete der Schreiber zuerst das eine Auge, dann das andere. Ein Lächeln kerbte sich in seine Mundwinkel, während er die beiden Neuankömmlinge betrachtete, die inmitten des Symbols hockten und ihn aus großen Augen anstarrten.

»Sieht ganz so aus«, sagte er, während er mit klappernden Hufen näher trat und sich an seinen Hörnern kratzte, »als wäre *drüben* wieder geöffnet.«

KAPITEL 1

Woodmoore-by-the-Sea

Ein paar Wochen zuvor

Die schmale Straße zog sich unter dem ausgewaschenen Himmel entlang bis zum Horizont, wo die grauen Wellen des Meeres mit den Wolken verschmolzen. Obwohl es bereits Frühling war, fauchte ein eisiger Wind durch die dürren Äste der Büsche, die wie runzelige Zwerge über den schmalen Grünstreifen wachten, der die Fahrbahn vom Gehweg trennte.

Wer dies für die Hauptstraße von Woodmoore-by-the-Sea hielt, fand das kleine Städtchen ausgesprochen trist und langweilig.

Und in der Tat war die lange, dunkelgraue Linie einmal die Hauptstraße gewesen. Bis der Ort gewandert war. Natürlich bekam keines der Häuser Beine und lief ein Stück, um sich an einem schöneren Platz niederzulassen. Aber trotzdem war Woodmoore mit der Zeit gewandert.

Aus irgendeinem Grund hatte es die Einwohner mehrere Kilometer weiter nach Süden verschlagen, dorthin, wo das flache Küstenland von Wald abgelöst wurde.

Keiner konnte genau sagen, wie es eigentlich dazu gekommen war. Einige führten es auf die ehemalige Landteilung zurück, andere auf das plötzliche Wachstum des südlichen Ortsteils vor gut 200 Jahren.

Und so zog sich eine unscheinbare Nebenstraße von der ehemaligen Hauptstraße direkt bis in das Zentrum von Woodmoore. Und alle, die dort lebten, bezeichneten diese Straße, die den Namen Hazel Alley trug, als ihre Hauptstraße.

Die *richtige* Hauptstraße, an der auch ihr Hotel lag, von dem aus sie zu Fuß aufgebrochen waren.

Trotz des finsteren Wetters herrschte in Woodmoores Straßen geschäftiges Treiben. Mr Burrows, dem das *Alley Inn* gehörte, stand vor seinem Pub und grüßte die vorbeischlendernden Leute, während er die bunten Glasfenster seiner Kneipe schrubbte. Er rühmte sich stets damit, jeden in Woodmoore zu kennen – ungeachtet dessen, dass dies bei über 10 000 Seelen äußerst unwahrscheinlich war.

Die zwei jungen Frauen, die, in dicke Mäntel gehüllt, ihre Schals bis zur Nase gezogen, auf ihn zukamen, kannte er nicht. Er bedachte sie mit einem freundlichen, aber distanzierten Lächeln.

Die kleinere und schmalere der beiden blieb vor ihm stehen. »Wuwuwuhuhmmm?«

Burrows hob die Brauen und ließ den Lappen sinken. »Wie bitte?«

Die junge Frau sah ihn einen Moment lang irritiert an. Sie hatte große graue Augen und kurze, offenbar schwarz gefärbte Haare, die vom Wind zerzaust waren. Dann hellte sich ihr Gesicht auf. Sie zog den Schal bis zum Kinn herunter. Blasse Sommersprossen zierten ihre Stupsnase. »Verzeihen Sie bitte«, kicherte sie, »können Sie uns vielleicht sagen, wie wir zum Buchladen in der Birch Street kommen?«

Burrows' Brauen wanderten weiter in Richtung seines

Haaransatzes. »Die übernächste Straße links ist die Birch Street. Aber da gibt es keinen Buchladen.«

Die junge Frau zwinkerte verschwörerisch.

»Es gibt *noch* keinen.« Sie nickte ihm zu. »Herzlichen Dank, Mister.«

Gemeinsam gingen die beiden jungen Frauen weiter. Als sie außer Hörweite waren, traf ein leichter Stoß die Schulter der Schwarzhaarigen. »Das war vorhin nicht ganz richtig, Corrie.«

»Was genau?« Corrie bedachte ihre Begleiterin mit einem leichten Stirnrunzeln.

»Du hast gesagt, dass es *noch* keinen Buchladen gäbe.«

»Und?«

»Es gibt dort vielleicht bald *wieder* einen.«

Corrie schnitt eine tadelnde Grimasse. »Deine Haarspaltereien immer, Silvana.«

Ihre Begleiterin zuckte die Achseln. Die beiden Freundinnen waren gemeinsam nach Woodmoore gekommen, um einen Traum zu verwirklichen – ihren eigenen Buchladen. Durch eine Anzeige in der *Times* waren sie auf ein mögliches Objekt aufmerksam geworden, hatten für den heutigen Nachmittag einen Termin mit dem Makler ausgemacht und eine Übernachtung im *Woody Inn,* Woodmoores augenscheinlich größtem Hotel, gebucht.

Allerdings hatte Silvana schon auf dem Weg erste Bedenken geäußert. Woodmoore sei gerade mal ein besseres Dorf und läge viel zu abgeschieden. Selbst das Navigationsgerät hatte irgendwann aufgegeben. Die Seitenstraße, die sie schließlich hierhergeführt hatte, hatten sie mehr aus Zufall entdeckt.

Corrie hatte sich jedoch nicht beirren lassen. Sie wollte

das Haus auf jeden Fall einmal ansehen und sich erst danach um örtliche Gegebenheiten kümmern.

Der Makler, Joseph Hesekiel Watson, wartete bereits vor dem Haus und winkte enthusiastisch mit ausgestrecktem Arm, als die beiden gerade in das obere Ende der Birch Street einbogen. Er schien sich seiner Sache entweder sehr sicher zu sein oder versuchte durch einen fröhlichen Redeschwall von den Mängeln des Objekts abzulenken.

Silvana tippte auf Letzteres, jetzt, wo sie das Haus in natura sah.

»Was für eine Freude, endlich Ihre persönliche Bekanntschaft zu machen!«, rief Watson etwas zu begeistert. Fröhlich schüttelte er ihnen so heftig die Hände, dass beide das Gefühl hatten, noch mehr durchgerüttelt zu werden als auf der Fahrt nach Woodmoore. »Sie haben sich da für ein wirkliches Prachtstück entschieden. Ein Schnäppchen, wie Sie es kein zweites Mal in England finden werden!«

Silvana krauste zweifelnd die Nase und ließ ihren Blick die Fassade des Ladens emporgleiten, während sie sich eine rote Strähne aus der Stirn strich.

Das Haus war zwei Stockwerke hoch, hatte eine weiß getünchte Fassade, die stellenweise rußgeschwärzt war, und schiefergraue, moosbewachsene Dachpfannen. Die Stuckeinfassungen der Fenster und der Tür waren in einem dunklen, hier und da bereits abblätternden Tannengrün gestrichen worden, ebenso die drei Stufen, die zur Eingangstür führten. Die Treppe wurde von zwei kindsgroßen Wasserspeiern mit auf dem Rücken gefalteten Flügeln und großen, abstehenden Ohren flankiert. Zwei weitere, wenn auch deutlich kleinere Exemplare hingen über dem Eingang.

»*Hat der Trottel endlich jemanden gefunden.*«

»*Wäre zu schön, um wahr zu sein.*«

Irritiert wandte Silvana den Kopf zu beiden Seiten. Wer hatte da gesprochen?

»Stimmt etwas nicht, Silvana?« Corrie sah von dem Grundrissplan auf, den Watson ihr unter die Nase hielt, und runzelte die Stirn.

»*Die beiden gefallen mir.*«

»Ich dachte, ich hätte etwas gehört.« Silvana zuckte die Achseln und lächelte. »War bestimmt nur der Wind in den Ästen.«

»*Was hat sie gesagt?*«

»*Halt die Klappe, Snick!*«

»*Kann sie uns hören?*«

Silvanas Blick wanderte suchend über die Straße und die Fassade des Hauses. Woher kamen diese flüsternden Stimmen? Und warum hörte Corrie sie nicht?

Silvana schüttelte den Kopf. Nur eine Tasse Kaffee am Morgen war eindeutig keine gute Entscheidung gewesen.

Sie hätte wenigstens noch eine zweite trinken sollen.

Hinter ihr klatschte Watson voller Tatendrang in die Hände und zog einen Schlüsselbund aus der Tasche, an dem eine Art Kristallkugel hing. »Dann zeige ich Ihnen beiden das Schmuckstück mal von innen, oder?«

Corrie hielt ihm die Hand hin. »Dürfte ich, Mr Watson? Ich denke, der erste Schritt über die Schwelle gebührt den potenziellen Besitzern.«

Silvana war vorsichtig an die Wasserspeier herangetreten und betrachtete sie eingehend. »Denkst du wirklich, dass dies der richtige Laden für uns sein könnte?«, fragte sie über die Schulter.

»*Die ist aber mal skeptisch!*«

»*Halt doch die Klappe, Snick!*«

Eine tiefe Falte bildete sich über Silvanas Nasenwurzel. Hier vorne waren die Stimmen eindeutig lauter. Aber das konnte nicht sein. Nicht nach so langer Zeit!

Corrie klopfte ihr freundschaftlich auf die Schulter und hielt die Schlüssel triumphierend hoch. Die grauen Wolken des Himmels spiegelten sich in der glatten Oberfläche der Kugel. »Magst du die Gargoyles etwa nicht?«

»*Sie weiß, dass wir Gargoyles sind! Fantastisch!*«

»*Snick!*«

»Schon«, erwiderte Silvana zögernd und fuhr mit den Fingern über die gefalteten Steinflügel des linken Wasserspeiers. »Besonders den hier mit seinem Ziegenbärtchen.«

»*Hey, die Dame hat Geschmack!*«

»*Fang du nicht auch noch an, Claw!*«

»Wo ist dann das ›Aber‹?«, wollte Corrie wissen.

Silvana seufzte unhörbar. Vergangene Bilder huschten in Sekundenschnelle an ihrem inneren Auge vorbei. Von den Fresken am Haus ihrer Eltern und den Grotesken an der kleinen Kirche ihres Heimatdorfes. »Ich bin mir nur nicht ganz sicher, ob …«

Watson unterbrach Silvana, indem er den beiden Frauen schwungvoll die Arme um die Schultern legte und sie die Treppe hinauf zum Eingang schob. »Bitte sehr, Ms Vaughn«, verkündete er mit scheppernder Stimme, »walten Sie Ihres Amtes als Schlüsselmeisterin!«

Corrie warf ihrer Freundin ein aufmunterndes Lächeln zu, dann schob sie den Schlüssel in das Schloss. Zu ihrem Erstaunen ließ er sich leicht und geräuschlos drehen. Die

Tür hingegen quietschte und knarrte gewaltig, als sie langsam aufschwang.

»Gehört eindeutig mal geölt«, bemerkte Corrie und ließ ihren Blick neugierig über das Innere des Ladens schweifen, das sich vor ihr ausbreitete. »So weiß man aber wenigstens immer, wann jemand den Laden betritt«, erwiderte Silvana und reckte ebenfalls den Hals. »Sicher«, nickte Corrie. »Und halb Woodmoore weiß es ebenfalls.«

Watson schob die beiden Frauen mit sanftem Druck weiter in den Raum hinein. »Von hier draußen können Sie ja gar nichts sehen. Oder gibt es einen magischen Bann, der Sie daran hindert, diese Perle weiter in Augenschein zu nehmen?« Er lachte, aber es klang in Silvanas Ohren ein wenig künstlich. So, als wisse er bereits um die Pointe seines Witzes. Für einen kurzen Moment legte sie den Kopf schief und lauschte, aber diesmal hörte sie keine Stimmen.

Corrie ignorierte Watson und drehte sich einmal um ihre eigene Achse. »Und, Silvie, was meinst du?«

Silvana ließ ihren Blick aufmerksam durch den Raum wandern. Der Boden bestand aus dunklem Parkett, auf dem sich eine dicke Schicht Staub gesammelt hatte. Rechts und links an den Wänden reihten sich leere Regale aus ebenfalls dunklem Holz. Zwei Regalreihen waren mit einigem Abstand zueinander mitten im Raum aufgebaut worden. Zwischen ihnen stand ein breiter Tresen, der einer Kasse und einer Einpackstation für Geschenke Platz bot. Er war mit einem hüfthoch umlaufenden Holzgatter vom Rest des Verkaufsraumes abgetrennt, damit sich auch kein Kunde dahinter verlaufen konnte. An der Rückseite der Regalreihen führte eine Holztreppe zu einer Galerie, die sich über die gesamte rechte und die Stirnseite der Buchhandlung erstreckte und von der aus man die Räume im Obergeschoss betreten konnte. Der Laden erweckte den Eindruck eines Miniaturherrenhauses. Mit entsprechendem Einsatz konnte er sicherlich zu einem gemütlichen Ort werden. Der Gedanke an das *Dörfchen* Woodmoore jedoch bremste Silvanas Begeisterung. Mit Blick auf den Makler murrte sie: »Sah in der Anzeige irgendwie freundlicher aus. Nicht ganz so … ungepflegt.«

Corrie nickte verständnisvoll, während hinter ihr Mr Watson empört die Fäuste in die Hüfte stemmte. »Die letzten fünf Jahre lang hat regelmäßig jemand nach dem Rechten geschaut!«

»Nur nicht gewischt, fürchte ich«, erwiderte Silvana und begann langsam durch den Raum zu schlendern, wobei sich ihre Fußabdrücke zu den im Staub bereits vorhandenen gesellten. Corrie folgte ihr. Mr Watson blieb an der Eingangstür zurück.

»Und? Was denkst du wirklich?« Corrie versetzte ihrer Freundin einen spielerischen Stoß in die Rippen und blies sich eine schwarze Strähne aus der Stirn, als sie weit genug vom Makler entfernt waren. »Ist doch gar nicht übel, oder?«

Silvana stolperte zur Seite und musste sich an einem der Regalbretter festhalten. Ihre Finger hinterließen deutliche Abdrücke. »Auf jeden Fall gibt es hier eine Menge zu tun.« Sie wischte sich ihre Hände an der Jeans ab.

»Das lässt uns mehr Raum für eigene Vorstellungen«, konterte Corrie und drückte prüfend die Klinke der Tür am Ende des Raumes. Diese schwang nach innen auf und gab den Blick auf eine Küche frei, in der sich offensichtlich ebenso lange niemand mehr aufgehalten hatte wie im Rest des Ladens. Mit einem Laut, der halb Überraschung, halb Abscheu zum Ausdruck brachte, taumelte Corrie zurück und prallte gegen Silvana. »Geh da besser nicht rein«, riet sie ihrer Freundin und verzog das Gesicht.

Silvana spähte über Corries Schulter in den Raum hinein. »Das ist wirklich mal … außerordentlich.« Trotz des Staubes und der Spinnweben war die Farbe der Küchenschränke deutlich zu erkennen: Sie waren altrosa.

»Außerordentlich, ja«, stimmte Corrie zu und zog die Tür hastig wieder hinter sich zu. »Außerordentlich scheußlich! Meine Tante hätte ihre wahre Freude daran.«

»Könnte nahtlos mit ihrem Wohnzimmerteppich verschmelzen«, nickte Silvana ernst, bevor sie finster zu grinsen begann. »Aber sie könnte dir garantiert mit gleichfarbigem Geschirr aushelfen.«

Corrie schüttelte abwehrend den Kopf und ging zur Tür links neben der Küche. Auch diese war nicht verschlossen.

»Schätze, hier wird mal ausgepackt worden sein«, stellte Silvana nach einem raschen Blick auf die leeren Regale und den klapprigen Tisch unter dem blinden Fenster fest.

»Absolut perfekt für ein Büro.« Corrie strahlte. Allerdings nur solange sie Mr Watson den Rücken kehrte. »Genug Platz für einen PC, einen Stuhl und die Ordner für die Buchhaltung und das Bestellwesen.«

Silvana schaute ihre Freundin nachdenklich an. »Wenn du das sagst.«

Corries Blick wanderte zu der Empore und der Treppe, neben der sie standen. »Nach oben?« Noch bevor Silvana ihr antworten konnte, hatte sich Corrie bereits an Mr Watson gewandt. »Wir würden uns gerne noch oben umsehen. Kommen Sie mit?«

Der Makler warf einen Blick aus dem Schaufenster und schürzte dann die Lippen. »Ich warte hier unten auf Sie. Nutzen Sie das Sonnenlicht, solange es noch da ist. Der Strom ist abgestellt, bis wieder jemand hier einzieht.«

»Dann verlieren wir besser keine Zeit, was, Silvie?« Corrie zog ihre Freundin die Stufen empor, die unter ihren Schritten laut knarrten.

»Und die halten auch?«, fragte Silvana argwöhnisch.

»Massive englische Eichenbalken«, erwiderte der Makler und klang dabei leicht beleidigt.

Corrie hatte bereits den passenden Schlüssel für die erste Tür auf der Empore gefunden. »Ich finde das alles ziemlich spannend«, bemerkte sie mit leuchtenden Augen.

Silvana schüttelte lächelnd den Kopf. »So viel Enthusiasmus hast du bei den anderen Häusern nicht gezeigt. Was findest du bloß an diesem alten Kasten so besonders?«

»Weiß ich auch nicht«, gestand ihre Freundin und stieß die Tür auf. Dahinter lag ein schmaler, langgezogener Raum. Durch die beiden Fenster fiel graues Zwielicht auf eine Hügellandschaft aus Bettlaken. »Was da wohl drunter ist?«, überlegte Silvana laut und ließ ihren Blick über die verhüllten Gegenstände schweifen.

Corrie hob das Laken rechts von ihnen an, spähte kurz darunter und ließ es erschrocken wieder fallen.

Silvana sah ihre Freundin fragend an. »Und?«

»Nichts für dich.«

»Weil?«

»Totes Tier.«

»Wirklich?«

Corrie zuckte die Achseln. »Schau doch selbst.«

Silvana warf ihrer Freundin noch einen abschätzenden

Blick zu, dann zog sie das Laken herunter. »Ach herrje«, entfuhr es ihr. Unter dem Laken war ein seltsamer, grau-weißer Greifvogel mit wilden, roten Glasaugen und einem weit geöffneten, *gezahnten* Schnabel zum Vorschein gekommen. In seinen Fängen hing ein totes Kaninchen. »Das ist ja mal echt ...«

»... skurril«, schlug Corrie vor.

Silvana wandte sich dem nächsten Laken zu, unter dem sich etwas Größeres befand.

»Also dann«, sagte sie und enthüllte mit einem Ruck, was das Laken vor ihnen verborgen hielt.

Corrie schlug fasziniert die Hände vor den Mund. »Das ist ja niedlich!« Vor ihr, auf einem polierten Tisch aus rötlichem Holz, hockte ein wolliger, beiger Hase von der Größe einer Bulldogge. Auf seinem Kopf thronte ein ausladendes Geweih. »Schau dir mal die Knopfaugen an! Und das Bärtchen!«

»Ein Wolpertinger.« Silvana betrachtete die prächtigen Schwanzfedern des ausgestopften Tieres. »Scheint ein kleines Kuriositätenkabinett zu sein hier oben.«

Sie sah aus dem Fenster. »Es wird langsam dunkel. Wenn wir noch einen Blick in die anderen Zimmer werfen wollen, sollten wir weitergehen.«

»Nur noch eins«, bat Corrie. »Ein schnelles.«

Sie sah sich rasch um und deutete dann auf ein übermannshohes Gebilde unter einem extragroßen Betttuch, links neben dem Fenster.

Silvana seufzte. »Also gut. Bitte, die Überraschung gebührt dir.«

Corrie nahm die auf dem Boden liegenden Enden des Lakens auf. »Ta-da!«

Silvana hob die Brauen. »Wow!«

Unter dem Tuch war ein großer Standspiegel verborgen gewesen. Seine makellose Oberfläche sah aus, als wäre sie gerade erst geputzt worden. Sein Rahmen bestand aus einem grünlichen Metall, vielleicht oxidiertem Kupfer, und schien eine Szene aus dem Garten Eden darzustellen. Links und rechts waren eine Männer- und eine Frauengestalt angeordnet, unter ihnen Gräser und Blüten und über ihnen ein kunstvolles Geflecht aus Ästen und Blättern. Erst auf den zweiten Blick erkannte man, dass lediglich die Frau menschliche Züge hatte. Der Mann hingegen hatte ein pelziges Gesicht und Tatzen anstelle von Füßen. Außerdem wuchs ihm eine Hunderute. Die Szene war so plastisch ausgearbeitet, dass man glauben konnte, die Blätter rauschen und das Gras rascheln zu hören. Eine feine, süß duftende Brise schien durch den Raum zu schweben …

Silvana blinzelte. »Na komm, Corrie, wir müssen uns beeilen.«

Ihre Freundin nickte, wenn auch etwas widerstrebend. »Na gut. Aber ich frage Mr Watson, ob wir den Spiegel behalten könnten – und was sonst noch unter den Tüchern lauert.«

Sie warf einen letzten Blick auf den Spiegel und folgte Silvana, die bereits vor der nächsten Tür stand. Sie warfen aber nur noch kurze Blicke in die übrigen Zimmer – ein großes Badezimmer, zwei weitere Räume, die Corrie spontan zu ihren Schlafräumen erklärte, und einen leeren Gästeraum mit einer Luke in der Decke. Für eine Besichtigung des Dachbodens war es jedoch schon zu dunkel. »Geräumig«, stellte Corrie fest, als sie zu Mr Watson in den halbdunklen Laden zurückgingen. »Und wir sind nah bei unseren Büchern.«

»Aber wenn du während der Öffnungszeiten in deinem Nachthemd ins Bad willst, sieht das halb Woodmoore.«

»Und sie werden vor Neid erblassen«, kicherte Corrie.

»Was du nicht sagst. Ich wollte noch nie rosa Hemden mit weißen Kuschelhasen drauf haben.«

Corrie streckte ihr die Zunge heraus. »Die sind niedlich.«

Mr Watson, der neben der Eingangstür gestanden hatte, kam ihnen entgegen. »Und? Ist alles zu Ihrer Zufriedenheit?«

Corrie wollte bereits zu einer Antwort ansetzen, als ihr Blick auf zwei weitere Türen fiel, die über Eck in einer kleinen Nische angeordnet waren. »Und wohin führen die beiden?«

Watson folgte ihrem Blick. »Die Tür geradeaus führt unter das Carport und zur Garage«, erklärte er bereitwillig. »Die andere – nun, die führt in den Keller.«

»Den würde ich mir gerne noch ansehen!«, verkündete Corrie und klimperte unternehmungslustig mit dem Schlüsselbund.

Watson sah sie konsterniert an. »Aber dort unten ist es doch stockfinster. Ich sagte ja schon, dass es keinen Strom gibt.«

»Kein Problem«, winkte Corrie ab und griff in ihre Manteltasche. Hervor zog sie ein schwarzes Smartphone, auf dem sie kurz herumtippte. »Voilà.« Grinsend zeigte sie dem Makler die kleine, aber kräftig strahlende Lampe am oberen Ende. »Kommst du, Silvie?«

Obwohl Silvana Corries Begeisterung für dieses Haus nicht teilte, zog sie den linken Mundwinkel nach oben. »Klar.«

Corrie sah Watson fragend an. »Sie bleiben wieder hier?« Irgendwie fand sie es ein wenig befremdlich, dass der Makler sie so völlig allein umherwandern ließ. Zwar hatte er ihr am Telefon bereits viel erzählt, aber Corrie hatte schon erwartet, dass er ihnen den Laden zeigen oder zumindest folgen würde. So wie die Maklerin der Wohnung, die sie zusammen mit Silvana in London bezogen hatte. Dass die ihnen nicht auch noch ins Auto gefolgt war, war ein glattes Wunder gewesen.

Watson jedoch neigte nur den Kopf. »Ich warte. Gehen Sie nur.«

Auch Silvana quittierte dieses Verhalten mit einem skeptischen Blick. Ob er hier oben blieb, weil es in diesem Haus doch nicht so ungefährlich war? Verheimlichte er ihnen etwas? Würde ihnen dort unten vielleicht die Decke auf den Kopf fallen?

Sie kam aber nicht mehr dazu, eine entsprechende Frage an ihn zu richten. Corrie war bereits dabei, die Tür zu öffnen.

Es gab ein knarzendes Geräusch, als sie den Schlüssel im Schloss drehte. Als sie die Klinke drückte, gab die Tür nur widerwillig nach, und die Scharniere kreischten wie eine getretene Katze.

Silvana verzog das Gesicht. »Da reicht aber kein Öl mehr.«

»Die müssten neu gemacht werden«, stimmte Corrie zu und richtete die Taschenlampe hinab in den Keller. Ausgetretene Treppenstufen aus massivem Beton schälten sich aus dem Dunkel. Der Geruch von altem Stein und Putz schlug ihnen entgegen.

»Niedrige Decke«, stellte Silvana fest und sog prüfend die kalte Luft ein. »Scheint aber nicht feucht zu sein.«

Corrie nickte nachdenklich und ließ den Strahl des Handys weiterwandern. »Sieht eigentlich ganz okay aus. Keine Risse, nirgendwo was abgebröckelt.«

»Und keine Spinnen«, ergänzte Silvana.

»Die würden mich nicht stören«, erwiderte Corrie und setzte den Fuß auf die erste Stufe. »Schauen wir, was uns weiter unten erwartet.« Vorsichtig ging sie die Treppe hinunter, wobei sie das Smartphone wie eine Wünschelrute hin- und herbewegte. Unten angekommen, drehte sie sich einmal im Kreis. »Ganz schön aufgeräumt.«

Silvana war sich sicher, ein leichtes Bedauern aus der Stimme ihrer Freundin herauszuhören.

»Hast du einen Schatz erwartet?«, fragte sie belustigt.

Corrie leuchtete noch einmal in sämtliche Ecken. »Das nicht. Aber vielleicht doch etwas Interessanteres als nur nackten Beton und ein paar Spinnweben.«

»So müssen wir wenigstens keinen Müll entsorgen«, sagte Silvana und beeilte sich hinzuzufügen: »Falls wir es überhaupt haben wollen.« Schließlich wollte sie Corries Hoffnung nicht schüren, wenn sie selbst noch überhaupt nicht sicher war, ob sie in Woodmoore bleiben wollte – auch wenn ihre beste Freundin dabei war.

Corries Schultern sackten nach unten. »Du hast ja recht.« Sie ließ den Lichtkegel weiterwandern. Vor ihren Augen öffnete sich ein Korridor, in dessen linke Wand drei Türen eingelassen waren. Silvana deutete auf die erste. »Vielleicht ist dahinter ja etwas Spannendes?«

Corrie zuckte verschwörerisch mit den Augenbrauen. »Dann sollten wir wohl einmal nachsehen.«

Außer auseinandergebauten Regalen verbarg sich jedoch nichts dahinter. Die beiden Freundinnen machten sich nicht die Mühe, sie nachzuzählen oder zu schauen, ob sie vollständig waren. Die mittlere Tür klemmte etwas. Als sie quietschend aufsprang, gab sie ein rostiges Metallregal preis. Corrie wollte die Tür bereits wieder schließen, als etwas im untersten Fach das Licht der kleinen Birne reflektierte. »Warte, hier steht etwas!« Mit zwei Schritten stand sie vor dem Regal, bückte sich und griff gespannt nach ihrem Fund.

»Was ist es denn?«, wollte Silvana wissen.

Corrie drehte das Glas in der Hand. »Marmelade.« Sie rümpfte die Nase. »Und laut Einmachdatum fast zehn Jahre alt.«

»Igitt!«, ekelte sich Silvana.

»In der Tat.« Ihre Freundin schob das Glas zurück in die hinterste Regalecke und erhob sich. »Letzter Raum?«

»Klar.«

Als Corrie den Lichtstrahl auf die letzte Tür richtete, sahen die beiden Freundinnen, dass diese in Kopfhöhe mit einem Symbol versehen war.

Corrie betrachtete es voller Interesse. »Sieht aus wie zwei Flügel aus Glas«, stellte sie fest. Als sie es mit dem Finger berührte, spürte sie ein seltsames Kribbeln im Magen. Sie wollte unbedingt wissen, was sich hinter dieser Tür verbarg!

Doch egal, welchen Schlüssel sie probierte, es war keiner am Bund, der passen wollte. Am Ende hielt sie nur ein seltsames, schneckenähnliches Gebilde aus Kupfer in ihren

Händen, das sie zunächst auch für einen Schlüssel gehalten hatte.

Frustriert schob sie die Unterlippe vor. »Das war ja klar. Ausgerechnet die interessanteste Tür bekommen wir nicht auf.«

Silvana legte ihrer Freundin tröstend den Arm um die Schultern. »Na komm, gehen wir wieder hoch. Du kannst ja Mr Watson noch einmal danach fragen.«

Der Makler allerdings, der draußen vor der Tür einen Zigarillo geraucht hatte, hob erstaunt die Brauen, als Corrie ihn bei seiner Rückkehr in den Laden darauf ansprach. »Er ist wirklich nicht mit am Bund? Natürlich sehe ich noch einmal in den Unterlagen nach, aber ich kann mir nur schwer vorstellen, dass er sich gelöst haben könnte.«

Corrie hielt ihm die Schlüssel hin. »Und was hat es mit dieser Kristallkugel und der Kupferschnecke auf sich?«

»Oh, ich habe keine Ahnung.« Watson lächelte entschuldigend. »Vielleicht Glücksbringer?«

»Hat ja offenbar nicht viel genutzt«, murmelte Silvana und blickte vielsagend in die Runde.

Der Makler ließ sich nicht entmutigen. »Nun, vielleicht fehlt einfach noch ein dritter?« Er zwinkerte Corrie zu. »Aller guten Dinge sind doch schließlich drei, oder? Sie könnten ja einen eigenen ergänzen, wenn sie sich für das Haus entscheiden sollten.« Er breitete einladend die Arme aus. »Gefällt es Ihnen denn nun?«

»Ist schon alles nicht so schlecht wie auf den ersten Blick«, antwortete Corrie vage und versuchte dabei, ihre Begeisterung im Zaum zu halten. Schließlich wollte sie sich die Option offenhalten, mit dem Makler zu verhandeln. Und wenn er merkte, dass sie das Haus *um jeden Preis* haben wollte, schmälerte das ihre Erfolgsaussichten ganz erheblich.

»Ich versichere Ihnen, dass Sie hier ein wirklich solides, haltbares und vor allem *besonderes* Schmuckstück erwerben werden. Und lassen Sie sich bitte nicht von Woodmoores erstem Eindruck täuschen. Die Leute hier lesen wirklich sehr gerne und warten schon seit Jahren sehnsüchtig auf eine Neueröffnung. Sie werden sich keine Gedanken um Ihr Einkommen machen müssen. Woodmoore wirkt nur auf den ersten Blick so verschlafen – lernen Sie es kennen, und Sie werden begeistert sein.« Er zwinkerte Corrie erneut vielsagend zu.

»Trotzdem würden wir gerne noch eine Nacht darüber schlafen«, wandte Silvana ein.

Mr Watson neigte verständnisvoll den Kopf. »Aber natürlich. Zwei junge Frauen wie Sie sollten in Ruhe überlegen, ob sie das Abenteuer wagen wollen, das hier auf sie wartet. Da sollte man nicht zu überstürzt handeln. Aber hören Sie auf Ihr Bauchgefühl, wenn ich Ihnen diesen Rat geben darf.« Er streckte die Hand aus, und Corrie gab ihm die Schlüssel wieder. »Ich gehe davon aus, dass Sie mich morgen aufsuchen werden, wenn Sie sich entschieden haben?«, fragte er im Hinausgehen. Draußen waren bereits die Laternen angegangen. Die Sonne war beinahe ganz untergegangen, auch wenn man sie hinter den Wolken ohnehin nicht sehen konnte.

Corrie nickte. »Sobald wir uns einig geworden sind.«

»Sehr schön.« Mr Watson tippte kurz an seine Schläfe. »Ich wünsche noch einen schönen Abend. Das *Woody Inn*, wo Sie vermutlich die Nacht verbringen werden, finden Sie übrigens am schnellsten, wenn Sie jetzt nach links gehen, am Ende der Straße wieder links und dann schräg rechts über den Marktplatz. Ich kann die morgendlichen Pfannkuchen nur empfehlen.« Damit wandte er sich in die entgegengesetzte Richtung, und seine schnellen Schritte verklangen nach und nach in der anbrechenden Dunkelheit.

Corrie wickelte sich ihren Schal fester um den Hals. »Wollen wir dann auch?«

KAPITEL 2

Ein nächtliches Vorkommnis

Und? Findest du immer noch, dass wir zurückfahren sollten?« Corrie hatte sich auf der schmalen Couch in ihrem Hotelzimmer in eine Decke gewickelt und machte sich mit Silvana über ihr Abendbrot her. Die beiden hatten in weiser Voraussicht Proviant aus London mitgebracht – Woodmoores einziger Schnellimbiss, der in einem vorsintflutlich anmutenden Holzverschlag am Marktplatz seinen Sitz hatte, schloss schon am frühen Abend. Und auf die Suche nach einem Restaurant hatten die beiden Freundinnen sich nicht mehr begeben wollen.

So saßen sie vor Brot, Käse, Salami, Tomaten, Gurken, Silberzwiebeln und Schokolade und spülten das Essen mit heißem Pfefferminztee hinunter, den sie dank des Wasserkochers auf dem Zimmer hatten zubereiten können. Eine gute Stunde war es nun her, seit sie sich von Mr Watson verabschiedet hatten. Durchgefroren hatten sie ihr Gepäck in die erste Etage gewuchtet, wo erfreulich durchgeheizte, saubere Zimmer auf sie warteten. Nach einer heißen Dusche hatte Silvana schließlich mit der Reisetasche voll Essen bei Corrie angeklopft.

Gerade zerteilte sie schwungvoll ihr zweites Sandwich in vier kleine Quadrate. »Ich finde, wir sollten nichts überstürzen. Ich glaube nicht, dass wir uns sofort entscheiden müssen.«

»Das vielleicht nicht«, stimmte Corrie zu und angelte nach der Wasserflasche. Der Tee war mittlerweile aufgebraucht, und sie verspürte keine Lust, aufzustehen und neuen zu kochen. »Aber die große Frage ist ja, wie du den Laden überhaupt findest.«

»Im Großen und Ganzen recht nett. Aber es müsste noch eine Menge gemacht werden.«

»Natürlich. Aber er ist bezahlbar, und wir hätten dann noch genug Geld für die Renovierung. Bei der Größe des Verkaufsraums können wir unserer Kreativität freien Lauf lassen.« Corrie lächelte vergnügt. »Außerdem will ich wissen, was sich hinter der Tür im Keller verbirgt.«

Silvana war von der Idee nicht ganz überzeugt. »Das Geld hat dein Vater uns gegeben«, warf sie ein, »müssten wir da nicht mit ihm Rücksprache halten, bevor wir einfach irgendwo in England ein Haus kaufen?«

»Er hat es uns zur freien Verfügung gegeben, damit wir uns damit unseren Traum erfüllen können.« Corrie nahm einen großen Schluck Wasser. »Ich bin der Meinung, dass dieser Laden wirklich Potenzial hat. Allein die Gargoyles vor der Tür sind ein absoluter Blickfang! Ich frage mich wirklich, warum das Haus schon so lange leer steht.«

Vermutlich, weil sich nie jemand freiwillig hierhin verirrt … »Der Laden kann noch so toll sein, wenn ihn nur die paar Leute in diesem *idyllischen* Örtchen sehen.« Die Art, wie Silvana das Wort ›idyllisch‹ aussprach, ließ keinen Zweifel an ihrer Ironie.

»Dann liegt es also an Woodmoore«, stellte Corrie fest und kuschelte sich in die Kissen.

»Ist nicht gerade London oder Edinburgh, oder?«

»Ich glaube auch nicht, dass wir uns dort einen Laden in dieser Größe leisten könnten. Oder überhaupt einen.«

»Es muss doch kein Laden mitten in der Haupteinkaufsstraße sein. Wenn wir entsprechend an unserem Ruf arbeiten, ist es egal, wo wir sind.« Kaum ausgesprochen, bereute Silvana den letzten Satz, denn Corrie nickte vehement.

»Genau das ist der Punkt! Es ist egal, wo wir sind. Die Leute werden massenhaft zu uns strömen, wenn sie erst mal wissen, wie gut wir sind! Dass wir eine gute Auswahl haben und kompetent beraten können. Mal ganz davon abgesehen, dass wir hier absolut konkurrenzlos wären.«

Silvana seufzte. Für mehr als einen Buchladen war dieses Kaff ja auch zu klein. »Corrie, überleg doch mal. Wir haben Woodmoore erst nach einer halben Stunde Wild-in-der-Gegend-Rumkurven gefunden und sind zweimal an dem winzigen Straßenschild vorbeigefahren. Sogar dein Routenplaner hat sich ausgeklinkt!« Sie ahmte die piepsige Elektrostimme nach: »Keine weiteren Daten vorhanden. Bitte wenden.«

»Mein Smartphone ist eben kein vollwertiges Navigationsgerät.« Corrie lächelte zuversichtlich. »Wir müssen halt eine besonders gute Wegbeschreibung ausarbeiten, damit die Kunden zu uns finden.«

»Wir wissen doch nicht mal selber, wo wir sind! Und wie sollen wir die Infos zu den Leuten bekommen? Das kostet auch wieder.«

»Hier wird es ja wohl irgendwo eine Straßenkarte zu kaufen geben, die man als Vorlage benutzen kann. Und dass wir Werbung machen müssen, war von vornherein klar. Und bei dem Preis, den wir für den Laden zahlen, wäre das noch ohne weiteres drin.«

So leicht gab Silvana nicht nach. »Einen Supermarkt werden wir hier vergeblich suchen. Zudem bezweifle ich, dass es hier in Woodmoore irgendwo eine ordentliche Pizza oder einen schönen saftigen Burger gibt. Die haben hier vermutlich noch nicht einmal mitbekommen, dass Amerika entdeckt worden ist!«

Corrie lachte. »Silvie, wenn du es hier mit mir aushältst, dann lege ich dir eine Fast-Food-Pipeline direkt ins Wohnzimmer. Jeden Tag einen anderen Burger.«

Ihre Freundin seufzte erneut. »Auf jeden Fall bräuchten wir eine *sehr* große Tiefkühltruhe. Ist die auch noch im Budget?«

»Und was willst du da reinstecken?«

»Für den Anfang? Eine halbe Kuh, ein halbes Schwein, zehn Hühner und jede Menge geschnittene Kartoffeln. Und Brötchen. Einen Berg davon. Und literweise Eis.«

Corrie schmunzelte. »Wir wollen einen Buchladen eröffnen und keinen Fast-Food-Imbiss.«

»Ich gebe auch nichts davon ab.«

»Keine Sorge! Wenn wir uns für den Laden entscheiden sollten, rühre ich nichts davon an! Ich will ja nicht als einsame, verschrobene Buchhändlerin in Woodmoore verkommen, weil dich der Duft einer Friteuse von hier weggelockt hat.«

Bei der Vorstellung musste Silvana lachen. »So verfressen bin ich auch nicht.« Sie schob sich ein Stück Schokolade in den Mund und wurde wieder ernst. Natürlich musste sie zugeben, dass Corrie mit ihren Argumenten für den Laden nicht unrecht hatte. Und ihr einziges Gegenargument war die Lage in diesem Dorf, das sie an den Ort ihrer nicht besonders angenehmen Kindheit erinnerte. Sie dach-

te an die Stimmen, die sie vor dem Eingang gehört hatte –
oder zumindest zu hören geglaubt hatte. Wie früher war
sie die Einzige gewesen …

»Silvie, ist alles in Ordnung?«

Silvana sah blinzelnd in Corries besorgtes Gesicht und
strich sich eine lange rote Strähne aus der Stirn. »Ich habe
einfach nur kein besonders gutes Gefühl bei dem Laden.
Irgendetwas erwartet uns da noch.«

Corrie nickte verständnisvoll, grinste dann jedoch breit.
»Und zwar jede Menge Spaß und viele neue, aufregende
Erfahrungen! Du hast doch Mr Watson gehört: ein Aben-
teuer! Und wir beide mittendrin!«

Silvana hob die Brauen. »Das klingt ganz so, als könnte
ich dich tatsächlich nicht davon überzeugen, noch einmal
woanders zu schauen.«

»Ich würde es wirklich gerne hier versuchen«, gestand
Corrie. »Ich hatte mir fest vorgenommen, dass ich meinen
25. Geburtstag bereits in meinem eigenen Laden feiere. Bis
dahin sind es nur noch ein paar Monate. Und ich bin mir
absolut sicher, dass es hier anders werden wird als bei dir
zu Hause.«

»Was lässt dich da so sicher sein?«, fragte Silvana zweifelnd. »Das hier ist schließlich auch nur wieder ein Dorf.«

»Aber du bist dieses Mal nicht alleine. Wir haben uns,
und das war doch bisher immer ein Garant für jede Menge
Spaß, auch wenn es mal nicht so toll lief, oder?«

»Schon«, gab Silvana zu. *Aber was, wenn wir keinen Zu-*
gang zur Dorfgemeinschaft finden? Oder noch schlimmer:
wenn wir als Außenseiter abgestempelt und ständig arg-
wöhnisch beobachtet werden? Wenn wir nur wegen unseres
Kleidungsstils Ziel des Dorftratsches werden? Silvana

schnitt eine unglückliche Grimasse. *In London wurden wir nie verstohlen gemustert. In den Cafés und Pubs hat man uns immer freundlich begrüßt, so wie jeden anderen Gast auch. Und jetzt soll ich wieder aufs Land ziehen?* Das Unbehagen in ihrem Magen wurde größer. *Ob ich Corrie vielleicht doch von den Stimmen erzähle? Nein. Ich bin oft genug schief angesehen worden. Und vielleicht denkt Corrie, es sei nichts weiter als eine billige Ausrede. Wenn sie mich auch noch damit aufzieht …*

»Hast du gehört, was ich gesagt habe?«

Silvana hob abrupt den Kopf. »Wie bitte?«

»Also nicht.« Corrie legte die Stirn in Falten. »Vielleicht würde es dir helfen, wenn wir uns morgen noch ein bisschen hier umsehen, bevor wir uns festlegen. Dann können wir schauen, ob Woodmoore das richtige Pflaster für uns ist oder ob wir hier ewig zugezogene Aliens bleiben würden. Das ist doch, was du befürchtest, oder? Also, was meinst du? Gibst du Woodmoore und mir diese Chance?«

Silvana wiegte nachdenklich den Kopf. Corrie hatte ins Schwarze getroffen. Und vielleicht war es tatsächlich an der Zeit, ihren Ängsten die Stirn zu bieten. Mit jemandem an der Seite, der ihr dabei half. Vielleicht konnte sie ein für alle Mal mit der Vergangenheit aufräumen und die Stimmen endgültig zum Schweigen bringen. Vielleicht … »Okay, aber wenn uns ein Pulk neugieriger Hausfrauen ausspioniert und die ersten Bewohner mit Steinen und Mistgabeln hinter uns herlaufen, dann solltest du dein Vorhaben hier noch mal gründlich überdenken. Tür hin oder her.«

Corrie grinste erleichtert. »Das werde ich dann. Versprochen.«

Silvana reckte sich. »Dann sollten wir jetzt ins Bett wanken. Ich fühle mich fix und fertig.«

Ihre Freundin gähnte. »Ob du es glaubst oder nicht – dem stimme ich voll und ganz zu.«

Stunden später wurde Corrie in der Finsternis ihres Hotelzimmers durch irgendetwas geweckt. Regungslos blieb sie liegen und lauschte. Vor ihrem Fenster jaulte der Wind wie ein Rudel Wölfe und hetzte dicke Tropfen gegen die Scheibe. Das Rasseln war beinahe ohrenbetäubend.

Corrie schielte auf die Leuchtziffern ihres Reiseweckers. Viertel vor vier. Leise stöhnend rollte sie sich auf den Rücken und zog die Bettdecke über den Kopf.

Draußen rüttelte der Wind am Fensterrahmen. Unter der Bettdecke verdrehte Corrie die Augen. »Du mieser Stinkstiefel! Als wäre mein Tag nicht schon anstrengend genug gewesen. So ein Haus kauft man schließlich nicht jeden Tag …«

Es prasselte erneut gegen die Scheibe – diesmal klang es fast nach Hagel. Das Gesicht zu einer Grimasse verzogen, setzte sich Corrie im Bett auf. »Na warte«, drohte sie und starrte finster gen Himmel. »Hier wird es ja wohl irgendwo einen Rollladen geben.«

Kurzentschlossen schwang sie die Beine über die Bettkante und tappte über den kratzenden Teppich zum Fenster. Ihre Hand tastete in der Dunkelheit nach dem Gurt an der Wand. Dabei fiel ihr Blick auf die leuchtenden Schilder der Läden auf der gegenüberliegenden Straßenseite – und auf die Gestalt, die dort bewegungslos verharrte.

Corrie blinzelte zweimal, bevor sie wieder hinaussah. Aber sie hatte sich nicht getäuscht. Im überdachten Eingang des kleinen Elektroladens stand jemand so unbeweglich wie eine Statue. Nur das Aufglühen einer Zigarette verriet, dass es sich nicht um irgendein unbelebtes Objekt handeln konnte.

Was machte jemand zu dieser nachtschlafenden Zeit und bei diesem Wetter dort draußen?

Corrie presste sich an die Scheibe, um noch etwas mehr erkennen zu können. Der Fremde hatte einen dunklen Teint, von dem sich die schwarzen Haare und der Bart nur undeutlich abhoben. Er war vollkommen allein. Ein Hund war nicht der Grund für seinen nächtlichen Spaziergang.

Vielleicht konnte er wegen des Unwetters nicht schlafen? Corrie fielen jedoch mindestens hundert Dinge ein, die sie dann machen würde, anstatt hinaus in diese Sintflut zu gehen.

Neugierig drückte sie ihre Nase an der kalten Fensterscheibe platt. Sie wollte unbedingt wissen, ob dort unten noch etwas passierte.

Doch sie wurde enttäuscht.

Ruhig und bewegungslos verharrte die Gestalt, wo sie war. Ohne das Aufglimmen der Zigarette hätte Corrie nicht einmal mit Sicherheit sagen können, ob dort unten nicht nur eine Werbefigur aus Kunstguss aufgestellt war.

Der Regen prasselte gegen die Scheibe, und Corrie ließ den Rollladen ein Stück weiter herunter, gerade so weit, dass sie noch hinausblicken konnte. Auf der Straße unter dem Fenster glaubte sie plötzlich, huschende Schatten zwischen den dichten Regenbändern zu sehen. Ihr Blick wanderte zurück zu der regungslosen Person im Eingang.

In London wäre ihr so eine einsame Gestalt mitten in der Nacht im Regen nicht merkwürdig vorgekommen.

Dort war es eher ungewöhnlich, wenn man *niemanden* auf der Straße sah … Aber hier, in diesem kleinen Ort, schien es Corrie ungewöhnlich. Sie hatte das Gefühl, dass diese Gestalt nicht ohne Grund dort unten stand.

Der Mann wandte unvermittelt den Kopf und sah direkt in ihre Richtung, als habe er ihren Blick bemerkt oder Corries Gedanken gelesen.

Erschrocken zuckte sie zurück und stolperte rückwärts gegen das Bett. Ihr schlug das Herz bis zum Hals.

Nur ein Zufall, versuchte sie sich zu beruhigen. *Durch den Regen und die Dunkelheit kann dich niemand hier oben sehen. Daran ändern auch die Straßenlaternen unter dem Fenster nichts.*

Und dennoch hatte sie das Gefühl, ertappt worden zu sein. Ganz so, als habe die Gestalt genau gewusst, dass sie beobachtet wurde. Und von wo aus.

Im selben Moment blitzten die huschenden Schatten im Regen wieder auf. Einer davon streifte den Fenstersims, und Corrie bildete sich für einen kurzen Moment ein, einen pelzigen Körper von der Größe einer Orange gesehen zu haben, mit langen, dünnen, geknickten Beinen und riesigen Ohren auf dem Kopf.

»Was für eine blühende Fantasie«, murmelte sie.

Vermutlich war es besser, wenn sie versuchte, noch etwas Schlaf zu bekommen. Doch wirklich müde fühlte sie sich nicht.

Unschlüssig sah sie sich im dunklen Zimmer um. Normalerweise hatte sie, egal wo sie hinging, immer, wirklich immer, ein Buch dabei. Nur diesmal nicht. Also setzte sie sich auf die Bettkante und trank einen Schluck aus der Eisteeflasche, die Silvana dagelassen hatte. Sie blickte auf den halbgeschlossenen Rollladen und die Regentropfen, die an der Scheibe hinunterliefen.

Ob er wohl noch da stand?

Warum sie die Gestalt so beschäftigte, konnte sie selbst nicht sagen. Schließlich war es ja nur ein Mann im Regen.

Als Corrie zum Fenster ging und wieder hinaus in den dichten Regen sah, war die Gestalt jedoch verschwunden. Nur ein großer, grauschwarzer Hund lief an den Geschäften vorbei die Straße hinab. Corrie sah nach rechts und links, doch der Regen ließ keine weite Sicht zu.

Eine Weile stand sie noch am Fenster und starrte gedankenverloren hinunter, dann ließ sie mit einem Gähnen den Rollladen ganz hinunter und ging wieder ins Bett. Die Bettdecke bis zur Nase gezogen, glitt sie schon bald in die Welt der Träume, in die sich ein großer, zotteliger Hund einschlich, der huschende Schatten jagte.

Am nächsten Morgen im Frühstücksraum des kleinen Hotels erzählte Corrie Silvana von ihrem seltsamen Erlebnis, während sie schwungvoll ihr wachsweiches Ei köpfte. Im Kamin knisterte ein behagliches Feuer und unterstrich ihre Geschichte effektvoll.

Silvana goss sich noch eine Tasse Tee ein. »Und er ist wirklich einfach so verschwunden?«

Corrie schürzte die Lippen. »Das will ich nicht behaupten. Der Regen war zum Schluss so dicht. Vielleicht ist er einfach nur in eine Seitengasse abgebogen, die ich nicht gesehen habe.«

»Von denen gibt es hier ja wahrlich genügend.«

»Aber seltsam ist es schon. Was hat der Typ da unten die ganze Zeit gemacht?«

»Hast du nicht gesagt, er hätte geraucht?«

Corrie schnitt eine Grimasse. »Muss man dazu raus in den strömenden Regen?«

»Vielleicht darf er zu Hause nicht rauchen?«

»Reicht es dann nicht, einfach nur vor die Haustür zu gehen?«

Silvana zuckte die Achseln. »Vielleicht wohnt er in der Nähe und wollte sich die Beine vertreten.«

»Möglich«, gab Corrie zu und stieß sanft mit dem Löffel in das Eigelb, das wie eine übervolle Blase platzte und auseinanderfloss. »Aber seltsam finde ich das Ganze schon. Du nicht?«

Gerade als Silvana zu einer Antwort ansetzen wollte, kam Mrs Phenom, die Besitzerin des *Woody Inn*, an ihren Tisch und servierte goldbraune, dicke, dampfende Pfannkuchen. »Hatten Sie beide eine angenehme Nacht?«, fragte sie freundlich. »War ja ein furchtbarer Regen. Ich konnte gar nicht schlafen.«

»Ich auch nicht«, sagte Corrie und gähnte zur Bestätigung. »Und ausgerechnet diesmal hatte ich nichts zum Lesen dabei.«

»Also ich stricke dann immer«, erwiderte Mrs Phenom. »Socken. Ich glaube, es gibt kaum jemanden in Woodmoore, der noch kein Paar von mir besitzt. Wenn ich alle behalten hätte, die ich in den vergangenen Jahren so gestrickt habe, bräuchten die ein eigenes Zimmer.« Sie kicherte. »Da fällt mir ein: Haben Sie vor, länger in Woodmoore zu bleiben? Vielleicht kann ich Ihnen dann noch ein Paar stricken, wenn Sie mir Ihre Lieblingsfarben verraten. Oder war das Ihre letzte Nacht in unserem beschaulichen Örtchen?«

Silvana war versucht, mit den Augen zu rollen. *Beschaulich* war neben *idyllisch* und *verträumt* eines der Worte, die sie am wenigsten mit einem Ort in Verbindung bringen wollte, in dem sie *leben* sollte …

Corrie bedachte ihre Freundin mit einem mahnenden Blick, bevor sie Mrs Phenoms Lächeln erwiderte. »Das entscheiden wir spontan.«

Keine Stunde später spazierten Corrie und Silvana in ihre dicken Jacken gehüllt durch die ruhigen Gassen von Woodmoore. Zunächst folgten sie dem kleinen Bach, der sich durch den östlichen Teil des Ortes zog und dessen Ufer von Skulpturen verschiedener Künstler gesäumt war. Einige waren sogar recht schön.

Dann passierten sie eine der insgesamt drei Kirchen von Woodmoore. Trotz des depressiv-grauen Winterhimmels entschlossen sich die beiden Freundinnen, einen kurzen Blick auf den Friedhof zu werfen. Sie waren überrascht von den liebevoll gestalteten Gräbern, die fast alle mit kleinen Steinfiguren geschmückt waren – sie fanden Engel, betende Hände, Herzen und sogar eine Gruppe kleiner Marmorhasen.

Auf ihrem Weg waren ihnen nur zwei ältere Damen begegnet, die sie freundlich gegrüßt hatten. Corrie hatte Silvana herausfordernd angestoßen. »Na, glaubst du, die haben die Fackeln in ihren Einkaufstaschen versteckt? Oder die Mistgabeln unter dem Mantel? Pass auf, hinter der nächsten Ecke erwarten uns bestimmt die Männer, und die Frauen waren nur das Ablenkungskommando, um uns in Sicherheit zu wiegen.«

»Wahrscheinlich«, stimmte Silvana zu und verzog missmutig das Gesicht. Aber nichts geschah. Sie setzten ihren Weg in Richtung Ortsmitte alleine und unbehelligt fort.

Als sie die Fußgängerzone erreichten, die zum Marktplatz führte, wurde das Treiben geschäftiger. Hausfrauen eilten mit ihren Einkäufen durch die Straßen, ältere Paare und Schulkinder bummelten an den Schaufenstern der Läden vorbei, und vor einem kleinen Café saßen ein paar Männer mit Kaffeetassen und Sandwiches. Niemand warf ihnen feindselige Blicke zu. Vermutlich hielt man sie für harmlose Touristen.

Ein liebevoll geführtes Geschäft reihte sich neben das nächste. Es gab einen Laden für Seife und Badekugeln in nahezu allen Duftrichtungen, ein Wollstübchen, das wundervolle Plaids und Kissenhüllen anbot, einen Süßwarenladen, der von Fruchtgummi und kleinen Marzipandrachen bis zu ausgefallenen Kreationen, wie weißer Schokolade mit Wasabi-Nüssen, alle erdenklichen Süßigkeiten verkaufte, außerdem einen Blumenladen, einen Obst- und Gemüsehändler mit bunter Markise über dem Eingang und eine Post. Corrie sprang um Silvana herum wie ein junger Hund und zog sie von einem Laden zum nächsten, weil sie überall etwas entdeckte, das ihr gefiel. Es dauerte nicht allzu lange, und sie hatte Silvana mit ihrem Enthusiasmus angesteckt. Auch wenn die sich ab und an noch etwas unbehaglich umblickte.

Schließlich standen die beiden Freundinnen auf dem Marktplatz. Hier hatten sich der Pub, einige Cafés und eine Pommesbude angesiedelt.

Vom Platz aus führte ein Kiesweg zum eisernen Eingangstor von Woodmoores Park, auf das Corrie zielstrebig zusteuerte. »Ist im Sommer bestimmt richtig schön hier«, stellte sie fest und ließ ihren Blick zu den entlaubten Blutbuchen emporwandern.

»Jetzt ist es ein bisschen trostlos«, grummelte Silvana.

»Es ist ja auch gefühlt Winter! Da ist es meistens trostlos draußen. Besonders wenn es regnet und nicht alles unter einer dicken weißen Decke versunken ist.«

»Die in den Städten meistens schon schwarz ist, wenn sie als Schnee noch vom Himmel fällt.«

»Das kann dir hier vermutlich nicht passieren.« Corries Blick wanderte in die Ferne. »Ist bestimmt toll, hier durch die Felder zu gehen, wenn es geschneit hat.«

»Du kannst ja mal jemanden fragen, ob du damit in den nächsten Wochen noch rechnen kannst.«

Corrie winkte ab. »Wenn ich Glück habe, schneit es zum Jahresende wieder.«

Silvana zuckte die Achseln. »Abwarten.« Unvermittelt stieß sie Corrie an und deutete auf einen kleinen Pavillon, in dem ein Mann saß und ihnen wild zuwinkte.

»Was macht der denn hier?«, raunte Corrie und warf ihrer Freundin einen fragenden Blick zu.

»Pause vielleicht?«, mutmaßte Silvana. »Na los, du wolltest ohnehin noch bei ihm vorbei.«

»Erst, wenn wir eine Entscheidung getroffen haben«, zischte Corrie, während sie Mr Watson angrinste.

Silvana schob sie in Richtung Pavillon und lächelte ebenfalls. »Ich weiß, dass du sie für dich schon längst getroffen hast, und ich lasse dich hier nicht alleine. Also los. Hören wir, was er hier macht.«

Als sie nahe genug waren, erhob sich Mr Watson, hüpfte die Holzstufen des Pavillons hinunter und kam ihnen gutgelaunt entgegen. »Was für eine Überraschung, Sie beide hier anzutreffen«, begrüßte er sie. »Schauen Sie sich ein wenig um, was Sie hier noch alles erwarten könnte?«

»Gewissermaßen«, antwortete Corrie. »Man muss schließlich das Umfeld berücksichtigen, bevor man sich irgendwo niederlässt.«

»Da haben Sie natürlich vollkommen recht«, nickte der Makler. »Aber Woodmoore wird Sie sicherlich nicht enttäuschen. Wir haben eine ausgezeichnete Anbindung an Heathen Heights, Everfields und Middledale, wo Sie alles finden werden, was Sie hier vielleicht vermissen. Und wie ich schon in meiner Mail erwähnt habe, verfügt Woodmoore über drei Kindergärten, diverse Schulen und zwei Seniorenheime, so dass Sie auf jeden Fall eine breite Klientel abdecken können. Eine Übersicht über die Vereine und Geschäfte kann ich Ihnen gerne ausdrucken, wenn Sie sich für den Buchladen entscheiden sollten. Damit Sie wissen, was Sie bestellen sollten.« Er zwinkerte den beiden Freundinnen verschwörerisch zu. »Nicht dass Sie Bücher über die Jagd verkaufen wollen, wo wir hier gar keine Jäger haben.«

»Haben Sie eigentlich gerade Pause?«, fragte Silvana, um seinen Redefluss zu unterbrechen.

»Ist grad nicht viel zu tun im Büro.« Watson zuckte die Achseln. »Da genehmige ich mir ab und zu einen Spaziergang durch den Ort. Halte hier und dort ein Schwätzchen. Solche Dinge eben.«

»Dann wartet zu Hause niemand auf Sie?« Corrie biss sich auf die Lippen. »Tut mir leid. So persönlich wollte ich nicht werden.«

Der Makler schenkte ihr ein unsicheres Lächeln. »Ist schon gut. Da gibt es tatsächlich niemanden. Was aller-

45

dings nicht verwunderlich ist.« Er räusperte sich. »Möchten die Damen sich denn noch weiter in Woodmoore umsehen, oder ist vielleicht schon etwas entschieden worden?«

Silvana sah ihre Freundin mit hochgezogenen Augenbrauen an. Was hatte Watson mit dieser Aussage gemeint? *Was nicht verwunderlich ist.* Ein Don Juan war er mit Sicherheit nicht, aber auch kein Quasimodo: hochgewachsen, schlank, mit freundlichen braunen Augen und einem kleinen Musketierbärtchen in derselben honigblonden Farbe wie sein kurzes, gewelltes Haar. Vielleicht wirkte seine etwas altbackene Kleidung aus kariertem Sakko und moosgrüner Tweed-Hose abschreckend auf die Damenwelt.

Corrie nickte Silvana kaum merklich zu, bevor sie den Makler wieder ansah. »Ich denke, wir könnten etwas Abwechslung in Ihren Büroalltag bringen.«

Mr Watson lächelte erfreut und zeigte dabei einmal mehr seine großen, tadellos weißen Zähne. »Ist das eine Zusage? Das nenne ich eine prächtige Entscheidung, meine Damen! Gestatten Sie dann, dass ich Sie zu meinem Haus geleite? Unterwegs zeige ich Ihnen noch das eine oder andere nette Plätzchen in Woodmoore, das Sie nicht versäumen sollten.«

Dieses Angebot konnten sie schlecht ausschlagen. Und so folgten sie dem Makler zu einer wunderschönen, sehr versteckt liegenden Kapelle und einem nicht weniger schwer zu findenden, idyllischen kleinen Picknickplatz. Mehrfach wies er sie auf Woodmoores besonders kunstvoll gestaltete Häuser hin. Viele Giebel waren mit alten Steinfiguren geschmückt, von denen Silvana ein ums andere Mal ein leises Wispern zu vernehmen glaubte. Schließlich führte der Makler sie in eine kurze Seitenstraße. Nur ein kleines Schild über dem Eingang eines schmalen unscheinbaren Backsteinhauses wies auf sein Büro hin.

»Kaffee?«, fragte Mr Watson, während er aufschloss und die beiden Freundinnen einließ. »Ich könnte einen vertragen.«

Corrie nickte zustimmend, während sie ihre Handschuhe auszog und sich umsah. »Gerne.«

»Für mich auch«, stimmte Silvana zu. »Danke.«

»Dann machen Sie es sich bequem. Ich bin sofort wieder da.« Und schon war der Makler in einem kleinen Nebenraum verschwunden, aus dem sie wenig später die Wasserleitung rauschen hörten.

Corrie und Silvana ließen sich auf einem grünen Sofa neben dem Fenster nieder. »Sieht eher aus wie ein Wohnzimmer als ein Büro, oder?«, flüsterte Corrie.

Silvana nickte langsam. Sie musterte die holzvertäfelte Decke und den dunklen Schreibtisch, der vor einer Schrankwand voller Aktenordner stand. »Ziemlich dunkel alles. Aber hell und modern passt weder zu ihm noch zu dem Ort.«

Corrie kräuselte die Lippen. »Auch wieder wahr.«

Silvanas Blick fiel auf die Schreibtischplatte. »Immerhin hat er einen Laptop.«

»Und eine Katze.«

»Was?«

»Da oben auf dem Schrank. Die sieht aber merkwürdig aus. Eher wie ein Wüstenfuchs.«

Mr Watsons Haustier stieß mit seinen riesigen Ohren schon im Liegen an die Zimmerdecke. Es war ziemlich dürr, hatte ein fast dreieckiges Gesicht, in dem mandelförmige, gelbgrüne Augen glühten, und einen dünnen Schwanz mit einer dicken Fellquaste am Ende.

Mr Watson balancierte ein vollgestelltes Tablett ins Zimmer, drapierte auf dem Spitzendeckchen des Tisches vor ihnen Zucker und Sahne, verteilte die Tassen und schenkte tiefschwarzen Kaffee aus einer hohen, silbernen Kanne ein. Ehe er sich zu ihnen setzte, stellte er das Tablett auf den Schreibtisch und nahm eine Akte vom Sessel. »Buchladen – Ms Vaughn« stand auf dem Deckel. »Wie ich sehe, haben Sie meine Meggie bereits entdeckt«, schmunzelte er.

»So eine Katze habe ich noch nie gesehen«, gestand Corrie. Sie war vom Erscheinungsbild des Tieres durchaus fasziniert. In früheren Zeiten wäre sie garantiert Teil eines Kuriositätenkabinetts geworden.

»Sie ist mir zugelaufen.« Mr Watson schüttete einen Löffel Zucker in seinen Kaffee und rührte gemächlich um. »Niemand scheint sie zu vermissen, und sie macht keine Anstalten, wieder zu gehen. Also lasse ich sie hier wohnen. Manchmal kommt sie herunter und lässt sich streicheln. Aber die meiste Zeit verbringt sie dort oben und wacht über mein Büro. Zumindest scheint es so, oder? Bringen Sie eigentlich Haustiere mit?«

Corrie schüttelte den Kopf. »Meine Mutter verkauft zwar Mode und Accessoires für Hunde, aber ich habe kein Tier. Und Ms Livenbrook hier ebenfalls nicht.«

»In Woodmoore gibt es viele Hunde. Ihre Mutter könnte hier auch gut verkaufen«, bemerkte Mr Watson. »Die Felder und Wälder eignen sich hervorragend für ausgedehnte Spaziergänge. Woodmoore hat sogar eine eigene Rettungshundestaffel und einen Beagle-Club.« Er stellte die Kaffeetasse zurück und klatschte unternehmungslustig in die Hände. »Wollen wir dann zum geschäftlichen Teil kommen?« Er schlug die Akte auf. »Ich würde Unterschriften benötigen, und zwar hier und hier und hier und hier. Sie können sich gerne alles vorher noch einmal durchlesen …«

Keine Stunde später traten Corrie und Silvana in die Kühle des frühen Nachmittags hinaus. Sie waren um eine Menge Papiere und einen Buchladen reicher und grinsten wie zwei Honigkuchenpferde am Weihnachtsmorgen.

Das Abenteuer konnte beginnen.

KAPITEL 3

Eine neue Aufgabe

Während der nächsten Wochen hatten Corrie und Silvana alle Hände voll damit zu tun, dem Laden ein ansprechendes Erscheinungsbild zurückzugeben. Sie strichen, putzten und räumten. Die nötigen Behördengänge gingen in Woodmoore erstaunlich schnell und unproblematisch vonstatten.

Ein von Corries Vater engagierter Statiker prüfte die Substanz des Hauses, konnte jedoch keinerlei Mängel feststellen. Auch der Dachdecker, der Elektriker, der Installateur und der Heizungsmonteur bescheinigten dem Haus einen hervorragenden Zustand. Lediglich der Malermeister hatte ein paar Verbesserungsvorschläge – gerade für die Küche.

Die Kellertür, für die Watson keinen Schlüssel hatte finden können, blieb auch weiterhin verschlossen. Zum Erstaunen der beiden Freundinnen gelang es keinem der bestellten Schlüsseldienste, sie zu öffnen. Schließlich musste Corrie sich murrend damit abfinden, dass sie eine Tür im Haus hatten, die auf ewig verschlossen bleiben würde.

Die ausgestopften Tiere und der Spiegel blieben vorerst, wo sie waren. Da das Zimmer nicht unmittelbar benötigt wurde, hatten sie entschieden, sich später um die Hinterlassenschaften des Vorbesitzers zu kümmern.

Bereits nach einer Woche kamen die ersten Passanten

vorbei und drückten sich ihre Nasen an den frisch geputzten Schaufensterscheiben platt. Es schien sich in Woodmoore rumzusprechen, dass bald wieder ein Buchladen eröffnen würde. Einige Einwohner hinterließen sogar schon Bestellungen, und es verging kaum ein Morgen, an dem Corrie nicht triumphierend mit ein paar neuen Zetteln vor Silvanas Nase wedeln konnte. Sogar während eines fürchterlichen Unwetters, das den Regen beinahe waagrecht über die Landschaft trieb, kamen Leute zum Laden. Corrie, die nach dem Frühstück den Müll nach draußen hatte bringen wollen, stutzte bereits an der Ladentür. »Da sieh mal einer an!«, entfuhr es ihr.

Silvana, die dabei gewesen war, eine Lieferung Globen und Straßenkarten auszupacken, hielt inne und kam herüber, um zu sehen, was ihre Freundin so erstaunte. Als sie einen großen, weißen Zettel an der Scheibe der Tür kleben sah, presste sie kurz die Lippen zusammen. »Die Scheibe habe ich gestern erst geputzt. Wozu haben wir denn einen Briefschlitz?«

Corrie stellte den Müllsack beiseite und löste den Zettel. »Da sind doch kaum Flecken.« Sie betrachtete das Stück Papier, das mit edel geschwungenen Buchstaben beschrieben war. »Hier, hör dir das mal an«, forderte sie Silvana auf und begann laut vorzulesen. »Meine sehr verehrten Damen, es freut mich ungemein, dass jemand den Weg in dieses verschlafene Nest gefunden hat, um uns wieder mit unserer geliebten Literatur zu versorgen. Dafür gebührt Ihnen unser aller Dank. Es erfüllt mich bereits jetzt mit Freude, Sie nach der Eröffnung persönlich kennenzulernen. Zuvor hätte ich eine Bitte. Wenn es Ihnen möglich ist, bestellen Sie mir das Werk *Das Bestiarium des Maleezozzo*

Teil 1, Reptiliare und ihre Eignungen. Mit ergebenen Grüßen, Ihr H. P. L. Marauner.«

Corrie sah Silvana mit erhobenen Brauen an. »Das ist schräg, oder?«

»Und ob«, nickte Silvana. »Der kommt erst mal zu den anderen auf den Stapel. Wenn die EDV läuft, können wir gleich alle Bestellungen eingeben.«

Corrie gab Silvana den Zettel, nahm den Müllbeutel und sah naserümpfend in den Regen hinaus. »Bin gleich wieder da.«

Silvana grinste sie schief an. »Wo bleibt denn dein Spruch?«

»Mein Spruch?«

Silvana wedelte vielsagend mit dem Papier.

Corries Miene hellte sich auf. »Ach so! Klar, warte.« Sie räusperte sich theatralisch. »Ich habe dir doch gesagt, dass der Laden hier laufen wird!«

Silvana nickte ergeben. »Es bleibt trotzdem ein Kaff.«

»Aber ein liebenswertes, du wirst schon sehen.«

»Es erinnert mich trotzdem an meine Kindheit.«

Corrie machte ein teilnahmsvolles Gesicht. »Hier wird es besser. Bestimmt. Schließlich sind wir beide ja hier – und keiner sonst, der uns ärgern kann.« Sie schmunzelte. »Außer den Kunden natürlich.«

Silvana seufzte, aber dann lächelte auch sie. »Wird schon schiefgehen.« Sie verstaute den Zettel in ihrer Jeans und wandte sich wieder den Globen zu.

Am nächsten Morgen war der Regen wie durch Zauberhand verschwunden, und als Silvana die Tür zum Hof öffnete, strömte ihr beinahe milde Luft entgegen. Die Sonne kitzelte die kahlen Äste der Bäume im Hof, und ein dick aufgeplusterter Vogel hockte zwitschernd auf der Motorhaube von Corries himmelblauem Citroën.

Plötzlich vernahm Silvana leise Stimmen, die aus Richtung der Straße zu kommen schienen.

»*Was für ein herrlicher Morgen, nicht wahr, Jungs?*«

»*Und nur noch vier Tage bis zur Eröffnung.*«

»*Ob die beiden das wohl schaffen?*«

»*Noch hat ihnen niemand etwas gesagt.*«

»*Sollten wir vielleicht?*«

»*Untersteh dich, Snick!*«

Vorsichtig ging Silvana die kleine Rampe zum Hof hinunter und öffnete das große Tor zur Straße. Sie sah nach links und nach rechts, doch es war niemand zu sehen. Weder auf ihrer noch auf der anderen Seite des Gehsteigs. »Das ist doch verrückt«, murmelte sie. »Das kann nicht sein.« Langsam ging sie auf die Steinfiguren zu, die den Eingang flankierten. Vier Stück. Vier Stimmen. Abwehrend schüttelte sie den Kopf. »So ein Blödsinn.«

Sie warf einen letzten Blick auf die geflügelten Grotesken und ging zurück zur Rampe. Dort vernahm sie die ganz reale Stimme ihrer Freundin: »Wir haben keinen Toast mehr! Und das dunkle Körnerbrot ist auch fast alle! Würdest du zur Bäckerei gehen?«

Silvana streckte kurz den Kopf in den Laden und sah ihre Freundin mit den Einsätzen eines der Regale ringen. »Du brauchst sicher keine Hilfe?«

»Nach einem guten Frühstück geht das fast wie von selbst«, ächzte Corrie und versuchte, die Trennbretter aus Massivholz in das Fach über ihrem Kopf zu bugsieren.

»Tu dir aber bitte nicht weh, während ich weg bin«.

mahnte Silvana, »und wenn doch, dann schrei wenigstens so laut, dass ich dich in der Bäckerei hören kann. Oder räum vielleicht besser erst die Bücher ein, bis ich wieder da bin, um dir mit den Regalen zu helfen.«

Corrie ließ den Einsatz polternd auf den Boden fallen. »Vielleicht hast du recht.« Sie sah sich suchend um, bis ihr Blick an einem Stapel Bilderbücher hängenblieb. »Die sehen ungefährlich aus.«

Silvana machte sich gut gelaunt auf den Weg zum Bäcker, der nur eine gute Viertelstunde Fußweg entfernt auf der anderen Seite des Wohngebiets lag. Unterwegs betrachtete sie die Vorgärten der Wohnhäuser, die bei Sonnenschein viel einladender wirkten als unter einem wolkenverhangenen Frühlingshimmel. Eine Blütenpracht war zu dieser Zeit des Jahres noch nicht zu sehen, und so war es die liebevolle Dekoration, die Silvanas Blick auf sich zog.

In einem der Gärten etwa stand ein Vogelhäuschen in Form einer Windmühle. Fette Futterknödel und sonnenblumenkerngespickte Ringe hingen von den hölzernen Speichen der Mühlenflügel herab. Viel war jedoch noch nicht herausgepickt worden. Kein Vogel krallte sich an die Netze der Nahrungsbälle.

Ein paar Häuser weiter hingegen hatte sich eine ganze Schar versammelt – alle so schwarz wie Corries Eyeliner. Vor dem weiß getünchten Mehrfamilienhaus verlangsamte Silvana ihre Schritte. Im Vorgarten standen Skulpturen aus Holz und aus Stein, allesamt schmal wie Zaunpfähle, aber von immer unterschiedlicher Höhe. Manche waren klein wie Kaninchen, andere reichten fast bis an die Dachrinne heran. Sie waren bunt, schwarz-weiß oder naturbelassen. Jeder Säule lag ein Motiv zugrunde, ein bestimmtes Muster, das sich über die gesamte Höhe der Skulptur wiederholte. Silvana faszinierte besonders eine im Stile von M. C. Escher, den sie sehr mochte. Vielleicht war es ja möglich, ein paar dieser Säulen für den Laden oder den kleinen Gartenstreifen im Hinterhof zu erwerben.

Vor sich hin summend setzte sie ihren Weg fort. Die Bäckerei befand sich an der Ecke einer kleinen Seitenstraße, im flachen Anbau eines Wohnhauses aus rotem Backstein. Vielleicht war der Seitenteil einst als Stall genutzt worden, doch nun luden große, hübsch dekorierte Schaufenster ein, jede Menge frisches Backwerk und kleine Fondants mitzunehmen. *Sweet Blessings* war in verschnörkelter Schrift über den Eingang geschrieben. Mrs Blessing stand hinter der gläsernen Theke und begrüßte Silvana, als sie eintrat. »Hallo, Ms Livenbrook! Schon so früh unterwegs heute?«

»Ohne Brot kein Frühstück!«, nickte Silvana.

»Dann also das Übliche?«

Silvana lebte noch keine zwei Wochen in Woodmoore, da hatte sich Mrs Blessing schon gemerkt, was ihre neue Kundin zu kaufen pflegte. Obwohl sich Silvana im Angesicht von so wenig Privatsphäre unwohl fühlte, bewunderte sie Mrs Blessings Kundenbindung. Genau so sollten es Corrie und sie in ihrem Laden auch machen.

»Und dazu noch ein Dunkles mit ganzen Körnern«, antwortete sie. Diese Art von Brot war selten in einer so kleinen Bäckerei zu finden. Mrs Blessing hatte Silvana erklärt, dass es sich um eine Woodmoorsche Spezialität handelte, welche die Leute dem üblichen, hellen Brot vorzogen. »Und eine Tüte Buttergebäck für die Nerven.«

»Ach ja«, seufzte Mrs Blessing und nickte verständnisvoll. »Ich kann mich noch gut an das Einrichten der Bäckerei erinnern. Ich hätte nach der Eröffnung gleich wieder in den Urlaub fahren können.« Sie lächelte aufmunternd. »Aber es hat sich gelohnt. Wann eröffnen Sie noch gleich?«

»Wenn die Ware pünktlich kommt und wir zügig arbeiten können – am kommenden Montag.«

Mrs Blessing klatschte erfreut in die Hände. »Wundervoll! Das neueste Buch der Bibliothek habe ich inzwischen schon dreimal gelesen. Aber das Ende wird dadurch auch nicht besser«, fügte sie mit verschwörerisch gesenkter Stimme hinzu. »Haben Sie denn dann auch richtige Krimis? Mit viel Blut und so? Die lese ich ja besonders gerne.«

Silvana lächelte etwas gezwungen. »Aber selbstverständlich, Mrs Blessing. Ein ganzes Regal voll.«

»Entzückend!« Die Bäckersfrau reichte Silvana die beiden Brote und zwei Tüten mit Gebäck. »Eine geht aufs Haus. Ich weiß nur zu gut, wie nötig man etwas Süßes brauchen kann, wenn es drunter und drüber geht.«

Silvana schauderte. *Als Nächstes kommt die Einladung zur sonntäglichen Strickrunde.* Sie verstaute alles in ihrem Korb und reichte Mrs Blessing das Geld. »Vielen Dank, das ist wirklich sehr nett von Ihnen.«

Mrs Blessing winkte ab. »Sehen Sie nur zu, dass Sie schnell wieder ans Werk gehen, um Montag eröffnen zu können. Ich will schließlich so schnell wie möglich neue Bücher. Na los, junge Dame. Husch, husch!«

Nach diesen fast drohenden Worten trat Silvana ein wenig verdutzt auf den Gehweg hinaus. Eine solche, beinahe schon befremdliche Begeisterung für Bücher hatte sie noch nie erlebt. Seit die Zeitungen von der baldigen Eröffnung des Buchladens berichtet hatten, schien Woodmoore von einer Art Virus befallen zu sein. Und Mrs Blessing war bei weitem nicht die einzige Infizierte.

Vielleicht hatte Corrie in Bezug auf Woodmoores Potenzial am Ende doch recht gehabt. Auch wenn Silvana nicht wusste, woher ihre Freundin diese Ahnung genommen hatte. Trotzdem vermisste sie die Großstadt bereits jetzt. Nicht einmal ein Kino gab es in Woodmoore. Und sie fragte sich, ob es denn bisher für die Einwohner keine andere Möglichkeit gegeben hatte, an neue Bücher zu kommen. Zugegeben, die Bibliothek hatte keine wirklich große Auswahl, aber es gab ja noch die Nachbarorte, oder nicht? Und auch wenn ihr eigener Buchladen über eine recht gute Internetverbindung verfügte, so glaubte sie doch nicht, dass hier der Internetversand besonders florierte. Und E-Reader? Daran glaubte sie hier in Woodmoore noch viel weniger …

In Gedanken versunken kam sie wieder beim Laden an. An der Tür stutzte sie: Mindestens ein Dutzend verschiedene Zettel waren an die Scheibe geklebt. Von der Größe einer Karteikarte bis hin zu einem Blatt von einem geblümten Briefblock. Zu allem Unglück meldeten sich auch die seltsamen Stimmen zurück.

»*Sieh dir ihr Gesicht an, Snick!*«

»*Als wenn sie gleich jemanden umbringt.*«

»*Aber wieso denn? Wollen die beiden denn keine Bücher verkaufen?*«

»*Offenbar nicht, Tutter. Sieh mal!*«

Silvana ignorierte die Stimmen geflissentlich und stemmte eine Hand in die Seite. »Das ist doch lächerlich! Hat denn hier keiner ein anderes Hobby, als Bücher zu bestellen? Da will uns doch wohl jemand auf den Arm nehmen!«

Sie schnappte sich einen Zettel nach dem anderen und stopfte sie unangesehen in den Korb. »Bestellt wird, wenn wir geöffnet haben.« Sie vergewisserte sich kurz, ob nicht doch irgendwo jemand stand, der sich über seinen Scherz mit den Zetteln köstlich amüsierte, stapfte durch den Hof und betrat den Laden durch die Seitentür.

Fast wäre Silvana mit Corrie zusammengestoßen, die gerade mit einem Karton Plastikaufsteller aus dem Keller kam. Nur durch einen Sprung zur Seite konnte Corrie ausweichen. »Was ist denn in dich gefahren?« Taumelnd schaffte sie es, den Karton auszubalancieren und ihn wohlbehalten auf den Boden zu stellen.

»Übereifrige Kunden«, gab Silvana zurück, nahm die Zettel aus dem Korb und hielt sie ihrer Freundin vor die Nase.

»Besser, als wenn sich niemand für den Laden interessieren würde, oder?«, gab Corrie zurück und riss Silvana die neuen Bestellungen aus der Hand. Nachdem sie etwa die Hälfte angesehen hatte, runzelte sie die Stirn und schob nachdenklich die Unterlippe vor. »Ich kenne keinen einzigen Titel oder Autor. Genau wie bei den anderen.«

»Ich sag dir: Das ist nur ein dummer Streich, den uns die Einwohner spielen, weil wir hier neu sind!«, ereiferte sich Silvana. »Die Titel und Autoren sind garantiert nur ausgedacht. Damit wir uns die Finger wund suchen und dann zugeben müssen, dass wir nicht alles bestellen können – und dann zeigen sie uns eine lange Nase und hauen sich auf die Schenkel, weil wir drauf reingefallen sind.«

»Das glaube ich nicht«, widersprach Corrie kopfschüttelnd. »Irgendwo wird es diese Bücher schon geben. Ich werde später einmal recherchieren. *Die Feste in den Wol-*

ken zum Beispiel klingt für mich nicht ausgedacht. Gut, ›Rivaran‹ als Verfasser wird wohl ein Pseudonym sein.« Sie warf die Zettel zu den Aufstellern in den Karton. »Alles zu seiner Zeit. Ich habe übrigens das Schloss der ominösen Kellertür geölt. Trotzdem passt keiner der Schlüssel.«

Silvana hob die Brauen. »Du gibst auch nicht auf, oder? Für deinen Seelenfrieden sollten wir noch einmal bei Mr Watson nachhaken. Auch wenn er sein Büro schon fünfmal durchsucht hat und darauf besteht, dass sich alle Schlüssel am Bund befinden. Die Tür wird sich ja schließlich nicht von selbst verschlossen haben, oder?«

Corrie nahm den Karton und schüttelte grinsend den Kopf. »Wohl nicht. Vielleicht hat er diese komische Kupferschnecke neben der Kugel aus Versehen als Schlüssel mitgezählt. Obwohl er doch eigentlich der Meinung war, es handele sich dabei um einen Glücksbringer.« Sie erhaschte einen Blick auf den Inhalt von Silvanas Tüten. »Oh, so viele Kekse!«

Bis zum frühen Abend arbeiteten die beiden Freundinnen im Laden: Sie statteten die Kinderbuchabteilung mit einer bunten Spielecke aus, stellten eine Kochbuchwand auf und richteten diverse thematisch geordnete Tische her. Die Sonne war dem Horizont bereits ein gutes Stück entgegengewandert, als sie beschlossen, Feierabend zu machen. Draußen war es noch erstaunlich hell für diese Jahreszeit.

Mit ihren Autoschlüsseln und dem Portemonnaie bewaffnet, kam Corrie aus der Küche und band sich den langen Wollschal um. »Also noch mal«, begann sie, während sie in den Mantel schlüpfte. »Käse, Wurst, Eier, Milch, Obst, Hack, Salat und irgendeine Suppe.«

»Vielleicht noch etwas Butter – und vergiss die Schokolade nicht!«

»Okay, bis gleich«, nickte Corrie und rauschte durch die Seitentür zu ihrem Wagen davon. Langsam entfernte sich das Motorengeräusch des Citroëns. Gedankenverloren betrachtete Silvana die fertigen Tische und beschloss, weiterzuarbeiten, bis Corrie zurückkam.

»Ich wünsche einen guten Abend, Ms Livenbrook.«

Beim Klang der kehligen Stimme wirbelte Silvana erschrocken herum und ließ den Stapel mit Erotikromanen fallen, den sie gerade aufgenommen hatte. Corrie und sie hatten einvernehmlich beschlossen, dass es in Woodmoore genügend ältere Damen gab, die sich abends gerne am Kamin den Gedanken an die starke Umarmung eines wilden Highlanders oder eines heroischen Piratenkapitäns hingeben würden. Die Bücher mit den aufreizend gemalten Paaren auf den Covern verteilten sich zu Füßen des Fremden, der mit einem leichten Lächeln auf den Lippen hinter Silvana auf der Theke saß.

Während sie mit klopfendem Herzen zurückwich, beäugte sie ihn misstrauisch. Er schien orientalischer Herkunft zu sein. Sein kantiges Gesicht hatte die Farbe von dunklem Milchkaffee, das kurze gelockte Haar und der akkurat gestutzte Oberlippenbart waren rabenschwarz. Einzig seine Augen wollten nicht zu seiner Erscheinung passen. Sie waren hell, fast bernsteinfarben, und als der Fremde den Kopf leicht schief legte, schienen sie das Dämmerlicht des Ladens zu reflektieren wie die Augen einer Katze.

Silvana machte einen Schritt zurück und stieß an das Lesepult vor dem Schaufenster. »Wer zum Henker sind Sie?

Was wollen Sie? Und wie sind Sie verdammt noch mal hier reingekommen?« Sie hatte erwartet, dass sie nur ein ängstliches Quietschen hervorbringen würde, doch zu ihrer Überraschung klang sie sehr viel selbstbewusster, als sie sich fühlte.

Der Fremde lehnte sich ein wenig zurück und schlug ein Bein über das andere, als befände er sich bei guten Bekannten daheim auf dem Sofa. »Seien Sie versichert, Ms Livenbrook, Sie haben von mir nicht das Geringste zu befürchten. Mein ungebetenes Eindringen tut mir aufrichtig leid, ebenso, dass ich Sie erschreckt habe. Aber es ist unabdingbar geworden, dass ich unverzüglich mit Ihnen und Ms Vaughn spreche. Wenn es Ihre Zustimmung findet, würde ich zunächst Ihre erste Frage beantworten und mich Ihnen vorstellen.«

Silvana betrachtete den Fremden argwöhnisch, aber dieser hielt ihrem Blick mit unverändert mildem Lächeln stand.

Als sie nichts weiter sagte, neigte der Mann leicht den Kopf. »Mein Name ist Yazeem Al Rahman. Ich stand im Dienst des Vorbesitzers dieser Buchhandlung.«

Silvana runzelte die Stirn. »Ist das so«, sagte sie langsam. »Bisher haben wir keine Stelle ausgeschrieben.«

Yazeem drehte seine leeren Handflächen nach oben. »Wenn es mir um eine neue Anstellung gehen würde, hätte ich sicherlich nicht versäumt, meine Referenzen mitzubringen.«

»Und um was geht es Ihnen dann?«

»Das erwähnte ich bereits – ich muss dringend mit Ms Vaughn und Ihnen sprechen.«

Ungeduldig stemmte Silvana die Hände in die Hüften.

Jetzt, da sie Zeit gehabt hatte, sich zu sammeln, wich ihre anfängliche Furcht langsam einem gewissen Maß an Unmut über sein Eindringen. »Und deswegen schleichen Sie sich hier einfach so rein? Schon mal was von einem Telefon gehört? Oder wie wäre es mit einem Besuch der Eröffnung am Montag gewesen?«

Yazeem lächelte breit und entblößte strahlend weiße, ebenmäßige Zähne. »Zum einen stehen Sie noch nicht im Telefonbuch von Woodmoore, werte Dame. Zum anderen ist die Sache, um die es mir geht, recht ... *dringlich* geworden. Ich konnte es nicht riskieren, von Ihnen an der Tür abgewiesen zu werden. Und ich wäre gerne schon eher zu Ihnen gekommen, doch leider war ich unvorhergesehen anderweitig eingebunden. Ich bin gerade erst zurückgekehrt.«

Silvana seufzte kapitulierend. »Wenn das alles nur ein blöder Scherz sein soll, weil wir neu hier sind ...«

Ihr Gegenüber wurde wieder ernst und schüttelte den Kopf. »Ich kann Ihnen versichern, dass es sich um nichts dergleichen handelt.«

»Und wo waren Sie, dass Sie nicht eher hier erscheinen konnten? Oder sich zumindest *anmelden?*« Sie warf ihm einen misstrauischen Blick zu und ging in die Hocke, um die verstreuten Bücher einzusammeln. Ein paar hatten leichte Eselsohren davongetragen. Es würde sich zeigen, wie penibel Woodmoores Einwohner waren, wenn es um Taschenbücher ging ...

»Das ist eine lange Geschichte, die ich Ihnen gerne irgendwann erzähle. Aber nicht jetzt. Im Moment habe ich Dringlicheres mit Ihnen und Ihrer Freundin zu besprechen.«

»Also werde ich Sie wohl kaum zum Gehen bewegen können, bevor Corrie nicht zurück ist?«

Yazeem verschränkte die Arme vor der Brust wie ein trotziges Kind. »Leider nein, Ms Livenbrook. Unter anderen Umständen hätte ich eine solche Vorgehensweise gar nicht in Betracht gezogen. Ich weiß um die Unhöflichkeit meines ungebetenen Eindringens. Aber wie ich bereits gesagt habe, ist es mir äußerst wichtig, dass Sie beide mich anhören.«

Silvana balancierte den Bücherstapel zum Lesepult am Schaufenster und klatschte ihre Last auf die Kunstlederunterlage, was die Leselampe gefährlich zum Wackeln brachte. Ihr kam ein weiterer Gedanke. »Und was, wenn ich die Polizei rufen würde?«

»Das bleibt Ihnen natürlich freigestellt, Ms Livenbrook«, nickte Yazeem. »Allerdings sollten Sie wissen, dass die Wache hier im Ort unter der Woche nur von dreizehn bis sechzehn Uhr und samstags von elf bis dreizehn Uhr besetzt ist. Außerhalb dieser Zeiten müssen Sie sich an das Revier in Heathen Heights wenden. Die Herren brauchen in der Regel etwas über eine halbe Stunde, bis sie hier ankommen.«

»Na super.« Silvana schüttelte missbilligend den Kopf. Sie hatte gehofft, dass ihn diese Androhung zum Gehen bewegen würde. »Also gut. Da Sie offensichtlich nicht gehen werden und ich nicht weiß, wie lange Corrie noch für die Einkäufe braucht – trinken Sie Tee?«

In Yazeems Lächeln floss ein Hauch von Wärme, und sein kantiges Gesicht nahm weichere Formen an. »Sehr gerne. Und bitte: Fürchten Sie sich nicht!« Bedächtig erhob er sich von der Theke und richtete seinen fein bestick-

64

ten, staubigen Kutschermantel. Es schien Silvana, als achte er ganz bewusst darauf, keine Bewegung zu machen, die sie missverstehen konnte.

Vor der Küchentür hielt sie inne, die Hand bereits auf der Klinke. »Wir sind noch nicht fertig mit dem Auspacken.« Sie wusste selbst nicht, warum sie das sagte. Schließlich hatte sie keinerlei Grund, sich dem Fremden gegenüber zu rechtfertigen.

Doch der zuckte nur die Achseln. »Es gibt Wichtigeres in einem Buchladen.«

»Na dann …« Silvana stieß die Tür auf und ließ Yazeem den Vortritt.

Er blieb an der Schwelle stehen und sah sich interessiert im Inneren der Küche um, in der sich unausgepackte Kartons und Körbe stapelten. Lediglich die Herdplatten, der Tisch und zwei der vier Stühle waren nicht vollgestellt. »Nicht mehr ganz so, wie ich es in Erinnerung hatte«, stellte er fest.

Silvana schob sich an ihm vorbei und wühlte in den oberen Schränken nach der Holzkiste mit den Teebeuteln. »Wir fanden Altrosa etwas … unzeitgemäß.«

Yazeem nickte langsam. »Der alte Mr Lien konnte keine Farben sehen. Das hat sich immer dann als Schwierigkeit erwiesen, wenn sich einer der Kunden nur an die Farbe eines gesuchten Buches zu erinnern vermochte.« Mit einem fast wehmütigen Ausdruck rückte er einen Stuhl vom Tisch und nahm Platz. »Ich muss jedoch gestehen, dass ich antikes Weiß durchaus ansprechend für diesen Raum finde.«

»Was für Tee möchten Sie?« Silvana hielt den Kasten in den Händen und ging die einzelnen Fächer durch. »Pfefferminz, Earl Grey, Rotbusch, Pflaume-Zimt, Vanille, Sahnekaramell ...« Fragend hob sie den Blick und stutzte. Die beinahe versunkene Sonne hatte den Schatten des Eindringlings auf das Parkett geworfen. Irgendetwas daran wirkte ... seltsam. Oder war das Einbildung? Kopfschüttelnd wandte sich Silvana wieder der Arbeitsfläche zu, griff nach dem Kessel und füllte ihn mit Wasser.

Hinter ihr streckte sich Yazeem Al Rahman und verschränkte die Hände hinter dem Kopf. »Vanille, bitte.«

Silvana nickte und schaltete den Herd ein. »Wie sind Sie eigentlich hier reingekommen?«

Yazeem kratzte sich etwas verlegen das Kinn. »Wenn man dieses Haus ein wenig näher kennt, ist das nicht so schwer. Im Obergeschoss befindet sich eine Kammer, in der ein zugehängter Spiegel steht.«

Silvana dachte an die Sammlung seltsamer, ausgestopfter Tiere, die unter den Tüchern lauerten und die sie möglichst schnell im Internet versteigert haben wollte. »Die Kammer neben dem Gästeschlafzimmer.«

»Die Feuertreppe führt dicht an deren Fenster vorbei. Auch wenn die untersten Sprossen abgebrochen sind, kann man mit einem Sprung heranreichen. Das Fenster selbst lässt sich ohne große Mühen von außen öffnen.«

Entsetzt hielt Silvana kurz inne. Einige Sekunden lang schwebten ihre Finger über dem Herdschalter. War es tatsächlich so einfach, bei ihnen einzubrechen?

Sie machte sich insgeheim einen Vermerk, das Fenster kontrollieren und, wenn nötig, reparieren zu lassen – nicht dass noch mehr unangemeldete Besucher einfach so hereinschneiten, um mit ihnen zu reden. Bevor sie sich ausmalte, was sonst noch alles durch dieses Fenster hereinkommen konnte, beschloss sie, das Thema zu wechseln. »Kommen Sie hier aus dem Ort?«

Der Fremde zögerte etwas und starrte hinaus zu den wogenden Thujabüschen, deren immergrüne Blätter das Abendrot in goldorangene Farbspiele tauchte. »Ich komme ursprünglich von sehr weit her. Aber ich lebe nun schon seit vielen Jahren in Woodmoore.« Er schenkte ihr ein mildes Lächeln. »Es kann sogar recht angenehm hier sein, wenn man mit den Leuten umzugehen weiß. Jeder hat seine kleinen Eigenarten. Das sollten Sie bei der Arbeit hier stets im Auge behalten. Sie werden auf einige sehr spezielle Kunden treffen.«

Das Wort *speziell* betonte er dabei so merkwürdig, dass Silvana sich unwillkürlich fragte, was er damit gemeint haben könnte.

Dennoch ließ sie sich nicht aus der Ruhe bringen. »Wir haben schon so einige Kunden erlebt, die wahrhaftig mehr als speziell waren.« Sie dachte an den alten Mr Fothergill, der ausschließlich gelbe Bücher kaufte, weil das seiner Wohnung eine so schön freundliche Atmosphäre verlieh. Oder an Mrs Sumner, die mit Vorliebe ihr Gedächtnis herausforderte (»Vor einem Monat lag da vorne auf der Ecke ein Titel mit weißem Einband, in dem es um zwei Frauen ging«), Ratespiele spielte (»Können Sie mir sagen, welcher Autor zu Beginn des letzten Jahres auf Platz zwei der Bestsellerliste stand – ich wollte gerne sein neues Buch lesen«) oder sie mit naiven Fragen auf die Palme trieb (»Gibt es ein Buch zum Kinofilm *Der Herr der Ringe*?«). Und dann hatte es noch Mrs Kinkaid gegeben, die immer wieder gekommen war und stets dasselbe Buch gesucht hatte – ein Pudel sollte darin vorkommen und ein Mädchen, und der

Autor war weltbekannt. Es hatte Corrie Wochen gekostet, bis sie endlich dahintergekommen war, dass die alte Dame nach Goethes *Faust* suchte. Manche Kunden konnten einen schon mal an den Rand eines Nervenzusammenbruchs bringen. Viel schlimmer konnte es in Woodmoore auch nicht sein.

Yazeem schüttelte lächelnd den Kopf. »Ich weiß, was Sie denken, Ms Livenbrook. Aber glauben Sie mir, nichts hier wird vergleichbar sein mit dem, was Sie bisher erlebt haben. Ich weiß, wovon ich spreche. Ich lebe schon lange genug in dieser Welt.«

Silvana wollte gerade fragen, welche Welt genau Yazeem meinte, als mit einem lauten Poltern die Tür zur Küche aufgestoßen wurde. Mit zwei Papiertüten beladen, stolperte Corrie herein. »Bin wieder da!«, rief sie. Stirnrunzelnd betrachtete sie den fremden Mann im Ledermantel, der entspannt zurückgelehnt am Tisch saß und ihr bedächtig zunickte. »Habe ich etwas verpasst? Stand für heute noch ein Termin an?«

Sie begann ihre Einkäufe auszuräumen, ohne den dunkelhaarigen Fremden aus den Augen zu lassen. »Und Sie sind?«

»Yazeem Al Rahman.« Er neigte den Kopf. »Ich stand im Dienst Ihres Vorgängers.«

Corrie sah in seine seltsamen Augen und presste nachdenklich die Lippen zusammen. »Dann hoffe ich, dass Sie keinen Job wollen. Ich denke nicht, dass wir auf lange Sicht noch jemanden einstellen können.«

Silvana angelte sich drei Tassen aus dem Korb neben dem Herd und goss den Tee auf. »Das liegt auch nicht in seiner Absicht.«

Corrie hob fragend die Brauen. »Sondern?«

»Dazu komme ich noch.« Yazeem faltete die Hände auf der Tischplatte und sah Corrie ernst an.

»Ach ja, bevor ich es vergesse – er ist einfach so durch das Fenster an der Feuertreppe eingestiegen«, grollte Silvana und deutete dabei mit dem Teekessel in Yazeems Richtung. Sie hatte ihr Selbstbewusstsein mit Corries Rückkehr wiedergefunden.

Corrie stellte die leeren Einkaufstüten auf den nächstbesten Karton und zog sich den zweiten freien Küchenstuhl heran. Obwohl Silvanas Aussage sie beunruhigte, konnte sie nicht leugnen, dass Yazeems Erscheinung ihre Neugierde geweckt hatte. »Und wieso haben Sie das getan? Das ist eigentlich Hausfriedensbruch und macht keinen besonders guten Eindruck, selbst, wenn Sie hier früher gearbeitet haben, Mr …?«

»Al Rahman. Sie können gerne Yazeem sagen, wenn das einfacher für Sie zu behalten ist. Und um ihre Frage zu beantworten, kann ich nur wiederholen, was ich Ihrer Freundin bereits mitgeteilt habe: Ich habe etwas sehr Dringendes mit Ihnen beiden zu besprechen und konnte mich nicht darauf verlassen, dass Sie mich hereingebeten hätten, wenn ich ganz normal an der Tür geklopft hätte.«

Silvana kam mit den Teetassen herüber. »Er hat gesagt, dass er schon früher vorbeigekommen wäre, aber noch ›wichtige‹ Dinge außerhalb von Woodmoore zu erledigen hatte.«

Corrie lehnte sich zurück und verschränkte die Arme vor der Brust. »Ist das so?«

Yazeem nickte. »Weniger kurz vor der Eröffnung wäre mir deutlich lieber gewesen. Die Sache ist ein wenig kompliziert …«

Corrie betrachtete den Fremden noch immer nachdenklich.

Und je genauer sie ihn musterte, desto sicherer wurde sie sich. Aber sie wollte es genau wissen. »Dann fangen wir doch mit etwas Unkompliziertem an. Haben Sie zufällig einen Hund, Yazeem? Einen großen, grauen, zotteligen?«

Der Angesprochene krauste die Nase. »Bisher nicht.«

»Dann leiden Sie vielleicht unter Schlaflosigkeit?«

»Auch dies muss ich verneinen, junge Dame.« Aber Corrie sah im selben Moment einen Funken Verstehen in seinen Augen aufflackern, und das bestärkte sie darin, mit ihrer Vermutung richtigzuliegen. »Dann wüsste ich gerne, was Sie in der Regennacht vor ein paar Wochen unter meinem Hotelfenster gemacht haben!«

»Ich?« Yazeem nippte an seinem Tee. »Das ist absurd.« Er lächelte dabei spöttisch.

»Genauso absurd wie der Einhänder im Innenfutter Ihres Mantels?«

Silvana starrte ihre Freundin entgeistert an. »Was?« Corrie nickte zu dem bestickten Ledermantel. »Auf der linken Seite. Und von der Form her würde ich auf ein Falchion tippen. Mit so etwas kenne ich mich aus.«

»Und wieso in aller Welt?«

»Erinnerst du dich noch an meine Rollenspielabende?«

Silvana nickte etwas unsicher. »Klar. Ich habe es ja schließlich auch einmal versucht.«

»Richtig. Auf jeden Fall hatte mein Charakter auch so eines.«

»Und das ist jetzt was genau, dieses … wie hieß das?«

»Ein Falchion. Das ist eine Art Kurzschwert mit einer leicht gebogenen, zur Spitze hin breiter werdenden Klinge.«

Mit einem anerkennenden Grinsen senkte Yazeem den Blick. »Woodmoore ist schon seit einiger Zeit kein sicherer Ort mehr. Aber ich kann Sie beruhigen: ich habe nicht vor, diese Waffe gegen Sie beide zu benutzen. Dürfte ich Ihnen endlich mitteilen, warum ich hier bin, würden Sie verstehen.« Silvana, die mit ihrer Tasse hinter ihrer Freundin stand, rang noch immer um Fassung. »Ein Schwert? Wo sind wir denn hier? Bei Robin von Sherwood? Oder Highlander? Mal ehrlich, wo sind die versteckten Kameras?«

Corrie antwortete nicht und musterte Yazeem eingehend. Im Laufe der Jahre als Buchhändlerin hatte sie sich eine recht gute Menschenkenntnis angeeignet. Irgendetwas sagte ihr, dass Yazeem nicht verrückt war. »Also gut, was hat es mit dieser ganzen Sache auf sich?«

Yazeem lehnte sich vor, trank einen Schluck Tee und faltete dann die Hände auf der Tischplatte. »Mr Lien war nicht der erste Besitzer der Buchhandlung. Vor ihm gab es noch zwei weitere – Mr Nettle und Mr Doyle. Jeder hütete das Geheimnis dieses Ladens und gab es an seinen Nachfolger weiter. Als Mr Lien jedoch von uns ging, gab es niemanden, dem er die Führung hätte anvertrauen können. Es ging alles viel zu schnell.«

»Dann ist der Vorbesitzer gestorben?«, fragte Corrie erschüttert. »Darf man fragen, was passiert ist?«

Yazeem schüttelte den Kopf. »Das kann ich nicht sagen.«

Es war Corrie deutlich anzusehen, dass sie diese Antwort nicht zufriedenstellte.

»Warum haben Sie den Laden nicht übernommen?«,

warf Silvana ein. »Sie haben schließlich für ihn gearbeitet, oder nicht?«

»Ich habe in seinen Diensten gestanden, das ist in der Tat richtig, Ms Livenbrook. Mr Lien hat jedoch kein Testament hinterlassen. Die Versicherung nahm das Haus an sich, nachdem keine lebenden Verwandten gefunden werden konnten. Mit dem Erlös aus dem Verkauf sollten alte Schulden beglichen werden. Da sich so schnell kein Käufer fand, stand das Haus über Jahre hinweg leer. Ab und zu bin ich durch das Fenster im Obergeschoss eingestiegen, um nach dem Rechten zu sehen. Wie auch Phil und Scrib. Und schließlich gibt es ja auch noch Tutter, Toby, Snick und Claw.«

Silvana wurde hellhörig. »Snick?«, wiederholte sie langsam. »Den Namen habe ich schon einmal gehört.«

Yazeem betrachtete sie stirnrunzelnd, und auch Corrie drehte sich zu ihr um. »Und wo? Mir sagt keiner der Namen irgendetwas.«

Silvana antwortete nachdenklich. »Draußen vor dem Laden bei unserem ersten Besuch. Als du mit dem Makler gesprochen hast.«

Yazeem hob eine Braue. »Dann haben Sie sie *gehört*, Ms Livenbrook?«

Corrie sah verwirrt zwischen den beiden hin und her. »Wen denn?«

»Die Gargoyles.« Yazeem nahm einen weiteren Schluck Tee. Seine Miene verriet mit keinem Zucken, ob er die letzte Bemerkung ernst gemeint hatte.

»Die Gargoyles«, wiederholte Corrie spöttisch. »Na klar. Und wer sind dann Phil und Scrib? Heinzelmännchen?«

Yazeems Gesicht blieb völlig ernst. »Leseratten. Ihre Namen kommen von Biblio*phil*us und Manum *Scrib*ere. Sie sind ganz harmlose kleine Nager.«

»Ich glaub, ich bin im falschen Film!«, empörte sich Silvana und trank zwei große Schlucke Tee. »Wo sollen die sich denn versteckt haben?«

»Haben Sie unter alle Laken im Spiegelzimmer geschaut?«, fragte Yazeem mit leichtem Lächeln.

Silvana schwieg. Schon die Erwähnung der Gargoyles hatte sie nachdenklich werden lassen.

Corrie hingegen wurde gereizt. »Ich nehme an, das ist noch nicht der ganze Mumpitz, den Sie uns erzählen wollen!«

»Wieso Mumpitz?«, fragte Yazeem verwirrt. »Der ist schon vor langer Zeit nach Deutschland ausgewandert.«

Corrie winkte müde ab.

»Sie glauben mir kein Wort«, stellte Yazeem fest.

»Dann werde ich es Ihnen wohl auf andere Weise glaubhaft machen müssen.« Er wandte sich der Tür zu, als Silvana plötzlich schnuppernd den Hals reckte. »Was riecht denn hier auf einmal so verbrannt?« Sie warf einen kurzen Blick zum Herd, doch die Platte war ausgeschaltet.

Yazeems Hand verharrte in der Luft über der Türklinke. Prüfend sog er ebenfalls die Luft ein. Schlagartig wich die Farbe aus seinem Gesicht. »Warum habe ich das nicht schon früher gerochen?«, flüsterte er. »Wir müssen hier raus!«

»Brennt es denn?« Alarmiert stellte Silvana ihre Teetasse auf den Tisch zurück. Corrie war aufgesprungen und wollte an Yazeem vorbei zur Tür. Wenn der gesamte Buchbestand schon vor der Eröffnung zu Asche wurde, hatten sie ein echtes Problem.

»Nein!« Yazeem hielt sie zurück. »Das ist Vulco. Der Hauptmann von König Leighs Garde.«

Corrie sah Yazeem zweifelnd an. »Und der zündelt wohl gerne, was?«

»Das sind seine Feuerwölfe.«

Corrie runzelte die Stirn. »Feuer… *was?*«

Im selben Moment hörten sie dumpfe Geräusche aus dem Obergeschoss, als landeten mehrere schwere Gegenstände auf dem Boden. Zwei, drei, vier.

Yazeem starrte an die Decke. »Bei den vier heiligen Winden, ich habe das Fenster offen gelassen. Sie sind im Haus!«

Silvana schüttelte konsterniert den Kopf. »Welcher Leigh? Ich kenne nur König Lear! Und was sind Feuerwölfe?«

»Keine Zeit für lange Erklärungen!«, raunte ihr Yazeem entgegen, drückte vorsichtig die Klinke und spähte durch den Spalt in den schwach erleuchteten Laden.

Alles schien ruhig.

»Los«, zischte er. »Raus hier! In den Keller!«

»Da sitzen wir in der Falle«, widersprach Corrie. »Es gibt keinen Ausgang.«

Doch Yazeem zog die beiden Frauen hinter sich her. Im Laden war der Brandgeruch deutlich stärker als in der Küche. Er erinnerte an heiße Feuersteine, die man zu lange aneinandergerieben hatte.

Im ersten Stock klirrte es. Wieder waren die dumpfen Schläge zu hören.

»Hoffentlich lassen sie den Spiegel in Ruhe«, murmelte Yazeem.

»Das kam aus meinem Zimmer«, flüsterte Silvana zurück. »Schätze, das war mein Gewächshaus.«

Sie sah Yazeem warnend an. »Wenn das hier alles nur irgendein Hokuspokus ist, dann …«

Dessen gehetzten Gesichtsausdruck hätte jedoch nur ein wirklich guter Schauspieler vortäuschen können. Und ein so ausgeklügelter Scherz wäre als Willkommensstreich wohl etwas übertrieben.

Abrupt hielt Yazeem neben ihnen inne. Seine Augen wanderten suchend über die Unordnung im Verkaufsraum, seine Nasenflügel bebten. Im düsteren Licht der wenigen Lampen ergossen sich dunkle Schatten in den Raum und krochen lautlos über die Wände. In einer der Ecken unter der Treppe begannen zwei matte Lichtpunkte zu glühen. Ihr Glanz nahm beständig zu.

»*Aib!*«, stieß Yazeem hervor, zerrte Corrie und Silvana zur Kellertür und schob sie nach unten.

Corrie versuchte noch einen Blick in den Laden zu werfen, doch Yazeem scheuchte sie weiter die Treppe hinab und verriegelte die Tür. Lauschend verharrte er auf dem obersten Absatz, eine Hand auf dem Mantel, genau dort, wo Corrie das Schwert erkannt hatte.

»Was *war* das?«, fragte sie aufgeregt.

»Ein Schattenritter«, zischte Yazeem wütend.

Im selben Moment krachte etwas von außen gegen die Tür. Der laute Knall hallte durch den Betonkorridor und ließ die beiden Freundinnen erschrocken zurücktaumeln.

Yazeem hatte die Hand bereits im Innenfutter seines Mantels, doch die Tür hielt auch beim zweiten Schlag. Mit langen Schritten hastete er an Corrie und Silvana vorbei, die elektrisiert auf den Treppenabsatz starrten. Tastend ließ er die Finger über das Holz der hintersten Kellertür gleiten. »Schattenritter gehören genau wie Feuerwölfe zu Vulcos Armada. Sie stellen seine Befehle niemals in Frage. Ich hätte nicht erwartet, dass es einer von ihnen über die Schwelle hier hinein schaffen würde. Der Bannkreis muss sehr geschwächt sein.« Er sah kurz zu Silvana herüber. »Hat eine der Damen einen Schlüssel hierfür?«

Silvana verdrehte die Augen. »Jetzt fangen Sie auch noch damit an! Wir haben schon versucht, sie zu öffnen. Ohne Erfolg.«

Yazeem schürzte die Lippen. »Wenn man weiß, wie, ist es eigentlich gar nicht so schwer. Der Schlüsselbund wäre jetzt hilfreich.«

Corrie runzelte misstrauisch die Stirn, holte aber dennoch den Schlüsselbund aus ihrer Jeans. »Jetzt bin ich aber gespannt.«

Yazeem schenkte ihr ein warmes Lächeln. »Vielen Dank.«

Corrie spürte, wie ihr die Röte ins Gesicht schoss, und sah schnell zu Boden. Dabei fiel ihr Blick auf den Schatten, den der Fremde warf. Irgendetwas daran war merkwürdig.

Yazeem legte die Kupferschnecke offen auf seine Handfläche und strich so behutsam mit dem Daumen über das Kupfer, als halte er eine kleine, zerbrechliche Wühlmaus in den Händen. Seine Lippen berührten fast sein Handgelenk. »Hallo, alter Freund.«

Ungläubig beobachteten Silvana und Corrie, wie sich die Form leicht zu bewegen begann. Anfänglich war es nicht mehr als ein Zittern, dann ein deutliches Recken und Strecken – wie das eines gerade erwachten Schläfers. Schließlich schoss eines der Enden empor. »Ich muss dringend in die *Schriftrolle*«, raunte Yazeem. »Öffne bitte.«

Unter den staunenden Blicken der beiden Freundinnen

formten die aufgerollten Enden ein seltsames Zickzack-
muster. »Ich danke dir«, flüsterte Yazeem und schob den
so entstandenen Schlüssel langsam ins Schloss. Es gab ein
leises Klicken, und die Tür schwang nach innen auf. Vor
ihnen lag ein schmaler, beinahe lichtloser Raum mit roh
verputzten Wänden und einem groben Betonboden. Ein
Muster aus feinen, kreisförmigen Linien erstreckte sich zu
ihren Füßen.

»Was ist das?«, fragte Corrie.

»Das ist unser Weg aus dem Keller«, antwortete Yazeem
und begann, das Muster mit seinen Füßen in einer bestimmten Reihenfolge zu berühren. Die Linien erwachten
zu blau glühendem Leben. Ein dumpfes Brummen begann
den Raum zu erfüllen, ein leichtes Beben lief durch den
Fußboden. »Meine Damen«, grinste Yazeem, »die Reise
beginnt!«

KAPITEL 4

Willkommen auf Amaranthina!

Hustend und ein wenig benommen hockten Corrie und Silvana auf dem grob gehauenen Steinboden und versuchten, einen einigermaßen klaren Gedanken zu fassen. Plötzlich hörten sie eine unbekannte Stimme: »Scheint so, als wäre drüben wieder geöffnet.«

Als sie den Unbekannten ansah, klappte Corrie die Kinnlade herunter. Silvana kam blitzschnell auf die Beine und stolperte bis an die Wand zurück. Ungläubig starrten sie das Wesen an, das neben ihnen stand.

»Was denn, die Damen, noch nie einem Faun begegnet?« Ihr Gegenüber lächelte herzlich und betrachtete die beiden Neuankömmlinge aufmerksam. Er war von der Größe eines etwa zehnjährigen Kindes und trug eine dunkel glänzende Tunika, die über der breiten Brust mit silbernen Bändern geschnürt war. Unter dem Saum sah Corrie seine Beine, die mit zottigem, braun-weiß gescheckem Fell bedeckt waren. Statt Füßen besaß er gespaltene Hufe.

Er lächelte nun ein wenig unsicher und kratzte sich zwischen seinen kurzen Hörnern. Seine großen, kaffeebraunen Augen musterten die beiden Frauen voller Interesse. »Wie es scheint, eher nicht, oder? Dann erlaubt mir …«

Er kam nicht dazu, den Satz zu beenden. Das Feld am Boden glühte erneut auf, und den Raum durchlief ein weiteres Beben, das jedoch nur halb so stark war wie das erste.

Dann stand Yazeem zwischen den beiden jungen Frauen und strich seinen Ledermantel glatt.

Schmunzelnd hob er den Blick zum Ziegenmenschen. »Sei gegrüßt, Vincent. Wie stehen die Geschäfte?«

Fassungslos schaute ihn der Faun an, dann machte sich überschwengliche Freude auf seinem Gesicht breit. »Yazeem! Das ist ja fantastisch! Wie lange warst du fort? Vier Jahre?«

»Eher fünf.« Yazeem seufzte tief und streckte die Schultern. Seine hellen Augen richteten sich auf Corrie und Silvana, die ihn und den Faun noch immer sprachlos anstarrten.

»Darf ich euch Vincent vorstellen? Buchhaltung und Bestellwesen für die *Magische Schriftrolle.*« Er warf dem Faun einen raschen Seitenblick zu. »Das stimmt doch noch, oder?«

Vincent zwinkerte. »Der Tag muss erst noch kommen, an dem ich mich freiwillig etwas anderem widme.«

»Dann laufen die Geschäfte also gut?«, fragte Yazeem und half Corrie auf die Beine.

Der Faun nickte. »Besser als je zuvor. König Leigh hat die Zuschüsse für die Universitäten und Alchimistenschulen erhöht, und die Zentauren treten uns schon morgens die Türen ein – im wahrsten Sinne des Wortes.«

»Enthusiastisch waren sie ja schon immer«, erwiderte Yazeem und grinste vielsagend. »Aber ich habe keine Zeit für lange Erklärungen. Habt ihr Eiskatzen da?«

»Vulco?«

Yazeem nickte grimmig. »Und mindestens vier seiner Feuerwölfe. Mit dem Schattenritter werde ich schon fertig.« Zur Bestätigung zog er das Falchion.

Der Faun nickte. »Immer noch der alte W… Kämpfer, hm? Ich werde sehen, ob ich eine für dich finde.«

Als Vincent die Tür hinter sich geschlossen hatte, konnte Corrie nicht länger an sich halten. »Wo hast du uns hingebracht? Was ist das alles hier?« Sie drehte sich einmal um ihre eigene Achse.

Silvana hatte sich noch immer nicht von der Wand gelöst.

Yazeem hob beschwichtigend die Hand. »Wir befinden uns im Keller der *Magischen Schriftrolle,* des größten Buchladens von Amaranthina. Ihr seid hier in Sicherheit. Die Feuerwölfe können uns nicht hierherfolgen.«

»Faune, Feuerwölfe«, Silvana schüttelte den Kopf. »Die gibt es doch gar nicht.«

Yazeem hob die Brauen. »Oh, das würden viele Einwohner dieser Reiche auch von Automobilen und Telefonen behaupten. Und schließlich habt ihr Vincent ja gerade selbst gesehen. Wirkte er nicht überaus real auf euch?« Dem hatte Silvana nichts entgegenzusetzen.

Sie schielte zu den Pergamenten auf dem Tisch, die wie Inventarlisten aussahen.

Corrie sah Yazeem fragend an. »Wir befinden uns nicht mehr in *unserer* Welt, oder?«, seufzte sie.

Dann hellte sich ihre Miene deutlich auf. »Nicht, dass ich das nicht total aufregend finden würde.«

»Bist du irre?«, rief Silvana entsetzt. »Unser Laden wird gerade von irgendwelchen *Dingern* auseinandergenommen, wir sitzen hier fest, und du findest das *aufregend?*«

»Um den Laden werde ich mich kümmern«, sagte Yazeem sanft. »Für euch wäre es dort gerade viel zu gefährlich. Mit Feuerwölfen und Schattenrittern spaßt man nicht. Da hätte selbst ich ein wenig Hilfe nötig.«

»Da hast du ziemliches Glück, würde ich meinen!« Vincent kam hastig zur Tür hereingestolpert. Hinter ihm erschienen fünf blaugrau getigerte, stachelige Katzen mit goldgelben Augen. Ein eisiger Schneehauch umwehte sie. Als die Wesen an ihnen vorbeischlichen, spürten die beiden Freundinnen die Kälte durch ihre Jeanshosen hindurch. Vor Yazeem blieben sie stehen. Eine von ihnen neigte leicht den Kopf. »Du hast einen Auftrag für uns?« Ihre tiefe Stimme wurde von einem feinen Rauschen begleitet, wie der Nordwind, der im Winter über die Felder streicht.

Yazeem lächelte erleichtert. »Es freut mich, dich zu sehen, Marsh. Es geht um ein paar Feuerwölfe, die sich gerade an einem Ort befinden, wo ich sie lieber nicht wissen würde.«

Marsh blinzelte langsam. »Zeig uns den Weg.«

Erneut berührte Yazeem das Muster im Boden in einer bestimmten Reihenfolge mit dem Fuß. »Das werdet ihr auch noch lernen«, sagte er, ohne den Blick abzuwenden. »Es ist gar nicht so schwer.«

»Und wozu sollte das nötig sein?«, fragte Corrie stirnrunzelnd und hielt sich die Hand vor die Augen, um sie vor dem gleißend blauen Licht der Zeichen zu schützen. Der Boden unter ihnen vibrierte diesmal nur sehr schwach.

»Später.« Yazeem machte eine einladende Geste, und Marsh stolzierte mit erhobenem Schwanz durch das Portal. »Wenn ich zurück bin.«

»Und wann können *wir* wieder in den Laden?«, wollte Silvana wissen. Ihr gefiel der Gedanke, in dieser fremden Welt alleine zurückbleiben zu müssen, ganz und gar nicht.

»Ich hoffe, recht bald.« Neben Yazeem verschwand die letzte der fünf Eiskatzen durch den leuchtenden Kreis im Boden. »Vincent wird euch alles zeigen und euch Cryas vorstellen.«

Der Faun nickte.

»Cryas?«, fragte Silvana stirnrunzelnd.

»Der Inhaber des Buchladens über uns«, beeilte sich Vincent zu antworten, da er Yazeem nicht länger vom Gehen abhalten wollte. Dieser wandte sich dankbar nickend dem Kreis zu. »Ich werde jetzt Vulco einen schönen Abend wünschen. Es wird mir eine Freude sein, euch nachher wiederzusehen.« Damit trat auch er durch das Portal. Die Zeichen waberten noch für ein paar Sekunden, dann verloschen sie. Der Weg zurück war versperrt.

Silvana rutschte an der Wand zu Boden. »Das glaub ich alles nicht.« Ihr Kopf sank auf ihre Knie. »Das ist doch alles völlig verrückt.«

Vincent lächelte aufmunternd. »Das denkt jeder, der das erste Mal hier ist. Mr Lien hat bei seinem ersten Besuch die Flucht über den Flur ergriffen.« Er deutete über die Schulter zu einer schweren Holztür. »Oben im Laden ist er gleich unserem Gorgonen in die Arme gelaufen. Danach konnte man in aller Ruhe mit ihm sprechen, bis die Wirkung des Blicks nachließ. Also«, er schwang sich auf das Schreibpult und musterte seine Gäste gutgelaunt. »Wenn ich das richtig verstanden habe, bist du Corrie? Und du Silvana, richtig? Und ihr habt den Buchladen von Mr Lien wiedereröffnet.«

Während Corrie zustimmend nickte, starrte ihn Silvana fassungslos an. »Ein Gorgone? Wie in dem griechischen Mythos?«

Vincent ignorierte ihre Frage. »Prächtig!«, strahlte er. »Dann werde ich euch beide jetzt am besten zu Cryas geleiten. Vermutlich brennen euch schon eine Menge Fragen unter den Nägeln, nicht wahr?«

Vor allem brenne ich darauf, wieder zurück in meine Welt zu kommen. Silvana ließ ihren Blick durch den Raum und über die vielen Folianten und Pergamente in den Regalen wandern. Der einzige Weg hinaus blieb der durch die Holztür.

Corrie hob neben ihr die Hand. »Eine hätte ich jetzt schon, wenn's recht ist. Ich wüsste gerne, wo wir hier eigentlich sind.«

Der Ziegenmensch breitete die Arme aus. »Ihr befindet euch im Reich der Hundert Inseln, in einer Welt, die neben der euren existiert. An einigen Stellen ist es möglich, durch Portale hinüberzuwechseln. So seid ihr hergekommen. Und so werdet ihr auch wieder zurückgelangen, wenn es an der Zeit ist.«

»Und wann soll das bitte sein?« Silvana konnte nicht verhindern, dass ihre Stimme zu zittern begann. Das war einfach zu viel. Erst der unbekannte Eindringling, dann diese Feuerwölfe, die ihren Laden vermutlich gerade verwüsteten, und schließlich dieser Ziegenbock im Keller einer Parallelwelt, aus der es nur einen Weg heraus gab. Und in der Zwischenzeit konnten ihnen Gorgonen mit versteinernden Blicken oder noch Schlimmeres begegnen!

Erschöpft schloss sie die Augen und versuchte die Welt (welche auch immer) daran zu hindern, sich zu drehen. Der kühle Stein der Wand in ihrem Rücken versprach ihr zumindest ein bisschen Halt.

Vincent ließ bestürzt die Arme sinken, während Corrie sich besorgt neben ihre Freundin hockte. »Alles in Ordnung, Silvie?« In ihrem Eifer hatte sie gar nicht bemerkt, wie mitgenommen ihre Freundin war.

Silvana vergrub ihr Gesicht in den Händen, während Corrie ihr beruhigend über den Kopf strich.

»Tut mir leid, Silvie. Ich dachte, du findest das auch alles so aufregend wie ich«, flüsterte sie. »Eine völlig neue Welt, ein wirklicher, echter Faun … und vielleicht noch jede Menge andere Dinge, über die wir bisher nur in Fantasy-Büchern gelesen haben!«

Silvana schüttelte langsam den Kopf, ohne ihn zu heben. »Und was ist mit den Feuerwölfen? Was ist mit unserem Laden, unserem Traum? Und was, wenn wir hier nie wieder wegkönnen? Und dann auch noch ein Gorgone …«

»Oh, keine Sorge«, schaltete sich Vincent ein, der die beiden Freundinnen besorgt beobachtet hatte. »Wenn Yazeem mit Vulco fertig ist, werdet ihr wieder zurückkehren können. Wahrscheinlich sogar schon heute. Und was unseren Gorgonen angeht – sein Blick ist nur für Männer lähmend. Außerdem trägt er meistens eine Sonnenbrille.«

Corrie drückte sanft Silvanas Oberarm. »Siehst du. Und bis Yazeem wieder zurückkommt, sehen wir uns einfach ein bisschen um. Was meinst du?«

Silvana stieß hart die Luft aus und nickte zögernd. Sie wartete darauf, dass sich ihr Puls wieder beruhigte und ihre Gedanken nicht mehr umherwirbelten.

Vincent reckte den Hals. »Kann ich euch irgendwie behilflich sein? Ich könnte nach einem Heilkundigen schicken, wenn ihr einen brauchen solltet …«

Corrie drehte sich zu ihm um. »Ich denke, das wird

nicht nötig sein. Danke.« Sie lächelte bekräftigend, bevor sie sich wieder ihrer Freundin zuwandte.

Silvana ließ ihre Hände sinken, lehnte den Kopf an die kalte Steinwand und atmete einmal tief durch.

»Geht es wieder besser?«, wollte Corrie wissen.

Zögernd nickte ihre Freundin und öffnete die Augen.

»Na, dann lass uns gehen, bevor hier gleich wirklich noch ein Minotaurus mit Räucherstäbchen und Kräuterbündeln auftaucht.« Corrie hielt ihr die Hand entgegen.

Immer noch verunsichert, aber doch mit einem leichten Lächeln auf den Lippen, ließ sich Silvana aufhelfen.

Vincent zog die schwere Holztür auf und verbeugte sich leicht. »Bitte, nach euch.«

Sie traten hinaus in einen langen, steinernen Korridor. Es roch feucht und ein wenig muffig. An der Wand steckten Kerzen in Eisenkäfigen, deren Gitter so eng waren, dass kaum ein Funke hinausdringen konnte. Das spärliche Licht flackerte über die Wände.

Vincent führte sie vorbei an unzähligen Kisten, Truhen, Säcken und Lederbeuteln, welche den Gang auf beiden Seiten säumten. Die vielen Türen, die sie passierten, waren alle verschlossen. »Was ist in den ganzen Räumen?«, wollte Corrie wissen.

»Hier unten bewahren wir die Bücher auf, die für den normalen Verkauf zu gefährlich wären«, antwortete der Faun. Er blieb an einer der nächsten Türen stehen und klopfte zaghaft an das eisenverstärkte Hartholz. Innen rasselten Ketten, und es ertönte ein grässliches Heulen, das Corrie zusammenfahren und Silvana erneut an die Wand hinter sich taumeln ließ.

»Hinter dieser Tür etwa lagert Mutopis' *Manifest*«, erklärte Vincent. »Mutopis war ein großer Zauberer. Sein Buch ist leider ein wenig eigen. Um es bei Laune zu halten, muss man es mit den Eingeweiden junger Elfenmänner füttern.« Er schüttelte angewidert den Kopf. »Kein Wunder, dass die Lehren von Mutopis mittlerweile so gut wie vergessen sind.«

»Scheint mir nicht das Schlechteste zu sein«, nickte Silvana noch eine Spur bleicher und schielte auf die dreifach gesicherte Tür. Kurz widerstand sie der Versuchung, zurückzurennen und in Vincents Büro auf Yazeem zu warten.

»Dabei ist es nicht einmal das schlimmste Buch in diesen Gewölben«, erwiderte der Faun mit einem Zwinkern. »Aber sorgt euch nicht deswegen«, fügte er hinzu, als er die erschrockenen Gesichter seiner beiden Begleiterinnen bemerkte. »Niemand wird diese Bücher je zu Gesicht bekommen. Nur im Liber Panscriptum ist verzeichnet, dass sie in unserem Besitz sind.«

»Liber Panscriptum?« Corrie kniff sich zum wiederholten Male in den Arm, um ganz sicher zu gehen, dass sie nicht träumte. Mit einem zufriedenen Grinsen spürte sie das leichte Zwicken.

»Eine Art Datenbank für Buchhandlungen in dieser Welt«, nickte Vincent unterdessen. »Ohne das Liber Panscriptum wäre es nicht möglich, unseren Kunden die gewünschten Bücher zu beschaffen. Es gibt den Aufenthaltsort aller Publikationen diesseits des Portals an, egal ob die Bücher verschollen, verbrannt, vergraben oder nicht mehr im Druck sind. Und das Allerbeste: Es aktualisiert sich selbst. Cryas wird bestimmt dafür sorgen, dass ihr eines mitnehmen dürft. Jede Buchhandlung, die etwas auf sich hält, besitzt eines. Mr Liens Exemplar existiert meines Wissens leider nicht mehr.«

»Was ist eigentlich mit Mr Lien passiert?«, wollte Corrie wissen. »Jeder erwähnt ihn, aber etwas Genaues haben wir bisher nicht erfahren. Nur, dass er plötzlich verstorben ist.«

Über das Gesicht des Ziegenmenschen legte sich ein betrübter Schatten, der das heitere Funkeln in seinen Augen erlöschen ließ. »Cryas wird es euch zu gegebener Zeit mitteilen, schätze ich. Er ist der Einzige, dem es zusteht, euch davon zu unterrichten. Habt noch ein wenig Geduld. Und in der Zwischenzeit …«, er stieß eine Tür des Ganges am Ende, das sie mittlerweile erreicht hatten, auf. »Willkommen in der *Magischen Schriftrolle.*«

Sie standen vor einem geschäftigen Buchladen, aber einem, wie sie ihn noch nie gesehen hatten. Er maß mehrere Stockwerke, die sich wie das Innere eines Schneckenhauses aufrollten. Die verschiedenen Ebenen wurden von breiten Säulen getragen. Einzelne Plattformen, die Platz für Lesepulte und Regale boten, ragten in den Raum hinein. Durch eine Glaskuppel mit Messingverstrebungen, unter der ein Schwarm Vögel seine Kreise zog, fiel warmes Sonnenlicht. Erst auf den zweiten Blick bemerkten die Freundinnen, dass es sich um fliegende Bücher handelte. Wenn man sich konzentrierte, konnte man das Rascheln ihrer schlagenden Seiten hören.

Ein verschmitztes Lächeln war in Vincents Gesicht zurückgekehrt. »Wir sind die größte Buchhandlung auf Amaranthina. So viele verschiedene Kunden werdet ihr in kaum einem anderen Laden der Hundert Inseln zu sehen bekommen.«

Im selben Moment sprang ein etwa kniehoher, jadegrün gesprenkelter Drache mit kleinen Flügeln an ihnen vorbei, der in seinem Beutel mehrere versiegelte Pergamente transportierte und eilig im hinteren Teil der *Magischen Schriftrolle* verschwand.

Silvana und Corrie starrten ihm fasziniert nach und fühlten sich an ein geschupptes Wallaby erinnert.

»Das ist Fneck«, erklärte Vincent bereitwillig. »Er ist ein Hopper. Kaum einer hier kann ein Buch schneller zum Kunden bringen als er.« Er deutete auf eine Gruppe Zentauren an den Lesepulten, deren schwere Pferdekörper die Ausmaße englischer Shire Horses hatten. Über dem Pferdekörper trugen sie leuchtend bunte Decken mit schimmernden Troddeln, ihren Menschenteil hatten sie in reich bestickte Tuniken gehüllt. »Das sind Professoren der nahen Universitäten, aber ich weiß leider nicht, was sie unterrichten.« Staunend folgten die jungen Frauen Vincent zu Jarn, dem Gorgonen an der Kasse, einer Gruppe Faune, deren Hufe hell über die Rampen klapperten, finster wirkenden, dunkelhäutigen Elfen in langen Roben und anderen, deren Haut ätherisch zu leuchten schien, Feenwesen, die zu viert ein Buch durch die Luft trugen, und Magiern, die ihre Stäbe am Eingang abgaben. »Um keinen Zwischenfall zu provozieren«, sagte Vincent.

Sie waren so beeindruckt, dass sie gar nicht bemerkten, wie sich etwas Großes, Pelziges neben ihnen niederließ.

»Wie ich sehe, haben wir einmal mehr Besuch aus der anderen Welt.«

Vincents Kopf schoss beim Klang der tiefen, rauhen Stimme herum, und ein entschuldigendes Grinsen erschien auf seinem Gesicht. »Oh, hallo Chef.«

»Manchmal habe ich das Gefühl, der Letzte zu sein, der über Neuigkeiten informiert wird. Und das, obwohl mir dieses Geschäft gehört. Wie dem auch sei – mit wem habe ich denn heute die Ehre, Bekanntschaft zu machen?«

Weder Corrie noch Silvana bekamen eine Silbe über die Lippen. Ehrfürchtig starrten sie den mächtigen Greif an, der vor ihnen auf den Hinterpfoten saß und den Kopf fragend zur Seite geneigt hatte. Er hatte graues Fell und blitzende, rote Augen, die über einen elfenbeinfarbenen Schnabel zu ihnen herunterblickten, während er wartete.

Als das Schweigen andauerte, räusperte sich Vincent entschuldigend. »Wenn ich vorstellen dürfte …« Er wies mit der Hand auf die beiden Freundinnen. »Das sind Corrie und Silvana. Die beiden haben den Buchladen in Woodmoore wiedereröffnet.«

Cryas' Gesichtszüge hellten sich sichtlich auf. »Welch wunderbare Nachrichten!« Er senkte den Kopf tiefer zu ihnen hinunter. »Ihr braucht euch nicht zu fürchten. Ihr seid hier unter Freunden.« Er blickte zurück zu Vincent, der noch immer breit grinste. »Ist Yazeem nicht mitgekommen?«

»Der Buchladen hat mal wieder ein kleines Feuerwolfproblem«, erwiderte Vincent und wurde wieder ernst.

»Seltsam, dass sie ausgerechnet jetzt auftauchen«, murmelte Cryas. Dann zwinkerte er den beiden jungen Frauen aufmunternd zu. »Kein Problem, das Yazeem nicht lösen könnte, da bin ich mir sicher.« Er sah auf die beiden Freundinnen hinunter, die ihn noch immer sprachlos anstarrten, und begann tief und krächzend zu lachen. »Oh, vergeudet eure Blicke nicht für eine so alte Krähe wie mich. Ich versichere euch, hier gibt es noch weitaus Interessanteres zu sehen.« Er streckte einladend die Pfote aus. »Mögt ihr eine Tasse Tee?«

Corrie blinzelte irritiert. *Tee?* Sie ließ den Gedanken einen Moment wirken, fand ihn jedoch durchaus reizvoll. Wer konnte schon von sich behaupten, mit einem Greif Tee getrunken zu haben? »Uhm, sehr gerne. Denke ich …« Sie versetzte Silvana einen auffordernden Stoß, und ihre Freundin nickte zögerlich.

»Wunderbar. Wenn ihr mir dann bitte folgen würdet?« Doch gerade als sie losgehen wollten, trabte eine zierliche Zentaurin auf sie zu, ein halbverbranntes Buch in den Händen. Das Fell ihres Pferdekörpers hatte die Farbe von dunkler Schokolade, ihre Hufe waren von weißen Krönchen umrandet, und ihr Schweif, den sie nervös hin- und herschlug, leuchtete golden. Sie lächelte unsicher. »Auch wenn du Besuch hast, Cryas, darf ich dich ganz kurz stören?«

Ihre großen, hellen Augen huschten von ihrem Arbeitgeber zurück zum Buch.

»Darf ich euch beiden Pearly, unsere neueste Auszubildende vorstellen?« Die Zentaurin nickte ihnen scheu zu. »Und das hier sind Corrie und Silvana. Was gibt es denn, Pearly?«

Sie streckte ihm den verkohlten Einband entgegen. »Einer von Maribos' Schülern hat beim Üben seiner neuen Zaubersprüche versehentlich das Buch in Brand gesetzt. Damit der Meister nichts merkt, will er es nachkaufen, weiß aber nicht, um welches Buch es sich handelt. Ich kann es durch den Ruß leider auch nicht mehr entziffern. Kannst du mir vielleicht sagen, was das hier ist – oder vielmehr, was das hier mal war?«

»Immer diese unvorsichtigen Novizen.« Cryas seufzte und nahm das Buch behutsam in seine Pranke. »Sich überall mit der Zauberei brüsten, aber dann nicht den Mut haben, Fehler zuzugeben.« Vorsichtig blätterte er durch die ersten Seiten, die sofort zu Asche zerfielen und unter Pearlys hilflosem Blick lautlos gen Boden rieselten. Einige Seiten waren jedoch halbwegs unversehrt geblieben, und nach ein paar mehr oder weniger versehrten Abbildungen brummte Cryas. »Das war einmal Aracandadus *Manifest von der Mannigfaltigkeit der Feuersprüche.* Wie passend, dass er ausgerechnet *das* angezündet hat.« Der Greif verzog sein Gesicht zu etwas, das wie ein Stirnrunzeln aussah. »Ich glaube, das habe ich heute Morgen auf den Eingangslisten gesehen. Aber frag lieber noch mal Vincent. Er kann es dir ganz genau sagen.«

Die Zentaurin nahm freudestrahlend die Überreste des Manifests wieder an sich. »Vielen Dank, Cryas. Ich bin beeindruckt.«

Der Greif neigte dankend den Kopf. »Irgendetwas muss mich ja als Inhaber dieses Ladens qualifizieren. Und Pearly, wenn du ihm das Buch verkauft hast, dann schlag es ihm doch bitte ausnahmsweise kostenlos in feuerfestes Drachenleder ein, ja?« Er lächelte Corrie und Silvana zu. »Wollen wir drei dann weiter zum Tee?« Sie wollten gerade gehen, als ein dünner Foliant in pfeilschnellem Flug über sie hinwegschoss. »Vorsicht!« Auch die beiden Freundinnen zogen reflexartig die Köpfe ein. Ein schlanker Mann mit spitzen Ohren, großen, hellblauen Schwingen und einem Schmetterlingsnetz in den Händen kam dem Buch hinterhergerannt. »Tut mir leid, Cryas!«, rief er im Vorüberjagen, den Blick auf das Buch geheftet, das di-

92

rekt vor ihm abrupt in Richtung der Kuppel ausbrach. Mit kräftigem Flügelschlag tat es ihm sein Verfolger gleich und holte aus. Kurz darauf zappelte der Foliant auch schon mit ärgerlichem Rascheln in den feinen Maschen des Netzes, und der Mann landete vor einem wartenden Kunden, der sich erfreut die Hände rieb und das Netz entgegennahm.

Cryas' gesträubtes Nackenfell glättete sich wieder etwas. »Veron Eisfeder«, kommentierte er den Auftritt. »Er verwaltet gemeinsam mit ein paar Feen die *Geflügelten Worte.*«

»Hier wird es nie langweilig, oder?«, fragte Corrie, die nicht oft genug in die Runde blicken konnte, um all die neuen Eindrücke aufzunehmen. Ihre Augen leuchteten.

Cryas lachte krächzend. »Am spannendsten ist jeden Morgen die Frage, ob der Laden wohl am Abend noch steht.«

Er öffnete eine massive Tür aus rosenfarbenem Holz, die sich am Ende der unteren Etage zwischen ein paar vergitterte Regale zwängte. Durch die Stäbe drang ein leises Grummeln und Rappeln. Angriffslustig schabte das Papier über das Holz und strich an dem Eisen vorbei.

»Was sind denn das für welche?«, wollte Corrie wissen und trat näher. Als sie zwischen die Gitterstäbe lugte, warf sich eines der Bücher plötzlich mit einem lauten Knall gegen sein Gefängnis und knurrte bedrohlich. Erschrocken wich Corrie zurück, wobei sie beinahe ihre Freundin von den Füßen geholt hätte.

»Das sind alle unsere vorrätigen Ausgaben vom *Wächter-Training für vielerlei magische Geschöpfe* von Adrianus Maleezozzo«, erklärte der Greif. »Normalerweise verhalten sie sich wirklich vorbildlich – aber steckt trotzdem lieber nicht die Finger rein.«

Silvana fuhr sich mit der Hand über das Gesicht. Fleischfressende Bücher, beißende Bücher, fliegende Bücher … Sie war nur solche gewohnt, die einfach im Regal standen.

»Maleezozzo?«, wiederholte Corrie. »Hat der auch noch andere Bücher geschrieben?«

Cryas neigte den Kopf. »Noch einige. Aber keine, die in eurer Welt bekannt sind. Bei euch braucht niemand einen alarischen Sumpfspeier oder einen Dämmerungshund abzurichten.«

»Da gab es aber eine Nachfrage«, erinnerte sich Silvana, kramte den Zettel von der Eingangstür aus ihrer Jeans und hielt ihn dem Greif hin.

Cryas nahm ihn und warf einen Blick darauf. Seine Augen erhellten sich, und in die Mundwinkel seines Schnabels kerbte sich ein Lächeln. »Ach, der gute Hanten. Zugegeben, *der* kann mit diesem Werk sicherlich einiges anfangen, wenn er denn plant, einmal wieder hierher zurückzukehren.«

»Dann kennst du ihn?«, wollte Corrie wissen.

»Sicher«, nickte der Greif. »Ein guter Kunde. Wir haben ihm schon eine Menge Bücher nach Woodmoore geliefert. Ich weiß leider nicht, welcher Arbeit er nachgeht oder welcher Rasse er wirklich angehört, aber er verfügt über eine Menge Geld. So viel steht fest.« Er gab Silvana den Zettel zurück. »Seinem Wunsch zu entsprechen, dürfte eine leichte Aufgabe sein – sofern ihr den Buchladen weiterhin betreiben wollt.« Er wandte sich wieder der Tür zu.

»Stehen die eigentlich absichtlich neben deinem Büro?«,

94

fragte Corrie, die das Buch am Gitter abschätzend anstarrte.

»Besser kann man ungebetene Gäste nicht davon abhalten, hereinzukommen«, nickte der Greif und schritt den kurzen Flur hinter der Tür entlang bis zu einer zweiten.

»Wie wäre es mit einem Schloss?«, schlug Silvana vor, die sich vom Anblick des abwartend verharrenden Buches losriss und Corrie und Cryas folgte.

Cryas stieß wieder sein rauhes Lachen aus. »Das mag vielleicht in *eurer* Welt funktionieren. Ein Schloss wäre in unserer Welt eine viel zu simple Abwehrmaßnahme. Wir arbeiten mit Bann- und Schutzzaubern in den Wänden und Schränken, die es unmöglich machen, etwas zu entwenden.« Er wies mit den Pfoten auf ein paar unbestimmte Punkte im Raum. »Sind diese einmal alarmiert, ruft das sofort die *Wächter* auf den Plan. Wir sollten diesen Punkt für euren Laden im Kopf behalten. Wenn es den Feuerwölfen einfach so gelungen ist, hereinzukommen, dann müssen die alten Schutzzauber ziemlich … *ausgelutscht* sein, wenn ihr mir den Ausdruck erlaubt.« Und mit diesen Worten war der Greif hinter einer weiteren Tür verschwunden, um den Tee zu bereiten.

Silvana und Corrie blieben in seinem Büro zurück.

»Das ist gigantisch, oder?«, fragte Corrie begeistert und ließ ihren Blick durch den Raum schweifen, der fast vollständig von einem enorm großen, massiven Holztisch eingenommen wurde, mit dem man über einen See hätte rudern können. Seine Schnitzereien und Intarsien konnten nur von einem wahren Meister seines Fachs geschaffen worden sein. Die Füße besaßen die Form von efeuüberwucherten Buchstapeln, auf denen mächtige Zentauren stan-

95

den, die die Platte hielten, um deren Seiten ein Flechtwerk aus Blättern, Federkielen und Tintenfässchen verlief. Der Boden war bedeckt mit bunten, weichen Teppichen, von denen einige offenbar magischer Natur waren: Die Szenerien auf ihnen bewegten sich lautlos und wichen den Füßen aus, wenn man auf sie trat. Ringsum an den Wänden standen kunstvoll geschnitzte Regale, die mit Büchern, Folianten, Pergamentrollen und allerlei seltsamen Gegenständen vollgestopft waren. Da gab es einen kleinen Drachenschädel, der seine Zähne in ein altes Buch geschlagen hatte, ein Glasgefäß, in dem ein faustgroßes Stück Pergament schwebte und beständig die Farbe seiner Schrift veränderte, seltsame Figuren aus Holz und Stein, Gerätschaften aus diversen Metallen, deren Zweck sich jedoch nicht offenbaren wollte, und eine wahrhaftige, wenn auch ausgestopfte, gefiederte Schlange, die sich oberhalb der Regale über fast drei Wände des Raumes zog.

»Einfach unglaublich, richtig«, stimmte Silvana ihrer Freundin zu. Zwar fühlte sie sich noch immer nicht wohl dabei, unversehens in diese fremde Welt katapultiert worden zu sein, doch der Anblick dieses Zimmers lenkte sie zumindest für einen Augenblick ab. Das dämmrige, orangene Licht der Kerzengläser maß sich beständig mit den zuckenden Schatten an der Wand. »Ich hatte es ja schon im Gefühl, dass uns mit dem Kauf des Buchladens noch etwas ins Haus steht, aber mit *so was* habe ich nicht im Traum gerechnet. Ich muss zugeben, mein Weltbild hat gerade ein paar deutliche Risse bekommen.«

Im selben Moment kam Cryas mit einem geflochtenen Tablett zurück, das er an einer bunten Kordel in seinem Schnabel trug. Darauf befanden sich zwei Tassen in normaler Größe und eine riesige, bauchige Schale, die mit Sicherheit mindestens zwei Liter fasste. In allen dampfte eine aromatisch nach Beeren und Blumen duftende, dunkelrote Flüssigkeit. Er stellte das Tablett ab und blickte die Frauen an. »Das ist ganz normal«, beruhigte er sie. »Irgendwann ist es dann Zeit, es durch ein neues zu ersetzen. Schließlich ist diese Welt ebenso real wie eure. Auch wenn das schwer zu akzeptieren ist, wenn man sein ganzes Leben geglaubt hat, solche Wesen wie mich oder Vincent oder all die anderen gibt es nicht wirklich.«

Corrie und Silvana nahmen auf zwei hohen Lehnstühlen vor dem Tisch Platz, während Cryas sich auf einem Berg Kissen dahinter niederließ. Seine Raubvogelaugen musterten die jungen Frauen voller Interesse und Neugier. »Ich nehme an, das alles hier muss euch wie ein völlig verrückter Traum vorkommen.«

Corrie nickte und beugte sich vor, um sich die Teetasse vom Tablett zu nehmen.

»Vielleicht ist es ganz gut, dass ihr jetzt schon hier seid«, meinte der Greif und tauchte den Schnabel in seinen Becher. »Bevor ihr noch unschönere Überraschungen erlebt hättet. Aber ich will euch keine Angst machen. Es ist wohl am besten, wenn ich euch zuerst einmal ein wenig darüber erzähle, wo ihr hier genau seid.«

Cryas stellte seine Tasse zurück auf das Tablett und faltete bedächtig seine Tatzen auf der Tischplatte. »Es ist mir eine wirkliche Freude, euch in der Welt der Hundert Inseln willkommen zu heißen – oder genauer gesagt auf der Insel Amaranthina, der größten von ihnen. Oder, wenn man noch genauer sein will, in Port Dogalaan, der größten Hafenstadt auf Amaranthina. Letzten Schätzungen zufolge leben hier etwa 200 000 Einwohner aller Rassen und Kulturen. So viele findet ihr vermutlich auf kaum einer der anderen Inseln.

Zu welchem Herrschaftsgebiet die Inseln gehören, hängt von ihrer Lage in den verschiedenen Meeren ab. Es gibt auch eine Menge freie Inseln, die von den Städtebünden verschiedenster Völker regiert oder verwaltet werden. Dazu kommen noch vereinzelte Versorgungsinseln, auf denen sich nur ein Wirtshaus oder Handelskontor befindet. Diese sorgen zumeist für sich selbst, ohne einem der anderen Regenten verpflichtet zu sein. Ihre Neutralität schätzen eigentlich alle seefahrenden Völker, und niemand würde es wagen, sie zu etwas zu zwingen. Über Amaranthina und die umliegenden Inseln herrscht König Leigh. Er hat seine Residenz allerdings nicht hier, sondern weiter südlich auf Enguria, einem nicht einmal halb so großen Eiland. Enguria verfügt über einen überaus florierenden Zaubertrankexport und traumhafte Wälder, die sicherlich jede Menge zahlende Gäste anlocken würden, wenn König Leigh Fremde auf seine Insel lassen würde.«

Silvana hob die Hand wie in der Schule, und Cryas hielt inne.

»Unterstehen dem nicht auch die Feuerwölfe, die vermutlich gerade unseren Laden zerlegen?«

»Ich hoffe nicht, dass es dazu kommen wird«, antwortete Cryas ernst. »Im Grunde genommen hast du recht. Die Feuerwölfe sind Teil der Leibgarde des Königs und bilden außerdem noch einen recht ansehnlichen Teil der Miliz von Amaranthina und anderer großer Inseln. Allerdings gebietet König Leigh nicht direkt über sie. Sie und auch der übrige Teil der königlichen Garde, die aus Fau-

nen, Zentauren, Schatterrittern, Flederspinnen, Nacht-
füchsen und Silberhufen besteht, werden von Meister Lamassar kontrolliert, dem Erzmagier des Hofes. Vulco, der
Hauptmann der Feuerwölfe, und auch die anderen Haupt-
männer, unterstehen seinem Befehl. Und keiner von ihnen
würde je seine Befehle anzweifeln, wenn ihnen ihr Leben
lieb ist.«

»Ist ja ein richtiges Herzblatt«, bemerkte Silvana trocken.

»Und dieser Erzmagier hat einen guten Grund, uns diese Viecher auf den Hals zu hetzen, ja?«

»Für solche Aktionen braucht er nicht unbedingt einen
Grund, aber in eurem Fall verhält es sich so – leider. Was
uns zum Buchladen bringt. Und zu seiner Bedeutung.«

»Ich würde aber gerne noch mehr über Amaranthina
und das Reich erfahren«, warf Corrie mit vor Neugier
leuchtenden Augen ein. »Wer hier alles so lebt und wie,
und wie groß die anderen Reiche sind ... Und was es hier
noch für verschiedene Völker gibt!«

Silvana sah Corrie vorwurfsvoll an. »Wenn wir diese
Biester schon im Laden haben, wäre es da nicht sinniger,
sich zuerst damit zu beschäftigen, was sie genau wollen?«
*Und wie wir sie möglichst dauerhaft loswerden, um normal
zu eröffnen.* Sofern das überhaupt noch eine Option war ...

Cryas zwinkerte Corrie verschwörerisch zu. »Ich bin
sicher, es wird Vincent eine Ehre sein, dir den Hafen und
den Basar zu zeigen – und eine Menge Dinge mehr. Und
wenn heute nicht mehr genug Zeit dafür sein sollte, dann
holt er das sicherlich ein anderes Mal nach. Das Portal ist
jetzt wieder aktiviert, und ihr könnt es jederzeit nutzen,
wenn euch Yazeem oder jemand anders die Handhabung

erklärt hat. Es ist nicht kompliziert. Vorausgesetzt natürlich, ihr wollt den Buchladen weiterhin behalten und wie geplant eröffnen.«

Corrie nickte nur widerstrebend. »Na gut. Also dann, was ist an unserem Laden – abgesehen von einem magischen Portal im Keller und Leseratten – noch so besonders?«

»Eine ganz bestimmte Sache.« Cryas wiegte leicht den mächtigen Kopf. »Aber zuerst noch ein paar Worte zum Portal. Euer Haus ist nicht das einzige in eurer Welt, das ein solches verbirgt, wohl aber in Woodmoore und der näheren Umgebung. In früheren Zeiten waren es noch mehr, doch leider wurden viele im Laufe der Jahrhunderte zerstört. Die restlichen werden streng geheim gehalten – im Interesse beider Welten. Stellt euch nur vor, was geschehen würde, wenn einer eurer Herrscher versuchen würde, das Inselreich zu erobern – oder wenn eure Welt plötzlich von Magie überschwemmt würde. Nichts bliebe, wie es einmal war. Es könnte Krieg ausbrechen oder beide Welten hörten gar auf zu existieren. Niemand weiß es. Und gerade deshalb darf ein Austausch nur in geregelten Bahnen erfolgen. Versteht ihr?«

Silvana runzelte die Stirn. »Und wer kontrolliert, ob diese Regeln eingehalten werden?«

»Das ist die Aufgabe der Gilde. Ihre Wächter halten sich stets in der Nähe eines Portals auf. Zumeist sind sie Händler, denn die vorrangige Bestimmung der Portale ist heute vor allem der Austausch von Waren zwischen den Welten. Natürlich finden auch noch Reisen statt, aber diese sind längst nicht mehr so zahlreich wie noch vor einigen Jahren.«

»Und wer bewacht unseres?« Corrie sah den Greif erwartungsvoll an.

»Auf dieser Seite – ich«, antwortete Cryas nicht ohne Stolz, bevor er mit seinen Erläuterungen fortfuhr. »Wann und wie genau diese Portale entstanden sind, vermag heute niemand mehr mit Bestimmtheit zu sagen. Eine Theorie besagt jedoch, dass sie nur dort entstehen können, wo eure und unsere Welt besonders eng beieinanderliegen. Bekannt ist auch, dass die Portale schon seit mehreren tausend Jahren existieren, denn es ist bereits recht früh in der Geschichte zu ersten Aufeinandertreffen zwischen Menschen und Inselreich-Bewohnern gekommen. Das könnt ihr beispielsweise an den Göttern der Ägypter und den Faunen der griechischen Mythologie sehen – oder auch an dem germanischen Fenriswolf.«

»Die kamen alle von hier?«, fragte Silvana ungläubig. Das wurde ja immer skurriler!

Cryas zuckte raschelnd die Achseln. »Damals hatte die Gilde der Portalmeister noch keine so strengen Richtlinien für das Auftreten der Reisenden in eurer Welt. Heute ist selbst meine Art bei euch zu einem mythischen Wesen der Sagen und Legenden geworden. Etliche der Begegnungen, aus denen solche Sagengestalten oder gar *Götter* hervorgingen, waren rein zufällig. Natürlich gab es auch Kreaturen, wie diese eine Sphinx, die sich den Menschen aus reiner Geltungssucht präsentierten. Noch mehr ins Detail zu gehen würde jetzt allerdings zu weit führen. Wenn ihr Interesse habt, könnt ihr die Geschichte unserer beiden Welten irgendwann einmal in unseren Aufzeichnungen nachlesen. Wichtig für euch ist zu wissen, dass auch heute noch viele frühere Bewohner dieser Welt unerkannt in eurer

Mitte leben, weil es ihnen in eurer Welt gefällt – Elfen beispielsweise, aber auch Ghule, Werwölfe und Nymphen. Im Gegenzug kamen übrigens auch Menschen in dieses Reich und blieben hier, so dass ihr hier nicht nur euren sogenannten ›Fabelwesen‹ begegnen werdet.« Er hielt inne, als er die konsternierten Blicke seiner beiden Besucherinnen bemerkte. »Bin ich zu schnell?«

»Ghule«, wiederholte Silvana entsetzt. »Werwölfe? In unserer Welt?« Plötzlich kam ihre Angst zurück, die bis eben noch von aufkeimender Neugier verdrängt worden war.

Cryas hob die pelzigen Brauen. »In der Tat. Und einem seid ihr bereits begegnet.«

Silvana schlug sich die Hand vor den Mund. »Der Schatten! Und ich hatte schon gedacht, ich hätte einen totalen Knick in der Optik.«

Da verstand auch Corrie, als sie sich an den Schatten im Keller erinnerte. »Yazeem ist ein Werwolf?«

»Ich hatte mich schon in der Küche über den seltsamen Schattenriss gewundert. Diese Ohren und diese *Schnauze*. Aber ich dachte, es wären vielleicht die Schatten von den Blumen auf der Fensterbank.«

»Wolfsschatten als Mensch und Menschenschatten als Wolf«, bestätigte Cryas. »Er lebt nun seit fast zehn Jahren in eurer Welt.«

Resigniert massierte sich Silvana die Nasenwurzel. Das war eindeutig nicht ihr Tag. Manchmal hatte sie wohl recht gehabt zu glauben, manche Menschen wären einfach nicht von dieser Welt.

Corrie stellte ihre leere Tasse zurück. »Yazeem erwähnte, dass er für unseren Vorgänger gearbeitet hat.«

»Mr Lien. Das ist richtig.« Cryas' Gesicht verfinsterte sich, und er hob die Schale zum Schnabel. »Euer Buchladen hat viel Kundschaft aus Amaranthina. Außerdem verbirgt er etwas, das des besonderen Schutzes vor dem Erzmagier bedarf. Deswegen waren immer Helfer aus dieser Welt vor Ort, um den Inhaber zu unterstützen. Leider konnte das Robert nicht retten. Aber wir haben aus diesem Fehler gelernt, das kann ich euch versichern. Solltet ihr den Laden fortführen wollen, so habt ihr nichts zu befürchten.«

»Was ist denn nun eigentlich genau passiert?«, fragte Silvana, nicht sicher, ob sie es wirklich wissen wollte.

»Robert und ich kannten uns sehr gut, er war oft hier. Fast häufiger als in seinem eigenen Laden.« Cryas gab ein wehmütiges Krächzen von sich. »Er war sehr interessiert an dieser Welt und konnte Stunden damit zubringen, in den alten Büchern zu blättern und die alten Karten zu studieren. Deshalb war er sich auch des Risikos bewusst, das er einging, als er sich entschied, uns zu helfen.«

Cryas sprach nicht weiter, und Silvana hob fragend die Brauen. »Wobei?«

Der Greif sah sie ernst an. »Es ging um ein sehr kostbares Buch, das ein guter Freund in einem entlegenen Winkel des Schneemeers gefunden hatte. Er nahm es mit sich und zeigte es mir. Um euch die Bedeutung dieses Fundes zu verdeutlichen, muss ich allerdings weit in die Geschichte dieses Reiches zurückgehen und euch von Meister Angwil erzählen.«

Cryas holte tief Luft und strich sich raschelnd über seine dichten, schwarz-weißen Halsfedern. »Meister Angwil lebte vor etwa 200 Jahren auf Amaranthina. Nicht hier in Dogalaan, sondern weiter östlich in Theawan. Er war sehr mächtig und seine Weisheit bereits zu seinen Lebzeiten legendär. Früh besuchte er auch eure Welt, die ihn sehr faszinierte. Eine seiner Thesen war, dass unsere beiden Welten so eng miteinander verbunden sind, dass keine der beiden ohne die andere existieren könne. Das war eine gewagte Aussage, selbst für einen Mann wie ihn, doch kein König wollte in seiner Missgunst stehen und auf seine Ratschläge verzichten müssen. So hatte er freie Hand bei der Suche nach Beweisen, die seine Vermutungen unterstützen konnten. Natürlich hatte er aufgrund seines Rufs eine Menge Novizen um sich versammelt, die seinem Vorbild nacheiferten. Doch es gab nur fünf unter ihnen, die er in seinen engsten Kreis berief.

Zu jener Zeit gab es einen weiteren Magier, ähnlich mächtig, doch nicht so weise wie Meister Angwil, sondern machthungrig, unbeugsam und von neidvollem, unstetem Wesen. Sein Name war Saranus. Er war erfüllt von dem Gedanken, die Inselreiche zu beherrschen und das Reich der schwachen Menschen auszulöschen, da er fürchtete, von dort aus könnte man ihm eines Tages seine Herrschaft streitig machen. Er stand in den Diensten eines sehr einfältigen Königs, der ihm die Kontrolle über seine Heere überließ und so in blutige Kriege verwickelt wurde, die hunderttausend Opfer forderten. Als sich Saranus mit seinen Kriegern auch den friedlichen Inseln von Amaranthina näherte, beschloss Angwil, ihn aufzuhalten. Er sammelte Mitstreiter und stellte sich Saranus entgegen. Dieser drang mit seinen engsten Untergebenen in Angwils Akademie ein. Der Kampf der beiden Magier, so sagt man, dauerte sechs Tage und Nächte, bevor Angwil Saranus in die Knie zwang und seine Seele von seinem Körper trennte. Den

Geist bannte er in einem Kristall, den er von da an stets mit sich trug. Saranus' Novizen jedoch sammelten sich Jahre nach ihrer Niederlage im Verborgenen, um ihren Meister zurückzuholen. Es gelang ihnen, erneut in die Akademie einzudringen und Angwil schwer zu verwunden. Seine fünf Novizen flüchteten mit ihm in einen der Türme, wo Angwil mit letzter Kraft seinen Körper und seinen Geist in fünf Bücher transferierte, von denen jeder der Novizen eines an sich nahm. Sie sollten diese Bücher verstecken und einen verschlüsselten Pfad zu ihnen legen, so dass jene, die Angwils Hilfe in Anspruch nehmen müssten, zu ihm finden und ihn wiedererwecken konnten.« Hiernach schwieg Cryas und sah die beiden Freundinnen abwartend an.

»Und dieses Buch, das dein Freund gefunden hat, ist eines dieser Bücher«, schloss Corrie.

Cryas nickte langsam. »Das einzige, dessen Name bekannt ist. Man kann es im Liber Panscriptum finden, denn es zeigt den Standort jedes Werkes, dessen Namen man ihm nennt. Doch aufgrund eines sehr starken Schutzzaubers sind die Angaben des Liber nur vage. Man kennt nur den ungefähren Ort. Deshalb war es eigentlich Zufall, dass das Buch gefunden wurde.«

»Und auf dieses Buch hat es der Magier von Leigh abgesehen?«, fragte Silvana.

Wieder nickte Cryas.

»Aber wieso? Was will er von Angwil?«

»Das ist der Punkt, an dem die Geschichte sich in unserer Zeit fortsetzt«, seufzte der Greif. »Leider. Lamassar ist einer der Nachkommen jener Novizen, die Saranus folgten. Er ist darauf aus, die Macht, die seiner Meinung nach seiner Familie zusteht, wieder an sich zu reißen. Nicht lange nachdem das Buch auftauchte, gelang es ihm, den Kristall aufzuspüren, in den Angwil Saranus' Geist eingeschlossen hatte. Angwils Novize Beleantar hatte ihn über Generationen in seiner Familie weitergegeben. Das Geheimnis war gut gehütet, doch Lamassar fand es trotzdem heraus. Seine Feuerwölfe haben nichts als Asche zurückgelassen. Offenbar ist es ihm danach gelungen, den Geist zu befreien, der nun seine Schritte und seine Gedanken lenkt. Lamassar und Saranus sind eins geworden.«

»Woher weißt du das?«, warf Silvana ein.

»Als das Buch gefunden wurde, waren alle in der *Magischen Schriftrolle* sich einig, dass es um jeden Preis vor dem Zugriff von Lamassar geschützt werden muss. Schließlich konnten wir uns ja denken, dass er versuchen würde, es an sich zu reißen. Um über Lamassars Schritte informiert zu sein, hatten wir Spitzel in Leighs Schloss eingeschleust. Leider ist der Kontakt seit Lamassars und Saranus' Verschmelzung abgerissen.«

»Lamassar will also das beenden, was Saranus begonnen hat«, fasste Corrie zusammen.

»Aber Angwil ist immer noch eine Bedrohung für Lamassar und Saranus gleichermaßen, solange er nicht vollkommen vernichtet ist«, fügte Silvana hinzu. Sie sah Cryas an. »Und dieses Buch ist jetzt bei uns?«

»Es hier in dieser Welt verbleiben zu lassen, war zu gefährlich für alle. Für uns und für eure Welt gleichermaßen. Also nahm Robert es mit sich und verbarg es im Laden.«

»Aber wie konnte Lamassar in Erfahrung bringen, wo es sich befindet?«, wollte Corrie wissen.

»Dazu hat er leider nur einen unwissenden Buchhändler benötigt, der ihm einen Blick in eines der Liber gewährt hat, nachdem er den Titel des Buches in Erfahrung gebracht hatte – ich vermute, ebenfalls durch den Novizenabkömmling. Vielleicht hat er auch einen Laden abbrennen lassen oder einen Buchhändler ermordet, um an das zu kommen, was er haben will. Er nimmt sich immer alles, was er will, ungeachtet der Opfer. Es kümmert ihn nicht, ob er dafür foltern, morden oder brandschatzen lässt. Und seine Schergen sind ebenfalls um keine Abscheulichkeit verlegen. Sie kennen keine Grenzen für ihr Tun.«

»Aber er weiß nicht, wo im Laden es ist«, wandte Silvana ein und versuchte, ihre Stimme am Zittern zu hindern. Der Gedanke, solch skrupellosen Kreaturen begegnen zu können, erfüllte sie mit Furcht. »Oder?«

»Das ist das Gute«, nickte Cryas. »Das Buch ist noch immer durch einen Verhüllungszauber gut geschützt. Es gibt nach wie vor nur seine ungefähre Position an – und das ist der Buchladen. Dort muss es noch immer erst gefunden werden.«

»Folglich der Einbruch«, sagte Silvana und schluckte.

»Und vermutlich nicht der erste«, ergänzte Corrie.

»Nein«, bestätigte Cryas. »Vor fünf Jahren hat Lamassar versucht, sich das Buch zu sichern. Damals wussten wir nicht, wie weit er wirklich gehen würde, und das hat Robert mit seinem Leben bezahlt. Niemand kann euch zwingen, den Laden wiederzueröffnen und seine Arbeit weiterzuführen. Aber ich würde mich freuen, wenn ihr euch dazu entschließen würdet. Ich möchte dabei auch noch einmal betonen, dass wir alles tun werden, um eure Sicherheit zu gewährleisten. Ihr werdet keine Furcht vor Lamassar und seinen Leuten haben müssen.«

Er schwieg, und Corrie und Silvana taten es ihm gleich.

Eine ganze Weile war nur das Atmen des Greifs zu hören oder ein Rascheln, wenn er das Gewicht auf seinen Kissen etwas verlagerte.

Schließlich war es Corrie, die ihn wieder ansah. »Aber Bücher verkaufen würden wir doch auch, oder?«

Cryas nickte. »Durch das Portal fand stets ein reger Austausch von Büchern und anderen Schriften statt. Jeder von uns hat Kunden für Werke aus der jeweils anderen Welt. Deshalb würde ich euch auch wieder ein Liber Panscriptum mitgeben – solltet ihr euch der Aufgabe stellen wollen, die ihr mit dem Erwerb des Ladens unwissentlich übertragen bekommen habt. Wenn nicht, ist Mr Watson sicherlich bereit, die bereits geschlossenen Verträge aufzulösen und das Geld zurückzuzahlen.«

»Der gehört auch hierher?« Silvana hatte wieder damit begonnen, ihre Nasenwurzel zu massieren.

»Nein, tut er nicht. Wenn es nötig ist, wird Yazeem mit Mr Watson sprechen«, entgegnete Cryas.

»Also ich für meinen Teil find's genial«, strahlte Corrie.

»Vampire, Elfen und Werwölfe als Kunden, ständig Feuerwölfe und einen besessenen Erzmagier im Nacken zu haben und verzauberte Bücher zu hüten, findest du *genial*?«, fragte Silvana sichtlich erschüttert. Nicht, dass sie eine solche Aussage nicht bereits befürchtet hatte. Sie kannte Corrie schließlich gut genug, um zu wissen, dass so etwas wie *das hier* ganz nach ihrem Geschmack war. Was sie von sich nicht gerade behaupten konnte.

»Das ist doch noch mal eine Stufe spannender als die ohnehin schon seltsamen Kunden, die man sonst so begrüßen kann«, strahlte Corrie. »Da maul du noch mal, dass wir in Woodmoore versauern! Wir könnten das auch gleich mit in unseren neuen Namen aufnehmen. Wenn wir zurück sind, muss ich unbedingt gleich schauen, welche Domains noch frei sind!«

»Domains?«, wiederholte Cryas verwirrt.

»Das Internet ist hier also demnach nicht bekannt«, stellte Silvana seufzend fest.

Cryas' Gesichtszüge hellten sich etwas auf. »Ich erinnere mich da düster an etwas, das Yazeem vor ein paar Jahren erwähnt hat, als er das letzte Mal hier war … Apropos, eigentlich sollte er langsam wieder mit Marsh zurück sein.« Er bedachte die beiden Freundinnen mit einem gedankenvollen Blick. »Ich erwarte eure Entscheidung nicht sofort. Sprecht über das, was ich euch erzählt habe, und wenn ihr euch entschieden habt, kommt mit Yazeem wieder zu mir. Einverstanden?«

Corrie klopfte nachdenklich gegen ihr Kinn und warf Silvana einen, für den Greif undeutbaren, Seitenblick zu. »Klingt fair, würde ich sagen.«

Silvana, die den Blick bemerkt hatte und ihn *durchaus* zu deuten wusste, nickte. *Dieses Mal lasse ich mich nicht so einfach überreden,* dachte sie.

»Also dann.« Das Lächeln kehrte wieder auf Cryas' Gesicht zurück. »Lasst uns nachsehen, ob Yazeem schon draußen wartet, um euch mitzuteilen, wie es mit eurem Buchladen und der geplanten Eröffnung steht. Außerdem«, und dabei zwinkerte er, »sollte man seine Mitarbeiter nie zu lange unbeaufsichtigt lassen.« Er erhob sich, streckte ausgiebig die Hintertatzen und setzte sich in Bewegung.

Als er die Tür öffnete, schlug ihnen ohrenbetäubendes Getöse entgegen.

»Was ist denn hier auf einmal los?«, wunderte Corrie sich.

Cryas versuchte, sich mit rasch umherwandernden Augen einen Überblick zu verschaffen, während sich die Bücher rechts und links von ihnen unablässig gegen die Gitterstäbe ihrer Regale warfen, als wollten sie ausbrechen.

Hinter der Kasse starrten der ratlos wirkende Gorgone und zwei seiner elfischen Kolleginnen entgeistert zu einem Pulk aus Kunden, in dessen Zentrum der Grund für den Lärm zu liegen schien.

»Jeweils ein Kunde mit Bergolins Lehren und Emolews Lehren standen nebeneinander an der Kasse«, rief Veron, der neben dem Greif landete und die Flügel faltete. Corrie und Silvana wandten ihre Aufmerksamkeit von der Kundenmenge ab. Aus der Nähe betrachtet entpuppte sich Veron als attraktiver Mann mittleren Alters, mit einem schmalen, kantigen Gesicht, sehr kurzen blonden Haaren und sanft blickenden Augen. Seine Stimme hatte einen dunklen, warmen Klang, der bestimmt sehr beruhigend wirken konnte. Jedoch nicht auf den Greif.

Cryas riss die Augen auf. »Wie konnte das denn passieren? Dagegen haben wir doch extra Vorkehrungen getroffen seit dem letzten Mal!«

Veron zuckte die Achseln und zog sich ein Paar Panzerhandschuhe über, die an seinem Gürtel gesteckt hatten. »Ich mach das schon. Vielleicht ist ja wenigstens eines der Werke vernünftig.«

Corrie krauste verwirrt die Nase. »Was ist denn daran so schlimm?«

»Die beiden Magier, die diese Bücher verfasst haben, haben sich gehasst bis aufs Blut. Deshalb haben sie ihren

Werken einen Zauber verliehen, der dazu führt, dass sie die Bücher des jeweils anderen auszumerzen versuchen«, erklärte Veron.

»Wir haben natürlich die Werke beider Magier vorrätig, denn beide Lehren haben auch heute noch viele Anhänger. Wir bewahren sie jedoch weit genug voneinander entfernt auf«, fügte Cryas hinzu. »Allerdings sind die Bücher vor ein paar Jahren bereits einmal an der Kasse aufeinandergetroffen. Bei diesem Zwischenfall verlor der Schüler Bergolins eine Hand und der Schüler Emolews die Nase. Seitdem aktiviert sich eigentlich ein Bann, sobald eines der Bücher ausgehändigt wird. Er verhindert, dass auch das andere Buch aus dem Schrank genommen werden kann. Der Bann kann nur von Hand freigesetzt werden. Die Bücher müssen also wissentlich herausgegeben worden sein.« Eine Zornesfalte bildete sich über Cryas' Schnabel. »Wenn ich denjenigen finde, der das zu verantworten hat!«

Veron nickte. »Aber zuerst sollten wir versuchen, die Bücher voneinander zu trennen – und die beiden Schüler.«

»Die Schüler nehme ich«, seufzte der Greif. »Zusammen mit Jarn. Du schaffst die Bücher?«

Der Elf ballte die Fäuste in den Handschuhen.

Cryas nickte. »Dann also los.«

»Können wir helfen?«, wollte Corrie mit Blick auf den Pulk wissen.

Der Greif schüttelte den Kopf. »Ihr könnt zusehen, aber haltet besser Abstand. Diese Bücher sind nicht ungefährlich.«

»Was für eine Überraschung!«, raunte Silvana ihrer Freundin ironisch zu und zog ein unglückliches Gesicht.

Corrie versetzte ihr einen tadelnden Stoß, doch Cryas

hatte sie nicht gehört. Er bedeutete Jarn, ihm zu folgen, und ging forsch auf die beiden Novizen zu, die sich – wie ihre Bücher – vor dem Kassentresen ineinander verkeilt hatten. Sie stießen wüste Beschimpfungen aus und wälzten sich auf dem Boden.

Cryas schnappte sich den kleineren der beiden, einen stämmig gebauten jungen Mann mit Hemd und Lederhose. Er hing unvermittelt einen Meter über dem Boden im massiven Schnabel des Greifs. Sein Gegner, ein aknegeplagter Junge mit spärlichem ersten Bartwuchs und einer Robe wie aus einem billigen Fantasy-Film, fiel Jarns Versteinerungsblick zum Opfer und gefror augenblicklich in seiner Bewegung.

Veron pirschte sich an die beiden Bücher heran, die sich aus den Griffen ihrer Käufer losgerissen hatten. Die übrigen Kunden machten nur unwillig Platz, so sehr faszinierte sie das Schauspiel.

Die beiden Bücher, ein blaues und ein braunes, sahen bereits sehr mitgenommen aus und hatten sich offensichtlich schwer zugesetzt. Der Buchrücken des blauen war an mehreren Stellen abgerissen und wies einen deutlichen Knick in der Mitte auf. Das braune Buch zeigte deutliche Rammspuren an Vorder- und Rückseite und mehrere heraushängende Seiten. Der Boden um sie herum war mit Papierfetzen bedeckt.

»Hast du so was schon mal gesehen?«, fragte Corrie.

Silvana schüttelte den Kopf. Sie starrten die beiden Bücher an, die sich wie zwei aufgebrachte Hähne umkreisten und leise zischten.

Begleitet von angriffslustigem Seitenrascheln, duckte sich das braune zu einem Sprung. Doch noch bevor es seinen Gegner erreichte, packte Veron zu. Es gelang ihm jedoch nicht, das Buch direkt am Rücken zu greifen, und wütend verbiss es seine Buchdeckel in Verons behandschuhter Hand. Der geflügelte Elf lächelte es nachsichtig an. »Schade um dein schönes Leder. Der Buchbinder wird versuchen müssen, es zu flicken. Aber selbst dann bist du nur noch ein Mängelexemplar.« Er sah auf das blaue Buch hinunter, das sich wie ein folgsamer Hund vor seinen Stiefeln niedergelassen hatte und keinen Laut von sich gab. »Ja, Bergolin war schon immer der diplomatischere. Aber ich fürchte, du bist dennoch nicht mehr zu retten, so viele Seiten, wie dir fehlen.« Er betrachtete die vielen zerrissenen Papierstücke, die es umgaben.

Corrie trat vorsichtig näher. »Was passiert denn jetzt mit ihm?«

Veron versuchte seine Hand zu befreien und das Buch des Emolew unter den Arm zu klemmen, um es ruhig zu halten. »Das Feuer vermutlich.«

Bergolins Werk vor ihm machte einen entsetzten Satz zurück und kauerte sich enger an den Boden.

Corrie sah es mitleidig an. »Das ist aber hart.«

»Es lohnt sich aber auch nicht, es aufwendig wiederherzustellen. Dafür sind die Werke nicht selten genug. Emolews Buch hier hat wenigstens noch alle seine Seiten, auch wenn sie lose sind. Den können wir günstiger verkaufen. Aber Bergolin …« Er ließ den Satz unbeendet.

»Wovon handeln denn die Lehren der beiden?«, fragte Silvana und ging vor dem Buch in die Hocke. Sie konnte noch immer nicht glauben, dass das alles gerade geschah, dass sie einem wirklichen, lebenden Buch gegenübersaß.

»Von der Herkunft der menschlichen Magie und ihrer

Berechtigung in den Welten. Bergolin vertritt die Ansicht, dass die Magie auch in eurer Welt einen festen Platz hat und Menschen ebenso magisch begabt sein können wie Wesen aus dieser Welt. Emolew ist der Ansicht, dass die Magie nur in diese Welt gehört und nur durch unnatürliche Durchmischung der Völker in eure Welt gelangt ist. Seiner Lehre nach hat sie dort keinerlei Existenzberechtigung.«

»Mir ist Bergolin um einiges sympathischer«, stellte Silvana fest. Auch wenn sie der Gedanke an Magie in ihrer eigenen Welt doch mit einigem Unbehagen erfüllte.

»Dem stimme ich zu«, nickte Corrie, die noch immer das Buch betrachtete, das abwartend von einem zum anderen zu blicken schien, als warte es auf eine endgültige Entscheidung über sein Schicksal. »Können wir es nicht mit zu uns nehmen?«, fragte sie und sah Veron mit großen Augen an.

Er zuckte die Schultern. »Fragt Cryas. Es ist seine Ware.« Er sah hinunter auf das Buch des Emolew, das noch immer knurrend an seinem Handschuh hing. »Und wir beide statten jetzt Meister Nertus einen Besuch ab. Mal sehen, ob er dich wieder in einen verkäuflichen Zustand bringen kann. Ihr entschuldigt mich bitte. Ich komme gleich wieder zurück.«

Corrie nickte und streckte behutsam die Hand nach Bergolins Buch aus, als habe sie einen scheuen Hund vor sich. »Na, würdest du gerne mit zu uns kommen? Dann musst du aber oben bleiben, wenn Kundschaft im Laden ist. Türen kannst du doch bestimmt keine öffnen, oder?«

Silvana sah Corrie ernst an. »Ich glaube, wir sollten zuerst noch einmal über all das hier sprechen. In Ruhe.«

Langsam zog Corrie die Hand wieder zurück und sah ihre Freundin fragend an. »Du willst nicht weitermachen?«

»Ich weiß es nicht, Corrie. Wirklich nicht. Ich habe gerade so viele Dinge erlebt, die mich völlig aus der Bahn geworfen haben. Ich muss erst nachdenken.«

Corrie machte ein betretenes Gesicht und biss sich auf die Unterlippe, doch schließlich nickte sie zögernd. »In Ordnung.«

»Lasst es euch noch mal gut durch den Kopf gehen«, riet ihr auch Cryas, der hinter sie getreten war. Jarn trug derweil die beiden Schüler an der Kasse vorbei zum Ausgang. »So eine Entscheidung sollte man nicht leichtfertig fällen.« Er sah zu dem blauen Buch, das langsam näher rückte. »Und ihr solltet es auch nicht von diesem Buch abhängig machen. Es gibt so viele davon.«

»Ich würde es trotzdem gerne behalten«, erwiderte Corrie. »Es kann ja nichts dafür, dass die Magie es zwingt, auf andere Bücher loszugehen. Und uns würde es doch nichts tun, wenn kein Buch von Emolew in der Nähe ist, oder?«

»Würde es nicht«, bestätigte der Greif kopfschüttelnd. »Ich mache euch einen Vorschlag: Ich werde das Buch in mein Büro legen, bis ihr euch entschieden habt, ob ihr die Buchhandlung immer noch führen wollt. Wenn ja, bekommt ihr das Buch als Willkommensgeschenk. Unter anderem. Wenn nicht …« Er zuckte die Achseln. »Aber das werden wir dann sehen.«

Er wandte den Kopf, als sich hinter ihnen eine Tür in der Wand öffnete. »Ah, da ist ja auch der verlorene Wolfling.«

Aus dem Eingang, der zu Vincents Stube hinabführte, trat Yazeem, begleitet von Marsh und den anderen Eiskatzen. Keine von ihnen fehlte. Das Fell der einen oder anderen sah jedoch etwas *angeschmolzen* aus. »Ich danke euch für eure Hilfe«, verabschiedete sich der Werwolf. Marsh hob kokett den spitzen Schwanz und folgte seinen Kameraden.

»Typisch Katze«, murmelte Corrie.

»Wofür sind sie eigentlich hier angestellt?«, wandte sich Silvana an Cryas.

»Glaub mir«, erwiderte der Greif, »euer Buchladen ist nicht der einzige, der ab und zu ungebeten von Feuerwölfen besucht wird. Und brennende Tatzen weiß auch ich nicht gerne in der Nähe unserer Kostbarkeiten.«

Er wandte seine Aufmerksamkeit Yazeem zu, der sich die Asche vom Mantel klopfte und das Falchion zurück ins Innenfutter schob. »Es ist eine halbe Ewigkeit her, mein Lieber!«, begann der Greif und breitete seine Pranken aus. Plötzlich hielt er jedoch inne und beäugte sein Gegenüber skeptisch. »Trägt man drüben den Bart neuerdings so, oder versteckst du einen von diesen komischen, brennenden Stielen vor mir … wie heißen sie noch gleich? Zigaretten?«

Yazeem tastete hastig über seinen Kinnbart, von dem in der Tat ein dünner Rauchfaden aufstieg. »Weder noch. Ich schätze, da bin ich Logri wohl zu nah gekommen.«

»Dann war Vulco gar nicht selbst vor Ort?«

»Diesmal nicht. Nur sein Stellvertreter und fünf seiner Männer – und Asanthot.«

»Ein Schattenritter im Buchladen? Die Zauber müssen wirklich sehr schwach sein.«

Yazeem nickte. »Ich habe bereits Alexander und Morty eine Nachricht zukommen lassen. Sie werden sich nachher um die Erneuerung der Bannzauber kümmern.«

»Das ist gut.« Cryas seufzte. »Es wird wirklich Zeit, dass das Portal gefunden wird, das Vulco und seinen Schergen diese Überraschungsbesuche in Woodmoore ermöglicht.«

»Dann gibt es in Woodmoore also doch noch ein weiteres Portal?«, hakte Silvana nach. Hatte Cryas nicht eben noch behauptet, dass das Portal im Buchladen das einzige in Woodmoore war?

»Entweder das, oder eines ganz in der Nähe«, bestätigte Cryas. »Wir vermuten, dass es direkt im Schloss von König Leigh mündet, aber wir haben keine Ahnung, wo sich der Ausgang in eurer Welt befindet. Das ist wirklich höchst unangenehm.«

»Falls der Laden geöffnet bleiben sollte«, bemerkte Yazeem mit kurzem Blick auf die beiden Freundinnen, »sollten wir dieser Tatsache ein größeres Augenmerk schenken als bisher. Lamassar lässt den Laden noch immer beobachten. Es ist kein Zufall, dass die Feuerwölfe in dem Moment auftauchten, als ich beschlossen hatte, die beiden aufzusuchen. Er wusste, dass ich sie hierherbringen würde und der Laden eine Weile unbewacht wäre. Wir sollten in den nächsten Tagen besonders aufmerksam sein. Lamassar weiß, dass Woodmoore und die *Magische Schriftrolle* verbunden sind. Und vielleicht wird er etwas Ähnliches versuchen wie zu Roberts Zeiten.«

Cryas brummte zustimmend. Dann lächelte er aufmunternd. »Auch wenn du gerade erst zurückgekehrt bist, solltest du die beiden jungen Damen besser nach Hause bringen, damit sie alles überdenken können, was sie heute gesehen und erfahren haben. Ich erwarte dich anschließend, wenn es deine Verpflichtungen zulassen.«

»Steht der Laden überhaupt noch?«, wagte Corrie zu fragen.

Yazeem schmunzelte. »Vielleicht sollte einmal kräftig gelüftet werden – die Rauchentwicklung war doch recht ansehnlich. Und eure Zimmer dürften vermutlich einige Schönheitskorrekturen vertragen können. Aber den Büchern und der Einrichtung selbst ist nichts weiter geschehen. Wenn man von einem Sessel absieht.«

Corrie seufzte erleichtert. »Eine neue Einrichtung kann man nachkaufen – aber bei der Eröffnung ohne brauchbare Ware dazustehen, das wäre einer meiner schlimmsten Alpträume.«

»Mir fiele da noch ein ganz anderer ein«, bemerkte Silvana.

»Feuerwölfe *während* der Eröffnung.«

Cryas schüttelte seinen mächtigen Kopf. »Mit den wiederhergestellten Schutzzaubern braucht ihr euch darum nicht zu sorgen. Sie wirken normalerweise sehr zuverlässig gegen die Diener unseres ungeliebten Erzmagiers.«

Yazeem machte eine einladende Geste in Richtung Kellertür. »Wollen wir dann wieder?«

Corrie ruderte wild mit den Armen, um ihr Gleichgewicht wiederzuerlangen. »An diese Art zu reisen muss ich mich wohl erst noch gewöhnen.«

»Das kommt mit der Zeit«, versicherte ihr Yazeem, der sie an der Schulter gepackt hielt, bis sie aufhörte zu schwanken. Gleich darauf streckte er die andere Hand nach Silvana aus, die neben ihm im Portalfeld erschien und ebenfalls damit kämpfte, auf den Füßen zu bleiben.

Corrie wurde nachdenklich. »Yazeem? Warum bist du beim ersten Mal eigentlich erst später als wir durch das Portal gekommen?«

Der Werwolf zeigte seine weißen Zähne. »Nachdem ich euch hindurchgeschickt hatte, habe ich die Kellertür wieder verschlossen. Asanthot oder Logri hätten ja auch hinuntergelangen können.«

Er setzte sich in Bewegung und warf einen fragenden Blick zu den Frauen. »Kommt ihr mit nach oben?«

»Schon unterwegs«, entgegnete Corrie und verzog das Gesicht. »Wird schon nicht so schlimm werden.«

Und tatsächlich war der Verkaufsraum nicht allzu sehr in Mitleidenschaft gezogen worden, ganz wie Yazeem es ihnen versprochen hatte. Es gab zwar hier und da eine kleine Brandspur, den einen oder anderen Wasserfleck auf dem Holzboden und ein paar umgekippte Bücherstapel, aber das waren Dinge, die sich wieder richten ließen. Unschön sah lediglich die Hörbuchecke aus, wo die bequemen Sessel umhergeschleudert worden waren. Einer hatte hässliche Risse im moosgrünen Polster, nur noch drei Beine und eine Armlehne. »Dann müssen wohl erst einmal drei Sessel reichen«, kommentierte Silvana den Anblick.

Corrie war auf die andere Ladenseite zur Kinderecke gegangen und besah sich das Durcheinander aus Bauklötzen und Stofftieren. Der Geschenketisch war umgestürzt. Zwar schien nichts kaputtgegangen zu sein, aber die Ware hatte sich über die gesamte hintere Ladenhälfte verteilt. »Habt ihr euch mit den Spielsachen beworfen?«, rief sie Yazeem zu. »So haben ja noch nicht einmal die Kleinkinder meiner Gastfamilie in Deutschland gewütet!«

»Vulcos Feuerwölfe sind keine leichten Gegner.« Der Werwolf bückte sich, um eine dicke Plüschmeise aufzuheben, die vor seinen Füßen lag. Unter dem Druck seiner Finger begann das Stimmmodul im Vogel, lauthals zu piepsen. »Davon hätte sich Marshs Trupp beinahe ablenken lassen.«

Corrie nahm ihm die Meise aus der Hand. »Sind eben auch nur Katzen.«

»Und was machen wir jetzt?«, wollte Silvana wissen, die sich zu den beiden gesellte und stirnrunzelnd die Kinderecke betrachtete.

Yazeem straffte die Schultern. »Ich werde auf Alexander und Mortimer warten und in der Zwischenzeit hier unten die Spuren der ungebetenen Besucher zu beseitigen versuchen. Ich denke, es wird das Beste sein, wenn ihr euch euren Zimmern widmet. Ich habe zwar nur kurz nachgesehen, aber ich würde behaupten wollen, dass Vulcos Leute dort recht ausgiebig gewütet haben.«

»Dabei waren die Zimmer doch gerade erst frisch renoviert und fertig eingerichtet«, seufzte Silvana. »Ich hatte neue Teppiche gekauft. Und endlich alle meine Minikakteen aufgestellt.«

»Das bekommen wir schon wieder hin«, versuchte Corrie ihre Freundin zu trösten, auch wenn sie sich eingestehen musste, dass sie ein wenig Angst vor dem hatte, was sie oben erwartete. Sie packte Silvana am Arm und zog sie mit sich. »Dann bis später, Yazeem – und vielen Dank, dass du rechtzeitig zur Stelle warst!«

Der Werwolf neigte beinahe unmerklich den Kopf. »War mir ein Vergnügen, junge Dame.« Dann wandte er sich den Sesseln der Hörbuchstation zu.

Die beiden Freundinnen erklommen unterdessen die Stufen zur Empore und betraten zeitgleich, nach einem letzten aufmunternden Nicken, ihre Zimmer.

Mit einem Stöhnen quittierte Corrie die Verwüstung,

die die Feuerwölfe bei ihr hinterlassen hatten, und riss das Fenster auf, um frische Luft hereinzulassen. Sämtliche Bücher wie auch ihre vielen Gesellschaftsspiele waren aus den Regalen gerissen und auf dem Fußboden verteilt worden. Holz- und Plastikfiguren, Würfel, Karten, Spielpläne lagen gemeinsam mit ihren Taschenbüchern und den guten Sammlerausgaben ausgebreitet auf ihrem Teppich. Selbst vor der signierten Erstausgabe ihres Lieblingsromans hatten sie nicht haltgemacht. Ihre Orchidee und die Aloe, die auf den Fensterbänken zum Hof hin gestanden hatten, waren nur noch für den Kompost zu gebrauchen, und zwei der fünf Kissen auf ihrem Bett waren zerfetzt. Vielleicht konnte sie noch Putzlappen aus den Bezügen schneiden …

»Das zu sortieren dauert eine Ewigkeit«, murmelte Corrie, während sie auf die Knie ging und sich den ersten Pappkarton heranzog. Es dauerte weit über eine Stunde, bis sie alles wieder einigermaßen eingeräumt und geordnet hatte. Zu guter Letzt fand sie unter dem Sofa ihre Kristallvase und die Kunstrose, die darin gesteckt hatte. Beides war sogar unversehrt. Als sie die Vase zurück auf den Tisch stellte, glaubte sie, das Quietschen der Ladentür zu vernehmen, und trat ans offene Fenster, um hinauszuschauen. Unten auf dem Gehweg erhaschte sie einen Blick auf Yazeem, der in Begleitung eines Mannes und eines großen Hundes war, jedoch nur kurz bevor ein erneutes Quietschen davon kündete, dass die drei zurück in die *Taberna Libraria* gegangen waren. Dann war Alexander also noch nicht fertig mit seiner Arbeit, wie auch immer die aussehen mochte. Schließlich hatte Corrie bisher nur ein paar wirklich gute Illusionisten gesehen, wenn sie mit ihren Eltern einen Vergnügungspark mit einer Magier-Show besucht hatte. Doch noch nie war sie jemandem begegnet, der richtige Magie beherrschte. Wie auch? Schließlich gab es so etwas wie richtige Magie ja eigentlich gar nicht. Aber das hatte sie von vielem, was sie heute gesehen hatte, auch geglaubt. Portale, sprechende Greife, Faune, kämpfende Bücher und fliegende Elfen … Sie atmete noch einmal die kühle Luft ein, dann schloss sie das Fenster und wandte sich wieder ihrem Zimmer zu.

Prüfend blickte sie durch den Raum und stellte zufrieden fest, dass alles wieder so hergerichtet war, wie sie es ursprünglich eingeräumt hatte. Die Scherben der Übertöpfe waren beseitigt, die Kissen wieder ordentlich auf dem Sofa drapiert, die Bücher zurück im Regal, ebenso die Brettspiele. Keine größeren Verluste, außer einem: In einem der Regalfächer, das die Feuerwölfe ausgeräumt hatten, hatte eine kleine Porzellandose gestanden, die sie von ihrer Großmutter bekommen hatte. Normalerweise mochte Corrie solche Dinge nicht unbedingt, schon gar nicht, wenn der Deckel zwei Täubchen als Griff und einen Fuß aus Blumen hatte, doch mit dieser Dose waren eine Menge Erinnerungen verbunden, und sie war entschlossen, den Haufen Scherben auf dem Couchtisch wieder zusammenzufügen. Aber nicht mehr heute. Seufzend rieb sie sich über die Stirn. Wie weit Silvana wohl war? Vielleicht konnte sie ihr ja noch etwas zur Hand gehen?

Sie wollte gerade die Tür zur Empore öffnen, als diese von der anderen Seite aus aufgeschoben wurde. Silvana steckte ihren Kopf herein. »Und? Wie steht die Schlacht?«

»Zu meinen Gunsten, würde ich behaupten. Und selbst?«

»Die Biester haben ganz schönen Dreck und Scherben hinterlassen. Mein Gewächshaus ist in die Tonne gewandert, samt meiner Setzlinge – und ich brauche dringend neue Bettwäsche. Da sind ein paar unschöne Risse drin.«

»Besser da als in der Matratze. Das wäre teurer geworden.«

Silvana wollte gerade etwas antworten, als sie Yazeem von unten rufen hörten.

»Alexander und Mortimer sind jetzt fertig, und bevor sie gehen, dachte ich, dass ihr sie vielleicht gerne kennenlernen würdet.«

Corrie sah ihre Freundin erwartungsvoll an. »Was sagst du?«

Silvana schürzte die Lippen. »Na ja, man macht ja nicht jeden Tag Bekanntschaft mit einem echten Magier, oder?«

Corrie schmunzelte. »Dann sehen wir doch einmal nach, ob er dem Bild entspricht, was man allgemein so von Magiern hat.«

Die beiden Freundinnen traten hinaus auf den Flur und sahen hinunter. Yazeem lehnte an der Theke. Neben ihm stand ein mittelgroßer Mann mit kurzem, dunkelblondem Haar, der sich gerade seine gefütterte Lederjacke überwarf.

Silvana sah Corrie fragend an. Das sollte ein mächtiger Magier sein? Sie hatte zwar keinen alten Mann mit grauem, wallendem Bart erwartet und auch keinen diabolischen Anzugträger, aber so unauffällig hatte sie ihn sich nicht vorgestellt.

Die beiden Freundinnen stiegen die knarrenden Stufen hinab, umrundeten die nun wieder ordentlich hergerichtete Hörbuchecke und standen kurz darauf vor den beiden Männern.

Aus der Nähe wirkte der Magier beinahe noch unauffälliger. Silvana drehte den Kopf suchend nach seinem Begleiter um. Doch dieser war nirgendwo zu sehen.

Corrie bemerkte ein feines Glitzern in den Augen des Besuchers, wie Sterne an einem schwarzen Nachthimmel. Als sie kurz blinzelte und wieder hinsah, war es jedoch verschwunden.

Der Werwolf ergriff als Erster das Wort. »Darf ich euch Alexander Trindall vorstellen? Einer der besten Magier in Woodmoore und der absolut beste Spaghetti-Bolognese-Koch, den ihr im Umkreis von 100 Meilen finden werdet. Außerdem ist er derjenige, der es die letzten Jahre mit mir in einer Wohnung ausgehalten hat. Und wenn ihr hier weitermachen wollt, wird er das auch weiterhin müssen. Alex, das sind Corrie und Silvana.«

Trindalls sanftes Gesicht verzog sich zu einem warmen Lächeln, doch zum Erstaunen der beiden Freundinnen sprach er kein Wort, als er ihnen die Hand reichte.

Corrie erwiderte das Lächeln freundlich. »Vielen Dank, dass Sie heute Abend noch vorbeigekommen sind.«

Trindall neigte leicht den Kopf, doch noch immer sagte er nichts.

Silvana sah Yazeem unsicher an. »Entschuldigt, ich habe ganz vergessen, euch zu sagen, dass Alexander nicht sprechen kann, oder?«

Corrie schaute den Magier mitleidig an. »Sie sind stumm, Mr Trindall?«

Trindall hob die Schultern und grinste entschuldigend. Dann wandte er den Blick zu Yazeem und schüttelte langsam den Kopf, während seine Lippen Worte formten.

Yazeem nickte. »Alex sagt, ihr könnt ihn ruhig beim

Vornamen nennen. Mr Trindall klingt so förmlich. Und wir sind doch hier unter Freunden.«

»Apropos Freunde.« Silvana sah sich weiter suchend um. »War nicht die Rede von zwei Magiern? Wo ist denn Mr Mortimer?«

»Ich bin hier, junge Dame«, ertönte eine tiefe, rauhe Stimme hinter ihr. »Und du brauchst mich ebenfalls nicht mit ›Mister‹ anzureden. Morty bitte. Das reicht vollkommen.«

Silvana und Corrie wirbelten herum und starrten verwundert auf die riesige, stahlgraue Dogge, die hinter den Regalen hervorgetreten war. Gemessenen Schrittes kam sie näher und ließ sich neben Trindall nieder, der sie sanft zwischen den kurzen, spitzen Ohren zu kraulen begann. »Es scheinen alle Löcher gestopft zu sein. Das Netz sollte jetzt wieder halten.«

Silvana sah von einem zum anderen. War der Tag denn noch nicht verrückt genug gewesen? »Ich weiß, es sollte mir nicht seltsam vorkommen, schließlich habe ich heute schon Greife, Faune, sprechende Drachen und kämpfende Bücher gesehen, aber du«, sie sah zu Mortimer, »kannst sprechen.«

Der Hund legte den Kopf zur Seite. »Offensichtlich, würde ich sagen.«

Silvana nickte langsam. »Und du«, dabei wandte sie den Blick Trindall zu, »bist stumm.«

Der Magier neigte zustimmend den Kopf.

»In Ordnung.« Silvana holte tief Luft. »Das wollte ich nur wissen.«

»Wie mir scheint«, bemerkte Mortimer, »benötigt ihr noch etwas Zeit, über all das hier zu sprechen. Wir sollten also besser gehen. Außerdem will sich Micky noch um das Geschirr kümmern.«

»Micky?«, fragte Corrie verwirrt. »Ist denn noch jemand hier?«

»Micky ist eine Whisp«, erklärte Yazeem. »Sie wohnt in dem Kristall an Mortys Halsband.«

Zur Bekräftigung hob die Dogge den Kopf. Das goldene Licht in dem faustgroßen Anhänger tanzte fröhlich auf und ab. »Aber nun sollten wir uns wirklich auf den Weg machen. Al?«

Trindall nickte und streckte den rechten Arm in Richtung Tür aus. Diesmal war das Glitzern in seinen Augen eindeutig keine Einbildung. Er schnipste lautlos mit den Fingern, und die Ladentür schwang auf.

»Vielen Dank«, sagte Mortimer und trabte vorwärts. Im Hinausgehen rief er über seine Schulter: »Hat mich gefreut, eure Bekanntschaft gemacht zu haben. Man sieht sich!«

Silvana sah ihnen staunend nach und schüttelte den Kopf. Immerhin wusste sie nun, dass sie tatsächlich einen echten Magier vor sich hatte – und dessen sprechenden Hund.

Alexander hob die Hand zum stummen Gruß, und sowohl Yazeem als auch die beiden Freundinnen taten es ihm gleich.

»Ich werde heute Nacht nicht zu Hause sein«, fügte Yazeem noch hinzu, worauf der Magier verständnisvoll nickte. Dann folgte er seiner Dogge raschen Schrittes. Als er bereits auf dem Gehweg stand, schloss sich die Tür hinter ihm.

Corrie wandte sich an Yazeem. »Das war also ein richtiger Magier?«

Der Werwolf schmunzelte. »Oh ja. Es gibt nur wenige in Woodmoore, die ihn an Macht übertreffen, auch wenn man es ihm nicht ansehen mag.«

Corrie ließ ihren Blick gedankenverloren über die halbvollen Bücherregale wandern. »Die Feuerwölfe haben oben ganz schön ordentlich gewütet«, bemerkte sie.

»Zweifellos«, sagte Yazeem ernst. »Sie haben das Buch gesucht.«

»Aber nicht gefunden«, stellte Silvana fest.

Yazeem neigte den Kopf. »Das werden sie auch nicht. Dafür ist es zu gut versteckt. Es gibt nur zwei Personen in ganz Woodmoore, die es an sich nehmen könnten.«

»Lass mich raten«, entgegnete Corrie. »Du bist nicht zufällig einer dieser beiden?«

Yazeem lächelte leicht. »Das bin ich nicht. Und ich werde niemals preisgeben, um wen es sich handelt. Auch euch gegenüber nicht. Das Unwissen schützt euch – und das Buch.«

»Aber du weißt, wo es sich befindet.«

»Das muss ich bejahen.«

Silvana seufzte. »Und wie geht es jetzt weiter?«

»Ich werde euch euren Gesprächen überlassen. Ganz ohne Zweifel habt ihr eine Menge Dinge zu klären und zu entscheiden. Und das solltet ihr in Ruhe und mit Sorgfalt tun. Deshalb werde ich morgen Mittag wieder zurückkommen, um mir anzuhören, was ihr beschlossen habt.«

»Du bleibst nicht hier?«, fragte Corrie alarmiert.

Yazeem lächelte ihr ermutigend zu. »Die Schutzzauber sind so weit wiederhergestellt, dass niemand unbefugt den Laden betreten kann, und Vincents Tür ist nachts fest verschlossen. Sie wird zusätzlich magisch versiegelt, wenn ich hindurchgeschritten bin. Euch droht für heute Nacht kein Unheil. Aber versteht bitte, dass ich seit fünf Jahren keine Möglichkeit hatte, das Portal gefahrlos zu öffnen. Ich möchte die Nacht gerne zu Hause in Amaranthina verbringen. Morgen werde ich ganz sicher wieder zurück sein.«

»Natürlich«, erwiderte Silvana. »Das verstehen wir. Wir werden schon zurechtkommen. Es ist schließlich keine ganz einfache Frage, ob wir den Laden wirklich wieder öffnen wollen. Oder trotz des Buches von Bergolin nach London zurückgehen.«

»Niemand würde euch einen Vorwurf machen, wenn ihr euch dafür entscheiden solltet«, sagte Yazeem ernst. Dann lächelte er. »Aber es würde mich sehr freuen, mit euch zusammenarbeiten zu dürfen, um Woodmoores Bewohner wieder mit ihrer liebsten Nahrung zu versorgen. Ich glaube, ihr beide wärt genau die Richtigen für diese Art von Abenteuer.« Er zwinkerte ihnen kurz zu und verneigte sich. »Ich wünsche eine geruhsame Nacht und angenehme Träume, meine Damen.« Damit wandte er sich der Kellertür zu und verschwand in der Dunkelheit dahinter.

Corrie und Silvana blieben inmitten der halbgefüllten Regale und kniehohen Bücherstapel zurück.

»Na, da haben wir uns ja was angelacht, was?«, fragte Corrie schließlich.

»Du!«, erwiderte Silvana, »da hast *du* uns ganz schön was angelacht.«

»Aber gefallen hat es dir in Amaranthina doch auch, oder etwa nicht?«

Silvana zuckte die Achseln. »Schon. Aber dieser Magier und seine ganzen Untergebenen ...«

»Ach was.« Corrie versetzte ihrer Freundin einen spielerischen Stoß in die Seite. »Komm, ich hab einen Bärenhunger. Wir sprechen in der Küche weiter, was wir jetzt aus alldem machen. Ich hab Burgerzutaten eingekauft.«

In der Küche öffnete Corrie den Kühlschrank und förderte eine Packung Hackfleisch, Tomaten, Gurken, Salat, Zwiebeln und Brötchen hervor und legte alles auf den Küchentisch.

Silvana nahm sich ein Schneidebrett aus dem Schrank und ein Messer aus der Schublade, bevor sie sich auf den Stuhl plumpsen ließ und Corrie dabei zusah, wie sie beschwingt den Ofen vorheizte und die Pommes aus dem Gefrierfach holte. Überhaupt wirkte ihre Freundin im Angesicht all dessen, was gerade hinter ihnen lag, geradezu *unheimlich* gutgelaunt.

»Also ich finde das alles absolut fantastisch!«, strahlte Corrie, während sie auf der Suche nach dem Paniermehl sämtliche Schranktüren nacheinander aufriss. »Von so etwas habe ich geträumt, seit ich klein war!«

Silvana, die sich eine Tomate auf das Brettchen gelegt hatte, blickte skeptisch. »Ernsthaft? Und ich dachte, mein Wunsch, einmal an Bord eines Piratenschiffes mitzufahren, wäre schon seltsam.«

Corrie warf Silvana einen vielsagenden Blick über die Schulter zu. »Ich wollte immer ein richtiges, großes Abenteuer erleben! Mit Drachen, Elfen, magischen Büchern … und jetzt stelle ich fest, dass es all diese Figuren wirklich gibt! Und wir brauchen nur durch unseren Keller zu gehen und können mit ihnen reden! Ach, was sage ich – wir müssen ja nicht einmal hindurchgehen. Sie kommen als Kunden direkt zu uns! Ich war immer so neidisch auf die Jungen und Mädchen, die in den Geschichten solche verrückten

Dinge erleben durften, die eines Tages feststellten, dass alles ganz anders ist, als sie es bis dahin geglaubt hatten. So etwas wollte ich auch unbedingt einmal erleben. Und jetzt – jetzt ist es tatsächlich so weit! Ist das nicht total ... irre?«

Silvana sah das Leuchten in den Augen ihrer Freundin und seufzte. Normalerweise hatte es Corrie immer geschafft, sie mit ihrer Begeisterung für eine Sache anzustecken – wie für die Ausstellung über die spektakulärsten Mordfälle der vergangenen Jahrhunderte. Oder die Schädel-Ausstellung. Oder die Fahrt in den Fabelwesen-Park. Aber dieses Mal war es anders. Sie schüttelte den Kopf. »Ich weiß nicht. Ich kann dich ja verstehen, und ich muss zugeben, dass ich den Gedanken an das Inselreich faszinierend finde. Aber ich habe trotzdem kein gutes Gefühl bei der Sache. Wirklich nicht. Das ist alles ein paar Nummern zu groß für uns.«

Corrie goss schwungvoll Öl in die Pfanne und schaltete das Gas ein. »Aber denk doch einmal daran, was uns alles erwartet! Mit welchen Wesen wir noch Bekanntschaft machen könnten! Vielleicht treffen wir sogar eine echte, lebende Sphinx.« Sie machte eine Pause und schmunzelte. »Mit Nase.«

An Silvana perlte der Witz jedoch ab wie Wasser an einem Ginkgoblatt. »Die uns frisst, wenn wir das Rätsel nicht lösen, das sie uns stellt. Falls das nicht vorher schon diese Feuerwölfe getan haben. Oder uns dieser Erzmagier in ein Häufchen Asche verwandelt hat. Ganz ehrlich, Corrie: Ich denke gerade daran, wem wir noch alles begegnen könnten. Und genau aus diesem Grund bin ich nicht sicher, ob ich den Laden weiter betreiben will. Cryas ist ja sehr nett und Yazeem auch und Alex und Mortimer und all die anderen bestimmt auch. Aber trotzdem – ich weiß es einfach nicht.«

Corrie, die gerade die ersten fertig geformten Bratlinge in die Pfanne hatte gleiten lassen, drehte sich um. Ihr Gesicht drückte Bestürzung aus. »Und ich dachte, das wäre genau das Richtige für uns. Wir können jetzt hier zusammen so viel erleben, so viel Neues kennenlernen!«

Silvana presste kurz die Lippen zusammen. »Im Grunde genommen hast du ja recht«, gab sie zu. »Aber mir macht das alles Angst.«

Corrie nickte verständnisvoll. »Du brauchst einfach noch ein bisschen Zeit, dich an die neue Situation zu gewöhnen. In ein paar Wochen ...«

»Vielleicht. Aber was, wenn nicht?«, unterbrach sie Silvana. »Was, wenn alles nur noch schlimmer wird? Wenn wir mit alldem nicht mehr fertig werden? Wenn diese Wölfe noch einmal hier auftauchen? Oder noch schlimmere Dinge?«

»Dann können wir immer noch die Segel streichen. Aber doch nicht von vorneherein, ohne es wenigstens versucht zu haben. Das heute war kein guter Start, das gebe ich ja zu«, seufzte Corrie. »Und ich habe wirklich nicht das Bedürfnis, diesen Dingern noch einmal zu begegnen. Auf gar keinen Fall. Aber was das betrifft, glaube ich Cryas' Worten, dass alles unternommen werden wird, um uns und den Laden zu schützen. Es ist ja schließlich auch in seinem Interesse, dass der Handel zwischen den Welten wieder anläuft – und möglichst lange bestehen bleibt. Und warum sollten dann nicht wir beide dafür sorgen? Du hast Yazeem schließlich gehört: Er denkt, dass wir für dieses Abenteuer genau die Richtigen sind.«

»Aber wir sind Buchhändlerinnen und keine Krieger-prinzessinnen!«

»Aber was, wenn das alles hier Bestimmung ist? Wenn es kein Zufall ist, dass ausgerechnet wir hier eingezogen sind?«, wandte Corrie ein.

Silvana schnaubte und hackte unwirsch mit dem Messer ein paar Blätter Salat ab. »Wäre es dann auch Bestimmung, wenn uns das Gleiche passiert wie dem Vorbesitzer dieses Ladens? Wenn wir in Stücke gerissen werden? Denk doch auch einmal daran!«

Corrie schob die Unterlippe vor. »Musst du immer so negativ sein? Silvie, ich will wegen dieser Sache nicht strei-ten. Ich möchte nur, dass wir gemeinsam eine Entschei-dung treffen.«

»Du willst mich überreden, weiterzumachen«, wider-sprach Silvana, ohne aufzusehen. »Ich habe schon zuge-stimmt, hier im Ort zu bleiben, obwohl ich Bedenken hat-te. Aber das hier ist ein bisschen zu viel des Guten.«

»Aber siehst du nicht die einmalige Chance, die wir hier geboten bekommen?«, versuchte es Corrie weiter. »Das hier ist kein Kaff wie das, aus dem du kommst und an das du nicht wieder erinnert werden willst. Das hier ist etwas Besonderes! Und wir sind mittendrin!«

Silvana verschränkte die Arme vor der Brust und lehnte sich im Stuhl zurück, den Blick unverwandt auf ihre Freun-din gerichtet. »Das ändert aber doch nichts daran, dass ich es für zu gefährlich halte, weiterzumachen.«

»Seit wann bist du so ein Hasenfuß?«, fragte Corrie trotzig.

Für einen Moment war Silvana versucht, Corrie zu sa-gen, dass sie doch alleine weitermachen sollte. Doch sie schaffte es nicht. Ein Teil von ihr war ebenso neugierig auf die Welt jenseits des Portals. Also ballte sie nur kurz die Fäuste und atmete tief durch. »Du bist enthusiastisch, wenn dir etwas gefällt, und du bist neugierig, wenn dir neue Dinge begegnen. So kenne ich dich, und so mag ich dich. Aber ich will auch, dass du mich und meine Bedenken verstehst. Ich würde auch gerne mehr über die Inselwelt und die Leute dort erfahren, aber wie ich schon sagte – ich weiß einfach nicht, ob das Risiko, das wir eingehen, wenn wir hierbleiben, nicht zu groß ist.«

Darauf antwortete Corrie nicht. Stumm verteilte sie die Bratlinge auf die Brötchenhälften, füllte Pommes auf und holte den Käse aus dem Kühlschrank. Natürlich nahm sie Silvana ernst und wollte ihre Freundin auch nicht zwingen, hierzubleiben und diesen Buchladen mitzuführen. Die einzigen anderen Optionen wären jedoch, den Laden entweder ganz alleine weiterzuführen, was Corrie nicht wollte, oder alles hinter sich zu lassen und es woanders zu versuchen – was sie ebenso wenig wollte. Was also sollte sie tun? Nachdenklich setzte sie sich Silvana gegenüber und schob ihrer Freundin den Teller zu. »In Ordnung. Was du gesagt hast, kann ich nachvollziehen. Aber frag dich auch: Könntest du wirklich so tun, als würde es Amaranthina und all die Wesen nicht geben? Kannst du alles vergessen, was wir heute erfahren haben, und irgendwo anders weitermachen, als wäre nichts geschehen?«

Silvana wiegte nachdenklich den Kopf. »Vermutlich nicht, nein.«

»Siehst du. Ich nämlich auch nicht.« Sie nahm sich etwas Salat und Tomate und stapelte es auf den Burger, bevor sie einen vorsichtigen Bissen nahm. »Also ist diese Angst das

Einzige, was dich davon abhält, hierzubleiben? Oder gibt es noch etwas, über das du nachdenkst?«

Die Stimmen …

Silvana sprach es nicht laut aus, sondern wiegte wieder nur leicht den Kopf. Seit Yazeem die Stimmen angesprochen hatte, hatte Corrie nicht mehr danach gefragt. Und das war Silvana auch mehr als recht. Corrie wusste zwar viel von ihr, aber über diese Sache hatte sie nie mit ihr geredet. Corrie wusste nur, dass ihre Freundin eine Abneigung gegen Orte hatte, die sie an ihre Kindheit erinnerten und an ihr Elternhaus. Aber nicht genau, warum. Und Silvana wusste nicht, ob sie hier mit alldem abschließen konnte – oder ob sie nicht zusehen sollte, Woodmoore so schnell wie möglich wieder zu verlassen, bevor noch mehr von damals an die Oberfläche drang. Sie spürte, dass Corrie sie noch immer fragend ansah, und schüttelte den Kopf. »Nein. Ich bin einfach der Meinung, dass das alles zu viel für uns ist – und die Gefahr, in die wir uns begeben, zu groß. Wir sind keine Heldinnen, Corrie. Wir sind ganz normale junge Frauen. An uns ist nichts Besonderes.«

»Jeder ist etwas Besonderes. Auf seine Weise«, widersprach Corrie. »Und wenn man dir versichern könnte, dass diese Gefahr nicht existiert? Dass wir hier in Sicherheit den Buchladen weiterführen können, ohne dass wir uns vor irgendetwas fürchten müssen? Nicht vor den Feuerwölfen und auch nicht vor irgendwelchen Kunden?«

Silvana sah Corrie ernst an. »Du weißt, dass es solche Versicherungen nicht gibt. Niemand weiß, was die Zukunft bringt. Das ist genauso absurd, wie zu behaupten, man würde nie überfahren werden, wenn man immer auf die Ampeln achtet. Es kann immer etwas Unvorhergesehenes passieren.« Sie spießte ein paar Pommes auf und betrachtete sie von allen Seiten, bevor sie sie in Ketchup tauchte und in den Mund schob.

»Das ist schon richtig. Aber man kann das Risiko auch mindern, indem man die Augen offen hält. Und das tun ja nicht nur wir, sondern auch Yazeem und Alexander. Wir sind nicht alleine mit allem.« Sie streckte sich. »Und jetzt lass uns von etwas anderem sprechen. Morgen sieht vielleicht alles schon wieder ganz anders aus. Denkst du, es gibt hier einen Laden, der Brettspiele verkauft? Ich habe so das Gefühl, als hätten diese Wölfe ein paar von meinen Spielfiguren gefressen.«

KAPITEL 5

Ein Quärker und ein kostbarer Fund

Corrie erwachte vom Läuten der Türklingel und öffnete die Augen mühsam einen Spaltweit. Ihr Rücken schmerzte und ihr war kalt, doch es dauerte ein paar Sekunden, bevor ihr dämmerte, woran das lag. »Ach, du grüne Neune!« Ruckartig erhob sie sich vom Küchentisch, auf dem sie vornübergebeugt eingeschlafen war. Silvana schlummerte noch immer auf dem Tisch, die Arme unter dem Kopf verschränkt. Der halbe Burger ihres mitternächtlichen Imbisses lag noch auf dem Teller vor ihr.

Erneut ertönte das Klingeln am Eingang.

Mit steifen Gliedern erhob sich Corrie taumelnd, versuchte ihre Kleidung notdürftig zu glätten und stolperte aus der Küche in den Laden.

»Ja doch, ich komme!«

Hastig klopfte sie ihre Jeans nach dem Schlüssel ab und fand ihn in ihrer rechten Gesäßtasche. »Wenigstens etwas«, murmelte sie.

Draußen vor der Tür wartete ein rotgesichtiges Männchen mit Baseballkappe und Holzfällerhemd. Ein großer Lkw parkte hinter ihm, und auf dem Gehweg stand ein halbes Dutzend Plastikboxen auf Rollen: die restliche Ware, auf die sie gewartet hatten.

»Habt ihr keinen Hintereingang?«, raunzte er, als Corrie ihm öffnete und fröstelnd in den eisigen, klaren Morgen blinzelte.

»Leider nicht«, antwortete sie und unterdrückte ein Gähnen. »Aber ich unterschreibe Ihnen die Papiere und kümmere mich darum, dass die Sachen in den Laden kommen. Sie können gerne wieder fahren.«

Der Fahrer musterte sie einen Moment skeptisch, so als könne er sein Glück nicht fassen, dann zückte er ein Bündel Papiere und einen Kugelschreiber und deutete auf ein paar Felder. »Hier und hier und … hier.«

Unter einem erneuten Gähnanfall unterzeichnete Corrie die Frachtpapiere. Der Fahrer schwang sich wieder in seinen Lkw und fuhr rumpelnd davon. Übrig blieben die Boxen auf dem Gehweg.

Stirnrunzelnd musterte Corrie die Stufen. »An eine Rampe hätte ich auch schon eher denken können.« Dann fiel ihr etwas ein.

Natürlich führte bereits eine Rampe in den Laden, und zwar aus der weitläufigen Garage in die Nische, in der sich auch die Tür zum Keller befand. Sie konnte zumindest die Bücherboxen schon einmal bis dorthin schieben. »Eins, zwei, drei … vier, fünf, sechs … sieben«, zählte sie und rollte mit den Augen. »Dann wollen wir euch mal reinbringen.« Sie stellte sich hinter die erste, beinahe brusthohe Plastikwanne und stemmte sich kraftvoll dagegen. Die Rollen setzten sich unendlich langsam in Bewegung. »Scheiße, warum muss Papier auch so schwer sein!«, fluchte Corrie und drückte noch etwas energischer.

Nach fünf der sieben Kisten hatte sie das Gefühl, gerade aus der Dusche gekommen zu sein, so klebten ihr Haare und Shirt am Körper. Und nachdem sie auch die letzte Kiste endlich in den Hof geschoben hatte, musste sich Corrie einen Moment lang japsend auf die Schräge setzen. »Dabei rauche ich doch gar nicht«, stellte sie schnaufend fest und reckte die schmerzenden Arme. Ein paar Augenblicke ließ sie ihren Blick über die Lieferung wandern und überlegte, um welche Ware es sich hier wohl handelte. Dann fiel ihr ein, dass das Spannungsregal noch leer war. »Dafür seid ihr dann also wohl«, stellte sie fest und kam wieder auf die Füße. »Aber alleine bekomme ich euch nicht dahin, wo ihr hingehört. Und ich finde, Silvana hat jetzt wirklich lange genug geschlafen. Niemand rührt sich von der Stelle, ich bin gleich wieder da.« Sie betrachtete die Kisten argwöhnisch, dann schloss sie die Tür an der Rampe auf und ging zurück zur Küche.

Silvana lag noch immer genau so da, wie Corrie sie verlassen hatte. Vorsichtig schlich sie hinter ihre Freundin und rüttelte kräftig an deren Rückenlehne.

Mit einem Quietschen fuhr Silvana aus dem Schlaf hoch, blinzelte ihre Freundin an, schien kurz zu überlegen und stöhnte dann. »Schon wieder Morgen?«

»Eigentlich schon fast früher Mittag.«

Silvana stützte den Kopf in die Hände. »Scheiße, wie lange haben wir gestern eigentlich noch hier gesessen?«

Corrie schnitt eine Grimasse. »Bis wir eingeschlafen sind, nehme ich mal an.«

»Was eindeutig zu spät war, so wie ich mich fühle«, gähnte Silvana.

»Und draußen steht schon die nächste Fuhre Ware, die eingeräumt werden will.«

»Aber nicht ohne einen starken Kaffee. Oder besser zwei. Und eine heiße Dusche. In genau der Reihenfolge.«

»Da mache ich mit«, stimmte Corrie zu und reckte sich, um an die Dose mit dem Kaffeepulver heranzureichen, die auf dem obersten Regalbrett über dem Herd stand.

Silvana fütterte unterdessen den Toaster mit ihrem Frühstück.

»Ich glaube, ich habe irgendeinen Mumpitz aus dem *Letzten Einhorn,* und unseren früheren Literaturstunden in der Schule geträumt«, sagte Corrie und hielt kurz inne. »Ach, aber der Mumpitz ist ja ausgewandert«, fügte sie dann hinzu und grinste. Hinter ihr spuckte der Toaster das fertige Brot wieder aus.

»Natürlich. Wie konntest du das vergessen.« Silvana schob die Kanne unter die Kaffeemaschine und schaltete den Knopf ein, bevor sie aus dem Kühlschrank Butter und Marmelade holte und auf den Tisch stellte. Das dreckige Geschirr vom Vorabend landete in der Spüle, die Essensreste im bunt beklebten Mülleimer darunter. Danach deckte sie den Tisch und ließ sich wieder auf dem Stuhl nieder, auf dem sie schon die Nacht verbracht hatte. Jetzt fragte sie sich, wie sie überhaupt auf dem harten Holz, das deutlich durch das dünne Polster hindurch fühlbar war, hatte einschlafen können.

»Weißt du eigentlich noch, worüber wir gestern zuletzt gesprochen haben?«, fragte sie.

»Über Brettspiele?«, witzelte Corrie.

»Und davor haben wir darüber gesprochen, ob wir den Laden weiterführen wollen.« Silvana stieß einen tiefen Seufzer aus. Und sie waren zu keinem Ergebnis gekommen. Was hauptsächlich an ihr gelegen hatte … nein, was *ausschließlich* an ihr gelegen hatte. Schließlich war sie ja diejenige, die in diesem Raum die Zweifel hatte. »Deine

Meinung in Bezug auf diese ganze Sache hat sich vermutlich nicht geändert, oder, Corrie?«

Corrie nahm ihrer Freundin gegenüber Platz. »Du kennst mich doch. Ich finde den Gedanken noch immer faszinierend. So eine Gelegenheit bekommen wir nie wieder im Leben.«

Genau das hatte Silvana befürchtet. »Und all das, was uns passieren könnte, hält dich kein bisschen davon ab?«

»Ich denke nicht, dass wir uns darüber zu große Sorgen machen sollten. Erstens sind wir ja nicht alleine, und zweitens wurden aus den vergangenen Geschehnissen durchaus Lehren gezogen. Das hat Cryas selbst gesagt.«

Silvana angelte sich eine Scheibe Toast und machte ein wenig überzeugtes Gesicht. »Und was, wenn nicht? Wenn niemand zur Stelle ist, wenn es darauf ankommt? Wenn diese Feuerwölfe wieder im Laden stehen? Oder etwas noch Grauenvolleres?«

»Dann hoffe ich, dass du mit mir genauso viel Spaß im Leben hattest wie ich mit dir!«

»Ich glaube nicht, dass ich das lustig finde.« Mürrisch klatschte sich Silvana einen dicken Löffel Zitronengelee auf den Toast.

»Ach, Silvie.« Corrie stand auf und legte ihrer Freundin beschwichtigend den Arm um die Schultern. »Ich bin mir sicher, dass Cryas und Yazeem alles tun, damit wir hier sicher sind. Es ist schließlich auch in ihrem Interesse, dass der Buchladen geöffnet bleibt. Also, vergiss doch einfach mal deine Bedenken. Ich bin sicher, wir werden jede Menge coole Dinge erleben, wenn wir dabeibleiben. Zusammen.«

Silvana sah kurz zur Kaffeemaschine, die ein lautes Röcheln von sich gab, dann nickte sie zögernd. »Vielleicht hast du recht.« Aber wirklich überzeugt sah sie noch immer nicht aus.

»Ich würde sagen, wir warten am besten erst einmal, bis Yazeem wieder auftaucht. Möglicherweise schafft er es ja, deine Bedenken zu zerstreuen«, schlug Corrie vor.

»Habe ich da gerade meinen Namen gehört?« Lautlos war die Küchentür geöffnet worden, und der Werwolf strahlte den beiden jungen Frauen entgegen. »Ich wünsche einen guten Tag – oder vielmehr guten Morgen, wenn ich eure Gesichter und das Frühstück richtig deute.«

»Guten Morgen, Yazeem. Kaffee?«

Yazeem grinste breit. »Da sage ich nicht nein.«

Corrie goss ihm einen Becher ein, und Yazeem fügte etwas Milch hinzu, bevor er sich zurücklehnte. Seine bernsteinfarbenen Augen glitten von Silvana zu Corrie und wieder zurück. »Nun, ich hörte etwas von Bedenken, die es zu zerstreuen gäbe? Ihr seid euch demnach noch nicht einig, ob ihr weitermachen wollt?«

»Silvana hat noch Bedenken bezüglich unserer Sicherheit.«

Der Werwolf nahm die dampfende Tasse zwischen seine Hände, lehnte sich auf dem Tisch vor und sah Silvana ernst in die Augen.

»Eure Sicherheit ist uns das Wichtigste. Ganz besonders ich werde alles unternehmen, um euch zu schützen. Das verspreche ich euch.« Seine Worte schienen Silvana aufrichtig zu sein.

»Aber wirst du es wirklich schaffen, uns vor Feuerwölfen oder Schlimmerem zu beschützen?«

Yazeem lehnte sich in seinem Stuhl zurück und fuhr sich mit der Hand durchs Haar.

»Ich gebe zu, dass ihr einen schlechten Start hattet, aber ich werde in Zukunft besser vorbereitet sein – und ich bin ja auch nicht alleine. Wir haben viele Verbündete in Woodmoore. Und notfalls werden wir auch Hilfe aus Port Dogalaan erhalten.«

Viele Verbündete in Woodmoore? Silvana musste zugeben, dass sie gerne erfahren würde, wer diese Leute waren … oder vielleicht besser, *was.*

Dennoch nagten Zweifel an ihr.

»Was ist, wenn sie nachts hier heimlich auftauchen? Wenn sogar Lamassar selbst …«

Yazeem unterbrach sie mit einem beruhigenden Lächeln. »Dann wird er fluchend vor der Eingangstür stehen, weil er an den Schutzzaubern nicht vorbeikommt. Und wir würden uns in aller Ruhe überlegen, wie wir ihn vertreiben können.«

Silvana starrte auf die schwarze Oberfläche ihres Kaffees. Sie war tatsächlich ein wenig geneigter, dieser Unternehmung eine Chance zu geben. Und war es nicht außerdem an ihr, auf Corrie aufzupassen, sie nicht mit alldem alleinzulassen? Und dann waren da auch noch diese Stimmen. Hatte sie hier vielleicht endlich Gelegenheit, das Rätsel ihrer Kindheit zu lösen? Zu beweisen, dass sie nicht verrückt war? Würde sie Woodmoore den Rücken kehren, würde sie diese Möglichkeit vermutlich für immer verlieren.

Es war an der Zeit, einen Entschluss zu fassen. Sie sah auf, direkt in Corries erwartungsvolle Augen. »Ich gebe zu, dass die Zentauren wirklich beeindruckend waren. Oder die Bücher in dem Käfig neben Cryas' Büro. Oder das Pergament, das die Schriftfarbe wechselt.«

143

Sie lehnte sich zurück und verschränkte die Arme vor der Brust. »Vielleicht können wir Cryas fragen, woher es stammt, wenn wir nachher wieder zurückgehen, um unser ramponiertes Exemplar von Bergolins Lehren entgegenzunehmen.«

Corrie begann, freudig zu grinsen. »Dann willst du also doch weitermachen?«

»Ich bin zwar immer noch nicht vollkommen überzeugt davon, dass das eine gute Idee ist, aber ja. Wir machen weiter. Gemeinsam. Schließlich will ich wissen, was für seltsame Kunden das sind, die Yazeem bei seinem ersten Besuch erwähnt hat.« Sie zwinkerte dem Werwolf kurz zu. »Und mehr über dieses Liber Panscriptum möchte ich auch erfahren. Außerdem vergiss nicht, dass Port Dogalaan eine Hafenstadt ist – ich liebe Schiffe. Also, meinetwegen können wir es versuchen. Und wenn es doch nicht funktioniert, dann können wir immer noch zurück nach London gehen. Hoffe ich jedenfalls.«

Corrie strahlte. Yazeem sprang auf, stieß an den Tisch, wodurch seine Kaffeetasse bedenklich zu schwanken begann, und riss Corrie und Silvana von ihren Plätzen, um sie herzlich zu umarmen. »Ihr könnt euch nicht vorstellen, wie sehr mich diese Antwort mit Freude und Glück erfüllt.« Er ließ sie wieder los und machte einen Schritt zurück. Beinahe beschämt senkte er die Augen zu Boden. »Verzeiht meinen Ausbruch. Aber ich habe bereits gestern zu Cryas gesagt, dass ich es sehr begrüßen würde, mit euch zusammenarbeiten zu dürfen. Ich habe so ein Gefühl, dass uns alle etwas ganz Besonderes erwartet, wenn ihr diesem Laden wieder Leben einhaucht.«

»Wir können dir aber sicherlich kein üppiges Gehalt bezahlen«, wandte Silvana ein, die unter Yazeems Umarmung ein wenig errötet war.

Der Werwolf winkte ab. »Das ist auch nicht nötig. Mr Lien hat mir nur sehr selten etwas Geld gegeben. Dafür durfte ich hier essen und trinken und das ein oder andere Mal übernachten.«

Corrie schürzte die Lippen. »Arbeiten gegen freie Kost und Logis? Ich denke, das bekommen wir auch hin, oder, Silvie?«

»Solange wir kein blutiges Fleisch besorgen müssen.«

Yazeem lachte. »Dass ich ein Werwolf bin, heißt nicht, dass ich unzivilisiert bin. Da haben es eure Legenden maßlos übertrieben. Auch wenn ich mein Steak schon lieber *raw* als *medium* mag. Aber ich denke, da gibt es ebenso viele Menschen, die diese Neigung teilen.«

»Solche Leute habe ich nie verstanden.« Corrie schüttelte den Kopf. »So. Eigentlich müssten wir jetzt anstoßen.« Sie erhob sich und nahm die Kanne mit dem restlichen Kaffee. »Leider fällt der Wein heute sehr dunkel aus, fürchte ich.«

Silvana hielt ihr den Becher hin. »Heiß, so wie ich ihn am liebsten mag.«

»Sieht ein bisschen aus wie Teer, findet ihr nicht auch?«

Silvana zuckte die Achseln. »Die einen rauchen ihn, ich trinke ihn. Her damit.«

»Du bist ein Koffein-Junkie.«

»Ohne Laster ist das Leben doch langweilig, oder?«

Yazeem blicke verwirrt von einer Freundin zur anderen.

»Wann hast du eigentlich deine gute Laune wiedergefunden?«, fragte Corrie.

»Habe ich doch gar nicht. Ich bin immer noch deine

sauertöpfische, immer nörgelnde und ständig das Haar in der Suppe suchende beste Freundin.«

»Sage ich doch – gute Laune. Vielleicht sollte ich dein Bett gegen diesen Stuhl hier austauschen. Scheint Wunder zu wirken.«

»Von was für Ware hast du eigentlich eben gesprochen?«

»Das dürfte die Krimi- und Thriller-Lieferung sein. Die fehlen schließlich noch. Und ich wüsste nicht, von welchem anderen Genre wir derartige Massen bestellt haben könnten.«

»Eben erst angekommen?«

Corrie nickte. »Der Fahrer hat mich geweckt.«

»Was fehlt uns dann noch außer dem Zeug, das draußen steht?«

»Die Hörbücher. Und die Gartenbücher sind auch noch nicht da.«

»Und die Sachen für den Geschenketisch«, fügte Silvana hinzu. »Die ganzen Tassen und Lesezeichen und Seifen, die du geordert hast.«

»Stimmt. Und das Geschenkpapier für den Packtisch fehlt auch noch.« Sie zuckte die Schultern. »Kann heute im Laufe des Tages alles noch kommen.«

»Hoffentlich nicht gerade dann, wenn wir bei Cryas sind.«

»Das wäre ziemlich doof«, stimmte Corrie zu. »Das Zeug brauchen wir schließlich am Montag zur Eröffnung.«

Silvana zuckte die Achseln und sah Yazeem fragend an. »Also, wie geht es jetzt weiter?«

Bevor er antworten konnte, ergriff Corrie das Wort. »Ich möchte jetzt erst einmal endlich wissen, warum du die

146

Nacht unter dem Hotelfenster gestanden hast, nachdem Silvana und ich den Buchladen besichtigt hatten. Und keine Ausreden mehr – ich bin mir sicher, dass du es warst.«

»Ich habe mich tatsächlich in jener Nacht hinausgewagt. Aber ich hatte einen guten Grund.«

»Und der wäre?«

»Ich habe die Flederspinnen vertrieben, die Lamassar geschickt hatte, um euch zu beobachten.«

»Flederspinnen?«, fragte Silvana entgeistert.

Corrie hingegen erinnerte sich an die huschenden Schatten, die sie ihrer Fantasie zugeschrieben hatte – und der Müdigkeit. »Wie groß sind die Dinger genau?«

Yazeems Hände beschrieben eine Kugel von der Größe eines Tennisballs. »Ohne Beine und Ohren natürlich.«

»Igitt«, ekelte sich Silvana und schauderte sichtlich. »Die kann man ja schon an der Leine spazieren führen.«

»Es heißt, dass Lamassar die Königin der Flederspinnen als Haustier hält und sie ihm deshalb gehorchen. Die Schwarzflügelpixies, die ihm ebenso folgen, benutzen sie manchmal als Reittiere auf Erkundungsmissionen.«

»Und die waren in diesem furchtbaren Regen am Hotel?«, vergewisserte sich Corrie.

Yazeem nickte. »Regen und Schnee machen ihnen nichts aus. Aber sie hassen Licht, Wärme und große Raubtiere, wie Aare und Rokhs.«

»Oder Werwölfe.«

Yazeem blinzelte verschwörerisch.

»Also haben sie nichts herausgefunden«, stellte Silvana fest.

»Ich denke nicht. Ich war rechtzeitig da, bevor sie ihre Horchnetze spinnen konnten. Sie haben euch gesehen und werden Lamassar von zwei jungen Frauen berichtet haben. Er wird sicherlich versuchen, mehr über euch herauszufinden, um abschätzen zu können, ob er leichteres Spiel mit euch haben wird als mit Mr Lien. Aber nicht heute. Und auch nicht morgen. Und wenn er es versucht, werden wir besser vorbereitet sein als die vorigen Male.«

»Na hoffentlich.« Silvana reckte sich. Das ungute Gefühl des Vorabends hatte sie wieder beschlichen, doch sie hatte der Sache zugestimmt, und nun gab es keinen Weg zurück.

»Also ich könnte immer noch eine heiße Dusche vertragen.«

»Ich auch«, entgegnete Corrie, »aber die Ware kann nicht so lange draußen stehen bleiben.«

»Ach ja«, stöhnte Silvana, »dann los. Umso schneller haben wir es hinter uns.«

Yazeem erhob sich. »Ihr sucht das Badezimmer auf. Um die Ware kümmere ich mich. Die Kisten stehen am hinteren Eingang?«

Corrie nickte. »Bis dahin habe ich sie schon geschoben. Aber so schwer, wie die sind, kannst du doch nicht …«

»Du vergisst, was ich bin«, unterbrach sie Yazeem. »Ein paar Kisten mit Büchern machen mir nicht zu schaffen. Wo sollen sie hin?«

»Vor die Spannungswand vermutlich. Ich habe sie noch nicht geöffnet oder auf dem Lieferschein nachgesehen.«

»Ich werde schon einen Platz finden«, versprach der Werwolf und öffnete die Küchentür. »Wir sehen uns, wenn ihr euch zurechtgemacht habt. Dann werden wir besprechen, was heute noch zu tun ist.«

Eine gute Stunde später erschienen Corrie und Silvana wieder im Erdgeschoss. Yazeem hatte bereits sämtliche Kisten hereingeholt und vor den entsprechenden Regalen plaziert. Er hatte sogar schon begonnen, die Bücher einzuräumen. Mit zufriedenem Gesicht blickte er ihnen entgegen. »Fertig für die Rückreise?«

»Theoretisch schon«, antwortete Corrie. »Aber wie bekommen wir die Ware in die Regale? Wir haben eigentlich keine Zeit zu verlieren, wenn wir pünktlich eröffnen wollen. Und wir erwarten heute noch weitere Lieferungen. Es fehlt noch etliches.«

Yazeem nickte verständnisvoll. »Darum habe ich mich bereits gekümmert. Ein guter Bekannter, der schon früher im Buchladen ausgeholfen hat, wird nachher vorbeischauen und weiter einräumen. Er wird auch die Lieferungen entgegennehmen. Ich habe ihm gesagt, wie er durch das Fenster hineingelangt.«

»Ist das nicht zu gefährlich?«, wandte Silvana ein. »Was, wenn einer dieser Feuerwölfe oder Flederspinnen wieder hier eindringt? Er wäre dann ganz alleine …«

»Die erneuerten Bannzauber hindern sie daran. Sorgt euch nicht. Außerdem ist mein Bekannter durchaus in der Lage, sich zu schützen, wenn es wirklich nötig werden sollte.«

»Na gut.« Corrie sah zögernd in Richtung Kellertür, holte tief Luft und straffte die Schultern. »Dann machen wir uns auf den Weg zu Cryas.« Sie sah Silvana fragend an. Diese schenkte ihrer Freundin ein zuversichtliches Grinsen. »Auf ins Abenteuer.«

Yazeem legte den beiden Frauen die Arme um die Schultern und zog sie mit sich. »Cryas wird wirklich hocherfreut sein – und Vincent erst! Ich habe ihm schon so lange versprochen, dass er einmal hierher mitkommen darf.«

Keine zehn Minuten später spuckte das Portal sie erneut vor dem Pult des Fauns aus.

Dieser sah freudestrahlend von seinem Pergament auf und legte die Feder beiseite, mit der er geschrieben hatte. »Das sieht mir ganz nach einer Entscheidung für den Buchladen aus«, stellte er fest und erhob sich, um ihnen die Tür zu öffnen. »Dann bin ich hocherfreut, der erste Gratulant sein zu dürfen. Ihr werdet diese Entscheidung gewiss nicht bereuen – so eine Chance bekommt man nur einmal im Leben.«

Corrie sah ihre Freundin triumphierend an. »Meine Worte!«

»Die meisten bekommen sie gar nicht«, fügte Yazeem schmunzelnd hinzu. »Und müssen sich den Rest ihres Buchhändlerlebens mit den ewig gleichen, verrückten Kunden herumschlagen.«

Silvana warf ihm einen skeptischen Blick zu. Sie zweifelte nicht daran, in Woodmoore ebenso viele verrückte Kunden vorzufinden – wenn nicht sogar noch mehr.

Yazeem registrierte es mit einem sanften Lächeln, das seine Zähne aufblitzen ließ.

Als der Werwolf sie erneut in den Verkaufsraum der *Magischen Schriftrolle* führte, begrüßte sie dort ein ähnlich buntes Treiben wie bei ihrem ersten Besuch. Neben den Zentauren-Professoren scharten sich diesmal auch mehrere hellhäutige Elfen in leuchtenden Roben um die Lesepulte. Ein Stück weiter hatte eine Gruppe älterer Frauen einen Halbkreis um ein dickes Buch gebildet und diskutierte ge-

150

dämpft. Im Sonnenlicht unter der Kuppel zogen die fliegenden Bücher ihre Kreise, und nicht weit von ihnen entfernt schlug sich Pearly, die junge Zentaurin, tapfer mit einer Gruppe kleiner Kinder aller möglicher Rassen und deren Lehrern herum.

Yazeem winkte Fneck, den Drachen, heran, und dieser kam zu ihnen gehoppelt. »Herzlichen Glückwunsch zur Eröffnung«, brummte er mit sonorer Stimme und sprang dann auf eine junge Fee zu, die zur Tür hereingekommen war und sich suchend umblickte.

»Also dann, versuchen wir unser Glück beim Meister«, sagte Yazeem, ging zur hellen Tür zwischen den vergitterten Regalen und klopfte. Während sie warteten, nickte er zum Durchgang. »Wenn ihr zu Cryas wollt, merkt euch eines: immer klopfen. Niemals einfach die Tür öffnen. Das kann böse ausgehen.«

»Wegen der Schutzzauber?«, fragte Silvana.

Der Werwolf nickte. »Ihr lernt schnell, wie ich sehe.«

Im selben Moment ging die Tür auf, und Cryas sah mit erstaunter Miene auf das Trio hinab. »So rasch hatte ich nicht wieder mit euch gerechnet.« Er trat zur Seite, um sie einzulassen, und deutete mit der Pfote zu den Lehnstühlen. »Ich hoffe wirklich, dass eure Entscheidung, wie auch immer sie geartet sein mag, nicht leichtfertig und vorschnell getroffen worden ist.«

Cryas ließ sich wieder auf seinem Kissenberg nieder. Er schob die Papiere auf dem Schreibtisch zu einem Haufen zusammen. In einem Käfig neben dem Schreibtisch lag das Buch des Bergolin und regte sich nicht. Als die jungen Frauen sich näherten, um sich zu setzen, erhob es sich und legte ein paar Seiten um seine Gitterstäbe.

»Nun?« Cryas musterte Corrie und Silvana über seinen mächtigen Schnabel. »Wie habt ihr euch entschieden?«

Corrie atmete einmal tief durch, bevor sie antwortete. »Wir wollen weitermachen.«

Im Gegensatz zu Yazeem brach der Greif nicht in Jubelschreie aus, sondern verzog die Mundwinkel nur zu einem leisen, wissenden Lächeln und nickte. »Es tut gut, das zu hören. Ich bin euch zutiefst dankbar, dass ihr diese Verantwortung übernehmen wollt. Euch erwarten eine Menge wundervoller, neuer Erfahrungen und vielleicht sogar das ein oder andere aufregende Abenteuer.« Er zwinkerte ihnen vielsagend zu. »Und wie versprochen werdet ihr später auch dieses Buch mit zu euch nehmen dürfen. Ich habe ihm eingeschärft, dass es sich zu benehmen hat und dass es auch in eurer Welt Feuer gibt.« Er sah das Buch des Bergolin scharf an. Es wich von den Gitterstäben seines Käfigs zurück und legte sich gehorsam wieder auf den Boden. Zufrieden nickend wandte Cryas seinen Blick Yazeem zu. »Wirst du in ihrer Welt bleiben, oder zieht es dich wieder in unser Reich zurück?«, wollte er wissen. »Wenn dem so sein sollte, müssen wir uns noch heute um einen Nachfolger für dich bemühen.«

Der Werwolf schüttelte den Kopf. »Wie ich schon in der vorigen Nacht geäußert habe, wird es mir ein besonderes Vergnügen sein, mit den beiden Damen zusammenarbeiten zu dürfen. Wenn ich regelmäßig hierher zurückkehren darf, werde ich auch weiterhin in der Welt der Menschen meinen Verpflichtungen nachkommen.«

Der Greif sah ihm mahnend in die Augen. »Der Schutz der beiden ist von nun an deine oberste Priorität, Yazeem. Und wenn die Feuerwölfe den Laden bis auf die Grundmauern niederbrennen sollten, dann ist deine *einzige* Aufgabe, das Leben der beiden zu retten. Niemand wird jemals Hand an sie legen. Ich will keine zweite Katastrophe. Hast du verstanden?«

Yazeem senkte den Blick. »Ich werde meine Pflicht erfüllen, Cryas.«

»Dann ist es beschlossen«, nickte der Greif zufrieden. »Alles ist gesagt. Nun lasst uns nachsehen, ob wir noch ein Liber Panscriptum haben, das ihr mitnehmen könnt. Normalerweise haben wir immer eines im Lager – falls das andere aus irgendeinem Grund unbrauchbar werden sollte.« Er erhob sich und breitete seine Schwingen aus. »Aber ich bin sicher, dass Veron uns da weiterhelfen kann.« Er zwinkerte ihnen abermals verschwörerisch zu. »Und dann könnt ihr eurer Kundschaft auch den Wunsch nach Literatur von dieser Seite des Portals erfüllen.«

Er geleitete sie aus seinem Büro. Draußen erhob er sich mit zwei kräftigen Flügelschlägen und flog zu Veron, der gerade unter der Glaskuppel mit ein paar kleinen, leuchtenden Feen sprach. Oben angekommen, deutete Cryas auf Corrie und Silvana, die jedoch kein Wort von dem verstehen konnten, was er dem geflügelten Mann erzählte. Veron nickte und entfernte sich dann in Richtung einer der unteren Etagen der *Magischen Schriftrolle*.

Cryas landete neben Yazeem. »In ein paar Minuten sollten wir wissen, ob das Liber Panscriptum noch da ist.«

Unvermittelt tauchte Vincent hinter dem Greif auf. »Cryas, dürfte ich mit den beiden Damen eine Führung durch Port Dogalaan machen?«

Der Greif lachte. »Danach hätte ich dich gewiss noch gefragt. Natürlich darfst du, Vincent.« Er sah Corrie und

Silvana an. »Selbstverständlich nur, wenn ihr auch Interesse habt, mehr über diese Welt zu erfahren.«

Silvana war unschlüssig. Natürlich wollte auch sie sich die Welt außerhalb der Tore der *Magischen Schriftrolle* nicht entgehen lassen. Doch nach dem, was bisher geschehen war, fühlte sie sich in der Nähe des Greifs und des Werwolfs sicherer. Und außerdem wollte sie wissen, was es mit diesem Liber Panscriptum auf sich hatte. »Falls noch ein Liber vorrätig ist, würde ich gerne hierbleiben und es mir genauer ansehen.«

Cryas lächelte. »Und ich werde es dir gerne zeigen.«

Corrie hingegen errötete vor Aufregung. »Ich möchte unbedingt die Stadt sehen!«

Vincent grinste sie an. »Dann komm nachher einfach zu mir, wenn du so weit bist. Ich bin mit den Listen fertig und werde unseren Kunden bis dahin für Auskünfte zur Verfügung stehen. Und, Yazeem?«

Der Werwolf sah ihn fragend an. »Ja?«

»Da du nun ja häufiger hierherkommen wirst – könntest du mir bei Gelegenheit ein paar von Albians Zimtkrapfen mitbringen? Und grüß den alten Giftmischer von mir.«

Yazeem grinste. »Aber natürlich.«

»Albian?«, fragte Corrie.

»Er hat eine kleine Konditorei, sehr versteckt an der Straße nach Everfields. Wenn ihr einmal etwas Zeit erübrigen könnt, nehme ich euch mit zu ihm. Ich kann euch versprechen, dass ihr begeistert sein werdet!«

Corrie wollte gerade erwidern, wie sehr sie sich über einen solchen Besuch freuen würde, als eine ältere, knallbunt gekleidete Dame mit einem Packen Büchern im Arm auf sie zugestürmt kam. Silvana erinnerte sie an eine Wahrsagerin vom Jahrmarkt – oder einen Paradiesvogel. Letzteres passte auch zu ihrer Stimme.

»Oh«, flötete sie, »unsere beiden neuen Buchhändlerinnen aus Woodmoore?«

»Marica«, grüßte Cryas. »Ganz recht.« Und an die beiden Freundinnen gewandt, fügte er hinzu: »Das ist Marica. Wenn ihr Fragen zu alchimistischen Werken oder Zauberbüchern habt, dann kann sie euch am besten helfen.«

»Magie«, zwitscherte Marica und ließ mit einer kurzen Handbewegung einen kleinen Drachen aus pinkem Rauch über ihrer Schulter entstehen. Dann eilte sie mit einem piepsenden Lachen zu ihrem Kunden davon.

Kurz darauf kehrte Veron mit einem riesigen Buch zurück, das er Silvana beinahe feierlich hinhielt. »Hier ist euer neues Liber. Gebt gut darauf acht.«

»Und lasst es niemanden benutzen außer euch und Yazeem«, riet Cryas.

Die beiden Frauen nickten, den Blick auf das geheimnisvolle Buch gerichtet. Silvana nahm es ehrfürchtig entgegen und strich sanft über das dunkelbraune, glatte Leder.

»Einen kurzen Blick möchte ich auch darauf werfen.« Corrie beugte sich neugierig über das Buch. »Aber dann geht es auf Entdeckungstour!«

Eine halbe Stunde später standen Corrie und Silvana vor Cryas' Bürotür. Corrie warf ihrer Freundin einen letzten Blick zu. »Willst du nicht doch mitkommen, Silvie?«

Silvana blickte kurz von den ersten Seiten des Liber Panscriptum auf und schüttelte den Kopf. »Ich würde mich gerne noch eine Weile mit unserem neuen Nachschlagewerk befassen. Cryas erklärt mir gleich, wie man es rich-

155

tig benutzt.« Ihre Augen blitzten auffordernd. »Hab ganz viel Spaß mit Vincent und merk dir alles, was du siehst. Ich verlasse mich darauf, dass du mir später ganz genau berichten kannst, was ich alles verpasst habe.«

»Ich werde es dir später einfach *zeigen*«, erwiderte Corrie. »Genauso wie du mir dann *zeigen* musst, wie ich das Liber benutzen muss.«

Sie verabschiedete sich und lief vom Kribbeln der Neugierde und Vorfreude erfüllt zurück in den Verkaufsraum. Vincent stand neben einem Lesepult und unterhielt sich mit einem elfischen Kunden. »Ah, Corrie«, sagte er, als sie neben ihn trat. »Bereit, einen aufregenden Nachmittag zu verbringen?«

»Offen für alles.«

»Dann sollte ich dich wohl nicht länger warten lassen.« Er wandte sich dem Elf zu. »Wir werden unser Gespräch hoffentlich an anderer Stelle weiterführen können, Eramas. Ich muss mich jetzt einer anderen Verpflichtung zuwenden.«

Der Elf nickte lächelnd, verabschiedete sich kurz und richtete seine Aufmerksamkeit wieder auf das Buch, das aufgeschlagen auf dem Pult vor ihm lag. Vincent wies Corrie mit einer einladenden Geste zum Ausgang der *Magischen Schriftrolle*. Vor der Tür verharrte Corrie und sah unschlüssig durch das bunte Glas nach draußen. Vincent warf ihr einen fragenden Blick zu. »Stimmt etwas nicht?«

Corrie atmete tief durch. »Ich habe mich nur gerade gefragt, was mich dort draußen wohl erwartet und wie es mein Weltbild verändern wird. Ich werde nicht mehr der gleiche Mensch sein, wenn ich einmal dort draußen war, oder?«

156

Der Faun schüttelte lächelnd den Kopf. »Bestimmt nicht. Aber glaub mir, du brauchst nichts zu fürchten – im Gegenteil. Ich bin sicher, dass wir einen Riesenspaß zusammen haben werden. Amaranthina ist es wirklich wert, gesehen zu werden. Das Schlimmste, das dir vermutlich passieren kann, ist, dass ich dich von irgendwo wegtragen muss, weil wir wieder zurück in die *Magische Schriftrolle* müssen.«

Der Gedanke entlockte Corrie ein amüsiertes Grinsen. Vincent packte ihre Hand und zog sie nach draußen.

Geblendet von der Sonne hob Corrie den Arm über die Augen und blinzelte. Es dauerte jedoch nur wenige Sekunden, bis sie sich an das Licht gewöhnt hatte. Gespannt ließ sie den Blick umherschweifen. Was sie sah, war einmalig. Sie und Vincent standen am oberen Ende einer breiten Gasse, die von Ladenzeilen gesäumt wurde und entlang deren Mitte abwechselnd kleine Brunnen und Kübel voller farbenprächtiger, seltsam geformter Blumen standen. Die meisten Häuser waren weiß und schimmerten sanft von Azur bis Terrakotta. Vereinzelte waren ganz in Blau oder in verschiedenen Grüntönen gestrichen. Über das meerblau-weiß gemusterte Pflaster bewegte sich eine ganze Menagerie aus Fabelwesen und Menschen. Nicht allzu weit von ihnen entfernt unterhielt sich eine Gruppe junger, krokodilköpfiger Männer über die Vorzüge ihrer Sklavinnen. Eine schwarzgesichtige Sphinx schritt anmutig an ihnen vorüber und versetzte einem von ihnen beiläufig einen Stoß, der ihn in einen der Brunnen taumeln ließ – sehr zur Erheiterung seiner Kameraden. An den Schaufenstern der gegenüberliegenden Seite bummelten grünhaarige Elfen, ein paar wie Schnee-Eulen gesprenkelte

157

Greife und ein Zyklop, der einen Drachen an einer Kette führte, vorbei.

»Das ist Wahnsinn«, staunte Corrie, die noch keinen Meter gegangen war.

Plötzlich fiel ein Schatten auf sie, und als Corrie den Kopf hob, sah sie über sich eine Schar Drachen verschiedenster Farben und Größen über sie hinwegziehen. Jeder von ihnen trug dicke Beutel in den Klauen und einen Reiter auf dem Rücken. »Was sind das für welche?«, fragte Corrie ihren Begleiter.

»Drachenboten. Sie transportieren Briefe, Bestellungen aller Art, Geldsendungen … Alles, was schnell über weite Strecken und zu anderen Inseln gebracht werden muss.«

»Also eine Art Drachenpost«, folgerte Corrie.

Vincent grinste. »Unsere Form der Luftpost, wenn du es genau nimmst.«

Kurz darauf kam ein Zentaur langsam und würdevoll auf sie zugeschritten. Seine massiven, tellergroßen Hufe klapperten dumpf. Das Fell seines Pferdekörpers war das eines dicht gefleckten Apfelschimmels. In seinen Schweif und seine Mähne waren bunte Bänder geflochten, wie auch in seine langen, ergrauten Haare. Als er sie passierte, neigte er ihnen den Oberkörper entgegen. »Ist mein Buch schon eingetroffen, Vincent?«

Der Faun nickte freundlich. »Ist es, Meister Cordo. Marya wird es Euch an der Kasse geben, wenn Ihr sie danach fragt.«

Mit einem Nicken schritt der Zentaur an ihnen vorbei und in die *Magische Schriftrolle*, um seine Bestellung abzuholen.

Corrie sah ihm nach. »Wer war denn das?«, flüsterte sie.

»Einer der Professoren der vielen Universitäten, die über ganz Amaranthina verstreut liegen«, antwortete Vincent, der sich ganz offensichtlich über ihre Neugierde und ihr Staunen amüsierte.

»Und was unterrichtet er?«

»Ich schätze, Nautik – das Buch, das er geordert hat, enthält eine Abhandlung über die navigatorischen Besonderheiten des Firminsunds.«

»Firminsund?«

»Eine Meerenge, weit, weit weg von hier. Und sehr gefährlich für alle Schiffe, die sie durchqueren wollen. Es gibt nur sehr wenige Navigatoren, die es sich zutrauen, ein Schiff sicher hindurchzubringen.« Er zog sie mit sich. »Bevor du dir darüber Gedanken machst, solltest du erst einmal Amaranthina kennenlernen. In die Ferne schweifen könnt ihr sicherlich noch früh genug.«

»Das wäre toll!«, strahlte Corrie. Begeistert dachte sie an die Abenteuer, die sie auf dem Meer erwarten würden.

Vincent steuerte auf einen kleinen Laden auf der rechten Seite der Gasse zu, aus dem es verführerisch süß duftete. »Das hier musst du unbedingt probieren, bevor wir weitergehen!«

Corrie reckte schnuppernd den Hals. »Und das ist?«

»Quärker. Man macht sie aus den gemahlenen Samen des Küstenbasts, der überall auf Amaranthina wächst.«

Hinter der niedrigen Theke, die zur Straße wies, nickte ihnen eine freundlich lächelnde Frau zu. Sie hatte die Gesichtszüge und den Pelz eines Luchses und zwischen den flammend roten Haaren liefen ihre Ohren in feine, dunkle Pinsel aus. »Einen Quärker für dich und deine Begleitung, Vincent?«

Der Faun schüttelte den Kopf. »Bitte nur einen für Corrie, Danah.«

»Kommt sofort.« Die Katzenfrau drehte sich mit einer geschmeidigen Bewegung zu der kleinen Küche im Inneren um, in der mehrere Pfannen auf dem offenen Feuer standen, umringt von Töpfen und Tiegeln in jeder Größe. »Irgendetwas dazu, Vincent?«

Der Faun dachte nicht lange nach. »Winterbeeren.«

Corrie stieß ihn leicht an. »Warum heißen die Quärker?«

Vincents Augen leuchteten geheimnisvoll. »Pass auf.«

Gespannt spähte Corrie in die Küche, in der Danah etwas dünnflüssigen Teig aus einem der Töpfe in die Pfanne gleiten ließ. Zuerst sah alles nach einem ordinären Pfannkuchen aus. Dann jedoch griff Danah in einen der Tiegel und gab eine Handvoll feines Puder in die Pfanne. Darauf blähte sich der Teig auf, wölbte sich und gab schließlich, als er schon fast zu zerplatzen drohte, ein lautes »Quärk« von sich. Dann schlug er einen Salto in der Pfanne. Mit der anderen Seite folgte das gleiche Schauspiel. Wieder streute Danah das Pulver in die Pfanne, wieder gab der Teig seinen Laut von sich und überschlug sich. Schließlich nahm die Katzenfrau ein großes, grün glänzendes Blatt, legte den Fladen darauf und faltete ihn zu einem Päckchen, in deren Mitte sie hellgelbe Beeren löffelte.

Verschmitzt grinsend reichte sie den Quärker zu Corrie herüber. »Lass es dir schmecken!« Sie nickte Vincent zu. »Der geht aufs Haus.«

»Vielen Dank, Danah!« Vincent winkte ihr zu und ging dann wieder voraus.

Corrie betrachtete ihren Crêpe-artigen Snack von allen

Seiten. »Da kann ich einfach so reinbeißen?«, vergewisserte sie sich.

»Solltest du, solange er noch richtig heiß ist. Dann schmeckt er am besten.«

Also nahm Corrie einen vorsichtigen Bissen. Der Teig schmeckte ein wenig ungewöhnlich, aber durchaus gut und nicht zu süß. Er erinnerte Corrie an Buchweizen mit einer feinen Malznote. Die angenehm kalten Beeren, mit denen er gefüllt war, schmeckten wie eine Mischung aus Stachelbeeren und Vanille. »Ist lecker!«, verkündete sie. Dann senkte sie die Stimme. »Was für eine Rasse ist denn Danah?«

»Sie entstammt dem großen Volk der Felinar und ist eine Lynix. Auf der Insel Felin gibt es außerdem noch Tings, Leonos und Gepedix. Aber die sind allesamt keine großen Seefahrer. Deshalb wirst du am häufigsten Lynixen begegnen.« Er wich einem eiligen, purpurhäutigen Kobold mit einem zappelnden Sack über den schmalen Schultern aus. »Komm, gehen wir die Marktstraße hinunter zum Basar. Der wird dir gefallen. Dort gibt es noch so viele Dinge zu sehen – und die Waren können dir vielleicht einen Eindruck verschaffen, wie vielfältig diese Welt ist.«

Diesem Vorschlag kam Corrie nur zu gerne nach, und nach einer guten halben Stunde, in der sie unzählige Male staunend das Treiben um sich herum verfolgt hatte, öffnete sich die Straße vor ihnen zu einem weiten, gepflasterten Platz. Entlang ihrer Linken zog sich eine niedrige Mauer, hinter der das Meer glitzerte. Hoch über den leise rauschenden Wellen verloren sich die Silhouetten der Drachenreiter langsam in der Ferne. Am Horizont glitten große, dreimastige Segelschiffe dahin.

161

Sprachlos blieb Corrie stehen und wusste gar nicht, wohin sie zuerst sehen sollte – so viele verschiedene Leute, Stände und Waren, und überall passierte etwas.

Vincent stieß sie feixend an. »Du hast eine leichte Tendenz, deinen Mund zu vergessen, wie mir scheint.«

Corrie klappte augenblicklich ihren Unterkiefer wieder hoch und sah den Faun entschuldigend an. »Reizüberflutung.«

»Dann fangen wir am besten ganz in Ruhe an, uns umzuschauen. Und wenn du Fragen hast, dann zögere nicht, sie zu stellen.« Er geleitete sie zu der ersten Reihe von Ständen, die direkt am Übergang zu den Schiffsanlegern aufgebaut waren. Am ersten gab es seltsam anmutende, bunt schillernde Fische, manche klein und eher dick, andere groß und schlank und mit prächtigen Rücken- und Schwanzflossen. Einige waren bereits fertig geräuchert, hatten ihre Farbenpracht dabei seltsamerweise jedoch nicht verloren. Direkt am nächsten Stand gab es allerlei Backwerk: süße und herzhafte Brötchen, pikant eingelegte Teigspieße und riesige Brotlaibe, von denen man sicherlich drei Wochen hätte essen können.

Es gab außerdem verschiedene Obststände, die exotische Früchte anboten. Corrie faszinierten besonders die dunkelblauen, orangenartigen Palpols aus dem Kristallmeer. Woanders wurden lebende Tiere verkauft, vom ordinären Huhn bis zum sechsbeinigen Baigoon, der aussah wie ein riesiger, weißer, dicht behaarter Tapir mit Löwentatzen. Andere Stände präsentierten dem geneigten Käufer verschiedenste Stoffe, Gewürze, Töpferwaren, Seile und Taue, bunte Garne, Lederwaren – und schließlich sogar Sklaven.

Corrie und Vincent beobachteten, wie ein krokodilsköpfiger Händler dem interessierten Publikum einen jungen Mann offerierte, der Danah ähnelte, dessen Fell jedoch struppiger und dunkler war als das der Katzenfrau und dessen Gesicht eher hundeartig wirkte. »Was für einer ist das?«, flüsterte sie zu Vincent.

»Ein Hyan«, raunte der Faun. »Sie leben weiter im Norden und werden in diesen Breiten gerne als Sklaven gehalten, weil sie hart arbeiten können und einen sanften Charakter haben, der sie selten aufbegehren lässt. Wenn es Bedarf an Arbeitern gibt, werden sie von den Sethy, diesen Krokodilmännern, gefangen und hier verkauft. Es ist ein abscheuliches Geschäft, aber leider hat der König noch keine offizielle Haltung dazu.«

»Also bleibt erst einmal alles, wie es ist«, stellte Corrie nicht ohne Bitterkeit fest.

Vincent zog sie weiter, während hinter ihnen die Interessenten ihre Gebote für den geduldig in seinen Ketten verharrenden Hyan abgaben.

»Es liegt leider nicht in unserer Macht, etwas daran zu ändern. Solange der Handel mit Sklaven nicht verboten ist, wie in anderen Teilen der Inselreiche, kommen die Sethy hierher und tun das, womit sie ihr Geld verdienen. Das ist eine der Schattenseiten von Amaranthina.« Er steuerte auf einen weiteren Stand zu, der die verschiedensten Bücher anbot. »Sieh mal, hier finden wir bestimmt etwas Neues für Cryas. Wenn ich mich nur daran erinnern könnte, was er zuletzt gesucht hat!«

»Jetzt wäre wohl ein Smartphone nicht schlecht, oder?«, rutschte es Corrie heraus.

Vincent sah sie fragend an, dann jedoch erhellte sich sein

Gesicht. »Davon hat Yazeem erzählt. Diese Dinger, die man sich ans Ohr hält und dann mit jemandem sprechen kann, der am anderen Ende der Welt wohnt. Sehr faszinierend, in der Tat. Und ich freue mich schon darauf, einmal so etwas benutzen zu können, wenn ich bei euch bin. Aber wir sind hier auch nicht ganz hilflos.« Grinsend griff er in seine Tunika und zog eine Schachtel von der doppelten Größe eines Streichholzheftchens hervor. Als er sie aufschob, sah Corrie in ihrem Inneren einen winzigen Drachen mit violetten Schuppen, der gähnend ins Licht blinzelte und sich die Augen rieb. »Hallo, Matio«, begrüßte ihn Vincent. »Sei doch so gut und flieg zurück zu Cryas und frag ihn nach seinen neuesten Buchwünschen. Wir warten hier solange.«

Der kleine Drache streckte sich noch einmal, dann entfaltete er seine Schwingen und zischte wie ein violetter Blitz davon. Zufrieden steckte Vincent die Schachtel zurück in seine Tasche und zwinkerte Corrie zu. »In ein paar Minuten sollte er zurück sein.«

Während Corrie mit Vincent den Basar entdeckte, hatte es sich Silvana in Cryas' Büro inmitten seiner weichen Sitzkissen bequem gemacht und das überdimensionale Liber Panscriptum vor sich aufgeschlagen. Eine Karaffe mit dem Saft der orangenartigen Palpolfrucht und ein halbleeres Glas standen auf dem gewaltigen Schreibtisch.

Der Greif hatte sich neben sie auf einen der Teppiche gesetzt, dessen eingewobene Fische ihm zuvor Platz gemacht hatten. Sie drehten ihre Bahnen nun um Cryas herum oder trieben träge in den Ecken. »Versuch doch einmal *Minenkunde der Zolianischen Bergketten.*«

Silvana blätterte vor bis zum Buchstaben M und konzentrierte sich auf den Titel, wie Cryas sie ganz zu Beginn der Einführung angewiesen hatte. Und tatsächlich begannen Tausende von Eintragungen wie geschäftige Ameisenvölker über die bis dahin leere Seite zu laufen – bis sie nach einer halben Minute schließlich zum Stehen kamen. Einer der Buchtitel gleißte rot auf, wurde größer und verdrängte alle anderen, bis er als einziger auf der Seite übrig blieb. Silvana begann, laut vorzulesen: »*Minenkunde der Zolianischen Bergketten* von Aloff Bambadur. Achthundertdreiundvierzig Seiten mit zweihundert Federzeichnungen. Dreiundzwanzigste Auflage seit Erscheinen im Jahre 6833 nach Ignis. Verfügbar: Siebenhundertzweiundsechzig Stück in der BdGZ, D, ein bis zwei Wochen.« Darunter war noch ein Bild des Zwergs Bambadur. Silvana runzelte die Stirn und hob den Blick zu Cryas. »BdGZ? D?«

Der Greif nickte bedächtig. »Bibliothek der Grubenzwerge. Die liegt in Yamunda, wo wir es für euch bestellen müssten, wenn es jemand bei euch verlangen sollte. In Yamunda bekommt man beinahe alle Publikationen der Grubenzwerge. Die Lieferung erfolgt über den Weg D, das ist Drachenpost. Da Yamunda einen Drachenhafen besitzt, kann das Buch also auf dem Luftweg beschafft werden. Das ist in diesem Fall die schnellste und effektivste Beförderungsmöglichkeit. Kostet den Kunden noch mal zwei Austerzen Gebühr. Jedenfalls bei uns. Das ist der Standard für Büchersendungen, egal wie weit die Drachenboten fliegen.«

»Wie soll ich mir das noch alles zusätzlich zu den ganzen normalen Büchern, Autoren und Verlagen in unserer

Welt merken?«, seufzte Silvana und griff nach dem Glas, um noch einen tiefen Schluck zu nehmen.

»Und die Klassifizierung und den Umgang mit den verschiedenen Spezies, die euch besuchen werden«, ergänzte Cryas lächelnd.

Mit einem Aufstöhnen schloss Silvana das Liber und sah den Greif verzweifelt an. »Ich habe aber nur einen Kopf! Ich bin doch kein Aar!«

»Du wirst dir auch nicht alles sofort merken können oder müssen. Die Zeit bringt die Erfahrung und das Wissen. Das ist mit allen Dingen so, nicht nur in unserem Beruf. Sei nur vorsichtig, wenn du einem menschengestaltigen Drachen oder Salamander begegnest. Die können etwas eigen sein. Dafür lassen sie sich aber auch schnell erkennen.«

»Kann ich das auch irgendwo nachlesen?«, fragte Silvana hoffnungsvoll.

»Es gibt ein Nachschlagewerk zum Buchhandel auf unserer Seite des Portals, und ihr könnt ja Yazeem fragen, worauf ihr bei euch im Laden noch zusätzlich achten müsst. Ich werde Vincent bitten, euch das Buch mitzugeben. Das wird schon. Willst du noch ein Werk versuchen? Diesmal vielleicht etwas Selteneres? Das Liber zeigt übrigens immer den nächstgelegenen Standort eines gesuchten Buches an, wenn es mehrere Exemplare gibt.«

Silvana verzog das Gesicht, nahm das Liber jedoch wieder in die Hände. »Warum nicht?«

Noch bevor Cryas ihr einen neuen Titel nennen konnte, sauste jedoch ein kleiner, lilafarbener Blitz durch den Raum auf ihn zu.

Erschrocken ließ Silvana das Buch in die Kissen fallen. »Was ist denn das?«

Der Greif schielte zu dem kleinen Wesen, das vor ihm in der Luft flatterte. »Matio«, antwortete er. »Der Taschendrache von Vincent.« Er stellte lauschend seine Ohren auf, als der Drache in hohen Tönen anfing zu zirpen. »Offenbar sind er und Corrie gerade auf dem Basar am Buchstand, und er möchte wissen, welche Titel ich noch suche.«

»Und der Drache merkt sich das alles?«

»Dafür ist er ja da. Viele Leute benutzen sie. Sie sind so schnell, dass sie nahezu unsichtbar sind, wenn sie fliegen. Es gibt keinen besseren Weg, um eilige Botschaften hin- und herzuschicken.« Er sah Matio nachdenklich an. »Mal sehen. Wonach hatte ich noch gesucht? Ah ja, ein Buch über die Flüche der Sandmagier. Leider haben die Werke allesamt geradezu utopische Lieferzeiten. Sandmagie scheint neuerdings wieder hoch im Kurs zu sein. Und wir haben kein einziges mehr. Und vielleicht noch einen Stadtplan von Falkenhain für die Kartographieabteilung«, fügte er hinzu. »Der liegt zwar wie Blei, weil kaum jemand dorthin reist, aber vorrätig haben müssen wir ihn dennoch. Und ihn aus Falkenhain zu holen, würde mehrere Monate dauern.« Er nickte Matio zu, und der Drache löste sich in einem lilafarbenen Streifen flirrender Luft auf.

»Hättest du nicht einfach nachsehen können, ob der Händler die Werke hat, statt Vincent nachfragen zu lassen? Das Liber hätte sie dir doch anzeigen müssen, oder?«, fragte Silvana.

Cryas lachte. »Oh, sicherlich hätte ich nachsehen können. Aber Matio dürfte jetzt schon wieder bei Vincent sein. Das ist weitaus schneller, als wenn ich erst das Liber her-

167

vorgeholt hätte.« Er räusperte sich. »Also? Wo waren wir stehen geblieben? Ach ja, ein seltenes Buch. Dann such doch einmal nach dem Aufenthaltsort von Mutopis' *Manifest*.«

Nachdem Vincent Cryas' Bücher tatsächlich am Stand des Bucentaur gefunden und verhältnismäßig günstig erstanden hatte, stöberte er noch ein wenig in den prächtig illustrierten Büchern und rollte das eine oder andere Pergament auseinander, um es aufmerksam zu studieren.

Corrie war unterdessen zum nächsten Stand weitergewandert. Unter einem bunten Baldachin türmten sich auf diesem die verschiedensten Truhen, Kisten und Schatullen in allen möglichen Größen und aus den verschiedensten Materialien. Es gab dunkles Holz, helles Holz, buntes Holz, Stein, etwas, das aussah wie Elfenbein, sogar geschuppte und wie Perlmutt glänzende Oberflächen. Einige waren schlicht, viele mit Schnitzereien und Intarsien verziert und nicht wenige zusätzlich mit Gold, Silber, Edelsteinen und buntem Glas geschmückt.

Neugierig ließ Corrie ihren Blick über die Waren gleiten.

Ein solches Kästchen würde sich als Schmuckschatulle sicherlich gut in ihrem Zimmer machen: für die vielen Ohrringe, die Piercings, Ketten und Armreifen …

»Darf ich mir die kleine Truhe dort einmal näher ansehen?«, fragte sie den Händler, einen großen Satyr mit strahlend grünen Augen, und deutete auf ein grau-weißes Kästchen mit silbernen Beschlägen.

»Oh, dieses unscheinbare kleine Ding?« Der Satyr sah sie amüsiert an. »Für eine Dame wie Euch habe ich viel passendere Waren im Angebot. Wie wäre es denn mit dieser hier?« Er hielt eine schwarze Truhe empor, die mit drei goldenen Schlössern und purpurn schimmernden Steinen verziert war. Auf ihrem Deckel thronte ein goldener Drache mit schwarzen Augen …

Corrie musste zugeben, dass dieses kleine Kunstwerk in der Tat ganz wunderbar anzusehen war und sich auch sicherlich gut in ihrem Regal machen würde, doch aus irgendeinem Grund übte das graue Kästchen eine weitaus größere Anziehung auf sie aus.

Sie schüttelte den Kopf. »Vielen Dank, die sieht wirklich ganz toll aus. Aber ich würde mir trotzdem lieber die andere ansehen.«

Der Satyr senkte kurz enttäuscht die Augen, dann lächelte er sie jedoch wohlwollend an. »Aber natürlich. Prüft eingehend, ob sie Euch zusagt.« Mit einer leichten Verbeugung reichte er sie ihr.

Corrie nahm die Schatulle behutsam entgegen und stellte erstaunt fest, dass ihre Finger leicht zu kribbeln begannen, als sie das Holz berührte. Sie stutzte kurz. Sie würde doch wohl nicht allergisch auf das hiesige Holz reagieren? Auf der anderen Seite war das Gefühl aber auch nicht störend, sondern nur ungewohnt und nach ein paar Sekunden sogar recht angenehm. Wie ein behutsames Streicheln … Sie drehte die Schatulle auf den Deckel, begutachtete eingehend die Beschläge und die Verzierungen, die rundherum umliefen. »Was sind das für Schnitzereien?«, wandte sie sich an den Satyr.

Dieser reckte kurz den Hals. »Oh, die zeigen die Pflanzen und Tiere des Schneemeeres. Seht Ihr den großen Fisch in der Mitte mit den Hörnern? Das ist ein Sonnenfresser.«

Vincent trat neben sie. »Hübsch«, stellte er nach einem prüfenden Blick auf das Kästchen fest und wandte sich an den zwei Köpfe größeren Ziegenmenschen. »Was verlangt Ihr für diese Schatulle?«

Der Satyr setzte sein freundlichstes Lächeln auf. »Für die junge Herrin mache ich einen Sonderpreis von zwei Jakobal.«

»Ist das viel?«, raunte Corrie Vincent zu, doch der hatte bereits einen kleinen Lederbeutel unter der Tunika hervorgezogen, den er an einem Band um den Hals trug. »Das klingt akzeptabel.«

»Ihr werdet den Kauf nicht bereuen«, versprach der Satyr, während er das Geld entgegennahm und in seinen eigenen Beutel gleiten ließ. Aus einem weiteren Täschchen zog er einen winzigen Schlüssel an einer dünnen Kette hervor und reichte ihn dem Faun. »Und wenn doch, so wisst Ihr ja, wo Ihr mich finden könnt.« Er verbeugte sich kunstvoll und wandte seine Aufmerksamkeit dann einem anderen Kunden zu, der sich für die großen Schatztruhen zu interessieren schien.

»Jetzt hast du eine bleibende Erinnerung an deinen ersten richtigen Besuch auf Amaranthina«, freute sich Vincent und drückte Corrie das Kettchen in die Hand.

Corrie strich behutsam über das sorgfältig polierte Holz. »Vielen Dank.« Vincent verbeugte sich lächelnd. »War mir ein Vergnügen.«

»Und was machen wir jetzt?«

»Ich würde vorschlagen, wir gehen noch ein bisschen über den Markt, und dann miete ich uns ein Hippocampus-Gespann. Vom Wasser aus hat man erst den richtigen Ausblick auf das Treiben auf der Promenade.«

»Klingt aufregend.« Corries Augen strahlten vor Begeisterung.

Sie ging mit Vincent an den letzten Ständen vorbei, an denen Nüsse, ausgebackenes Obst, Schmuck aus seltenen Federn und Haushaltswaren aus Holz und Ton verkauft wurden. Sogar einen Waffenschmied gab es. Der schwarzhäutige Oger war gerade dabei, ein ähnliches Schwert zu fertigen, wie Yazeem es besaß. Nur war die Klinge noch geschwungener.

Über ein paar Promenaden und zwei gemauerte Brücken, unter denen das Wasser des Meeres in die Stadt hineinfloss, gelangten Vincent und Corrie schließlich zum weitläufigen Hafenareal. Hier legten die Frachtsegler an, um Waren abzuliefern oder neu beladen zu werden. Corrie staunte über die majestätischen Dreimaster, die farbenprächtigen, dschunkenähnlichen Zweimaster von den Feuerinseln, die nicht mehr zum Reich der Hundert Inseln gehörten, über die winzig wirkenden Fischerboote, etwas größere Perlensegler, über schwerfällige, tief im Wasser liegende Schiffe mit paarförmig angeordneten Masten, die Vincent als Sturmsegler bezeichnete, und noch jede Menge andere Boote, die alle geschäftig zwischen den großen Schiffen umherglitten.

Am äußeren Ende der Anleger, im freien Wasser entlang der Promenade, dümpelten die Hippocampi-Gespanne, auf die Vincent mit Corrie zusteuerte. »Such dir doch schon eins aus, das dir gefällt«, schlug der Faun vor. »Ich komme gleich nach.«

Während Vincent die Planken zum Bootshaus entlanghüpfte, stieg Corrie die schmale Treppe zu den Wasserpferden hinab, die fertig eingespannt auf Kundschaft warteten und geduldig auf einzelnen Seetangblättern herumkauten. Ab und zu schlug eines von ihnen gelangweilt mit der großen Schwanzflosse nach einem der tieffliegenden, möwenartigen Vögel, die im Gegensatz zu ihren Verwandten in Corries Welt zwei Paar Flügel besaßen.

Die Pferde faszinierten Corrie sofort. Sie hatte sich ölig glänzende, grünblaue oder graubraune Geschöpfe vorgestellt, ähnlich einem Wal oder einer Seekuh, doch damit lag sie völlig daneben. Die Tiere besaßen feuchtes Fell, einige kurz und glatt, wie das eines Seehundes oder Schnabeltieres, andere länger und buschiger, ähnlich dem eines Otters. Der untere Teil ihrer Körper war bis zur Schwanzflosse schillernd geschuppt, wie auch die Unterschenkel der Vorderbeine, die nicht in Hufen, sondern in kräftigen Flossen mündeten. Der obere Teil ihrer Körper ähnelte dem normaler Pferde. Auch die Farben waren ganz anders, als Corrie sie erwartet hatte. Es gab seidig glänzende Rappen, wie Perlmutt schimmernde Schimmel, korallenrote Wasserpferde, kugelfischartig gesprenkelte und sogar orangeweiß gestreifte Tiere. Doch ein Gespann hatte es Corrie besonders angetan: Zwei Hippocampi so dunkelrot wie Feuerfische mit weißen, wallenden Mähnen und langen Stacheln entlang des Rückens. Ihre Augen glänzten golden. »Ihr seid aber besonders hübsch«, bemerkte Corrie. Sie wandte sich suchend dem Steg zu und erblickte Vincent, der fragend zu ihr herübersah. Während sie ihm mit der einen Hand zuwinkte, zeigte sie mit der anderen auf die ausgewählte Kutsche.

Vincent gab ein Zeichen, dass er verstanden hatte, und drückte dem Menschen am Bootshaus etwas in die Hand. Dieser bedankte sich breit lächelnd und wies einladend in

Richtung der Gespanne. Vincent nickte ihm kurz zu, dann kam er zu Corrie herunter und löste die Leinen, bevor sie einstiegen. Das Innere der Kutsche war mit tiefrotem Samt, der zum Fell der Hippocampi passte, ausgekleidet und die Bänke im vorderen und hinteren Bereich gemütlich gepolstert. Vincent öffnete die Tür. »Bitte sehr, die Dame.«

»Vielen Dank, der Herr.« Corrie versuchte einen verspielten Knicks, bevor sie vorsichtig die Wasserkutsche betrat. Es schaukelte erwartungsgemäß, und Corrie entschied sich, sofort Platz zu nehmen. Sie sank ein Stück ein und streckte überrascht den Rücken. »Ist das weich hier!«

»Nicht wahr?« Vincent setzte sich zu ihr und schloss den Einstieg hinter sich. »Diese Kutschen sind eine Klasse besser als die normalen. Woanders bekommst du sie auch innen aus einfachem, hartem Holz. Aber das wäre ja deinem Besuch nicht angemessen.«

Corrie errötete leicht. »Aber nicht dass du Unmengen an Geld ausgibst, nur um mir die Stadt zu zeigen. Ich finde es auch so schon absolut faszinierend hier.«

»Keine Sorge.« Vincent nahm die Zügel auf und schnalzte den Pferden aufmunternd zu. »Nicht dass es mir das nicht wert wäre. Aber ich habe ein Budget für so etwas.« Er zwinkerte ihr zu. »Und jetzt nichts mehr vom Geld. Genießen wir die Fahrt.«

Gezogen von den Hippocampi umrundeten sie einen Teil der östlichen Landzunge Amaranthinas, und Vincent zeigte Corrie alle Sehenswürdigkeiten: die große Schiffswerft, die Kontore der verschiedenen Händler, an denen gerade die Ladung mehrerer Zentaurenkarren abgeladen wurde – Corrie musste unwillkürlich lachen, als die riesigen Fässer von einem Trio kleiner, pelziger, an Teddybären

173

erinnernder Wesen vom Wagen gerollt wurden, die sichtlich Mühe hatten, dabei nicht platt gewalzt zu werden. Warati nannte Vincent sie.

An die Kontore schlossen sich die Wohnhäuser der wohlhabenderen Geschäftsleute an. Sie waren prächtig verziert, mit bunten Giebeln, Wimpeln und im Wind schwingenden Wetterhähnen.

Als Vincent die Kutsche wendete, um zurück zum Hafen zu fahren, entdeckte Corrie einen Verbund von drei schwarzen, erhabenen Segelschiffen, die ebenfalls auf die Anleger zusteuerten.

»Die sehen aber beeindruckend aus!«

»Das ist Kapitän Blutschattens Flotte«, erwiderte Vincent, der Corries gebanntem Blick gefolgt war. »Was für eine Überraschung!«

»Blutschatten?«, fragte Corrie und beobachtete, wie die Segel eingeholt wurden und die Schiffe an Fahrt verloren.

»Er ist ein guter Freund von Cryas. Er wird euch nachher sicher bekannt machen, wenn Zeit ist. Der Kapitän hat von seinen Kaperfahrten schon oft seltene und wertvolle Bücher mitgebracht, die in der *Schriftrolle* sagenhafte Preise erzielt haben. Ich bin gespannt, ob er wohl auch diesmal wieder etwas Besonderem habhaft werden konnte.«

»Dann ist er Pirat?«, wollte Corrie wissen. Sie suchte nach der typischen Flagge mit dem Totenschädel, fand jedoch keine.

»Er und die beiden anderen Kapitäne seiner Flotte sind Freibeuter. In den Gewässern, die König Leigh unterstehen, haben sie das Recht, feindliche Schiffe aufzubringen und ihre Ladung zu übernehmen.« Er zog die Augenbrauen hoch. »Natürlich beschränkt Blutschatten sich nicht auf

König Leighs Gewässer. Und solange er dabei keinen Krieg auslöst, drückt der König beide Augen bei den Kaperfahrten zu. Lamassar hingegen …« Er ließ den Satz unbeendet. Aber Corrie verstand ihn auch so.

Die Schiffe waren unterdessen näher gekommen. »*Pandemonium*«, entzifferte Corrie mit zusammengekniffenen Augen. »Und dahinter ist die …«

»Die *Angrboda*. Und den Schluss bildet wie immer die *Surt*.« Vincent grinste von einem Ohr zum anderen. »Du wirst bestimmt noch die Gelegenheit bekommen, sie aus der Nähe zu betrachten und die anderen beiden Kapitäne kennenzulernen – Kapitän Cloudwing und Kapitän Engelberth. Aber ich denke, wir sollten wieder zur *Schriftrolle* gehen. Sicherlich ist es für dich und deine Freundin wieder Zeit, nach Woodmoore zurückzukehren.« In der *Schriftrolle* erwartete sie jedoch eine Überraschung.

Silvana war mit Veron die Bestellzettel durchgegangen, die von den Bewohnern Woodmoores hinterlassen worden waren. Als Corrie zurückkam, strahlte sie: »Wir können alles ausliefern, was bestellt worden ist. Hier ist alles vorrätig. Und du siehst aus, als hättest du mir eine Menge unglaublich toller Dinge zu erzählen.« Sie grinste. »Und ich will *alles* hören. Wehe, du lässt etwas aus!«

Also begann Corrie, farbenprächtig ihren ereignisreichen Nachmittag zu beschreiben. Anschließend zeigte sie Silvana ihre neue Schmuckschatulle.

Silvana betrachtete das Kästchen eingehend. »Die ist wirklich wunderschön«, stellte sie fest. »Perfekt für deine ganzen Piercings.« Sie musterte das kleine silberne Schloss. »Hast du sie schon aufgemacht?«

»Bisher nicht«, gestand ihre Freundin und zog die Kette mit dem Schlüssel hervor. »Aber das können wir ja jetzt nachholen.« Behutsam steckte sie den Schlüssel in das Schloss und drehte ihn langsam. Er ließ sich leicht bewegen, und mit einem leisen Klicken öffnete sich die Schatulle. Unter Silvanas gespanntem Blick hob Corrie den Deckel. »Das ist ja seltsam!«, entfuhr es ihr.

Auch Silvana war überrascht. »Die ist ja gar nicht leer!«

Und tatsächlich lagen sorgfältig nebeneinander verstaut eine dünne, elfenbeinfarbene Nadel ohne Öhr, eine verschlusskappengroße, kalte Linse aus dickem Glas, ein gefülltes Samtbeutelchen und ein Stapel Karten in dem blau ausgeschlagenen Kästchen. Vorsichtig berührte Corrie jeden der Gegenstände.

»Was sind das für Sachen?«, fragte Silvana und nahm vorsichtig die Karten in die Hand, um sie durchzusehen.

»Und was machen sie alle zusammen in der Schatulle?«, ergänzte Corrie, die bedächtig das Beutelchen aufnahm, das Band löste und hineinblickte. Der Inhalt sah aus wie eine Ansammlung aus Kapseln, Samen und kleinen Kalksplittern.

»Das hier sind Tarotkarten, würde ich sagen«, bemerkte Silvana. »Aber es sind zwölf mehr als bei einem normalen Deck.«

»Seltsam.« Corrie legte das Säckchen zurück. »Vielleicht sollten wir Cryas fragen, ob er etwas damit anfangen kann?«

Hinter ihr erklang die Stimme des Greifs. »Womit genau?«

Corrie hob den Blick vom Pult, an dem die beiden Freundinnen standen. »Vincent hat mir eine Schatulle auf dem Basar gekauft, und ich habe gerade festgestellt, dass sie nicht leer ist.«

Cryas sah auf das geöffnete Kästchen hinab und machte ein nachdenkliches Gesicht. »Ich würde sagen, das ist eine kleine Ansammlung persönlicher Besitztümer, die jemand darin vergessen hat. Oder vielleicht hat der Händler das Kästchen auch gefunden und nicht geprüft.«

Vincent und Yazeem, die nahe dem Eingang miteinander gesprochen hatten, gesellten sich zu ihnen.

»Gibt es hier etwas Besonderes?«, wollte der Faun wissen.

»Das Kästchen war nicht leer«, erklärte Corrie mit einem Nicken zum Pult, auf dem die kleine Holztruhe stand.

Silvana legte die Tarotkarten zurück an ihren Platz.

»Vielleicht nur Dinge, die dem Vorbesitzer am Herzen lagen?«, vermutete der Faun und ließ seinen Blick über die Gegenstände gleiten. »Auch wenn sie für mich ziemlich nutzlos aussehen.«

»Mit der Nadel könnte etwas festgesteckt gewesen sein«, schlug Yazeem vor. »Als Gewandnadel zum Beispiel. Und den Glasstein könnte man vielleicht zum Lesen gebrauchen, auch wenn er dafür sehr klein ist. Was ist in dem Säckchen?«

»Saatgut, würde ich sagen«, antwortete Corrie.

»Vielleicht von einer weiten Reise mitgebracht? Ein Reisender könnte dir dazu vermutlich eine bessere Auskunft geben. Möglicherweise finden wir ja jemanden, der dir da weiterhelfen kann.«

»Apropos Reisender«, warf Vincent ein. »Blutschatten und seine Flotte haben in Port Dogalaan angelegt.«

Cryas nickte. »Er hat bereits Kontakt mit mir aufge-

177

nommen, und er wäre sehr erfreut, wenn man ihm die beiden jungen Damen aus dem Buchladen heute Abend vorstellen würde. Das wollte ich euch vorhin noch mitteilen. Er lädt sie und ihre Begleitung in die *Rote Flut* auf ein Bier ein.« Er sah Yazeem an. »Ich dachte da an dich.«

»Aber müssen wir denn nicht zurück in den Buchladen?«, fragte Corrie unsicher.

»Eigentlich schon«, erwiderte Yazeem. »Aber ich weiß nicht, wann ihr noch einmal die Gelegenheit bekommen würdet, Kapitän Blutschatten und seine Mannschaft kennenzulernen. Man weiß nie, wann er das nächste Mal Amaranthina anläuft. Ich würde sagen, ein Bier können wir uns erlauben.«

»Ich würde wirklich gerne gehen«, fügte Silvana hinzu, die nach Corries Bericht nun doch noch etwas von Port Dogalaan sehen wollte. »Wir müssen ja nicht so furchtbar lange bleiben.«

Corrie schnitt eine Grimasse und seufzte. »Na schön. Aber nur ein Bier.«

Cryas schmunzelte. »Dann werde ich Rabas Nachricht zukommen lassen, dass er euch in einer Stunde an der *Pandemonium* erwarten kann.«

KAPITEL 6

Rollnessler auf Abwegen

Kapitän Rabas Blutschatten erwartete das Trio gegen einen Steinpfeiler am Hafenbecken gelehnt. In seinem Rücken erhoben sich die spärlich beleuchteten Silhouetten der schwarzen Dreimaster am Kai.

Er war ein Nachtelf von mittlerer Größe und schlanker Statur, mit dunkler Haut, schwarzem Haar und funkelnden, purpurroten Augen. An seiner Hüfte hingen ein langer Säbel und eine doppelläufige Pistole von einem reich verzierten Ledergürtel mit goldener Schnalle. Neben ihm stand ein weiterer Mann, der gut zwei Meter maß und deutlich breiter gebaut war. Auch er hatte dunkles Haar, das er zu mehreren, dünnen Zöpfen geflochten hatte. Dazu eine bleiche Hautfarbe und silberne Augen, die ihnen aufmerksam entgegenblickten.

»Je später der Abend, desto reizender die Gesellschaft«, verkündete der Dunkelelf mit einer Verbeugung vor den beiden Freundinnen, als sie herangetreten waren. »Wenn ich mich vorstellen darf, mein Name ist Rabas Blutschatten, Kapitän der *Pandemonium*. Stets zu Diensten.« Er nickte zu seinem Begleiter. »Und dies ist mein guter Freund Oliver Cloudwing, der Kapitän der *Surt*.«

»Sehr erfreut«, lächelte Corrie.

»Und vielen Dank für die Einladung«, fügte Silvana hinzu.

»Bei so netter Begleitung bedaure ich es nun wirklich, mich nicht anschließen zu können«, seufzte Cloudwing. Gleich darauf grinste er jedoch breit, wobei er lange Eckzähne entblößte. »Aber ich wollte euch zumindest schon einmal gesehen haben. Dann trinkt aber ein Bier auf meine Kosten mit. Das gilt auch für dich, Yazeem. Es war schön, dich nach so langer Zeit einmal wiedergesehen zu haben. Wenn auch nur kurz.«

»Meinen Dank, Oliver«, erwiderte der Werwolf mit einer angedeuteten Verbeugung.

»Sind Sie ein Vampir?«, fragte Corrie den Kapitän vorsichtig.

Cloudwing lachte auf. »Oh nein, junge Dame. Ich bin ein Chupacabra. Das ist zwar etwas Ähnliches, aber doch noch ganz anders. Ich beiße keine Zweibeiner.«

»Ziegenblut«, raunte Yazeem ihr zu, und Corrie hob die Brauen.

Cloudwing reckte sich. »Nun, nachdem ich eure Bekanntschaft machen durfte, sollte ich mich wieder zu meiner Mannschaft begeben – sie haben sich diesmal für das *Schwarze Herz* entschieden. Das hat man davon, wenn man ihnen die Wahl lässt.« Er nickte der Gruppe noch einmal zu, dann wandte er sich einer der Seitengassen neben dem Basar zu.

»Und wo ist Kapitän Engelberth?«, fragte Yazeem den Dunkelelf, als Cloudwings Schritte langsam verhallten.

»Bertha hat eine wichtige Einladung erhalten. Von wem, wollte sie nicht sagen. Aber sie hat ihrer Mannschaft nur stundenweisen Landgang in Gruppen gewährt, damit sie nicht so viel Unheil stiften können, während sie fort ist.«

»Ja, das sähe ihren Leuten ähnlich. Ich kenne niemanden, der mehr Kneipenschlägereien zu verzeichnen hat.«

Blutschatten zuckte die Achseln. »Solange sie loyal sind und nicht meutern, sollen sie ihren Spaß ruhig haben.« Er setzte sich in Bewegung und bog kurz darauf ebenfalls in eine Seitengasse ab. Die drei folgten ihm.

Nach ein paar Ecken hielt der Elf abrupt an und nickte zu einem blutrot bemalten Schild, das eine gewaltige Welle zeigte, die ein Schiff unter sich begrub. »Da wären wir. Die Taverne *Zur Roten Flut.*«

Corrie runzelte die Stirn. Sie hatte es immer vermieden, ihren Ex-Freund in irgendwelche Bars zu begleiten, in denen er gerne einen oder auch mehrere Abende der Woche verbracht hatte – mit oder ohne seine zahlreichen Kumpels, aber immer mit genügend Alkohol, um sie von seinem stinkenden Atem aufwachen zu lassen, wenn er sich früh am nächsten Morgen mit einem dumpfen ›Pompf‹ neben sie ins Bett geschmissen hatte. Meistens, weil er seinen eigenen Haustürschlüssel nicht finden konnte, aber noch wusste, wo Corrie ihren Zweitschlüssel aufbewahrte. Folglich konnte Corrie Bars und Kneipen nicht besonders viel abgewinnen. Und eine Taverne war für sie nichts anderes.

Mit gerümpfter Nase blieb sie neben Silvana, Yazeem und Blutschatten auf der Schwelle stehen und sah ihre schlimmsten Befürchtungen bestätigt. Wie nicht anders zu erwarten, war die *Rote Flut* eine Kneipe, wie man sie aus diversen Piratenfilmen Hollywoods kannte. Auf dem Fußboden aus abgenutzten Holzbohlen drängten sich auf viel zu engem Raum windschiefe Tische und Stühle, um die sich noch windschiefere, trinkende und grölende Seeleute scharten. An der grob gezimmerten, biergetränkten Theke hatten sich mehrere Seemänner niedergelassen, in jeder Hand einen Humpen, und prosteten sich zu. Einer hob gleich das ganze Fässchen an den Mund.

Corrie seufzte theatralisch und lugte neben sich.

Silvanas Augen leuchteten fasziniert. Das war schon eher nach ihrem Geschmack als sprechende Gargoyles und Ratten. Für Seeabenteuer hatte sie schon immer eine ganze Menge übriggehabt. Schon als kleines Mädchen hatte sie Stunden auf den Klippen in der Nähe ihres Heimatdorfes verbracht – dort lagen die Überreste eines alten Piratenschiffes, und Silvana hatte sich vorgestellt, wie es einst über die Weltmeere gesegelt war, bevor es zwischen den schroffen Felsen zerschellt war.

»Nehmen wir uns einen Tisch«, schlug Blutschatten vor und steuerte zwischen seiner Mannschaft hindurch auf eine freie Bank an der rechten Außenmauer nahe der Theke zu. Die Seeleute ließen sich in ihrem Trinkgelage durch die Anwesenheit ihres Kapitäns nicht stören – außer von ein paar Männern, die ihm zuprosteten, wurde er nicht weiter beachtet.

Während Corrie und Silvana auf der Bank Platz nahmen, setzten sich Blutschatten und Yazeem auf die Stühle ihnen gegenüber. Der Nachtelf hatte sich noch nicht ganz niedergelassen, als auch schon ein skeletthaft magerer Mann neben ihm auftauchte, der kein einziges Haar am Körper zu tragen schien – nicht einmal Augenbrauen oder Wimpern. »Das Übliche, Kapitän, Sir?«, schnarrte er, als wäre er eine Tür, deren Scharniere lange nicht geölt worden waren. So fettig, wie er aussah, konnte das bei ihm allerdings nicht der Grund dafür sein.

»Vier Bier, Orriestes. Von dem guten dunklen.«

Mit einem kurzen »Aye« verschwand der Wirt in einer fließenden Bewegung hinter seinem Tresen und begann eifrig, Gläser zu polieren.

Blutschatten faltete die Hände auf der borkigen Tischplatte und musterte die beiden Freundinnen. »Ihr habt euch also entschlossen, dem Buchladen von Woodmoore zu neuem Glanz zu verhelfen?«

»Wenn wir bis Montag nicht doch noch kalte Füße bekommen«, antwortete Corrie mit einem bestätigenden Nicken.

»Das will ich nicht hoffen«, bemerkte Yazeem mit gerunzelter Stirn.

Silvana winkte ab. »Solange wir mit allem fertig werden und die Ware da ist, werden wir schon eröffnen. Alles andere wäre ziemlich peinlich. So viele Leute, wie schon bei uns vorbeigeschaut haben, und so groß, wie die Zeitung berichtet hat.«

»Die Einwohner von Woodmoore lesen eben gerne«, zwinkerte Yazeem.

»Ist trotzdem fast schon unheimlich«, sagte Corrie. »Dieser Eifer. Als wüssten sie nichts Besseres mit ihrem Geld anzufangen.«

»Manche haben eben lange gewartet«, erwiderte der Werwolf. »In fünf Jahren sammelt sich so einiges an Wünschen an, möchte ich meinen.«

»Das klingt, als würdet ihr eine Menge zu tun bekommen«, lächelte Blutschatten und nickte Orriestes dankend zu, der ihnen gerade das Bier auf den Tisch stellte. »Zum Wohl!«

Silvana nahm ein paar durstige Schlucke und betrachtete

183

erstaunt den Humpen. »Das ist wirklich gut. Gar nicht so bitter wie das Bier bei uns.«

»Das liegt an den Beeren, die hier zugesetzt werden«, erklärte Blutschatten. »Amaranthinas Bier ist eines der besten im Reich der Hundert Inseln und wird überallhin geliefert. Man sagt, sogar der König habe einen ganzen Keller voll eingelagert. Falls es eines Tages keine Beeren mehr geben sollte.« Er trank noch ein paar tiefe Schlucke. »Habt ihr euch denn schon ein wenig in Port Dogalaan umgesehen?«, fragte er dann. »Bei so viel Andrang schon vor der Eröffnung werdet ihr den Buchladen vermutlich nicht mehr so schnell verlassen können.«

Silvana schüttelte den Kopf. »Ich habe mir von Cryas die Handhabung des Liber Panscriptum erklären lassen.«

»Auch vernünftig. Wenn man bedenkt, wie bald ihr eröffnen wollt. Aber du warst doch bestimmt schon auf Erkundung, oder, Corrie?«

»Gemeinsam mit Vincent«, bestätigte sie.

»Oh ja, das liebt er«, lachte Blutschatten. »Fremden *seine* Insel zeigen. Dann hast du ja auch sicherlich schon den fantastischen Basar besucht.«

»Ich habe sogar etwas mitgenommen. Leider weiß ich nicht genau, wozu es gut ist.«

Blutschatten sah sie amüsiert an. »Du kaufst etwas, ohne zu wissen, was du damit anfängst?«

Frauen brauchen auch keinen Grund, dachte Silvana still und grinste. *Jedenfalls solche wie Corrie.* Sie konnte sich noch gut an die vielen Flohmarktbesuche erinnern, bei denen ihre Freundin stets alle möglichen Dinge mitgenommen hatte, deren tieferen Sinn nur sie kannte. Wie das silberne Hirschgeweih oder die Schneekugel-Spieluhr, in der sich ein Elch auf Schlittschuhen über das Eis drehte.

»Na ja, nicht direkt«, widersprach Corrie. »Da war dieser Stand mit allen möglichen Schatullen und Truhen, und Vincent kaufte mir eine davon, weil sie mir spontan gefiel. In der *Magischen Schriftrolle* habe ich sie dann geöffnet und festgestellt, dass sie nicht leer ist. Ich habe zwar keine Ahnung, was man mit dem Inhalt anfangen könnte, aber irgendwie habe ich das Gefühl, dass es sich nicht einfach um wertloses Zeug handelt, das jemand dort drin vergessen hat. Ich möchte einfach wissen, ob ich recht habe.«

»Cryas, Vincent und ich können ihr leider in diesem Punkt nicht weiterhelfen«, fügte Yazeem hinzu und leerte seinen Humpen. »Ich habe vorgeschlagen, dass ein Reisender sich die Dinge einmal ansieht. Vielleicht könnte er zumindest sagen, woher die Sachen ursprünglich stammen.«

»Hast du sie bei dir?«, wollte der Dunkelelf wissen, dessen Interesse offenbar geweckt war.

Corrie nickte und zog die Schatulle aus ihrem Beutel. Vorsichtig setzte sie das verzierte Kästchen auf der Tischplatte ab.

Blutschatten zog es zu sich heran und betrachtete zuerst eingehend die Schnitzereien. »Die sind aus dem Schneemeer«, stellte er fest.

»Das hat der Händler auch gesagt. Aber ist das denn etwas Besonderes?«

»Genau genommen nicht. Allerdings sind diese Schnitzereien von besonderer Kunstfertigkeit, selbst für einen Handwerker des Schneemeeres. Da liegt es durchaus nahe, dass dieses Kästchen einen bestimmten Zweck erfüllen soll, anstatt einfach nur der Aufbewahrung irgendwelcher nutzlosen Sachen zu dienen.« Langsam klappte er den Deckel zurück und betrachtete die Gegenstände im Inneren.

Nachdem er eine Weile so dagesessen hatte, ohne etwas zu sagen, wandte er den Kopf in Richtung Tresen, ließ einen Moment suchend seinen Blick umherschweifen und stieß dann einen durchdringenden Pfiff aus. »Shan!«

Einer der Männer, die bei ihrem Eintreten an der Theke gesessen hatten, tauchte daraufhin aus einer Gruppe lachender Seeleute auf und kam zu ihnen herüber. Er war von kleiner, sehniger Gestalt und trug – wie auch Blutschatten selbst – ausschließlich schwarze Kleidung. Unter einem schlichten Kopftuch fielen ihm seine schwarzen Haare bis auf die Schultern, und durch seinen ebenfalls schwarzen, kurzen Kinnbart verlief eine helle Narbe bis zu seiner Kehle. Eine weitere Narbe hatte seine rechte Braue gespalten, zog sich über seine Stirn und verschwand unter dem Tuch. Doch das auffälligste Merkmal waren seine von dunklen Lidstrichen umrandeten Augen. Weder Corrie noch Silvana hatten jemals so helle Augen gesehen. Ihr Blau war ungewöhnlich blass, fast kristallartig, so dass sich die Pupille scharf davon abhob.

Ein warmes Lächeln legte sich auf seine Lippen, als er sich stumm vor ihnen verbeugte.

Blutschatten nickte ihm zu. »Kushann Nam'Thyrel. Mein Erster Offizier an Bord der *Pandemonium*.« Der Elf zeigte auf die beiden Freundinnen. »Ms Corrie Vaughn und Ms Silvana Livenbrook. Sie werden den Buchladen jenseits des Portals in Woodmoore wiedereröffnen.«

»Ist mir eine Freude, Sie kennenzulernen, meine Damen.« Er verneigte sich noch einmal, bevor er sich an den

Werwolf wandte. »Und dich habe ich schon lange nicht mehr hier gesehen, Yazeem. Geht es dir gut?«

»Jetzt, wo ich wieder zwischen den Welten wandeln kann, wie es mir beliebt, geht es mir sehr viel besser.«

»Das kann ich mir lebhaft vorstellen. Und wir werden deine Rückkehr noch ausgiebig begießen, mein Freund.« Kushann warf seinem Kapitän einen fragenden Blick zu. »Und, Sir? Weswegen hast du mich gerufen?«

Blutschatten wiegte leicht den Kopf. »Setz dich, Shan. Ich möchte, dass du dir etwas ansiehst. Vielleicht wirst du schlau daraus.«

»Ich kann es gerne versuchen.« Der Erste Offizier zog sich vom Nachbartisch einen Stuhl heran, dessen vormaliger Besetzer selig schnarchend unter dem Tisch ausgestreckt schlief und sich nicht weiter daran störte. Erwartungsvoll wanderten Kushanns seltsame Augen von einem zum anderen. »Worum geht es?«

»Ich habe da etwas auf dem Markt erworben«, begann Corrie und schob das Kästchen von Blutschatten zu Kushann herüber. »Der Händler wusste offenbar nicht, dass noch etwas darin war. Aber bisher kann mir niemand wirklich sagen, was es mit seinem Inhalt auf sich haben könnte. Und ich möchte wissen, ob die Gegenstände einem bestimmten Zweck dienen könnten.«

Der Erste Offizier verstand: Er nickte leicht und schenkte ihr ein Lächeln. »Ein sehr schönes Stück, in der Tat. Dafür könnte man so manche Kehle durchschneiden.« Als er die schockierten Blicke von Corrie und Silvana bemerkte, lachte er auf. »War nur Spaß!« Seine Finger strichen gefühlvoll über die Schnitzereien im Deckel, über die Muscheleinlagen an der Vorderseite und das winzige Silberschloss, bevor er das Kästchen aufklappte und den Inhalt betrachtete, wie sein Kapitän vor ihm.

Zuerst nahm er die Linse in die Hand. »Ein Sichtglas«, stellte er fest.

»Nur nicht besonders groß«, bemerkte Yazeem.

»Und ohne Einfassung.« Kushann hielt es zwischen den Fingern und sah hindurch. »Aber sehr stark.« Er legte es zurück und nahm die Nadel zur Hand. »Fischbein?«

Blutschatten nickte. »So eine bekommt man auf nahezu jedem Markt.«

»Vor allem im Schneemeer«, stimmte sein Offizier zu und nahm die Karten vom Samtboden. Aufmerksam sah er das gesamte Deck durch. Dabei gab er immer wieder mehr oder weniger bestimmte Brummlaute von sich. Als er wieder bei der ersten Karte angekommen war, runzelte er die Stirn und zupfte nachdenklich an den drei Ringen in seinem linken Ohr. Das leise Klirren nahm außer ihm selbst nur Yazeem wahr. »Das sind die Motive einer großen Arkana«, sagte er schließlich.

»Du kennst Tarotkarten?«, fragte Corrie überrascht.

»Sie stammen ursprünglich aus dieser Welt«, erklärte Yazeem. »Aber sie wurden schon früh in eurer Geschichte weitergegeben. Ich selbst kenne mich mit ihnen allerdings nicht aus.«

»Viel weiß ich auch nicht«, gab Kushann zu. »Aber meine Mutter besaß ein altes Deck, und ich habe als Kind oft die Bilder betrachtet.«

»Ich habe noch eines zu Hause«, warf Corrie ein. »Aber ich habe es auch schon seit Ewigkeiten nicht mehr benutzt.«

»Im Gegensatz zu früher«, grinste Silvana und nippte an

ihrem Bier. »Als du vorausgesagt hast, dass wir eine mürrische Chefin bekommen würden.«

»Das war nur Zufall«, wehrte Corrie ab und griff nach dem Stapel, den Kushann wieder vor sich abgelegt hatte. »Und hier gibt es außerdem Motive, die ich noch nie gesehen habe.«

Der Erste Offizier nickte, wenn auch mehr zu sich selbst. »Es sind zwölf Karten mehr.«

Er wandte seine Aufmerksamkeit dem letzten Gegenstand in der Schatulle zu. Behutsam nahm er das Säckchen auf und wog es in der Hand. Corrie und Silvana konnten sehen, dass auch über die Innenseite seiner Finger etliche Narben verliefen. Vorsichtig roch er an dem Stoff des Beutels. Über seiner Nasenwurzel bildete sich eine deutliche Falte. »Habt ihr eine Ahnung, was sich hier drin befindet?«

»Kräuter?«, riet Corrie.

»Nicht schlecht«, erwiderte Kushann mit einem nachsichtigen Lächeln. »Aber nicht *irgend*welche.« Er hob das Säckchen erneut an die Nase. »Goldkraut, Essenz der Manarasschnecken, Viergestirnkorallen und«, er schloss die Augen und senkte den Kopf ein wenig, »ich würde sagen, eindeutig Zenithbeeren.«

Er reichte den Beutel weiter an Blutschatten, der ebenfalls prüfend daran roch, bevor er es Kushann wiedergab. »Da könntest du recht mit haben.«

»Und was genau bedeutet das?« Silvana ließ ihren Blick zwischen den Männern hin- und herwandern.

Ihre Freundin nahm Kushann das Samtsäckchen ab und schnupperte selbst daran. Doch außer einem süßlichen, etwas harzigen und leicht fischigen Geruch konnte sie nichts erkennen. Ganz davon abgesehen, dass sie keine der Zutaten kannte, die der Erste Offizier der *Pandemonium* gerade aufgezählt hatte. »Gibt es dafür auch einen Namen?«

Kushann sah Blutschatten an. »Du denkst dasselbe wie ich, Sir?«

»Nachtmeer-Essenz.«

Silvana krauste die Nase. »Und wozu ist so etwas gut? Kann man damit Wunden heilen, seine Feinde bezirzen, Gold machen oder so was?«

»Die Naga«, antwortete Blutschatten und bedeutete Orriestes, eine weitere Runde zu bringen, »kennen keine Substanz in allen Meeren, die kostbarer für sie wäre. Vermischt man die Essenz mit dem Wasser aus einer ihrer heiligen Quellen, entstehen schwarze Perlen. Einige der Naga besitzen die Gabe, durch die Perlen zukünftige Schätze zu erblicken – und wie sie ihrer habhaft werden können. Aber es zeigt sich ihnen immer nur ein Schatz pro Perle. Da die einzelnen Bestandteile der Nachtmeer-Essenz unwahrscheinlich schwierig zu beschaffen sind, ist eine fertige Mischung überaus kostbar. Aus diesem Grund gibt es auch nur sehr wenige Perlen.«

»Naga lieben nichts mehr als Schätze. Alles, was glänzt und funkelt, egal ob Gold, Juwelen oder poliertes Bein – nur wer große Mengen davon angehäuft hat, gilt unter den Naga als erfolgreich«, fügte Kushann lächelnd hinzu. »Für diesen Beutel würden sie nahezu alles tun, was man von ihnen verlangt, kommen sie durch ihn doch in den Besitz von ein oder zwei weiteren Perlen. Bei der Menge vielleicht sogar drei.«

»Was macht so etwas Kostbares in einer alten Schatulle mit einem Sichtglas, einer Nadel aus Knochen und einem

190

alten Satz Karten?«, überlegte Silvana laut. »Wozu packt man solche Dinge zusammen?«

Kushann sah sie verschmitzt an. »Genau das ist die Frage, junge Dame.«

»Wie viel hast du eigentlich für das Kästchen bezahlt?«, wandte sich Blutschatten an Corrie.

Die sah Yazeem fragend an. »Ähm … umgerechnet?«

»Zwei Jakobal, hat Vincent gesagt«, antwortete der Werwolf. »Und er musste nicht einmal feilschen.«

»Ein Spottpreis.« Blutschatten schüttelte den Kopf.

»Dann hat der Verkäufer vermutlich wirklich in keiner Weise um den Inhalt gewusst«, sagte Kushann und streckte sich. »Alleine die Essenz …« Er hob den Kopf zur Decke. »Was schätzt du, was es auf dem normalen Basar wert wäre, Sir?«

Der Kapitän wiegte abschätzend den Kopf. »Laut dem letzten Kurs? Zehntausend Austerzen.«

Kushann schob das Kästchen mit dem restlichen Inhalt zu Corrie über den Tisch. »Beim Kreuz des Ostens, dann pass bloß gut darauf auf.« Er nahm Yazeems leeren Krug und erhob sich. »Und jetzt trinken wir auf deine Rückkehr, alter Flohpelz!«

Yazeem lachte auf. »Das sagt der Richtige!«

Corrie legte die Nachtmeer-Essenz neben die Linse und die Nadel zurück ins Kästchen. »War ja nicht so wirklich ergiebig, was?«, murmelte sie.

Silvana legte ihr tröstend den Arm um die Schultern. »Was wäre das denn für ein Geheimnis, wenn es sich im ersten Anlauf klären ließe? Wo bleibt denn da die Spannung?«

»Aber wir haben ja gar keinen richtigen Anhaltspunkt.«

»Nicht? Und ich dachte, ich hätte gerade gehört, dass diese Essenz unglaublich selten und schwer zu bekommen ist. Und unglaublich wertvoll.«

»Und?«

»Ich wette, es gibt nicht wirklich viele, die wissen, wie und wo man sie bekommt.« Sie knuffte ihre Freundin in die Seite. »Wer von uns beiden ist denn normalerweise der Rätselspezialist? Nimm es doch als Herausforderung.« Sie hob den Humpen, den Orriestes gerade gebracht hatte, um Corrie zuzuprosten.

»Aber wie soll ich inmitten der vielen Leute hier denjenigen finden, dem das Kästchen gehörte?«

»Wenn ich dir einen Rat geben darf«, wandte Blutschatten ein, »dann behalte diesen Fund besser für dich. Wie Shan schon sagte, es gibt genügend Leute in Port Dogalaan, die auch vor einem Mord nicht zurückschrecken würden, um in den Besitz der Essenz zu kommen.«

Yazeem warf dem Nachtelf einen ärgerlichen Blick zu. »Du machst den beiden Angst, Rabas.«

Corrie schnitt eine Grimasse. »Schon gut. Er hat ja recht. Es hätte mich nur interessiert, wer die Essenz in dem Kästchen verstaut hat. Und wieso dem Händler der Inhalt nicht aufgefallen ist. Immerhin hatte der ja den Schlüssel.«

»Vielleicht konnte er nichts damit anfangen«, sagte Kushann, der gerade mit Yazeems Humpen zurückkehrte. »Und im Gegensatz zu dir hat es ihn nicht weiter gekümmert.«

Silvana nahm ihrer Freundin die Karten aus der Hand und begann, sie zu mischen. »Und jetzt denk nicht weiter darüber nach. Lass uns lieber einmal schauen, ob diese

Karten genauso prophetische Kräfte haben wie dein altes Deck.« Sie zwinkerte ihrer Freundin zu und zog nacheinander vier Karten. »Narr, Küste, Mond und … Teufel«, murmelte sie, während sie die Karten der Reihe nach aufdeckte und die Motive betrachtete.

Plötzlich zog sie mit einem erschrockenen Aufschrei die Finger zurück. Unvermittelt war ein blassblauer Blitz von einer Karte zur anderen geschossen, setzte auf die nächste über und verband sie alle mit einem feinen Netz pulsierender Energiefäden.

Blutschatten war hochgeschnellt, ebenso Yazeem. Alle starrten entgeistert auf die Karten. Der Erste Offizier ließ den Krug sinken.

Noch bevor einer von ihnen jedoch etwas sagen konnte, wurde in der *Roten Flut* Tumult laut. Seeleute sprangen auf und stolperten von der Theke fort, Stühle fielen, Tische kippten. Die vier Männer wirbelten ebenfalls herum, um zu sehen, was die plötzliche Unruhe ausgelöst hatte. Kapitän Blutschatten hatte schon ein paar scharfe Worte für seine Mannschaft auf der Zunge, als die Ursache des allgemeinen Chaos in Sicht kam. Das seltsame Wesen sah aus wie eine Kreuzung aus Hirnkoralle, Qualle und Kugelfisch; feine Dornen ragten aus seinem geblähten, schmutzig grünen Leib, um den sich stachelbewehrte Fangarme schlängelten, auf denen es sich kugelnd bewegte.

»Ein Rollnessler!«, schnappte der Nachtelf. »Wie bei den Winden des Südmeeres kommt dieses Biest auf einmal hier rein?«

»Egal, solange wir es wieder loswerden!«, erwiderte Kushann. Die leeren Bierhumpen landeten polternd auf den Bohlen zu seinen Füßen.

Yazeem fasste Silvana und Corrie an den Armen. »Rasch, auf den Tisch! Rollnessler greifen nur am Boden an.«

Er folgte den beiden Freundinnen auf den stabilen Holztisch. Von dort mussten sie mit ansehen, wie die Umrisse des Ersten Offiziers auf seltsame Weise zu wabern begannen, zerflossen, sich auflösten und an seiner Stelle ein fremdartiges Tier sichtbar wurde, das aussah wie eine gewöhnliche Robbe mit dunkelgrünem, schleimüberzogenem Pelz, jedoch mit einem breiten und massiven Maul, ähnlich dem einer Bulldogge und einer Nasenöffnung, die nicht vorne saß, sondern weiter oben wie bei einem Vogel. Als die Robbe ein aggressives Zischen ausstieß, um den Rollnessler auf sich aufmerksam zu machen, konnte man kurz ihr Gebiss sehen, das aus zwei Reihen fingerlanger, scharf gezackter Zähne bestand.

»Ist Kushann ein Magier?« Corrie drehte sich atemlos zu dem hinter ihr stehenden Werwolf um.

»Ein Mammalikus«, erwiderte Yazeem. »Er kann sich in jedes beliebige Säugetier verwandeln, egal wie groß oder klein.«

»Und was für ein Tier ist er jetzt gerade?«, fragte Silvana.

»Eine Nesselrobbe«, antwortete ihr Blutschatten. »Der einzige natürliche Feind der Rollnessler. Sie sind unempfindlich gegen das Gift, wenn überhaupt einer der Stacheln ihren rutschigen Pelz durchdringt, und ihre Zähne können die armdicken Tentakel mit einem Biss zerteilen.«

Das wiederholte Zischen der Nesselrobbe hatte unterdessen Wirkung gezeigt. Der Rollnessler, der seine Stacheln bereits in die Beine zweier Crew-Mitglieds des Nachtelfs geschlagen hatte, ließ von ihnen ab und kam nun stattdessen auf die Robbe zugeschlichen.

Die Kameraden der Verletzten hatten so Zeit, diese und sich in Sicherheit zu bringen. Und auch Blutschatten flüchtete auf die Theke und überließ der Nesselrobbe das Feld.

Diese stürzte sich fauchend auf den Rollnessler und schnappte mit ihrem mächtigen Gebiss nach einem der Nesslerarme. Doch der Rollnessler war auf der Hut und zog blitzschnell seine Tentakel ein, so dass die Robbe an ihm vorbei ins Leere stieß. Schnaubend warf sie sich herum, um den Rollnessler von der anderen Seite zu attackieren. Doch wieder war das Wesen vorbereitet. Mit zwei seiner Tentakel stach es in das Fell der vorbeistürzenden Robbe, glitt jedoch am dichten, schmierigen Pelz ab und hinterließ lediglich helle Spuren im Schleim.

Blitzschnell hatte sich die Nesselrobbe wieder um die eigene Achse gedreht und fixierte den Rollnessler nun abwartend mit leicht geducktem Kopf. Ihre Nasenöffnungen vibrierten.

Gegenüber verharrte der Rollnessler ohne eine weitere Bewegung. Nur seine Tentakel zuckten unruhig.

Beide Gegner starrten einander für eine ganze Weile so an.

Der Rollnessler abwartend. Die Nesselrobbe angespannt und sprungbereit. Schließlich war es jedoch der Rollnessler, der zuerst vorstieß und auf die Robbe zuschoss.

Diese besaß jedoch eindeutig die besseren Reflexe, wich in einer geschmeidigen Bewegung aus und vergrub ihr mächtiges Gebiss in einem der Tentakel, die auf sie gezielt hatten.

Der Rollnessler gab ein hohes Quieken von sich und blieb auf der Stelle stehen.

Hinter ihm thronte die Robbe mit herausforderndem Blick über dem zuckenden Tentakelende auf dem Boden.

»Das sieht gut aus, Shan«, hörten Corrie und Silvana den Kapitän auf der Theke murmeln. »Mach ihn fertig.«

Als hätte sie Blutschatten gehört, stieß die Nesselrobbe ein tiefes, aggressives Röhren aus und warf sich erneut auf den Rollnessler, der noch immer mit dem Stumpf seines abgetrennten Tentakels beschäftigt schien. Er bemerkte den Vorstoß seines Gegners deshalb erst viel zu spät.

Ungehindert drang die Nesselrobbe durch das Gewirr aus Fangarmen und hieb ihre langen Zähne in den ungeschützten, schwammigen Körper des Rollnesslers. Grünes Blut bespritzte das Gesicht der Robbe, die instinktiv die Nasenlöcher schloss. Unter dem Druck ihrer Kiefer splitterten die Knochen, die das empfindliche Innere des Rollnesslers schützten, und mit einem letzten lauten Quieken brach er zusammen. Seine Tentakel streckten sich lang und kraftlos aus, sein Körper sank auf den Boden.

Jetzt erst ließ die Nesselrobbe von ihm ab, löste ihre Zähne aus seinem Fleisch und machte ein paar unbeholfen wirkende Sprünge rückwärts.

Ihre Formen verschwammen, und anstelle der Nesselrobbe stand wieder Kushann vor ihnen. Der Erste Offizier sah stirnrunzelnd auf den sterbenden Rollnessler, der in seinem Blut lag und letzte Zuckungen von sich gab. »Das hätte ziemlich ins Auge gehen können.«

»Mit den Biestern ist nicht zu spaßen«, nickte Blutschatten, der herunterstieg und Kushann auf die Schulter klopfte. »Gut gemacht, Shan.«

Neben ihnen erschien ein hochgewachsener, blonder

Mann mit zwei Äxten am breiten Gürtel und einem Humpen, den er dem Ersten Offizier stumm reichte. »Danke, Tjero.« Ohne den Blick vom Wesen abzuwenden, trank Kushann einen tiefen Schluck, dann einen zweiten, den er jedoch im Mund behielt und dann auf den Rollnessler niederspie. »Du schmeckst wie fünf Jahre alte Muschelsuppe. Ich kann absolut nicht verstehen, wie Nesselrobben so etwas auch noch freiwillig *fressen* können. Und ich möchte wissen, wie er hier einfach so erscheinen konnte.« Er sah den Hünen fragend an und zog die Augenbrauen hoch. Tjero konnte nur die Achseln zucken.

Corrie schritt vorsichtig an den Männern vorbei, um sich das Wesen genauer ansehen zu können. Die Tentakelenden zuckten nur noch unregelmäßig, und dem erschlaffenden Leib entwich ein Geräusch, das wie das Pfeifen einer Raucherlunge klang. »Und wo leben die normalerweise?«

Blutschatten hatte die Antwort bereits auf den Lippen, als Kushann unvermittelt den Humpen fallen ließ und sich auf Corrie stürzte. »Bleib weg, bei Deyas Gnade!« Er riss sie zurück und presste sie schützend an sich, gerade noch rechtzeitig, um sie vor dem wuchtigen Hieb des vermeintlich geschwächten Rollnesslers zu schützen.

Ebenso schnell hatte Tjero jedoch eine seiner beiden Äxte gezogen und trennte mit einem raschen Schlag den stechenden Tentakel ab. Das Wesen quietschte schrill und versuchte sich vom Boden zu erheben, fiel jedoch sofort wieder zurück in die Lache aus öligem Blut.

Blutschatten stieß erleichtert den Atem aus, während Kushann die kreideweiße Corrie wieder losließ. »Diese Biester sind erst dann ungefährlich, wenn ihr Körper vollends zusammengefallen ist«, sagte er ernst und strich ihr sanft mit dem vernarbten Daumen über das Kinn. »Alles in Ordnung?«

Corrie nickte abgehackt und versuchte, tief Luft zu holen. »Danke.«

Silvana trat zu ihnen und legte beruhigend einen Arm um die Schultern ihrer Freundin. »Geht's dir gut, Corrie? Was musst du aber auch immer so neugierig sein?«

»Tut mir leid«, murmelte ihre Freundin und senkte den Kopf.

»Ist ja noch mal gutgegangen.« Blutschattens Blick fiel auf die Karten, die vor dem umgestürzten Tisch verstreut auf dem Boden lagen. »Und dieses Deck solltet ihr besser jemandem zeigen, der sich mit Magie auskennt. Offenbar steckt eine ganze Menge davon in ihnen.«

Kushann sah seinen Kapitän fragend an. »Dann denkst du, dass der Rollnessler durch sie heraufbeschworen worden ist?«

»Das ist für mich die einzige Erklärung, wie er hier mitten unter uns erscheinen konnte, ohne dass ihn jemand bemerkt hat. Ich wüsste nicht, seit wann sie intelligent genug sind, Türen zu öffnen. Und reingelassen haben wird ihn schließlich auch niemand.«

Silvana nickte zustimmend. »Ich fürchte, da muss ich mich ebenso wie Corrie für meine Unwissenheit entschuldigen. Aber ich hätte nicht gedacht, dass sie gefährlich sein könnten. In unserer Welt kann man mit Tarotkarten nur die Leute beeinflussen, die daran glauben.«

»Viel anders verhält es sich hier für gewöhnlich auch nicht«, erwiderte Yazeem. »Allerdings sind nicht alle Karten gleich.«

»Das haben wir ja jetzt gesehen«, seufzte Corrie, in deren Gesicht wieder etwas Farbe zurückgekehrt war. »Wir müssen noch so viel über diese Welt lernen.«

»Das kommt schon noch.« Yazeem lächelte zuversichtlich. »Schließlich habe ich auch gelernt, mich in eurer Welt zurechtzufinden. Es dauert nur eine Weile. Und was die Karten angeht: Am besten, wir zeigen sie Talisienn. Oder gleich das ganze Kästchen.«

»Dem Barden?«, fragte Silvana stirnrunzelnd.

»Dem Vampir.«

»Ich denke, wir werden hier noch für Ordnung sorgen«, sagte Blutschatten mit einem Stirnrunzeln. »Jedenfalls soweit das möglich ist.« Er sah seinen Ersten Offizier an. »Kushann, gib den Befehl weiter. Tjero und Christine sollen die Männer einteilen.«

»Aye, Sir«, nickte der Erste. Dann wandte er sich zu der Mannschaft und begann ihnen seine Befehle zuzurufen.

»Tut mir leid, dass ich den Landgang versaut habe.« Silvana sah geknickt zu Boden.

»Immerhin seid ihr jetzt einen guten Schritt weiter«, bemerkte der Dunkelelf mit einem leichten Lächeln. »Ihr wisst, dass die Karten zu einem bestimmten Zweck in das Kästchen gelegt wurden – wenn auch noch nicht, zu welchem.«

»Aber bei der Antwort auf diese Frage wird Talisienn sicherlich helfen können.« Yazeem wandte sich an Blutschatten. »Wie lange ankert ihr in Port Dogalaan?«

»Ein paar Tage, denke ich. Wir müssen einige Ausbesserungen an den Schiffen vornehmen und neuen Proviant einlagern. Außerdem habe ich einige interessante Waren für Cryas, die ich ihm zeigen muss.«

199

»Wir sehen uns also noch«, stellte Yazeem zufrieden fest.

Der Dunkelelf schmunzelte. »Mit Sicherheit.«

»Und diesmal lasse ich die Karten auch garantiert daheim«, fügte Corrie hinzu.

Blutschatten verneigte sich leicht vor ihr. »Dafür wäre ich dir sehr verbunden.«

Silvana zupfte ihre Freundin am Blusenärmel. »Komm, lass uns deine Karten wieder einsammeln, bevor sich noch ein neues Muster aus ihnen ergibt.«

Corrie zog ein entsetztes Gesicht. »Bloß nicht.« Also machten sich die beiden daran, Karte um Karte sorgfältig einzusammeln und sie wieder neben dem Beutel, der Nadel und dem Sichtglas in der Schatulle zu verstauen.

Erst dann verließen sie an der Seite des Werwolfs die Kneipe, um durch die Straßen von Amaranthina den Rückweg zur *Magischen Schriftrolle* anzutreten.

Den Schatten, der ihnen lautlos folgte, bemerkte jedoch nicht einmal Yazeem.

Zurück in Woodmoore, erwartete sie die nächste Überraschung. Als Corrie und Silvana die Treppe zum Laden nahmen, sah ihnen an einem der Lesepulte ein fremder Mann entgegen. Er war schlank und fast krankhaft bleich, was das Feuerrot seiner Haare noch mehr hervorhob. Sein Blick war finster und abweisend. Er legte das Buch, in dem er gelesen hatte, beiseite und erhob sich. »Das wurde aber auch verdammt noch mal Zeit.«

Bevor Corrie oder Silvana etwas erwidern konnten, stürmte Yazeem an den beiden Freundinnen vorbei. »Verzeih unsere Verspätung, Donnald, aber Kapitän Blutschatten hat darauf bestanden, die beiden Damen auf ein Bier einzuladen.«

Sein Gegenüber deutete unbeirrt auf seine Armbanduhr. »Verfluchte neun Stunden. Und Talisienn ist ganz alleine zu Hause!«

Yazeem unterdrückte ein Seufzen. »Was mich ohne Umschweife zu meinem eigentlichen Thema bringt.«

Donnalds Gesicht verfinsterte sich noch ein bisschen mehr. »Und das wäre?«

Mit raschen Worten erklärte ihm Yazeem, wie es sich mit Corries Kauf verhielt und was in der *Roten Flut* vorgefallen war. Als er geendet hatte, sah er Donnald mit hochgezogenen Brauen an. »Was denkst du?«

»Ich werde meinen Bruder auf keinen Fall hierherbringen. Ihr kommt Sonntagabend zu uns. Sieben Uhr. Und seid pünktlich.« Ohne ein weiteres Wort der Verabschiedung rauschte er in Richtung Obergeschoss davon.

Silvana sah ihm missmutig nach. »Was war denn das für ein Auftritt?«

»Das war Donnald McCaer. Ich hatte ihn gebeten, während unserer Abwesenheit weiter einzuräumen. Er hat auch bei Mr Lien zwischendurch immer wieder ausgeholfen.«

»Ist er ein normaler Mensch?«, wollte Corrie wissen.

Yazeem schüttelte den Kopf. »Er und sein Bruder sind Vampire. Um die 300 Jahre alt, wenn ich mich korrekt erinnere.«

»Dann war das also unser erster Vampir«, stellte Silvana konsterniert fest. Irgendwie hatte sie sich so ein erstes Aufeinandertreffen anders vorgestellt. »Wie reizend.«

»Warum hat er sich so aufgeregt? Es ist doch erst …«, Corrie sah zur Ladenuhr, »… kurz nach zehn Uhr.«

201

»Er sorgt sich um seinen Bruder«, erklärte Yazeem. »Talisienn hingegen wird es eher genossen haben, einmal einen Tag ohne Donn zu verbringen, wie ich ihn kenne.«

»Wieso glaubt Donn denn, dass Talisienn nicht alleine zurechtkommt?«

»Das werdet ihr schon noch erfahren. Und nun entschuldigt mich bitte. Ich denke, ich werde auch gehen. Es wird ein hartes Wochenende für uns alle werden.«

KAPITEL 7

Von Vampiren und Scones

Der Tag vor der Eröffnung gestaltete sich – wie von Yazeem prophezeit – als Großkampftag für Corrie, Silvana und den Werwolf. Es war schon lange dunkel geworden, als endlich auch das letzte Buch seinen Platz im Regal und die letzte Seife ihr Körbchen gefunden hatte. Sogar die Bestellungen aus der *Magischen Schriftrolle* hatte Yazeem am Nachmittag noch abholen können, und die Bücher standen neben den gewöhnlichen Publikationen im Abholfach hinter der Theke. Zufrieden ließen die drei ihre Blicke durch den Laden schweifen. Alles war bereit für den großen Tag.

»Ist doch richtig gemütlich geworden«, stellte Corrie fest und schwang sich rücklings auf den Kassentresen, direkt neben den flachen Computerbildschirm.

Silvana, die neben ihr lehnte, lächelte erschöpft. »Fehlt nur noch der Umsatz.«

»Der wird kommen«, sagte Yazeem bestimmt. »Glaubt mir.«

Er warf einen Blick auf die Uhr über der Küchentür. »Ich denke, es wird Zeit, zu Donnald zu fahren.«

»Du hältst das immer noch für eine gute Idee?«, wollte Silvana wissen. »So angefressen, wie der war?«

»Ihr wollt doch etwas über die Karten erfahren, oder nicht? Außerdem ist Donn gar nicht so ein übler Kerl, wie

203

man meinen könnte, wenn man ihm das erste Mal begegnet. Man gewöhnt sich an seine Art.«

Silvana räusperte sich skeptisch, schwieg jedoch. Sie hatte schon ein etwas flaues Gefühl bei dem Gedanken, überhaupt zu zwei Vampiren zu fahren. Aber wenn sie daran dachte, einen ganzen Abend in Donnalds Gesellschaft verbringen zu müssen … Neben ihr sprang Corrie von der Theke und zog den Autoschlüssel aus der Hosentasche. »Dann wollen wir ihn lieber nicht länger auf uns warten lassen.«

Nur wenige Minuten später hatten die drei es sich in Corries himmelblauem Wagen bequem gemacht und rollten auf die nächtliche Straße. Yazeem lotste sie durch eine ganze Reihe von verschlungenen Gassen, die sie bei hellem Tageslicht garantiert niemals wiederfinden würden, bevor sie sich wieder auf der Straße in Richtung Heathen Heights befanden. Kurz vor dem Ortsausgangsschild wies der Werwolf nach rechts in eine Sackgasse. »Bis zum Ende. Es ist das letzte Haus vor dem Wald.«

Corrie folgte der Straße, die sich im Licht der Scheinwerfer als eine Allee entpuppte. »Ich bin sehr gespannt, wie Vampire in Woodmoore wohnen.«

»Es wird euch gefallen.«

Langsam kam das Ende der Straße in Sicht, die in einer breiten Einfahrt aus rotem Backstein mündete. Diese führte zu einem Haus, das ganz anders war, als Corrie und Silvana erwartet hatten. Donn McCaer und sein Bruder bewohnten keineswegs ein weitläufiges Anwesen, ein altes Herrenhaus oder eine verlassene Kirche. Vielmehr erhob sich ein moderner, quaderförmiger Bau aus Holz, Glas und Metall vor ihnen, von innen warm und einladend erleuchtet. Terrassenstrahler spiegelten sich in der Oberfläche eines kleinen Sees, der sich in der Dunkelheit des Grundstücks verlor. Ein kleiner Steg führte über das Wasser. Im Mondlicht wiegten sich hinter dem Haus die kahlen Äste des ausgedehnten Waldgebiets, das sich zwischen Woodmoore und Heathen Heights erstreckte.

»Was muss man tun, um sich so etwas leisten zu können?« Silvana sah beeindruckt aus dem Beifahrerfenster, während Corrie den Wagen in der Einfahrt parkte. Sie betrachtete die weißen Stufen, die zu einer Haustür aus honigfarbenem Holz führten und von gedrehten Buchsbäumen mit schlichten Stoffschleifen flankiert wurden.

»Donn arbeitet für eine große Werbeagentur – von zu Hause aus. Talisienn war mal eine Zeitlang als Chemiker tätig – aber nun hat er keinen Beruf mehr, den er ausüben könnte«, antwortete der Werwolf und stieg aus.

»Wieso nicht?«

»Das werdet ihr gleich herausfinden.« Er wollte sich gerade vorbeugen, um zu klingeln, als die Tür von innen aufgerissen wurde.

Mit verschränkten Armen und dem Missmut eines Racheengels sah Donn auf sie herab. »Ah ja, der Besuch«, stellte er schnarrend fest, als müsse er sich erst wieder daran erinnern, dass er jemanden eingeladen hatte. Anstatt ihnen die Hand zu reichen, beließ er es dabei und trat von der Tür zurück, um sie einzulassen. Sein kühler Blick fiel auf Yazeem. »Ich denke, du weißt noch, wo es ins Wohnzimmer geht?«

Der Werwolf, der diese Art der Gastfreundschaft gewohnt zu sein schien, nickte. »Ich werde den beiden jungen Damen den Weg zeigen.«

205

Donn verzog keine Miene und verschwand durch eine Milchglastür, die dem Eingang direkt gegenüberlag.

Die drei Neuankömmlinge blieben alleine zurück.

Silvana runzelte die Stirn. »Ist der auch so charmant zu den Kunden im Laden? Wenn ja, sollten wir uns vielleicht doch Gedanken machen, wer den Laden nach uns weiterführen wird – wenn wir nämlich pleitegegangen sind.«

»So ist er nur, wenn er unsicher ist oder wenn er sich Sorgen um seinen Bruder macht«, beschwichtigte sie Yazeem, »aber an den Kunden würde er es nie auslassen. Dazu kennt er die Einwohner von Woodmoore viel zu gut.«

»Ich weiß nicht, ob mich das großartig beruhigt«, schnaubte Silvana.

Corrie war derweil ein wenig weitergegangen, peinlich darauf bedacht, kein Geräusch zu verursachen. Überhaupt schien in diesem Haus genauestens darauf geachtet zu werden, dass alles akkurat, aufgeräumt und sauber war. Nichts war irgendwo unachtsam hingeworfen, die Mäntel, die Schuhe, alles war tadellos aufgereiht und nach Farben sortiert. Es gab weder Bilder an den cremefarbenen Wänden noch Pflanzen auf dem spiegelblanken, grauen Marmorboden. Sie hatte das Gefühl, sich in einem Museum oder einer Arztpraxis zu befinden – wobei man dort noch eine Spur menschlichen Lebens gefunden hätte.

»Dann seid doch so gut und folgt mir. Wir setzen uns schon einmal.« Yazeem ging voraus und öffnete mit einem leisen Quietschen die Tür, die neben jener lag, durch die Donn verschwunden war. Der Werwolf verbeugte sich wie ein Diener. »Bitte sehr, die Damen.«

Sie folgten ihm ins Wohnzimmer, das im Gegensatz zum Eingangsbereich des Hauses eine durchaus gemütliche Atmosphäre verströmte. Der Fußboden war ausgelegt mit hell gemasertem Parkett, und die hohe Decke wurde von Streben desselben Holzes getragen. Eine gigantische graue Wohnlandschaft nahm den Bereich vor der verglasten Fensterfront ein, die sich zum Garten hin öffnete. Im Kamin an der rückseitigen Wand brannte ein kleines, leise knisterndes Feuer. Wie im Flur gab es jedoch keine Deko, kein Grün, nichts, das achtlos herumlag und die Atmosphäre aufgelockert hätte.

»Ist das hier immer so … *akkurat?*«, wollte Corrie wissen.

Yazeem, der ihre Jacken entgegennahm, bevor er sich selbst aus seinem Mantel schälte, nickte. »Donn hält wegen seines Bruders Ordnung. Jede Sache hat ihren Platz, nichts wird jemals verändert.«

Silvana dämmerte es. »Der Grund, weswegen Talisienn keinen Beruf mehr ausüben kann und weswegen ihn Donn nicht alleine lassen will … Er ist blind, oder?«

Corrie sah ihre Freundin fragend an. »Ein blinder Vampir?«

Yazeem lächelte anerkennend. »Du verfügst über eine rasche Auffassungsgabe.« Plötzlich glitten seine Augen zur Tür, und ein warmer Ausdruck legte sich über sein Gesicht. »Wenn man von ihm spricht. Sei mir gegrüßt, Talisienn.«

Corrie und Silvana drehten sich um. Hinter ihnen, im Türrahmen zum Flur, lehnte ein hochgewachsener, hagerer Mann, ganz in Schwarz, dessen blasses Gesicht von feuerrotem, beinahe hüftlang herabhängendem Haar umrahmt wurde. Eine tiefschwarz getönte, randlose Brille verdeckte seine Augen, und ein feines Lächeln umspielte seine dünnen Lippen. Keiner von ihnen hatte ihn kommen hören. »Wie schön, endlich wieder etwas Leben in diesem Haus zu haben«, sagte er langsam, und seine volle, dunkle Stimme mit dem kräftigen schottischen Akzent ließ Corrie und Silvana erschauern.

Besonders Silvana war von seinem Anblick gebannt.

Mit vorsichtigen, etwas mühevoll wirkenden Schritten kam er näher und blieb vor Yazeem stehen, als könne er ihn sehen. »Du warst lange nicht mehr hier.«

»Viel zu lange«, stimmte Yazeem zu und umarmte den Vampir herzlich. »Wenn ich geahnt hätte, dass Donn noch immer so übervorsichtig ist …«

»Er wird sich so schnell nicht ändern.«

»Nach dreihundert Jahren wohl nicht.«

»Dreihundertundvier«, korrigierte ihn Talisienn, der lauschend den Kopf zur Seite neigte. »Möchtest du mir nicht auch deine Begleiterinnen vorstellen?«

Yazeem nahm Talisienn sanft am Arm. »Natürlich. Wie überaus unhöflich von mir.« Mit dem Vampir an seiner Seite wandte er sich den beiden Freundinnen zu. »Diese junge Dame hier ist Ms Corrie Vaughn.«

Talisienn streckte vorsichtig seine Hand aus, jedoch etwas zu weit nach rechts.

Corrie nahm sie behutsam auf. »Sehr erfreut, Mr McCaer.«

Talisienn drehte seinen Kopf ihrer Stimme entgegen. »Talisienn, bitte. Und gute Freunde nennen mich Tal.« Er hob ihre Finger zu einem gehauchten Handkuss.

Yazeem grinste, als Corrie errötete. »Und links neben

ihr haben wir ihre beste Freundin, Ms Silvana Livenbrook.«

»Ein wunderschöner, naturverbundener Name«, lächelte Talisienn und hielt auch ihr die Hand entgegen.

»Vielen Dank«, erwiderte Silvana etwas irritiert. Als sie kurz darauf ebenfalls seinen feinen, warmen Atem auf ihrem Handrücken spürte, fühlte sie, wie beim Klang seiner Stimme, eine wohlige Gänsehaut über ihren Körper kriechen. Corrie, die es bemerkte, warf ihrer Freundin einen vielsagenden Blick zu.

Talisienn deutete in Richtung Sofa. »Bitte, macht es euch bequem, bis mein Bruder mit dem Tee kommt.« Er selbst tastete nach der Rückenlehne der Couch und ließ sich mit einem erleichterten Seufzen in die weichen Kissen fallen. »Das tut gut.«

»Wo ist denn dein Gehstock?«, fragte Yazeem, der die Jacken über die Lehnen einer Essgruppe neben der Tür hängte, bevor er selbst zur Rechten des Vampirs Platz nahm.

»Ich benutze ihn nicht für kurze Strecken im Haus«, erwiderte Talisienn kopfschüttelnd. »Auch wenn Donn das nicht gerne sieht.«

»Aber draußen schon?«

»Im Garten«, bestätigte der Vampir. »Wenn ich meinen Spaziergang entlang des Bachlaufs mache.«

»Und sonst geht Donn nicht mit dir raus? Durch Woodmoore? Oder mal durch Heathen Heights?«

»Seit der Buchladen nicht mehr da ist …«

»Und viele Leute lädt er vermutlich auch nicht mehr ein?«

Der Vampir zuckte die Achseln. »Zu viele Leute in meiner Nähe machen ihn nervös. Du weißt doch, warum.«

Yazeem schüttelte ungläubig den Kopf. »Wie lange will er noch versuchen, das Leben von dir fernzuhalten?«

Talisienn seufzte. »Er meint es ja nur gut.«

»Und stößt dabei alle anderen vor den Kopf«, murmelte Silvana.

»Er hat den Anspruch, in allem, was er tut, perfekt zu sein«, wandte sich Talisienn an sie. »Es ist für ihn besonders schwierig, gleichzeitig auf mich achtzugeben und ein guter Gastgeber zu sein. Und wenn er das Gefühl hat, dass er eine Situation nicht kontrollieren kann, dann wird er etwas … schwierig. Heute zum Beispiel sorgt er sich, dass die Feuerwölfe angreifen könnten, weil ihr hier seid, versucht, ordentliche Scones zu backen und gleichzeitig die Küche wieder so zu hinterlassen, dass ich morgen früh nicht in ein Messer greife, das er aus Versehen am falschen Platz abgelegt hat. Das soll keine Entschuldigung sein für sein Benehmen, aber vielleicht eine Erklärung.«

»Er backt Scones?«, fragte Yazeem mit einem süffisanten Grinsen. »Das hat er doch noch nie gekonnt.«

Talisienn lehnte sich entspannt in die weichen Polster zurück und streckte die langen Beine aus. Das Leder seiner Hose knarzte leise. »Er gibt nicht auf. Und die letzten waren schon nahe dran an ordentlichen Scones.«

Scones? »Aber doch nicht extra nur wegen uns, oder?«, fragte Silvana. »Ich meine …« Sie stockte. Natürlich wollte sie nicht unhöflich erscheinen, aber sie hatte nicht wirklich damit gerechnet, im Haus von Vampiren bewirtet zu werden. Schließlich benötigten diese ja nur Blut, oder etwa nicht? Aber wie sollte sie eine entsprechende Frage stellen, ohne ihren Gastgeber damit vor den Kopf zu stoßen? Und warum wunderte sich Corrie kein bisschen?

Talisienn schien ihre Gedanken gelesen zu haben. »Du meinst, weil wir sie ohnehin nicht essen? Oh, da irrst du dich aber. Ich freue mich nicht nur auf die Scones, sondern auch auf eine gute Tasse Tee. Blut benötigen wir Vampire zum Überleben, das ist richtig, wobei eine kleine Menge im Monat reicht. Die übrige Zeit essen und trinken wir ebenso wie ihr auch. Aber das ist kein Thema für diesen Abend. Wie ich von Donn gehört habe, werden wir demnächst wieder mit Büchern und Hörbüchern versorgt werden?«

»Morgen früh wollen wir eröffnen«, antwortete Corrie. »Dank Yazeem sind wir gerade eben noch fertig geworden.«

»Und ein Liber Panscriptum hat euch Cryas vermutlich auch schon überreicht?«

»Hat er. Es ist sicher eingeschlossen über Nacht.« Silvana musterte den Vampir noch immer fasziniert. Seine Aura fesselte sie ungemein. Donnalds Ausstrahlung hingegen hatte eher etwas von einem eingerollten Gürteltier.

»Dann freue ich mich schon darauf, demnächst eine Bestellung tätigen zu dürfen. Da gibt es etwas, auf das ich seit fast fünf Jahren warte.«

Corrie warf ihrer Freundin einen mahnenden Blick zu, doch Silvana lächelte nur. »Sehr gerne.«

»Dann wird es Donn nachher für euch aufschreiben.«

»Was soll ich aufschreiben?«, fragte sein Bruder, der im selben Moment mit einem großen Tablett in den Händen das Wohnzimmer betrat.

»Die fehlenden Ausgaben der *Sprechenden Bücher* aus Ordenhain. Vielleicht habe ich diesmal mehr Glück als bei der letzten Bestellung.«

Donn stellte das Tablett auf den Wohnzimmertisch und

begann, die Tassen für den Tee zu verteilen. Seine Miene war noch immer versteinert. »Das kann ich wohl tun.«

»Ich wäre dir sehr dankbar, Bruderherz.«

»Was ist denn letztes Mal passiert?«, wollte Corrie wissen.

»*Sprechende Bücher* werden nur nach Bestellung hergestellt, und selbst dann dauert es mehrere Monate, bis sie fertig sind – es ist eine Menge Magie dafür nötig«, erklärte Talisienn. »Bevor die Bestellung das letzte Mal geliefert werden konnte, fand der Angriff auf euren Buchladen statt, das Portal musste geschlossen und der Laden versiegelt werden. Ich habe die *Sprechenden Bücher* also leider nicht mehr bekommen.«

»Sprechen die wirklich, oder heißen die nur so?«, wollte Silvana wissen und sah unschlüssig zu den Scones auf dem Teller, den Donn in der Tischmitte plaziert hatte. Früher hatte ihre Mutter ihr immer etwas auf die Finger gegeben, wenn sie sich als Erste irgendwo hatte bedienen wollen, egal, wie gerne ihre Tochter die Sachen gemocht hatte. Das sei unhöflich, hatte sie gemeint. Und so hatte Silvana noch immer Bedenken, zuzugreifen, wenn es kein anderer tat. Yazeem half ihr, indem er sich ohne Scheu zuerst bediente. »*Sprechende Bücher* sind unsere Variante von Hörbüchern. Die Bücher werden mittels Magie so präpariert, dass sie die Geschichten in ihrem Inneren erzählen. Das kann langwierig sein. Vor allem das vorige Testen, ob das Buch auch wirklich alles erzählt oder einfach irgendwo in der Mitte aufhört, ob es nach einer Pause wieder von vorne beginnt oder dort, wo man es zugeklappt hat, und so weiter.« Er hob seinen angebissenen Scone anerkennend zu Donn, der sich einen Sessel heranzog, nachdem er alle

Tassen mit Tee gefüllt hatte. »Die sind gar nicht mal schlecht diesmal.«

»Ich hatte Zeit zum Üben«, gab Donn trocken zurück.

Yazeem hielt Corrie und Silvana auffordernd den Teller hin. »Nehmt euch ruhig. Sie sind wirklich essbar.«

»Danke.« Corrie nahm zwei Stück, wovon sie eines an Silvana weiterreichte.

»Mein Bruder hat mir erzählt, dass wir euren Besuch heute Abend einem kleinen Kästchen mit magischem Inhalt zu verdanken haben, das vom Basar in Port Dogalaan stammt. Ist das richtig?«, fragte Talisienn.

Corrie nickte. »Ja, ich hatte es bei einem Händler gesehen und konnte einfach nicht daran vorbeigehen.« Sie zog die Schatulle aus ihrer Umhängetasche, die zwischen ihr und Silvana auf dem Sofa lag. Vorsichtig schob sie es zu Talisienn herüber, dessen Finger es ertasteten und zu sich heranzogen. »Er wollte mir erst ein anderes anbieten, aber ich wollte unbedingt dieses.«

Talisienn befühlte das glatte Holz und die Schnitzereien, die Scharniere und das silberne Schloss an der Vorderseite. »Es fühlte sich gut an, als du es in der Hand hieltest, nehme ich an?«

»Das hat es tatsächlich«, antwortete Corrie erstaunt. »Woher weißt du das?«

»Geraten«, lächelte der Vampir mild. »Das kann ich normalerweise recht gut. Dann wollen wir doch einmal sehen, was sich darin verbirgt.« Behutsam öffnete er den Deckel und ließ seine Finger langsam tastend über den Inhalt des Kästchens gleiten. Zuerst nahm er die Linse heraus. »Stein oder Glas?«, fragte er.

»Glas«, antwortete Yazeem. »Eine Linse.«

213

»Mit sehr starker Vergrößerung«, fügte Corrie hinzu.

»Aber ohne Fassung.« Talisienn drehte sie mehrfach zwischen den Fingern. »Und von der Form und Dicke her wohl auch nicht für eine solche vorgesehen.« Er legte die Linse zurück und nahm stattdessen die Nadel heraus.

»Pass mit der Spitze auf«, entfuhr es Donnald, der die tastenden Berührungen seines Bruders aufmerksam beobachtete.

»Das ist keine Spindel, an der ich mich stechen und in einen hundertjährigen Schlaf fallen könnte«, lächelte Talisienn beschwichtigend. »Nur eine Nadel. Aber keine aus Metall.« Er tastete sich an der Nadel entlang. »Fühlt sich wie Knochen an.«

»Eine Beinnadel«, bestätigte Yazeem. »Wie das Horn eines Einhorns gedreht.«

»Und ohne Öse, um einen Faden hindurchzuschieben«, murmelte der Vampir. »Also ist sie nicht zum Nähen geschaffen worden ...« Mit einem feinen Lächeln legte er auch die Nadel zurück.

»Du ahnst doch bereits etwas«, stellte Donnald fest und nahm die Teekanne auf, um die halbleeren Tassen seiner Gäste wieder aufzufüllen.

Talisienn hob die Hand, um seinen Bruder zum Schweigen zu bringen, und ergriff vorsichtig das Säckchen. Wie Kushann roch er daran.

»Kushann ist der Meinung, dass es sich dabei um Nachtmeer-Essenz handelt«, nuschelte Yazeem mit vollem Mund und nahm sich noch einen Scone.

»In der Tat. Da hat Blutschattens Erster Offizier mal wieder ausgezeichnete Sinne bewiesen. Und es ist kein kleiner Beutel. Ausreichend für wenigstens drei schwarze

Perlen.« Er legte auch das Säckchen wieder an seinen Platz und trank einen kleinen Schluck Tee. »Kommen wir nun aber zu dem *wirklich* interessanten Inhalt dieses kleinen Kästchens.« Langsam hob er die Hände zu seiner Brille und setzte sie ab. Seine Augen, die er so offenbarte, waren trüb, beinahe weiß, die dunkle Iris nur noch als Schemen zu erkennen – wie ein gefrorener See, auf dessen Oberfläche sich feiner Schnee gesammelt hatte.

Erschrocken zuckten Corrie und Silvana zusammen und wechselten bestürzte Blicke. Donnald wandte sich schmerzlich ab, als ertrage er den Anblick der blinden Augen seines Bruders nicht.

Dieser schien sich all dessen nicht bewusst zu sein. Entspannt verschränkte er die Finger auf der Tischplatte. »Wer von euch glaubt mir, dass ich die Karten *sehen* kann?«

Ein paar Herzschläge lang herrschte Schweigen am Tisch.

»Wie sollte das gehen?«, fragte Corrie, die sich als Erste wieder fing.

»Ich kann auch Yazeem sehen. Und meinen Bruder.«

»Aber ich denke, du bist blind!«, entfuhr es Silvana, was ihr einen ärgerlichen Blick von Donnald einbrachte.

Yazeem hingegen hatte verstanden. »Dann sind die Karten also wirklich magischer Natur.«

Corrie sah verwirrt von einem zum anderen. »Also ich komme nicht mehr mit.«

»Pass auf«, sagte Talisienn freundlich und nahm die Karten zur Hand, ohne danach zu tasten oder in der Bewegung zu zögern. »Zwei Dinge sollte ich vielleicht erklären. Zum einen bin ich kein gewöhnlicher Vampir, sondern das, was man in unseren Kreisen einen Hexer nennt. Und ich bin nicht von Geburt an blind. Als Hexer kann ich die Ströme und Auren der Magie wahrnehmen, was nichts mit dem eigentlichen Sehen zu tun hat. Und als man mir mein Augenlicht nahm, blieb mir diese Fähigkeit erhalten. Alles, was Magie in sich trägt, vermag ich also zu sehen.«

»Und das tun diese Karten«, schloss Silvana.

»In der Tat. Wurden sie bereits ausprobiert?«

»In der *Roten Flut*«, entgegnete Yazeem. »Wir beschworen einen Rollnessler damit.«

»Unabsichtlich«, beeilte sich Silvana hinzuzufügen.

»Seid froh, dass es *nur* ein Rollnessler war.« Talisienn ließ seine schlanken, beringten Finger über die Oberfläche der Tarotkarten gleiten. »Ihnen wohnt eine weitaus größere Kraft inne.«

»Wie willst du das wissen?«, fragte Corrie.

»Ich kenne diese Karten«, antwortete Talisienn. »Zum einen kann man mit ihnen eine Vielzahl von Wesen beschwören, die in den Meeren der Hundert Inseln leben, nicht nur Rollnessler.«

»Und wozu sind sie noch gut?«, erkundigte sich Yazeem.

»Sie sind der Schlüssel zum Namen des Zweiten Buches von Angwil.«

Im Wohnzimmer der McCaers war es plötzlich so still, dass man den Wind über die Terrasse streichen hören konnte.

Fassungslos starrte Yazeem den Vampir neben sich an. »Was hast du gerade gesagt?«

Talisienn lehnte sich zurück. »Diese Karten«, wiederholte er langsam, »sind der Schlüssel zum Namen des Zweiten Buches von Angwil.«

Sein Bruder schüttelte fassungslos den Kopf. »Ich nehme an, es ist sinnlos zu fragen, ob du dich nicht vielleicht täuschst.«

Talisienn schenkte seinem Bruder ein schiefes Grinsen. »Du kannst ja wetten, ob ich richtigliege.«

»Nein danke.«

Corrie betrachtete den Stapel vor Talisienn mit einer Mischung aus Verblüffung und Skepsis. »Woher weißt du, dass man Tarotkarten braucht, um den Titel herauszubekommen? Und wie kannst du dir so sicher sein, dass es sich ausgerechnet bei *diesem Deck* um das richtige handelt?«

Talisienn tastete vorsichtig nach der Teetasse, was Donn beunruhigt vorzucken ließ. Sein Bruder schüttelte leicht den Kopf. »Es ist nur Tee, Bruderherz. An der Tasse kann ich mich nicht einmal verbrennen.« Nachdem er einen weiteren Schluck getrunken und die Tasse zurückgestellt hatte, wandte er sich an Corrie. »Es gibt Aufzeichnungen der Novizen von Angwil, wenn auch nicht viele. Eine der interessantesten ist sicherlich jene, die Rabas Blutschatten zusammen mit dem Ersten Buch im Schneemeer fand. Ein kleines, dünnes Notizheft, mit tagebuchartigen Aufzeichnungen. Der Novize beschreibt den Weg, den er und die Hüter der restlichen Bücher nahmen. Vor allem aber schildert er den Mechanismus, den sie erdachten, um mit Hilfe des Ersten Buches das Zweite auffinden zu können. Er schreibt von einem Satz Tarotkarten, einem Sichtglas und einer Beinnadel, die sie für diesen Zweck erstanden. Sicherheitshalber ließ er jedoch aus, wie genau diese Dinge zur Anwendung kommen. Die Kombination der Gegenstände im Kästchen lässt mich davon ausgehen, es mit den erwähnten Utensilien zu tun zu haben. Gegen Mitte der Aufzeichnungen, nachdem sie die Verschlüsselung der Bücher vollendet haben, trennen sich die Wege der Novizen.«

Corrie schüttelte zweifelnd den Kopf. »Wie kommt es, dass unter all den Bewohnern der Hundert Inseln ausgerechnet ich, die noch nicht einmal von hier stammt, von diesem Kästchen so angezogen wurde? Jeder andere hätte den Inhalt vielleicht nur angesehen und dann alles weggeworfen, und man hätte nie wieder eine Spur zum Zweiten Buch gefunden.«

»Es gibt doch keinen besseren Platz für die Karten als bei jenen, die selbst mit der Magie verbunden sind, oder?«, sagte Talisienn.

Corrie sah den Vampir stirnrunzelnd an. »Aber weder Silvie noch ich haben irgendwelche magischen Fähigkeiten.«

»Bist du dir sicher?«

Corrie warf Silvana einen kurzen Blick zu, bevor sie den Vampir wieder ansah. Wovon redete er da bloß? »Von uns hat noch nie jemand Magie beherrscht. Ich bin nicht mal mit den Tricks aus den Zauberkästen klargekommen. Die Minihasen in meinem Glas wurden nie zu einem großen, und der Zauberstab ist auch nie wirklich in meiner Hand gewandert. Ich wüsste es, wenn Silvie oder ich über irgendwelche magischen Fähigkeiten verfügen würden.«

»Da solltest du dir nicht so sicher sein.«

Über Corries Nasenwurzel bildete sich eine tiefe, waagerechte Falte. »Wieso sagst du das?«

»Weil Stein eine Menge erfährt und im Gedächtnis behält. Und Stein war es auch, der mir eine Menge über euch beide verraten hat, noch bevor ich heute Abend eure angenehme Bekanntschaft machen durfte. Und ganz besonders erstaunt war ich, als man mir zutrug, dass Silvana unsere vier Gargoyles verstehen kann.«

Corrie sah ihre Freundin mit hochgezogenen Brauen an. Sie erinnerte sich wieder daran, dass Yazeem vor dem Angriff der Feuerwölfe die Namen der Gargoyles erwähnt und dass Silvana sie wiedererkannt hatte.

Diese schüttelte energisch den Kopf. Sie hatte zwar gehofft herauszufinden, was es mit den Stimmen auf sich hatte, aber sie hatte nicht damit gerechnet, selbst magische Kräfte zu besitzen! »Das ist doch Blödsinn. Stein spricht nicht. Und was nicht spricht, kann man auch nicht hören.«

»Das klingt sehr nach dem, was dir deine Mutter früher eingeredet hat«, bemerkte Talisienn ernst.

»Meine …« Silvana stockte mit der Tasse am Mund und sah den Vampir argwöhnisch an. »Woher weißt du davon?«

»Wie ich schon sagte, erinnert sich Stein an so einiges.«

Silvana knallte die Tasse zurück auf die Untertasse. Das Scheppern ließ Talisienn zusammenzucken. »Und ich sage noch einmal, das ist vollkommener Quatsch! Stein spricht nicht!« Sie wollte nicht akzeptieren, dass es tatsächlich an ihr lag. Dass ihre Mutter recht damit gehabt hatte, dass ihre Tochter nicht so war wie andere.

Corrie sah Silvana nachdenklich an. »Aber an dem Tag vor dem Laden und auch später hast du mich gefragt, ob ich etwas höre. Und als Yazeem das erste Mal da war …«

»Dann habe ich mir eben etwas eingebildet!«, schnappte Silvana und funkelte ihre Freundin verärgert an. *Ich bin nichts Besonderes!*

»Wir werden dich hier nicht verurteilen für das, was du kannst«, sagte Talisienn sanft. »Nicht wie die Leute in deinem Dorf früher. Nicht wie deine Mutter, die nur Angst hatte, dass man über sie und dich redet.«

Silvana starrte den Vampir mit einer Mischung aus Entsetzen und Wut an. »Du weißt doch nicht, wovon du redest«, flüsterte sie heiser. Doch es war zu spät. Die Erinnerungen kamen wieder. Alle.

»Natürlich tue ich das«, widersprach Talisienn ruhig. »Die Fähigkeit, die du besitzt, macht dich in unseren Kreisen zu einer Audilapia. Corrie ist nach meinem Eindruck eine Reperisciria – jemand, der unbewusst Dinge anzieht, die wichtig für ihn sind oder es noch werden. Beides seltene, aber nicht unbekannte Fähigkeiten, die euch sicherlich helfen werden bei dem, was euch in Zukunft erwartet.«

»Ich kann nicht mit Steinen sprechen! Steine sprechen nicht!« Silvana hieb zornig mit der flachen Hand auf den Tisch, was die Teetassen klirren und Talisienn erneut zusammenzucken ließ. Donn warf Silvana einen finsteren Blick zu, den diese jedoch gar nicht zu bemerken schien. »Das ist alles völlig absurd! Nur Leute, die nicht ganz richtig sind, glauben, dass sie etwas Besonderes sind!« *Und ich bin nicht verrückt. Ich bin ganz normal. Wie jeder andere auch ... Wem zum Henker erzähle ich das eigentlich?*

Corrie legte ihrer Freundin beruhigend die Hand auf den Arm. »Aber das ist doch nicht wahr, Silvie. Jeder ist auf seine Weise etwas Besonderes, das habe ich dir schon am Abend nach unserer Rückkehr aus der *Magischen Schriftrolle* in der Küche gesagt. Wir sitzen hier gerade mit zwei Vampiren und einem Werwolf am Tisch. Macht uns nicht alleine das zu etwas Besonderem? Wie viele Menschen, glaubst du, haben in ihrem Leben die Chance, so etwas zu erleben? Was zählt es denn schon, was Leute sagen, die keine Ahnung haben?« Sie drückte leicht Silvanas Hand. »Und jetzt mal ganz ehrlich unter besten, sich niemals anlügenden Freundinnen – hast du die Gargoyles wirklich gehört?«

Es war deutlich zu sehen, welchen Kampf Silvana in ihrem Inneren ausfocht. Tränen begannen ihre Augen zu füllen, und sie senkte den Kopf. »Ja«, hauchte sie schließlich.

»Und das konntest du auch schon früher, bevor wir uns kennengelernt haben?«

Wieder nickte Silvana widerstrebend. »Als ich noch ganz klein war. Mutter hat immer gesagt, ich solle mir nicht solche Sachen ausdenken und sie ja keinem erzählen, weil ich dann in ein Heim oder zu anderen Leuten käme, wo es mir ganz schlechtgehen würde. Und weil sie mit einem verrückten Kind ihren Job verlieren würde. Und weil Vater dann wütend werden würde …« Sie begann zu schluchzen. »Und das wollte ich doch nicht.«

»Also hast du es verdrängt.« Talisienn senkte ebenfalls den Kopf. »Es tut mir leid, dass ich es so unsensibel zur Sprache gebracht habe.«

Zunächst wollte Silvana dem Vampir zustimmen, doch dann schüttelte sie den Kopf. Vermutlich war es der einzige Weg gewesen, ihr klarzumachen, was sie konnte. Und Talisienn konnte ja nichts dafür, dass sie insgeheim auf eine andere Erklärung gehofft hatte. »Es ist schon so lange her, aber es verfolgt mich immer noch. Obwohl ich es niemandem außer Mutter erzählte, hatte ich das Gefühl, dass mich jeder im Ort musterte, wenn ich vorbeikam. Als warteten sie nur auf ein Anzeichen, dass ich nicht so bin wie sie, um mich von zu Hause wegzuholen. Deshalb wollte ich später auch unbedingt raus aus dieser Enge, raus in eine große Stadt, wo ich nur eine unter vielen bin, unauffällig, normal – und ja nichts Besonderes.«

»Also deshalb wolltest du nicht nach Woodmoore«, erkannte Corrie. »Gar nicht wegen des fehlenden Fast Foods. Weil du Angst hattest, dass hier wieder alles so werden könnte wie in Castledown.«

»Und so war es dann ja auch«, schniefte Silvana.

»Nicht ganz«, entgegnete Yazeem mit warmer Stimme. »Niemand hier wird dich wegen deiner Fähigkeit auslachen, ausgrenzen oder der Idiotie bezichtigen. Nicht in Woodmoore und nicht im Reich der Hundert Inseln. Nichts läge uns ferner. Ganz im Gegenteil: Als Mensch ist man mit solchen Fähigkeiten bei uns sehr anerkannt. Außer vielleicht bei den Schülern Emolews. Du erinnerst dich doch noch an Kushann Nam'Thyrel, Blutschattens Ersten Offizier, dem wir gestern begegnet sind – ich habe gesagt, er ist ein Mammalikus. Er kann verschiedene Tiergestalten annehmen, das habt ihr selbst gesehen. Aber niemand nimmt ihn deswegen weniger ernst.« Und mit einem Schmunzeln fügte er hinzu: »Auch wenn ich immer versucht bin, ein Stöckchen für ihn zu werfen, wenn er die Gestalt eines Terriers annimmt. Meistens findet er das weniger komisch.«

»Ich finde es absolut faszinierend«, fügte Corrie hinzu. »Ich wünschte, ich könnte die vier vor der Tür auch verstehen.«

»Sie halten nicht viel von deinen Plänen, sie schwarz zu streichen«, murmelte Silvana, während sie in ihrer Hosentasche nach einem Taschentuch suchte.

Corrie kräuselte die Nase. »Wirklich? Na ja, wenn man es weiß ... Müssen wir ja auch nicht.«

»Aber um noch einmal auf deine Fähigkeit zurückzukommen, Silvana«, sagte Talisienn, »nimm sie an. Sie ist ein Teil von dir, so wie Corries Fähigkeit ein Teil von ihr ist oder meine Herkunft mich zu einem Hexer macht und Yazeems ihn zu einem Werwolf. Steh zu ihr, erfreue dich an ihr, nutze sie, damit sie dir helfen kann. Ich bin sicher, du wirst feststellen, wie viel freier du dich fühlst, wenn du merkst, wie nützlich es sein kann, eine Audilapia zu sein.«

Silvana holte tief Luft. Endlich wusste sie, was es mit den Stimmen auf sich hatte. Sie war nicht verrückt. Was hatte sie jetzt noch zu verlieren? »Ich kann es ja versuchen.«

»Ein Schritt in die richtige Richtung«, lobte der Vampir.

Donn erhob sich derweil. »Ich werd wohl besser eine Serviette holen. Ich habe eben erst gewischt.«

»Donnald!«, entfuhr es Talisienn ärgerlich. Und zu Silvana herübergebeugt ergänzte er: »Beachte ihn einfach nicht.«

»Wenn wir beide über magische Fähigkeiten verfügen«, überlegte Corrie laut, »warum kannst du unsere Gestalt dann nicht sehen? Wie die Karten oder wie Yazeem?«

»Leider ist eure Magie nicht sehr stark, weil sie zu lange im Verborgenen geblieben ist. Ich kann sie nicht einmal als schwaches Leuchten erkennen. Aber das wird sich wieder ändern – wenn ihr sie zulasst und weiter nutzt.«

»Reperisciria«, wiederholte Corrie nachdenklich. »Und Audilapia. Hat das wohl einen bestimmten Grund?«

»Alles hat einen Grund, oder nicht?«, entgegnete Talisienn achselzuckend. »Auf jeden Fall muss die Ankunft hier euer bisher verborgenes Inneres geweckt haben. Das ist an sich nichts Ungewöhnliches. In Woodmoore werdet ihr vermehrt äußerlich normale Menschen treffen, die über gewisse, zum Teil auch recht seltsame Fähigkeiten verfügen. Das liegt daran, dass hier die Dichte der Bewohner aus dem Reich der Hundert Inseln oder ihrer Nachkommen verhältnismäßig hoch ist, verglichen mit anderen Landstrichen. Und die Begegnung mit solchen Leuten hat schon seit jeher schlafende Magie in den Menschen geweckt. Es gibt nicht wenige, die als Kind über magische Fähigkeiten verfügen, die irgendwann als kindische Fantasien verurteilt und verdrängt werden, bis sie aufhören zu existieren. In anderen Menschen schlafen sie ewig, weil sie nie die Gelegenheit bekommen, sie anzuwenden. Und bei euch treffen beide Fälle zu. Vielleicht war es ja auch deine Fähigkeit, die dich auf die Anzeige des Buchladens hat antworten lassen? So etwas funktioniert auch, wenn die Magie vor dem Träger noch verborgen und damit schwach ist.«

»Und was kann eine Reperisciria normalerweise tun?«

»Eine Reperisciria im Vollbesitz ihrer Kräfte kann alleine durch bloßes *Wünschen* Dinge geschehen lassen. Deshalb sollte man sich besser nie ihren Zorn zuziehen.«

Im selben Moment kam Donn mit einer Papierserviette wieder, die er Silvana reichte. »Und was ist jetzt mit den Karten und dem Zweiten Buch von Angwil?«, wollte er wissen.

»Wie genau sie zu gebrauchen sind, vermag ich nicht zu sagen«, erwiderte sein Bruder. »Obwohl ich seit dem Auftauchen des Ersten Buches alle noch verfügbaren Aufzeichnungen intensiv studiert habe. Der Novize hat keinerlei Hinweise auf den Gebrauch der Gegenstände hinterlassen. Aber man benötigt das Buch dazu, so viel steht fest. Herauszufinden, was genau zu tun ist, obliegt uns.

224

Und wir sollten besser schnell damit anfangen, um auch die anderen vier Bücher vor Lamassar zu finden. Eines in seinem Besitz würde ausreichen, Angwil für immer auszulöschen und den Untergang unserer beider Welten herbeizuführen.«

»Dürfen wir erfahren, wo sich das Erste Buch befindet?«, fragte Corrie. »Ich meine, wo *genau*. Dass es im Buchladen ist, ist ja schon klar.«

Bevor Yazeem erwidern konnte, dass sie es um ihrer Sicherheit willen besser nicht wissen sollten, hatte Talisienn bereits geantwortet. »Der ›Spiegel der ersten Begegnung‹ birgt das Geheimnis. Und er gibt es nicht preis, wenn man nicht weiß, was zu tun ist. Dafür haben Alexander und ich gesorgt, als das Buch in diese Welt herübergebracht wurde.«

»Der große Standspiegel?«, fragte Silvana.

»Ebenjener.«

Corrie erinnerte sich an eine Bemerkung, die Yazeem gemacht hatte. »Dann könnten nur Alexander und du das Buch wieder an sich nehmen?«

»Ich ja. Aber nicht Alexander.«

Silvana runzelte die Stirn. »Sondern?«

Talisienn lächelte unergründlich. »Scrib.«

»Die Ratte?«

»Er weiß, wie. Aber solange wir nicht wissen, wie der Inhalt des Kästchens zu benutzen ist, sollten wir das Buch nicht aus seinem Versteck nehmen.«

Yazeems Blick wanderte mahnend von Corrie zu Silvana und zurück. »Und ihr beide werdet euch hüten, mit dem Inhalt des Kästchens zu experimentieren, auch wenn du es gefunden hast, Corrie. Diese Sache werde ich an Cryas weitergeben, und er wird dann entscheiden, wen er mit den Nachforschungen beauftragt.«

Silvana nickte. »Keine Einwände. Corrie?«

»Eigentlich nicht. Aber wer soll sich denn um die Lösung kümmern, wenn das Buch weiterhin bei uns versteckt ist?«

Der Werwolf leerte seine Tasse. »Vielleicht wird das Buch auch wieder zurück ins Inselreich gebracht, damit sich ein erfahrener Magier damit befassen kann. Wir werden es sehen.«

Donn warf seinem Bruder einen scharfen Blick zu. »Denk gar nicht daran, dich einzumischen, Talisienn.«

»Wie käme ich dazu?« Der Vampir tastete nach einem Scone und machte es sich in den Kissen der Couch bequem. »Aber ich freue mich jetzt schon auf den Tag, an dem das Rätsel gelöst wird und das Zweite Buch gefunden – ein weiterer Schritt, den wir Lamassar voraus wären!«

KAPITEL 8

Die Stunde der Wahrheit

Nach einer viel zu kurzen Nacht mit viel zu vielen wirren Träumen und kreisenden Gedanken trafen sich Corrie und Silvana am nächsten Morgen in der Küche, in der Yazeem sie bereits am gedeckten Frühstückstisch erwartete.

»Ihr seht nicht besonders ausgeruht aus«, bemerkte er, während er den beiden Freundinnen heißen, duftenden Kaffee eingoss.

Silvana starrte auf ihr verzerrtes Spiegelbild in der schwarzen Flüssigkeit, den Kopf in die Hände gestützt. Einzelne rote Strähnen fielen ihr in die Stirn. »Und darüber wunderst du dich? All das, noch bevor wir den Laden überhaupt eröffnet haben! Was wird uns heute neben den *normalen* Kunden bloß noch erwarten?«

Yazeem zuckte die Achseln. »Anhand der Bestellzettel, die ihr erhalten habt, würde ich sagen: Elfen, Magier, Feen, eine Nymphe und ein freundlicher alter Kobold.«

Corrie seufzte tief. »Und nicht zu vergessen, meine Eltern.«

Silvana sah sie entsetzt an. »Wann haben sie das denn entschieden?«

»Ich hatte die SMS heute Morgen auf meinem Handy.«

»Na super.«

Yazeems Blick wanderte verständnislos zwischen den

beiden Freundinnen hin und her. »Was ist denn daran so schlimm?«

»Das wirst du merken, wenn du sie siehst«, antwortete Corrie. »Sie sind etwas … anstrengend.«

»Freundlich ausgedrückt«, ergänzte Silvana und verdrehte die Augen.

Silvana betrachtete ihr angebissenes Brot. »Irgendwie fehlt mir der Appetit.«

»Sorgt euch nicht zu viel«, beruhigte sie der Werwolf. »Ihr werdet das ganz hervorragend machen. Es sind alles nur Kunden, die auf der Suche nach spannender Lektüre sind. Egal, ob sie aus eurer oder aus unserer Welt stammen. Da ihr beiden Buchhändlerinnen seid, sollte euch das keinerlei Probleme bereiten. Und wenn ihr wirklich nicht weiterwissen solltet, bin ich ja auch noch da.«

Corrie stürzte ihren restlichen Kaffee hinunter und schob den Teller von sich. »Ich schließe dann wohl besser auf. Bevor wir anfangen, daran zu zweifeln, was wir am besten können – Bücher empfehlen.« Sie zog den Schlüssel hervor.

»Euer erster eigener Laden«, lächelte Yazeem aufmunternd. »Wie ihr es euch gewünscht habt. Es ist euer großer Tag. Genießt ihn.«

Also verließen sie gemeinsam die Küche und steuerten auf die Eingangstür zu. Bereits vom Tresen aus war zu sehen, dass die ersten Leute vor den Schaufenstern warteten. Silvana erkannte Mrs Blessing mit einem Korb über ihrem Arm und Mr Watson, der direkt neben ihr stand. Außerdem Mrs Puddle von nebenan mit ihren beiden Corgis Humphrey und Balthasar, die interessiert am Laternenpfahl auf dem Gehweg schnüffelten, sowie Mr Hepworth,

228

den Bürgermeister von Woodmoore, den sie schon kurz nach dem Kauf des Buchladens kennengelernt hatten. Er hatte einen Reporter der ansässigen Zeitung mitgebracht, die Corrie und Silvana bereits von einem Bericht zu den Renovierungsarbeiten kannten. Zwei Männer und eine Frau, die etwas abseits standen, waren den beiden jedoch völlig unbekannt. Der eine war hager und dunkel gekleidet, der andere klein und rundlich mit Spitzbart und Gehstock. Die Frau, die sich in ihren teuren Mantel schmiegte, schien im Licht der Morgensonne ätherisch zu schimmern.

»Das ist gut«, raunte Yazeem und lächelte nach draußen. »Keiner von denen ist kompliziert.«

»Dann kennst du die drei?«, fragte Silvana.

»Ich werde euch mit ihnen bekannt machen. Ihr werdet sehen, alles überaus liebenswerte Kunden.«

Corrie zögerte kurz, bevor sie den Schlüssel ins Schloss schob – dann öffnete sie die Tür mit einem Ruck und strahlte mit Silvana und Yazeem um die Wette. Als die frische Luft ihr entgegenschlug, fiel alle Anspannung mit einem Mal von ihr ab, und alle Erlebnisse der letzten Tage traten in den Hintergrund. »Willkommen, alle zusammen! Wir freuen uns, Sie in Woodmoores neuem Buchladen *Taberna Libraria* begrüßen zu dürfen – wo Sie mehr finden können, als Sie für möglich halten!«

Über die Aufregung der Eröffnung verging die Zeit wie im Flug. Nachdem ihnen der Bürgermeister gratuliert und die Presse sie interviewt hatte, konnten sie sich endlich all den Kunden widmen, die nach und nach in den Laden strömten. Mrs Blessing hatte jede Menge Plätzchen und anderes Gebäck mitgebracht, die sie gegen einen großen

Stapel der blutigsten Thriller, die das Regal zu bieten hatte, tauschte. Silvana kam nicht umhin, sich zu fragen, was hinter der Fassade der liebenswürdigen Bäckerin schlummern mochte. Den Gedanken an *Sweeney Todd* versuchte sie möglichst schnell wieder zu verdrängen, bevor er ihr den Appetit auf die Backwaren verdarb. Mrs Puddle fand überaus großen Gefallen an den blumigen Seifen auf passenden Untersetzern und dem Buch über selbstgebackene Hundekekse. Bevor sich Silvana dem nächsten Kunden zuwandte, beobachtete sie aus den Augenwinkeln, wie die alte Dame Mrs Blessing ansprach – vielleicht würde *Sweet Blessings* demnächst auch vierbeinige Kundschaft anziehen.

Mr Watson, der nur auf einen kurzen Besuch vorbeigekommen war, wanderte durch den Laden und begutachtete zufrieden nickend, was die beiden Freundinnen aus dem Innenraum gemacht hatten. Immer mehr Leute kamen – einige, um etwas zu kaufen, andere, um einfach nur zu schauen und die beiden jungen Frauen kennenzulernen. Yazeem hatte ihnen die etwas ungewöhnlichere Kundschaft vorgestellt: die junge Nymphe Selene, die das Buch über das Schloss in den Wolken bestellt hatte, Mr Marauner, das spitzbärtige Männchen, der erfreut sein *Bestiarium* an sich nahm und ein baldiges Wiederkommen versprach (natürlich nicht, ohne eine weitere Bestellung aufzugeben), und Sabian Cochard, bei dem es sich um eine Fee handelte. Corrie und Silvana stellten erstaunt fest, dass nicht alle Feen so klein waren wie jene, mit denen Veron zusammenarbeitete. Sebastian hatte Menschengröße. Die Flügel hatte er sorgfältig gefaltet unter seinem Jackett verborgen.

Und dann trafen Corries Eltern ein. Corrie befand sich

zu diesem Zeitpunkt am vorderen Tisch genau in der Ein-
flugschneise ihrer Mutter, die hereingeschossen kam wie
ein bunt lackierter Düsenjäger. »Töchterchen-Darling! Wir
haben ja eine Ewigkeit gebraucht, um dich hier zu finden!
Was für ein abgeschiedenes Dörfchen!«

Corrie ließ beinahe die Bücher fallen und wandte sich
angestrengt lächelnd ihrer Mutter zu, die sie mit pinken
Fingernägeln packte und an ihren Patchwork-Pullover
drückte. »Hallo, Mum. Hallo, Dad.«

Hinter ihrer Mutter erkannte sie ihren Vater, der mit
zwei Sektflaschen in den Händen die Ladentür hinter sich
schloss.

Mrs Vaughn schob ihre Tochter ein Stück von sich und
musterte sie mit grünumrahmten Augen. Corrie trug, ganz
ihrer Art entsprechend, eine schwarze Bluse, einen schwarzen Nietenrock, schwarze Strumpfhosen und schwarze
Stiefel. »Ach, Kindchen, und die Haare auch immer noch
schwarz. Dabei würde dir ein Farbtupfer doch so gut tun!«

Mr Vaughn, in maßgeschneidertem hellgrauem Anzug,
stieß seine Frau tadelnd an. »Das wird sie schon noch selbst
merken, Edith. Lass sie die Erfahrung ruhig alleine machen.« Er stellte die Flaschen auf den Büchern ab und ließ
seinen Blick durch den Laden schweifen. »Nicht so übel,
wie ich nach der Fahrt hierher erwartet hatte.«

Corrie, die hastig die Flaschen von den empfindlichen
Büchern nahm, lächelte steif. »Du hast mir ja auch genügend Handwerker geschickt. Und ganz davon abgesehen,
würde ich doch keine Bruchbude kaufen.«

»So habe ich dich auch nicht erzogen.«

Corrie wollte gerade zu einer Antwort ansetzen, als Silvana neben sie trat. »Guten Tag, Mr und Mrs Vaughn.«

»Silvana!« Mrs Vaughn zog auch sie einmal kurz an sich. »Schön, dass du Corrie so bei ihrem Projekt unterstützt.«

Während Corrie versucht war, die Augen zu verdrehen, lächelte Silvana unbeirrt weiter. »Aber gerne doch.«

»Wo sind denn die ganzen Kunden?«, fragte Mr Vaughn. Die beiden Freundinnen blinzelten verwirrt. Schließlich war der Laden noch immer recht gut besucht. Nur offensichtlich nicht in den Augen von Corries Vater, der abschätzig seine linke Braue hob. »Oder ist Woodmoore vielleicht noch etwas zu … *weltfremd* für Literatur?«

»Dad!«, entfuhr es Corrie, und sie warf einen hastigen Blick zu der Kundin, die ihnen am nächsten war. Zum Glück schien sie ihren Vater jedoch nicht gehört zu haben. »Wir haben schon seit heute Morgen durchgängig Kundschaft!«

»Deine Mutter muss ihre Kundschaft jeden Abend mit dem Besen aus dem Laden fegen«, bemerkte ihr Vater mit immer noch kritischem Blick.

Mrs Vaughn schüttelte den Kopf. »Es ist doch gerade erst der Eröffnungstag, Martin. Ich bin sicher, die beiden werden das ganz fantastisch machen.« Sie sah zu Yazeem, der im Gespräch mit einem Kunden war, ihr jedoch kurz zunickte. »Und was ist das für ein schmucker Kerl?«

Corrie folgte ihrem Blick. Schmucker Kerl? Hoffentlich wollte ihre Mutter sie nicht schon wieder verkuppeln. Das war schon mehr als einmal überaus peinlich geworden. »Das ist Yazeem. Er arbeitet für uns.«

Mrs Vaughn sah ihren Mann triumphierend an. »Noch keinen ganzen Tag geöffnet und schon einen Mitarbeiter eingestellt. Mach weiter so, Corrie-Darling.« Und leiser fügte sie hinzu: »Wäre er nicht auch etwas für dich?«

Oh nein, also doch … Corrie fühlte, wie sich ihre Hände zu Fäusten ballten. »Ich glaube nicht, Mum.« Sie lächelte mühevoll. »Danke.«

»Behalt ihn trotzdem im Auge«, flüsterte ihre Mutter verschwörerisch.

»Sicher.« Wer würde sich nicht über einen Werwolf in der Familie freuen? Was wohl Heathcliff, der aktuelle Mops ihrer Eltern, dazu sagen würde? »Möchtet ihr nicht mit nach hinten kommen? Yazeem schafft das hier im Augenblick auch alleine. Wir könnten uns setzen und ich könnte einen Kaffee oder Tee …«

»Ach, papperlapapp, das können wir ein anderes Mal machen. Heute sind wir ja schließlich hier, um den Laden zu begutachten«, winkte ihre Mutter ab. »Aber du könntest schon mal Sektgläser besorgen.« Ihr Blick wanderte zu ihrem Mann, der aufmerksam die Eingangstür beobachtete, durch die gerade zwei lachende Teenager traten. Corrie hatte den Eindruck, als würde er in Gedanken mitzählen, wie viele Kunden den Laden besuchten, um später eine seiner heißgeliebten Statistiken zu erstellen, die sie dann zusammen mit einer Kostendarstellung und einer Liste mit Verbesserungsvorschlägen innerhalb der nächsten Tage per Post erhalten würde.

»Wir wollen doch noch anstoßen. Marty!«

Corrie sah, wie ihr Vater zusammenzuckte, als er seinen Namen hörte. Ihre Mutter nickte in Richtung der Sektflaschen. Doch erst ein zweites, nachdrücklicheres Nicken seiner Frau riss ihn aus seinen Gedanken. »Oh ja, natürlich.«

»Ich werde die Gläser holen«, erbot sich Silvana, als Corrie noch immer keine Anstalten machte, der Bitte ihrer Mutter nachzukommen, und verschwand in Richtung Küche. Da sie Corrie und Yazeem so kurz wie möglich mit Corries nervtötenden Eltern alleine lassen wollte, riss sie rasch die Schranktüren auf, schnappte sich die Gläser und stürmte zurück. Mr Vaughn hatte unterdessen eine der Flaschen mit einem lauten »Plop« entkorkt. Silvana stellte die Gläser kurz auf einem der Büchertische ab, um Platz auf der Theke zu schaffen. Aus den Augenwinkeln sah sie, wie Mr Vaughn im Begriff war, den Sekt direkt auf den Büchern einzufüllen. Corrie riss die leeren Gläser gerade noch rechtzeitig an sich und stellte sie auf die freigeräumte Theke, wo ihr Vater ihnen einschenkte.

»Auf den Laden und dass er euch jede Menge Geld abwerfe!«, prostete Mrs Vaughn und kippte den Alkohol in einem Zug hinunter.

Im Gegensatz zu ihr nahm ihr Mann nur einen kleinen Schluck. Sein Blick wanderte zurück zur Eingangstür.

Auch Corrie und Silvana tranken ihren Sekt etwas verhaltener. Schließlich würde es im betrunkenen Zustand ungleich schwieriger werden, die Vaughns von irgendwelchen Dummheiten abzuhalten und gleichzeitig die Kundschaft ordentlich zu bedienen.

Wie aufs Stichwort wurde Silvana von einer Dame an einem der Lesepulte herangewunken. Corrie sah ihr etwas sehnsüchtig hinterher und wünschte sich statt ihrer Eltern einen besonders anstrengenden, entscheidungsfaulen Kunden. Alles war leichter, als ihre neugierige Mutter von den Entdeckungen fernzuhalten, die es hier zu machen gab. Und die sie nur schwer würden erklären können.

Also folgte Corrie ihrer Mutter dichtauf, als diese, nachdem sie sich nachgeschenkt hatte, in Richtung Geschenketisch schlenderte.

»Entschuldigen Sie bitte.« Eine zerbrechlich wirkende junge Frau schob sich Corrie mild lächelnd in den Weg.

Sie wagte es, den Blick kurz von ihrer Mutter abzuwenden und das Lächeln freundlich zu erwidern. »Ja, bitte? Was kann ich für Sie tun?«

»Ich hatte bei Ihnen ein Buch bestellt. *Die Essenzen des nördlichen Sternmeeres.*«

Corries Gesicht hellte sich auf. »Oh ja, ich glaube, ich habe es im Abholfach gesehen. Folgen Sie mir doch bitte.« Sie warf ihrer Mutter einen verstohlenen Blick zu, doch diese schien gerade nicht Gefahr zu laufen, über etwas Ungewöhnliches zu stolpern.

»Sehr gerne.« Mit diesen Worten schwebte die Kundin hinter ihr her.

An der Theke angekommen, brauchte Corrie nicht lange, um das gewünschte Buch zu finden. »Ms Yorette, richtig?«

Die Frau nickte. Kurz blitzte ein spitz zulaufendes Ohr zwischen ihren langen, golden glänzenden Strähnen hervor.

Mit einer leichten Verbeugung legte Corrie das Buch auf den Tisch. »Kann ich sonst noch etwas für Sie tun?«

»Gütiger Himmel!«

Sowohl die Elfe als auch Corrie zuckten bei dem schrillen Aufschrei zusammen und starrten erschrocken in die Richtung, aus der er gekommen war. Corrie wusste im Gegensatz zur Elfe ganz genau, zu wem die Stimme gehörte. Schließlich kannte sie sie schon ihr ganzes Leben lang.

Wie aus dem Nichts erschien Yazeem an ihrer Seite. »Ich mache hier weiter, geh nur.« Und leise fügte er hinzu: »Ich

235

denke, ich kann deine Gefühle von heute Morgen jetzt nachvollziehen.«

Corrie nickte leidvoll, lächelte der Kundin noch einmal entschuldigend zu und war dann mit drei langen Sätzen bei ihrer Mutter. »Um Himmels willen, Mum«, zischte sie. »Was brüllst du hier denn so rum?« *Bitte lass es nichts sein, was mit den Kunden zu tun hat ...*

Mrs Vaughn leerte ihr Sektglas, legte ihrer Tochter die Hand auf die Schulter und flüsterte ihr ins Ohr. »Du musst jetzt stark sein, Liebes. Ich glaube, ihr habt Ratten.«

Corrie blinzelte zuerst ungläubig, dann jedoch dämmerte ihr, was ihre Mutter gesehen haben konnte. Was hatte Yazeem noch gesagt? Die Gargoyles und ... Leseratten? »Ach was, das ist vollkommen unmöglich«, versuchte sie ihre Mutter zu beruhigen. »Wir haben doch überall renoviert. Und die Handwerker waren auch da. Niemand hat auch nur die Spur einer Ratte ...«

»Liebes, einer der Klienten deines Vaters ist ein guter Kammerjäger«, unterbrach Mrs Vaughn ihre Tochter. »Er kann ihn sicherlich für dich um Rat fragen.«

»Ich komme darauf zurück, wenn sich dein Verdacht bestätigen sollte.« Sanft, aber bestimmt schob sie ihre Mutter zu dem Regal, in dem die Hundekeks-Bücher standen. »Hier, ich hätte da was, was dich sicherlich interessiert. Das wäre doch eine tolle Ergänzung für dein Sortiment, oder?« Dabei schaute sie rasch über die Schulter zu ihrem Vater, der irritiert einem untersetzten Mann hinterherstarrte. Als Corrie genauer hinsah, erkannte sie den Grund dafür: unter dem Hut des Mannes lugte ein Stück Ziegenohr hervor. Für einen Augenblick blieb ihr das Herz stehen. Wie sollte sie bloß einen Faun oder Satyr erklären?

Karneval? Irgendeine Rollenspielveranstaltung? Doch noch während sie fieberhaft nachdachte, schüttelte Mr Vaughn den Kopf und wandte sich wieder dem Eingang zu.

»Ach, Kleines, ich glaube, ich brauche noch ein Schlückchen«, flötete ihre Mutter, drehte sich um und ging zurück zur Theke. Corrie widerstand diesmal nicht der Versuchung, die Augen hinter ihrem Rücken zu verdrehen.

»Seltsam, dass die Schutzzauber die beiden nicht abgehalten haben, den Laden zu betreten, was?« Silvana lächelte ihre Freundin mitfühlend an.

Corrie schmunzelte über die Bemerkung und wollte gerade etwas erwidern, als Silvana in Richtung Eingangstür nickte.

Alex und Mortimer, der fröhlich schwatzte.

Mr Vaughns Kopf ruckte augenblicklich zu der Dogge, und er stierte den Hund aus großen Augen an. Alex errötete leicht und zog das massige Tier am Halsband weiter in den hinteren Bereich der Buchhandlung. Mr Vaughn sah ihnen nach, bevor er kopfschüttelnd erneut an seinem Sekt nippte.

»Oh Mann, das war knapp«, seufzte Corrie.

»Allerdings. Ich sehe zu, dass ich weitere solche … *Situationen* vermeiden kann. Du solltest dich jetzt vielleicht besser wieder um deine Ma kümmern.« Mit diesen Worten ging Silvana auf Mr Vaughn zu.

»In Ordnung«, nickte Corrie und suchte nach ihrer Mutter. Sie stand zum Glück noch immer hinter der Theke, an der Yazeem die Sektflaschen abgestellt hatte, und füllte erneut ihr Glas.

Corrie wollte sich gerade zu ihr begeben, als sie beobachtete, wie Silvana auf dem Weg zu ihrem Vater von einem weiteren Kunden abgefangen wurde.

So ein verdammter Mist, fluchte Corrie innerlich. Das war ja schwieriger, als einen Sack Flöhe zu hüten!

Wie recht sie damit hatte, wurde ihr klar, als sie kurz darauf ihre Mutter eines der »speziellen« Bücher aus dem Abholfach ziehen sah. Immerhin ein Umstand, der Corrie die Entscheidung abnahm, um welchen Elternteil sie sich eher kümmern sollte. Sie eilte zum Tresen, hinter dem ihre Mutter nun ein giftgrünes Buch in den Händen hielt, das abschätzend zurückstarrte.

»Das ist ja wirklich ganz unglaublich, was die heute alles herstellen«, staunte sie, während die tiefvioletten Augen des Buches langsam blinzelten.

Corrie lachte nervös auf. »Äh, ja … ganz erstaunlich, oder?« Sie nahm ihrer Mutter das schuppige Buch aus der Hand und stellte es wieder zurück.

»Ach, dein Glas ist ja leer, mein Kind! Warte.« Ihre Mutter nahm es ihr aus der Hand und füllte es wieder auf. Corrie sah indes hinüber zu ihrem Vater. Dieser stand gerade am Spannungsregal und fixierte entgeistert den Schatten Yazeems, dann wieder den Werwolf und wieder den Schatten. Dann beäugte er misstrauisch sein erst zur Hälfte geleertes Sektglas und stellte es schließlich auf einem der Lesepulte ab. Mit einem, wie Corrie feststellen musste, leicht verstörten Gesichtsausdruck ging er dann zum kleinen Tisch am anderen Ende des Ladens, auf dem sie Kräcker und ähnliche Häppchen aufgebaut hatten.

Die Stimme ihrer Mutter holte sie zurück. »Dann lass uns doch noch einmal anstoßen, mein Schätzchen! Ich bin ja so stolz auf dich!«

»Ähm, ja, Mum, vielen Dank.« Verstohlen schielte sie wieder zurück zu ihrem Vater.

»Stößchen«, trällerte ihre Mutter vergnügt und hielt Corrie, die nur noch sehr mühsam ihr Lächeln aufrechterhalten konnte, ihr Glas entgegen.

Silvana hatte derweil ihren Kunden mit einigen Empfehlungen versorgt und sich seine Bestellung gedanklich notiert. Nun begab sie sich auf den Weg zu Mr Vaughn, den sie bei den Kräckern entdeckt hatte. Besorgt bemerkte sie seinen zerstreuten Gesichtsausdruck und lief ein wenig schneller. Aber Ranish kam ihr zuvor. Sie hatten erst an diesem Morgen die Bekanntschaft des Elfs gemacht, der einen Esoterikladen unweit ihrer Buchhandlung sein Eigen nannte.

»Glückseligkeit«, begrüßte er Corries Vater, der sich an einem der Häppchen verschluckte, gutgelaunt. Ranish klopfte ihm hilfsbereit auf den Rücken. »Na, na, nicht dass die Chakren durcheinanderkommen, was?«

Mr Vaughn schnappte nach Luft und starrte den Elf verwirrt an. »Äh, meine was?«

»Alles in Ordnung, Mr Vaughn? Sie sehen gar nicht gut aus.« Silvana schob sich an Ranish vorbei und sah Corries Vater forschend an.

»Ja ... ich fühle mich tatsächlich etwas ...« Er stockte kurz, als er einen Blick auf Ranishs Ohr erhaschte. Der Elf widmete sich fröhlich summend den Käsehäppchen und zwinkerte ihm zu. »... komisch«, beendete Mr Vaughn seinen Satz und lächelte die Freundin seiner Tochter gequält an. »Überarbeitet, schätze ich.«

Silvana nickte mitfühlend. »Vielleicht sollten Sie sich mal wieder ein paar Tage Ruhe gönnen«, schlug sie vor, während sie gemeinsam den Weg zur Theke antraten, an der Corrie gerade versuchte, ihre Mutter davon abzuhalten, ihr Glas nachzufüllen. Mr Vaughn nickte abwesend.

»Marty, Schätzchen, du bist ja ganz blass!« Mrs Vaughn legte ihrem Mann besorgt die Hand auf die Stirn.

»Ich fühle mich tatsächlich etwas seltsam. Ich denke, es ist das Beste, wenn wir jetzt wieder fahren.« Er wandte sich an seine Tochter. »Tut mir leid.«

»Ach, ist schon gut, Dad. Du siehst tatsächlich nicht gut aus, ruh dich mal lieber aus. Der Laden steht ja noch eine Weile.«

Von den Vaughns ungesehen, warf Silvana ihrer Freundin einen skeptischen Blick zu.

»Schade«, seufzte ihre Mutter und strich Corrie über die Wange. »Aber wir kommen dich sicher noch ein anderes Mal besuchen.«

»Ja, schade«, log Corrie, und Silvana nickte bekräftigend.

»Und feiert nachher noch mit dem Sekt weiter«, fügte Corries Vater hinzu, während er sich zum Gehen wandte. »Ich war deswegen extra bei Jules. Hervorragend und teuer. Aber das sollte meine Tochter mir schließlich wert sein.« Er lächelte dünn.

»Macht es gut, ihr beiden.« Mrs Vaughn umarmte die beiden Freundinnen, dann folgte sie ihrem Mann – jedoch nicht, ohne Yazeem noch einmal zuzuzwinkern.

Als die Tür hinter den beiden zufiel und der Motor gestartet wurde, atmete Corrie hörbar auf und stellte ihren Sekt auf der Theke ab. »Überstanden.«

»Für dieses Mal«, nickte Silvana.

»Was ist denn mit Dad?«

»Er ist bei den Kräckern Ranish in die ›glückseligen‹ Arme gelaufen.«

Diese Vorstellung entlockte Corrie nun doch ein belustigtes Lächeln. Sie konnte sich nur zu gut vorstellen, wie dieses Aufeinandertreffen ihren Vater erschüttert hatte. Hippies und Esoteriker waren ihm schon immer mehr als suspekt gewesen. Dann wurde sie jedoch wieder ernst. »Meinst du, er hat etwas gemerkt?«

»Nein, ich glaube nicht. Er denkt, er ist einfach nur überarbeitet.« Sie zwinkerte ihrer Freundin verschwörerisch zu.

»Ein seltsames Paar«, bemerkte Yazeem, der neben die beiden trat. »Ganz anders als du.«

Silvana stieß Corrie in die Seite und grinste breit. »Zum Glück.«

»Wenn ich irgendwann pinken Nagellack, grünen Lidschatten und violette Haare kombinieren sollte, erschießt mich bitte, ohne nachzufragen«, erwiderte Corrie kopfschüttelnd. »Denn dann bin ich nicht mehr zurechnungsfähig.«

Eine halbe Stunde später saßen Corrie und Silvana alleine im geschlossenen Laden. Yazeem hatte noch eine Besorgung zu erledigen und sich deshalb schon verabschiedet.

Die verkauften Bücher in den Regalen waren zum größten Teil wieder nachbestellt und die Einnahmen im Tresor verstaut, als Corrie das Kästchen samt magischem Inhalt an sich nahm und damit die Treppen zum Spiegelzimmer emporstieg.

Silvana war so mit der Eingabe der Kundenbestellungen

beschäftigt, dass sie den Blick nicht einmal hob, als die vorletzte Stufe vehement knarrte.

Vorsichtig betrat Corrie den Raum und schaltete das Licht ein. Noch immer war der Großteil der ausgestopften Tiere unter den weißen Laken verborgen und bildete eine weite Gebirgslandschaft inmitten der Schränke und Anrichten. Auch der Spiegel war wieder verhängt, nachdem die Feuerwölfe das Tuch heruntergerissen hatten.

Zuerst zögerte sie, dann jedoch zog Corrie das Bettlaken mit einem entschlossenen Ruck herunter – und machte einen erschrockenen Satz zurück.

In den Ästen des Metallbaums, der den Spiegel am oberen Ende einfasste, hockten zwei Ratten. Allerdings keine gewöhnlichen – nicht jene räudigen, braunen, fetten Dinger, die in Hinterhöfen die Mülltonnen zerwühlten und kleine Vögel aus dem Nest raubten. Diese beiden hier sahen überaus gepflegt aus, hatten weiß und grau geschecktes Fell und wache blaue Augen.

»Wir haben sie erschreckt, Scrib«, sagte die eine zur anderen, während Corrie die beiden anstarrte.

»Eine solche Reaktion ist ganz normal«, erwiderte die andere Ratte ruhig und beäugte Corrie mit schief gelegtem Kopf. »Nicht jeder Mensch mag Ratten – genau genommen sind es sogar ziemlich wenige. Das soll angeblich an unseren kahlen Schwänzen liegen.« Er wackelte prüfend mit seiner Schwanzspitze, als wäre sie ein zuckender Wurm.

Corrie schüttelte den Kopf. »Ich habe nichts gegen Ratten – ich habe nur nicht damit gerechnet, euch direkt unter dem Tuch zu finden.« Sie holte tief Luft. »Ich nehme an, ihr seid Phil und Scrib? Yazeem hat euch bereits erwähnt.«

Scrib legte sich eine Pfote an die Brust. »Ah, Phil, mein

Lieber, unser Ruf eilt uns voraus.« Er verneigte sich vor Corrie. »Du hast natürlich vollkommen recht. Mein Name ist Manum Scribere, kurz Scrib, und dies hier ist mein werter Freund und Kollege Bibliophilus, kurz Phil. Und du musst der Stimme nach Corrie sein.«

»Stimmt genau. Belauscht habt ihr uns also schon ... und bei der Eröffnung heute wart ihr offenbar auch im Laden. Warum habt ihr euch nicht schon vorher bemerkbar gemacht?«

Phil zuckte verlegen mit den Schnurrhaaren. »Zum einen wollten wir abwarten, ob ihr den Laden nicht wieder zurückgebt, nachdem die Feuerwölfe hier aufgetaucht sind. Diese Scheusale. Und außerdem wussten wir ja auch nicht, wie ihr auf uns reagiert. Wir hatten ... es kam in der Vergangenheit schon öfter vor, dass ...«

Als sein Freund ins Stocken geriet, beendete Scrib für ihn den Satz. »Gerade Frauen treten gerne nach uns.«

Corrie schüttelte bestürzt den Kopf. »Das würden wir nie tun!«

Phil wiegte den kleinen Kopf hin und her. »Ja, Yazeem hat das auch beteuert ... aber wir waren etwas verunsichert und wollten euch lieber noch ein bisschen beobachten.«

»Du warst verunsichert«, verbesserte Scrib ihn, bevor er seinen Blick wieder auf die Buchhändlerin richtete. »Aber jetzt konnten wir uns ja überzeugen, dass dem nicht so ist.«

»Und welcher Grund führt dich ausgerechnet heute Abend zu uns?«, wollte Phil wissen.

Corrie legte das Kästchen neben sich auf den Tisch. »Yazeem hat gesagt, dass ihr den Spiegel bewacht, und von Talisienn haben wir erfahren, dass sich das Erste Buch von

Angwil darin befindet. Ich würde gerne einen Blick hinein-
werfen. Vielleicht finde ich einen Hinweis auf den Verbleib
des Zweiten.«

»Ein sehr gewagtes Vorhaben«, meinte Phil und fuhr
sich nachdenklich über die Barthaare. »Das Buch ist sehr
gut gesichert, und es hat schon lange niemand mehr danach
verlangt.«

Scrib schnaubte belustigt. »Es war ja auch in den letzten
fünf Jahren niemand mehr hier.«

»Ich würde es mir trotzdem gerne ansehen. Ihr wisst
doch, wie man es aus seinem Versteck hervorholt?«

Scrib zuckte mit den kleinen Rattenschultern. »Warum
nicht, Phil? Sie haben den Buchladen gekauft und das Portal aktiviert. Dann soll Corrie auch sehen dürfen, was wir
hier verborgen halten. Robert hat es schließlich auch gesehen und darin gelesen.«

Phil legte die Ohren an. »Aber es ist doch sicher, da wo
es ist. Was ist, wenn Lamassar herausbekommt, dass es hinter dieser Scheibe ist?«

»Und wie soll er das herausbekommen? Er ist schließlich nicht hier.«

»Und was ist, wenn die Feuerwölfe wieder einfach so
hier auftauchen? Das tun sie immer!«

»Du bist so eine Maus! Die Schutzzauber sind doch von
Alexander und Mortimer wieder aufgeladen worden.«

Phil verschränkte die Pfoten vor der Brust und starrte
seinen Freund beleidigt an. »Ich bin keine Maus, ich halte
nur nichts davon, unnötige Risiken einzugehen.«

»Aber wenn sie es doch sehen will! Sie wird damit schon
nicht durch das Portal verschwinden!«

Corries Blick war während des Streitgespräches zwischen den beiden Ratten hin- und hergewechselt. Schließlich räusperte sie sich. »Das werde ich ganz sicher nicht. Aber wenn wir den Titel des Zweiten Buches und vielleicht auch der restlichen fehlenden Bände herausbekommen würden, könnten wir Lamassar zuvorkommen, bevor er etwas dagegen tun kann. Keiner müsste mehr Angst haben, dass er die Bücher in die Finger bekommt und damit etwas Furchtbares anstellt.«

Phil wiegte nachdenklich den Kopf, während Scrib vehement nickte. »Das ist ein gutes Argument. Nicht wahr, Phil?«

Die Leseratte hielt dem auffordernden Blick seines Freundes nur kurz stand und seufzte schließlich. »Ja, gut. Da ist was dran. Wenn sie denn unbedingt will ...«

Scrib lief am Relief der Frau hinab und setzte sich vor den Spiegel auf den Boden – im Glas konnte Silvana sehen, dass das graue Fleckenmuster auf seinem Rücken einen Totenkopf formte, der sie angrinste. »Nun gut, lassen wir dich einen Blick auf das Buch werfen. Aber du musst genau unseren Anweisungen folgen.«

Corrie ging vor Scrib in die Hocke. »Was muss ich tun?«

»Eigentlich nichts weiter, als einfach durch den Spiegel greifen.«

Corrie schaute skeptisch. »Hindurchgreifen?«

»Tut auch nicht weh«, sagte Phil und verließ ebenfalls seinen Platz im Geäst. Mit raschen Sprüngen setzte er über den Boden und erklomm Corries Arm, um sich auf ihrer Schulter niederzulassen. »Du musst nur ein wenig aufpassen. Nichts weiter.«

»Also gut.« Sie atmete tief durch. »Ich werde es versuchen.«

245

Scrib neigte den Kopf und trat beiseite. »Bitte sehr.«

Behutsam beugte sich Corrie vor und berührte mit den Fingerspitzen die Oberfläche des Spiegels.

»Vorsichtig«, flüsterte Phil auf ihrer Schulter. »Ganz behutsam.«

»Ich gebe mir Mühe.«

Zu ihrem eigenen Erstaunen tauchten ihre Finger durch das kühle Glas hindurch wie durch die Fluten eines stillen Sees. Dahinter war es eisig kalt, und im ersten Moment war Corrie versucht, ihre Hand zurückzuziehen, doch sie tastete sich aufmerksam weiter.

»Du musst bestimmt bis zum Ellbogen hineingreifen«, meinte Scrib neben ihrem Knie und legte nachdenklich den kleinen Rattenkopf schief. »Es ist ziemlich weit drinnen.«

»Ich glaube, ich kann schon etwas fühlen«, sagte Corrie, ohne den Blick vom Spiegel abzuwenden. Sie konnte dort jedoch nur ihr eigenes angespanntes Gesicht und die beiden gefleckten Ratten sehen. Trotzdem war sie sich sicher, mit den langsam taub werdenden Fingern etwas Hartes, Festes berührt zu haben. Sie schob den Arm noch ein wenig weiter durch das Glas, spürte die Gänsehaut bis zu ihrer Schulter kriechen, senkte die Finger noch eine Handbreit tiefer – und fühlte nun tatsächlich einen massiven, kantigen Gegenstand. »Ich hab es.«

»Zieh es ganz vorsichtig heraus«, riet Phil, sprang vor die Spiegeloberfläche und sah Corrie ernst an. »Wenn das Buch seinem Versteck zu schnell entrissen wird, schnappt der Sicherungsmechanismus zu – und das wäre äußerst unangenehm. Für uns alle.«

»Sicherungsmechanismus?«, wiederholte Corrie entgeistert. Wäre ja auch sonst zu einfach gewesen. »Was für einer?«

»Möchtest du lieber nicht wissen«, antwortete Scrib. »Aber er reagiert auf hastige Bewegungen, weil wir davon ausgegangen sind, dass Lamassars Leute das Buch in Eile bergen und fortbringen würden, statt sich Zeit zu nehmen, es aus dem Spiegel zu entfernen. Sollten sie je darauf kommen, wo genau es ist, versteht sich. Deshalb musst du ganz langsam machen. Dann geschieht auch nichts.«

»Versuch einfach, die Oberfläche nicht in ihrer Ruhe zu stören«, fügte Phil hinzu, der kritisch die leicht gekräuselten Ringe betrachtete, die sich um Corries Arm gebildet hatten.

»Ihr seid ja witzig«, bemerkte sie trocken, versuchte jedoch, die Anweisungen der Ratten zu befolgen. Zentimeter um Zentimeter zog sie ihren Arm mit dem Buch im nachlassenden Griff ihrer Finger aus dem Glas heraus, sehr darauf bedacht, dass die glatte Oberfläche in nicht allzu große Schwingungen versetzt wurde.

»Sieht sehr gut aus«, versuchte Scrib sie zu ermutigen.

»Von hier oben auch«, stimmte Phil zu, dessen Nase fast den Spiegel berührte.

»Wehe, du stößt deine Schnurrhaare da rein«, mahnte Corrie, die Phil am liebsten am Schwanz zurückgezogen hätte. Doch die Ratte machte von selbst einen Schritt nach hinten. »Entschuldige bitte. Aber das ist so aufregend! Es hat schon seit Jahren keiner mehr nach dem Buch geschaut – geschweige denn, es aus seinem Versteck genommen!«

»Dann wird es langsam wieder Zeit, findest du nicht?« Vorsichtig zog sie das Buch weiter hervor und legte es schließlich auf den staubigen Fußboden. Aufatmend strich sie mit der Hand darüber. Es sah nicht sonderlich spektakulär aus, hatte stark vergilbte Seiten und einen fleckigen, zum Teil rissigen, rostroten Ledereinband. Zwischen Deckel und Buchblock ragte ein ausgefranstes, dunkelgrünes Lesebändchen hervor.

»Und was machen wir jetzt damit?«, fragte Phil und krabbelte von ihrer Schulter hinunter auf den Buchdeckel. »Willst du einfach ein bisschen darin herumblättern?«

Corrie griff auf den Tisch und nahm die Schatulle, die sie auf dem Basar in Amaranthina von Vincent bekommen hatte. »Nein. Jetzt schauen wir, ob wir nicht herausfinden können, welches Geheimnis sich darin verbirgt.« Behutsam öffnete sie das Holzkistchen, nahm die Karten, die Beinnadel und das Sichtglas heraus und legte alles neben dem Buch bereit.

»Weißt du denn, was du tun musst?«, fragte Scrib neugierig und griff mit seinem Rattenschwanz nach der Linse, um sie zu betrachten. »Und was sind das hier für seltsame Sachen?«

Corrie nahm sie ihm vorsichtig wieder ab. »Sicher bin ich mir nicht. Weder, was diese Dinge genau sind, noch, wie ich sie benutzen muss.«

»Aber du bist dir sicher, dass sie etwas mit dem Buch zu tun haben«, stellte Phil fest, der die oberste Tarotkarte in den Pfoten hielt und sich das Bild des Narren darauf genau ansah.

»Talisienn hat nur gesagt, dass sie dem Novizen gehört haben, der auch dieses Buch bei sich trug. Und dass man sie benutzen kann, um das Zweite Buch von Angwil zu finden«, sagte Corrie. »Aber wie genau das funktionieren soll, weiß ich auch nicht. Schließlich habe ich noch nie mit echter Magie zu tun gehabt.«

»Wie gut, dass sie uns hat, oder, Phil?«

Phil legte die Karte zurück und hüpfte zu seinem Freund. »Ich weiß nicht, das klingt alles doch sehr vage und gefährlich.«

Scrib verdrehte die Augen. »Oh, du bist wirklich unglaublich. Wir reden hier nicht vom Kalusischen Erschaffungsritus!«

»Aber wenn wir was falsch machen …«

»Dann bekommen wir höchstens einen falschen Titel heraus.« Damit wandte er sich wieder an Corrie. »Dann lass mal hören, wo wir deiner Meinung nach ansetzen sollen.«

Corrie zuckte die Achseln. »Talisienn hat gesagt, diese Karten bergen in Verbindung mit dem Ersten Buch Angwils den Schlüssel zum Titel des Zweiten.«

»Ah«, machte Phil und nickte. »Das bringt uns doch gleich etliche Schritte weiter.«

Scrib ignorierte die Ironie in den Worten seines Freundes. »Aber über die Art des Schlüssels hat er nichts gesagt?«, vergewisserte er sich.

Corrie schüttelte den Kopf. »Er war sich nur sicher, dass die Karten, die Nadel und das Glas zur Lösung nötig sind.«

»Wirf doch erst einmal einen Blick ins Buch«, schlug Scrib vor. »Vielleicht bringt uns das ja auf eine Idee.«

»Meinst du, ich kann es so einfach öffnen?«, fragte Corrie unschlüssig.

Die Ratte winkte ab. »Die Bücher selbst wurden mit keinem Sicherungsmechanismus ausgestattet. Dazu blieb Angwil nicht genügend Zeit. Deshalb mussten seine Novizen die Bücher ja auch so gut verstecken. Yazeem und auch Cryas haben schon einen Blick hineingeworfen, und soweit ich weiß, sind beide noch dieselben wie zuvor. Ich denke also nicht, dass du etwas zu befürchten hast. Und Robert hat es auch gelesen.«

»Na gut.« Corrie holte tief Luft, nahm vorsichtig den Buchdeckel zwischen zwei Finger, zögerte noch kurz und klappte dann das Vorsatzpapier auf. Nichts geschah. Erleichtert stieß sie die angehaltene Luft wieder aus.

»Siehst du«, sagte Phil. »Alles in Ordnung.«

»Wisst ihr eigentlich, was drinsteht?«, wollte Corrie wissen, während sie weiterblätterte, um zum Inhaltsverzeichnis zu kommen.

Scrib und sein Freund schüttelten die Köpfe. »Wir passen nur darauf auf. Inhalte sind für uns nicht so wichtig.«

»Dann lest ihr gar nicht? Ich dachte, ihr seid *Lese*ratten.«

»Was bedeutet, dass wir Ratten sind, die lesen können«, erklärte Phil. »Natürlich lesen wir gerne und viel, wenn wir nichts zu tun haben, aber nun, da der Laden wieder eröffnet ist, werden wir wieder unserer Haupttätigkeit nachgehen.«

Corrie runzelte fragend die Stirn. »Die da wäre?«

»Im Laden aufräumen, wenn die Kunden gegangen sind«, erwiderte Scrib stolz. »Wir kommen auch dahin, wo ihr nur kriechen könntet, um heruntergefallene Dinge wieder hervorzuholen und zu ordnen. Um alles, was so liegen gelassen wird oder was herunterfällt, kümmern wir uns.«

»Wir können auch Taschenbücher wegräumen«, fügte Phil hinzu. »Nur keine dicken, gebundenen. Die sind zu schwer.«

»Dann seid ihr zwei also so etwas wie Heinzelmännchen?«

»Nur dass die niemals in einem Buchladen arbeiten würden«, nickte Phil.

»Genau«, bekräftigte Scrib. »Die sind dafür viel zu doof. Die können nur einfache Haustätigkeiten machen. Böden wischen und Löcher stopfen.«

»Also ich finde Löcher stopfen ganz schön schwer«, hielt Corrie dagegen.

Scrib winkte ab. »Aber kein Vergleich zur buchhändlerischen Tätigkeit. Die erfordert Begeisterung, ein gutes Gedächtnis, viel Wissen – und vor allem natürlich, dass man lesen kann.«

Phil hatte vorsichtig seine Nase ins Buch geschoben und besah sich die Überschriften im Inhaltsverzeichnis, das Corrie aufgeschlagen hatte. »Das ist ja eine große Arkana.«

Corrie sah zu ihm hinunter. Tatsächlich waren im ersten Abschnitt 22 Kapitel – die Anzahl der Tarotkarten, die die große Arkana bildeten, den wichtigsten Teil eines Decks. Sie waren Sinnbilder für die Reise eines Helden und spiegelten somit auch die Weltentstehungsgeschichte wider. Und wie bei der Kartennumerierung begann das Inhaltsverzeichnis nicht wie gewohnt mit Kapitel eins, sondern mit Kapitel null. Der zweite Abschnitt listete die zusätzlichen Karten des Decks auf, das sie in der Schatulle gefunden hatte. »Die Kapitel entsprechen den Karten!« Sie nickte zum Stapel.

»Dann müssen sie tatsächlich etwas miteinander zu tun haben«, bemerkte Phil.

Corrie spitzte die Lippen. »Die Frage ist nur, wie genau.«

»Vielleicht musst du erst das ganze Buch lesen, um einen Hinweis zu finden, wie du mit den Karten und dem Rest den Namen des Zweiten Buches herausfinden kannst.«

»Das wäre ganz schön viel Arbeit.«

»Nichts wird einem geschenkt. Schon gar nicht bei Magiern.« Scrib zuckte die Achseln.

»Aber das Buch darf diesen Raum nicht verlassen«, mahnte Phil.

»Also muss ich es hier lesen?«

Seufzend schlug Corrie das erste Kapitel auf, das die Zahl Null trug und mit ›Der Narr‹ überschrieben war. Doch bereits auf der Mitte der Seite runzelte sie die Stirn. »Das ist nichts weiter als eine Erklärung, wie man die Karte deutet. Wie in einem ganz normalen Nachschlagewerk.«

Die beiden Ratten, die den übrigen Inhalt des Kästchens begutachtet hatten, sahen auf.

Scrib, der die Nadel hin- und hergerollt hatte, kratzte sich am Ohr. »Aber eine Verbindung muss es doch trotzdem irgendwie geben.«

Phil starrte derweil fasziniert durch die Linse. Plötzlich quiekte er erstaunt auf. »Sieh mal, Corrie, hier sind Einstiche auf der Karte.«

Corrie hielt inne und ließ das Buch sinken. »Was sagst du?«

Die Ratte wiederholte ihre Worte deutlich aufgeregter und schob das Sichtglas auf der Illustration herum. »Insgesamt fünf Stück. Schau doch.«

Als Corrie sich hinunterbeugte, sah sie feine Einstiche, wie mit der Beinnadel gemacht, und nur sichtbar, wenn man das Glas darüber positionierte. Schnell schob sie Phil beiseite, nahm die Linse und begann, auch die anderen

Karten damit abzusuchen. Im Deck gab es noch fünf weitere, die ebenfalls Einstiche trugen, mal mehr, mal weniger viele. Nachdenklich schob Corrie die Tarotkarten in ihren Händen hin und her. »Wo ist die Verbindung?«

»Welche Karten sind es denn?«, wollte Scrib wissen.

»Der Narr, der Magier, der Turm, der Stern, der Gehängte, der«, sie sah im Inhaltsverzeichnis nach, »der Sonnenflisch und die Igelalge.«

»Öffne doch noch einmal das Kapitel mit dem Narren«, schlug Phil vor.

Corrie blätterte vor, bis das Kapitel null erneut offen vor ihr lag. Sie sah auf die dicht beschriebene Seite hinunter. »Und jetzt?«

»Was könnten die fünf Einstiche auf der Karte wohl mit dem Buch zu tun haben?«

»Vielleicht suchen wir nach dem fünften Wort auf der Seite?« Corrie zählte nach. »Das wäre ›Großen‹.«

»Und der Rest?« Scrib verschränkte seine Vorderpfoten.

»Warte.« Corrie probierte die Methode auch mit den restlichen Karten aus, doch heraus kam nichts, was als Buchtitel hätte durchgehen können.

Scrib schüttelte den Kopf. »Welche Möglichkeit gibt es noch?«

»Die Seitenzahl?«, überlegte Corrie und blätterte bis zur fünften Seite im Narren-Kapitel vor. Sie war ebenso vollgeschrieben wie die anderen. Keine Zeichen, keine Bilder, kein Hinweis. »Nichts Auffälliges. Das ist eine harte Nuss.«

»Sonst wären ja schon andere darauf gekommen.« Scrib stieß Phil an, der die Nadel auf der aufgerichteten Schwanzspitze balancierte. »Hör auf mit den Spielereien.«

253

Durch den Stoß fiel die Beinnadel herunter, drehte sich in der Luft wie ein Turmspringer, beschrieb einen leichten Bogen und blieb schließlich auf einem Wort mitten auf der Seite stecken.

»Habt ihr das gerade auch gesehen?«, fragte Corrie verwundert.

»Los, probier das bei den anderen auch!«, forderte Scrib aufgeregt. »Das war gerade echte Magie.«

Corrie zählte die Löcher in den anderen Karten, schlug das Kapitel auf und zählte dann entsprechend viele Seiten weiter. Erneut ließ sie dann die Beinnadel von ihrer Handfläche fallen, und ein ums andere Mal blieb sie senkrecht in einem Wort stecken, auch wenn dieses außerhalb der Flugbahn lag. Nach der letzten Karte sah Silvana Scrib fragend an. »Hast du dir alles gemerkt?«

Die Ratte nickte, und ein erregtes Grinsen entblößte ihre spitzen Vorderzähne. »Die Worte ergeben ›Der Mond über den Türmen des Meeres‹. Ich würde sagen, wir haben soeben den Titel des Zweiten Buches von Angwil gefunden.«

KAPITEL 9

Die Flucht

Silvana, hol das Liber aus dem Tresor!«, rief Corrie, während sie mit den Ratten die Treppe heruntergepoltert kam.

Ihre Freundin, die noch immer am Kassentresen stand und nun die Nachbestelllisten des Tages durchsah, riss den Kopf hoch. »Was? Wieso?«

»Ich muss unbedingt etwas nachsehen!«

Silvana sah mit gehobenen Brauen von Corries vor Aufregung gerötetem Gesicht zu den beiden Ratten, die auf den Hinterbeinen neben ihr saßen. »Und deine Begleiter sind …?«

»Phil«, antwortete Phil mit einer Verbeugung.

»Und Scrib.« Scrib tat es seinem Freund gleich.

Silvana runzelte zunächst die Stirn, dann hellte sich ihr Gesicht jedoch auf. »Die Leseratten, von denen Yazeem erzählt hat?«

Corrie nickte. »Genau die. Silvana, du wirst es nicht glauben! Ich habe das Buch aus dem Spiegel geholt und dann die Karten … und Phil hat … und die Nadel …« Sie hielt inne, um tief durchzuatmen.

Silvanas Augen verengten sich. »Du hast was? Du kannst doch nicht einfach so einen Alleingang proben, nachdem uns ausdrücklich befohlen worden ist, uns in dieser Sache ruhig zu verhalten. Was mir auch ziemlich lieb gewesen ist!«

255

Corrie war bewusst, dass sie gegen ihre Abmachung verstoßen hatte, war jedoch viel zu aufgeregt, um sich jetzt mit längeren Entschuldigungen aufzuhalten. Stattdessen griff sie Silvana an den Schultern. »Ich glaube, ich weiß jetzt den Titel des Zweiten Buches von Angwil. Yazeem kann es holen. Und dann brauchen wir bald gar keine Angst mehr vor Lamassar zu haben!«

Silvanas Augen weiteten sich, und ihr aufkeimender Ärger war vergessen. »Sag das noch einmal. Und zwar so langsam, dass ich mitkomme.«

»Das Zweite Buch von Angwil«, wiederholte Corrie gehorsam, in einem Ton, als habe sie eine schwerhörige alte Dame vor sich. »Ich kenne den Titel. Wir müssen ihn nur noch im Liber nachschlagen, um herauszubekommen, wo es sich befindet. Dann kann Yazeem es holen!«

Silvanas Blick wechselte zwischen den Ratten, die bekräftigend nickten, und den leuchtenden Augen ihrer Freundin hin und her. »Wenn das wirklich so sein sollte …« Sie strahlte wie ein kleines Kind, das zu Ostern ein Straußenei aus Schokolade im Nest gefunden hat. »Dann ist das ja fantastisch! Gigantisch! Ach was – unglaublich! Ich bin sofort wieder da.« Sie ließ die Bestelllisten unbeachtet auf dem Bildschirm zurück und rannte in den kleinen Raum neben der Küche, um das Liber aus dem Safe zu holen. Binnen weniger Minuten war sie zurück und ließ den großen Band auf den Tresen fallen. »Wie ist der Titel?«

»*Der Mond über den Türmen des Meeres*«, antwortete Corrie hastig.

Unter den gebannten Blicken der beiden Leseratten und ihrer Freundin schlug Silvana die Seite mit dem prunkvoll verzierten ›D‹ auf und konzentrierte sich auf den Titel.

Der Mond über den Türmen des Meeres.

Mit rasender Geschwindigkeit spulte das Liber Panscriptum seinen Wissensschatz herunter, und Tausende von Titeln liefen auf der Seite ein, nur um kurz darauf wieder zu verschwinden und durch einen neuen Titel ersetzt zu werden. Endlich, nach mehreren Minuten, in denen die Frauen und die Leseratten angespannt schweigend zugesehen hatten, hielt der Strom der Worte endlich an, und aus dem Wust an Titeln drängte sich der gesuchte in den Vordergrund, um sich über die gesamte Seite auszubreiten.

Corrie, die das Liber bisher noch nicht in Aktion erlebt hatte, schüttelte fasziniert den Kopf. »Das ist ein erstaunliches Ding, dieses Buch.«

Silvana nickte nur kurz, sie las bereits. »Hier steht es – geschrieben von Theobald dem Älteren. 113 Seiten, bestehende Exemplare: ein Stück. Momentaner Lagerort ...« Sie verstummte.

Corrie sah sie fragend an. »Was ist denn jetzt los? Weiß das Liber doch nicht, wo es sich befindet?«

Silvana antwortete nicht. Sie starrte entgeistert auf den Eintrag. Scrib kletterte behende am Tresen empor und warf selbst einen Blick in das Liber. Auch seine Augen wurden groß. »Hier steht, der momentane Lagerort des Buches ist die *Taberna Libraria*, Woodmoore.«

»Wie bitte?«

»Wirklich.« Die Ratte mit der seltsamen Fellzeichnung knetete aufgeregt ihre kleinen Pfötchen. »Es ist hier. Hier bei uns.«

»Und das Liber verwechselt es nicht versehentlich mit dem Ersten Buch von Angwil?«

Phil schüttelte vehement den Kopf. »Das Erste Buch von Angwil heißt *Von den Strömen des Schicksals.* Das Liber kann sich nicht vertun. Die Buchtitel sind vollkommen unterschiedlich. Davon mal abgesehen, dass sich das Liber ohnehin nie vertut.«

Silvana hatte ihre Sprache wiedergefunden. »Das müssen wir sofort Talisienn erzählen! Vielleicht weiß er, wo Yazeem mit der Suche beginnen kann! Lass uns gleich hinfahren.«

Corrie verdrehte die Augen. »Ich kann mir Donns Gesicht schon lebhaft vorstellen, wenn wir beide jetzt noch, und vor allem unangemeldet, bei ihm anklingeln.« Sie setzte ihr finsterstes, weltverdrossenes Gesicht auf. Dann jedoch zwinkerte sie Silvana grinsend zu. »Aber ich will auch unbedingt Talisienns Reaktion sehen. Also los.«

Silvana schob ihre Freundin bereits zum Garderobenständer neben der Eingangstür, drückte ihr die Jacke in die Hand und warf sich selbst ihren Kurzmantel über.

Corrie runzelte kurz die Stirn. »Kennst du den Weg? Ich nämlich nicht.«

»Du hattest auch schon immer einen lausigen Orientierungssinn.«

Silvana riss die Tür auf und zog Corrie mit sich auf den Gehweg. Corrie seufzte schicksalsergeben. Silvana liebte es, darauf herumzureiten, dass sie sich gerne anhand von optischen Wegpunkten orientierte – und wenn diese sich veränderten oder in der Dunkelheit einfach nur schlecht zu sehen waren, den Weg nicht mehr wiederfand. »Aber wäre es nicht besser, wenn wir mit dem Auto fahren?«

»Weißt du denn, wo deine Schlüssel sind? Außerdem bräuchte ich mal ein bisschen frische Luft.« Silvana eilte mit schnellen Schritten voraus, und Corrie blieb nichts anderes übrig, als hinterherzulaufen.

An der Straßenecke blieb Silvana stehen, schaute suchend nach rechts und links und entschied sich dann für den rechten Weg. Die Pause hatte Corrie ermöglicht, aufzuschließen.

»Ich bin mindestens genauso aufgeregt wie du – vielleicht sogar ein bisschen mehr«, sagte sie atemlos. »Das Zweite Buch von Angwil – nach dem seit Jahren gesucht wird. Und wir wissen, wo es ist. Das ist einfach unfassbar, oder? Aber mal kurz zurück zu meiner Frage von vorhin: Du weißt, wie wir zu Talisienn kommen?«

»Halbwegs.«

»Wie meinst du das, ›halbwegs‹?«

»Ich finde schon hin.« Silvana spurtete so schnell los, dass Corrie Mühe hatte, hinter ihr herzukommen, und zu keuchen begann. »Für solche Wettrennen bin ich zu sehr aus der Übung! Wenn du weiter so läufst, musst du mich den Rest des Weges tragen – weil ich dann nämlich umgefallen bin!«

An der nächsten Kreuzung blieb Silvana erneut stehen. Doch ein ungeduldiges Klopfen mit der Spitze ihres Stiefels auf dem Pflaster konnte sie nicht unterbinden, während sie in den kalten, klaren Sternenhimmel hinaufsah.

Über ihr kondensierte ihr Atem zu einer verspielten Wolke, die sich langsam ausdehnte. Während sie wuchs, hätte sie eigentlich verblassen sollen. Doch das tat sie nicht.

Stattdessen begann sie, die Sterne zu verschlucken.

»Hörst du das auch?«, fragte Corrie, die neben Silvana zum Stehen gekommen war und lauschend den Kopf drehte, während sie nach Luft schnappte.

259

»Was denn?« Silvana konnte ihren Blick nicht von dem seltsamen Schauspiel über ihr lösen. Die Wolke schien mittlerweile deutlich dunkler geworden zu sein.

»So ein Raunen oder vielmehr ein Rauschen, als ob jemand mehrere, schlecht eingestellte Radiosender auf einmal laufen lässt.«

Silvana erstarrte.

Schlagartig war die Wolke über ihr pechschwarz geworden, und genauso schlagartig hörte auch sie die Geräusche, die klangen wie Hunderte Stimmen in verschiedenen Sprachen, die überlagert wurden von einem beständigen Knistern und Knarzen.

Doch die beiden Freundinnen hörten diese Stimmen nicht nur, sie spürten sie auch, als würden sie über ihre Haut kriechen, auf der Suche nach einer Möglichkeit, noch tiefer zu dringen.

Corrie betrachtete ihre Handrücken, auf denen sich die Härchen elektrisiert aufgestellt hatten, während Silvana noch immer zu der amorphen, zerfließenden Finsternis über ihrem Kopf blickte. Vage spürte sie die Hand ihrer Freundin, die sich in den Stoff ihres Mantels krallte und daran zog.

»Komm, Silvie, bitte!«

»Was ist das da oben wohl?«

»Ist mir egal. Die Stimmen und das Ding da oben … Irgendetwas stimmt hier nicht. Lass uns gehen!«

Plötzlich schoss eine Art Klaue aus der Wolke, direkt auf die beiden zu. Mit einem lauten Aufschrei gab Silvana dem Zerren ihrer Freundin so abrupt nach, dass sie Corrie damit beinahe von den Füßen gerissen hätte. Diese taumelte gefährlich, doch sie fing sich wieder. Von Panik erfüllt stürzte sie hinter Silvana her, die so schnell rannte, wie sie nur konnte.

Und obwohl sie das schattenhafte Etwas nun im Rücken hatten, umhüllten die geisterhaften Stimmen sie weiterhin, ließen sie wissen, dass das Schattending ihnen folgte und näher kam. Immer näher.

Corrie glaubte kurz, einen kalten Atemzug im Genick zu spüren und das Schnappen von scharfen Zähnen zu hören.

Hatte Silvana auf dem Hinweg noch geglaubt, nur quälend langsam voranzukommen, so schien es ihr jetzt, als würden sie förmlich am Boden festkleben.

Und dann verschwanden das Kribbeln und der kalte Hauch so jäh, als hätte sich hinter ihnen eine Tür geschlossen.

Abrupt hielt Silvana an und warf Corrie einen fragenden Blick zu.

Sie standen zwischen einer Laterne und einem leise raschelnden Baum, der sich jenseits der niedrigen Mauer einer Einfahrt erhob.

Corrie rang nach Luft und befeuchtete sich die Lippen, erst dann konnte sie etwas hervorbringen, das Silvana auch verstehen konnte. »Ist es weg?«, schnaufte sie.

»Ich habe keine Ahnung.« Silvana wagte es, zurückzublicken, ließ ihre Augen suchend über die Gasse gleiten, in der sie sich befanden. Angst und Anstrengung ließen ihr Herz bis hinauf in die Kehle schlagen, die sich so trocken und kratzig anfühlte, als hätte sie einen dicken Wollschal verschluckt.

»Und wo sind wir hier?« Corrie stützte keuchend die Hände auf die Oberschenkel. Vor ihr kondensierte ihr

Atem in einer kleinen Wolke, die sich sofort wieder auflöste.

»Keine Ahnung.« Silvana sah sich suchend um. Die Häuserfassaden kamen ihr unbekannt vor. Auch den steinernen Mauerwächter an der Einfahrt hatte sie noch nie zuvor gesehen. Aus irgendeinem Grund konnte sie sich des Gefühls nicht erwehren, sich nicht mehr in Woodmoore zu befinden. Nicht einmal mehr in England. Aufmerksam horchte sie in die Nacht. Alles blieb still.

Doch dieser Umstand erfüllte sie nicht mit Erleichterung. Im Gegenteil. Sie spürte, wie das Adrenalin noch schneller durch ihren Körper pulsierte. Ihre Nerven waren aufs äußerste gespannt.

Mit Corrie an ihrer Seite bewegte sie sich langsam rückwärts. Ängstlich blickte sie die Gasse entlang und versuchte vergeblich, etwas Verräterisches zu entdecken.

Plötzlich kam ihr ein altes Rätsel in den Sinn:

Wo versteckt ein weiser Mann ein Blatt?

Im Wald.

Wo also würde sich ein Schatten verstecken?

»Oh Gott …«

In dem Moment, in dem ihr die Tragweite dieses Gedankens bewusst wurde, veränderte sich zu ihren Füßen der Schatten eines Baumes. Verkrüppelte Auswüchse schoben sich auf die beiden Freundinnen zu, und um sie herum setzte erneut das furchtbare Rauschen ein.

Hastig suchte Silvana nach einem Fluchtweg. Wohin sollten sie laufen?

Die Straße hinunter, sagte eine Stimme in ihrem Kopf.

Verwirrt sah sie sich um, während das knisternde Flüstern anschwoll.

Corrie klammerte sich angsterfüllt an den Arm ihrer Freundin. »Was sollen wir jetzt tun, Silvie?«

»Die Straße hinunter und dann links. Dann seid ihr am Laden.«

Silvana starrte noch immer auf den wachsenden Schatten und versuchte den Ursprung der Stimme auszumachen.

»Ich sitze neben dir. Und jetzt lauft endlich! Ich kann seine Kräfte nicht mehr länger zurückhalten!«

Silvana gelang es gerade noch, einen hastigen Blick auf die Wächterfigur auf der Mauer zu werfen, als die Schattenäste plötzlich vorschossen. Das vielstimmige Rauschen wurde zu einem ohrenbetäubenden Kreischen, in das sich der Aufschrei der beiden Freundinnen mischte.

Panisch zerrte Silvana Corrie mit sich, und gemeinsam rannten sie in die Richtung, die der Steinwächter ihnen gewiesen hatte. Das kurze Stück erschien ihnen durch die Angst vor dem Etwas in ihrem Rücken wie eine unüberwindbar weite Strecke. Endlich an der Ecke angekommen, bog Silvana scharf links ab und erblickte erleichtert die erleuchteten Schaufenster des Buchladens.

»Lauft!«

»Er kommt!«

»Beeilt euch!«

»Im Laden seid ihr sicher!«

Die Stimmen der vier Gargoyles hallten in ihrem Kopf, und sie versuchte, ihren Lauf nochmals zu beschleunigen. »Corrie, den Schlüssel! Schnell!«

Stolpernd erreichten sie die Eingangstür, doch Corries Finger zitterten so sehr, dass sie den richtigen Schlüssel am Bund nicht zu fassen bekam.

»Los!«

»*Schneller!*«

»Corrie!« Silvana sah über ihre Schulter.

»Ich versuche es doch schon!«

Auf einmal kratzte es hinter der Tür. Durch das Glas konnten Corrie und Silvana die beiden Ratten am Türrahmen emporhuschen sehen. »Wir versuchen zu öffnen!«, rief Phil, doch seine Stimme klang nur gedämpft zu ihnen. Hastig verschwand er und baumelte kurz darauf neben Scrib von der Türklinke. Aber die Ratten waren zu leicht. Die Klinke senkte sich nicht.

»*Er ist fast da!*«

»Schaukelt!«, rief Silvana den Ratten zu und bewegte die Hand auf und ab. »Mit eurem ganzen Gewicht!«

Corrie entglitt der Schlüsselbund und fiel klirrend auf die Stufen. »Verfluchter Mist!« Sie bückte sich hastig, um ihn wieder aufzuheben.

Scrib und Phil schwangen unterdessen an der Türklinke hin und her und versuchten, sie nach unten zu ziehen. Als der gewünschte Erfolg ausblieb, kletterte Phil auf die Klinke und hüpfte auf und ab. Scrib tat es ihm gleich.

Diesmal gab der Griff ein wenig nach.

»Weiter! Es klappt!«

Als sich die Klinke für einen kurzen Moment weit genug senkte, stieß Silvana die Tür mit aller Kraft nach innen auf. Corrie polterte mit ihr ins Innere. Die beiden Ratten segelten in hohem Bogen über das nächste Lesepult und verschwanden im Schaufenster.

Funken stoben hinter ihnen auf, als der Schatten bei dem Versuch, ihnen zu folgen, gegen den Bannzauber prallte. Die Stimmen gaben eine wütende Kakophonie von sich.

Silvana und Corrie lagen regungslos am Boden, starrten

zur offenen Ladentür und sahen zu, wie der Schatten zurückwich, als würde er Anlauf nehmen, und dann wieder vorschoss. Blaue und rote Blitze zischten in die kalte Nacht hinaus, als er versuchte, die Schwelle zu überqueren.

»Wird das halten?«, fragte Corrie atemlos.

»Das sollten wir hoffen«, gab Silvana zurück. Sie kam mühsam wieder auf die Füße und schlug die Tür mit einem lauten Knall zu.

Die Stimmen heulten erneut auf, doch von draußen klangen sie bei weitem nicht mehr so laut und unangenehm. Seinen Schrecken verlor der Schatten dadurch aber noch lange nicht.

Hinter den Tischbeinen des Lesepultes kamen Phil und Scrib hervorgewankt. Phil hielt sich das rechte Ohr. »Was für ein grässliches Etwas!«, murmelte er.

Corrie nahm die Ratten behutsam auf und setzte sie in ihren Schoß. Es tat gut, ihre weichen, warmen Körper zu spüren. »Danke für eure Hilfe«, sagte sie leise und strich den beiden über das Fell. »Ohne euch hätte er uns garantiert erwischt.« Dann kniff sie geblendet die Augen zusammen. Der Schatten hatte sich erneut gegen die Schaufensterscheibe geworfen und war durch die Schutzzauber aufgehalten worden. Vom gespenstischen Rauschen begleitet startete er einen erneuten Versuch.

»Eine Schwachstelle«, bemerkte Silvana, die zurückgewichen war und den Schatten nicht aus den Augen ließ. »Er sucht nach einer Schwachstelle.«

»Er wird keine finden«, erwiderte Scrib zuversichtlich.

»Und was, wenn doch?«, hielt Phil dagegen. »Was, wenn Alex' Zauber nachlassen? Oder wenn er eine Ecke vergessen hat, die zu klein für einen Feuerwolf wäre, aber nicht zu klein für *ihn?*« Er nickte zu der pulsierenden Schwärze.

Corrie sah die Ratte mit neu entfachter Angst an. »Kann das denn passieren?«

Scrib zuckte die Achseln. »Ich bin kein Experte.«

Silvana machte einen weiteren Schritt zurück, als der Schatten wütend gegen den Zauber anrannte, heftiger und wilder als bei den Malen zuvor. Der Knall ließ den Fußboden erzittern. Bildete sie es sich ein, oder war das Aufflackern des Bannzaubers schwächer geworden?

Corrie war zusammengezuckt. »Silvie? Was tun wir denn jetzt? Wer kann uns helfen?«

Silvanas Kopf ruckte zur Kellertür. »Bestimmt nicht unsere Nachbarn. Selbst wenn sie es mitbekommen sollten. Wir gehen nach Amaranthina. Cryas wird Rat wissen. Komm!«

Scrib nickte. »Eine gute Entscheidung. Beeilt euch. Phil und ich werden versuchen, uns um Angwils Buch zu kümmern.« Er sprang von Corries Oberschenkel. »Und um das Kästchen«, stammelte diese.

Die beiden Ratten nickten.

Silvana half ihrer Freundin auf die Füße und spürte, dass Corrie noch immer zitterte. Gemeinsam starrten sie hinaus zu dem wabernden, lichtlosen Gebilde, das erneut Anlauf nahm.

Als es von einem Funkenregen begleitet abermals gegen die Scheibe prallte, waren jedoch sowohl die Ratten als auch die beiden jungen Frauen verschwunden.

Zwei Minuten später erschienen Corrie und Silvana im Keller der *Magischen Schriftrolle.* Vincents Schreibstube lag verlassen vor ihnen. Nur die Kerze brannte wie immer unbeirrt in ihrer Halterung auf dem Pult. Die beiden Freundinnen fragten sich nicht lange, wo der Faun sein mochte, sondern stürzten durch die Tür auf den Gang hinaus und in den Verkaufsraum.

Hier war es erstaunlich leer. Durch die Kuppel fiel rotgoldenes Abendlicht und ließ die Streben hell aufleuchten. Da sie kein bekanntes Gesicht erblickten, liefen sie zu den Regalen vor Cryas' Büro. Als sie näher kamen, raschelten die Bücher drohend, verhielten sich sonst jedoch passiv.

Silvana holte tief Luft und versuchte, etwas ruhiger zu werden, während Corrie sich immer wieder hastig umblickte. Sie fürchtete, der Schatten könnte ihnen bis hierher gefolgt sein. Aber alles blieb ruhig.

Silvana klopfte. Zuerst zaghaft, dann vernehmlich. Keine drei Lidschläge später wurde die Tür grob aufgestoßen, und Cryas, ein scharfes Wort auf der Zunge, sah verwundert auf die beiden kalkweißen jungen Frauen hinab, die ihm aus aufgerissenen, angsterfüllten Augen entgegenstarrten.

»Das sieht mir aber nach gewaltigem Ärger aus.«

Silvana sah noch einmal suchend über ihre Schulter, aber keiner der wenigen, verstreuten Kunden in der *Schriftrolle* kam ihr verdächtig vor und keiner schien einen falschen Schatten zu besitzen. »Können wir im Büro mit dir sprechen? Es ist dringend, bitte!«

»Aber natürlich.« Der Greif trat zur Seite, um die beiden atemlosen Freundinnen einzulassen. Als sie sein Büro betraten, erhoben Blutschatten und Kushann sich von den beiden Hochlehnern vor dem Schreibtisch. »Ist etwas Schlimmes passiert?«, fragte der Kapitän und spannte un-

267

willkürlich die Muskeln an, als er die äschernen Gesichter der beiden sah. Seine Hand war zu seinem Säbel gezuckt.

Fürsorglich drückte Cryas Silvana auf dem rechten der beiden Stühle nieder. Kushann nahm Corrie sanft am Arm und führte sie zu dem Sitz, auf dem er kurz zuvor noch gesessen hatte. »Was auch immer euch so einen Schrecken eingejagt hat, ist jetzt vorbei. Ihr seid hier in Sicherheit.«

Silvana blickte hastig zur Tür. »Ganz sicher?«

»Hier ist noch niemand Ungebetenes hereingekommen«, nickte der Greif. »Ich hole euch jetzt erst einmal einen Glit. Der wird euch guttun. Und dann könnt ihr erzählen.« Er verschwand im Nebenraum.

»Seid ihr gerade durch das Portal gekommen?«, wollte Kushann wissen.

Corrie nickte abgehackt. »Wir wussten nicht, wohin wir sonst sollten.«

»War Yazeem nicht bei euch?«

Silvana schüttelte den Kopf. »Er hatte noch etwas zu erledigen und ist eher gegangen.«

Cryas, der gerade wieder den Raum betrat, schnaubte ärgerlich. »Hat er denn nichts gelernt? Ich habe extra mit ihm abgesprochen, dass er anfangs *immer* in der Nähe bleibt oder zumindest Vorkehrungen trifft, falls er das nicht kann.«

Blutschatten nahm die dampfenden Gläser vom Tablett und reichte sie den Freundinnen. »Was ist denn überhaupt geschehen?«

Corrie betrachtete schweigend die stark nach Alkohol riechende Flüssigkeit. Silvana stürzte ihr Glas mit ein paar tiefen Schlucken hinunter und fing an, so heftig zu husten, dass ihr die Tränen kamen. »Himmel, ist das scharf!« Sie hustete noch ein paar Mal und holte dann tief Luft. »Wir waren gerade draußen auf der Straße. Nur ein Stück weit vom Laden entfernt. Und plötzlich war da noch etwas. Ein Schatten oder so.«

»Ein Schattenritter?«, fragte Cryas alarmiert.

Corrie schüttelte den Kopf, ohne aufzusehen. »Keine Augen.«

»Aber es hat geflüstert«, ergänzte Silvana. »Mit vielen verzerrten Stimmen.«

»Woher kam der Schatten?«, wollte Kushann wissen.

»Keine Ahnung. Er ist einfach so aus dem Nichts vor uns aufgetaucht. Wir sind zurück zum Laden gerannt, und dieses Etwas ist uns gefolgt. Aber es konnte die Bannzauber nicht durchbrechen, obwohl es mehrere Versuche gemacht hat. Wir hatten Angst, dass es vielleicht irgendwann Erfolg damit haben könnte, und sind durch das Portal geflohen. Wir wussten keinen anderen Weg – es war so grauenhaft.«

»Immerhin haben die Schutzzauber gehalten.« Blutschatten schüttelte den Kopf. »Dennoch ist es höchst beunruhigend, dass der Angriff so kurz nach dem ersten erfolgte und sich nicht mehr nur rein auf den Laden konzentrierte.«

»Lamassar wird gemerkt haben, dass er seine Leute nun nicht mehr einfach so hereinschicken kann«, meinte Kushann, der beruhigend über Corries Schulter strich.

Sie sah ihn mit bebenden Lippen an. »Yazeem hat gesagt, es wäre alles in Ordnung und wir wären sicher.«

»Offenbar nur in der Buchhandlung«, erwiderte Cryas und bedeckte die Augen mit seiner Pfote. »Aber ihr könnt

269

ja nicht den Rest eures Lebens nur noch in diesem Laden verbringen.«

»Könnte Trindall die Bannfelder nicht vergrößern?«, fragte Kushann nachdenklich. »Zumindest so weit, dass sie auch ein kleines Gebiet rund um den Laden herum schützen? Vielleicht können er, Alex und Morty auch Warnzauber aufstellen, die sofort Hilfe herbeirufen, sollte ein Angriff erfolgen.«

»Ein guter Vorschlag«, nickte Blutschatten.

»In der Tat«, stimmte Cryas zu. »Sie sind sicherlich in der Lage dazu.«

»Dann sollte das einer der nächsten Schritte sein.«

Corrie hob zögernd die Hand. »Darf ich kurz etwas fragen?«

Cryas nickte.

»Ist Alexander wirklich so mächtig? Und – Mortimer auch?«

»Aber ja. Man sieht es ihnen vermutlich nicht an, aber in Woodmoore besitzt eigentlich nur Talisienn noch größere Macht.«

»Auch Mortimer?«, fragte Corrie erneut und vergaß darüber sogar kurz den Schatten.

Cryas neigte den Kopf zur Seite. »Mortimer geriet als Welpe zwischen zwei Magier, die sich gerade duellierten. Seitdem hat er beinahe ebenso starke magische Kräfte wie Alexander, der ihn zu sich nahm. Und schließlich haben die beiden ja auch noch Micky. Ihre Kraft ist auch nicht zu unterschätzen.«

Silvana schüttelte den Kopf und holte tief Luft. »Ich kann das alles immer noch nicht glauben.«

»Und es gab wirklich keinerlei Vorzeichen, bevor dieser ... *Schatten* erschienen ist?«, fragte Kushann, der noch immer eine tiefe Falte über der Nasenwurzel hatte.

»Vorzeichen?«, fragte Silvana zurück. »Welcher Art denn?«

»Ein Vibrieren in der Luft? Irgendein dumpfer Ton, ein Flimmern? Seltsame Farben vielleicht?«

Silvana schüttelte den Kopf. »Nein, gar nichts. Und seltsame Farben habe ich nicht mehr gesehen, seitdem ich das Wohnzimmer von Corries Eltern betreten habe.« Sie warf ihrer Freundin einen entschuldigenden Blick zu, diese war jedoch noch mit eigenen Überlegungen beschäftigt.

»Geräusche habe ich schon vorher gehört«, warf Corrie ein. »Wenn auch keinen dumpfen Ton. Da war nur dieses Rauschen, das die ganze Zeit die Stimmen dieses Dings überlagert hat.«

Kushann zupfte gedankenverloren an seinen Ohrringen. »Das kann eigentlich nur eins heißen«, murmelte er, als es plötzlich klopfte und die beiden Freundinnen alarmiert zusammenzuckten. »Wer ist das?«, stieß Corrie hervor. Kushann legte ihr beruhigend die Hand auf die Schulter.

Cryas erhob sich und ging zur Tür. Gerade als er sie öffnen wollte, knallte sie gegen die Wand, und Yazeem stürzte am Greif vorbei ins Büro. Als er Silvana und Corrie sah, atmete er erleichtert auf und straffte seine Gestalt. »Es geht euch gut. Deya sei Dank!«

Blutschatten musterte den Werwolf stirnrunzelnd. »Soweit man das unter den Umständen behaupten kann. Sie sind verständlicherweise ziemlich verängstigt.«

»Wo kommst du *jetzt erst* her?«, fragte Cryas scharf und ließ sich auf den Hintertatzen nieder. »Wie hast du erfahren, wo die beiden sind?«

»Die Gargoyles. Sie haben Talisienn quer durch Wood-moore eine Nachricht zukommen lassen«, antwortete Ya-zeem. »Von Torwächter zu Torwächter.«

»Ich habe dann Yazeem informiert«, erklang die dunkle Stimme des Vampirs, der das Büro hinter dem Greif betre-ten hatte. Er nickte Blutschatten und Kushann zu. »Es ist lange her, Gentlemen.«

»Als die beiden nicht im Buchladen waren, habe ich schon das Schlimmste befürchtet«, sprach Yazeem weiter. »Phil und Scrib haben mir dann vom Schatten erzählt und wohin ihr gegangen seid. Es tut mir so leid, dass ich nicht zur Stelle gewesen bin.«

»Ihre Sicherheit war Teil unserer Vereinbarung«, nickte Cryas ernst. »Der *wichtigste* Teil, um genau zu sein.«

»Immerhin ist der Angreifer nicht an den Schutzzau-bern vorbeigekommen«, verteidigte Talisienn den Wer-wolf, der bei den Worten des Greifs schuldbewusst den Kopf gesenkt hatte. »Solange die intakt sind, kann Ya-zeem davon ausgehen, dass die beiden im Buchladen si-cher sind. Niemand von uns hat ahnen können, dass sie auf offener Straße angegriffen werden könnten. So etwas ist bisher noch nie vorgekommen. Lamassar hat immer nur den Laden und das verborgene Buch im Fokus ge-habt.«

Kushanns Miene verfinsterte sich. »Ihr wisst, was es be-deutet, wenn ein Schatten ohne Vorzeichen angreift«, sagte er. Er strich Corrie über den Rücken und lächelte ihr auf-munternd zu. »Du solltest den Glit austrinken. Er wird dir guttun und dir helfen, dich zu sammeln.«

Talisienn neigte den Kopf. »Ich denke, ich weiß, worauf du hinauswillst.«

Eine Weile herrschte Schweigen. Corrie und Silvana sahen fragend von einem zum anderen, wagten jedoch nicht, zu sprechen.

Schließlich seufzte Cryas. »Es bedeutet, dass er nicht von hier aus beschworen, sondern von jemandem in Woodmoore ausgesendet wurde.«

Talisienn nickte stumm.

»Wer wäre zu so etwas in der Lage?« Der Greif umrundete seinen Schreibtisch und ließ sich schwer in die Kissen fallen. »Wie mächtig muss man dafür sein?«

»Nicht sehr«, antwortete Talisienn. »Solch ein losgelöster, kontrollierbarer Schatten ist vielen Kreaturen von Natur aus eigen. Einem Untoten beispielsweise. Oder auch einem Nachtmahr. Oder einem Ghul.«

»Solche Wesen befehligt Lamassar nicht.« Cryas' Brauen verengten sich. »Die Schattenritter sind die einzigen Alptraumgestalten, die unter seinem Kommando stehen. Jedenfalls bisher.«

Der Vampir drehte die Handflächen nach oben. »Aber ein Schattenritter ist selbst ein Schatten. Er besitzt keinen, den er befehligen könnte.«

»Wir müssen unbedingt herausfinden, woher diese neue Teufelei stammt und wer dafür verantwortlich ist.« Der Greif schenkte sich etwas Tee aus einer eimergroßen Kanne nach. »Und vor allem, warum der Angriff ausgerechnet jetzt erfolgte.«

Silvana räusperte sich. »Ich denke, zumindest diese Frage können wir vielleicht beantworten.«

Die Blicke aller Anwesenden richteten sich auf die beiden Freundinnen.

»Sag es ihnen, Corrie.«

Corrie atmete tief durch. »Okay. Also, ich war heute Abend im Spiegelzimmer. Zusammen mit Phil und Scrib. Ich habe das Buch aus seinem Versteck geholt. Und die Tarotkarten aus dem Kästchen. Und …« Sie stockte kurz. »Ich weiß, wir sollten uns eigentlich heraushalten. Aber … Es hat funktioniert. Wir kennen den Namen des Zweiten Buches von Angwil. Deshalb waren wir ja überhaupt draußen. Wir wollten zu Talisienn, als der Schatten auftauchte.«

Hinter dem Schreibtisch klirrte es. Cryas war seine Teeschale aus der Pfote gefallen und auf der Holzplatte in zwei Teile zerbrochen. Doch er beachtete den See aus Tee, der an den geschnitzten Ranken hinablief, nicht. »Du hast … Nicht möglich!«

Auch die anderen Anwesenden starrten Silvana und Corrie entgeistert an, nur Talisienn verzog die schmalen Lippen zu einem anerkennenden Lächeln. »Ich wusste, dass ihr dazu in der Lage seid. Das Kästchen hat durch Corries Kraft seinen rechten Platz gefunden.«

Silvana fuhr es plötzlich durch Mark und Bein. »Was ist eigentlich mit dem Liber? Wir haben es auf der Theke liegen lassen, als wir in den Keller geflüchtet sind …«

»Keine Sorge«, brummte Yazeem, »das habe ich rasch wieder eingeschlossen, bevor wir hergekommen sind.« Er fuhr sich mit der Hand durch die Haare und kratzte sich am Kopf. »Das Zweite Buch Angwils? Das ist … unglaublich.«

»Wie groß ist die Wahrscheinlichkeit, dass der Schatten erfahren hat, wie der Titel lautet?«, wollte Cryas wissen.

Talisienn zuckte die Achseln. »Das kommt darauf an. Hat einer von euch den Titel laut ausgesprochen, während er euch nahe war?«, wollte er von den beiden Freundinnen wissen.

Corrie und Silvana dachten angestrengt nach und schüttelten schließlich beide den Kopf. »Haben wir nicht«, antwortete Silvana mit Bestimmtheit.

»Dann ist es sehr unwahrscheinlich«, stellte Talisienn fest. »Schatten können keine Gedanken lesen. Nur das aufschnappen, was gesprochen wird. Aber er wird seinem Herrn berichten, dass der Aufenthaltsort bekannt ist, denn solche Äußerungen werden sicherlich gefallen sein, nehme ich an?«

Diesmal nickten die beiden jungen Frauen.

»Wisst ihr auch noch, wo sich das Buch befindet?«, fragte Blutschatten, der bisher nur den Ausführungen gelauscht hatte.

»Das ist der eigentliche Punkt, weshalb wir Talisienn sofort Bescheid geben wollten«, antwortete Silvana und holte tief Luft. »Laut Liber Panscriptum soll es sich bei uns im Buchladen befinden.«

Entgeistert ließ Cryas seine mächtigen Tatzen auf die Tischplatte fallen und zerteilte dabei die ohnehin schon zerbrochene Tasse in weitere Scherben. »In Woodmoore? Wie kann das sein?«

»Nicht zu glauben«, murmelte Yazeem und sah abwechselnd Corrie und Silvana an, als wartete er darauf, dass eine von beiden das gerade Gesagte zum Scherz erklärte.

Auch Blutschatten und sein Erster Offizier wechselten fassungslose Blicke. Einzig Talisienns Lippen umspielte ein Lächeln, das mehr belustigt als ungläubig wirkte. »So dicht vor unseren Nasen versteckt. All die Jahre.«

»Dennoch hat seine Entdeckung die Aufmerksamkeit

unserer Gegenspieler auf sich gezogen«, gab Cryas zu bedenken. »Sein Versteck zu finden und es zu bergen, sollte jetzt eines unserer vorrangigen Ziele sein, bevor Lamassar es an sich nehmen kann – vermutlich würde er es zerstören, und dann könnte Saranus' Geist seine alten Pläne ungehindert fortsetzen.«

Blutschatten sah den Greif ernst an. »Dann sollten wir keine Zeit mehr verlieren.«

Corrie senkte den Kopf. »Und das ist alles meine Schuld. Nur, weil ich mal wieder nicht die Finger davon lassen konnte.«

Silvana kam nicht umhin, Corrie in Gedanken zuzustimmen. In genau solch eine Situation zu kommen, hatte sie schließlich befürchtet. Aber was geschehen war, war geschehen. Und jetzt galt es, das Beste daraus zu machen. »Das bekommen wir hin«, versuchte sie deshalb, ihre Freundin zu trösten. »Und wenn das bedeuten sollte …«

Unvermittelt wurde die Tür am Ende des Flurs zu Cryas' Büro mit einem erneuten Knall aufgestoßen, der diesmal nicht nur die beiden Freundinnen zusammenschrecken ließ. »Talisienn!«

Das war unverkennbar die Stimme von Donnald McCaer, der gleich darauf wutschnaubend im Raum erschien und die Anwesenden anfunkelte.

»Das musste ja kommen«, murmelte Talisienn.

Cryas musterte den Vampir nachdenklich. »Du hast nicht geklopft, Donn.«

Der Angesprochene starrte den Greif wütend an. »Nein«, schnappte er.

»Und ich habe dir nicht die Tür geöffnet.«

»Nein. Aber …« In diesem Moment schien Donnald

den Sinn der Worte zu begreifen, und seine Gesichtszüge entglitten ihm. »Das … nein! Nicht!«

Doch die Luft um ihn herum begann bereits zu wabern und zu vibrieren, goldene Wirbel bildeten sich um ihn herum, wie kleine Tornados. Der Vampir wurde emporgehoben bis unter die Decke des Büros, wo der Wirbel ihn um seine eigene Achse drehte, vorwärts, rückwärts, dass einem schon beim Zusehen schlecht wurde. Schließlich rauschte der Wirbel mit Donnald in seinem Inneren quer durch den Raum, pfiff durch die Ecken und fegte über den Teppich, bevor er den Vampir wieder zwischen Talisienn und Yazeem absetzte.

»Du hast die Zauber in Cryas' Büro vergessen«, bemerkte Talisienn sanft. »Du weißt doch – immer erst klopfen.«

Donnald konnte nur mit den Augen rollen und das Gesicht verziehen. Der Rest von ihm war durch den magischen Bann eingefroren worden. Wie eine Salzsäule stand er auf dem Teppich, dessen Bewohner ihn neugierig von unten betrachteten.

Cryas stieß einen Seufzer aus. »In ein oder zwei Stunden ebbt die Wirkung ab, keine Sorge. Sie hinterlässt auch keine bleibenden Schäden.« Er sah in die Runde. »Wo waren wir stehen geblieben? Ach ja, das Buch. Rabas, du hast es selbst schon gesagt. Es muss rasch gefunden werden, bevor es jemand anders tut.«

»Dann ist es Zeit, in den Buchladen zurückzukehren«, nickte der Dunkelelf.

»Können wir vielleicht erst einmal hierbleiben?«, fragte Silvana vorsichtig. »Ich möchte ehrlich gesagt nicht zurück, solange der Schatten wiederkehren kann.«

»Ich auch nicht«, fügte Corrie zaghaft hinzu. »Jedenfalls nicht sofort.«

»Ich werde Alexander bitten, zum Laden zu kommen«, warf Yazeem ein. »Er soll den Verbleib des Schattens klären und Wachzauber in der Umgebung aufstellen.«

»Das wird das Sicherste sein.« Cryas wiegte nachdenklich den mächtigen Kopf, während er sich über die Nackenfedern strich. »Bis du dich wieder meldest, werden Corrie und Silvana hierbleiben. Vincent oder Veron werden sicherlich noch Platz bei sich daheim finden.«

»Aber gehen wir einmal davon aus, dass der Schatten doch in irgendeiner Form zu Lamassar gehört«, wandte Yazeem ein, »wird er ihm dann nicht Bericht erstatten, dass die beiden sich hier befinden? Sicherlich hat er mitbekommen, dass sie das Portal im Keller aufgesucht haben. Also weiß er möglicherweise bereits, wo sie sind. Wenn er sie wirklich haben will, wird er Vulco schicken.«

»Vermutlich.«

Als hätte er es mit seinen Worten heraufbeschworen, erklang erneut ein nachdrückliches Klopfen an der Bürotür.

Cryas rollte mit seinen großen roten Augen. »So langsam wird es hier ganz schön eng.« Dennoch erhob er sich, um zu öffnen.

An ihm vorbeigestürzt kam diesmal Vincent, der sich auf seinen kurzen Bocksbeinen fast überschlug. »Feuerwölfe«, keuchte er und deutete mit der Hand in Richtung Verkaufsraum. »Mit Vulco. Sie suchen die beiden jungen Frauen aus Woodmoore, sagt er.« Erst da schien er Corrie und Silvana zu bemerken, die ihn beunruhigt von ihren Plätzen aus anstarrten. Auch die übrigen Anwesenden nahm er offenbar erst jetzt wahr. »Oh, da seid ihr ja sogar

278

wirklich. Was tut ihr alle hier? Habe ich etwas verpasst?«
Fragend warf er einen Blick in die Runde.

»Keine Zeit für Erklärungen«, warf Yazeem ein. »Wie
viele Feuerwölfe sind es?«

»Ein gutes Dutzend«, antwortete der Faun. »Marsh und
Veron haben sich ihnen in den Weg gestellt. Aber ein Dutzend sind auch für die Eiskatzen zu viel.«

Cryas überlegte rasch. »In diesem Fall ist es für euch auf
Amaranthina doch nicht sicher. Yazeem, du wirst dich um-
gehend mit Alexander in Verbindung setzen, damit Corrie
und Silvana keine unliebsamen Überraschungen mehr in
Woodmoore erleben.«

Yazeem neigte den Kopf. »So sei es.«

»Also müssen wir doch wieder zurück?«, fragte Corrie
unbehaglich. Die Angst kroch in ihre Augen zurück, während sie die Anwesenden fragend musterte.

»Das könnte eine schlaflose Nacht werden.« Silvana
blickte erschöpft zu Boden.

»Sorgt euch nicht. Ich werde euch zurückbegleiten«,
schloss Talisienn mit einem leisen Lächeln. »Ich bin mir
sicher, dass auch ein Hexer zu eurem Schutz von Nutzen
sein kann.«

Donnald sah aus, als ob er jeden Moment explodieren
würde; seine Augen wurden groß und rund, und seine
Hautfarbe wechselte zwischen Kreideweiß und Purpurrot
hin und her, doch er konnte nichts weiter tun, als starr in
seiner Position zu verharren.

»Und ich bin ja auch noch da«, fügte Yazeem beschwichtigend hinzu. »Dieses Mal bleibe ich auch.«

»Also, unter diesen Umständen«, sagte Silvana und
brachte eine Art unsicheres Lächeln zustande, »sollten wir

wohl versuchen, unsere Furcht zu bezwingen und uns zurückwagen. Gleich wieder auf das Pferd steigen, wenn es einen abgeworfen hat. Oder so.« Sie runzelte nachdenklich die Stirn, als müsste sie überlegen, ob ihr Vergleich gepasst hatte. Schließlich war sie noch nie geritten …

Corrie atmete tief durch, blickte in ihr Glas und stürzte das Glit ihre Kehle hinab. Als der Hustenanfall nachließ, wischte sie sich die Tränen von den Wangen und seufzte. »Diesmal habe *ich* dann wohl keine Wahl. Also gut. Gehen wir zurück.«

Blutschatten räusperte sich. »Darf ich auch noch etwas dazu sagen?«

Kushann sah seinen Kapitän mit einem schiefen Grinsen an. »Wenn du sagen möchtest, dass du die beiden jungen Damen ebenfalls zurückbegleitest, würde ich mich dem anschließen, Sir. Wir sollten nur jemanden zurück zum Schiff schicken, damit Christine unseren Verbleib erfährt.«

»So wie es aussieht«, sagte Blutschatten und streckte sich, »sind mir meine Worte wohl aus dem Mund genommen worden. Dann sollten wir jetzt versuchen, ungesehen zum Portal zu gelangen. Nutzen wir die Zeit, die uns Veron und Marsh verschaffen. Vincent, sei bitte so gut und sag unserem Bootsmann Tjero, dass er uns folgen soll. Cryas, könntest du Christine an Bord der *Pandemonium* über die Geschehnisse hier in Kenntnis setzen?«

Cryas nickte. »Ich werde einen meiner Taschendrachen zu ihr schicken.«

Blutschatten lächelte zufrieden und sah Corrie und Silvana an, die sich erhoben hatten. »Ihr nehmt Talisienn zwischen euch. Yazeem nimmt Donn. Kushann bildet die Nachhut.«

Die hellen Augen des Ersten Offiziers funkelten unternehmungslustig, und er neigte den Kopf. »Aye, Sir.«

Der Nachtelf sah noch einmal in die Runde, dann straffte er seine Gestalt. »Also, wenn keine Fragen mehr sind – brechen wir auf.«

KAPITEL 10

Die Rückkehr

Fazeem war der Erste, der den Laden wieder betrat. Aufmerksam sah er sich um, doch keiner seiner Sinne kündete von einer drohenden Gefahr. Er nickte den anderen auffordernd zu und ging weiter.

Silvana folgte ihm mit Talisienn an ihrem Arm, blieb aber unsicher am oberen Treppenabsatz stehen und ließ ihren Blick über die Regale schweifen, als rechnete sie jeden Moment mit einem erneuten Angriff des Schattens – oder Schlimmerem.

»Hab keine Furcht«, raunte ihr der Vampir beschwichtigend ins Ohr. »Innerhalb dieser Mauern seid ihr vollkommen sicher, das garantiere ich dir. Und außerdem bist du ja nicht alleine hier.«

Silvana holte tief Luft und straffte die Schultern. »Vermutlich hast du recht.«

Talisienn lächelte zuversichtlich. »Wem könntest du in diesem Punkt mehr Glauben schenken als einem Hexer? Komm.« Er zog sie tastenden Schrittes etwas weiter, damit auch die anderen aus dem Keller emporsteigen konnten.

Corrie tat es ihrer Freundin gleich. Forschend blickte sie durch den Laden, betrachtete misstrauisch jede dunkle Ecke, immer in Erwartung einer Bewegung, die dort nicht hingehörte. »Der Schatten ist sicher verschwunden?«, fragte sie vorsichtig.

Yazeem, der in Richtung Küche vorausgegangen war, drehte sich um. »Schon als Talisienn und ich hier angekommen sind. Phil und Scrib haben uns kurz berichtet, was geschehen ist. Die Gargoyles waren noch völlig außer sich und haben nur wild durcheinandergeredet.«

»Kann ich mir sehr gut vorstellen«, erwiderte Corrie mit einem hastigen Blick in Richtung der Eingangstür. »Immerhin war ihnen der Schatten noch sehr viel näher als Silvana oder mir. Und sie konnten nicht flüchten.«

»Da fällt mir noch eine Sache ein, die ich gerne fragen würde«, bemerkte Silvana und drückte kurz Talisienns Arm, um ihm zu signalisieren, dass er gemeint war.

»Bitte.«

»Können Gargoyles Magie ausüben?«

Talisienn nickte. »Wenige. Nur solche, die sehr alt sind und über eine besondere Macht verfügen. In ganz Woodmoore sind mir nur zwei Steinwächter bekannt, die dazu in der Lage sind. Deine Frage lässt mich vermuten, dass ihr einem davon begegnet seid, als der Angriff stattfand?«

»Er sitzt nicht weit von hier neben einer Einfahrt«, bestätigte Silvana. »Er sagte, dass er den Schatten nicht länger zurückhalten könne, aber für uns war es gerade ausreichend – ohne seine Hilfe hätten wir ganz sicher nicht entkommen können.«

»Nicht weit von hier«, wiederholte Talisienn nachdenklich. »Das sollte Fiann sein, oder, Yazeem?«

»Ist er«, bestätigte der Werwolf. »Gavin sitzt auf einem Eckpfeiler unweit des Rathauses.« Dann blickte er fragend in die stehende Runde. »Setzen wir uns noch einen Moment? Dann würde ich noch einen Kaffee kochen.«

Corries Gesicht hellte sich merklich auf. »Also ich hätte

wahnsinnig gerne einen. Einen großen. Mit viel Milch und Zucker.«

Blutschatten nickte ebenfalls zustimmend. »Es ist schon eine Weile her, seit wir zuletzt in den Genuss gekommen sind.«

»Wenn es dir nicht zu viel Mühe macht, hätte ich lieber einen schwarzen Tee«, warf Talisienn ein.

»Macht es nicht«, versicherte der Werwolf und verschwand durch die Küchentür.

Blutschatten fuhr unterdessen mit den Fingern über das dunkle Holz der Regale. »Gesäubert und poliert, aber immer noch dieselben«, stellte er fest. »Und dennoch hat sich einiges verändert.« Er sah zu den champagnerfarbenen Wänden und den dort angebrachten Holzschildern, die den Kunden den Weg zu den jeweiligen Genres wiesen.

»Vielerlei«, stimmte Tjero zu, der den noch immer erstarrten Donnald getragen hatte und ihn nun neben dem Tresen abstellte. Der breitschultrige Bootsmann der *Pandemonium,* der in der *Roten Flut* den Arm des Rollnesslers abgetrennt hatte, war auf dem Rückweg zu ihnen gestoßen. Interessiert betrachtete er den Computer mit dem flachen Monitor neben der Kasse. Den Handscanner musterte er länger. »Waffe?«

Corrie hob abwehrend die Hände. »Oh nein, das ist ein Scanner. Damit kann die Kasse erkennen, welches Buch gerade verkauft wird, und zeigt automatisch den Titel und den Preis an, den der Kunde zahlen muss.«

»Wie das verzauberte Papyrus bei Cryas«, erklärte Kushann.

Tjero nickte. Dann wandte er sich den Büchertischen im

Eingangsbereich zu und las neugierig die verschiedenen Titel auf den Einbänden.

»Also ich finde es hier durchaus gemütlich.« Kushann drehte sich einmal im Kreis. »Besonders die Lesepulte gefallen mir. Robert hatte nur ein paar von diesen alten, abgewetzten Sesseln, wenn ich mich richtig erinnere.«

»Tust du«, nickte Blutschatten. »Und ziemlich wackelige dazu.« Er sah Corrie und Silvana fragend an. »Wohin wollen wir uns setzen?«

Corrie deutete in Richtung der Kinderbuchabteilung. »Dort auf das Sofa.«

Sie wollte mit Silvana und Talisienn vorausgehen, doch der Vampir blieb jäh stehen, den Kopf geneigt, als lausche er auf etwas, das nur er wahrnahm. »Ich spüre etwas.«

Corrie starrte ihn ebenso entsetzt an wie Silvana, die ihre Finger in die Handflächen grub. »Der Schatten?«

Hinter ihnen zuckte Blutschattens Hand zu seinem Säbel. »Von wo kommt es?«

Beschwichtigend hob Talisienn seine schlanke Hand. »Es droht keine Gefahr. Es gibt jedoch eine Disharmonie in den Schwingungen des Bannfeldes. Was ist dort?« Er wies mit dem Arm in Richtung der hohen Scheiben.

»Das Schaufenster«, antwortete Corrie.

»Und daneben ist die Eingangstür«, fügte Silvana hinzu.

Der Vampir runzelte deutlich die Stirn. »Hat der Schatten hier die Zauber attackiert?«

»Mehrfach.« Silvana schauderte sichtlich bei der Erinnerung an das Kreischen der Stimmen und den wiederholten Funkenregen, den der Schatten verursacht hatte, als er gegen die Schutzzauber angestürmt war.

»Mit einem so massiven Angriff hat niemand von uns

gerechnet«, sagte Talisienn kopfschüttelnd. »Auch nicht Alexander. Der Bann ist an dieser Stelle stark geschwächt, wenn auch vermutlich nicht so sehr wie zum Zeitpunkt von Vulcos erstem Angriff. Das hat noch Zeit bis später.«

Silvana spürte, wie der Vampir neben ihr leicht wankte und trat rasch vor ihn, um ihn zu stützen.

Auch Blutschatten war sofort bei ihm.

Donnald, der am Tresen nur untätig zusehen konnte, wurde noch bleicher als gewöhnlich und rollte mit den Augen wie ein chinesischer Dämon. Anders konnte er seiner Verzweiflung momentan keinen Ausdruck verleihen.

»Was hast du?«, fragte Silvana mit einem besorgten Blick in Talisienns Gesicht.

Die Lippen des Vampirs bebten leicht, dennoch lächelte er beschwichtigend. »Wenn ich mich setze, wird es besser werden. Der Abend war wohl etwas zu anstrengend für mich, wie mir scheint.«

»Ich wollte dich schon längst gefragt haben, was mit dir geschehen ist, seit wir uns das letzte Mal begegnet sind«, brummte Blutschatten, der Talisienns rechten Arm genommen hatte.

Der Vampir schüttelte kaum merklich den Kopf. »Ein anderes Mal, Rabas. Heute Abend müssen wir wichtigere Themen besprechen.«

Silvana warf Corrie einen kurzen Blick zu, den ihre Freundin jedoch nur mit einem Achselzucken beantworten konnte. Natürlich hätten auch sie gerne erfahren, warum Talisienn trotz seines für einen Vampir noch nicht allzu weit fortgeschrittenen Alters in einer solch schlechten körperlichen Verfassung war. Doch ihre Fragen würden ebenso auf Antwort warten müssen wie die des Nachtelfs.

Ohne ein weiteres Wort zu verlieren, begaben sich alle in die Kinderecke zu einem gelben, halbrunden Sofa, vor dem ein mit bunten Bällen gefüllter kleiner Sandkasten aufgebaut war.

Unschlüssig blieb Silvana davor stehen. Zwar war der Platz zwischen der Holzumrandung und den Polstern breit genug, um den Vampir hindurchzuführen, doch hätte er danach kaum Platz, seine Beine auszustrecken.

»Was ist?«, wollte Talisienn wissen.

»Ich glaube, ein Sessel wäre besser.«

»Das denke ich auch«, stimmte Blutschatten zu, der ihre Gedanken offenbar erraten hatte.

»Ich hole einen«, bot Kushann an, verschwand hinter den Regalwänden und erschien kurz darauf mit einem der unversehrten Hörbuchsessel, den er neben das Sofa stellte.

Seufzend ließ sich Talisienn darin nieder und lehnte sich zurück. »Das ist besser. Vielen Dank.«

Silvana, die sich mit Corrie, Tjero und Blutschatten niedergelassen hatte, schüttelte langsam den Kopf. »Wir haben zu danken.« Sie warf einen unbehaglichen Blick auf die Schaufensterscheibe. Doch in der Finsternis dahinter blieb alles ruhig. »Dass ihr die Nacht hier bei uns verbringt und uns helft.«

Corrie starrte auf ihre Hände. »Vermutlich haltet ihr uns für ganz schön kindisch, oder? Zwei erwachsene Frauen, die sich nicht mehr alleine in ihren eigenen Laden zurücktrauen und sich wahrscheinlich auch noch vor ihren eigenen Schatten oder Spiegelbildern erschrecken.«

»Mitnichten«, widersprach Kushann und erhob sich. Die entmutigten Gesichter der beiden jungen Frauen hatten ihn schon eine Weile beschäftigt, und nun hatte er eine

Idee. »Aber ich werde euch gerne zeigen, was *kindisch* ist.« In der nächsten Sekunde stand an seiner Stelle ein graugesprenkeltes Greifenjunges, das sich mit einem begeisterten Quietschen kopfüber in das Bälle-Bad stürzte.

Bei diesem Anblick mussten Corrie und Silvana unwillkürlich lachen, woraufhin sich das kleine Fabelwesen mit einer rosafarbenen Kugel im Schnabel aufsetzte. Noch während es sie ausspie, erschien an seiner Stelle wieder Kushann, der den Ball in einer blitzschnellen Bewegung aus der Luft griff und Corrie entgegenwarf.

Diese hatte nicht so schnell folgen können, ihre Reaktion kam viel zu spät. Die Plastikkugel prallte mit einem leisen »Plock« von ihrer Stirn ab und rollte über den Boden vor Silvanas Füße. Für ein paar Sekunden war Corrie verwirrt, dann jedoch prustete sie erneut. »Beeindruckend.«

»Bist du immer so schnell?« Silvana bückte sich grinsend, um den Ball aufzuheben und zurück zu den anderen zu werfen.

»Meistens.« Zufrieden mit dem Effekt seiner Verwandlung, erhob sich Kushann und ließ sich auf dem Sofa zwischen seinem Kapitän und dem Bootsmann nieder.

Blutschatten musterte ihn tadelnd. »Kindskopf. Wenn ich dich nicht auch von einer ganz anderen Seite kennen würde …«

Sein Erster Offizier zuckte die Achseln und nickte zu Corrie und Silvana. »Sie können wieder lachen, oder nicht?«

Der Nachtelf wollte gerade zu einer Antwort ansetzen, als Yazeem mit einem Tablett voll dampfender, einladend duftender Tassen erschien und es auf dem Rand des Sandkastens abstellte. »Einen Tee für den Vampir und Kaffee für die Übrigen«, verkündete er, während er die Tassen verteilte. Dann ließ er sich mit seiner eigenen neben Blutschatten nieder.

»Wie geht es nun weiter?«, fragte Corrie und rührte zwei große Löffel Zucker in ihren Kaffee, der dank der vielen Milch nur noch wenig dunkler war als Yazeems Haut. Sie trank einen tiefen Schluck und seufzte. »Das habe ich jetzt wirklich gebraucht. Nichts gegen einen Glit, aber das hier hilft eindeutig mehr.«

»Wir sollten besprechen, wie wir weiter vorgehen«, erwiderte Talisienn, der seine kalten Finger am Becher wärmte. »Das Sicherste für euch wäre vermutlich, wenn das Buch zurück nach Amaranthina kommt.«

»Womit wir aber nicht ausschließen können, dass der Laden weiteren Angriffen ausgesetzt sein wird«, wandte Blutschatten ein. »Solange sich auch das Zweite Buch hier befindet und Lamassar danach suchen lässt.«

»Das sehe ich auch so«, stimmte Yazeem zu. »Nur das Erste Buch von Angwil zurückzubringen ist keine Garantie, dass es zu keinem weiteren Vorfall kommt. Im Gegenteil. Es würde Lamassar nur ermöglichen, das Erste Buch von Angwil leichter in die Finger zu bekommen.«

»Und wenn wir das Zweite Buch einfach suchen?«, fragte Silvana in die Runde und begegnete Corries überraschtem Blick. »Wenn wir keine Ruhe haben, bevor es gefunden wird, ist es doch nur logisch, es vor Lamassar zu bergen.«

Talisienn zog nachdenklich die Unterlippe zwischen die Zähne, wodurch einer seiner langen Eckzähne zum ersten Mal deutlich sichtbar wurde. »Aber es hat wenig Sinn, planlos durchs Haus zu streifen, Sachen aus den Regalen zu reißen und nachzusehen, in welcher Ecke sich das Buch verbergen könnte.«

»Wie die Feuerwölfe«, warf Silvana ein.

»Richtig. Wo also sollten wir beginnen? Hat jemand einen Vorschlag?«

»Wir haben das Obergeschoss und den Laden«, zählte Corrie auf. »Dazu noch den Keller.«

»Und die Garagenhalle«, ergänzte Silvana. »Dein Wagen nimmt schließlich nur einen kleinen Teil ein – die alten Kartons, die sich an den Wänden und auf den Ablagen stapeln, haben wir noch nicht einmal ansatzweise begutachtet. Dort kann sich wer weiß was verbergen.«

»Hoffentlich nichts Aufregenderes als vertrocknete Spinnen und verlassene Mäusenester«, murmelte Corrie und nahm einen weiteren Schluck. Sie gab es nicht gerne zu, aber für den Moment hatte sie tatsächlich genug Abenteuer.

»Unsere Zimmer würden wir gerne selber durchsuchen«, sagte Silvana. Unschlüssig sah sie vom Milchkännchen zu ihrer Tasse. Sollte sie sich noch etwas Milch nachschenken? Aber es war nur noch so wenig da und der Rest wollte ja vielleicht auch noch etwas ... Also entschied sie sich, ihren Kaffee so zu lassen, wie er war.

»Das versteht sich von selbst«, nickte Talisienn. »Außerdem solltet ihr morgen wieder ganz für eure Kundschaft da sein können, ohne euch Gedanken um den Verbleib des Buches machen zu müssen.« Er nippte vorsichtig an seinem Tee. »Bleiben die anderen Räume.«

»Ich werde mit der Garage beginnen«, erbot sich Yazeem. »Nur, wenn meine Hilfe im Laden nicht benötigt werden sollte, natürlich.«

291

»Dann werde ich die übrigen Zimmer im Obergeschoss durchsuchen«, beschloss Kushann.

Blutschatten neigte zustimmend den Kopf. »Dem Keller wollte ich mich ohnehin widmen. So habe ich auch die Möglichkeit, noch einmal nach Amaranthina zu wechseln und auf der *Pandemonium* nach dem Rechten zu sehen.«

Daraufhin hob Kushann verdutzt eine Braue. »Christine hält die Bande schon im Zaum, da bin ich mir sehr sicher.«

»Trotzdem ist mir wohler, wenn ich mich selbst davon überzeugen kann.«

Tjero sah von einem zum anderen und zuckte die Achseln. Doch er schmunzelte dabei. »Der Laden also.«

»Vergiss inmitten der vielen neuen Geschichten aber nicht, auch noch nach dem Zweiten Buch von Angwil zu suchen«, mahnte Kushann.

Tjero sah den Ersten Offizier pikiert an. »Gewiss nicht.«

»Dann ist das also beschlossen«, bemerkte Talisienn zufrieden. »Wie steht es mit Schlafplätzen?«

»Im kleinen Raum neben dem Spiegelzimmer steht ein Bett. Wir könnten eine zusätzliche Matratze auf den Boden legen«, schlug Corrie vor. »Silvana und ich schlafen bei mir im Zimmer. Yazeem könnte auf dem Sofa in Silvanas Zimmer schlafen.« Sie sah ihre Freundin fragend an. »Wenn das für dich in Ordnung geht.«

Silvana nickte. »Keine Einwände.«

»Wir haben schon auf Sand, Holz und bloßem Stein geschlafen«, lächelte Blutschatten. »Solange es bloß warm ist, spielt der Untergrund keine Rolle.«

Talisienn leerte seine Tasse. »Dann muss ich nur noch dafür Sorge tragen, dass alle beruhigt schlafen und hinaus auf die Straße treten können, ohne Furcht, einem Schatten oder einem anderen Wesen zu begegnen.« Etwas steif erhob er sich aus dem Sessel. »Silvana«, bat er, »würdest du mich bitte wieder führen?«

»Sicher.« Silvana drückte Corrie ihren Kaffeebecher in die Hand und ging zu Talisienn. Sie fasste behutsam seinen Arm, nahm ihm die Tasse aus der Hand und stellte sie zurück auf das Tablett. »Wohin möchtest du?«

»Hinter das Regal. Man sollte von der Straße aus nicht allzu viel von dem sehen können, was ich gleich tun werde.«

»Soll ich das Licht löschen?«, fragte Yazeem und stand ebenfalls auf.

Der Vampir dachte kurz nach, dann nickte er langsam. »Vermutlich ist das besser. Danke.«

»Bist du sicher, dass wir nicht doch auf Alexander warten sollten?« Silvana betrachtete Talisienns angespanntes Gesicht voller Sorge. »Yazeem wollte ihn noch herbestellen.«

»Ich bin schon hier«, erwiderte Talisienn bestimmt. »Also werde ich für eure Sicherheit und die des Ladens sorgen.«

»Und das könnte kein anderer?«

»Nicht in der Form, in der ich es kann.« Er holte tief Luft. »Deine Sorge ehrt dich, Silvana. Aber nun sei so gut und tritt ein Stück zurück.«

Unsicher folgte Silvana der Anweisung und stellte sich mit dem Rücken an das runde Sofa. Sie sah, wie Talisienn etwas aus seiner Manteltasche hervorzog, das wie eine Art Rosenkranz aussah. Silberne Anhänger in Form von merkwürdigen Symbolen wechselten sich mit verschieden großen schwarzen Perlen ab.

293

»Was ist das?«

»Ein Katalysator«, erwiderte Talisienn, nahm seine Brille ab und ließ sie in der Manteltasche verschwinden. »Mit seiner Hilfe kann ich die Ströme der Magie besser fokussieren und lenken – und das ist bei dem, was ich vorhabe, unbedingt notwendig.«

»Klingt gefährlich«, sagte Corrie beklommen und kam zu Silvana herüber. Dicht blieb sie an der Seite ihrer Freundin stehen.

»Nicht für euch. Und jetzt schweigt eine Weile.«

Im selben Moment löschte Yazeem das Deckenlicht. Nun spendeten nur noch die Leselampen auf den Pulten und die Laterne vor der Tür mattes, schattenreiches Zwielicht. Corrie und Silvana waren zusammengezuckt und sahen sich nervös um, doch noch immer gab es in der tiefen Finsternis der Ecken und Nischen nichts, was sich bewegte. Keine leisen Stimmen, die über ihre Haut kriechen würden.

Und so schenkten sie ihre Aufmerksamkeit wieder Talisienn.

Der Vampir bewegte tonlos die Lippen, als er seinen Zauber intonierte, und hob langsam die Arme. Seine linke Hand, um die er die Kette gewickelt hatte, ballte er dabei zu einer Faust zusammen – so fest, dass sie zitterte.

Unvermittelt packte Corrie ihre Freundin am Arm und deutete stumm auf den Boden. Aus den engen Fugen zwischen den Brettern quoll heller Nebel und kroch auf den Vampir zu.

Als er an ihren Beinen vorbeizog, spürte Silvana eine unglaubliche Kälte, viel intensiver als jene, die von den Eiskatzen ausgegangen war. Die substanzlosen Körper der

Dunstschwaden zerrten wild und beinahe ärgerlich an ihren Beinen und Füßen, als wollten sie ein Hindernis aus dem Weg räumen. Erst als Silvana aus dem Weg trat und sich enger an Corrie drückte, ließ der Druck nach, und der Nebel zog an ihr vorbei.

Corrie schauderte. »Was ist das?«, raunte sie ihrer Freundin atemlos zu.

»Hoffentlich kein zweiter Schatten.«

Dem konnte Corrie nur beipflichten. *Ein* solches Wesen pro Abend, auch wenn es diesmal unter der Kontrolle des Vampirs stehen sollte, war eindeutig genug. …

Sie sah wieder zu Talisienn, der langsam die Arme hob, die eine Hand zu einer stummen Bitte geöffnet. Die andere, um die er die Kette gewickelt hielt, war noch immer zu einer zitternden Faust geballt, deren Fingerknöchel deutlich hervortraten. Plötzlich zuckte Corrie irritiert zusammen. Dunkle Tropfen rannen an den silbernen Anhängern hinab und verschwanden im Nebel.

Konnte das Blut sein? Sie versuchte, genauer hinzusehen. Ein weiterer Tropfen löste sich. Auch er verschwand in dem Nebel, der sich zu Talisienns Füßen gesammelt hatte und gierig zu warten schien. Nun war sie sich ganz sicher: Es war Blut. Ihr Herz begann schneller zu klopfen, und ihr Magen verkrampfte sich. Sie blickte hastig zur Seite.

Ob es die anderen auch sahen?

Der Anblick von Silvana, die eine Hand an den Mund gehoben hatte und Talisienn aus aufgerissenen Augen anstarrte, beantwortete ihre Frage. Auch Blutschatten und seine Männer hatten sich auf den Polstern aufgerichtet und fixierten das Schauspiel mit bestürzter Miene.

295

Der Nebel hatte mittlerweile eine Insel um Talisienns Beine gebildet und wogte, der Bewegung seiner Arme folgend, zu drei Säulen empor, die einen Halbkreis vor ihm bildeten.

Auf dem Gesicht des Vampirs zeigten sich Anspannung und Schmerz, seine Kiefer mahlten krampfhaft, und sein Atem hatte sich deutlich beschleunigt, doch seine Stimme war kraftvoll und eindringlich: »Ich rufe euch zurück auf die Erde, Augen des Himmels, Wächter der Gestirne, Herren der Stürme. Eure Dienste werden einmal mehr benötigt! Kommt und tretet vor mich! Ich rufe euch!«

Gebannt verfolgten die Anwesenden, wie die drei Nebelsäulen mehr und mehr Gestalt annahmen. Aus dem wallenden Dunst bildeten sich übermannshohe, muskulöse Körper mit gewaltigen, immer wieder zerfasernden Schwingen auf dem Rücken und mächtigen, doppelten Adlerköpfen auf den Schultern.

»Nebel-Aare«, flüsterte Tjero ehrfürchtig und schauderte.

»Was?« Silvana drehte sich kurz zu ihm um.

»Gewaltige Dämonen«, raunte Blutschatten.

»Es heißt, dass nur sehr mächtige Hexer es vermögen, sie heraufzubeschwören und ihrem Willen zu unterwerfen«, fügte Kushann leise hinzu. »Sie beugen sich nur jenen, die sie selbst als würdig erachten.«

»Unwürdige töten sie«, murmelte Blutschatten, was ihm einen strafenden Blick von Yazeem einbrachte.

Silvana und Corrie hatten die Worte jedoch gar nicht vernommen.

Vor ihnen hob Talisienn seine bis dahin geschlossenen Lider. Seine milchige Iris war verschwunden. Stattdessen erstrahlten seine Augen in einem beinahe ätherisch grünen Licht, das scharfe Schatten auf sein kantiges Gesicht warf. »Seid ihr willens, Krieger der Wolken, euch zu beugen und zu tun, was euch durch meine Zunge aufgetragen wird?«, fragte er.

»Befiehl, und es wird sich zeigen«, antwortete die tief grollende Stimme des mittleren Aars.

»So trage ich euch auf, jene Frauen mit Namen Corrie Vaughn und Silvana Livenbrook sowie diese Buchhandlung gegen jedweden Angriff, ganz gleich ob magischer oder physischer Natur, zu verteidigen, bis ich euch aus eurem Pakt entlasse.«

Die Aare wandten ihre sechs Köpfe zu Corrie und Silvana, die erschrocken die Luft anhielten und versuchten, den Blick zu erwidern. Hätten sie nicht bereits mit dem Rücken am Sofa gestanden, wären sie sicherlich vor den Kreaturen zurückgewichen, die ihre Aufmerksamkeit nun wieder dem Vampir widmeten.

Der linke Aar neigte die Häupter. Seine Stimme hatte den Klang brechenden Eises. »Es ist beschlossen.«

»Und mit deinem Blut besiegelt«, bestätigte das rechte Wesen, dessen Worte ein mehrstimmiges Echo begleitete.

Kaum waren die Worte des letzten Aars verklungen, da verschwanden die Gestalten, als hätte es sie niemals gegeben. An ihrer Stelle blieben drei weiße Tauben zurück, die leise gurrten. Talisienn sackte zitternd in die Knie. Die blutige Kette entglitt seinen Fingern.

»Bruder!« Noch bevor Silvana, Corrie oder einer der anderen sich rühren konnte, stürzte Donnald zu Talisienn und zog ihn schützend in seine Arme. Über die Schulter warf er einen vernichtenden Blick in die Runde. Seine Lip-

297

pen waren zurückgezogen und entblößten seine spitzen Eckzähne. »Seid ihr nun zufrieden? Wie konntet ihr ihn das tun lassen?«

»Es war notwendig, Bruder«, flüsterte Talisienn mühsam und sah ihn so eindringlich an, wie es ihm mit seinen blinden Augen möglich war. »Und es ist nicht ihre Schuld.« Mit der Hilfe seines Bruders versuchte er, sich wieder aufzurichten.

Donns Miene verhärtete sich. »Du hast recht. Es ist allein meine. Ich hätte nicht kommen sollen, als mich Yazeem darum bat.«

Der Werwolf sah ihn entgeistert an. »Du willst uns im Stich lassen? Jetzt, wo so viel mehr auf dem Spiel steht für alle Seiten?«

Donn ignorierte den Einwand und starrte Corrie und Silvana finster an. »Mit euch beiden hat alles wieder angefangen. Was hat euch ausgerechnet nach Woodmoore getrieben? Ach ja, das hatte ich vergessen«, er fletschte die Zähne, »die Reperisciria. Die auch die Schatulle mitbringen musste.«

Auf Corries Gesicht machte sich Erschütterung breit. »Das alles hier lag nicht in meiner Absicht!«

»Wir wollten doch nur unseren eigenen Buchladen eröffnen, wie wir es immer geträumt hatten«, fügte Silvana gedrückt hinzu.

»Und nun brauchen sie unsere Hilfe«, flüsterte Talisienn. »Sie haben nicht gewusst, was hier auf sie wartet, und das weißt du. Du kannst sie nicht dafür verdammen, dass sie hierhergekommen sind, oder für die Dinge, die sich seitdem zugetragen haben. Und wenn nicht alles enden soll wie damals – wenn wir nicht wieder *Freunde* verlieren wollen – dann können wir uns nicht einfach abwenden, Donn. Zu so etwas darf es kein zweites Mal kommen!«

Donnald schloss die Augen und ließ seine Stirn an die seines Bruders sinken. »Wir sprechen später darüber. Jetzt bringe ich dich erst einmal zurück nach Hause, damit du dich ausruhst. Und ich muss nachdenken.«

»Wir wollten das wirklich nicht«, bemerkte Corrie noch einmal und sah betreten zu Boden.

Die Tauben, die aufgestoben waren, als Donnald zu Talisienn gestürzt war und sich auf der Sofalehne niedergelassen hatten, gurrten bekräftigend.

Donn schien noch etwas sagen zu wollen, seine Kiefer mahlten unentschlossen, dann schüttelte er jedoch nur den Kopf. »Später.«

Doch bevor er sich zum Gehen wenden konnte, hielt ihn Talisienn an der Schulter zurück. »Entfernt niemals das Blut am Boden«, schärfte er Corrie und Silvana ein. »Niemals. Es bindet die Aare an diese Welt und an ihren Auftrag, euch zu schützen. Denkt immer daran.« Dann ließ er sich bereitwillig von seinem Bruder zur Tür führen. Auch die drei Tauben erhoben sich und flatterten hinter den beiden Vampiren hinaus in die Nacht.

Als die Tür hinter ihnen ins Schloss gefallen war, sah Silvana ihre Freundin resigniert von der Seite an. »Vielleicht sollten wir uns jetzt auch lieber hinlegen. Bevor wir noch irgendetwas tun, was wir nicht beabsichtigt haben.«

Yazeem schüttelte den Kopf. »Donn hat es sicherlich nicht so gemeint.«

»Er sorgt sich nur um Talisienn«, fügte Blutschatten hinzu.

»Nehmt euch seine Worte nicht so zu Herzen«, nickte

auch Kushann, bevor er sich streckte. »Dennoch teile ich die Meinung, dass wir uns zur Ruhe begeben sollten.«

Blutschatten stellte seine Tasse auf das Tablett zurück. »Dann nutzen wir den Schlaf, der uns noch bleibt. Und harren der Dinge, die der neue Tag uns bringt.«

Es waren erst wenige Stunden verstrichen, als Corrie aus dem Schlaf hochschreckte und sich aufsetzte. Silvana, die neben ihr auf dem ausgeklappten Sofa lag, brummte kurz und drehte sich auf die andere Seite. »Was ist denn los?«

Corrie zuckte die Achseln und ließ den Blick unbehaglich durch ihr Zimmer wandern. Einen Moment lang betrachtete sie misstrauisch die ruhelos über die Wand zuckenden Schatten einiger Zweige, die der Wind draußen gegen die Laternen schlug. Doch nichts rührte sich. »Ich habe keine Ahnung.«

»Vielleicht hast du nur schlecht geträumt? Würde mich nach dem Abend nicht wundern. Ich werde garantiert auch noch Alpträume bekommen.«

»Ich glaube nicht, dass ich schlecht geträumt habe. Ehrlich gesagt fühle ich mich ziemlich sicher, jetzt wo Blutschatten, Kushann, Tjero und Yazeem in der Nähe sind.«

»Aber das werden sie nicht immer sein«, hielt Silvana dagegen. »Als wären die Kunden und ihre seltsamen Wünsche für den Anfang nicht schon genug.«

Corries Finger fassten die Bettdecke fester. »Ich wünschte, ich wäre nicht so neugierig gewesen und hätte das Buch nicht aus dem Spiegel geholt.«

Silvana schüttelte den Kopf. »Damit hast du den Schatten nicht heraufbeschworen. Er hat dort draußen auf uns gewartet, völlig unabhängig von dem Buch. Wenn wir nicht zu Talisienn gewollt hätten, wären wir diesem Ding eben später begegnet. Aber begegnet wären wir ihm so oder so.«

»Mir wäre ›später‹ eindeutig lieber gewesen. Nach der ganzen Aufregung der vergangenen Tage.«

»Aber dann wäre eine von uns ihm vielleicht alleine begegnet.«

Corrie schauderte sichtlich. »Und wer weiß, ob dann eine schnelle Flucht in den Laden möglich gewesen wäre.«

»Daran möchte ich lieber gar nicht denken«, brummte Silvana. Aber natürlich tat sie es doch. Sie fühlte sich an eine alte Mutprobe aus Grundschulzeiten erinnert, als bei einem Schulausflug jedes der Kinder alleine in der Dunkelheit über ein einsames Feld, vorbei an einem halbzerfallenen alten Bauernhaus hatte gehen müssen. Einzig in Begleitung der Taschenlampe – und der eigenen Courage. Rennen durften sie nicht. Der Weg über das Feld, der keine hundert Meter weit gewesen war, hatte sich beinahe endlos hingezogen. Die kleine Schokoladentafel, die damals jedes Kind als Belohnung für die überstandene Angst bekommen hatte, war ein willkommener Trost gewesen. Aber sie bezweifelte, dass sich der Schrecken des Schattens damit bekämpfen ließ. Wenn sie ihm alleine überhaupt hätten entkommen können …

Corrie schaffte es trotz ähnlicher Gedanken, ein schwaches Lächeln aufzusetzen. »Weißt du, da kommen wir nach Woodmoore und halten es für das verschlafenste Nest in ganz England. Und nach nur ein paar Tagen hat man hier mehr erlebt als in einem ganzen Jahr in London. Und weitaus mehr Skurriles als die meisten Menschen in ihrem gesamten Leben.«

»Und weitaus mehr Horror, als den meisten lieb sein dürfte – mich eingeschlossen.«

Corrie stieß ihre Freundin tadelnd an. »Ist trotzdem seltsam, dass es ausgerechnet uns beide in diesen Laden verschlagen hat. Wer weiß, ob jemand anders überhaupt noch hier wäre. Oder so weit gekommen, wie wir es sind. Mit dem Zweiten Buch von Angwil und allem.«

Silvana gähnte. »Talisienn hat doch schon erklärt, dass du Dinge anziehst, die dir nützlich sein können und die du brauchst.«

»Recht hat er«, nickte Corrie bekräftigend. »Schließlich habe ich damals ja auch die Person gefunden, die den ganzen Trubel mitmacht, in den ich uns immer wieder stürze.«

Silvana drehte sich zu ihrer Freundin um und grinste. »Du meinst, wenn du den Ärger schon *magisch* anziehst, dann wenigstens in Begleitung, ja?«

»Immerhin wissen wir, dass wir das alles hier wirklich erleben und nicht bloß träumen.«

»Apropos träumen«, warf Silvana ein und zog die Bettdecke über ihren Kopf. »Wir sollten versuchen, wenigstens noch ein bisschen zu schlafen, bevor wir wieder rausmüssen.«

»Glaubst du, das Buch könnte heute schon auftauchen?«

»Möglich ist alles.«

»Und immerhin suchen sie ja auch zu viert«, schloss Corrie und ließ sich wieder auf ihr Kissen sinken. Sie hatte die Augen gerade erst wieder geschlossen und träumte von einer Fahrt an Bord der *Pandemonium,* als sie ein leises Schaben vernahm. Sofort richtete sie sich im Bett auf. »Hörst du das auch?«, fragte sie leise. »Dieses Kratzen?«

Silvana streckte den Kopf unter der Decke hervor und lauschte mit angehaltenem Atem. Nach einer Weile entspannte sie sich und schüttelte den Kopf. »Ich höre nichts.«

»Ich bin mir aber sicher.«

»Glaubst du nicht, dass dir deine Nerven …« Sie hielt inne, als das Schaben erneut erklang. Diesmal deutlich hörbar.

Corries Blick zuckte in die Ecke hinter ihrem Mülleimer, von wo das Geräusch unzweifelhaft gekommen war. Erleichtert atmete sie auf. »Du bist das!«

In der Dunkelheit saß das Buch von Bergolin, das sich von seinem Platz unter dem Couchtisch entfernt hatte. Es balancierte unter dem Fenster auf dem Rücken und kratzte mit den Seiten über die Wand. »Warum bist du denn so aufgeregt?«

Corrie hatte den Eindruck, als strecke sich das Buch etwas weiter nach oben. Sie folgte der Bewegung hinauf zum Fenster, das zum Innenhof zeigte.

Dort hockte eine weiße Taube und sah ins Zimmer. Ab und zu plusterte sie sich kurz auf und strich dabei mit ihren Flügeln über die Scheibe.

»Mit wem sprichst du denn?«, wollte Silvana stirnrunzelnd wissen und hob ebenfalls den Kopf. Dann sah auch sie das Buch und stöhnte leise. »Nachtaktiv, was?«

»Es hat einen der Aare auf der Fensterbank entdeckt«, erklärte Corrie und sah wieder zum Sims, von dem aus die Taube in Richtung Straße davonflog.

Vorsichtig erhob sie sich und schlich zum Fenster, das hinaus auf den Gehweg wies. Silvana stöhnte erneut, diesmal deutlicher. »Und was hast du jetzt vor?«

»Ich möchte nur schauen, ob ich die anderen beiden

auch irgendwo entdecken kann«, antwortete Corrie und spähte hinaus.

Das Licht der Laternen fiel auf die leeren Bürgersteige, die Gargoyles am Eingang und die einsame Straße, an der ein paar vereinzelte Autos parkten. Suchend ließ Corrie ihren Blick umherschweifen.

Und dann entdeckte sie die Taube direkt gegenüber des Buchladens auf dem Ast einer Kastanie. Unter dem Baum schlich eine getigerte Katze heran. Mit einem Satz sprang sie an den Stamm und kletterte daran empor. Gerade als sie in Reichweite der Taube war, schnellte deren Flügel hervor.

Entgeistert sah Corrie, wie die Katze in hohem Bogen durch die Luft flog und im Busch des angrenzenden Grundstücks verschwand.

Zufrieden plusterte sich die Taube auf und steckte den Kopf unter ihre Schwinge.

»Und?«, fragte Silvana hinter ihrer Freundin. »Kannst du etwas erkennen?«

Corrie schüttelte konsterniert den Kopf. »Nur dass die Aare ihren Bann offenbar sehr ernst nehmen.« Sie wandte sich vom Fenster ab und kam mit dem Buch von Bergolin zurück unter die Bettdecke gekrochen. »Und jetzt ist wirklich Schlafenszeit.«

KAPITEL 11

Ein Regal verschwindet

Oh Gott, was stinkt denn hier so bestialisch?« Corrie
wedelte mit der Hand vor ihrem Gesicht.

»Ich befürchte, das bin ich«, verkündete Yazeem, der
mit einem dickwandigen Holzeimer in der Hand und einigen Pergamentrollen unter dem Arm aus dem Keller kam
und die Tür mit einem Fußtritt hinter sich schloss. Er kehrte aus der *Magischen Schriftrolle* zurück, in die er früh am
Morgen aufgebrochen war.

Blutschatten und seine Männer waren bereits im Verkaufsraum, um sich vor Ladenöffnung noch ein wenig umzusehen und in den Büchern der Menschenwelt zu blättern. Ihr Frühstück hatten die vier Männer lange vor den
beiden Freundinnen beendet. Der halbleeren Kaffeedose
nach war es ausgedehnter Natur gewesen.

»Sind das die neuen Bestellungen?«, fragte Silvana,
rümpfte die Nase und wagte sich vorsichtig näher.

»Der gute Mr Marauner scheint Nachholbedarf zu haben«, erwiderte der Werwolf und drehte sich so, dass Silvana ihm die Schriftrollen abnehmen konnte.

»Schon wieder so ein kurioses *Wächter-Training*?«

»Wahrscheinlich eines für vergammelte Fische.« Corrie
hatte das Gefühl, sich jeden Moment übergeben zu müssen.

Yazeem lachte. »Für Nesselrobben und andere Säuge-
tiere des Meeres im Inselreich.«

305

Kushann blickte von dem historischen Krimi, in dem er gerade gelesen hatte, hoch. »Aber so schlimm stinke ich nicht, wenn ich mich verwandelt habe, oder?«

»Wenn, dann habe ich es nicht gerochen«, beruhigte ihn Corrie und sah stirnrunzelnd auf den Eimer in Yazeems Händen. »Kann das Buch da raushüpfen?«

Der Werwolf schüttelte den Kopf. »Es ist vollkommen unbelebt. Allerdings braucht sein Papier diese Art der Aufbewahrung. Wenn es trocken wird, zerfällt es zu Staub.«

»Jammerschade«, seufzte Corrie. »Ich hoffe, Mr Marauner hat einen großen Teich oder zumindest eine alte Regentonne auf der Terrasse. Ich für meinen Teil lagere dieses stinkende Etwas lieber draußen im Hof, statt hier im Laden. Wir können es ihm holen, wenn er vorbeikommt.«

»Ich werde es neben die Rampe stellen«, nickte Yazeem und wandte sich zum Gehen.

»Und leg einen Deckel drauf!«, rief ihm Silvana nach. »Nicht dass Mrs Puddles Corgis oder die Nachbarskatzen auf Beutezug gehen und wir Mr Marauner nur noch ein paar Einzelseiten verkaufen können.«

»Das wäre nicht sehr erfreulich«, stimmte Corrie zu und zog den Schlüssel aus der Hosentasche. »Für niemanden. Die Corgis möchte ich anschließend nicht säubern müssen.« Sie sah Blutschatten und seine Männer an. »Dann werde ich jetzt öffnen.«

Der Nachtelf nickte. »Wir verteilen uns, wie wir es besprochen haben, und beginnen mit der Suche.«

Silvana reckte sich. »Und ich kümmere mich um die Bestelllisten.«

»Danke«, nickte Corrie. »Die habe ich völlig vergessen.

Ich glaube, wir sind bei den Kochbüchern stehen geblieben.« Sie zückte den Schlüssel und begab sich zur Eingangstür, gegen die erst vor wenigen Stunden der Schatten gerannt war. Jetzt, bei Tageslicht, war der Schrecken der Nacht beinahe vergessen.

Draußen warteten bereits die ersten Kunden, und Corrie war mehr als erstaunt, unter ihnen auch das Gesicht von Donnald McCaer zu sehen. Der Vampir stand neben einem der Gargoyles, die Schultern hochgezogen und die Hände tief in den Taschen seines Kamelhaarmantels vergraben. Als die wartenden Leute die Stufen zum Laden emporstiegen und von Corrie freundlich begrüßt wurden, verharrte er draußen.

Corrie sah ihn fragend an. »Möchtest du nicht auch hereinkommen, Donn? Ist nicht grad warm draußen.« Sie rieb sich demonstrativ über die Oberarme.

Donnald schüttelte den Kopf. »Ich wollte nur kurz mit euch sprechen.«

Corrie runzelte die Stirn. »Ist etwas mit Talisienn? Soll ich Silvana holen?«

»Talisienn geht es gut, keine Sorge. Er hat sich hinreichend erholt und drängt bereits auf einen Spaziergang durch den Ort. Diesen Wunsch werde ich ihm wohl heute Nachmittag erfüllen, nachdem ich die Website beendet habe. Nein, es geht um etwas anderes.« Er holte tief Luft. »Talisienn hat mich gedrängt, mich bei euch zu entschuldigen.«

Corrie schürzte die Lippen. »So?«

Donn seufzte unwillig. »Für mein Verhalten euch gegenüber. Und ganz besonders für das, was ich vergangene Nacht gesagt habe.«

»Du hast dir Sorgen um deinen Bruder gemacht – verständlicherweise«, hielt Corrie dagegen.

»In der Tat, das habe ich. Und das tue ich noch immer. Die Zeiten der Hexer sind leider vorbei. Heute leben sie gefährlich, das ist ein Fakt. Nicht nur in der Inselwelt, sondern auch in dieser. Während der vergangenen drei Jahre gab es einen geregelten Ablauf, der garantierte, dass nichts passieren würde, das ich nicht kontrollieren konnte. Aber seit dem Öffnen des Portals funktioniert mein System nicht mehr. Damit muss ich mich abfinden, und ich muss einen Weg finden, sowohl dem Wunsch meines Bruders, euch beizustehen, als auch seiner Sicherheit gerecht zu werden. Ich weiß, dass ihr unsere Hilfe genauso braucht wie die Buchhändler vor euch. Dem verweigere ich mich nicht. Wenn ihr wünscht, könnt ihr jederzeit zu uns kommen, um Fragen zu klären. Aber sobald irgendeine eurer Aktionen Talisienn in Gefahr bringen sollte, sind wir raus aus der ganzen Sache.« Er schwieg einen Moment, und als Corrie ebenfalls nichts sagte, nickte er, ohne aufzusehen. »Das war es jedenfalls, was ich noch sagen wollte.« Er wollte sich zum Gehen wenden, doch Corrie sprang die Stufen hinunter und hielt ihn am Arm zurück.

»Donn?«

»Was denn noch?«

Corrie sah ihm in die Augen und lächelte mitfühlend. »Wir werden niemals absichtlich einen von euch in Gefahr bringen. Aber wir werden euch ewig dankbar sein, wenn ihr uns helft, dieses Abenteuer zu bestehen.«

Der Vampir schien noch etwas erwidern zu wollen, doch im selben Moment steckte Silvana ihren Kopf aus der

Eingangstür. »Corrie? Ich brauche deine Hilfe mit der Thriller-Lieferung!« Sie warf Donnald einen fragenden Blick zu, dann verschwand sie wieder im Laden.

Der Vampir zog die rechte Braue ein winziges Stück empor. »Kümmere dich um eure Kundschaft. Wenn es Talisienns Verfassung erlaubt, werden wir später vorbeikommen.«

Mit diesen Worten wandte er sich endgültig zum Gehen, während Corrie nachdenklich in die *Taberna* zurückkehrte, um Silvana zu helfen.

Während die beiden Freundinnen die Thriller an ihren Platz räumten, erzählte Corrie von ihrem Gespräch mit Donnald. Silvana war erfreut zu hören, kein gänzlich ungeliebter Gast mehr im Hause der McCaers zu sein. Gleichzeitig bedauerte sie, dass Talisienns Bruder ihnen gegenüber offenbar noch immer misstrauisch war. Aber vielleicht ließ sich das ja ändern.

Der Vormittag und auch der Mittag vergingen ohne besondere Ereignisse. Ab und zu ließ sich einer der drei Freibeuter blicken, um vom bisher ergebnislosen Stand der Suche zu berichten, bevor er sich einem weiteren Raum oder Regal widmete. Am frühen Nachmittag traf Mr Marauner ein, um sein bestelltes Buch abzuholen. Zu diesem Zeitpunkt befanden sich zum Glück nicht allzu viele Kunden im Buchladen. Nur einige wenige mussten den Gestank ertragen.

Nachdem Mr Marauner die nicht unerhebliche Summe für das Buch entrichtet hatte, setzte er ein verschmitztes Lächeln auf. »Ich würde gerne noch ein weiteres Buch bestellen«, sagte er und holte einen vergilbten Fetzen hervor, der vielleicht irgendwann einmal ein Getränkebon oder eine Kinokarte gewesen war.

Silvana griff zu Zettel und Stift. Sie war sicher, dass es kein Buch aus dem digitalen Bücherverzeichnis sein würde, das sie am Computer einsehen konnte. »Welches hätten Sie denn gerne?«

»Oh, diesmal ist es nicht für mich. Ich habe erst einmal genügend Literatur aufzuarbeiten. Aber meine Frau hätte gerne eine Ausgabe der *Admirabilis Botanica* – nach Möglichkeit eine weibliche. Und keine allzu kleine. Ein Großteil der Kapitel sollte schon fertig ausgebildet sein. Ein adultes Buch wäre natürlich am schönsten.«

»Ich werde sehen, was ich da machen kann.«

»Ich bin mir sicher, das werden Sie, meine Liebe.« Mit diesen Worten lupfte das Männchen seinen Hut zum Gruß, nahm seinen stinkenden Eimer und schob sich freundlich nickend an den Kunden am Eingang vorbei, die ihm pikiert nachblickten.

Silvana starrte stirnrunzelnd auf ihre Notizen und schüttelte den Kopf. Weibliche Ausgabe? Adultes Buch? Was für ein seltsames Werk würde da wohl wieder den Weg zu ihnen finden?

Sie wollte sich gerade umdrehen, um die Bücher im Abholregal neu zu ordnen, als ein durchdringender Schrei durch den Laden hallte. Erschrocken zuckte Silvana zusammen. Ihre Kunden sahen irritiert von den Seiten auf, die sie gerade noch gelesen hatten, auf der Suche nach dem Ursprung des Geräusches.

Es war derweil in ein lautes Weinen übergegangen, und Silvana fragte sich, ob Woodmoore vielleicht auch Banshees eine Heimat bot. Vorsichtig blickte sie hinter die Bücherregale neben der Kasse, von wo der Laut kam. Dort, am Spielzeugtisch in der Kinderbuchabteilung, stand ein kleiner Junge von vielleicht vier oder fünf Jahren, der einen riesengroßen Teddybären kopfüber in der Hand hielt und mit tränenüberströmtem Gesicht seinem Kummer Luft machte.

Neben ihm kniete eine junge Frau, die vergeblich versuchte, ihn mit leiser, tröstender Stimme zu beruhigen. Ab und zu hob sie den Blick, um den übrigen Kunden ein entschuldigendes Lächeln zuzuwerfen.

Bestürzt ging Silvana zu ihnen. »Ach je, was ist denn passiert?«

Die junge Mutter, die die gleiche Stupsnase wie ihr Sohn besaß, sah die Buchhändlerin verzweifelt an. »Wir waren gestern schon einmal hier und haben uns leider dagegen entschieden, das blauschwarze Spinnen-Jo-Jo aus Holz zu kaufen, das in dem Körbchen dort gelegen hat. Und nun ist es nicht mehr da.«

Silvana ging ebenfalls in die Hocke und sah den Jungen mitfühlend an. »Und das wolltest du unbedingt haben?«

Dieser nickte, ohne in seinem Weinen innezuhalten.

Silvana strich ihm über das flachsfarbene Haar. »Ich werde schauen, ob ich noch eines im Lager finde.«

Die Mutter sah sie hoffnungsvoll an. »Das wäre wirklich sehr freundlich von Ihnen.«

»Kein Problem. Einen kleinen Moment.« Doch noch bevor sich Silvana erheben konnte, schob sich ein kleiner schwarzer Terrier mit strahlend blauen Augen unter dem Sofa hervor und an ihrem Oberschenkel vorbei und legte dem Jungen das heißbegehrte Spielzeug vor die Füße. Die Wackelaugen der Spinne vollführten auf der Oberseite wilde Kreise.

311

Augenblicklich hörte der kleine Junge zu weinen auf und gab nur noch ein Schluchzen von sich. Mit fragendem, tränenverschleiertem Blick sah er vom Jo-Jo zum Terrier und zurück, unschlüssig, was jetzt zu tun war. Erst, als der Terrier das Spielzeug mit seiner Nase noch etwas näher schob, begann der Junge zu grinsen und bückte sich, um es aufzuheben.

»Sie haben einen Hund hier?«, fragte die Mutter überrascht.

Silvana lächelte auf den Terrier hinab. »Ab und zu.«

Offenbar war ihr Sohn davon sehr angetan, denn er ließ seinen Teddybären unbeachtet zu Boden fallen und umarmte den Hund, der fröhlich mit dem Schwanz zu wedeln begann, herzlich. Seinen neuen Schatz behielt er allerdings fest in seiner kleinen Faust.

»Stevie!«, entfuhr es der Mutter. »Du kannst doch nicht einfach einen fremden Hund streicheln!«

Silvana grinste. »Diesen kennt er ja jetzt.«

Mit einem Seufzen griff die junge Frau den Teddybären, der mit verdrehten Beinen an die Ladendecke starrte, und erhob sich. »Dann werde ich jetzt am besten das Jo-Jo bezahlen, bevor Stevie einfach damit rausmarschiert. Hergeben wird er es mit Sicherheit nicht mehr so schnell.«

»Gerne.« Silvana erhob sich ebenfalls. »Shan, pass bitte auf Stevie auf, während wir an der Kasse sind.«

Der Terrier erwiderte ihren Blick hechelnd und zwinkerte kurz, doch das sah nur Silvana.

Nachdem die beiden gegangen waren, sah sie fragend auf den Terrier hinab. »Ich nehme an, das heißt, dass du noch nicht fündig geworden bist?«

Kushann nickte.

»Ich hatte auch nicht erwartet, dass es einfach werden würde.« Sie lächelte ihm aufmunternd zu. »Suchst du trotzdem weiter?«

Der Terrier antwortete mit einem kurzen Bellen, das Corrie hinter dem Secondhand-Regal hervorblicken ließ, und war gerade im Begriff, sich wieder zum Gehen zu wenden, als Yazeem mit einem Pappkarton auf dem Arm zurück in den Laden kam.

Als er den Ersten Offizier in seiner Hundegestalt erkannte, nahm er einen der Bälle, die als Dekoration für einen Tennis-Krimi auf dem Tisch neben ihm lagen, und machte eine Wurfbewegung. »Hol das Bällchen!« Er grinste.

Der Hund sah ihn ausdruckslos an, drehte sich mit einem beleidigten Schnauben um und verschwand die Treppe hinauf ins Obergeschoss.

»Entschuldige!«, rief ihm der Werwolf hinterher. Und an die beiden Freundinnen gewandt, fügte er hinzu: »So schnell war er noch nie eingeschnappt.« Er zuckte die Achseln und stellte seinen Karton auf der Theke ab.

»Hast du etwas gefunden?«, fragte Corrie gespannt.

Yazeem schüttelte den Kopf. »Das Buch leider noch nicht. Aber dafür eine Menge anderer Dinge. Weiter hinten in den Regalen stehen sogar noch ein altes Aquarium und bestimmt ein Dutzend verschiedene Futterhäuser.«

»Futterhäuser?«, wiederholte Silvana ungläubig.

»Aber das Beste habe ich hier.« Vorsichtig hob er ein messingfarbenes Gebilde aus der Schachtel und hielt es so, dass die beiden Freundinnen es sehen konnten.

Auf einem etwa kuchentellergroßen Sockel hockte ein fein gearbeiteter mechanischer Drache mit auf dem Rü-

313

cken gefalteten Flügeln. In seiner Seite steckte ein kleiner Schlüssel.

»Ist das eine Spieluhr?«, fragte Corrie fasziniert und blies ein wenig von dem Staub fort, der sich auf dem Metall gesammelt hatte.

»Ich schätze schon«, erwiderte der Werwolf. »Ich habe sie allerdings noch nicht ausprobiert.«

Silvana ließ ihren Finger behutsam über die Ornamente auf dem Schlüssel gleiten. »Das heben wir uns für den Feierabend auf, wenn wir unter uns sind. Würde ich jedenfalls vorschlagen.«

Corrie nickte. »Nicht dass sie eine Melodie spielt, die alle Kunden in Esel verwandelt oder etwas in der Art.« Sie betrachtete noch einmal die mit Scharnieren versehenen Drachenflügel. »Stellst du sie bitte in die Küche auf eines der freien Regalbretter, Yazeem?«

Der Werwolf neigte den Kopf. »Sicher.«

Als er fort war, hob Silvana die Augenbrauen, als ihr plötzlich etwas einfiel. »Apropos Regalbrett! Ich wollte dich schon die ganze Zeit etwas fragen. Was würdest du davon halten, wenn wir noch ein zusätzliches Regal aufstellen würden? Eines mit Literatur und Geschenkbüchern aus dem Inselreich? Selbstverständlich nur unbelebte, ungefährliche Publikationen – schließlich habe ich keine große Lust, den erstbesten Kunden aus den Fängen eines fleischfressenden Manuskriptes zu befreien. Ich hatte nur überlegt, dass es vielleicht ganz gut ankommen könnte. Schließlich findet man die Sachen nicht einfach so im Internet. Wir könnten einfach immer eine kleine Auswahl dahaben. Was meinst du?«

Ihre Freundin nickte begeistert. »Fantastisch! Für unsere menschlichen Kunden ist es einfach nur ein Regal mit ganz besonderen Fantasy- und Abenteuerromanen, wo der ein oder andere noch etwas für sich entdecken kann. Ich finde die Idee großartig!« Sie sah sich suchend um, bis ihr Blick schließlich an der freien Wand neben der Küchentür haftenblieb. »Dahinten wäre noch Platz. Rechts und links daneben könnten wir ein paar Pflanzen aus Amaranthina aufstellen. Harmlose, versteht sich.«

»Klingt gut. Ich werde mich gleich nach einem passenden Regal im Keller umsehen und es hochholen. Ein paar haben wir ja noch in Reserve.«

Doch sie schaffte es erst, ihr Vorhaben anzugehen, als der Himmel sich bereits wieder goldrot färbte und die Schatten allmählich länger wurden. Der letzte Kunde hatte die *Taberna Libraria* gerade mit einem Stapel Krimis verlassen. Auf der Laterne vor der Tür hatte sich eine der drei weißen Tauben niedergelassen und ließ aufmerksam ihren Blick umherschweifen. Unter ihr auf dem Gehweg stolzierte eine Katze. Die Taube musste jedoch nur träge den Flügel heben, und schon rannte der Stubentiger wie vom Blitz getroffen davon.

Silvana steuerte zielstrebig auf die Kellertür zu und streckte die Hand nach der Klinke aus. Sie prallte jäh zurück, als Blutschatten die Tür von innen aufstieß und sich mit einem kurzen Nicken an ihr vorbeischob. »Shan!«, brüllte er, nachdem er sich vergewissert hatte, dass keine gewöhnlichen Einwohner Woodmoores in der Nähe waren. »Tjero!«

Der Bootsmann tauchte hinter dem Freizeitregal auf, ein Buch über das Räuchern von Fischen in den Händen. »Sir?«

315

Kushann kam mit federnden Schritten die Treppe herunter. Beide blieben vor ihrem Kapitän stehen.

»Du siehst aus, als hätte es Ärger gegeben«, stellte Kushann fest.

»Einer von Berthas Männern ist vergangene Nacht nicht von seinem Landgang zurückgekehrt. Die Suche ist bisher ergebnislos geblieben. Logris Wölfe fangen an, am Kai herumzuschnüffeln. Wir sollten versuchen, so schnell wie möglich auszulaufen.«

»Heißt das, dass ihr uns verlassen werdet?«, fragte Corrie und versuchte, sich ihre Enttäuschung nicht zu sehr anmerken zu lassen. »Wir sind doch noch gar nicht fündig geworden.«

»Ich bedaure, dass wir so schnell aufbrechen müssen. Aber Tjeros Schwester, die in unserer Abwesenheit die Crew befehligt, hat darum gebeten, dass wir zurückkehren. Port Dogalaan scheint gerade ein mehr als unsicheres Pflaster zu sein.«

»Ich werde euch noch bis zu Cryas begleiten«, sagte Yazeem und nahm die Bestellzettel von der Ladentheke. An Corrie und Silvana gewandt, fügte er hinzu: »Ich bin hoffentlich nicht lange fort.«

»Wirklich schade«, betonte Corrie noch einmal und sah zu Boden.

»Wir werden zurückkehren«, versprach der Nachtelf und öffnete die Kellertür.

»Und vielleicht«, fügte Kushann mit einem verschmitzten Grinsen hinzu, »ist das Buch dann bereits gefunden, so dass wir nach dem Dritten anstelle des Zweiten suchen.«

Silvana legte zweifelnd die Stirn in Falten. »Wohl eher nicht.«

»Oh, erwarte stets das Unerwartete.« Der Erste Offizier verbeugte sich vor den beiden Freundinnen und ging in Richtung Kellertür. Tjero und Kapitän Blutschatten taten es ihm gleich, bevor sie ihm hinab zum Portal folgten und die Tür hinter ihnen ins Schloss fiel.

Silvana sah Corrie von der Seite an. »Dann werden wir wohl alleine weitersuchen müssen.«

Corrie nickte. »Sieht wohl so aus.«

»Und was machen wir jetzt?«

Corrie dachte kurz nach. »Wartet da nicht noch ein Regal auf uns?«

Silvana verschränkte ihre Finger und ließ die Knöchel knacken. »Dann frisch ans Werk.«

Gemeinsam trugen sie alle Einzelteile herauf, säuberten die Bretter, Seitenwände und Füße vom Staub und verschraubten sie sorgfältig.

Nachdem sie das Regal mit vereinten Kräften aufgerichtet hatten, blickte Corrie nachdenklich an die Wand. »Lassen wir es genau in der Mitte stehen?«

»Wenn wir rechts und links noch Platz für die Pflanzen haben wollen, würde ich sagen, ja.«

»Steht es schon ganz an der Wand?«

»Ich glaube, du kannst ihm noch einen kleinen Schubs geben«, antwortete Silvana und betrachtete abschätzend die Lücke.

»Kleiner Schubs, ja? Kommt sofort.« Corrie stemmte sich mit ihrem gesamten Gewicht gegen die Bretter, um das Regal noch etwas weiter nach hinten zu schieben.

Und tatsächlich gab es nach – jedoch weiter, als die beiden Freundinnen gedacht hatten.

Ungläubig verfolgte Silvana, wie der Bücherschrank

317

nach hinten kippte und einfach durch die Wand hindurch-
fiel und wie Corrie den Halt verlor und mit einem überraschten Aufschrei verschwand.

Dann ragten nur noch die massiven Kugelfüße des Regals und die Absätze von Corries Stiefeln aus der weißen
Mauer hervor.

KAPITEL 12

Das Tor mit den vier Schlössern

Corrie?«, fragte Silvana vorsichtig.

Sie stand ganz dicht an der Wand, unfähig, ihre Finger auszustrecken, um zu sehen, ob die Wand sie ebenso widerstandslos hindurchlassen würde. Sie starrte nur entgeistert auf das, was aus dem massiv geglaubten Beton hervorstand.

»Bist du in Ordnung, Corrie?«

»Verflucht!« Das war eindeutig Corries Stimme, wenn auch sehr gedämpft. Die Füße bewegten sich etwas, ein Stück Bein mit geringelter Strumpfhose wurde sichtbar – und verschwand plötzlich.

Silvana zuckte zusammen. »Corrie?«

»Hier ist es vielleicht finster! Und ich habe mir das Knie gestoßen. Verrätst du mir mal, was gerade passiert ist? Wo bin ich?«

Erleichtert atmete Silvana auf und stemmte die Hände in die Hüften. »Du bist gerade durch die Wand gefallen, als wäre sie nicht da.«

»Ernsthaft? Ich meine – so etwas gibt es doch eigentlich gar nicht, oder?«

Silvana schüttelte den Kopf. »Darüber wage ich mir mittlerweile kein Urteil mehr zu erlauben. Kannst du wieder herauskommen?«

»Wer kann wo herauskommen? Ist etwas passiert?«

Hinter ihr tauchte plötzlich Yazeem auf, der aus Amaranthina zurückgekehrt war und ihre letzten Worte gehört hatte.

Doch noch während er sprach, streckte Corrie ihren Kopf aus der Wand und sah sich erstaunt um. »Ich kann tatsächlich durch Wände gehen.«

Der Werwolf prallte erschrocken zurück. »Bei Deya! Was ist denn mit dir geschehen?«

Corrie trat an dem Regal vorbei zurück in den Laden und betrachtete die Holzfüße. »Verrückt, was?« Nachdenklich hob sie den Blick zur Wand. »Ist mir gar nicht aufgefallen, dass die Küche und der Tresorraum zusammen nicht so lang sind wie die Mauer.«

»Auf den Plänen waren auch nur zwei Räume eingezeichnet.« Silvana sah von rechts nach links und wieder zurück. »Warum hätten wir also nachmessen sollen?«

»Die Wandfarbe hat auch so gereicht«, stimmte Corrie zu. »Mich wundert nur, dass wir dann nicht auch schon beim Streichen hindurchgefallen sind.«

»Seltsam, in der Tat«, bestätigte Yazeem und streckte vorsichtig eine Hand aus. Auch seine Finger glitten ohne Widerstand durch die Wand. Stirnrunzelnd zog er den Arm zurück und sah Corrie an. »Und was befindet sich dahinter?«

»Ich habe keine Ahnung«, erwiderte diese achselzuckend. »Es ist viel zu dunkel, um etwas zu erkennen. Seltsamerweise lässt die Wand offenbar feste Gegenstände hindurch, nicht jedoch das Licht.«

»Wo sind wir hier bloß gelandet?«, fragte Silvana kopfschüttelnd. »Wahrscheinlich führt der Weg hinter der Wand zu einem alten Opferaltar oder so, wie in diesem

Horrorschinken aus den achtziger Jahren, den du so gerne schaust.«

Corries Miene hellte sich auf. »Stimmt! Das hätte doch was, oder?«

Silvana schnitt eine Grimasse. »Solange der Hohepriester da unten bleibt … Ob es wohl jemanden gibt, der uns sagen kann, was uns dahinter erwartet?«

»Warum finden wir es nicht einfach heraus?«, schlug Corrie vor, und ehe Silvana oder Yazeem etwas sagen konnten, war sie bereits wieder durch die Wand getreten. Trotz des Erlebnisses des vergangenen Abends war ihre Abenteuerlust wieder erwacht – schneller, als sie das selbst für möglich gehalten hätte. »Könnte jemand Licht mitbringen? Und vielleicht eine der drei Tauben von draußen?«

»Ich glaube nicht, dass sich die Nebel-Aare hier herein-begeben. Talisienn hat sie gerufen, um euch *außerhalb* des Buchladens zu schützen«, erwiderte Yazeem. »Hier drin-nen sind die Bannfelder von Alex dafür zuständig.«

Silvana warf ihm einen fragenden Seitenblick zu. »Reicht sein Zauber auch bis dort hinein?«

Der Werwolf schaute skeptisch. »Da Alex nichts von diesem Durchgang wusste, würde ich behaupten, die Ant-wort lautet nein.«

»Beruhigend.«

Durch die Wand drang Corries Stimme zu ihnen. »Ich würde mich über etwas Gesellschaft hier drinnen freuen. Wirklich.«

»Wie wäre es, wenn du stattdessen erst einmal wieder zu uns kommst und wir die Taschenlampen suchen?«, schlug Silvana vor.

»Nicht nötig, schätze ich«, antwortete Corrie. Ihr Kopf und ihr rechter Arm tauchten aus der Wand auf. In der Hand hielt sie eine alte Fackel, die sie kritisch im Licht begutachtete. »Da bin ich mit dem Knie drauf gelandet«, erklärte sie, als sie die fragenden Gesichter der anderen beiden bemerkte. »Ich finde, die sieht brauchbar aus. Hat jemand Feuer zur Hand?«

»In einem Buchladen?«, fragte Silvana entsetzt. »So weit kommt's noch!«

Yazeem zog wortlos ein Sturmfeuerzeug aus der Gesäßtasche seiner Jeans und ließ den Deckel aufschnappen. Schwach leckte die Flamme an ihrem kurzen Docht empor.

»Rauchst du?« Silvana musterte den Werwolf argwöhnisch.

»Muss man das, um ein Feuerzeug zu besitzen?«

»Muss man nicht. Aber ich weiß ja seit der Nacht im Hotel, dass du es tust.« Begeistert hielt Corrie ihm die Fackel entgegen und entzündete das Pech, mit dem sie bestrichen war. »Kommt ihr?« Und schon war sie wieder verschwunden.

Yazeem musterte Silvana forschend. »Du willst nicht, oder?«

Silvana seufzte unbehaglich. »Ich weiß auch nicht. Einerseits will ich unbedingt wissen, was sich hinter dieser Wand verbergen könnte. Andererseits will ich es lieber nicht. Wer weiß schon, was uns erwartet.«

»Niemand, wenn wir nicht gehen«, antwortete Yazeem. Ein aufmunterndes Lächeln kerbte sich in seine Mundwinkel. »Aber wir können Corrie auch nicht alleine umherwandern lassen.«

Silvana schürzte die Lippen. »Und davon abhalten können wir sie genauso wenig.«

»Außerdem bin ich ja auch noch da.«

Der Ausspruch entlockte Silvana ein Schmunzeln. »Ich fühle mich gerade, als wäre ich wieder zehn Jahre alt.«

Auch Yazeem lächelte. »Was deine Erfahrungen mit Magie betrifft, bist du sogar noch sehr viel jünger.«

Silvana wollte noch etwas erwidern, aber sie wurde von Corrie unterbrochen.

Die Stimme ihrer Freundin drang aufgeregt zu ihnen. »Das müsst ihr euch ansehen!«

Yazeem sah Silvana fragend an. »Wollen wir?«

Diese straffte die Schultern und nickte. »Auf ins nächste Abenteuer.«

Dicht gefolgt von Yazeem trat sie durch die Wand. Sie hatte erwartet, dass sie dabei irgendetwas fühlen würde, ein Kribbeln oder einen Widerstand, aber nichts dergleichen geschah. Die Mauer verblasste vor ihren Augen, und im nächsten Moment befand sie sich auf der anderen Seite.

Corrie hatte noch weitere Fackeln in alten, geschmiedeten Wandhalterungen gefunden und entzündet. Ihr dumpfes Licht zuckte über die grob gehauenen Steinwände und den staubbedeckten Boden. Am gegenüberliegenden Ende des Raumes konnte Silvana den Absatz einer Treppe ausmachen, die tief hinabführte.

Mit der Fackel in der Hand kam Corrie auf sie zu. »Hier muss schon seit Ewigkeiten niemand mehr gewesen sein.« Sie senkte die Fackel kurz zu Boden, wo das Feuer die dicke graue Schicht beleuchtete, in denen ihre Schuhe tiefe Abdrücke hinterlassen hatten. »Und ich habe noch etwas gefunden!« Sie hob die Flamme empor und beleuchtete damit Reihen von dünnen, länglichen Gegenständen, die aus den Fugen zwischen den Steinen hervorstanden.

»Nägel?«, fragte Silvana und trat näher.

Corrie krauste skeptisch die Nase. »Gleich so viele auf einmal und so dicht beieinander?«

Silvana zuckte die Schultern. »Wer weiß, wofür sie gedacht sind?«

Yazeem, der hinter ihnen stand, schüttelte leicht den Kopf. »Das sind keine Nägel.«

Corrie warf einen fragenden Blick über ihre Schulter.

Vorsichtig streckte der Werwolf eine Hand aus und zog sacht an einem der Stäbe. Mit einem leisen Schaben gab er nach und ließ sich herausnehmen. Zur besseren Begutachtung hielt Yazeem ihn nahe an die Fackel.

Corrie runzelte die Stirn. »Der hat ja unten Löcher.«

»Und nicht nur das.« Der Werwolf drehte den Stab so, dass die beiden Freundinnen die flache Oberseite sehen konnten, und fuhr mit dem Daumen darüber. Zum Vorschein kamen eingravierte Ziffern: 1.1.

»Wie seltsam.« Corrie reichte Yazeem die Fackel und nahm ihm den Stab aus den Fingern. »Sieht aus wie eine winzige Flöte. Wofür die wohl sind?«

»Vielleicht finden wir die Antwort ja weiter unten.« Yazeem deutete mit der Fackel zur Treppe. Silvana hob unbehaglich die Schultern. »Hauptsache, nichts Gefährliches – etwas mit vielen Zähnen zum Beispiel.«

»Oder Fallen.« Yazeem wischte sich die Hand an der Hose ab, wobei er einen orangenen Streifen hinterließ, und wechselte die Fackel in seine Linke. Mit der Rechten griff er hinter sich und zog einen Dolch unter seinem Pullover hervor. »Deshalb würde ich vorschlagen, dass ihr mich

324

vorausgehen lasst. Auch wenn es sich eigentlich ziemen würde, den Besitzerinnen den Vortritt in ihrem Heim zu lassen. Aber falls dort unten wirklich etwas Feindseliges auf uns warten sollte, habe ich ihm mehr entgegenzusetzen als ihr.«

Silvana, die seine Waffe überrascht registriert hatte, nickte. »Ich für meinen Teil reiße mich nicht darum, als Erste dort anzukommen, wo auch immer die Stufen hinführen mögen.«

»Denkst du denn, dass dort unten wirklich etwas sein könnte?« Corrie betrachtete das gedrehte Eisen, aus dem die Streben des Geländers bestanden und die sich im zuckenden Schein des Feuers wie aufgerichtete Schlangen zu bewegen schienen.

»Das weiß man nie«, erwiderte der Werwolf. »Cryas hat mich nicht umsonst noch einmal *explizit* darauf hingewiesen, wie wichtig eure Sicherheit ist. Nicht dass es einer solchen Erinnerung bedurft hätte.« Er wandte sich um. »Wenn ihr mir dann bitte folgen wollt?« Mit diesen Worten schritt er voraus.

Die beiden Freundinnen folgten ihm dicht hintereinander.

Corrie betrachtete noch immer fasziniert den Stab von allen Seiten. Silvana wandte ihre Aufmerksamkeit den grob gehauenen Wänden zu, über die das Feuer der Fackeln tanzte und Schattengebilde zum Leben erweckte. Die Erinnerung an den Angriff des Vorabends ließ ihr Herz klopfen. Sie versuchte sich zu beruhigen: Solange diese furchtbaren Stimmen nicht wieder erklangen, musste alles in Ordnung sein. Und mit jeder Treppenstufe, die sie tiefer stiegen, entspannte sie sich.

Die Wände wurden ebener, beinahe glatt und schlossen sich schließlich am Ende der Treppe zu einem Bogen, an dessen höchstem Punkt die Zahl Eins eingemeißelt war.

Yazeem verharrte am unteren Absatz, die Fackel vor sich ausgestreckt, und lauschte.

Aus der Finsternis vor ihnen drang kein Geräusch. Der Werwolf trat ein paar Schritte vor. Das Feuer enthüllte den Beginn eines Ganges, der sich außerhalb des Fackelscheins in der Dunkelheit verlor.

»Seht mal … der Boden!« Corrie deutete mit der Hand zu ihren Füßen. Die Staubschicht war merklich dünner. Unter ihr waren rautenförmige, mehrfarbige Fliesen, auf denen ein verschlungenes Zeichen zu sehen war.

Silvana blinzelte. Im Staub waren unförmige, sichelartige Gebilde. Winzige Fußabdrücke!

Bevor sie jedoch dazu kam, ihre Entdeckung mitzuteilen, schob Corrie den rostigen Stab in ihre Tasche und kniete sich nieder. Mit dem Ärmel ihres Shirts wischte sie den Staub beiseite. »Was ist das für ein Zeichen?«

Silvana stöhnte innerlich auf. Nun würden sie nie herausfinden, was es mit diesen Abdrücken auf sich hatte! Es blieb ihr nichts anderes übrig, als sich weiter vorzubeugen und Corries Entdeckung zu begutachten. »Sieht ganz schön seltsam aus.« Sie legte prüfend den Kopf schief. »Sind das Buchstaben?«

Corrie verengte die Augen. »Ich glaube schon. Ein L und ein A. Ineinander verschlungen.« Sie fuhr die Linien mit dem Finger nach. »Aber was soll das hier sein?« Sie tippte mit dem Zeigefinger auf vier Gebilde, die um die Buchstaben herum angeordnet und durch Ellipsen verbunden waren. »So etwas habe ich noch nie gesehen.«

Yazeem, der ebenfalls auf das Zeichen hinabsah, schüttelte den Kopf. »Ich auch nicht.«

»Wir könnten ein Foto machen«, schlug Silvana vor. »Und es Talisienn beschreiben. Vielleicht kennt er es.«

»Prima«, nickte Corrie. »Hast du dein Handy dabei?«

»Leider nicht.«

»Es läuft uns ja nicht weg«, warf Yazeem ein. »Denke ich zumindest.«

Corrie erhob sich und klopfte den Staub von ihrer Kleidung. »Wie wäre es mit etwas mehr Licht? Ich finde es hier ziemlich finster.«

»Fürchtest du dich?«, fragte Yazeem stirnrunzelnd. »Möchtest du lieber wieder zurückgehen?«

Corrie sah ihn fassungslos an. »Zurückgehen?« Wie kam er bloß auf eine solche Idee? Nichts hätte ihr ferner liegen können!

»Ich glaube, sie fürchtet nur, irgendetwas Interessantes zu übersehen«, bemerkte Silvana schmunzelnd. Zwar fühlte sie sich hier unten noch immer nicht sonderlich wohl, aber sie war erleichtert, dass zumindest Corries Begeisterung für Abenteuer wieder geweckt war. Schon in London war ihre Freundin nie weit entfernt gewesen, wenn es etwas Neues zu sehen gab. Vollkommen egal, ob es sich um einen Laden oder eine Ausstellung handelte oder einfach nur um eine Gasse, die sie noch nicht kannte – und stets war es ihr gelungen, Silvana mit ihrer Begeisterung anzustecken. Und auch jetzt hatte sie damit wieder Erfolg. Silvana brannte darauf, mehr über diesen versteckten Keller zu erfahren.

Yazeem brummte. »Nun gut. Dann lasst mich mal sehen.« Als Werwolf sah er ausgezeichnet im Dunkeln. Ziel-

327

strebig steuerte er vier Punkte an den Wänden an und entzündete die dort befestigten Fackeln, die knisternd zum Leben erwachten.

Ihr rötliches Licht erfüllte bald den gesamten Korridor und trieb die Schatten in die Nischen und Ecken zurück, wo sie zuckend verharrten.

Der Werwolf wandte sich zufrieden den beiden Freundinnen zu. »Schon besser.«

Corrie und Silvana spähten zu dem, was der Feuerschein enthüllt hatte. Sieben kunstvoll mit steinernen Ranken verzierte Säulen wuchsen an den Wänden empor, um die gewölbte, glatt verputzte und mit einem Blätterdach bemalte Decke zu stützen. Neben der ersten Säule befand sich ein niedriges Podest mit einer flachen Schale darauf. Ein kleines Wasserrinnsal, in dem sich das Licht der Fackeln glitzernd brach, mündete in ihr.

»Ist das ein Brunnen?«, fragte Silvana erstaunt. »Hier unten?«

»Seltsam, nicht wahr?«, stimmte Yazeem zu. »Und so geräuschlos, dass selbst ich ihn nicht vernommen habe.«

Corrie schob sich an den beiden vorbei. Ihr Interesse galt nicht dem lautlos dahinfließenden Wasser, sondern den Türen, die zwischen den Säulen in die Wände eingelassen waren. Noch bevor Yazeem ein warnendes Wort hervorbringen konnte, hatte Corrie bereits neugierig die Hand auf einen der Knäufe gelegt und rüttelte daran. Es erklang nur das leise Klappern des Riegels. Die Tür gab nicht nach. »Verschlossen«, stellte sie enttäuscht fest.

Yazeem hingegen stöhnte erleichtert und sah die junge Frau tadelnd an. »Nicht unbedingt zu unserem Nachteil, junge Dame. Waren wir nicht einig, dass ich vorgehe, für den Fall, dass es hier gefährlich werden könnte?«

»Tut mir leid«, murmelte Corrie und starrte betreten auf den Türknauf. Plötzlich verengten sich ihre Augen, und sie beugte sich vor. »Seht mal. Hier ist noch etwas.«

Silvana sah über die Schulter ihrer Freundin. »Stimmt. Da ist etwas eingraviert.«

»Zahlen«, nickte Yazeem, der die Fackel näher heranhielt. »Eine Eins, ein Punkt und eine weitere Eins.«

»An dem Bogen an der Treppe stand doch ebenfalls …« Silvana brach abrupt ab und machte einen erschrockenen Schritt zurück. Ein eiskalter Luftzug hatte ihre Wange gestreift – jene, die sie der Tür zugewandt hatte.

Yazeems Kopf ruckte zu ihr. »Was hast du?«

»Ich … ich weiß auch nicht. Ich habe etwas Kaltes gespürt.« Stirnrunzelnd sah sie wieder auf die Tür und zu der Zahl auf dem Knauf. Sie dachte an die Fußabdrücke, und ihr wurde wieder mulmiger.

»Möchtest du nach oben?«, fragte Yazeem ernst. »Dann sehe ich mich alleine weiter um.«

Silvana sah Corries enttäuschtes Gesicht und lächelte. »Nein, schon gut. Wir sehen uns weiter um.« Wenn hier unten etwas lebte oder *wandelte,* dann wollte sie es lieber wissen. Schließlich war es gut möglich, dass dieses Etwas die Wand ebenso einfach durchschreiten konnte, wie sie es getan hatten.

Corrie wandte ihre Aufmerksamkeit wieder dem kleinen Loch im Türbeschlag zu. Nachdenklich betrachtete sie es von allen Seiten, bevor sich schließlich ein Grinsen auf ihr Gesicht stahl. »Denkt ihr, was ich denke?« Sie zog den Metallstift aus der Hosentasche hervor.

»Du glaubst, das ist ein Schlüssel?«, fragte Silvana skeptisch.

Yazeem nahm ihn ihr aus der Hand. »Ich werde es ausprobieren. Dann werden wir es ja sehen.«

Corrie machte eine einladende Handbewegung und trat zur Seite. In ihren Augen spiegelte sich die Überzeugung, mit ihrer Vermutung richtigzuliegen.

Vorsichtig schob Yazeem den Stab mit dem seltsamen Lochmuster in die Öffnung. Als er gegen einen Widerstand im Inneren stieß, gab es zuerst ein leises Klicken, dann schnappte der Riegel zurück.

Mit der Schulter zur Wand, den Dolch griffbereit am Gürtel, drehte Yazeem langsam den Knauf.

Knarrend gab die Tür nach und öffnete sich einen Spalt weit.

Corrie und Silvana drückten sich aneinander und lauschten angespannt. Yazeem nahm den Dolch in die Rechte.

Alles war jedoch still, nichts war zu vernehmen, was die Anwesenheit eines anderen Lebewesens verraten hätte.

Behutsam stieß der Werwolf die Tür mit der Schuhspitze auf.

Unwillkürlich hielten Corrie und Silvana die Luft an.

Nichts geschah.

»Scheint keine Falle zu sein, oder?«, fragte Corrie.

Yazeem löste sich von der Wand. »Lasst mich trotzdem vorgehen.« Und mit ausgestreckter Fackel trat er ein.

Corrie und Silvana blieben an der Schwelle zurück, bis der Werwolf die Fackeln an den Wänden entzündet hatte und ihr Feuerschein den Raum ausleuchtete. In dessen Mitte standen vier niedrige Schreibpulte. Die Wände säumten Regale aus dunklem Holz, allesamt jedoch leer und von Staub und Spinnweben bedeckt.

Silvana hob die Brauen, als sie sah, worauf Yazeem zusteuerte. »Ein Kamin? Hier unten? Wohin zieht denn der ganze Rauch ab?«

Yazeem ging vor der Feuerstelle in die Hocke. »Ich denke nicht, dass er Rauch entwickelt.« Er senkte die Fackel zu den blanken Steinplatten im Inneren des Kamins. »Es gibt hier weder Überreste von Holz noch Spuren von alter Asche. Nichts, das auf ein *wirkliches* Feuer hindeuten würde.« Er hob schnuppernd den Kopf. »Es fehlt auch der typische Geruch.«

»Brennpaste?«, schlug Corrie vor. »Oder Ethanol?«

Yazeem kräuselte spöttisch die Lippen. »Denk daran, welche Art Barriere diesen Keller schützt.«

»Du meinst, das ist ein magischer Kamin?«

»Ich habe selbst einmal einen besessen. Allerdings keinen so alten.« Der Werwolf erhob sich und fuhr mit den Fingerkuppen über den Rand der Esse. Erst jetzt nahmen auch die beiden Freundinnen die Zeichen wahr, die dort eingraviert worden waren. Für Corrie sahen sie aus, als hätte Picasso versucht, kyrillisch zu schreiben. »Das hätte ich hier unten niemals vermutet«, murmelte Yazeem erstaunt. »Und schon gar nicht in dieser Welt.«

Silvana trat zu ihm, um einen besseren Blick zu haben. »Und was genau soll das sein?«

»Das ist Altfirolasisch.«

»Altfirolasisch?«, wiederholte Silvana verständnislos.

»Firolasier. Ein Volk von Druiden. Magier der Natur. Schriftenkünstler und Bewahrer des geschriebenen Wortes. Man trifft sie nur äußerst selten außerhalb ihres

Archipels an, weil sie sehr verschlossen sind und ihre Kultur streng hüten. Ihre jahrtausendealte Kunst der Heilteeherstellung ist so legendär wie geheimnisumwittert. Firolasisches Heilwasser wird nur gegen die Haut von Onyxdrachen getauscht, das teuerste Leder, das es gibt.«

Corrie zog die Oberlippe zwischen die Zähne. »Und die haben ausgerechnet hier im Keller gesessen und geschrieben?«

»Sieht ganz danach aus.«

Silvana betrachtete die Schrift am Kamin. »Kannst du lesen, was da steht?«

Yazeem verengte die Augen und hielt die Fackel näher. »Nur ein wenig. Aber ich denke, das, was ich entziffern kann, könnte in etwa heißen: ›Des Lebens Pulse … Ätherische Dämmerung …‹« Er hielt inne und sah die beiden jungen Frauen mit erhobenen Brauen an. »Ist das nicht …?«

»Aus Goethes *Faust*«, nickte Corrie staunend. »Verrückt.«

»Vielleicht hat ihnen der Text gut gefallen«, sagte Yazeem. »Er passt zu ihnen.«

Corries Blick wanderte von Goethes Worten zur geöffneten Tür. In ihren Augen funkelte es. »Also ich bin jetzt wirklich gespannt, was sich hinter den restlichen Türen befindet.«

Silvana nickte, wenn auch mit deutlich weniger Enthusiasmus. »Ein paar sind es ja, wenn man die Schlüssel bedenkt, die oben noch stecken.«

Yazeem neigte den Kopf. »Dann sollten wir weitergehen. Und ich«, betonte er mit einem mahnenden Seitenblick auf Corrie, »werde vorgehen und die Türen öffnen.«

Corrie schnitt eine Grimasse, nickte aber. »In Ordnung.«

Nachdem sie die restlichen Stabschlüssel geholt hatten, setzten sie ihre Erkundungen fort. Sie stiegen noch zwei weitere Stockwerke hinab. In jedem befanden sich Korridore mit jenen lautlosen Brunnen und zahlreichen Türen, die sie nacheinander öffneten. Alle Räume, in die sie blickten, glichen jedoch weitestgehend dem ersten.

Alle, bis auf zwei.

Im zweiten Untergeschoss stießen sie auf einen Raum mit einem riesigen, bauchigen Kessel sowie einigen Trockengestellen, an denen dicke Papierseiten hingen. Offenbar waren sie hier für die Schreiber in den anderen Räumen geschöpft worden.

Der zweite Raum, den sie noch eine Etage tiefer fanden, schien ursprünglich einmal eine Art Laboratorium gewesen zu sein. In den schiefen, zum Teil bereits zusammengefallenen Regalen standen Kolben, Fläschchen, Tiegel und Pipetten, und auf dem Tisch in der Mitte waren Mörser voll seltsamer, bunter Pulver aufgereiht. Da sie deren Ursprung und Wirkung nicht kannten, mahnte Yazeem zur Vorsicht, und so stiegen sie schließlich ins vierte Untergeschoss hinab.

Der Werwolf, der immer noch vorausging, wollte gerade nach weiteren Fackeln suchen, als es unvermittelt hell wurde.

Entlang der Wände lohten weiße Feuer auf und leiteten ihre Blicke zum Ende des Korridors.

Beinahe die gesamte hintere Wand wurde von einer

333

übermannshohen Tür aus Holzbalken eingenommen, die mit massiven Metallbeschlägen versehen war. Vier armdicke Eisenriegel reichten über die gesamte Breite, jeder zusätzlich mit einem faustgroßen, seltsam geformten Vorhängeschloss gesichert.

»Das ist ja ein halbes Burgtor«, bemerkte Silvana ehrfürchtig.

»Und mehr als doppelt so gut gesichert«, ergänzte Corrie. »Was sich wohl dahinter befindet?«

Yazeem zuckte die Achseln. »Sehen wir es uns an. Vielleicht findet sich ja irgendwo ein Hinweis.«

Vorsichtig bewegten sich die drei auf das Tor zu. Dabei bemerkten sie, dass die Wände hier unten nur noch sehr wenig bearbeitet, und auch die vier Kammern rechts und links von ihnen nur grob in den Fels getrieben worden waren. In ihnen stapelten sich dicke, zusammengeschnürte Packen Papier, denen der Zahn der Zeit erstaunlich wenig angehabt zu haben schien. Sie zeigten weder Schimmel- noch Stockflecken.

Dann standen sie vor der Tür.

Eine Weile ließen sie ihre Blicke über das Holz und das Metall wandern, ohne ein Wort zu sprechen.

»Da würde nicht einmal ein Troll durchkommen«, bemerkte Yazeem schließlich.

»Also entweder, dahinter ist etwas eingeschlossen, das so kostbar ist, dass niemand herankommen soll«, begann Corrie.

»Oder aber«, unterbrach sie Silvana, »etwas, das so gefährlich ist, dass es niemals herausgelangen darf.«

Corrie warf ihr einen schiefen Blick zu. »Ich würde meine Variante bevorzugen.«

»Nicht nur du.«

Corrie krauste nachdenklich die Nase. »Könnte wohl das Buch dahinter sein?«

»Das Zweite Buch von Angwil?« Silvana betrachtete die Tür abschätzend. »*Da*hinter?«

Yazeem fuhr sich über seinen Bart. »Gar keine so abwegige Idee.«

»Dann hat das Liber Panscriptum aber eine sehr weite Auslegung von ›*in* der *Taberna Libraria*‹. *Unter* hätte es wohl eher getroffen. Hast du eigentlich schon einmal so seltsam geformte Schlösser gesehen, Yazeem?«

Der Werwolf schüttelte den Kopf. »Sie scheinen mir ganz und gar einzigartig zu sein.«

Silvana streckte die Finger nach dem obersten aus, verharrte jedoch. »Das hier ist ganz massiv – bis auf dieses kleine Loch in der Mitte. Wir haben nicht zufällig noch einen von den Stiftschlüsseln übrig?«

Corrie tastete über ihre Hosentasche, obwohl sie die Antwort längst kannte. »Jeder passte zu einer der Türen über uns. Wir haben alle aufgebraucht.«

Silvana brummte unzufrieden und fuhr fort, sich die übrigen drei Schlösser anzusehen. Besonders fielen ihr das dritte und vierte auf – während das eine in eine Art durchsichtigen Behälter mündete, baumelte an dem anderen eine Schale von der Größe einer Untertasse.

Mit verengten Augen beugte sie sich vor und musterte das Tor noch einmal genau. Etwas an den breiten Riegeln hatte ihre Aufmerksamkeit geweckt.

»Hast du etwas gefunden?«, wollte Corrie wissen.

»Da steht etwas drauf«, stellte Silvana fest, die mit der Nase mittlerweile fast an die Riegel stieß.

»Wieder Zahlen?« Corrie trat neben sie und versuchte, ebenfalls etwas zu erkennen.

Silvana schüttelte den Kopf. »Ich würde sagen, Buchstaben. Aber es ist alles mit Staub überzogen.« Sie nahm ihren Ärmel zwischen die Finger und rieb über das Eisen, um es zu säubern.

Unvermittelt begann die Luft neben ihnen zu glühen. Mit einem halb erschrockenen, halb ängstlichen Laut wichen die beiden hinter Yazeem zurück, der den Dolch gezückt hielt. »Was ist das?«, stieß Corrie hervor. »Hast du mit deiner Reiberei einen Flaschengeist beschworen?«

Yazeem verengte die Augen und versuchte, etwas in der Form zu erkennen, die sich aus dem goldgelben, glitzernden Wirbel zu bilden begann. »Ein Buch«, murmelte er schließlich und trat vorsichtig näher. »Ein *ätherisches* Buch.«

»Sind die gefährlich?« Silvana reckte den Hals, wagte jedoch nicht, näher zu kommen.

»Sie sind für gewöhnlich in Zaubern verborgen, um Hinweise zu geben«, erwiderte Yazeem langsam. »Manchmal sind sie aber auch Schutzzauber, die üble Flüche aussprechen können.«

Corrie schluckte. »Wenn ich zu irgendeinem Tier werden sollte, möchte ich einen großen Käfig und das beste Futter, bitte.«

»Wenn das Buch einen solchen Zauber in sich tragen würde, wären wir alle längst verwandelt«, beruhigte sie Yazeem. Als er einen weiteren Schritt auf das Buch zu machen wollte, füllte plötzlich eine dunkle, näselnde Stimme den Gang.

»Fremde! Wenn ihr hier unten steht, hat euch das Wissen oder der Zufall geleitet. Sollte es Zufall gewesen sein, so werdet ihr nichts von dem verstehen, was ich euch gleich vortrage. Versucht nicht, diese Tür zu öffnen, denn was dahinter ist, besitzt keinerlei Wert. Verlasst diese Gewölbe und tretet zurück durch die Barriere, ohne einen Gedanken an das zu verschwenden, was ihr hier unten vorgefunden habt.

Jene jedoch, die dem Buch unseres Meisters gefolgt sind, werden ihre Belohnung bekommen, wenn sie sich als würdig erweisen und alle vier Rätsel, die ich als Prüfung in den Stahl gebrannt habe, lösen. Ein jedes weist den Weg zu etwas, dessen es bedarf, um die Schlösser zu öffnen und den Zauber zu lösen.«

»Spricht er von dem Zweiten Buch von Angwil?«, flüsterte Corrie aufgeregt. »Ist es also wirklich hier unten?«

Doch Silvana gebot ihr mit einem Kopfschütteln zu schweigen.

Das Buch hatte seine Ausführungen noch nicht beendet.

»Wenn es euch gelungen ist, ein jedes Rätsel zu lösen, tretet erneut vor dieses Tor und öffnet ein Schloss nach dem anderen. Wenn ihr euch dann noch immer dem stellen wollt, was die Schriften bereithalten, so nehmt an euch, was hier verborgen liegt. Ergründet die Geheimnisse, die auf dem Weg warten, bis schließlich alles bereitet ist, um den Meister in diese Welt zurückzurufen.« Die Stimme räusperte sich kurz und nahm einen weniger formalen Klang an. »Falls ihr geht: Ich werde dann auf die Nächsten warten, die kommen. In diesem Fall wünsche ich alles Gute.« Danach schwieg sie, und das Buch verblasste langsam.

337

»Also für mich klang das ziemlich nach dem Versteck des Zweiten Buches«, stellte Corrie fest und klopfte mit der flachen Hand gegen das massive Holz.

»Dem stimme ich durchaus zu«, nickte Yazeem. »Aber um heranzukommen, müssen wir erst die Rätsel lösen, die auf den Eisenbändern stehen.«

Corrie betrachtete die geschwungene Schrift und zog zischend die Luft zwischen die Zähne. »Kann sich die jemand merken, bis wir wieder oben sind?«

»Müssen wir nicht.« Silvana verschwand kurz in einer der Nischen und kam mit ein paar leeren Seiten aus einem der alten Papierpacken zurück, die sie Corrie reichte. »Hast du etwas zum Schreiben?«

Corrie tastete zu ihrer Gesäßtasche und zog einen Kugelschreiber hervor. »Klar doch.« Sie faltete die Pergamente, um einen festeren Untergrund zum Schreiben zu haben. »Dann schieß mal los. Was steht auf den Riegeln?«

Yazeem hielt die Fackel an das oberste Stahlband, und Silvana las die Inschrift vor. »Hier steht: *Was die Schlange liebt und dir nicht gibt – doch wandelt sie's dir, plazier es hier.* In dem Schloss ist eine runde Vertiefung. Was auch immer da reingelegt werden soll, muss wohl rund sein.«

Corrie nickte. »Gut. Den ersten habe ich. Was steht auf dem zweiten?«

Silvana verengte die Augen, rieb mit dem Ärmel über das Eisen und beäugte es noch einmal von allen Seiten. Das Ergebnis blieb dasselbe. »Hier steht nichts.«

Corrie sah stirnrunzelnd auf. »Wie, nichts?«

»Es gibt keine Aufschrift.«

Yazeem schüttelte den Kopf. »Seltsam.« Er beugte sich noch etwas weiter vor. »Aber auf dem Schloss daneben ist ein aufrecht stehender Wolf eingraviert. Und sein Schatten hat die Form eines Menschen, würde ich behaupten.«

Silvana beugte sich weiter vor. »Dem würde ich zustimmen. Schreib das mal so auf.«

»Gut«, erwiderte Corrie, klang jedoch nicht sehr überzeugt. »Und das dritte Schloss?«

»Darauf steht: *Des hängenden Mannes Rechte ist der Fisch. Die Linke hält den Stern. Und unter dem Haupte braust dahin das Meer.*«

»Klingt wie eine Art Kompass«, bemerkte Corrie, während sie die Sätze niederschrieb. »Oder eine Wegmarkierung.«

»Möglicherweise«, stimmte Silvana zu. »Oder auch etwas ganz anderes. Bereit für den letzten?«

Corrie zog die vierte leere Seite hervor. »Dann lass mal hören.«

»*Das Äußere so blau wie das Gefieder vom Pfau. Der Kern jedoch weiß und so kalt wie das Eis. Dazu süß und so zart, nach marderischer Art.*« Sie runzelte die Stirn. »Das klingt seltsam.«

»Das tut der Rest auch.« Corrie faltete die Blätter sorgfältig und schob sie dann zusammen mit dem Kugelschreiber zurück in ihre Tasche. Aufgeregt grinsend sah sie in die Runde. »Also, ich für meinen Teil würde jetzt gerne wieder zurückgehen und mich oben bei einer schönen Tasse Tee und ein paar Broten mit dem Inhalt dieser Rätsel beschäftigen.«

Yazeem neigte den Kopf. »Dem würde ich mich anschließen.«

Corrie sah ihre Freundin fragend an. »Silvie?«

Silvana, die noch einmal ihren Blick über die schwere

Tür hatte gleiten lassen, nickte. »Etwas zu essen könnte ich jetzt auch vertragen.«

Yazeem wandte sich mit der Fackel zum Gehen. »Dann lasst uns sehen, ob diese Rätsel wirklich würdig sind, das Zweite Buch von Angwil zu schützen.«

KAPITEL 13

Das erste Schloss

In der Mittagspause am folgenden Tag saßen Corrie und Silvana gemeinsam in der Küche über den Rätseln, die Yazeem in verschnörkelter Schrift noch einmal sauber niedergeschrieben hatte.

Sie hatten nach ihrer Rückkehr sofort versucht, Talisienn zu erreichen, um ihm von ihrer Entdeckung zu erzählen und ihn um Rat zu bitten, doch der Vampir war gerade in keiner guten Verfassung. Näheres hatte Donnald ihnen nicht erzählt.

Und so hatte der vergangene Abend nur eine einzige neue Erkenntnis gebracht: Sie waren sich einig, dass das zweite Schloss nur von einem Werwolf geöffnet werden konnte.

»Nur so kann man das Symbol verstehen«, fasste Corrie zusammen. »Versuchen wir also, aus den anderen Rätseln schlau zu werden.« Sie zog sich eine der Seiten heran. »›Nach marderischer Art‹ … Ob damit wohl das Tier gemeint ist? Ein Marder?«

Silvana runzelte die Stirn. »Aber was ist mit der Farbe? Oder gibt es im Inselreich blaue Marder?«

Corrie schürzte die Lippen. »Bei dem, was wir bisher alles dort gesehen haben, würde ich das nicht ausschließen. Auch wenn das kalte Innere nicht wirklich einen Sinn ergibt, wenn man an ein Tier denkt. Zumindest nicht bei einem Säugetier. Und ein kaltblütiger Marder … Ich weiß ja nicht.«

»Wo wir gerade bei Tieren sind – was würdest du denn beim ersten Rätsel vermuten? Was liebt eine Schlange und gibt es nicht her?«

»Ihre Beute?«, schlug Corrie vor.

»›Wandelt sie es dir, plazier es hier‹ – sollen wir etwa eine Maus auf das Schloss setzen?«

»Vielleicht ein Schlangenei?« Corrie musste an die Vertiefung denken. »Das würde zumindest in das Loch passen, wenn es ein kleines Ei ist.«

Silvana war nicht überzeugt. »Und was soll dann der Teil mit dem Wandeln?«

Corrie zuckte die Achseln. »Wenn du bei der Maus bleiben willst? Von lebendig zu tot vielleicht?«

»Das wäre aber makaber.«

»Aber durchaus möglich.«

Silvana schüttelte den Kopf. »Ich denke, ich werde erst einmal versuchen, mehr darüber herauszufinden, wozu die Räume dort unten ursprünglich genutzt wurden. Vielleicht gibt uns das einen Hinweis auf die Natur der Rätsel.«

Corrie hob eine Braue. »Und wen willst du da fragen?«

»Natürlich die, die am längsten von uns allen hier sind – unsere Gargoyles.«

Corrie erhob sich und warf einen Blick auf die Spieluhr, die sie bisher noch nicht hatten ausprobieren können.

»Klingt nach einem Plan. Ich bin bei Yazeem im Laden. Wenn etwas sein sollte, ruf einfach.«

Silvana setzte sich nach draußen auf die Treppe und betrachtete nacheinander die vier Gargoyles. Zwei flankierten die Stufen, zwei saßen auf dem Sims über dem Eingang.

»Ich weiß, ich bin etwas spät. Ich glaube, wir haben uns noch gar nicht richtig bekannt gemacht, seit Corrie und ich in Woodmoore sind.«

»Oh, man stellt sich ja auch eigentlich eher nicht der Dekoration vor, oder?«

»Nur wenn sie sprechen kann.«

»Hey, das bedeutet, dass sie akzeptiert, uns hören zu können. Toll, oder? Hat schon lange niemand mehr.«

»Ja, Tutter. Und da sie dich hören kann, brauchst du auch nicht in der dritten Person von ihr zu reden.«

»Tut mir leid, Toby. Also noch einmal: Hey, du hast akzeptiert, dass du uns hören kannst?«

Silvana lächelte leicht vor sich hin. »Sonst würde ich mir eure Stimmen ja nur einbilden und in eine Zwangsjacke gehören. Bleibt mir wohl nichts anderes übrig, oder?«

»Punkt für dich.«

»Also, ich kann vier verschiedene Stimmen hören, aber ich weiß nie, wer von euch gerade spricht. Wer ist denn zum Beispiel Tutter?«

»Das bin ich.«

Silvana schnitt eine Grimasse. »Genau das meinte ich.«

»Oh, entschuldige. Natürlich. Rechts oben. Von dir aus gesehen.«

Silvana hob den Kopf und grinste. Tutter war ein kleiner Drache, der sprungbereit auf seinem Vorsprung saß, das Gesicht listig verzogen.

»Sehr erfreut. Und Toby?«

»Direkt darunter.«

»Du bist der, der versucht, die anderen zur Ordnung zu rufen, oder?«, fragte Silvana, während sie den Arm ausstreckte und dem Gargoyle sanft den steinernen Kopf tätschelte. Toby sah Tutter recht ähnlich, war jedoch größer und trug einen eher melancholischen Ausdruck auf dem Gesicht. Außerdem war eines seiner Hörner zur Hälfte abgebrochen.

»*Du hast ja keine Ahnung, wie anstrengend die drei manchmal sein können.*«

»*Danke gleichfalls, du Spielverderber.*«

»Und zu wem gehört die Stimme jetzt wohl?«

Der Angesprochene räusperte sich kurz. »*Claw. Ebenfalls neben dir. Auf der anderen Seite.*«

Silvanas Miene hellte sich auf. »Du bist der mit dem Ziegenbärtchen!« Sie strich auch ihm zur Begrüßung über den Kopf und die großen, abgesenkten Ohren, die ihm ein etwas trauriges Aussehen verliehen. »Und dann solltest du Snick sein.« Sie hob den Blick zum vierten Gargoyle, einer hundeartigen Gestalt mit weit aufgerissenem Maul und wütend verengten Augen.

»*Aber ich bin nicht so grausam, wie ich aussehe.*«

»Natürlich bist du das nicht.«

»*Können wir etwas für dich tun, oder wolltest du einfach nur hallo sagen?*«

Silvana sah Toby überrascht an. »Ich höre euch zwar in meinem Kopf, aber könnt ihr etwa auch meine Gedanken lesen?«

»*Nicht dass ich wüsste. Oder, Jungs?*«

»*Nein.*«

»*Ich auch nicht. Noch nie gekonnt.*«

»*Wäre sicher interessant. Aber nein. Ich ebenfalls nicht.*«

»*Aus deinen Worten schließe ich, dass wir etwas für dich tun können?*«

Silvana nickte. »Gestern Abend ist etwas passiert. Und

wir haben uns gefragt, ob ihr vielleicht etwas darüber wissen könntet. Schließlich seid ihr doch schon sehr lange hier, oder?«

»*Seit das Haus erbaut wurde, abgebrannt ist und wieder neu errichtet wurde, wenn mich mein Gedächtnis nicht trügt.*«

»Und Stein vergisst nie, richtig?«

»*Du sagst es.*«

»Dann kennt ihr also alle Geheimnisse des Buchladens?«

Tutter lachte. »*Gewiss nicht alle.*«

»*Aber zumindest ein paar.*«

»Die falsche Wand?«, versuchte es Silvana.

Claw kicherte glucksend. »*Ach, die! Ja, von der wissen wir.*«

»Wisst ihr auch, was sich dahinter verbirgt?«

»*Der Keller?*«

»*Natürlich der Keller, Snick! Aber doch nicht irgendein Keller.*«

Silvana runzelte die Stirn. Das klang vielversprechend. »Sondern?«

»*Der Reproduktionskeller. Jedenfalls würde man ihn heute so nennen.*«

Reproduktion? Silvana musste an die kleinen Schreibpulte denken. »Heißt das, dort unten wurden Bücher vervielfältigt?«

»*Unter anderem.*«

»*Würdest du bitte aufhören, in Rätseln zu sprechen, Claw, und einen ganzen Satz bilden?*«

»*Ist ja gut. Tut mir leid. Dort unten wurden auch beschädigte Bücher wieder repariert und vervollständigt.*«

»*Gab es dazu nicht sogar ein kleines Alchimielabor?*«

345

»*Ja, Tutter. Um besondere Tinte nachzuproduzieren. Oder magische Beschichtungen für die Einbände.*«

»Wisst ihr auch, wer dort unten gearbeitet hat?«

»*Hm, waren das nicht …*«

»*Gremlins*«, quietschte Tutter. »*Aus Talumbria. Und firolasische Druiden.*«

»*Ja, ich glaube, das waren sie. Bis auf den Alchimisten. Das war ein Mensch.*«

»*Sebastian*«, quiekte Tutter erneut.

»Warum wurden die Schreibstuben aufgegeben?«, fragte Silvana. »Gab es einen bestimmten Grund?«

»*Sebastian kam eines Tages und bat den damaligen Besitzer des Buchladens, etwas im Keller verstecken zu dürfen. Etwas Kostbares.*«

Toby brummte bestätigend. »*Kurz darauf kam Sebastian bei einem Unfall in seinem Labor ums Leben.*«

»*Seitdem soll es dort unten spuken!*«

Snick knurrte ungehalten. »*Blödsinn.*«

»*Trotzdem wollte danach niemand mehr dort arbeiten!*«

Spuken? Silvana musste wieder an den kühlen Luftzug denken, der aus dem Nichts gekommen war und ihre Wange gestreift hatte. Sie konnte ein Schaudern nicht unterdrücken.

»*Auf jeden Fall wurde die Werkstatt zurück ins Inselreich verlegt. Aber man konnte die Tür zu Sebastians Schatz nicht öffnen, um ihn mitzunehmen. So ließ man den Durchgang für alle bestehen, die wissen, was sich dort unten verbirgt.*«

»Also kann man ohne das Wissen nicht durch die Wand gelangen?«

»*Nur mit dem Wissen, oder wenn man schon einmal im Inselreich war.*«

»Das erklärt, warum wir beim Streichen der Wand nichts bemerkt haben. Und warum Yazeem ebenfalls hindurchschreiten konnte. Wisst ihr auch, was es mit den Rätseln …«

»Silvie!« Atemlos kam Corrie herausgestürzt und sah ihre Freundin aufgeregt an. »Ich hatte gerade eine irre Gedankenkette! Und ich glaube, ich habe das erste Rätsel gelöst!«

Silvana sprang auf. »Wie hast du das denn gemacht?«

»Komm mit, das musst du dir selbst anhören.«

»*Zeit zu gehen.*«

»*Klingt danach.*«

»Anhören?«, wiederholte Silvana und krauste verwirrt die Nase. Sie folgte ihrer Freundin in die Küche. Auf dem Tisch stand die Spieluhr.

»Ich habe sie aufgezogen«, gestand Corrie reumütig. »Ich wollte nur einmal kurz hören, wie sie klingt.«

»Und wie klingt sie?«

»Pass auf!« Corrie zog die Spieluhr langsam auf. Als sie den Schlüssel losließ, begann eine seltsam bekannt anmutende Melodie, zu der der Drache mit dem Kopf wippte. Nach ein paar Takten öffnete er seine Schwingen und schloss sie wieder.

Corrie sah Silvana erwartungsvoll an. »Und? Erkennst du es?«

Doch Silvana konnte nur den Kopf schütteln. »Bekannt kommt es mir vor. Aber ich weiß nicht, woher.«

»Ich finde, es klingt ein wenig wie dieses Lied … *Crimson Tide*, glaube ich«, erklärte Corrie. »Deswegen musste ich an unseren Besuch in der *Roten Flut* denken.«

Silvana nickte langsam. »So weit kann ich dir folgen.«

»Irgendwie kam mir dann das Kästchen und sein Inhalt in den Sinn. Vor allem das Säckchen mit dieser Essenz. Und da ist es mir eingefallen: Hat es nicht geheißen, dass die Naga aus dieser Essenz schwarze Perlen herstellen können? Und dass die unendlich kostbar für sie sind?«

Silvana zuckte die Achseln. »Ja, an etwas in der Art kann ich mich auch noch erinnern.«

»Und was sind Naga?«

Da begriff auch Silvana. Fassungslos starrte sie ihre Freundin an. »Schlangenmenschen!«

»›Was die Schlange liebt und dir nicht gibt, doch wandelt sie's dir, plazier es hier‹«, rezitierte Corrie das erste Rätsel. »Es passt. In die Mulde gehört eine schwarze Perle.«

Veron sah Cryas nachdenklich an. Die beiden saßen gemeinsam mit Corrie und Silvana in Verons Büro, das sich in einer der oberen Etagen der *Magischen Schriftrolle* befand und von dem aus der Halbelf einen guten Ausblick auf die Kreise der fliegenden Bücher hatte. Bei dem Regen, der heute auf die Glaskuppel niederging, hatte es allerdings nur wenige in die Luft gezogen. Die meisten hatten es sich auf den Handläufen oder den Schränken bequem gemacht, wo sie einzeln oder in kleinen Stapeln lagen und schliefen.

Auf Yazeems Drängen hin waren Corrie und Silvana noch während des normalen Geschäftsbetriebs durch das Portal gegangen, um Cryas ihre Entdeckung mitzuteilen.

Als der Greif hörte, wie nah sie dem Zweiten Buch von Angwil mittlerweile waren, konnte er sich erst nach dem Genuss von zwei Glit wieder einigermaßen fassen. Von den Schreibstuben unterhalb der *Taberna Libraria* hatte auch er keine Kenntnis besessen.

»Ein Naga, der eine schwarze Perle herstellt und sie danach wieder hergibt«, wiederholte der geflügelte Elf nachdenklich. »So jemand ist nicht leicht zu finden.«

»Du bist der Einzige, der mir eingefallen ist, der den einen oder anderen Naga kennt«, sagte Cryas. »Es geht hier immerhin um das Zweite Buch von Angwil.«

»Außerdem hat Kushann gesagt, dass die Menge an Nachtmeer-Essenz für mehrere Perlen ausreichend wäre«, warf Corrie ein. »Wäre das kein Anreiz?«

Veron lächelte schief. »Aber ein noch größerer Anreiz wäre es, *alle* Perlen zu behalten.«

Silvana legte die Stirn in Falten. »Sind Naga wirklich so gierig?«

»Ich habe mich schon immer gefragt, warum die Schatzsucht der Drachen bei euch so legendär geworden ist. Ich kenne kein anderes Wesen, weder Drache noch Elf oder Zwerg, das es mit der Habsucht eines Nagas aufnehmen kann. Wenn ich wirklich einen finden sollte, wäre es gut, wenn ihr über einen Plan verfügt, mit dem ihr ihn austricksen könnt – und sowohl die Perle als auch eure Leben rettet.«

»Mach ihnen doch keine Angst, Veron!« Cryas funkelte seinen Stellvertreter ärgerlich an.

Der Halbelf erwiderte den Blick ernst. »Du hast keine Ahnung, was ein Naga für schwarze Perlen zu tun imstande ist. Ich glaube, drüben in Corries und Silvanas Welt gibt es einen Spruch, der lautet: ›Ich fürchte die Danaer, selbst wenn sie Geschenke bringen.‹ Nun, hier würde es lauten: ›Trau keinem Naga, wenn er dir eine schwarze Perle verspricht.‹ Aber um ehrlich zu sein, habe ich bereits eine Idee. Es gibt jemanden, an den wir uns wenden können.

Seid morgen um die Nachmittagszeit wieder hier. Dann werden wir gemeinsam zu ihr gehen.«

»Ihr?«, wiederholte Silvana.

»Sahade«, nickte Veron. »Soweit ich weiß, ist sie in der Lage, schwarze Perlen herzustellen. Ich lasse ihr heute noch eine Nachricht zukommen.«

»Und du denkst, dass sie uns eine der Perlen geben würde?«

»Sie hat einen guten Ruf. Das heißt bei einem Naga schon sehr viel.«

»Also morgen Nachmittag. Sollen wir außer der Essenz noch …« Ein tosender Donner, der das Gebälk der *Magischen Schriftrolle* vibrieren und die fliegenden Bücher erschrocken aufstieben ließ, unterbrach Silvana.

Beunruhigt sah sie zu Cryas, dessen Kopf zur Seite geruckt war. Seine scharfen Augen waren auf das Erdgeschoss gerichtet, und eine tiefe Falte bildete sich über seinem Schnabel. »Also wirklich«, stöhnte er leise.

Im Verkaufsraum stand ein Magier mittleren Alters, umringt von anderen Kunden. In den Händen hielt er die rußigen Reste eines Buches, und rußgeschwärzt waren auch sein Gesicht und seine Robe. Ungläubig sah er auf den Haufen Asche zu seinen Füßen.

»Wir sollten neue Verbotsschilder aufhängen«, schlug Veron vor und verschränkte die Arme vor der Brust. »Dass das Ausprobieren von jeglichen Zaubern im Laden strengstens verboten ist.«

»Bisher haben wir so ein Schild nicht gebraucht«, erwiderte Cryas. Dann seufzte er tief. »Würdest du dich darum bitte kümmern, Veron?« Und an die beiden Freundinnen gewandt, fügte er hinzu: »Mögt ihr noch an der Tageswette teilnehmen, ob der Laden heute Abend noch steht? Ich glaube, ihr könntet diesmal tatsächlich gewinnen, wenn ihr dagegenhaltet.«

Yazeem nahm Corrie und Silvana bereits an der Kellertür in Empfang und bestand darauf, dass sie Talisienn und seinem Bruder nun doch einen kurzen Besuch abstatteten, um von ihrer Entdeckung zu berichten. Offenbar hatte er sie telefonisch bereits angekündigt und sich diesmal nicht von Donnald abfertigen lassen.

Keine halbe Stunde später saßen sie also ein weiteres Mal im warmen Wohnzimmer der Vampire auf der gemütlichen Couch, jeder mit einer Tasse grünen Tees vor sich. Corrie und Silvana wechselten sich mit dem Erzählen ab, und der Werwolf ergänzte nur hier und da ein paar Einzelheiten.

Als sie geendet hatten, lächelte Talisienn zufrieden. »Das sind äußerst erstaunliche Neuigkeiten. Vielversprechende noch dazu.«

»Die, sollten sie Lamassar zu Ohren kommen, garantiert den nächsten Angriff auslösen werden«, schnaubte Donn. Zwar war er dieses Mal weitaus freundlicher, zeigte jedoch deutlich seinen Unmut über diese neue Entwicklung. »Wer weiß, wen von seinen Leuten er dieses Mal schickt, wo es gleich um zwei Bücher geht, anstatt nur um eines.«

»Wir kennen alle seine Schergen«, erwiderte Talisienn sanft.

»Der Schatten war neu«, hielt Donn dagegen.

»Darüber denke ich noch immer nach«, nickte sein Bruder. »Aber noch ist mir keine zufriedenstellende Erklärung eingefallen, was er gewesen und wo er hergekommen sein könnte.«

»Wir haben im Keller noch etwas gefunden, wonach wir dich fragen wollten«, bemerkte Corrie, der das Symbol auf dem Boden eingefallen war. Sie suchte in ihrer Umhängetasche nach dem Mobiltelefon, mit dem sie noch ein schnelles Foto geschossen hatte, bevor sie zu Talisienn aufgebrochen waren. »Ein merkwürdiges Zeichen. Es besteht aus elliptischen Ringen mit vier Symbolen und zwei ineinander verschlungenen Buchstaben – L und A. Es war in eine der Bodenplatten eingraviert.«

»Kannst du dir darunter etwas vorstellen?«, fragte Silvana gespannt.

Talisienn fuhr sich nachdenklich über das rote Haar. »Das klingt für mich sehr nach dem Schutzzeichen der Librariolica Alchimistica, einem Zusammenschluss von Alchimisten, die ihre Forschungen und Fähigkeiten in den Dienst der Bücher und der Vervielfältigung alter, seltener Werke stellen. Sie entwickeln Papiere, besondere Tinten, außergewöhnliche Farbstoffe für Einbände – aber auch Gifte, um bestimmte Schriften von den Lesern fernzuhalten.«

»Klingt ein bisschen wie *Der Name der Rose*«, bemerkte Corrie. »Die Mönche, die alle gestorben sind, nachdem sie in dem Buch gelesen haben, dessen Seiten vergiftet waren.«

»So etwas gehört eher selten zum Wirken des Zirkels der Librariolica«, warf Talisienn ein. »Sein vorrangiges Interesse gilt der Herstellung der Materialien für die Reproduktion von Schriften.«

»Also hat der Alchimist dort unten die Firolasier bei ihrer Arbeit unterstützt?«, fragte Silvana.

»Das würde ich jedenfalls stark annehmen«, antwortete der Vampir. »Er wird Tinten hergestellt haben, die mit denen der Ursprungsausgabe übereinstimmten, Papiere, welche die Reproduktionen haltbarer gegenüber dem Original machten, und andere Dinge, die von den Firolasiern gewünscht waren.«

Silvana zog die Oberlippe zwischen die Zähne. »Die Gargoyles behaupten, der Alchimist sei bei einem Unfall dort unten gestorben. Seitdem spukt es angeblich.«

Corrie sah ihre Freundin entsetzt an. »Davon hast du gar nichts erzählt! Und ich gehe auch noch alleine wieder runter, um das Foto zu machen!«

»Weil ich es mir nicht vorstellen kann«, gab Silvana zurück. Zwar musste sie wieder an den Luftzug denken, doch der alleine war kein Beweis für die Existenz eines Geistes. »Fantasiewesen sind eine Sache. Aber Geister? Daran glaube ich nun wirklich nicht.«

Corrie schürzte wenig überzeugt die Lippen. »Wenn du meinst.«

Talisienn ertastete sich ein Sandwich vom Teller in der Tischmitte und lehnte sich damit zurück. »Und ihr habt tatsächlich schon zwei der vier Rätsel gelöst? Ein solch rasantes Fortschreiten hätte ich mir ja nicht einmal in meinen kühnsten Träumen vorzustellen gewagt.« Er biss in sein Brot und grinste. »Erstaunlich.«

»Wir denken zumindest, dass wir zwei Rätsel gelöst haben«, korrigierte Corrie, freute sich aber insgeheim über das Lob.

»Und was wird euer nächster Schritt sein?«, wollte Donn wissen. Er erhob sich, um neue Holzscheite in den Kamin zu legen.

353

»Ich habe Alexander gebeten, morgen noch einmal in den Laden zu kommen und die Bannfelder auf die Kellerräume auszuweiten«, antwortete Yazeem.

»Und Veron hat uns für morgen Nachmittag nach Amaranthina bestellt«, sagte Silvana. »Dann wollen wir uns gemeinsam auf den Weg zu einer Naga machen, die uns die Nachtmeer-Essenz in schwarze Perlen wandelt.«

Talisienn fiel beinahe sein Sandwich aus den Händen. »Ihr wollt zu einer Maleficate Mare?«, schnappte er. »Zu einer Seehexe?«

»Davon hat Veron nichts erwähnt«, sagte Silvana, deren Stimme einen deutlich unsicheren Klang bekommen hatte. »Das heißt, sie ist gefährlich?«

»Wer begleitet euch zu ihr?«

Donn sah seinen Bruder scharf an. »Ich weiß, was du vorhast. Und ich bin strikt dagegen!«

»Veron wird wohl mitkommen«, mutmaßte Corrie. »Schließlich kennt er sie. Und er hat gesagt, sie hätte einen guten Ruf.«

Talisienn zog die Brauen zusammen. »Seehexen machen niemals Geschäfte mit Frauen. Schon gar nicht mit so jungen, wie ihr es seid. Sie wird euch täuschen und verzaubern – oder Schlimmeres. Man kann ihnen nicht trauen. Und man kann ihnen nicht begegnen ohne jemanden mit gleichwertigen Fähigkeiten an der Seite. Das sollte Veron eigentlich wissen!«

»Du wirst die drei nicht begleiten!« Donn schüttelte vehement den Kopf und gestikulierte mit dem Holzscheit in seiner Hand. »Das ist viel zu gefährlich! Vor allem für einen *Blinden!*«

»Wie freundlich von dir, mich daran zu erinnern.« Talisi-

354

enn stieß schnaubend die Luft aus. »Und ich dachte, über dieses Thema hätten wir vorgestern ausführlich gesprochen.«

»Offenbar nicht ausführlich genug.«

»Es könnte doch jemand anders mitkommen«, wandte Silvana ein, um die Diskussion der beiden Brüder im Keim zu ersticken. Wenn sie ganz ehrlich war, konnte sie Donns Sorge nachvollziehen.

»Alexander Trindall?«, schlug Corrie vor.

»Ich weiß nicht, wie gut sich Alex mit Nagas auskennt.« Yazeem knetete nachdenklich seine Unterlippe. »Ich müsste ihn fragen.«

»Das wirst du nicht brauchen«, sagte Talisienn knapp. »Mein Entschluss steht fest.«

Donnald nickte grimmig. »Gut. Wenn das so ist, komme ich ebenfalls mit.«

»Je weniger wir sind, desto besser kann ich uns schützen«, widersprach Talisienn.

»Danke, aber ich kann mich gut selbst schützen.«

»Das, lieber Bruder, will ich dir auch gar nicht absprechen.«

Corrie merkte, dass Talisienn die Finger ballte, auch wenn er weiterhin unverbindlich lächelte. Sie sah zu Yazeem, der bestätigend nickte. »Vielleicht solltet ihr das in Ruhe klären, während ich die beiden Damen zurück nach Hause begleite. Und Donn, bevor du fragst: Ja, wir finden den Weg hinaus alleine.«

Der Vampir nickte. »Dann wünsche ich noch eine gute Nacht.«

Corrie und Silvana erhoben sich. »Ebenso. Streitet bitte nicht wegen uns«, sagte Silvana, während sie in ihre Jacke schlüpfte.

Corrie nickte bekräftigend. »Wenn es so gefährlich werden kann, wie du gesagt hast, finden wir schon jemanden, der uns schützt.«

Talisienns Lächeln wuchs unmerklich in die Breite. »Keine Sorge, da bin ich mir sicher. Und jetzt schlaft wohl. Morgen, wenn die Sonne aufgeht, sieht alles schon wieder ganz anders aus.«

KAPITEL 14

Sahade

$\mathcal{D}$er Regen der vergangenen Tage hatte aufgehört, und über Port Dogalaan breitete sich eine feuchte Hitze aus, die das Atmen schwermachte. Durch die aufgerissene Wolkendecke fielen einzelne Sonnenstrahlen in die Straßen und brachen sich in den Pfützen auf dem Asphalt.

Talisienn, Corrie und Silvana waren durch das Portal im Keller der *Magischen Schriftrolle* getreten und hatten den geflügelten Elf aufgesucht. Wie es der Vampir geschafft hatte, seinen Bruder dazu zu bewegen, ihn zur *Taberna* zu bringen, ohne ihm nach Amaranthina zu folgen, ließ er sich nicht entlocken.

»Sahade wohnt etwas weiter entfernt«, erklärte Veron, als er durch die Türen des Buchladens trat. »Deshalb habe ich mir erlaubt, für ein Beförderungsmittel zu sorgen.«

Corries Augen wurden groß und rund. »Was ist denn das?«

Veron lächelte. »Ein Dragopedix.«

Vor ihnen hielt eine Art Rikscha, von einem großen, gelbgeschuppten Laufdrachen gezogen und über und über mit bunten Troddeln verziert.

Die Farbenpracht der Kutsche stand jedoch im genauen Gegensatz zur Laune des Drachen, der seine Fahrgäste unfreundlich musterte. »Vier Personen?«, schnarrte er.

Veron zog einige rotgeränderte Münzen hervor, die er

357

der Echse reichte. »Eine einfache Fahrt für vier zur Nabral-Promenade«, präzisierte er.

Ohne ein weiteres Wort ließ der Drache das Geld in einer Tasche vor seinem Bauch verschwinden und forderte sie mit einem Nicken auf, einzusteigen.

Sie hatten die Türen noch nicht ganz hinter sich geschlossen, da holperte das Dragopedix auch schon los in Richtung Basar.

»Sind diese Drachen immer so ... charmant?«, flüsterte Silvana.

»Zumindest die gelben«, bestätigte Veron. »Mit den grünen kann man schon besser reden. Mir persönlich sind die roten am liebsten. Aber die sind auch fast immer ausgebucht.«

Silvana schnitt eine Grimasse. »Wundert mich nicht.«

»Wohin genau fahren wir überhaupt?«, fragte Corrie.

»Ein gutes Stück nordwärts«, antwortete Veron, der noch immer damit beschäftigt war, seine Flügel so zu ordnen, dass sie weder ihn noch seine Mitreisenden störten, was bei der Größe der Schwingen gar nicht so einfach war. »Lass dich überraschen.«

Also blickte Corrie neugierig aus dem Fenster, und Silvana versuchte vergeblich, Talisienn etwas über Donns plötzlichen Stimmungswechsel zu entlocken. Der Vampir wand sich mit Gegenfragen über die Neuheiten auf dem Hörbuchmarkt heraus.

Sie rumpelten über breite Straßen und durch enge Gassen, vorbei an dicht gedrängten Häuserzeilen mit schlichten weißen, aber auch bunten Gebäuden voller Verzierungen. Einige wirkten, als wären sie der Kulisse eines mittelalterlichen Films entsprungen.

Als sie zu einem weiten, offenen Platz kamen, deutete Corrie plötzlich aufgeregt nach draußen. »Was ist denn das?«

Veron folgte ihrem ausgestreckten Finger. »Das ist der Tempel des Vomun.«

»Ist der immer so prächtig geschmückt?« Auch Silvana hatte sich vorgebeugt und sah nun die bunten Tücher, Fahnen und Bänder, die im leichten Wind wehten.

»Nur während der Monate, die seinem Haus zugesprochen sind«, antwortete Veron. »Ähnlich euren Jahreszeiten gibt es auch bei uns vier Jahresabschnitte. Jeder steht unter dem Einfluss eines bestimmten Hauses, also einem Zusammenschluss mehrerer Götter. Zwar sind alle Häuser das ganze Jahr über gegenwärtig, aber ihr Einfluss ist während ihres Abschnitts besonders groß, und wer ihre Gunst besitzt, profitiert dann noch mehr.«

Corrie warf einen letzten Blick auf die Leute vor dem Tempel. »Und was bauen die da?«

»Federbälle. Bunte Federn sind die Gaben an Vomun. Bei den Festtagen zu seinen Ehren werden sie ins Meer geworfen. Vielleicht könnt ihr dem ja einmal beiwohnen.«

»Das wäre toll!« Corrie ließ sich wieder ins Polster zurücksinken. »Gibt es ein Buch über die Götter dieser Reiche?«

Veron nickte. »Wir können dir ja nachher eines raussuchen, wenn wir zurück sind. Ich bin sicher, wir finden irgendwo im Obergeschoss der *Schriftrolle* etwas Passendes – etwas, das nicht gerade von einem der Priester *eines* der Häuser geschrieben worden ist.«

Abrupt hielt die Kutsche, und die vier im Inneren hatten Mühe, auf ihren Plätzen zu bleiben.

»Wir sind da«, knurrte der Drache von draußen.

Veron hob vielsagend die Brauen. »Dann wollen wir mal.« Mit eng angelegten Schwingen schob er sich zur Tür und stieß sie auf. Silvana folgte ihm, und gemeinsam halfen sie Talisienn hinaus, bevor Corrie als Letzte aufs Pflaster sprang.

Sofort setzte sich der Drache wieder in Bewegung. Corrie sah ihm ärgerlich nach. »Etwas liegenlassen darf man da wirklich nicht.« Dann wandte sie sich ab und sah sich um. Sie befanden sich auf einer breiten, gemauerten Brücke, die einen Fluss überspannte, der sich durch diesen Teil der Stadt schlängelte. Auf den breiten Wiesen der Flussaue lagen oder saßen junge Leute aller Rassen beisammen und redeten, sonnten sich oder spazierten den hellen Kiesweg am Wasser entlang.

Oberhalb der sanft ansteigenden Rasenflächen verlief eine Straße aus silbern marmoriertem Stein, der auch für den Bau der meisten Gebäude verwendet worden war.

Hinter den Bäumen in der Ferne, wo die feuchte Luft noch feine Nebelschwaden bildete, erhoben sich spitze Türme und Burgen, deren bunte Fahnen sich im Wind bauschten.

»Erzählst du uns jetzt, wo wir hier genau sind?« Corrie betrachtete stirnrunzelnd einen Wegweiser am Brückenpfeiler neben ihnen. Mindestens ein Dutzend Pfeile voller seltsamer Symbole zeigten in alle nur erdenklichen Richtungen, inklusive des Himmels. Ein Pfeil wies kopfüber direkt auf den Punkt, auf dem sie standen. Als Corrie zu Boden blickte, erkannte sie dort dasselbe Symbol, das auch auf den Pfeil gezeichnet war: eine Art Stern oder Sonne.

»Wir befinden uns am Eingang zum Universitätsviertel«, erklärte Veron. »Hier wohnen und arbeiten einige unserer besten Kunden.« Er wies mit der Hand zu den Türmen. »Dort hinten liegt ein Teil des Campus. Sahades Haus ist nicht mehr weit von hier.« Er wandte sich nach rechts und setzte sich in Bewegung.

»Dann ist sie Dozentin?«, fragte Silvana ungläubig.

Talisienn, der sich bei ihr eingehakt hatte, schüttelte den Kopf. »Und für was, um Himmels willen?«

»Mineralogie, soweit ich weiß«, erwiderte Veron.

»Aber sie ist auch eine Maleficate Mare?«

»Erwähne dieses Wort bloß nicht vor ihr!«, mahnte der Halbelf ernst. »Sonst kann ich für wirklich gar nichts garantieren. So etwas hören die Nagas im Allgemeinen nicht gerne.«

»Aus gutem Grund«, nickte Talisienn. »Schließlich beschreibt es überaus treffend ihre wahre Natur.«

Veron seufzte. »Aber sie ist die Einzige, von der wir uns hier Hilfe erhoffen können. Vielleicht hätte man im Purpurmeer größere Chancen gehabt, einen Handelspartner zu finden. Allerdings dauert die Reise dorthin bei gutem Wind eine Woche, und es gibt keine Garantie, dass man dort mehr Glück hat.«

Daraufhin neigte Talisienn nur stumm den Kopf. Ändern ließ es sich nun ohnehin nicht mehr.

Corrie und Silvana betrachteten unterdessen die Auslagen der Geschäfte, an denen sie vorbeigingen. Die meisten hatten ihr Angebot auf den Bedarf der Studenten abgestimmt. An einem Laden blieb Silvana stehen und beugte sich über einen Kasten mit Schreibfedern. »Seht euch das an«, staunte sie und nahm einen der Federkiele in die

Hand. Im Licht schimmerte er in allen möglichen Blautönen, und seine weißen Tupfen schienen zu glitzern.
»Die sind um Längen schöner als die üblichen, eingefärbten Gänsefedern, die man bei uns bekommt.«

»Und die Metallspitzen erst«, stimmte Corrie fasziniert zu. »Das wäre noch etwas Exklusives für den Geschenketisch.«

»Wir können ja auf dem Rückweg ein paar davon kaufen«, lächelte Veron und klopfte vielsagend auf seine Geldbörse. »Aber jetzt müssen wir weiter zu Sahade. Ich würde sie ungerne warten lassen. Das macht sie nämlich nicht umgänglicher.«

Also setzten sie ihren Weg fort, der sie hinab zum Fluss führte und schließlich zu einer schmalen Brücke, die man nur zu Fuß überqueren konnte und die zu einer Gasse führte, die so eng war, dass sich die Giebel der Häuser in ihrer Mitte beinahe zu einem Dach schlossen. Schließlich bog der Halbelf in eine prächtige, lichtdurchflutete Allee ab. Der Fluss verästelte sich hier in kleine Kanäle, die die Vorgärten der frei stehenden Häuser von der Straße trennten. Hölzerne oder steinerne Stege führten zu den Türen und Toren.

Das Heim von Sahade stach heraus – es war ganz aus blauem Glas gefertigt, hatte silbern lasierte Dachpfannen und aufwendig vergoldete Tür- und Fensterrahmen.

»Bleibt etwas hinter mir zurück«, sagte Veron leise und klopfte an.

Er hatte die Hand noch nicht ganz sinken lassen, da wurde bereits geöffnet, und aus dem dämmrigen Inneren des Hauses glitt die Naga ins Licht.

Ihr Oberkörper war der einer Frau, lief jedoch ab der Hüfte in einen Schlangenkörper aus.

»Hallo, schöner Mann«, säuselte sie und ließ ihre gespaltene, dunkelblaue Zunge anzüglich über ihre Lippen gleiten. Sie legte Veron die Arme um den Hals. Dann musterte sie seine drei Begleiter, mit denen sie offenbar nicht gerechnet hatte, mit einem listigen Blitzen in den Augen. Offenbar waren sie nicht erwünscht – jedenfalls zwei von ihnen. »Warum sind du und dein Freund nicht alleine hergekommen? Das wäre viel … gemütlicher gewesen.«

Sie sah herablassend zu den beiden Frauen.

Veron umschloss ihre schlanken Handgelenke und löste ihren Griff sanft, aber bestimmt von seinem Nacken. »Leider bin ich nicht zu meinem Vergnügen hier, auch wenn deine Gesellschaft überaus charmant ist, Sahade.«

»Wie jammerschade.« Die Naga setzte einen Schmollmund auf und sah ihn mit gespielter Enttäuschung an. »Ich wette, das hängt mit eurer *weibischen* Begleitung zusammen.« Sie deutete mit dem Kinn auf Corrie und Silvana, musterte jedoch begehrlich Talisienn.

»Was hat die gerade gesagt?«, raunte Silvana entgeistert.

Talisienn drückte beruhigend ihren Arm. »So sind sie nun einmal«, flüsterte er zurück. »Wahre Succubi, die nur am männlichen Geschlecht interessiert sind.«

Corrie hatte die Fäuste geballt, sagte jedoch nichts weiter. Dennoch war ihr deutlich anzusehen, wie gerne sie Sahade zurechtgewiesen hätte.

Veron hingegen überging die Bemerkung einfach. »Wie dir mein Drache schon mitgeteilt hat, sind wir hier, weil wir dir einen interessanten Handel anzubieten haben.«

»Einen lohnenswerten Handel?« Nun funkelte kalte, gnadenlose Habgier in ihren Schlangenaugen, so hart und glänzend wie die eisblauen Saphire auf ihrer Tunika.

Veron neigte den Kopf. »Sogar überaus lohnenswert für dich – wie auch für uns.«

Mit halbgeschlossenen Lidern strich Sahade beinahe liebevoll feine Schnörkel auf Verons Brust. »Du hast meine volle Aufmerksamkeit, mein Schöner.«

»Wir haben etwas bei uns, für das eine Naga wie du alles tun würde …«

Sahades Kopf ruckte empor, und ihre üppig gestalteten Ohrringe klimperten. Ihr Körper und ihre Mimik versteiften sich, und ihr Blick ruckte zwischen dem Halbelf und dem Hexer hin und her. »Nachtmeer-Essenz?« Ihre Frage war kaum mehr als ein heiseres, kehliges Zischen.

Veron sah ihr unverwandt in die Augen. »Ausreichend für drei Perlen.«

Silvana hätte nicht geglaubt, dass sich Sahades ohnehin schon große Augen noch mehr weiten konnten. Ihr Begehren war fast greifbar und füllte den Raum aus wie ein unheilvoller Nebel.

Die mit schweren Goldringen geschmückte Schwanzspitze ihres Schlangenunterleibs fuhr in hektischen Bewegungen über Verons Flügel, seinen Rücken und seine Wange, vom gierigen Rasseln ihrer Klapper untermalt. »Wo?«

Corrie hatte sich versucht auszumalen, wie versessen Nagas auf Schätze und ganz besonders auf Nachtmeer-Essenz und schwarze Perlen waren, aber Sahades Verhalten übertraf all ihre Vorstellungen. Talisienns Warnung war nicht grundlos gewesen – und bei dem Anblick der vor Verlangen zitternden Schlangenfrau zweifelte Corrie keine Sekunde mehr an der Gefahr, in der sie sich befanden.

Würde sie dem Handel zustimmen? Und wenn ja, würde sie sich auch daran halten? Oder würde Talisienn seine Magie einsetzen müssen, um sie alle vor der Unersättlichkeit der Naga zu retten?

Unbehaglich richtete sie ihre Aufmerksamkeit wieder auf Veron und sein Gegenüber. »Wenn du dem Handel zustimmen solltest, werde ich dir verraten, wo sich die Essenz befindet.«

»Ich bin ganz Ohr.« Sahades Gesicht war nur noch wenige Zentimeter von Verons entfernt.

»Eine der drei Perlen fertigst du für *uns.*«

Schlagartig und von einem zornigen Fauchen begleitet wich sie zurück und stellte sich zu einer Höhe von fast zwei Metern auf.

Corrie und Silvana, die erschrocken zusammengefahren waren, starrten mit klopfenden Herzen hinauf in ihr verzerrtes Gesicht. »Wie kannst du es wagen!«, spie sie und hieb ihren Schwanz dabei wie eine Peitsche auf den Boden. »Eine solche Forderung zu stellen! Und auch noch *Weibsbilder* an diesem Handel zu beteiligen!«

Fassungslos sah Silvana, wie sich unter der Wucht ihres Schwanzes kleine, feine Risse im Glas des Bodens ausbreiteten. Mit solch einer Kraft hatte sie nicht gerechnet, und sie versuchte krampfhaft, sich nicht auszumalen, was ihr Schlag mit einem Menschen anrichten mochte. Corrie starrte ebenfalls auf die Auswirkungen des Wutausbruchs und dachte wohl das Gleiche.

Veron zuckte gleichgültig mit den Schultern. »Gut, dann nehmen wir die Nachtmeer-Essenz und gehen zu einem anderen Naga. Ich habe mich wohl geirrt, als ich annahm, dass du ein gutes Geschäft zu würdigen wüsstest.« Er wandte sich zum Gehen.

»Halt! Warte!« Ebenso schnell, wie sie von ihm zurückgewichen war, schmiegte sie sich nun von hinten in seine weichen Flügel. Verzweiflung ließ ihre Stimme beben. »Wir können doch noch einmal darüber reden, oder nicht? Außerdem, welchen Naga sollte es geben, der eher zustimmen würde als ich, einen solchen Handel mit dir …« Sie hielt kurz inne und sah beinahe wollüstig zu Talisienn. »… *euch* zu tätigen.«

»Dann sind wir im Geschäft?«

»Aber natürlich, mein Hübscher.« Sie schlängelte um ihn herum. »Wie könnte ich dir eine solche Bitte abschlagen?«

Silvana blinzelte irritiert. Talisienn lachte leise und unverkennbar spöttisch. Sahades Stimmungswechsel ließen erkennen, wie viel Wahrheit in der Aussage ›falsche Schlange‹ wirklich steckte. Die Redensart musste von jemandem erfunden worden sein, der Kontakt mit Nagas hatte.

»Zeig mir die Essenz!« Sahade schob sich fordernd näher.

Veron zog ein kleines Samtsäckchen aus der Tasche seines Wamses und hielt es der Schlangenfrau entgegen.

Gierig griff Sahade danach und löste die feine Goldschnur. Ihr anfänglich verzücktes Lächeln wich einer hasserfüllten Fratze. »Du Lügner! Das reicht nur für eine einzige Perle!«

Während Silvana beunruhigt nach dem Arm ihrer Freundin griff, lächelte Veron Sahade gelassen an. »Meine Liebe, hältst du mich tatsächlich für so naiv, dir die gesamte Essenz auf einmal auszuhändigen? Den Rest bekommst du erst, wenn du uns die erste Perle übergeben hast.«

Die Schlangenfrau begann kalt zu lächeln. »Wie ich sehe, hast du gelernt, mein Hübscher. Aber ich bin genauso wenig auf den Kopf gefallen.« Ihr Lächeln erlosch. »Ich will den Rest sehen.«

»Wenn du uns dann die Perle fertigst?« Veron nickte über die Schulter zum Hexer, woraufhin dieser zwei vorsichtige Schritte vorwärts machte und einen weiteren Beutel aus seiner Manteltasche zog. Tastend löste er die Bänder und zeigte Sahade den Inhalt. Wieder bekam das Gesicht der Naga einen verklärten Ausdruck, fast, als wäre sie von dem Anblick der Essenz hypnotisiert.

Nach ein paar Herzschlägen schloss Talisienn den Beutel wieder und ließ ihn zurückgleiten. Als er sich jedoch zu den beiden Freundinnen zurückziehen wollte, umschloss Sahade seine Hüfte mit ihrem Schlangenschwanz und hielt ihn fest.

»Warum denn so eilig, mein Schöner? Hast du Angst, ich würde dir die Essenz entreißen? Nein, Furcht spüre ich bei dir nicht«, säuselte sie, wobei sie sich immer dichter zu seinem Ohr vorarbeitete. »Aber ich spüre die Magie, die in dir pulsiert, so wie in mir. Würde es sich da nicht anbieten, dass wir uns einmal … austauschen?« Ihre gespaltene Zunge strich flüchtig über seinen Hals.

Während Talisienn mit keinem Muskel zuckte und gleichmütig im Griff der Naga verharrte, krampfte sich Silvanas Magen bei diesem Anblick zusammen. War es Ekel? Abscheu? Oder vielleicht … Eifersucht?

Veron räusperte sich vernehmlich. »Ich darf dich an unseren Handel erinnern? Wir haben leider nicht viel Zeit.«

»Dann runter mit euch ins Labor!«, schnappte Sahade

mit gesenkten Brauen, löste sich vom Hexer und schlängelte zur Tür in der gegenüberliegenden Wand.

»Wenn es keine Umstände macht, würde ich gerne hierbleiben«, bat Talisienn mit sanfter Stimme. »Wie Euch sicherlich aufgefallen ist, vermag ich nicht zu sehen. Noch weiter durch unbekanntes Gebiet zu stolpern, ist zu verwirrend und anstrengend für mich.«

Sahades Kopf ruckte herum, ihre Augen waren argwöhnisch verengt. Sie ging zu ihm und hakte sich bei ihm ein. »Aber nicht doch, mein Hübscher. Ich bestehe darauf, dass auch du uns begleitest. In meinem Labor steht ein überaus bequemer Sessel, in dem du dich ausruhen kannst.« Sie warf den beiden Freundinnen einen giftigen Blick zu. »Ihr kommt auch mit. Und fasst mir da unten bloß nichts an!« Dann hakte sie sich auch bei Veron ein, dessen Hand bereits auf der Türklinke lag.

»Was für ein Scheusal«, raunte Corrie ihrer Freundin ins Ohr.

»Wenn wir hier heil wieder rauskommen, fahren wir nach London in dieses australische Restaurant, und ich bestelle mir Schlange«, zischte Silvana erbost zurück. Sahade wackelte vor ihnen hämisch mit ihrem verlängerten Rücken. »Und zwar eine doppelte Portion. Egal, wie viel es kostet.«

Trotz der Situation musste Corrie schmunzeln. »Da mache ich mit.«

Veron öffnete die Tür zum Labor und machte sofort einen hastigen Schritt zurück, als etwas an ihm vorbeischoss und an Sahade emporsprang.

Dieses Etwas hatte frappierende Ähnlichkeit mit einem dackelgroßen Nacktmull, der am ganzen faltigen Körper mit goldenen Piercings verziert war.

Mit einem erfreuten Kreischen löste sich Sahade von den Männern und nahm das Geschöpf in ihre Arme. »Da hast du gesteckt, Ruby! Mein kleines Juwel! Mama hat dich schon so vermisst!«

Die beiden Freundinnen verzogen angewidert das Gesicht, als die Naga der Kreatur einen nassen Kuss auf die Stirn und auf die riesigen, mit Runen verzierten Schneidezähne drückte. Dann trug sie Ruby ins Wohnzimmer und plazierte ihn auf dem großen Kissen eines der Sessel. »Warte hier, mein Kleiner. Mama kommt gleich wieder und kümmert sich um dich.« Sie wandte sich wieder ihren männlichen Gästen zu und zog sie eine Rampe hinunter ins Labor. Diese schlängelte sich spiralförmig in die Tiefe und war, wie die Mauern des Hauses, aus türkisem Glas, mit Sand bedeckt, um der Naga den nötigen Halt zu bieten.

Vielleicht, so überlegte Corrie, während sie hinter den anderen herstapfte, hatte dieser Sand für die Schlangenfrau ja auch etwas Heimatliches. Die Bilder im Wohnzimmer hatten Sandstrände und Meereswogen gezeigt.

Je tiefer sie kamen, desto dunkler wurden die gläsernen Wände um sie herum. In beinahe beklemmender Perfektion entstand die Illusion, sich unter die Wasseroberfläche zu begeben. Korallenähnliche Gebilde nisteten in den Nischen entlang des Weges, und im Glas waren kleine fluoreszierende Muscheln gefangen und spendeten die nötige Helligkeit, um nicht über etwaige Unebenheiten zu stolpern.

Am Ende der Rampe erstreckte sich schließlich das Labor der Naga. Der Raum war ebenso ausladend wie das Wohnzimmer, wirkte jedoch ungleich kleiner, da Sahade ihn rücksichtslos vollgestopft hatte. Die Wände waren hinter Bücherborden verschwunden, die sich unter der Last der vielen Schriftrollen bogen. Regale voller seltsamer Gerätschaften, unzähliger Fläschchen rätselhaften Inhalts und kostbarer Edelsteine in allen Größen und Schliffen ragten in den Raum. Die Steine waren nicht mehr klar, sondern matt und rauchig – als würden in ihnen die Ausdünstungen vergangener Experimente gefangen gehalten. In der Mitte stand ein riesiger Tisch, auf dem inmitten allerlei Krimskrams eine große Apparatur stand. Das Wirrwarr aus Röhrchen, Schläuchen, Kolben und Gläsern ließ für den ahnungslosen Betrachter keine Ordnung erkennen.

Sahade führte Talisienn zu einem breiten Sessel, der mit rotem Samt bezogen und mit Polsternägeln aus Diamanten verziert war. Mit einem erleichterten Seufzen ließ der Vampir sich nieder. Kaum hatte die Naga ihn aus ihrem Griff entlassen, stand Silvana an seiner Seite. Hilflos und mit wachsendem Missfallen hatte sie zusehen müssen, wie Talisienn mehrmals im feinen Sand gestrauchelt war, da Sahade, von Ungeduld getrieben, viel zu schnell für ihn vorangeschlängelt war. Jetzt konnte sie endlich wieder bei ihm sein. Nur in seiner und der Gegenwart ihrer Freundin fühlte sie sich momentan sicher.

»Nichts anfassen«, mahnte Sahade streng, als Corrie begann, an den Regalen entlangzuschlendern und das eine oder andere Glas etwas genauer in Augenschein zu nehmen. Nun ließ sie die Hand sinken. »Was ist denn da drin?«, fragte sie und nickte zu einer dickbauchigen Flasche. In der orangefarbenen Flüssigkeit war etwas eingelegt. Irgendetwas, das einmal gelebt haben musste …

»Ein waslanischer Parzi.« Sahade verdrehte die Augen

und warf Veron einen verächtlichen Blick zu. »Eure Haustierchen haben geistig aber wirklich gar nichts zu bieten.« Sie legte nachdenklich den Kopf schief. »Wenn ich es mir überlege, körperlich wohl auch nicht. Ganz im Gegensatz zu mir.«

Corrie war so fasziniert vom Anblick des Sammelsuriums an Kuriositäten und Kostbarkeiten, dass sie die Beleidigung gar nicht hörte. Anders Silvana.

Empört holte sie Luft, um ihre Meinung in aller Deutlichkeit zu äußern, als sich eine kühle, feingliedrige Hand sanft auf ihre legte. Sie traf den blinden Blick des Vampirs, der mahnend den Kopf schüttelte.

Sahade strich vielsagend über ihre Brüste und begann seufzend, diverse Fläschchen und eine goldene Schale auf den Tisch zu räumen.

Corrie hatte sich nicht von dem eingelegten Wesen losreißen können. »Sieht genauso aus wie Ruby«, stellte sie fest.

Die Naga stöhnte entnervt auf. »Das liegt daran, dass das dort drin Rubys Vorgänger ist. Ich habe meine Lieblinge auch nach ihrem Tod noch gerne bei mir.«

Corrie verzog das Gesicht. »Faszinierend.« Nach dieser Entdeckung hätte es sie nicht weiter überrascht, in einem der anderen Regale auf einen konservierten Ex-Gatten der Naga zu stoßen.

Während ihre Gastgeberin begann, aus den diversen Fläschchen einzelne Tröpfchen in die Schale zu geben, setzte Corrie ihren Rundgang unter den wachsamen Blicken von Veron fort. Vor einem Käfig voller Mäuse blieb sie stehen. Die kleinen, bunt gefleckten Nager bildeten Knäuel in den Ecken ihres Gefängnisses, wuselten übereinander und interessierten sich nicht im Geringsten dafür, dass sie beobachtet wurden. »Machst du mit denen Experimente?«

Sahade zischte gereizt. Ihr ohnehin sehr geringes Pensum an Geduld schien endgültig erschöpft. »Nein, du dummes Ding. Das ist mein Imbiss an langen Arbeitstagen – meine Geistesnahrung, wenn du so willst. Falls du mit dem Begriff überhaupt etwas anfangen kannst. Und jetzt scher dich endlich zu deiner Artgenossin und halt den Mund!«

Corrie öffnete den Mund, doch Veron gab ihr mit einem fast unmerklichen Nicken zu verstehen, dass sie tun sollte, was Sahade sagte.

Also stellte sie sich neben Silvana und rümpfte abfällig die Nase. »Ich frage mich, wie so jemand an einer Universität unterrichten darf«, raunte sie ihrer Freundin zu.

»Das habe ich mich bei meinem Chemielehrer auch immer gefragt.«

Corrie lächelte dünn. Vor ihnen öffnete Sahade unterdessen den Beutel mit der Nachtmeer-Essenz, musterte sie ein weiteres Mal mit einem entrückten Lächeln, streute sie in die Schale und raunte leise Worte in einer seltsamen Sprache.

Purpurner Nebel entstieg dem Gefäß und züngelte suchend empor. Corrie und Silvana fühlten sich an das Erscheinen der Nebel-Aare erinnert. Doch Sahade gab keinen Tropfen ihres Blutes zu der Essenz. Stattdessen fuhr sie mit dem seltsamen Singsang noch eine ganze Weile fort, unterbrach ihn jedoch ab und zu durch Zischlaute oder ein tiefes, gutturales Brummen, das den Goldbehang ihres Schlangenkörpers leise klirren ließ.

Und dann endete sie so abrupt, als habe jemand den Ton an einem Radio ausgestellt. Aus vollen Wangen spie sie einmal kräftig in die Schale, woraufhin der Rauch eine tiefschwarze Farbe annahm. Ekstatisch zuckend erhob die Meerhexe ihre ausgebreiteten Arme und verdrehte anfallartig die geschlitzten Schlangenaugen.

Der Nebel begann über der Schale zu rotieren, ballte sich zusammen, schrumpfte und wurde allmählich zu einer kleinen Kugel, in der ein winziger Tornado zu wüten schien. Nach und nach erstarrte dieser, und was blieb, war eine wunderschöne schwarze Perle.

Silvana und Corrie sahen sich entgeistert an. Die geheime Zutat, die es nur magisch begabten Nagas ermöglichte, diese Perlen aus der Nachtmeer-Essenz zu fertigen, war also einzig ihre Spucke? Mit erhobenen Brauen sahen sie zu, wie die kleine Kostbarkeit sanft auf Sahades ausgestreckter Handfläche niedersank. Mit unendlicher Zärtlichkeit strich sie über die seidig glänzende Oberfläche, völlig gefangen vom Anblick ihres Werkes.

Schließlich räusperte sich Veron, und Talisienn erhob sich mit Silvanas Hilfe aus dem Sessel. »Wahrhaftig eine wundervolle Arbeit, meine Liebe. Wenn du sie uns jetzt bitte geben würdest? Dann kannst du mit der übrigen Essenz den restlichen Nachmittag noch mehr davon zaubern.«

Sahade zuckte zusammen und stierte wie ein in die Ecke gedrängtes Tier, bevor sie ein angespanntes Lächeln hervorbrachte. »Wollt ihr mich denn wirklich schon verlassen?«

Veron straffte seine Gestalt. »Wie ich schon erwähnte, haben wir leider nicht sehr viel Zeit.«

Die Naga bleckte ihre spitzen Fangzähne. »Ich bedaure, aber ich kann euch noch nicht gehen lassen.«

Silvana spürte, wie Talisienn unwillkürlich die Muskeln anspannte. Auch Verons Flügelspitzen zuckten, und seine Hand fuhr in Richtung seines Säbels. Das verhieß nichts Gutes.

Sahade jedoch lächelte unschuldig. »Der Zauber muss erst noch fixiert werden. Ihr wollt doch nicht, dass sie sich unterwegs plötzlich wieder in Rauch auflöst, oder?« Sie gab einen Schwall giftgrüne, sprudelnde Flüssigkeit in die Goldschale und ließ die Perle mit spitzen Fingern hineinfallen. »In der Zeit könntet ihr euren Teil der Abmachung erfüllen.« Mit einem gierigen Lächeln glitt sie auf den Vampir zu, der Silvana und Corrie hinter sich schob. »Noch halten wir die Perle nicht in Händen«, stellte er mit ruhiger Stimme fest.

»Oh, aber das werdet ihr doch bald.« Begierig fuhr sie sich mit der dicken Zunge über ihre Lippen. »Wieso wollt ihr mir nicht vertrauen? Eine einzelne Frau wie ich kommt doch nicht gegen zwei so stattliche Männer an.«

Der Hexer schüttelte mit leidenschaftsloser Miene den Kopf. »Auch wenn ich kein Naga bin, bin ich durchaus mit dem Ritual der Perlenherstellung vertraut – mit *allen* Einzelheiten.« Sahade hielt mitten in ihren Bewegungen inne. »Dass der Zauber erst noch fixiert werden muss, ist mir vollkommen neu.«

Veron umrundete mit raschen Schritten den Tisch. »Du zögerst also absichtlich unsere Abreise hinaus? Erhoffst du dir, damit noch eine Möglichkeit zu finden, uns um die Perle zu betrügen?«

»Ich muss gar keine Möglichkeit finden!«, keifte die

Naga wütend. »Gebt mir die restliche Essenz, und es wird nichts geschehen!« Mit verzerrtem Gesicht richtete sie sich zu ihrer vollen Größe auf. Talisienn zog langsam seine rechte Hand aus der Manteltasche, und Sahades Gesicht entspannte sich. Doch anstelle der Nachtmeer-Essenz kam die schwarze Kette mit den silbernen Symbolen zum Vorschein.

Die Naga starrte den Vampir verblüfft an. »Du willst dich tatsächlich mit mir anlegen, blinder Mann?«

»Ich bin längst nicht so blind, wie du vielleicht denkst.«

»Nun denn.« Sahade grinste abfällig in die Runde. »Bis meine anderen Gäste kommen, haben wir noch etwas Zeit. Dann können wir uns genauso gut vergnügen.« Fauchend schoss sie vor, die Finger mit den langen, blauschwarzen Nägeln zu knochigen Krallen gekrümmt. Gleichzeitig riss Talisienn die Faust mit der Kette empor, als halte er einen Schild vor sich. Silvana und Corrie schrien entsetzt und stolperten mit aufgerissenen Augen rückwärts.

»Bleibt hinter mir!«, rief Talisienn ihnen zu, ohne seinen Blick von Sahade abzuwenden, die von seinem Zauber zurückgeworfen wurde und wütend aufkreischte. »Das wirst du bereuen!«

»Wenn einer etwas bereuen wird, dann du, du durchtriebenes Miststück!« Veron, der sich auf der anderen Seite des Tisches befand, zog den Säbel und stürzte vor. Sahade richtete sich zischend auf und streckte beiden Männern die flache Hand entgegen. Getroffen taumelten sie zurück.

Talisienn prallte gegen Silvana, verlor das Gleichgewicht und stürzte zu Boden. Silvana, die noch versucht hatte, ihn zu stützen, wurde mitgerissen, ebenso wie Corrie, die den Käfig mit den panisch quiekenden Mäusen herunterriss.

375

Veron konnte sich gerade noch an einem der Regale festhalten, doch sein Säbel entglitt ihm und fiel scheppernd auf den Steinboden.

Von rasender Wut erfüllt, das Gesicht zu einer unmenschlichen Fratze verzerrt, wandte sich Sahade ihm zu. »Nur wahre Narren stellen sich mir in den Weg!«

»Wir hatten eine Abmachung«, knirschte der Halbelf und wich weiter zurück.

Die Naga lachte ätzend auf. »Bei schwarzen Perlen gibt es keine Abmachungen! Sie gehören alleine den Naga – mir!« Sie stürzte zischend vor und wollte Veron mit ihren Krallen packen. Corrie, die aufgesprungen war, griff panisch nach dem erstbesten Gegenstand, der neben ihr im Regal stand, und warf ihn. Es war das Glas mit Rubys Vorgänger. Klirrend zerschellte es an der Schläfe der Naga und ließ sie in einem Regen aus Scherben und Flüssigkeit zu Boden gehen, wo sie benommen stöhnend liegen blieb. Das eingelegte Geschöpf prallte vom Untergrund ab und kullerte, eine nasse Spur hinter sich herziehend, unter den Tisch.

Silvana half Talisienn, zurück auf die Füße zu kommen. Veron nahm seinen Säbel wieder auf und eilte zu ihr, um den Vampir ebenfalls zu stützen. »Lasst uns hier verschwinden«, schnaufte er. »Silvana, nimmst du die Perle an dich?«

Sie nickte, kippte die Schale auf dem Tisch aus und griff sich mit einem der herumliegenden Lappen die Perle, die aus der grünen Lache rollte.

»Nein!«, grollte Sahade und versuchte vergeblich, sich zu erheben. Blut aus einer hässlichen Platzwunde rann über ihr Gesicht. »Ihr werdet nicht einfach so verschwinden.«

Hinter ihr begann die Luft zu glühen. Zwei einzelne Lichtpunkte, die rasch an Intensität zunahmen, erschienen. Ein dunkler Umriss begann sich zu bilden.

»Schattenritter!«, rief Veron.

Sahade lachte. »Was sagt ihr nun? So einfach lasse ich mich nicht um meine Perlen bringen!«

»Wann hat sie die denn gerufen?« Corrie starrte entsetzt auf die dunkle Gestalt, deren Details immer deutlicher wurden: eine dunkle Rüstung, ein langes Schwert, ein geisterhaft wabernder Umhang mit einem verschlungenen Symbol – aber kein Gesicht. Die glühenden Augen hingen in völliger Finsternis.

»Ich bin eine Seehexe, kleine Närrin!«, zischte die Naga. »Vielleicht werde ich nicht alleine mit euch fertig – aber die Garde mit Sicherheit. Und wenn sie euch wegen Betrugs in den Kerker werfen, gehören alle Perlen mir!« Wieder stieß sie ein Lachen aus, das in einem Husten verebbte. Unweit des ersten Schattenritters begannen weitere Augen zu leuchten. Erst zwei, dann vier.

»Lauft!«, brüllte Veron und packte Talisienn am Arm. »Los! Wir müssen nach oben und dann hier raus, bevor sie vollends Gestalt angenommen haben!«

Corrie stolperte die sandige Rampe ein Stück empor, bevor sie abrupt innehielt. »Hört ihr das auch?«, keuchte sie.

Mehrstimmiges Jaulen, wie von einer Hundemeute bei der Fuchsjagd.

»Feuerwölfe«, stieß Talisienn hervor, der sich an den Arm des Halbelfs klammerte.

Veron verdrehte die Augen. »Sonst noch was? Silberhufe vielleicht?«

Hinter ihnen hatte es Sahade endlich geschafft, sich wieder aufzurichten. Ihre Augen ruckten zu den Fliehenden. »Nein«, zischte sie heiser. »Du bleibst hier!« Wütend schlängelte sie ihnen nach und schaffte es, Silvanas Fußgelenk zu packen. »Gib mir die Perle!«

Silvana trat nach hinten aus. »Sie gehört dir nicht!«

»Ich habe sie hergestellt«, heulte die Naga. »Sie ist mein! Gib sie her!« Sie streckte fordernd die Finger aus.

Silvana spürte plötzlich eine übermächtige Macht, die sich ihrer Muskeln bemächtigte. Gegen ihren Willen streckte sie die Hand mit der Perle zu der Naga hinunter, deren Augen gierig zu leuchten begannen. »Ja, ja! Näher! Komm, gib sie her!«

»Nein!« Silvana versuchte, ihre Hand wieder zurückzuziehen, doch es gelang ihr nicht. Immer näher schoben sich ihre Finger zu Sahade.

»Ich bekomme immer, was ich will«, knurrte die Naga. »Nur noch ein kleines Stück ...« Mit einem letzten Ruck streckte sie die Klaue aus und entriss der fassungslosen Silvana die Perle. Ihr Triumphgeheul hallte durch den Keller.

Im selben Moment hatte die grüne Flüssigkeit, die Silvana aus der Schale gekippt hatte, die Tischkante erreicht. Von dort tropfte sie auf die Lösung aus dem Glas mit dem konservierten Parzi. Mehr brauchte es nicht.

Unter infernalischem Fauchen wallte ein Feuerball auf, der sich binnen weniger Sekunden entlang der Flüssigkeitsspur ausbreitete, bis er auf Sahade traf, über die sich der Inhalt des Glases ergossen hatte. Rote Flammen hüllten sie ein, tanzten über ihren Körper, fraßen sich in ihr Fleisch und ihre Tunika und ließen sie taumelnd in die Tiefe stürzen. Ihr Triumphschrei verwandelte sich in ein ho-

378

hes, von grauenvollem Schmerz erfülltes Kreischen, das abrupt endete.

Aus den Flammen schälte sich die Gestalt des Schattenritters. Er schaute Silvana an. »Dich kenne ich, Mädchen«, dröhnte seine Stimme. »Lamassar hat uns aufgetragen, nach euch Ausschau zu halten. Ihr schuldet ihm ein Buch – oder besser gesagt, *zwei* Bücher.« Doch gerade als er sich vorbeugte, um Silvana zu packen, traf ihn etwas Fleischfarbenes mit voller Wucht an der Brust und schleuderte ihn gegen die anderen beiden Ritter, die gerade die Rampe emporeilten. Ineinander verkeilt stürzten sie zurück in den brennenden Keller. Rubys entsetztes Quieken tönte aus den Flammen.

Corrie zog ihre Freundin auf die Füße. »Alles in Ordnung?«

Silvana spuckte Sand aus, nickte aber. »Wohin jetzt?«

»Raus hier!«, rief Veron, der mit Talisienn bereits den Ausgang erreicht hatte. »Und dann runter von der Straße, bevor Asanthot und seine Männer sich wieder erholt haben.«

Corrie horchte auf. »Asanthot?«

»Also deshalb hat er gesagt, er würde mich kennen«, stieß Silvana hervor. »Und er wird den Feuerwölfen draußen sagen, wen er hier vorgefunden hat.«

»Und dann wird es Vulco auch bald wissen«, nickte Talisienn.

»Also sollten wir versuchen, so schnell wie möglich zur *Schriftrolle* zurückzukommen.« Veron schob seinen Säbel zurück und legte die Hand auf die Türklinke. »Bevor er seine Leute sammeln kann.«

»Bleibt dicht zusammen«, sagte der Vampir rauh und

hustete. »Ich werde einen Schild um uns errichten, der uns für kurze Zeit vor ihnen verbirgt, damit wir außer Reichweite kommen können.« Er ließ drei schwarze Kugeln und einen silbernen Anhänger durch seine Finger gleiten und murmelte etwas, das keiner von ihnen verstand. Dann nickte er. »Jetzt.«

KAPITEL 15

Vulco, Hauptmann der Feuerwölfe

Obwohl die Sonne bereits in den Fluten des Meeres versunken war und an ihrer Stelle zwei blutrote Monde am Himmel über Amaranthina hingen, war Port Dogalaan noch immer erfüllt von Leben. In den Straßen waren Hunderte Laternen entzündet worden, und der Basar war hell erleuchtet. Unzählige Feuerkörbe, Backöfen, Schmiedegluten und lumineszierende Blumen tauchten die Besucher in warmen Schein und ließen sie lange Schatten über das Pflaster zwischen den Ständen werfen. Ein sanfter Wind strich über die Zeltdächer und trug die Gerüche des Basars in die Hafenstadt: den Duft von frischem Fisch, süßen, reifen Früchten, Gewürzen, kostbaren Ölen und Seifen, vom Salz des Ozeans – und den beißenden Gestank der Feuerwölfe, die sich unter die Bewohner mischten.

Bis hierher waren sie gut vorangekommen, doch bis zur *Magischen Schriftrolle* und dem rettenden Portal war es noch weit und der Weg durch die engen Gassen gefährlich.

Denn mittlerweile hatten Corrie, Silvana und ihre Begleiter feststellen müssen, dass es in Port Dogalaan von den Vertretern der Garde geradezu wimmelte. Offenbar wollte Vulco um jeden Preis vermeiden, erneut zu versagen, und hatte seine Leute unverzüglich ausgeschickt. Mehrfach hatte das Quartett, gewarnt durch den Brandgeruch seiner

381

Verfolger, einen neuen Weg einschlagen müssen, um einen Zusammenstoß mit ihnen zu vermeiden. Veron hatte sie dabei in immer schmalere, ärmere Gassen geführt, in denen ihnen kaum jemand begegnete. Hier war das Pflaster rauh und uneben, die Stufen vor den Eingängen ausgetreten und die Mauern der Häuser rußgeschwärzt.

Immer wieder platschten ihre Füße durch dunkle Rinnsale und Pfützen, die sich zwischen den unebenen Pflastersteinen gesammelt hatten, und hin und wieder traten sie dabei auch auf etwas Weiches, dessen Natur jedoch im Verborgenen blieb – wofür Corrie und Silvana insgeheim überaus dankbar waren. Die Wohlgerüche des Basars verblassten mehr und mehr und wurden überdeckt von einer Mischung aus verrottetem Tang, Fäkalien und Alkohol. Silvana hatte bereits mehr als einmal eine steigende Übelkeit niederkämpfen müssen.

»Wie weit ist es noch?«, fragte Corrie leise, als Veron an einer Hausecke anhielt. Sie nutzte die kurze Pause zum Luftholen und sah ihre Freundin forschend von der Seite an.

Beide stützten Talisienn, dem das Gehen merklich schwerfiel, der aber dennoch versuchte, das Tempo des Halbelfs zu halten, um mit den beiden jungen Frauen nicht zu weit zurückzufallen. Verbissen setzte er einen Fuß vor den anderen.

Silvanas Gesicht zeigte grimmige Entschlossenheit. Als sie Corries Blick bemerkte, lächelte sie zuversichtlich. Ihre Lippen formten ein lautloses: »Alles in Ordnung.«

»Noch ein ganzes Stück«, antwortete Veron und spähte vorsichtig in die nächste Gasse. Anstelle von Laternen wurde diese nur durch vereinzelte, abgebrannte Fackeln, die ihr träge zuckendes Licht auf das leere Pflaster warfen, ausgeleuchtet.

Der Weg verlor sich nach ein paar Metern in der Dunkelheit einer ledergedeckten Passage. »Auf direktem Weg über die Promenade und die Brücken am Basar wären wir schon längst wieder zurück im Laden.« Er sah Corrie an, die die Anspannung auf seinem Gesicht bemerkte. »Heute Abend allerdings würden wir der *Magischen Schriftrolle* so vermutlich nicht einmal nahe kommen. Vulco oder seine Untergebenen dürften uns dort mit offenen Pranken empfangen. Ich wette, er hat Logri und dessen Männer entlang der gesamten Hafenmauer Posten beziehen lassen, ebenso wie vor den Toren des Buchladens. Und den Rest hat er auf die Jagd nach uns geschickt.«

»Wo du gerade davon sprichst«, bemerkte Talisienn und hob angestrengt den Kopf. »Riecht ihr das auch?«

»Schwefel«, stieß Corrie hervor und wechselte einen alarmierten Blick mit Silvana.

Ihre Freundin blähte die Nasenflügel. »Und Kohle.«

Veron linste mit angehaltenem Atem erneut um die Ecke.

Aus der Schwärze unter dem Torbogen schälten sich Umrisse, die er im Bruchteil eines Augenblicks erkannte. Krallen kratzten leise über den porösen Untergrund.

Mit einem verhaltenen Fluch ließ der Halbelf seinen Blick durch die schmale Gasse schweifen. Zu beiden Seiten erhoben sich glatte Hauswände. Es gab keine Deckung, nichts, wohin sie sich zurückziehen konnten, um sich vor den scharfen Augen der Wölfe zu verbergen.

Corrie verzog ängstlich das Gesicht. »Und was sollen wir jetzt machen?«

Da erspähte Silvana eine halbgeöffnete Tür in der gegenüberliegenden Mauer. »Dort hinein?«

»Eine andere Möglichkeit haben wir nicht.« Veron stieß
die Tür gerade so weit auf, dass die beiden Freundinnen
sich mit dem Vampir hindurchzwängen konnten, bevor er
ihnen folgte. Im letzten Moment sah er die einzelne Dau-
nenfeder, die er an einem der Steine verloren hatte, packte
sie und nahm sie an sich, bevor er den Riegel der schweren
Holztür vorschob.

Talisienn verharrte mit lauschend geneigtem Kopf, wo
er stand. Die anderen sahen sich hastig um. Sie befanden
sich in einem kleinen quadratischen Innenhof, nicht größer
als der Balkon eines Wohnsilos. Im dumpfen Schein zweier
müde flackernder Fackeln, die windschief im graslosen Boden steckten, konnte Corrie drei schmale Beetreihen sowie
einen dürren, spärlich begrünten Baum erkennen.

Sie horchte auf die Geräusche aus der Gasse und hoffte,
dass die Bewohner des Hauses nicht ausgerechnet *jetzt* auf
die Idee kamen, einen Blick hinaus in ihren Garten zu
werfen.

Zum wiederholten Male an diesem Abend schlug das
Herz ihr bis zum Hals. Sie schwitzte, doch ihre Finger waren eiskalt und nahezu gefühllos. *Zuerst der Schatten und
dann das hier!*

Neben ihr suchte Silvana wie ein panisches Kaninchen
nach einem Unterschlupf. Sie fühlte sich nicht sicher. Nicht
mit dieser lächerlich dünnen Tür, die sie und die anderen
von den Feuerwölfen trennte. Sicherlich konnten diese
Biester das Holz mit einem einzigen Schlag zertrümmern
oder mit einem gewaltigen Satz die Mauer überwinden und
mitten unter ihnen landen. Und dann waren sie ihnen hilf-

los ausgeliefert. Bei dem Gedanken fühlte sie eine beinahe übermächtige Übelkeit, die ihren Mund trocken werden ließ. Ihr Atem beschleunigte sich merklich.

Da spürte sie unvermittelt eine Hand auf dem Oberarm, die in einer tröstenden Geste sanften Druck ausübte. Sie sah überrascht zur Seite und registrierte mit noch größerer Verwunderung, dass Talisienn sie beruhigend anlächelte.

Veron hob die Hand und legte den Zeigefinger an die Lippen. Der Brandgeruch hatte beständig zugenommen und war nun so beißend, als stünde man direkt neben einem stark qualmenden Ofen, in den zu feuchtes Holz geworfen worden war. Das Kratzen der Klauen wurde lauter, als die Gardisten sich dem Durchgang näherten.

Veron hielt zwei Finger hoch, hörte auf die schweren Schritte und hob dann einen weiteren. Drei Wölfe. Ihr tiefes, unzufriedenes Knurren hallte in der engen Gasse wider. Doch sie verlangsamten ihren Gang nicht. Auch nicht, als sie die Tür passierten.

Nach und nach verklangen die Geräusche, und die Luft füllte sich wieder mit dem fast schon vertrauten Tanggestank. Silvana stieß hart die Luft aus. »Das war knapp.«

»Noch näher muss ich ihnen nicht kommen«, stimmte Corrie zu und fuhr sich mit der Hand über die Stirn. »Das war eindeutig dicht genug.«

»Und wie gehen wir jetzt weiter?«, fragte Silvana.

Veron sah nachdenklich auf das faserige Holz der Tür. »Wir sollten versuchen, durch die alte Fischersiedlung bis zu den nördlichen Kontoren zu gelangen. Von dort aus können wir mit einem Boot zur *Magischen Schriftrolle* rudern. Sobald wir auf dem Wasser sind, werden uns Vulcos Männer nicht mehr erreichen können.« Er straffte die

385

Schultern und musterte Talisienn. »Schaffst du das, Talisienn?«

Der Vampir lächelte dünn. »Habe ich eine andere Wahl?«

Veron schmunzelte, und Silvana legte sich Talisienns Arm über die Schultern. »Es wird gehen.«

Der Halbelf nickte. »Also weiter.« Mit einem leisen Schaben zog er den Riegel zurück und wandte sich nach links, von wo die Feuerwölfe gekommen waren.

Vier Gassen weiter wurden die Häuser merklich flacher. Zweigeschossige Bauten wichen niedrigen, dicht an dicht gedrängten Hütten, vor denen Reusen oder kleine Netze zum Trocknen aufgehängt waren. Auch der Gestank hatte sich geändert – der Tanggeruch war dem von Fischinnereien und fauligem Tauwerk gewichen.

Corrie und Silvana, die schon kollektiv das Sezieren von Fischen in der Schule abgelehnt hatten, stapften würgend hinter Cryas' Stellvertreter her. Auch der ohnehin schon blasse Talisienn schien noch bleicher als sonst. »Was für ein furchtbarer Mief«, zischte Corrie.

Silvana, die krampfhaft versuchte, durch den Mund statt durch die Nase zu atmen, nickte stockend. »Da würde sich selbst Mums Katze übergeben müssen, darauf würde ich wetten. Und Fred hat selbst alte Schlachtabfälle aus dem Müll gezogen.«

»Wir nähern uns dem Fischmarkt«, erklärte Veron gedämpft. »Hier können die ärmeren Einwohner Dogalaans die Reste der Fänge erstehen, die sonst keiner mehr kaufen würde. Und die einfachen Fischerfamilien versuchen, ihre wenigen Fische hier loszuwerden.« Er blieb unvermittelt stehen, als sich die Gasse vor ihnen zu einem kleinen Platz öffnete. Eine einzelne, an einem langen Pfahl hängende Feuerschale schaffte es kaum, den Weg zu erhellen. Unschlüssig ließ Veron seinen Blick umherschweifen.

»Was ist?«, wollte Corrie wissen und sah an ihm vorbei in das verlassene Rondell.

»Ich war dumm«, gab Veron kopfschüttelnd zurück.

»Wieso?«

Die Augen des Halbelfs sondierten den Durchlass hinter ihnen, dann setzte er sich entschlossen wieder in Bewegung – auf den Platz hinaus.

Corrie und Silvana folgten ihm mit Talisienn in ihrer Mitte. »Wieso warst du dumm?«

Veron hielt erneut inne, um sich umzusehen. Scharf sog er die Luft ein und runzelte die Stirn. »Sie sind hier.«

Im ersten Moment wollte Corrie zu der wenig geistreichen Frage »Wer?« ansetzen, doch dann spürte auch sie das vertraute Beißen in der Nase. Eine Gänsehaut kroch über ihren Rücken. Der Brandgeruch war nur ganz leicht, kaum wahrnehmbar – der Fischgestank überdeckte ihn.

Sie sah zu Silvana, die ähnlich weiß geworden war wie der neben ihr stehende Vampir. »Und was tun wir jetzt?«

Veron wich mit langsamen Schritten zur Hauswand zurück. »Warten.«

»Für eine Flucht ist es zu spät«, stimmte Talisienn zu und zog die beiden Freundinnen sanft mit sich zurück, bis auch sie die Mauer in ihren Rücken spürten. »Sie haben uns eingekreist.«

Der Halbelf schnaubte. »Und da kommen sie auch schon.«

Nun sahen Corrie und Silvana die Feuerwölfe das erste

Mal von Angesicht zu Angesicht. Nach und nach lösten sich aus den Schatten der Häuser und Dächer zuerst nur glühende Silhouetten, dann reale Gestalten, die ihren Halbkreis um das Quartett enger zogen.

Es waren insgesamt fünf große, muskulöse Kreaturen, die teilweise auf den Hinterbeinen gingen, hier und da aber auch ihre vorderen Gliedmaßen zur Hilfe nahmen. Ihr graubrauner, verräuchert stinkender Pelz war von einem schwachen Glühen umgeben, das immer wieder auflohte – so als fließe brennendes Blut durch ihre Adern.

Der Größte unter ihnen, der eine reich bestickte, bunte Schärpe und ein massives Goldhalsband trug, kam höhnisch grinsend auf sie zugeschlichen. »Wie schön, euch endlich gegenübertreten zu können«, schnarrte er. »Wenn ihr nicht fortgelaufen wärt, hätten wir dieses Vergnügen schon sehr viel eher haben können.«

Verons Hand wanderte zum Knauf seines Säbels. »Ich hoffe, es trübt deine Freude nicht zu sehr, wenn ich dir sage, dass dieses Vergnügen keinesfalls auf unserer Seite ist, Vulco.«

Der Feuerwolf lachte kratzend. »Oh, nicht im Geringsten, Eisfeder. Ich liebe es, der Einzige zu sein, der Spaß an etwas hat. Besonders bei solchen Anlässen.«

Veron verengte die Augen. »Ist das so?«

Corrie und Silvana wechselten bestürzte Blicke. Sollte etwa alles umsonst gewesen sein? Das konnte doch nicht sein. Wie Yazeem beten würde: *Deya, sei uns gnädig!*

Verons Stimme weckte sie aus ihren Gedanken. »Erwarte nicht von uns, dass wir uns ergeben.«

Vulco schnaubte abfällig. »Wenn du denkst, dass du eine Chance hast, dann muss ich an deinem Geisteszustand zweifeln, Veron. Sieh dich um – meine Männer haben euch umzingelt. Du bist der Einzige von euch, der eine Waffe trägt, und dir zur Seite stehen zwei *Weiber* und …« Er maß Talisienn mit verächtlichem Blick. »Ein Blinder?«

»Immerhin ein blinder *Vampir*«, lächelte Talisienn und rieb sich bedächtig die Hände.

»Und wir haben beide einen Selbstverteidigungskurs besucht«, fügte Corrie mit leidlich fester Stimme hinzu.

Den ungläubigen Blick, den Silvana ihr aus den Augenwinkeln zuwarf, schien sie nicht zu bemerken. Entschlossen ballte sie die Fäuste.

Vulco schaute sie mit erhobener Braue an, als würde er glauben, sie hätte gerade den Verstand verloren. Dann brach er in schallendes Gelächter aus, das die glühenden Furchen unter seinem Fell hell auflohen ließ. Aus seinem Maul quoll eine dunkle Rauchwolke, die das Atmen beinahe unmöglich machte. Hustend bedeckten Corrie und Silvana Mund und Nase mit ihren Ärmeln.

Im Schutz des aufwallenden Qualms zückte Veron seinen Säbel.

Talisienn griff in seine Manteltasche und zog langsam seine Kette hervor. »Veron, mach dich bereit«, raunte er. »Wir müssen gleich schnell sein.«

Der Halbelf fragte nicht weiter nach. Er nickte nur und packte den Säbel fester.

Vulco hatte sich unterdessen wieder beruhigt, und die Luft klärte sich etwas. »Dann wollen wir doch einmal sehen …«

Über ihnen setzte unvermittelt ein feines Rauschen ein, das rasch lauter wurde. Die Luft begann vor Vulcos Schnauze zu kondensieren. Irritiert hielt er inne und sah zu

389

der weißen Wolke, die sich vor ihm und den übrigen Feuerwölfen bildete. Ihre Körper dampften. Die Temperatur in der Gasse war schlagartig gesunken.

»Was …«, begann Vulco, doch auch dieser Satz blieb unbeendet.

Denn im selben Moment schoss etwas vom Dach über ihren Köpfen herab.

Mit einem heiseren Knurren landete eine riesige, schneeweiße Säbelzahnkatze zwischen dem Feuerwolf und den Eingekreisten. Die eisige Kälte, die das Tier umgab, ließ den Boden unter seinen Tatzen augenblicklich gefrieren. Steine und Erdklumpen wurden von einer dünnen Schicht aus Reif überzogen. Eiskristalle glitzerten im Fell der Katze, durch das ein feiner Wind spielte. Hier und da wirbelten Schneeflocken auf.

Vulco starrte in die kristallenen Augen der Katze und begann heiser zu knurren. »Kushann Nam'Thyrel. Stets zur Stelle, wenn Wehrlose ihn brauchen. Ich dachte, ich hätte dir bereits hinlänglich klargemacht, was ich davon halte, wenn du dich in meine Geschäfte einmischst. Aber sei gewiss: Diesmal werde ich es nicht bei ein paar Narben belassen, die dich an meine Krallen erinnern können!«

Die Katze gab ein gluckerndes, abwertendes Schnurren von sich. Ihre Schwanzspitze zuckte leicht, aber ansonsten verharrte sie regungslos wie eine Eisskulptur.

Vulcos Nasenflügel weiteten sich zitternd, seine Stimme war nur ein Flüstern. »Wo ist dein Kapitän?«

Er erntete Schweigen.

»Also schön. Ist mir einerlei …«

Dann sprang er vor.

Kushann schnellte empor, fing ihn noch im Sprung ab

und riss ihn mit sich zu Boden. Zischend stieg eine Rauchwolke über den beiden empor, als Glut und Eis aufeinanderprallten.

Für die übrigen vier Feuerwölfe schien dies das Signal zum gemeinsamen Angriff zu sein. Mit einem infernalischen Brüllen stürzten sie vor.

Doch ihre Attacke stoppte so jäh, dass Silvana und Corrie ungläubig aufkeuchten. Für Sekundenbruchteile hingen die Wölfe wie erstarrt in der Luft, als würden sie von einer unsichtbaren Hand festgehalten. Dann wurden sie jaulend zurückgeschleudert. Einige Holzkisten, die vor einem der Häuser gestapelt waren, zerbarsten unter der Wucht ihres Aufpralls. Einer der Feuerwölfe fiel krachend durch ein strohgedecktes Dach, das augenblicklich in Flammen aufging.

Im roten Widerschein erkannte Silvana ein beinahe dämonisch anmutendes Lächeln auf Talisienns Gesicht. Der Hexer war mit seinem Werk zufrieden. Mit einem beklommenen Stechen in der Magengegend fragte Silvana sich, wozu Talisienn noch in der Lage war. Eines stand jedenfalls fest: So hilflos, wie Donnald seinen Bruder gerne betrachtete, war er in keiner Weise.

Eine Gestalt landete neben ihnen auf dem Pflaster und riss sie aus ihren Gedanken. Zu ihrem Erstaunen erkannte sie Rabas Blutschatten, den Kapitän der *Pandemonium*.

Veron sah ihn verwirrt an. »Rabas … wie kommt ihr hierher?«

Doch Blutschatten achtete nicht auf die Frage des Halbelfs. »Los! Lauft!«, rief er und zeigte zu einer Gasse, die nur wenige Häuser weiter vom Platz wegführte. Corrie, die einen kurzen Moment brauchte, um aus ihrer Starre zu erwachen, griff Silvana und Talisienn am Arm und lief los. Der Hexer taumelte kurz, doch ebenso schnell hatte er sich wieder gefangen. Veron folgte mit heftig wippenden Flügeln.

Sie hatten die Hausecke noch nicht ganz erreicht, als mit einem wuchtigen Satz ein weiterer Feuerwolf aus der Gasse gesprungen kam. Knurrend nahm er sie ins Visier.

»Bleibt zurück!«, schnappte der Nachtelf und stellte sich dem Höllenhund entgegen, aus dessen Maul dampfender Speichel tropfte.

»Oh nein«, entfuhr es Corrie entsetzt. »Noch so einer.«

»Und genauso hässlich wie die anderen«, fügte Silvana hinzu und schluckte hart.

Der Feuerwolf riss das Maul auf und stieß ein durchdringendes Heulen aus. Sein heißer Atem ließ den Säbel in Blutschattens Hand beschlagen.

»Wohin des Wegs?«, grollte ihnen der Wolf mit finsterer Stimme entgegen und machte einen Schritt auf den Kapitän zu. Auch diese Bestie trug ein goldenes Halsband, jedoch nicht so wuchtig wie die Kette des Hauptmanns.

»Du weißt genau, wohin wir wollen, Logri«, gab Blutschatten zurück.

Den Namen hatte Corrie schon einmal gehört – natürlich, Yazeem hatte ihn erwähnt. Logri war in Woodmoore gewesen. Der Stellvertreter von Vulco.

»Und dort erwarten euch meine Männer«, nickte der Feuerwolf langsam.

Wie ein gereizter Bär richtete er sich auf den Hintertatzen auf und schlug brüllend nach dem Nachtelf. Blutschatten duckte sich unter seinem Hieb und stieß mit dem Säbel zu.

392

Doch auch sein Angriff lief ins Leere.

Veron zuckte kurz und sah zu seinem Säbel, aber er schien unsicher, ob er in den Kampf eingreifen oder mit Corrie, Silvana und Talisienn fliehen sollte.

Die Wölfe rappelten sich langsam wieder auf, und der Erste Offizier der *Pandemonium* hatte ihren Anführer noch nicht besiegt.

Vulco hatte es geschafft, Kushann weit von sich zu stoßen, und setzte nun nach. Funken schlugen aus seiner Nase, als er wütend schnaubend auf die Katze zuschoss. Sie legte die Ohren an und fauchte ihm eine klirrende Frostwolke entgegen. Vulco heulte auf und riss seine Pranken vor die Augen. Eiskristalle hatten ihn getroffen und für Sekunden geblendet, bevor sie zischend schmolzen.

Genau diese Sekunden wusste Kushann zu nutzen. Er wich der wild schlagenden, glühenden Pranke aus, umrundete den Feuerwolf blitzartig und hieb entschlossen auf die lohende Rute des Hauptmanns nieder. Ein erneutes Zischen erklang, so laut wie von hundert wütenden Schlangen, und der Schwanz war am Boden festgefroren.

Vor Schmerz brüllend wirbelte Vulco herum und riss seine Rute vom Pflaster herunter. Kushann gelang es nicht, der Attacke des Hauptmanns auszuweichen. Glühend heiße Krallen streiften seine Schulter und hinterließen dort schwelende Furchen.

Corrie hielt die Luft an. »Nein!«, drang es heiser über ihre Lippen. Für einen kurzen Moment war die Katze mit den Vorderbeinen eingeknickt, und Vulco stürzte mit triumphierendem Geheul vor, doch grollend kam der Erste Offizier zurück auf die Pfoten und zerfetzte mit seinen funkelnden Krallen das rechte Ohr des Hauptmanns.

Unterdessen hatten sich auch die restlichen Feuerwölfe wieder befreit. Aus lodernd roten, pupillenlosen Schlitzen fixierten sie die vier Flüchtlinge, und Silvana spürte einen Schauer über ihren Rücken laufen. Noch niemals zuvor hatte sie solch funkelnden Hass gesehen. *Als wenn man direkt in die Hölle blickt,* schoss es ihr durch den Kopf.

Die Feuerwölfe jagten auf sie zu. Die ersten zwei Bestien wurden von Talisienns Wand zurückgeworfen, doch die beiden anderen, die etwas weiter zurückgeblieben waren, scherten vor der Wand zu den Seiten aus und durchbrachen den geschwächten Zauber mit einem markerschütternden Heulen.

»Verdammt!«, hörte Silvana den Vampir fluchen und spannte unwillkürlich ihren Körper an.

Mit weiten Sätzen kamen die Feuerwölfe näher.

»Überlasst sie mir«, zischte Veron und stellte sich mit gezogenem Säbel vor sie.

Corrie tastete nach einer der Holzlatten, die an der Wand hinter ihnen lehnten und vielleicht einmal ein Zaun hatten werden sollen. »Vor dem Schatten sind wir noch weggelaufen«, raunte sie Silvana zu.

Ihre Freundin warf einen kurzen Blick auf das schmale Brett und nahm sich dann ebenfalls eines. »Wenn ich meine Beine fragen würde, wären die jetzt schon wieder in Woodmoore.«

Corrie grinste schief. »Meine würden da schon auf dich warten.«

Die Wölfe holten zum Schlag aus. Corrie und Silvana rissen das Holz hoch, in der irrigen Hoffnung, den Hieb damit parieren zu können. Verons Säbel sauste nieder und hieb in eine der riesigen Klauen ihres Gegners.

Plötzlich war auch Blutschatten wieder zur Stelle, duckte sich unter der Pranke hinweg und stieß Corrie und Silvana zur Seite. Der Feuerwolf schlug ins Leere, strauchelte und ging jäh aufjaulend zu Boden. In seinem Rücken klaffte eine tiefe, dampfende Wunde. Hinter ihm stand der Nachtelf mit seinem glühenden Säbel, bereit, den nächsten Angreifer abzuwehren. Silvana blickte hastig zur Seite und sah Logri, der sich blutend am Boden wälzte und sich die Tatzen vor die Augen hielt.

Zwei Gegner hatten sie bereits ausgeschaltet, aber Silvana bezweifelte, dass Blutschatten und Veron es mit den verbliebenen Wölfen würden aufnehmen können. »Kannst du nichts tun?«, rief sie Talisienn zu, während sie sich an der Mauer wieder auf die Beine zog.

Der Hexer hob beide Hände bis auf Höhe seiner Schultern. »Ich bin bereits dabei.« Er schlug die geballten Fäuste vor der Brust gegeneinander und riss die Arme empor. In der Mitte des Platzes erhob sich ein jaulender Sturmwirbel, der bis in den Nachthimmel emporwuchs und einen der Feuerwölfe in seinen Trichter saugte. Die flammende Silhouette des Untiers war noch einen Moment im Schlund des Sturms zu sehen, wurde immer höher und höher geschleudert und verglühte schließlich zwischen den Sternen.

Blutschatten warf sich einem weiteren Wolf entgegen und durchtrennte die Kehle seines Gegners mit einem wuchtigen Hieb, der ihn mit zu Boden gehen ließ. Kochendes Blut spritzte aus dem klaffenden Schnitt und gefror knisternd auf dem eisigen Untergrund. Schon nahte der nächste Gardist, und Blutschatten riss, auf dem Rücken liegend, den Säbel empor, um den Angriff zu parieren. Krachend schlugen die mächtigen Kiefer des Feuerwolfs auf

395

das Metall, nur wenige Millimeter vor Blutschattens Gesicht. Heißer Speichel troff auf seine Wange und hinterließ dort ein rotes Mal.

Mit einem harten Ruck entriss der Feuerwolf dem Nachtelf die Waffe, warf sie achtlos zur Seite, richtete sich auf und zerrte Blutschatten mit sich. Hilflos hing der Kapitän in den krallenbewehrten Pranken und rang nach Luft.

Jedoch nicht lange. Ein wuchtiger Schlag von Verons Säbel trennte den Arm des Feuerwolfs von seinem Rumpf. Im selben Moment schoss eine Axt durch die Luft und traf den Wolf genau zwischen den Augen.

Ungläubig folgten Corrie und Silvana der Flugbahn der Waffe, die in der Luft einen Halbkreis beschrieb und wie ein abgerichteter Raubvogel zu ihrem Meister zurückkehrte. Verblüfft beobachteten die beiden Freundinnen, wie Tjero, der unverhofft aus einer der Seitengassen aufgetaucht war, die Axt scheinbar mühelos mitten im Lauf auffing, um sich dem letzten verbliebenen Gardisten zu stellen.

Schnaufend taumelte Blutschatten unterdessen auf Kushann und Vulco zu, nachdem er seinen Säbel wieder an sich genommen hatte. »Nehmt Talisienn in die Mitte und haltet euch bereit!«, stieß er an die Freundinnen gewandt hervor.

»Aber … wozu?«, rief Corrie und sah sich hastig um.

Tjero trieb seinen knurrenden Gegner mit wuchtigen Schlägen zurück, direkt auf Veron zu, der mit gezogener Waffe wartete.

Silvana spürte eine heiße Böe, die über die Kämpfenden hinwegbrandete. In der Ferne über den Hausdächern erhob sich ein mehrstimmiges Heulen, das den Hauptmann der Feuerwölfe hart auflachen ließ. Als habe das Nahen

396

seiner Untergebenen neue Kräfte in ihm freigesetzt, schleuderte er Kushann mit einem wuchtigen Tritt gegen den Holzmast. »Hört ihr das? Meine Männer werden euch in Stücke reißen, wenn sie hier sind!«

Blutschatten spie auf das Pflaster. »Nicht in deinen sehnlichsten Träumen.« Dann schoss er vor. »Shan! Bring die drei in Sicherheit!«

Vulco heulte erbost auf. »Das wird er nicht!«

Mit einem heftigen Prankenhieb warf er den Kapitän zu Boden und setzte zum Sprung auf Kushann an.

Dieser hatte sich jedoch bereits wieder verwandelt, und der Hauptmann der Feuerwölfe schoss unter einem dunklen Pegasus, der sich schnaubend in die Luft erhob, ins Leere. Nur wenige Flügelschläge brachten ihn zu den beiden Freundinnen und dem Vampir.

»Veron!«, brüllte Blutschatten, während er zum Angriff nachsetzte. »Flieg voraus in die *Schriftrolle!* Shan bringt die anderen nach!«

»Und was ist mit Tjero und dir?«, rief Corrie, die Talisienn auf den Pferderücken half.

»Kümmert euch nicht darum. Wir kommen zurecht. Es braucht mehr als ein paar Feuerwölfe, um uns in Bedrängnis zu bringen. Und jetzt verschwindet hier!«

Corrie krallte sich in der Mähne des geflügelten Pferdes fest. »Gut. Wir sind so weit!«

Mit einem schrillen Wiehern galoppierte Kushann in den nächtlichen Himmel über Amaranthina davon.

Zurück zur *Magischen Schriftrolle.*

In Sicherheit.

Blutschatten blieb zurück, von Vulcos flammenden Augen fixiert. Langsam hob er seinen Säbel. »Dann wollen

397

wir doch einmal sehen, ob wir diese Sache nicht beenden, bevor Verstärkung kommt.«

Eine hohe, von bitter riechenden Ranken überwucherte Steinmauer umgab den Hinterhof der *Magischen Schriftrolle,* in dem Kisten, Truhen und Säcke lagerten. Sie war hoch genug, um den Feuerwölfen trotzen zu können. Eine steile Treppe führte an ihr hinunter zu einem Bootsanleger.

Cryas und Veron, der ohne die Last von drei Menschen auf seinem Rücken schneller vorangekommen war, erwarteten sie bereits. Der Pegasus setzte ein wenig unsanft auf dem Pflaster auf. Anstatt sich jedoch zurück in einen Menschen zu verwandeln, erhob sich Kushann sofort, nachdem seine Begleiter abgestiegen waren, wieder in die Luft.

»Er will zurück?«, fragte Corrie entsetzt.

»Er wird versuchen, auch Rabas und Tjero zu holen, bevor die Feuerwölfe zu zahlreich werden«, sagte Cryas langsam und seufzte. »Hoffen wir, dass seine Kräfte reichen und er rechtzeitig ankommt.« Er sah Talisienn, Veron und die beiden Freundinnen an. »Wir warten besser drinnen. Veron, hole Talisienn bitte einen Stuhl. Was ist denn überhaupt geschehen?«

»Bis zum Ende des Rituals war eigentlich alles gut«, erwiderte Corrie und half Talisienn in den Sessel. »Nachdem sie die Perle hergestellt hatte, sind aber auf einmal überall Schattenritter aufgetaucht.«

»Es waren drei«, fügte Silvana hinzu. »Zusammen mit einer ganzen Meute Feuerwölfe.«

»Wenn ich geahnt hätte, dass es dermaßen gefährlich werden würde, hätte ich euch niemals gehen lassen.« Cryas schüttelte fassungslos den Kopf.

»Und ich und Donnald wären sicherlich mitgekommen«, sagte Yazeem, der mit eiligen Schritten auf die Gruppe zusteuerte.

»Wo kommst du denn her?«, fragte Corrie verwundert.

»Ihr wart so lange fort, dass ich mir Sorgen gemacht habe. Ich wollte Cryas fragen, ob er etwas gehört hat, aber wie ich sehe, brauche ich das nun nicht mehr.«

Silvana senkte den Kopf. »Uns geht es gut, danke.«

»Was ist denn eigentlich geschehen?«, bemerkte der Werwolf und sah fragend in die Runde.

Silvana und Corrie schilderten daraufhin in raschen Worten die turbulenten Ereignisse der letzten Stunden.

»Kushann hat uns als Pegasus hierhergebracht«, beendete Corrie den Bericht und sah sorgenvoll in Richtung Hinterhof. »Aber er ist wieder losgeflogen, um Rabas und Tjero zu helfen, obwohl er verletzt ist.«

»Mach dir nicht zu viele Sorgen«, riet Yazeem mit mildem Lächeln. »Diese Freibeuter haben schon die schwersten Stürme und blutigsten Schlachten überstanden. Ich bin sicher, Feuerwölfe sind nicht die Art von Gegner, die es schaffen, sie in die Knie zu zwingen.« Er sah zu Talisienn. »So wie du aussiehst, kannst du schon einmal überlegen, wie du Donn davon überzeugst, dich jemals wieder vor die Tür zu lassen.«

Der Hexer schmunzelte. »Auch wenn ich geschwächt bin, habe ich mich in den letzten Jahren noch nie so lebendig gefühlt wie heute Abend. Es wird einiges zwischen Donn und mir zu bereden geben – und nicht alles davon wird angenehm, dessen bin ich mir durchaus bewusst. Aber das gilt ebenso für ihn.«

Yazeem nickte. Er nahm hinter einem der Lesepulte

399

Platz. »Und jetzt möchte ich gerne erfahren, was ...« Er verstummte, als von draußen ein Wiehern erklang, das alle Köpfe zur Tür rucken ließ.

»Ich werde nachsehen.« Veron erhob sich, doch das Unbehagen war ihm deutlich anzusehen. Mit welcher Botschaft würde er schließlich wiederkehren?

»Ob sie es geschafft haben?«, fragte Corrie beklommen, als der Halbelf den Raum verlassen hatte.

Silvana nagte an ihrer Unterlippe. »Es kamen noch mehr Feuerwölfe zu Vulcos Unterstützung, als wir geflohen sind.«

»Rabas würde sich nicht in Gefahr begeben, wenn er sich vorher keinen Plan zurechtgelegt hätte, wie er heil wieder herauskommt«, hielt Cryas dagegen. »Und bisher hat es auch immer geklappt. Seht. Da sind sie.«

Erleichtert drehten sich Corrie und Silvana zu Blutschatten, Kushann und Tjero um, die dem geflügelten Elf hereinfolgten. Alle drei sahen mitgenommen und erschöpft aus: Die rechte Wange des Nachtelfs, auf der ihn der heiße Speichel des Feuerwolfs getroffen hatte, zeichnete ein Brandmal. Kushanns linker Hemdsärmel war zerrissen, und dunkles Blut rann dem taumelnden Ersten Offizier am Arm hinab. Tjero hinkte und hatte einen seiner beiden Bartzöpfe eingebüßt. Keiner von ihnen schien jedoch ernsthaft verletzt. Im Gegenteil: Ihre Gesichter wirkten überaus zufrieden.

Talisienn neigte den Kopf zur Seite. »Drei Paar Schritte, dazu die Silhouette von Kushann – dann gab es also keine Verluste auf unseren Seiten.«

»Dankenswerterweise nicht«, bestätigte Blutschatten. »Aber wir sollten uns vorerst besser nicht mehr in Port

Dogalaan blicken lassen. Vielleicht wird Lamassar veranlassen, dass der König ein Kopfgeld auf uns aussetzt.«

»Dem würde Leigh sicherlich nicht zustimmen«, widersprach Cryas. »Aber egal was noch kommen mag – die Hauptsache ist, dass alle leben.«

»Leben die Feuerwölfe auch noch?«, fragte Corrie. »Vulco und Logri?«

»Als ich Logri zuletzt gesehen habe«, erwiderte Blutschatten, »hielt er sich noch immer die Klauen vor seine Fratze. Ich denke nicht, dass sein Auge zu retten sein wird.«

»Vulco wird sich ebenfalls so schnell nicht wieder sehen lassen«, ergänzte Kushann mit einem Grinsen und wischte sich den Schweiß von der Stirn. »Er muss Lamassar die Kunde seines erneuten Versagens überbringen und wird für eine ganze Weile in dessen Ungnade stehen. Er wird sich seinen Status erst wieder verdienen müssen. Und es tut mir leid, ihn zusätzlich enttäuschen zu müssen, aber von den Kratzern hier werden nicht einmal *kleine* Narben zurückbleiben.« Er nickte zu seinem zerfetzten Hemd.

»Dennoch sollten wir besser aufbrechen, bevor es einem der Feuerwölfe gelingt, den kleinen Verband von Lamassars Kriegsschiffen auf uns anzusetzen«, stellte Blutschatten ernst fest. »In freiem Wasser sind sie uns an Geschwindigkeit überlegen.«

»Wie werdet ihr zu euren Schiffen kommen?«, wollte Silvana wissen. »Noch einmal den Feuerwölfen auszuweichen wird fast unmöglich sein – und eine Pegasus-Landung an Deck stelle ich mir etwas … riskant vor, oder?«

»Keine Sorge, unser Boot liegt versteckt am Anleger unterhalb der *Schriftrolle*«, erklärte Blutschatten und nickte in die entsprechende Richtung. »Oliver, Bertha und Christine haben unseren Verband bereits hinaus aufs Meer segeln lassen, wo sie uns erwarten.«

»Das bringt mich zu der Frage, die mir eigentlich schon seit eurem Eingreifen auf der Zunge brennt«, begann Silvana. »Woher wusstet ihr, wo wir waren und dass wir eure Hilfe brauchten?«

Blutschatten lächelte. »Wir wollten uns von Cryas verabschieden und erfuhren, dass ihr zu dieser Naga aufgebrochen seid. Wir fürchteten, dass es Schwierigkeiten geben könnte, und beschlossen, euch entgegenzugehen.«

»Eine glückliche Fügung, in der Tat«, nickte Cryas.

»Wenn Sahade doch nur nicht in ihrer Gier die Schattenritter gerufen hätte«, sagte Veron nachdenklich.

Der Greif schüttelte den Kopf. »Das wäre vielleicht zu ahnen gewesen. Aber es war die einzige Möglichkeit, die wir hatten, eine Perle herstellen zu lassen. Dass sie ausgerechnet einen Schattenritter gerufen hat, der die beiden erkannt hat, war allerdings ein unglücklicher Zufall.«

»Und nun hat Sahade nichts von alledem gehabt – nur den Tod.«

»Aber wir haben auch nichts«, bemerkte Corrie betrübt. »Keine schwarze Perle für das Schloss. Es war alles völlig umsonst.«

»Nicht unbedingt«, widersprach Blutschatten und nickte seinem Ersten Offizier beinahe unmerklich zu. Dieser griff zu einem kleinen Beutel, den er um den Hals getragen hatte, und ließ dessen Inhalt auf Corries Handfläche gleiten.

Im matten Schein der Laternen glänzte eine schwarze, makellose Perle.

Silvana und Corrie sahen ungläubig von einem zum anderen. »Woher habt ihr die?«

Aber der Nachtelf lächelte nur geheimnisvoll, verbeugte sich und verließ dann an der Seite von Tjero den Buchladen in Richtung der Treppe, die hinunter zum Anleger führte.

»Wie ich schon einmal sagte: Erwarte stets das Unerwartete«, grinste Kushann und beugte sich rasch vor, um Corrie einen sanften Kuss auf die Stirn zu hauchen. Dann folgte auch er seinem Kapitän mit raschen, sicheren Schritten hinaus in die Nacht.

Silvana meinte, sie sei nur so klein geblieben, weil sie ständig zu heiß duschte.

Dabei gab es doch nichts Schöneres!

Mit geschlossenen Augen genoss sie das wärmende Wasser, das über ihr Gesicht und ihren Körper rann, und versuchte, ganz bewusst das Zurückweichen der Kälte aus ihren Gliedern wahrzunehmen. Doch um völlig entspannen zu können, fehlte ihr noch etwas.

Seufzend schob sie die Kabinentür auf und huschte zu der kleinen Musikanlage, die auf dem Schränkchen neben dem Fenster stand. Zufrieden ging sie zurück und griff sich einen in Lavendelöl getränkten Schwamm. Als sie ihn über ihre Haut rieb, intensivierte sich sein Aroma und ließ sie gelöst durchatmen.

Draußen stimmte ein Orchester die ersten Takte aus einem Freibeuterfilm an, und Corrie wiegte ihren Kopf im Takt der Trommeln. Dabei wanderten ihre Gedanken unwillkürlich zu Blutschattens Piratenverband. Und zu Kushann Nam'Thyrel. Seinen unerwarteten Kuss spürte sie noch immer auf ihrer Stirn. Sie fragte sich, warum er das getan hatte.

Trost? Mitgefühl? Immerhin waren sie zu dem Zeitpunkt gerade einer rasenden Naga, Schattenrittern und einer Horde Feuerwölfe entkommen.

Oder vielleicht mehr?

Doch was sollte ihm ausgerechnet an ihr liegen, konnte er doch sicherlich in jedem Hafen unter Hunderten Frauen wählen.

Corrie seufzte leise. Sie konnte nicht leugnen, dass er sie schon am Abend in der *Roten Flut* fasziniert hatte – seine Augen, sein Lächeln, die Narben. Unwillkürlich musste sie an seine Finger denken, die die Tarotkarten gehalten hatten – und erstarrte.

Die Karten!

Stirnrunzelnd öffnete Corrie die Augen und starrte zu Boden, wo das heiße Wasser über ihre geröteten Füße floss.

Eines der Rätsel war ihr durch den Kopf geschossen.

Und unter dem Haupte braust dahin das Meer …

Das Meer.

Der Stern.

Ein Fisch.

Und …

Corrie griff nach dem Tiegel mit den feinen Badeperlen, in dem ein Löffel steckte, und betrachtete ihr auf dem Kopf stehendes Spiegelbild in der Oberfläche.

Der hängende Mann.

Der Gehängte.

Natürlich!

Die Tarotkarten.

Es war so einfach.

Hastig legte sie den Löffel zurück, stellte das Wasser ab und wickelte sich in ihr Handtuch. Auf nackten Sohlen lief sie hinaus auf die Galerie. »Silvana?«

»Ist dir das warme Wasser ausgegangen?«, antwortete ihre Freundin aus dem Verkaufsraum.

»Wo sind die Tarotkarten?«

»Im Tresor, wie auch der ganze Rest.«

Ohne etwas zu erwidern, verschwand Corrie in ihrem Zimmer, wo sie fast über das Buch von Bergolin gestolpert wäre, das es sich auf dem Teppich bequem gemacht hatte. Rasch zog sie sich Unterwäsche, Jeans und Pullover über, schlüpfte in ihre Killerkaninchen-Hausschuhe und eilte die Treppe hinunter. »Ich brauche sie!«

»Das klingt, als hättest du eine Idee.« Silvana legte ihr Buch über englische Langbögen zur Seite.

Corrie huschte eilig an ihr vorbei. »Ich glaube, wir brauchen sie für die Lösung des dritten Rätsels.«

Ungläubig verfolgte Silvana, wie sie im Lagerraum verschwand. »Und wie kommst du auf einmal darauf?«

»Erzähle ich dir sofort!«

Mit dem Kästchen in der Hand kam Corrie zurück und setzte sich auf den Boden vor dem Sofa. »Also, ich musste eben wieder an die Karten denken, als ich unter der Dusche stand. Vielleicht lag es am Wasser, aber mir fiel auf einmal ein, dass alle Motive aus dem Rätsel auch auf den Tarotkarten zu finden sind. ›Die Linke hält den Stern. Und unter dem Haupte braust dahin das Meer‹«, rezitierte sie, während sie die Schatulle mit dem Schlüssel öffnete und den Kartenstapel durchsuchte, bis sie die passenden gefunden hatte. Nacheinander hielt sie sie hoch. »Der Stern. Der Fisch. Das Meer. Und der Gehängte. Zusammen mit den Richtungsangaben ergeben sie ein Keltisches Kreuz. Links der Stern, rechts der Fisch, oben der Gehängte und unten das Meer.«

Silvana dachte kurz nach und nickte langsam. »Und unter dem Haupte braust dahin das Meer‹ … Ich glaube, du könntest wirklich recht haben.«

»Sollen wir es ausprobieren?«, fragte Corrie eifrig.

»Ausprobieren?«, echote Silvana entgeistert. »Jetzt? Hier?«

Corrie zuckte die Achseln. »Ein Rollnessler wird es ja wohl nicht noch mal werden, oder?«

409

»Aber hast du Talisienns Worte vergessen? Man kann mit den Karten noch weitaus gefährlichere Dinge beschwören!«

»Der Behälter unter dem Schloss ist vermutlich für das gedacht, was man mit diesen vier Karten beschwören kann. Also wird es schon nicht so groß sein.« Und bevor Silvana einwenden konnte, dass die giftigsten Meerestiere winzig sein konnten, hatte sie das Muster bereits gelegt.

Wie schon in der *Roten Flut* schossen purpurne Blitze von einer Karte zur anderen und verbanden sie miteinander. Die Luft begann zu wabern.

»Sollten wir nicht lieber etwas zurücktreten?«, fragte Silvana nervös und sah sich suchend um. »Oder irgendwo draufklettern?«

Corrie ging zwei Schritte rückwärts, ließ die sich verdichtenden Schleier auf dem Boden jedoch nicht aus den Augen. »Abwarten.«

»Dein Vertrauen ist manchmal unglaublich«, bemerkte Silvana, die sich lieber auf das Sofa zurückzog. »Oder ist es deine Sturheit?«

Corrie erwiderte nichts. Stattdessen schürzte sie nachdenklich die Lippen. Der wabernde Umriss zwischen den Karten begann, sich langsam auszuweiten. Hatte sie sich doch getäuscht? Sie spürte ein flaues Gefühl in ihrer Magengegend aufkeimen, doch nun war es zu spät.

Silvana sah fassungslos von ihrer Freundin zu dem magischen Gespinst und zurück. »Was hast du da gerade beschwören wollen, sagtest du?«

Corrie starrte unglücklich auf den wabernden Nebel am Boden. »Ich hatte gehofft, das, was in den Behälter am dritten Türschloss gehört.«

Silvana wich bis an die Lehne zurück. »Vielleicht kannst

du es ja freundlich bitten, sich zusammenzufalten, wenn es fertig ist. So, wie es im Moment aussieht, passt es da sicherlich nicht rein.«

»Es sei denn, das Gefäß hat ein magisches Fassungsvermögen«, überlegte Corrie, klang dabei aber nicht überzeugt. Sie schluckte.

Mittlerweile war Meeresrauschen zu hören, und ein kräftiger Wind zerzauste ihre Haare. Das Gebilde zwischen den Karten nahm eine kreisrunde Form an.

»Schmeckst du auch Salz?«, wollte Silvana von ihrer Freundin wissen, die mit großen Augen das Gebilde fixierte, als könne sie so verhindern, dass es weiterwuchs.

Plötzlich schoss eine Welle aus dem Nebel, hoch wie das Geländer der Empore, mit einer schmutzig weißen Krone aus Gischt, und schoss auf Corrie zu. Silvana hörte ihre Freundin erschrocken kreischen, als die Wassermassen gurgelnd zwischen Sofa und Regalen hindurchbrandeten und Corrie mit sich rissen. Sie versuchte verzweifelt, sich irgendwo festzuhalten, wurde jedoch so sehr umhergewirbelt, dass sie nicht mehr wusste, wo oben und unten war. Die Welle raste auf die durchlässige Wand zu. *Das Geländer,* schoss es Corrie durch den Kopf. Sie versuchte sich zur Seite zu drehen, als die Welle sie durch die Wand spülte, und schlug hektisch mit den Händen um sich. Um sie herum war es stockfinster. Mit sehr viel Glück bekam sie das glitschige Gestänge zu fassen und klammerte sich mit all ihrer verbliebenen Kraft daran fest. Die Wassermassen rissen sie weiter treppab. Für Sekunden stieg Panik in ihr auf, doch dann ließ der Sog allmählich nach, und sie blieb erschöpft auf der Treppe zurück. Hustend und nach Luft schnappend, kämpfte sie sich auf die Knie, während das Rauschen der Welle in den Tiefen des Kellers verhallte.

»Corrie?« Von jenseits der Wand konnte sie Silvana hören, die lauthals nach ihr rief. »Gütiger Himmel, bist du in Ordnung?«

»Ja … ja, ich denke schon«, rief sie, hustete kräftig und kam taumelnd zurück auf die Füße. Ein paar weitere Schritte brachten sie zurück durch die Wand in den Laden.

Silvana stand die Erleichterung deutlich ins Gesicht geschrieben, doch nur für einen Moment. Stirnrunzelnd musterte sie ihre Freundin von oben bis unten.

Auch Corrie sah an sich hinunter. Nicht genug, dass sie von Kopf bis Fuß durchnässt war, der Staub des geheimen Raumes hatte sie binnen Sekunden in einen wahren Dreckspatz verwandelt. Seufzend wischte sie ihre Hände an der Jeans ab, die sie gerade erst frisch angezogen hatte.

Silvana schüttelte den Kopf. »Dass du aber auch immer mit dem Kopf durch die Wand musst. Hoffentlich war dir das jetzt endlich eine Lehre.«

Corrie verzog das Gesicht. »War es.«

Silvana verengte misstrauisch die Augen. So schnell lenkte Corrie normalerweise nicht ein.

»Ich muss offenbar noch einmal über die Karten nachdenken.«

»Du bist echt unglaublich«, seufzte Silvana resigniert und folgte ihrer Freundin zurück zum Sofa.

Dort hob Corrie die Karten auf und ließ sich auf dem Boden nieder. Nachdenklich betrachtete sie die Abbildungen. »Wo ist der Fehler?«, murmelte sie.

»Willst du dich nicht lieber erst umziehen?«, fragte Silvana, die an den Regalen stand und prüfte, wie viele Bücher in den unteren Fächern von der Welle in Mitleidenschaft gezogen worden waren. Ob die Versicherung auch für solche Schäden aufkam? Vielleicht sollten sie in Port Dogala an eine Versicherung gegen *magische* Phänomene abschließen. Zu ihrer Erleichterung schien das Wasser nur der schmalen Bahn gefolgt zu sein, auf der es Corrie fortgespült hatte.

Diese hob kurz den Blick zu ihrer Freundin. »Ich glaube, ich weiß, was ich falsch gemacht habe.«

Silvana war versucht, die Augen zu verdrehen. »Glaubst du? Oder bist du dir *sicher?*«

Corrie hob die Karte des Gehängten hoch. »Fällt dir etwas auf?«

Silvana kam näher und betrachtete das Bild eingehend. »Nein. Was ist denn damit?«

»Wasser. Siehst du? Der Gehängte hat unter sich bereits einen Mahlstrom. Das brausende Meer ist bereits im Bild enthalten. Ich brauchte die zweite Wasserkarte gar nicht. Das war der Fehler.«

Silvana musste zugeben, dass diese Begründung einleuchtend klang. »Und was bedeutet das jetzt für uns?«

»Dass ich es noch einmal versuchen will.«

Silvana schüttelte den Kopf. »Du bist gerade fast abgesoffen! Das kann nicht dein Ernst sein!«

»Ist es aber«, widersprach Corrie. »Wenn ich die Wasserkarte weglasse, ergibt sich als Legemuster eine Reihe.« Und bevor Silvana sie daran hindern konnte, hatte sie die Karten ein weiteres Mal vor sich ausgebreitet. »Der Gehängte, der Fisch, der Stern. So.«

413

Dieses Mal zuckte Corrie nicht zurück, als strahlend gelborangene Funken von einer Karte zur anderen hüpften, sich verbanden und stärker zu leuchten begannen.

»Was ist das denn?«

Auf dem Geschenketisch starrten Phil und Scrib aus großen blauen Augen zum Energiemuster hinab. Scrib reckte den Hals, und Phil knetete aufgeregt seine kleinen Pfötchen. »Wir haben Schreie gehört und dachten, es wäre wieder etwas Schreckliches passiert!«

»Es ist alles in Ordnung«, erwiderte Corrie beschwichtigend. Bevor sie weitersprechen konnte, erfüllte eine einzelne, hohe Stimme den Buchladen, fraß sich schmerzend in ihre Gehörgänge und schwoll an und ab, einer Art Melodie folgend.

Silvana verzog das Gesicht. »Was ist das denn jetzt?«

»Sirenengeheul!«, brachte Scrib hervor, der sich mit dem Schwanz die Ohren an den Kopf presste. Phil tat es ihm gleich, verlor dabei jedoch das Gleichgewicht und fiel vom Tisch.

»Sirenen?«, schrie Corrie, um die wachsenden Dissonanzen zu übertönen. »Etwa *die* Sirenen?«

»Flügelbiester!«, quietschte Phil. »Männermörder!«

»Also ja.« Silvana stopfte sich die Finger in die Ohren. »Wie gut, dass keine Männer hier sind.«

Und dann brach der Lärm so abrupt ab, wie er begonnen hatte. Das leuchtende Netz über den Karten war verschwunden.

»Das war ja ein kurzer Auftritt«, stellte Corrie fest und strich sich ein paar feuchte Strähnen zurück.

»Zum Glück«, fügte Silvana hinzu.

»Für einen Mann wären die Sirenen allerdings verheerend gewesen«, sagte Corrie und starrte hinab auf die Reihe der Karten. »Was habe ich noch übersehen?«

Vor ihr erschienen die beiden Leseratten. »Ich wiederhole mich«, seufzte Scrib, »aber was tut ihr hier?«

»Corrie ist der Meinung, das dritte Rätsel der Tür im Keller lösen zu können.«

»Aber irgendwo habe ich einen Denkfehler«, brummte Corrie, ohne aufzusehen. »Ich bin mir absolut sicher, dass diese drei Karten notwendig sind.«

»Dann kann es ja nur am Muster liegen«, meinte Phil.

»Vielleicht hast du aber auch tatsächlich einfach nur die falschen Karten«, warf Silvana ein.

»Bei den Karten bin ich mir sicher«, beharrte Corrie.

»Warst du bei den ersten beiden Mustern auch«, stellte Silvana ärgerlich fest. »Und ich finde, jetzt ist es auch genug. Als Nächstes taucht hier noch ein Wal auf und verschluckt uns – oder Schlimmeres.«

Aber Corrie schien ihr gar nicht richtig zuzuhören. »Die rechte und die linke Hand«, murmelte sie.

Silvana sah sie irritiert an. »Was?«

»Rechte und linke Hand«, wiederholte Corrie lauter. »Das ist der Punkt! Der Gehängte gehört in die Mitte der Reihe und nicht an den Anfang, nur weil er zuerst genannt wird.«

Silvana verdrehte die Augen. »Es reicht.«

Aber Corrie ließ nicht locker. »Nur diesen einen Versuch noch. Dann höre ich auf. Versprochen.«

»Und wenn du dich irrst und dieses Mal etwas beschwörst, das nicht einfach wieder von alleine verschwindet wie die Welle oder die Sirene? Was, wenn es, wenn es …« Sie überlegte hastig. »Ein Unterwasservulkan wäre?

415

Was ist, wenn so einer hier im Laden erscheint? Dann helfen auch keine Eiskatzen mehr!«

Das konnte Corrie nicht abstreiten. Aber sie fühlte, dass sie kurz davor war, dieses Rätsel zu lösen. Und sie wollte jetzt nicht aufgeben!

»Ein letztes Mal noch.« Und bevor Silvana noch einen weiteren Einwand hervorbringen konnte, hatte Corrie die Karten bereits wieder ausgelegt.

»Du kleiner Stinkstiefel!«, schimpfte Silvana, während sie wieder auf das Sofa stieg und von oben auf ihre Freundin und die Ratten hinabstarrte. »Wenn das wieder schiefgeht, dann sorge ich dafür, dass Yazeem dir einmal ordentlich die Meinung sagt! Warum kannst du das Herumexperimentieren nicht einem Magier überlassen? Alexander zum Beispiel?«

Unter ihr tanzten die ersten Funken über die drei Motive – schwefelgelb und blassblau.

Der Kreis, der sich um die Reihe bildete, wuchs nicht, sondern behielt die Größe eines Esstellers. In seinem Inneren begann sich eine Form zu materialisieren, die sich merkwürdig abgehackt bewegte, was Corrie nun doch etwas beunruhigte. Ein strafender Blick von Silvana, der das Zappeln nicht entgangen war, bekräftigte ihr Gefühl. Als die Funken jäh erloschen, entspannte sich Corrie, zuckte die Achseln und versuchte, beschwichtigend zu lächeln. »Findest du, dass der Kleine gefährlich aussieht? Und er passt genau in den Behälter am Schloss. Ich würde sagen, dieses Mal hatte ich recht.«

Silvana sah hinunter auf den Holzboden. Dort zappelte ein seltsames kleines Wesen mit graubraunen Schuppen, fetzenartigen Auswüchsen und zwei Brustflossen, die in etwas mündeten, das aussah wie eine kleine Hand. Seine Stirn wölbte sich helmartig nach vorne, wie bei jenen seltsamen chinesischen Goldfischen, die man oft in Restaurants begutachten konnte. »Hast du nicht etwas vergessen?«

Corrie schlug sich entsetzt die Hand vor den Mund. »Wasser!«

Der Fisch klappte wie zur Bestätigung das Maul auf und zu.

»Ein Behälter wäre nicht schlecht«, bemerkte Silvana. »Ein Aquarium oder etwas in der Art.«

»Aber hier unten ist nicht einmal ein Eimer«, sagte Scrib.

»Dann muss er eben in die Badewanne!« Corrie wollte sich vorbeugen, um den Fisch aufzunehmen, doch Scribs Schrei stoppte sie. »Nicht einfach so anfassen!«

Silvana sah die Ratte entsetzt an. »Dann ist er giftig?«

»Das nicht«, erwiderte Phil. »Aber Algenzupfer können Feuer spucken. Feuer, das auch Wasser nicht zu löschen vermag.«

»Ich glaube, darüber brauchen wir nicht mehr nachzudenken.«

Der merkwürdige Fisch vor ihnen hatte aufgehört zu zappeln, und Corrie verzog bestürzt das Gesicht. »Oh nein.«

Silvana betrachtete den toten Meeresbewohner. »Und was machen wir jetzt?«

»Ich weiß es nicht«, gestand Corrie. »Ich werde Yazeem erst einmal eine SMS schicken. Wenn diese Fische wirklich so gefährlich sind, sollte er besser Bescheid wissen.«

»Und bevor du ihn das nächste Mal beschwörst, sollten wir besser für ein entsprechendes Aquarium sorgen.«

»Hatte Yazeem nicht eines in der Garage gesehen?«

Silvana dachte kurz nach. »Ich glaube, du hast recht. Schick du ihm die SMS, ich werde sehen, ob ich den alten Glaskasten finden kann.« Sie sah Corrie ernst an. »Und wehe, du unternimmst in der Zwischenzeit irgendwelche anderen Beschwörungen mit den Karten.«

Als der Werwolf keine halbe Stunde später an der Hintertür klopfte und von Silvana hereingelassen wurde, schob er sich hastig an ihr vorbei. »Wo ist er?«

Silvana sah ihn fragend an. »Wenn du den Fisch meinst – der liegt in der Kinderbuchabteilung.«

Ohne ein weiteres Wort marschierte er in Richtung Couch, auf der Corrie sich niedergelassen hatte und das tote Tier nachdenklich betrachtete. Phil und Scrib hatten sich in das Spiegelzimmer zurückgezogen.

Als Yazeem auf sie zukam, hob sie den Blick.

Doch bevor sie ihn begrüßen konnte, sprang der Werwolf entsetzt zurück. »Es ist tatsächlich ein Algenzupfer! Beim Schlunde Fjerals, wie hat der es hierhergeschafft?«

»Wie ich schon geschrieben habe, meine Schuld«, gab Corrie zurück. »Ich habe ihn beschworen.«

»Etwa mit den Tarotkarten?«, fragte der Werwolf entgeistert. »Wie in der *Roten Flut*?«

Corrie nickte.

»Aber warum denn? War der Rollnessler nicht schon tödlich genug? Wie bist du bloß auf den Gedanken gekommen, es noch einmal zu wagen, ohne dass ich zugegen war?« Obwohl er seine Stimme nicht erhoben hatte, war ihm der Ärger deutlich anzumerken. »Wie soll ich denn auf euch achtgeben, wenn ihr euch nicht an unsere Vorkehrungen haltet?«

Corrie hatte das Gefühl, vor einem Straftribunal zu stehen, aber vermutlich hatte sie die Standpauke verdient. Schweigend starrte sie auf den toten Fisch zu ihren Füßen. Yazeem sah sie genauer an und runzelte die Stirn. »Wie siehst du überhaupt aus? Ist noch etwas passiert? Bist du in den Fluss gefallen?«

»Was ist an diesem kleinen Fisch denn überhaupt so gefährlich?«, wollte Silvana wissen und erlöste Corrie von dem ungnädigen Blick des Werwolfs. Sie würde ihr später ins Gewissen reden. »Phil und Scrib haben gesagt, dass er Feuer spucken kann?«

Yazeem nickte bestätigend. »Algenzupfer können einen Feuerstrahl ausstoßen, der ganze Schiffe vernichtet. Dagegen sind Flammenwerfer Kinderspielzeuge. Und selbst Wasser vermag eine so ausgelöste Feuersbrunst nicht zu löschen.«

Silvana starrte den kleinen Meeresbewohner nachdenklich an. »Der Winzling? Alleine?«

Yazeem antwortete ihr nicht. Er hatte sich gebückt und das Tarotdeck in die Hand genommen. »Ihr habt mir noch immer nicht erzählt, warum ihr die Karten überhaupt noch einmal benutzt habt, obwohl ihr doch genau wusstet, wie gefährlich sie sind. Talisienn war meiner Meinung nach sehr deutlich, was diesen Punkt angeht.«

»Das dritte Rätsel«, erwiderte Corrie. »Sie sind die Lösung. Jedenfalls die drei auf dem Boden.«

Yazeem sah sie mit erhobener Braue an. »Ich höre.«

Corrie zeigte ihm den Gehängten und die Karte mit dem dicken, springenden Fisch. »›Des hängenden Mannes Rechte ist der Fisch.‹« Sie nahm die andere dazu, so dass sie einen Fächer in der Hand hielt. »›Die Linke hält den Stern.

Und unter dem Haupte braust dahin das Meer.‹« Sie schob die Karten zusammen. »Es ist eine Reihe. Der Gehängte in der Mitte, rechts der Fisch, links der Stern und unten auf der Karte des Gehängten das Meer. Und dann kommt dieser … *Algenzupfer* heraus.«

»Und an dem Schloss ist ein Behälter«, fügte Silvana hinzu. »In den er genau hineinpasst.«

Der Werwolf nickte langsam. »Klingt nachvollziehbar.«

»Allerdings muss er dafür wohl am Leben sein«, warf Corrie ein. »Sonst hätte ja eine Schale am Schloss gereicht.«

»Dann sollten wir für Meerwasser aus dem Inselreich sorgen«, antwortete Yazeem und sah zu dem Aquarium hinüber, das Silvana auf dem Boden abgestellt hatte. »Ich werde welches holen.« Er richtete den Blick seiner bernsteinfarbenen Augen auf Corrie. »Und auch wenn ich von eurem Alleingang nicht besonders angetan bin, bin ich doch erfreut über euren Willen, euch so intensiv mit diesen Rätseln zu befassen. Vielleicht werden wir so wirklich schneller als Lamassar an alle übrigen Bücher gelangen.«

Silvana warf ihrer Freundin einen vielsagenden Blick zu. »Wenn Corrie etwas packt, dann lässt sie nicht so leicht locker. Das war schon immer so.«

Corrie lächelte entschuldigend. »Ich gelobe Besserung.«

»Fehlt nur noch das letzte Rätsel.« Silvana sah hinab auf den toten Algenzupfer. »Und ich schätze, das wird die härteste Nuss von allen.«

KAPITEL 17

Albian Blackwood, Konditor

Zwei ganze Wochen verstrichen, in denen nichts Magisches geschah. Trotzdem gab es in Corries und Silvanas Alltag reichlich Abwechslung. Sie veranstalteten eine Lesung der örtlichen Autorin Viola Sable, die entgegen ihrer Befürchtungen überaus erfolgreich verlief, und gaben einen Hundekuchen-Workshop, den Mrs Blessing und Mrs Puddle gemeinsam angeregt hatten. Jeden Tag sahen sie sich außerdem mit ungewöhnlichen Kundenwünschen konfrontiert, und so manche Bestellung war beinahe so skurril und aufwendig zu beschaffen wie die Bücher und Schriftrollen aus dem Inselreich.

An einem Freitag gerieten die Dinge erneut ins Rollen. Nach einem verregneten Morgen hatte sich die Sonne doch noch entschlossen hervorzukommen. Ihre goldenen Strahlen fielen durch die Schaufenster und tauchten den Buchladen in ein gemütliches Licht.

Silvana hatte gerade ein paar Comichefte an zwei junge Mädchen verkauft, verabschiedete die beiden und notierte sich ihre neue Bestellung. Corrie sortierte die Bilderbücher, die überall im Laden liegen gelassen worden waren, zurück in die Regale der Kinderecke.

Wie aus dem Nichts erschien plötzlich Yazeem. »Hast du schon eine Idee, was ihr heute Abend essen wollt?«

Corrie starrte ihn verblüfft an. »Ähm … weil …?«

421

»Ich hätte sonst vorgeschlagen, dass ich heute etwas koche. Etwas aus dem Inselreich, das man auch mit Zutaten aus dieser Welt gut zubereiten kann.«

»Das klingt spannend. Ich würde mich freuen.«

Der Werwolf grinste zufrieden. »Dann müssen wir nur nach Ladenschluss noch einmal einkaufen.«

Keine Stunde später fuhren die drei zum Supermarkt von Woodmoore.

»Die haben alle schon wieder unmöglich geparkt!«, schimpfte Corrie und rollte bis zum Ende der nächsten Reihe. Dort endlich fand sie eine Lücke, die breit genug für den Citroën war, allerdings auch ein gutes Stück vom Eingang entfernt.

Als sie über den Parkplatz schlenderten, fiel ihnen ein hagerer Mann mit langen, blauschwarzen Locken auf, der vergeblich versuchte, seine Einkaufstüten in einen verbeulten Kombi zu hieven, während eine hyperaktive Bulldogge um seine Beine hüpfte. Schließlich hob er das Tier mit erstaunlicher Leichtigkeit hoch, drückte ihm einen Kuss auf den breiten Schädel und setzte es in den Kofferraum. Er konnte jedoch nicht mehr als eine weitere Tüte einladen, bevor die Bulldogge wieder heraussprang.

»So ein Hund würde mich wahnsinnig machen«, raunte Corrie Yazeem zu. Die Möpse der Familie Vaughn waren solche Schlaftabletten gewesen, dass sie immer genau dort blieben, wohin man sie stellte.

Der Werwolf grinste. »Oh, der ist nicht immer so.« Und laut rief er: »Nur weil du ein Café betreibst, heißt das nicht, dass dein Hund auch welchen trinken soll, Albian!«

Beim Klang der bekannten Stimme richtete sich der Mann auf und sah Yazeem und den beiden Freundinnen schmunzelnd entgegen. »Wenigstens war es nur normaler Kaffee und keiner von den *besonderen* Mischungen.« Er umarmte Yazeem herzlich. »Und wer sind deine beiden Begleiterinnen? Unsere neuen Buchhändlerinnen?«

»Corrie und Silvana, ganz recht.« Der Werwolf beugte sich zu dem Hund hinunter, der sich aufgeregt hechelnd an seinem Knie abstützte und versuchte, ihm die Pfote zu geben.

Albian streckte ihnen die Rechte entgegen. »Blackwood. Aber nennt mich bitte bei meinem Vornamen: Albian.«

Corrie erwiderte sein freundliches Lächeln. »Gerne. Dann bist du also der Konditor, von dem Yazeem …« Sie hielt inne und sah irritiert hinunter. »Oh …«

Erst jetzt hatte sie bemerkt, dass seine rechte Hand nur noch drei Finger besaß. Bisher war ihr lediglich der massive silberne Totenkopfring an seinem linken Daumen aufgefallen. In Albians jadegrüne Augen trat ein belustigtes Funkeln. »Ganz recht, der Konditor. *Alchimistischer* Konditor, um genau zu sein.« Er reichte auch Silvana die Hand, die nach Corries erster Reaktion nicht mehr halb so überrascht war. Auch wenn es sich seltsam anfühlte, drei Finger zu drücken, statt einer ganzen Hand.

Yazeem tätschelte der Bulldogge noch einmal den Kopf, bevor sie genug hatte und zu Corrie weitersprang. »Ist dir wieder irgendeine Zutat ausgegangen, dass man dich hier trifft?«

»Dafür würde ich im Leben nicht hierherfahren«, erwiderte Albian kopfschüttelnd. »Das ist unser normaler Wocheneinkauf. Und darüber hinaus«, er schlug die Wolldecke zur Seite, »waren diese Woche die Windeln im Angebot.«

423

Yazeem runzelte die Stirn. »Wann genau ist es so weit?«

»In ein paar Monaten. Aber Emma lagert jetzt schon einmal alles, was es günstig zu kaufen gibt. Mit den Kartons voll Kleidung im Keller könnte ich vermutlich Everfields komplette Säuglingsstation versorgen.« Er zuckte mit den Schultern. »Die Vorfreude. Mir geht es ja genauso.«

Corrie spielte derweil begeistert mit dem Hund, beugte sich zu ihm hinunter und knuddelte ihn hingebungsvoll. Auch wenn sie ruhigere Tiere bevorzugte, bedeutete das schließlich nicht, dass sie nicht auch die anderen liebte. Plötzlich verspürte sie ein leichtes Kribbeln in ihren Fingern, das langsam anschwoll und sich schlagartig entlud. Der Hund hüpfte erschrocken quietschend zu Silvana, seine Pfote verfing sich im Riemen ihrer tief hängenden Schultertasche und riss sie herunter. Der Verschluss löste sich, und Geldbörse, Lippenpflegestift, Schlüsselbund und Papiere verteilten sich auf dem feuchten Asphalt. »Jasper!«, ermahnte Albian seinen Hund scharf und zeigte neben die letzte Einkaufstüte. Schuldbewusst trottete die Bulldogge zu ihm und ließ sich auf den Hintern plumpsen.

Silvana begann, ihre Habseligkeiten wieder einzusammeln. »Ich hätte die Tasche mit dem Reißverschluss nehmen sollen«, murmelte sie.

»Tut mir leid. Jasper ist manchmal ein wirklicher Tollpatsch.« Der Konditor kniete nieder und half ihr, die Papiere einzusammeln. Interessiert betrachtete er dabei eines der Pergamente in seiner Hand. »Und was hast du hier aufgeschrieben, Yazeem? Das ist doch deine Handschrift, oder?«

»Ist es«, bestätigte der Werwolf, lächelte dann jedoch etwas nervös. »Aber es ist nur unwichtiges Gekritzel.« Er streckte die Hand nach dem Pergament aus.

Albian schmunzelte vergnügt und besah sich das Papier genauer. »Schreibst du neuerdings Gedichte? Und warum trägt es Silvana durch die Gegend?«

»Das würde ich allerdings auch gerne wissen«, bemerkte Yazeem mit einem finsteren Blick in ihre Richtung.

Sie zuckte entschuldigend mit den Schultern. »Ich habe sie eingepackt, falls mir unterwegs eine Idee dazu kommt. Damit ich nachlesen kann.«

Yazeem seufzte. »Und wenn sie nicht Jasper, sondern jemand anders aus der Tasche geholt hätte?« Er streckte die Hand aus. »Würdest du sie mir bitte geben, Albian? Ich denke nicht, dass du dir darum Gedanken machen solltest.«

Albian ließ die Blätter sinken. Über seiner Nasenwurzel stand eine waagerechte Falte. »Was ist denn an diesen Papieren so geheimnisvoll, dass niemand von ihrer Existenz erfahren darf? Nicht einmal ich? Schämst du dich etwa für deine lyrischen Ergüsse?«

»Das ist keine Sache, die ich gerne unter freiem Himmel erläutern würde«, erwiderte Yazeem langsam und sah sich aufmerksam um. Doch nichts erregte seinen Argwohn. Auch die beiden Tauben auf dem nahen Laternenmast verhielten sich ruhig. »Glaub es mir bitte einfach.«

Albian brummte. »Das sind Rätsel, richtig?« Er hielt ein Blatt hoch. »Habt ihr hierzu schon die Lösung?« Es war die Seite mit dem Pfau.

Corrie schüttelte den Kopf. »Das ist das letzte, das uns noch fehlt.« Sie sah, dass Yazeem ihr einen mahnenden Blick zuwarf, und schaute ihn fragend an. Immerhin war dieser Mann doch offenbar ein guter Bekannter von ihm und ebenso offensichtlich kein Diener Lamassars. Wieso sollte er es sich also nicht ansehen dürfen?

In den Mundwinkeln des Konditors zuckte ein Lächeln. »Vielleicht sollten wir irgendwohin gehen, wo wir unter uns sind.«

Silvana starrte ihn ungläubig an. »Willst du damit sagen, dass du die Lösung weißt?«

Corrie sah, dass Yazeem die Lippen fest zusammenpresste, ignorierte die Geste jedoch. »Ich glaube, die Einkäufe können warten«, sagte sie aufgeregt und sah von einem zum anderen. »Fahren wir wieder zurück in den Buchladen. Ich mache uns Tee und Brote.«

Bevor Yazeem etwas einwenden konnte, faltete Albian die Pergamente zusammen und reichte sie Silvana zurück. »Wenn es auch Kaffee gibt, sage ich nicht nein«, schmunzelte er. »Fahrt schon voraus. Ich packe noch ein und komme dann nach.«

Eine halbe Stunde später saßen sie gemeinsam in der Küche der *Taberna Libraria*. Der Kaffee dampfte in den Tassen, Brot stand auf dem Tisch, und Jasper hatte von Corrie eine Plüschmeise zum Spielen bekommen. Nun lag er hingebungsvoll sabbernd unter dem Tisch. Ab und zu pupste er vor Freude, doch daran störte sich niemand.

Albian hatte sich auf seinem Stuhl ausgestreckt und las aufmerksam in den Rätseln, die Corrie und Silvana vor ihm ausbreiteten. Den Mantel hatte er über die Lehne gehängt, und sein kurzärmliges schwarzes Hemd offenbarte ein breites Lederband an seinem linken Handgelenk, das mit einem ähnlichen Symbol verziert war wie jene

426

auf den Fliesen im Keller. Statt der verschlungenen Buchstaben in der Mitte der Ellipsen zeigte seines jedoch die Gestirne. »Dieses hier ist also das letzte, das euch fehlt?«, fragte er und legte seine verstümmelte Hand auf das Pergament.

»An dem wir schon seit Wochen herumrätseln«, nickte Yazeem, bevor eine der beiden Freundinnen antworten konnte. Er saß dem Alchimisten gegenüber und hatte die Arme vor der Brust verschränkt. Silvana warf ihm ab und zu einen verstohlenen Blick zu. Offenbar war es ihm aus irgendeinem Grund noch immer nicht recht, dass ausgerechnet Albian sich um die Lösung des Rätsels bemühte.

»Ohne eine leiseste Ahnung zu haben«, fügte Corrie hinzu.

Albian schürzte die Lippen. »Es würde mich auch sehr wundern, wenn jemand von euch darauf kommen würde. Vermutlich findet ihr selbst auf Amaranthina nur wenige, die mit diesen Worten etwas anfangen können.«

In Corries Bauch machte sich ein aufgeregtes Kribbeln breit. »Aber du kannst es?« Rasch nahm sie einen Schluck Kaffee und hob überrascht die Brauen. »Fantastisch!« Sie sah wieder in ihren Becher. »Was ist denn mit dem Kaffee passiert? So gut hat der ja noch nie geschmeckt!«

Albian lächelte vielsagend. »Alchimistengeheimnis.« Er drehte das Papier so, dass die beiden Freundinnen und Yazeem den Text lesen konnten. »*Das Äußere so blau wie das Gefieder vom Pfau. Der Kern jedoch weiß und so kalt wie das Eis. Dazu süß und so zart, nach marderischer Art ...* Ich bin mir sehr sicher, dass es sich hier um ein marderisches Festtagstörtchen handelt.«

Corrie runzelte die Stirn. »Ein ... was?«

427

»Ein marderisches Festtagstörtchen«, wiederholte Albian munter.

Silvana las sich die Sätze zum gefühlten tausendsten Mal durch. »Und was macht dich da so sicher?«

Der Konditor leerte seinen Becher und schenkte sich noch etwas Kaffee nach. »Yazeem, ist das Buch schon angekommen, das ich bei dir bestellt hatte?«

Corrie bemerkte, dass der Werwolf zögerte, doch schließlich nickte er. »Ich habe es vorgestern mitgebracht.«

»Würdest du es bitte holen? Dann wird es vielleicht deutlicher.«

Yazeem erhob sich. »Natürlich.« Doch wirklich glücklich wirkte er nicht. Silvana blickte ihm gedankenvoll nach. Wieso wollte er nicht, dass Albian ihnen die Lösung mitteilte?

Während der Werwolf das Abholfach durchsuchte, nickte Corrie zu Albians Daumen. »Ist das eigentlich ein Giftring?«

Der Konditor grinste. »Wenn du ihn so nennen möchtest.« Er klappte den Totenschädel auf und zeigte ihr die leere Vertiefung darunter. »Wäre hier wirklich Gift drin gewesen, würdet ihr allerdings nicht mehr am Tisch sitzen.«

Die großen Augen von Corrie und Silvana ließen ihn herzhaft auflachen. »Was hier drin war, ist der Grund, warum euer Kaffee anders schmeckt als sonst. Ich habe immer etwas davon bei mir, falls ich irgendwo einen Kaffee trinke, der etwas *Verbesserung* braucht.«

Bevor eine der beiden Freundinnen etwas erwidern konnte, war Yazeem zurück. »So, bitte sehr.« Mit unbewegter Miene legte er ein dickes, großformatiges Buch vor

428

Albian auf den Tisch, das den Titel *Verschollene Delikatessen* trug.

Der Konditor rieb sich erfreut die Hände. »Grandios, dass du noch eines bekommen konntest. Meines Wissens werden sie nicht mehr hergestellt. Was ja auch kein Wunder ist. Schließlich ist es kaum jemandem bisher gelungen, die Rezepte darin nachzubacken.« Er schlug es auf und suchte mit dem Zeigefinger nach einem bestimmten Eintrag. Als er ihn gefunden hatte, blätterte er vor und zeigte den Freundinnen die aufgeschlagene Seite. In feiner Handschrift stand dort ein Rezept neben einer farbenfrohen Malerei: ein kleiner, indigoblauer Kuchen bedeckt mit schwarzen Kristallen, der an einer Seite aufgeschnitten war. Die Füllung schien aus gefrorener weißer Creme zu bestehen. Das Bild passte genau zu der Beschreibung des Rätsels.

Corrie und Silvana starrten zuerst ungläubig von der Abbildung zum Pergament, dann begann Corrie zu nicken und riss schließlich mit einem Jubelschrei die Fäuste in die Luft. »Das ist es! Genial! Die Lösung für das letzte Rätsel! Albian, du bist fantastisch!«

Silvana schüttelte noch immer fassungslos den Kopf. »Da soll einer darauf kommen.«

Corrie nickte. »Ein verschollenes Rezept, das kaum jemand umsetzen kann. Was für eine Rätselnuss!«

Albian stimmte ihr zu. »Solche Törtchen bekommt man nicht an jeder Straßenecke. Ihre Herstellung ist selbst für einen erfahrenen Konditor äußerst schwierig, und die Zutaten sind nur selten zu bekommen. So ein Törtchen fertigen die meisten nur einmal im Leben. Man könnte es mit der Kugelfisch-Zubereitung vergleichen.«

»Klingt kompliziert«, überlegte Silvana. »Sicherlich braucht man dazu eine Menge Können, oder?«

Albian lächelte. »Dazu noch eine Menge Wissen. Und eine Menge Geduld. Idealerweise kommt man aus Marderia.«

»Dann hast du schon einmal eins gemacht?«

»Vor langer, langer Zeit.«

Yazeem wollte gerade etwas sagen, doch Corrie war schneller. »Dann könntest du uns eines backen?«, fragte sie eifrig. Auch Silvana sah ihn erwartungsvoll an.

Albian musterte beide abwechselnd, erstaunt über die Begeisterung. »Vermutlich. Aber warum sollte ich so etwas tun? Schließlich ist das Rätsel ja jetzt gelöst, oder? Wozu bedarf es da noch eines fertigen Törtchens?«

Corrie klatschte freudig in die Hände. »Wenn du eines backen würdest, könnten wir endlich die Tür öffnen! Dafür ist die Schale unter dem Schloss gedacht!«

Albian lächelte noch immer, runzelte jedoch leicht die Stirn. »Schloss? Schale? Tür?«

Yazeem hob die Hand. »Nichts, was dich …«

Silvana unterbrach ihn. Sie war der Meinung, dass Albian ruhig erfahren sollte, wobei ihnen seine Kenntnisse geholfen hatten. »Wir haben einen riesigen zweiten Keller unter dem Buchladen entdeckt. Dort befindet sich eine Tür. Und dahinter«, sie machte eine kurze Kunstpause, »ist das Zweite Buch von Angwil.«

Albians Lächeln erlosch schlagartig, und Yazeem schaute, als habe er soeben einen Schlag ins Gesicht bekommen. »Also hat die ganze Sache hier mit Lamassar zu tun?«

Der Werwolf stieß einen tiefen Seufzer aus und senkte den Blick. »Ich fürchte, ja.«

430

»Also deshalb hast du auf dem Parkplatz so geheimnisvoll getan? Und ich Hornochse habe über der Begeisterung, dass ich die Aufzeichnungen erkannt habe, gar nicht hingehört. Da hätte ich dir das Versprechen von damals ja gar nicht abzunehmen brauchen.« Er schnaubte. »Wenn ich mich ganz wunderbar selbst ausmanövriere.«

»Du brauchst nicht weiterzumachen, Albian«, wandte Yazeem ein. »Es reicht, dass du das Rätsel für uns gelöst hast. Zu mehr besteht absolut keine Notwendigkeit.«

Corrie sah fragend zwischen dem Werwolf und dem Alchimisten hin und her. Unter dem Tisch biss Jasper herzhaft in den Vogel, dessen defektes Stimmmodul ein letztes, heiseres Krächzen von sich gab. »Versprechen?«

Sie erschrak über den Schmerz in Albians Augen, als er sie ansah. »Nie wieder mit etwas konfrontiert zu werden, was Lamassar betrifft.«

»Ich hätte vehementer versuchen sollen, dich davon abzuhalten, uns mit dem Text zu helfen. Es tut mir leid.« Yazeem schaute flüchtig zu Corrie und Silvana, die den Blick betreten erwiderten.

»Natürlich musst du nicht«, sagte Silvana leise. »Wir finden einen anderen.«

Albian starrte mit gesenktem Kopf auf die Tischplatte, und Corrie bemerkte bestürzt, dass seine Lippen leicht bebten. »Es ist nicht so, dass ich euch nicht helfen will. Aber ich habe mittlerweile eine Frau. Und bald ein Kind. Wer kümmert sich um sie, wenn Lamassar erneut Feuerwölfe ausschickt? Und Schattenritter und Silberhufe? Gegen alle zusammen können wir nicht bestehen. Und vielleicht ist es dann nicht mit einem verlorenen Leben getan, wie *damals*.«

431

»Dann warst du vor fünf Jahren auch dabei?«, fragte Corrie sanft. Sie war versucht, ihm tröstend über die Schulter zu streichen, ließ jedoch die Hände in ihrem Schoß ruhen.

Albian massierte sich den schmalen Nasenrücken und versuchte, sich wieder zu fassen. »Wie viel wissen die beiden von damals, Yazeem?«

»Nicht viel«, gestand der Werwolf. »Ich dachte, Cryas würde ihnen von dem Abend erzählen, doch das hat er bisher noch nicht getan.«

Corrie lehnte sich langsam zurück. »Wir wissen, dass unser Vorgänger, Mr Lien, bei einem Feuerwolfangriff umgekommen ist, nachdem er das Erste Buch von Angwil zum Schutz vor Lamassar entgegengenommen und hier verborgen hatte.«

»Aber über den Angriff selbst wisst ihr nichts weiter«, stellte Albian fest.

Corrie und Silvana schüttelten gleichermaßen den Kopf.

Albian stützte den Kopf auf seine Linke. »Das solltet ihr aber. Yazeem, du …«

Der Werwolf sah auf und unterbrach seinen Feund mit leiser Stimme. »Ja, ich weiß. Es ist jetzt an mir, es ihnen zu erzählen.«

Der Alchimist nickte zögernd und presste die Lippen fest zusammen. Er schien große Angst davor zu haben, alles noch einmal zu hören.

Der Werwolf schloss kurz die Augen und holte tief Luft. »Zum Angriff kam es spät am Abend, als die Buchhandlung schließen sollte. Wir waren damals zu dritt – Albian, Talisienn und ich. Albian hatte eigentlich nichts mit dem Buch von Angwil oder Lamassar zu tun. Er wollte nur ein bestelltes Buch abholen.« Er lächelte bitter, während Albian weiter zusammenzusinken schien. »Damals bekleidete Vulco noch einen der niederen Ränge in der Garde. Hauptmann Scargas war es, der an diesem Abend das Rudel anführte. Wir hatten nicht mit ihnen gerechnet, denn außer dem Portal im Laden kannten wir keines, um zwischen den Welten zu wechseln. Und es waren viele. Talisienn besaß damals noch sein Augenlicht und schaffte es, etliche der Feuerwölfe in Schach zu halten, während ich versuchte, mich zu Robert durchzukämpfen, denn auf ihn hatte es Scargas schließlich abgesehen. Albian war bei ihm und versuchte, ihn zu schützen.«

»Ich bin zwar nur ein einfacher Alchimist«, warf Albian mit brüchiger Stimme ein, »aber ein paar ordentliche Schutzzauber beherrsche ich dank meines Vaters dennoch. Sie reichten jedoch nicht, um Scargas und seine drei Wölfe aufzuhalten.« Er hielt inne, als traue er seiner Stimme nicht weiter.

Yazeem schluckte hart. »Ich kam nicht rechtzeitig. Sie töteten Robert, als er ihnen das Versteck des Buches nicht verraten wollte. Albian verlor seine beiden Finger«, er stockte kurz, »und beinahe sein Leben.«

Wortlos zog Albian seinen Hemdkragen zur Seite und strich mit zitternder Hand sein langes Haar nach hinten, so dass sie die Brandnarben an seinem Hals sehen konnten.

Betretenes Schweigen füllte die Küche, und der zuvor gelobte Kaffee erkaltete unbemerkt in ihren Bechern. Sogar Jasper schien die Stimmung zu spüren und lag mucksmäuschenstill zu Füßen seines Herrchens.

Es war eine Sache, zu wissen, dass Mr Lien viel zu jung gestorben war, aber die genauen Umstände zu erfahren, war eine ganz andere. Auch das Wissen, dass sich das Leben gleich mehrerer Leute seit diesem Abend unwiederbringlich geändert hatte, lastete schwer auf den beiden Freundinnen.

Sogar Corrie überlegte jetzt, ob sie so vehement darauf bestanden hätte, weiterzumachen, wenn sie die ganze Geschichte gekannt hätte. Ob sie dann das Buch hervorgeholt hätte, anstatt es anderen zu überlassen, die weitaus mehr Macht und Erfahrung besaßen als sie und Silvana. Jenen, die Magie beherrschten und kämpfen konnten. Sie warf ihrer Freundin, die in ihre halbvolle Tasse starrte, einen verstohlenen Blick zu.

Schließlich schüttelte Corrie den Kopf. »Unter diesen Umständen verstehen wir natürlich vollkommen, dass du nichts mehr damit zu tun haben willst, Albian. Und das Versprechen, das dir gegeben wurde, werden wir selbstverständlich respektieren. Wir werden einfach nach jemand anderem suchen, der das Törtchen für uns backen kann. Wichtig war ja vor allem zu wissen, wonach wir überhaupt suchen. Und das tun wir jetzt.«

Doch Albian schüttelte langsam den Kopf. »Niemand im Inselreich wird es außerhalb der Festtage backen.«

»Dann warten wir eben bis zum nächsten Fest und fragen dann herum«, schlug Corrie vor. »Die Tür rennt uns sicherlich nicht weg.«

Yazeem runzelte die Stirn. »Solche Feste finden auf Marderia nur alle 100 Jahre statt. Und das letzte war vor …« Er sah Albian fragend an.

»Vor 25 Jahren«, murmelte der Konditor müde. »Als ich das Inselreich verlassen habe.«

Yazeem sah die beiden Freundinnen vielsagend an und

schüttelte den Kopf. Albian straffte die Schultern und hob den Blick zum Werwolf. »Ich hoffe doch, dass dieses Mal ordentliche Vorkehrungen getroffen worden sind, um die beiden zu schützen?«

Yazeem nickte. »Die Schutzzauber sind stärker. Und Talisienn hat drei Nebel-Aare beschworen, die das Gebiet um den Laden bewachen und Corrie und Silvana auf Schritt und Tritt folgen, wenn sie unterwegs sind.«

»Immerhin.« Albian starrte auf die Kristallaugen des Totenkopfrings. »Wobei *mir* das nicht wirklich viel bringen würde, wenn ich euch helfe und dann unversehens Feuerwölfe in meinem Wohnzimmer auftauchen und mich fragen, wo sich das Zweite Buch von Angwil befindet.« Er schüttelte den Kopf. »Nein, wirklich nicht. Ich wünsche euch Glück bei der Suche, aber ich werde es nicht machen.«

»Ich glaube, wir haben etwas bei der ganzen Sache nicht bedacht«, sagte Silvana plötzlich, die seit der Schilderung der Umstände von Mr Liens Tod geschwiegen hatte. Alle Anwesenden sahen sie irritiert an.

»Und was sollte das sein?«, fragte Albian argwöhnisch.

»Wenn ich alles richtig verstanden habe, dann bist du der Einzige weit und breit, der so ein marderisches Festtagstörtchen herstellen kann, richtig?« Sie sah Albian fragend an, der widerwillig nickte.

»Dann ist es ganz und gar unmöglich, dich aus der Sache herauszuhalten, auch wenn wir nach einer anderen Möglichkeit suchen, an ein solches Törtchen heranzukommen.«

In Albians Augen glomm Ärger auf. »Und wieso, zum Teufel?«

»Ja, warum, Silvie?«, wiederholte Corrie und sah ihre Freundin verständnislos an.

435

»Weil die Feuerwölfe so oder so bei ihm auftauchen würden. Weil er ein *marderischer Konditor* ist!«

Erschütterung machte sich auf Albians Gesicht breit, als auch er verstand. »Natürlich. Sollte Lamassar Kenntnis vom Wortlaut des Rätsels erlangen und selbst darauf kommen, dass er ein Festtagstörtchen benötigt, um an das Buch zu gelangen …« Er sprach nicht weiter.

»Dann wird er den marderischen Konditor aufsuchen, der schon einmal Bekanntschaft mit den Wölfen gemacht hat und weiß, wozu sie imstande sind.« Yazeem fuhr sich mit der Hand über das Gesicht. »Wir können zwar versuchen, es geheim zu halten, aber wir können nicht völlig garantieren, dass die Worte der Rätsel nicht doch irgendwann zu ihm gelangen. Vielleicht nicht dieses Jahr. Vielleicht nicht in zehn Jahren. Aber irgendwann …« Er erhob sich und trat ans Fenster.

»Ich weiß.« Albian atmete tief durch. »Unter diesen Umständen sieht es nun fast so aus, als hätte ich keine Wahl, euch beizustehen.« Corrie sah, dass ein kaum sichtbares, beinahe wehmütiges Lächeln seine dünnen Lippen umspielte. »Es ist allemal besser, als darauf zu warten, dass Lamassar mich zwingt, meine Freunde zu verraten. Schließlich würde er meine Dienste nicht mehr benötigen, wenn das Buch bereits geborgen ist, oder?«

»Vielleicht«, sagte Yazeem, ohne sich umzudrehen.

»Bestimmt nicht«, erwiderte Silvana mit mehr Überzeugung als der Werwolf.

»Dann wirst du es tun?«, fragte Corrie vorsichtig. Es war ihr nicht wohl bei dem Gedanken, dass die Zusage von damals auf diese Weise gebrochen wurde, doch auf der anderen Seite musste sie Silvana zustimmen: Nicht weil er das

Rätsel gelöst hatte, würde Lamassar nach ihm suchen lassen, sondern weil er das herstellen konnte, was zum Öffnen des vierten Schlosses benötigt wurde.

»Lasst mich darüber nachdenken und mit Emma darüber sprechen«, sagte Albian, und das Lächeln auf seinen Lippen wurde etwas wärmer, als er in Corries große, teilnahmsvolle Augen blickte. »Es wird sich schon irgendwie eine Lösung finden lassen. Ich melde mich.« Er stand auf und warf sich den Mantel über. Das Buch ließ er auf dem Tisch liegen. »Komm, Jasper.« Und mit dem Hund an seiner Seite verließ er den Buchladen durch den Seiteneingang.

Sein Anruf kam gute zwei Stunden später, als sich Corrie, Silvana und Yazeem gerade bettfertig gemacht hatten.

Corrie musste tief Luft holen, nachdem sie aufgelegt hatte. »Er hat Emma alles erzählt«, sagte sie, »und sie hat ihn eindringlich gebeten, uns zu helfen. Wir sollen versuchen, die Zutaten so schnell wie möglich im Inselreich zu besorgen und sie ihm dann bringen. Er lässt uns wissen, wenn das Festtagstörtchen bereit zur Abholung ist.« Sie biss sich auf die Unterlippe. »Ich hoffe wirklich, wir tun das Richtige.«

KAPITEL 18

Logris Schicksal

Vincent sah kopfschüttelnd von der Liste auf und seufzte laut. »Das wird nicht einfach. Bei allen Göttern, das wird es nicht.«

Der Blick der sanften braunen Augen des Fauns wanderte von Corrie zu Silvana und schließlich zu Yazeem. »Bis wann soll denn alles da sein?«

»So schnell wie möglich«, antwortete der Werwolf ernst. »Es ist sehr wichtig.«

Nachdenklich kaute der Faun an seinem Daumennagel und ging erneut die Zutaten durch, die Albian aufgeschrieben hatte. »Das könntet ihr am ehesten bei Orad bekommen. Im Ostviertel.«

»Dann sollten wir aufbrechen …«, begann Corrie, doch Silvana schüttelte den Kopf.

»Ich glaube nicht, dass wir uns vor die Tür wagen können.«

Yazeem strich sich mit der Hand über das Haar und seufzte. »Da hast du vermutlich recht. Auch wenn mehrere Wochen vergangen sind. Daran habe ich überhaupt noch nicht gedacht.«

Corrie sah den Werwolf bestürzt an. »Du glaubst, sie suchen noch immer nach uns?«

»Unwahrscheinlich ist es nicht. Und Vulco weiß jetzt, wie ihr ausseht.«

439

»Dann können wir nie wieder durch Port Dogalaan gehen, bevor diese ganze Sache vorbei ist?«

Vincent kratzte sich an seinen Hörnern. »Ich glaube, ich habe da eine Idee. Aber ich muss erst nachfragen.« Er verließ seine enge Stube und ließ Yazeem mit den beiden Freundinnen zurück.

Corrie sah zu Boden. »Dabei haben wir doch gerade erst einen Bruchteil von dem gesehen, was diese Welt ausmacht.«

Yazeem legte ihr die Hand auf die Schulter. »Nun sei nicht gleich entmutigt. Warte erst einmal ab, was Vincent vorhat. Ansonsten gehe ich die Zutaten besorgen, und ihr wartet bei einer Tasse Tee auf mich. Und wenn euch langweilig wird, solltet ihr hier mit Leichtigkeit etwas zum Lesen finden. Gelegenheiten, mehr zu sehen, wird es noch zur Genüge geben.«

»Und solange die Feuerwölfe wissen, nach wem sie zu suchen haben, laufen wir ihnen besser nicht über den Weg«, sagte Silvana. »Denn eines kann ich mit Sicherheit sagen: Der Kerker von König Leighs Burg gehört zu den Dingen, die ich *nicht* sehen möchte. Selbst, wenn er mit Gold ausgekleidet wäre und sich dort jedes Buch dieser Welt finden ließe.«

Corrie biss sich auf die Unterlippe. »Ihr habt ja recht. Ich fände es nur sehr … schade.«

Im gleichen Moment stieß Vincent freudestrahlend die Tür auf und führte Marica herein, die in ihren bunten Kleidern jedem Clown die Show gestohlen hätte. »Hier kommt die Lösung eures Problems!«, verkündete der Faun.

Marica rollte mit den Augen. »Er kann ja so überaus charmant sein, dieser alte Ziegenbock.« Sie sah an den beiden Freundinnen hinab. »Ein paar neue Kleider, um nicht den alten Brandpelzen aufzufallen, ja? Das sollte nicht allzu schwer sein.« Sie lächelte die beiden jungen Frauen fröhlich an. »Dann folgt mir mal.«

Marica führte sie einen der Gänge unterhalb der *Schriftrolle* entlang, vorbei am Aufenthaltsraum und unzähligen Lagerräumen, bis zu einer Tür ganz am Ende. Die Hexe drückte behutsam die fein ziselierte Klinke herunter und gab den Blick frei auf vollgestopfte Regale und gestapelte Truhen, die die Wände ganz und gar hinter sich verbargen. Allerlei Kleidung in unterschiedlichsten Farben quoll aus ihnen hervor. Die beiden Freundinnen betrachteten das Zimmer mit großen Augen – was hier verstaut war, übertraf jeden Theaterfundus in ganz England. Zielstrebig ging Marica auf eine der Truhen zu und öffnete sie.

Silvana atmete erleichtert auf. Was die Hexe hervorzog, war weniger bunt als deren eigene Garderobe.

Corrie hatte ihre Sprache wiedergefunden. »Große Güte, wo habt ihr denn diese ganzen Klamotten her?«

»Wir treiben häufig Handel mit den Amanys, die keine Währung besitzen und daher Kleider gegen Bücher eintauschen. Das meiste davon verkaufen wir wieder, sogar in eure Welt. Aber auf manchen Modellen bleiben wir einfach sitzen.«

»Amanys?«, fragte Silvana verwundert.

Marica nickte und hielt ihr eine Hose, ein Hemd und eine Lederweste hin, die farblich recht ordentlich zueinander passten. Offenbar kleidete sich die Hexe aus einer Laune heraus so farbenfroh und nicht, weil ihr das Gespür für Farben fehlte.

»Die sind aber doch viel zu groß!« Etwas ratlos hielt Silvana die Hose an sich.

»Ja, die Amanys sind recht hochgewachsen. Aber das ist kein Problem. Das regeln wir gleich.« Leise vor sich hin pfeifend, zog Marica nun ein paar Kleidungsstücke für Corrie aus der Truhe und drückte sie ihr in die Arme.

Als die Freundinnen umgezogen waren, konnten sie sich ein Lachen nicht verkneifen. Beide mussten sich die Hosen festhalten, um sie nicht gleich wieder zu verlieren, und aus den Ärmeln der Hemden hätte man mühelos Zwangsjacken knoten können. Auch die Hexe lächelte amüsiert und hob die Arme, während sie einen melodischen Singsang anstimmte. Dann klatschte sie abrupt in die Hände, und die Sachen begannen zu schrumpfen, bis sie wie angegossen passten. »So. Das war die Pflicht. Kommen wir nun zur Kür.« Sie stellte sich vor Silvana und strich sich nachdenklich über das Kinn.

»Mal sehen …«, sie fuhr ihr über die Haare, die daraufhin von rot zu blond wechselten. Dasselbe wiederholte sie mit Silvanas Augenbrauen.

Staunend beobachtete Corrie, wie auch diese ihre Farbe veränderten. Und als Marica eine Strähne ihrer Freundin um den Finger wickelte, verlieh sie Silvana damit eine geradezu beneidenswerte Lockenpracht. Ein kleiner Stups ließ ihre Nase etwas schrumpfen, und ein weiterer zauberte ihr einen vollen roten Schmollmund.

Zufrieden betrachtete die Hexe noch einmal ihr Werk und wandte sich dann an Corrie, die aufgeregt an ihrer Unterlippe nagte. Was würde sie wohl für ein neues Aussehen erhalten?

Marica schien sich bereits etwas überlegt zu haben. Sie

strich über Corries Kopf und Schultern. Ihre Haare verloren die schwarze Farbe, erstrahlten in einem satten Nussbraun und wuchsen bis weit über ihre Schultern hinab.

»Ist ja irre …«, staunte Corrie, die aus den Augenwinkeln die Veränderung erspähte.

Auch ihr fuhr Marica sanft mit dem Daumen über die Brauen, trat einen Schritt zurück, wiegte leicht den Kopf hin und her und strich dann über Corries Nase und Wangen.

Silvana, die damit beschäftigt gewesen war, ihre blonden Strähnen aufzuzwirbeln und von allen Seiten zu begutachten, starrte ihre Freundin verblüfft an. Corries Nase wurde größer, und ihre Sommersprossen verschwanden. Ihre Augen leuchteten zuerst in einem feurigen Orange, das Marica jedoch sofort durch ein sattes Türkis ersetzte.

Mit einem vergnügten Grinsen zog sie ein buntes Tuch von einem Standspiegel, so dass beide sich begutachten konnten.

»Wahnsinn …«, hauchte Corrie.

Silvana musterte kopfschüttelnd ihr fremdes Spiegelbild. »Und ich habe immer geglaubt, blonde Haare würden mir nicht stehen.«

Die Hexe betrachtete ihr Werk nicht ohne Stolz. »So dürfte euch vorerst niemand mehr erkennen, und ihr solltet euch halbwegs sicher durch die Stadt bewegen können.«

»Vielen Dank, Marica, so würden uns nicht einmal unsere Mütter erkennen!« Fröhlich griff Corrie nach Silvanas Hand. »Los, komm! Ich will unbedingt Yazeems Gesicht sehen!«

Und tatsächlich riss der Werwolf bei ihrem Anblick die

Augen auf und verschluckte sich. Prustend reichte er Vincent die Flasche, aus der er gerade getrunken hatte. Der Faun sah nicht minder entgeistert an den beiden Freundinnen hinab. »Marica, du hast dich selbst übertroffen.«

Yazeem nickte bekräftigend.

Die Hexe machte einen leichten Knicks, bevor sie dem Werwolf nachdrücklich in die Augen sah. »Ihren Geruch vermag ich nicht zu ändern. Haltet euch deshalb nicht in unmittelbarer Nähe der Garde auf. Wenn sie die beiden wittern sollten, ist ihr neues Aussehen nichts mehr wert.«

Yazeem verneigte sich vor der Hexe. »Hab Dank, Marica. Ich werde daran denken.«

»Ja, vielen Dank noch mal«, nickte auch Corrie.

Silvana strich über ihre Lederweste. »Wie lange wird das halten?«

Marica winkte ab. »Lange genug. Und wenn ihr das Portal durchschreitet, um zurück in eure Welt zu gelangen, erlischt der Zauber augenblicklich.« Sie zwinkerte. »Und jetzt los mit euch. Ich wünsche euch viel Spaß – und viel Erfolg.«

Das Geschäft von Orad lag ein gutes Stück von der *Magischen Schriftrolle* entfernt an einem der großen Marktplätze hinter dem Basar. Der Weg dorthin ging durch schmale, dunkle und stinkende Seitengassen. Zum Marktplatz führte ein rostiges Eisentor, das laut des angeschlagenen Holzbretts nachts geschlossen wurde. Als sie den Platz überquerten, bauten zwei Zyklopen gerade ein Holzpodest, das höchstens einer Person Platz bot, vor einer der Hausmauern auf.

Yazeem hielt kurz inne, um sich in Ruhe umzusehen.

Dann marschierte er zielstrebig auf ein Haus zu, an dem ein Schild mit dem Schriftzug *Exotische Waren* prangte. Corrie und Silvana beeilten sich, um Schritt zu halten.

Die meiste Zeit des Weges waren die beiden Freundinnen in Gedanken vertieft gewesen, doch beim Anblick des schmalen, nicht besonders hoch aufragenden Geschäfts kam Silvana eine entscheidende Frage. »Was machen wir eigentlich, wenn dieser Laden nicht alles hat, was wir brauchen?«

Yazeem lächelte aufmunternd. »Dann wird uns Orad sagen, wo wir es bekommen können oder wie lange es dauern würde, es zu bestellen.« Er trat durch die niedrige Eingangstür in den Laden. Dort war es nicht besonders hell, das Licht reichte gerade aus, zu erkennen, dass niemand da war. Yazeem drehte sich suchend im Kreis. »Meister Orad? Seid Ihr hier?«

»Der Ruf der Kundschaft!« Aus dem Obergeschoss schwebte ein gedrungenes Männchen mit einem weiten Mantel und spitzen Ohren. Unter ihm waberte eine bläuliche Wolke, die weder Beine noch Füße erkennen ließ. »Verzeiht, dass ich euer Eintreten überhört habe, aber ich war gerade mit dem Zählen der Flohmotten-Kokons beschäftigt. Welche Wünsche führen euch zu mir?«

Corrie zog die Liste mit Albians Bestellung hervor und entfaltete sie. »Wir sind da auf der Suche nach einigen sehr seltenen Zutaten.«

Orad legte die Stirn in Falten, nahm die Liste mit einem Nicken entgegen und studierte die einzelnen Positionen. Langsam glättete sich sein Gesicht, und er brummte. »Zugegeben, keine alltäglichen Wünsche, die ihr da mit euch führt. Und in manchen Landstrichen schwer zu bekommen. Aber ihr seid zu Orad gekommen, und daran habt ihr gut getan.«

»Dann haben Sie also alles …«

»Seht euch gerne noch etwas um. Vielleicht gefällt euch noch etwas. Ich werde derweil eure Bestellung zusammenpacken.« Damit schwebte Orad auf seiner Wolke in Richtung Obergeschoss davon.

Silvana zuckte die Achseln. »Ja, dann … schauen wir mal, oder?«

Corrie hatte bereits begonnen, die Auslagen und Regale neben dem Eingang zu durchstöbern. Yazeem blieb an der Theke stehen und sah ihnen amüsiert dabei zu, wie sie Schubladen aufzogen, Kisten öffneten und Gläser hochhoben, um deren Inhalt zu begutachten.

»Hast du so etwas schon einmal gesehen?«, fragte Corrie und hielt ihrer Freundin ein Reagenzglas vor die Nase. Darin glitzerte etwas, das wie übergroße Schneeflocken aussah.

Silvana legte prüfend den Kopf schief. »Hübsch.«

»Wollbärpolypen«, bemerkte Yazeem und schmunzelte.

Corrie starrte ihn entsetzt an. »Das hier?«

Der Werwolf nickte. »Werden aus dem …«

»Danke, ich weiß, wo Polypen sitzen«, unterbrach sie ihn und stellte das Glas angeekelt zurück. »Wozu um alles in der Welt braucht man die?« Als der Werwolf zu einer Antwort ansetzte, hob sie die Hand. »Tu bitte einfach so, als hätte ich nicht gefragt, ja?«

Silvana war unterdessen weitergeschlendert und betrachtete eine niedrige Kommode, auf der sich getrocknete Wurzeln, Pilze und Kräuterbunde stapelten. Ein bauchiger Korb erregte ihre Aufmerksamkeit.

»Alraunen«, murmelte sie fasziniert und nahm eine der Knollen in die Hand. Sie war rauh und erdig und erstaunlicherweise ganz warm. Silvana versuchte sich an das zu erinnern, was sie über diese Wurzeln wusste. Ihr kam nur in den Sinn, wie giftig sie waren.

»Ich dachte, die sind immer wie Menschen geformt.« Corrie sah an ihrer Freundin vorbei zu dem Haufen Knollen und nahm eine in die Hand, um sie genauer zu betrachten. »Aber die hier sieht eher aus wie ein kleiner Drache.« Sie schielte auf das Exemplar in Silvanas Händen. »Und deine ist eindeutig weiblich, würde ich sagen.«

»Ah, ihr habt die Mandragoras entdeckt.« Yazeem war zu ihnen getreten und nickte zu den verschieden geformten Wurzeln in ihren Händen. »Das eine ist eine gewöhnliche Alraune. Das andere eine Drachen-Alraune.«

»Gibt es die auch bei uns?«, wollte Corrie wissen.

»Ich glaube, Alraunen kommen aus eurer Welt, aber haben nur bei uns diese Drachenform angenommen. Mit Sicherheit kann dir das die Frau von Mr Marauner sagen. Du kannst sie ja fragen, wenn sie ihre *Botanica* abholt.«

»Und was ist hier drin?« Silvana beugte sich zu einer großen, geflochtenen Truhe hinab und klappte den Deckel zurück. Sofort machte sie einen entsetzten Satz zurück und riss Yazeem fast von den Füßen. »Da sind ja Schädel drin!«

Corrie warf augenblicklich die Drachen-Alraune zurück in den Korb. »Ehrlich?«

»Sieh doch selbst!«

Das ließ sich Corrie nicht zweimal sagen. Gebannt kniete sie sich vor die Truhe und hob einen der Köpfe heraus. Mit spitzen Fingern strich sie über den rissigen Knochen.

»Da klebt ja sogar noch überall Erde dran.« Sie sah zu den anderen Schädeln hinunter. Diese waren ebenso dreckig.

Silvana verzog das Gesicht. »Sind die etwa frisch ausgegraben? Wo bekommt man so eine Menge davon? Vom Friedhof etwa?«

Corrie begutachtete ihr Exemplar eingehend. »Sieht nicht sehr menschlich aus, oder?« Sie griff in die Truhe, holte einen weiteren heraus und hielt ihn prüfend neben den ersten. »Nicht wirklich. Würde sich trotzdem gut in meinem Regal machen.«

Silvana schauderte. Corrie hatte schon immer eine Vorliebe für solch bizarre Dinge gehabt – was sich auch an der einen oder anderen ihrer Tätowierungen zeigte, von denen ihre Eltern bis heute noch nichts ahnten.

»Die stammen vermutlich von den Schädelfeldern von Ossa«, antwortete Yazeem. »Und somit hauptsächlich von Chupacabras, Orks und Satyrn.«

Corrie beugte sich vor und schichtete ein paar Köpfe um. »Ich sehe hier nichts mit Hörnern.«

Yazeem zuckte mit den Schultern. »Vielleicht nicht in dieser Fuhre.«

»Und was genau sind diese Schädelfelder?«, fragte Silvana.

»Weit im Westen des Inselreiches liegt eine riesige Insel namens Ossa«, erklärte der Werwolf. »Dort kämpften vor mehreren Jahrhunderten drei große Armeen gegeneinander, die alle unter dem Befehl von Magierkönigen standen. Der Krieg dauerte fast ein Jahrzehnt an, und als endlich einer der Könige als Sieger hervorgegangen war, war das ganze Eiland verwüstet. Kaum ein Landstrich, auf dem nicht ein lebloser Körper, eine faulende Leiche oder ein

448

skelettierter Krieger lag. Die Ehre und die Gesetze der
Götter geboten eigentlich, jeden einzelnen zu bestatten,
aber angesichts der Abertausenden Toten war das unmöglich. Also bedeckte der siegreiche König die gesamte Insel
mit einer dicken Schicht Erde, die alle Gefallenen unter
sich begrub.

Die Magie, mit der die Armeen gegeneinander kämpften, blieb jedoch in den Gebeinen der Krieger eingeschlossen, und irgendwann begann ein Kaufmann, die Knochen
auszugraben und zu verkaufen. Gerieben sind sie Bestand-
teil vieler Tränke und Pulver, und geschickte Handwerker
fertigen Waffen und Becher aus ihnen, die besondere Kräfte besitzen. Ich kannte einmal jemanden, der ein Schwert
aus der Rippe eines jener Krieger besaß. Die Klinge war
durch nichts zu zerschmettern. Nicht einmal durch den
härtesten Stahl.«

»Erstaunlich.« Corrie legte die beiden Schädel behutsam
wieder zurück und schloss die Truhe.

»Ja, diese Schädel sind schon wahre Prachtstücke,
nicht?« Von einem leisen, knatternden Geräusch begleitet,
schwebte Orad auf seiner Wolke an ihnen vorbei zu Boden. In seinen Armen hielt er einen großen Korb.

»Habt Ihr alles, was auf der Liste stand?«, fragte Yazeem.

Orad warf ihm einen tadelnden Blick zu. »Selbstverständlich. Folgt mir bitte, dann werdet ihr euch überzeugen können.« Er schritt zum Tresen, griff in den Korb und
legte allerlei seltsame Dinge auf die Holzplatte. »Hier hätten wir dann also ein Gläschen mit den gemahlenen
Schwanzfedern des Boca-Ira-Vogels, ein Fläschchen Eis-
blattlikör, Schlammwurz im eigenen Saft, Milch von einem

449

Großen Weißen Wyvern, ein Horn der Altar-Schnecke, schwarzes Salz aus dem Firminsund, ein Sack Schneemehl und Sonnenflischöl.« Er hielt inne, überflog noch einmal die Liste und nahm das goldene Fläschchen wieder fort. »Das gehörte zu einer anderen Bestellung, ich bitte um Verzeihung.«

»Sonnenflischöl?« Silvana sah Yazeem fragend an.

»Ich glaube, das benötigt man für eine Menge magischer Tränke«, sagte der Werwolf.

»Oder zum Backen von Falkenhainer Flischpastete«, grinste Orad. »Aber eure Zutaten sehen mir eher nach Wyvern-Creme aus – oder nach einem marderischen Festtagstörtchen.« Er zuckte die Achseln. »Wie dem auch sei – kann ich sonst noch etwas für euch tun? Hat euch noch etwas von meinem Angebot zugesagt?« Er beschrieb einen Bogen mit seinen kurzen Armen.

»Darauf werden wir sicherlich noch einmal zurückkommen«, erwiderte Yazeem freundlich. »Für heute reichen uns jedoch die Dinge von der Liste. Was bekommt Ihr dafür, Meister Orad?«

Der spitzohrige Händler neigte den Kopf und betrachtete Yazeems Schattenriss, der sich schemenhaft auf dem Holzboden abzeichnete. »Wie es euch beliebt, Herr Werwolf. Da die Wyvern gerade Brutzeit haben, mache ich euch für die Milch einen Sonderpreis. Insgesamt sind es dann 400 Austerzen.«

Silvana stieß ihre Freundin an. »Ist das viel?«, wisperte sie.

Corrie rümpfte die Nase, während Yazeem den Beutel öffnete, den Cryas ihm mitgegeben hatte. »Ich glaube schon.«

450

Gemeinsam sahen sie zu, wie ihr Begleiter einige kupferne Barren und goldene Münzen auf den Ladentisch zählte und dann den Korb entgegennahm.

Als sie mit ihren Einkäufen aus dem Laden traten, hatte sich vor dem Podest ein Pulk aus Leuten gebildet.

»Was gibt es dort wohl zu sehen?«, fragte Corrie und blieb stehen.

Silvana blickte zur Menge. »Den Reaktionen nach zu urteilen, nichts unbedingt Erheiterndes.« Sie betrachtete die Gesichter derer, die sich durch die dichten Reihen zurück nach draußen drängten. Beinahe jeder wirkte bestürzt, wenn nicht sogar verschreckt.

»Ich werde nachsehen«, bot Yazeem an. »Ihr bleibt genau hier stehen. Ich bin gleich zurück.«

Es dauerte nicht lange, bis sich der Werwolf durch die wachsende Ansammlung wieder zu ihnen schob – mit sehr nachdenklichem Gesicht.

Corrie hob die Brauen. »Und? Was gibt es?«

Yazeem räusperte sich, bevor er sprach. »Logri«, erwiderte er dann. »Zumindest sein Kopf.«

»Sein Kopf?«, wiederholten Silvana und Corrie entsetzt.

Der Werwolf nickte. »Auf einem Pfahl.«

»Aber Blutschatten hat doch gemeint, Logri und Vulco würden noch leben!«

»Es war auch nicht Rabas, der ihn enthauptet hat.«

Silvana schürzte die Lippen. »Sondern?«

»Lamassar. Das sagt jedenfalls das Schild. Für wiederholtes Versagen.«

Corrie spürte, wie sich ihr Magen zusammenzog. »Und was ist mit Vulco?«

»Das wird Cryas herausfinden.« Yazeem schob die beiden Freundinnen in Richtung der Seitengasse, aus der sie gekommen waren. »Und jetzt sollten wir uns beeilen, zur *Schriftrolle* zurückzukehren.«

Etwas später hatte Cryas seine Drachen auf Erkundungsflüge geschickt, einen davon mit einer Nachricht zu Blutschatten. Yazeem war mit den Einkäufen auf dem Weg zu Albian, und die beiden Freundinnen hatten es sich auf dem Sofa in Corries Zimmer bequem gemacht. Im Fernsehen liefen Cartoons, auf dem Tisch standen ein Teller mit Cornedbeef-Sandwiches und eine Kanne mit dampfendem Zitronentee, und von draußen prasselte der graue Regen gegen die Fensterscheiben. Das Buch von Bergolin hatte entdeckt, wie glatt der Dielenboden neben dem Teppich war, und schlitterte nun mit offenkundiger Begeisterung unermüdlich von einer Zimmerwand zur anderen.

»Ich kann nur hoffen, dass sich dieser Buchladen zu keinem Gefängnis entwickelt«, bemerkte Silvana und pustete über ihren Tee, bevor sie einen Schluck trank, das Gesicht verzog und Zucker nachgab.

Corrie ließ irritiert die Fernbedienung sinken, mit der sie gerade den Ton leiser gestellt hatte. »Wieso glaubst du, dass es so kommen könnte?«

»Wir können jetzt schon nicht mehr durch Port Dogalaan spazieren, ohne Angst haben zu müssen, entdeckt zu werden. Hier ist es das Gleiche: Ohne die Nebel-Aare können wir uns nicht mehr vor die Tür wagen, und wenn wir mit ihnen unterwegs sind, müssen wir fürchten, dass etwas auftauchen könnte, mit dem sie nicht fertig werden. Was, wenn wir bald nur noch innerhalb der Bannfelder

452

dieses Ladens sicher sind? Wenn alles andere eine Gefahr darstellt?«

»Du siehst das alles viel zu pessimistisch«, unterbrach sie Corrie.

»Mein ›Pessimismus‹ hat sich bis jetzt aber größtenteils bewahrheitet«, hielt Silvana dagegen.

»Ja, wir müssen aufpassen, das ist richtig, aber uns doch nicht gleich verkriechen! Wir sind von mächtigen Wesen und guten Freunden umgeben, die auf uns achtgeben. Es gibt doch noch so viel mehr zu entdecken!«

»Ja, aufgespießte Wolfsköpfe zum Beispiel.«

Corrie verzog das Gesicht. »Das meinte ich jetzt eigentlich nicht.«

»Aber es ändert nichts daran, was alles passiert ist – der Schatten, der Kampf mit dieser ekelerregenden Naga, die Feuerwölfe … Es ist nicht alles nur ein schönes, spannendes Abenteuer! Denk mal an Albian, der damals nur ein Buch abholen wollte und dabei zwei Finger und fast sein Leben verlor. Jetzt wird ihm zum Verhängnis, dass er Konditor ist, obwohl er mit der ganzen Sache eigentlich gar nichts zu tun haben will. Wir wissen nicht, ob es ein Happy End oder – wie damals bei unserem Vorgänger – Tote geben wird!«

»Diese Diskussion hatten wir schon, und wir haben uns entschieden, es zu versuchen. Und wir sind weitergekommen als alle anderen bisher. Wir halten bald das Zweite Buch von Angwil in Händen!«

Silvana seufzte. »Ja, die Diskussion hatten wir schon einmal, und ja, ich habe mich entschieden, mit dir weiterzumachen. Aber das ändert nichts an meinen Bedenken. Ich habe das Gefühl, dass ich dir ab und an ins Gedächtnis rufen muss, dass es Gefahren gibt, die sich nicht wegdiskutieren lassen.«

Corrie dachte kurz nach. »Ich gebe ja zu, dass ich gelegentlich zu blindem Enthusiasmus tendiere. Aber trotzdem: Wir wissen auch nicht, ob nicht doch alles gut wird. Wieso lässt du den Dingen nicht einfach ihren Lauf?«

Neben ihr knallte es dumpf. Das Buch des Bergolin war gegen den Sessel geprallt und seitlich auf den Deckel gefallen. Es rappelte sich raschelnd wieder auf und nahm erneut Anlauf.

»Aber nicht zu übermütig werden«, mahnte Corrie. An Silvana gewandt, fügte sie hinzu: »Wir hatten auch schon so viele schöne Erlebnisse und haben eine Menge interessante Leute kennengelernt!«

Silvana kuschelte sich mit ihrem Tee in die Kissen und zog die Knie an. »Vielleicht ist es genau das: die schiere Menge an neuen Eindrücken. Als wir hierhingefahren sind, waren wir zwei ganz normale Buchhändlerinnen. Wir haben nicht an Vampire, Werwölfe oder Greife geglaubt. Herumspringende Bücher gehörten für uns nach Hollywood, ebenso wie sprechende Ratten. Und unter ›Piraten‹ haben wir uns Leute vorgestellt, die vor der Küste Somalias Frachtschiffe aufbringen und die Mannschaft als Geiseln nehmen, um Lösegeld zu erpressen. Und was ist jetzt? Ich kann Gargoyles reden hören und verkaufe blühende Bücher!«

»Spannend, oder?«

»Du hast mit alldem keine Probleme?«

Corrie schürzte die Lippen. »Die Geschichte mit dem Schatten hat mir schon einen gehörigen Schrecken eingejagt, und den Feuerwölfen so gut wie wehrlos gegenüberzustehen, war auch nichts, was ich mir noch einmal wünschen würde. Und was Albian erzählt hat, hat mich sehr nachdenklich gestimmt. Aber was den Rest angeht – ich liebe sprechende Ratten ebenso wie unseren Wirbelwind hier«, sie nickte zu Bergolins Buch, »oder dass Yazeem grundsätzlich nur bewaffnet hier im Laden erscheint. Das ist so viel aufregender, als es in irgendeinem Film zu sehen oder zu lesen. Und ich will das alles nicht einfach so einem bösartigen Erzmagier überlassen, verstehst du? Gut, vielleicht sollten wir nicht mehr selbst nach den Büchern suchen, aber ich will jetzt nicht davonlaufen und alle, die wir bisher kennengelernt haben, einfach so im Stich lassen. Jetzt könnte ich tatsächlich nirgendwo mehr hingehen, ohne an Woodmoore und seine Bewohner zu denken. Und ich bin mir sehr sicher, dass wir hier glücklich werden können. Wir beide.«

»Ich wünschte, ich könnte deine Begeisterung so einfach teilen.«

Corrie grinste. »Bisher habe ich es noch immer geschafft, dich mitzureißen, wenn mich etwas gefangen hat. Diesmal muss ich mir anscheinend nur etwas mehr Mühe geben als sonst.«

»Sehr viel mehr«, bestätigte Silvana.

»Das werde ich. Aber nur, wenn du versprichst, alles ein bisschen positiver zu sehen.«

Silvana nickte, wenn auch etwas zögernd. »Gut. Schauen wir, ob es funktioniert. Aber lass uns bitte versuchen, gefährliche Situationen so gut es geht zu vermeiden. Für uns«, sie musste unwillkürlich an Talisienn, Kushann und Albian denken, »und bitte auch für alle, die uns zur Seite stehen.«

455

»Das wollte ich hören.« Corrie klatschte begeistert in die Hände. »Und jetzt lass uns über etwas anderes reden.«

Silvana nickte in Richtung des Fensters, das dem Hof zugewandt war. »Glaubst du, wir haben im Garten noch Platz, meine alte Zielscheibe aufzustellen?«

»Dann willst du endlich deinen Bogen wieder hervorholen? Die Idee finde ich fantastisch! Bestimmt lässt sich noch ein Plätzchen finden. Und wenn nicht, fragen wir Mrs Puddle, ob wir ein Stück von ihrem Garten mitbenutzen können. Du musst ihr vermutlich nur versprechen, nicht auf die Corgis zu schießen.«

»Na, ob ich das schaffe …« Sie ließ den Satz unbeendet und sah hinüber zur Tür, über die das Buch von Bergolin mit den Seiten kratzte. »Hast du schon wieder etwas gehört? Sind Phil und Scrib vorbeigelaufen?«

»Ich werde nachsehen«, sagte Corrie und erhob sich. »Ich wollte ohnehin noch etwas Senf für die Sandwiches holen.«

Doch als sie die Tür öffnete, war niemand zu sehen. Die Empore und der Laden lagen verlassen da. Nur ein eisiger Windhauch strich an ihr vorbei. »Hallo?«, rief sie. »Phil? Scrib?«

Keine der Ratten antwortete. Stattdessen schob sich das Buch an ihrem Fuß vorbei und lenkte ihren Blick hinunter auf den Boden. Corrie erkannte winzige Abdrücke auf dem dunklen Holz, das mit einer feinen Patina aus Staub bedeckt war. Hatte sie nicht erst am Vortag gesaugt?

Sie bückte sich, um genauer hinzusehen. Doch je mehr sie ihre Augen anstrengte, desto unwahrscheinlicher fand sie ihren ersten Gedanken. Vorsichtig fuhr sie mit dem Finger über das Holz.

456

Silvana trat hinter sie. »Was machst du denn da?«

Corrie seufzte tief. »Nichts Besonderes. Ich stelle nur gerade fest, dass ich wohl wieder einmal Staub saugen könnte. Der scheint in diesem Haus wie von Geisterhand aufzutauchen.«

458

KAPITEL 19

Das marderische Festtagstörtchen

Albian erwartete sie bereits in der geöffneten Tür des *Blackwood Lakeview*, eines charmanten, zweigeschossigen Sandsteinhauses mit Bleiglasfenstern und niedrigen, weißen Laternen neben dem Eingang. Wilder Wein rankte an den Mauern bis fast hinauf zur Dachrinne.

Auf dem Weg hatte Silvana mehrfach Bedenken geäußert, da sie Albian keine Wahl gelassen hatten. Sie war der Meinung, dass sie doch eine Lösung hätten finden müssen, die ihn nicht mit einbezog.

Auch Corrie dachte mit Unbehagen daran, wie Albian den Buchladen zwei Tage zuvor verlassen hatte. Beim folgenden Telefonat hatte er zwar gefasster gewirkt, doch sie hätte es ihm nicht verübelt, wenn er nicht sonderlich gut auf sie zu sprechen wäre. Immerhin wusste niemand, wie Lamassar sich verhalten würde, nun, da das Versteck des Zweiten Buches bekannt war.

Doch der Alchimist empfing sie mit einem fröhlichen Lächeln und umarmte sie herzlich. »Ihr seid später als erwartet. Wir hatten schon Sorge, es könnte etwas geschehen sein.«

Corrie lächelte entschuldigend. »Ich bin erst an der Einmündung vorbeigefahren. Yazeem hat mir zwar gesagt, ich solle abbiegen, aber ich habe es nicht gesehen.«

Albian nickte verständnisvoll. »Ich muss mich dringend

um das Schild an der Straße kümmern, wenn das Wetter wieder besser wird und die Farbe entsprechend trocknen kann.«

»Der Pfeil ist mittlerweile abgefallen«, bemerkte Yazeem und schloss die Haustür hinter sich.

Albian runzelte die Stirn. »Das kann noch nicht lange sein.« Er zuckte die Achseln. »Jetzt kommt erst einmal rein. Fühlt euch ganz wie zu Hause.« Er nahm ihre Mäntel entgegen und stieß eine Tür links von ihnen auf. Dahinter erstreckte sich ein weiter Flur. »Rechts geht es ins Café«, erklärte der Alchimist und eilte an ihnen vorbei. »Ich hänge nur noch schnell eure Sachen auf. Geht doch schon einmal voraus ins Wohnzimmer. Ich bin gleich wieder zurück.«

Corrie und Silvana folgten dem Werwolf, der sich hier bestens auszukennen schien.

»Wahnsinn«, staunte Corrie. Das Wohnzimmer der Blackwoods war eher eine Bibliothek. An nahezu jeder Wand stand ein volles Bücherregal, das bis zur Decke reichte. Die einzige Ausnahme bildete die Stirnseite des Raumes, in deren Mitte ein Kamin gemauert war. Über seinem Sims, auf dem die Miniatur eines schwarzen Schiffes stand, hing ein großes Gemälde, das eine sturmumtoste Insel zeigte. Gemütliche, geblümte Sofas hätten zum Verweilen und Schmökern eingeladen, wenn sie nicht schon von zahlreichen Plüschtieren in Besitz genommen worden wären – vornehmlich handelte es sich um Katzen, Füchse und Schafe.

»Emma liebt Plüschtiere«, erklärte Albian, der hinter ihnen hereinkam. Er hob eine graue Stoffkatze vom Boden auf und setzte sie zurück zwischen die anderen. »Damit kann man ihr immer eine Freude machen.«

»Wenn ich das gewusst hätte«, begann Corrie, doch Albian war bereits durch die nächste Tür verschwunden.

»So aufgedreht war der aber vorgestern noch nicht, oder?«, flüsterte sie Silvana zu. Ihre Freundin konnte nur mit den Schultern zucken.

Der Raum, in den sie ihrem Gastgeber folgten, stellte sich als Küche heraus – jedenfalls im weitesten Sinne. Im Hause Blackwood waren eine Großküche und ein Labor vereinigt. Corrie zählte alleine drei Backöfen, vier Herdstellen und diverse Ablagen, Tische und Schränke, auf denen fast überall etwas zu brodeln oder zu dampfen schien. Zettel und Buchseiten klebten an den Hängeschränken und den Wänden darunter, und über der Arbeitsinsel, die die gesamte Raummitte dominierte, prangte ein Brandfleck in der Form eines grinsenden Gesichts.

An einem der Herde stand eine junge Frau mit gut sichtbarem Babybauch und rührte bedächtig in einem hohen Suppentopf, aus dem türkisfarbene Schwaden emporstiegen und von der Dunstabzugshaube fortgesaugt wurden.

Albian legte ihr sanft die Hände auf die schmalen Schultern. »Unsere Gäste sind da, Liebes.«

Während sie mit einer Hand weiterrührte, drehte sie sich zu ihnen um und strich sich mit der anderen eine Strähne ihres kupferroten, lockigen Haares aus der Stirn. Ihr sommersprossiges Gesicht strahlte. »Wie schön! Ich freue mich ja so, euch kennenzulernen! Ich bin Emma, Albians Frau.« Sie zog Corrie und Silvana ebenso herzlich in die Arme, wie ihr Mann es zuvor an der Tür getan hatte.

Yazeem drückte sie einen Moment länger an sich. »Es tut gut, dich wiederzusehen.«

Der Inhalt des Topfes neben ihr blubberte, und die Farbe

461

des Dampfes wechselte von Türkis zu Zitronengelb. »Na endlich«, stöhnte sie, drehte das Gas aus, nahm den Topf von der Herdstelle und rührte noch einmal um. Sie lächelte ihren Gästen zu. »Jetzt können wir uns auch setzen.« Sie sah ihren Mann fragend an. »Du kommst zurecht?«

»Aber natürlich.« Albian war bereits dabei, Schüsseln, Messbecher und allerlei andere Utensilien zusammenzusuchen.

Emma nickte zufrieden. »Also dann.« Sie führte die drei in den hinteren Teil der Großküche, die in einem verglasten Pavillon mündete.

Hier stand ein rustikaler Landhaustisch mit zwei Stühlen und einer Bank, der für fünf Personen gedeckt war.

Die Tür war nur angelehnt und ließ feuchte, frische Luft herein. Von hier hatte man einen fantastischen Blick über die Terrasse und die leicht abschüssige Wiese bis hinab zum See, an dessen Ufer ein kleiner, schwarz-weißer Punkt herumsprang.

»Ist das Jasper?«, fragte Silvana und kniff die Augen zusammen.

»Er versucht sicherlich wieder, Enten zu jagen«, lachte Emma und folgte ihrem Blick. »Sie tricksen ihn jedes Mal aus. Trotzdem wird er nicht müde, es immer wieder zu versuchen. Vor ein paar Tagen ist er dabei sogar ins Wasser gefallen. Aber nur in den flachen Teil.«

»Können Bulldoggen nicht schwimmen?«, wollte Corrie wissen, die ein paar Spielzeugkataloge zur Seite schob und dann auf einem der weichen, langhaarigen Schaffelle auf der Bank Platz nahm.

»Viele bestimmt«, antwortete Emma und setzte sich ihr gegenüber. »Aber Jasper nicht. Er geht unter wie ein Stein.

462

Wenigstens ist er die meiste Zeit klug genug, daran zu denken, wenn er am Wasser herumtollt.« Sie hielt inne. »Oh, ich habe ja ganz den Kakao vergessen.« Sie wollte gerade aufstehen, als Albian mit der Kanne erschien und einschenkte. »Ich mache das schon. Bleib ruhig sitzen.«

Emma konnte ihm nur flüchtig über die Wange streicheln, dann war er bereits weitergewirbelt.

Fasziniert sahen ihm Corrie und Silvana dabei zu, wie er mit der Linken ein Ei in ein hohes Rührgefäß schlug, während er mit den drei Fingern seiner Rechten das Rührgerät bediente.

»Wird das die Creme oder der Teig?«, fragte Corrie neugierig.

»Die Dekoration«, erwiderte der Alchimist, ohne aufzusehen. »Den Teig und die Füllung habe ich bereits gestern gemacht – beides muss vierundzwanzig Stunden ruhen, damit sich alle Zutaten ausreichend verbinden können. Es hat sechs Stunden gedauert, alles fehlerfrei zusammenzufügen. Nein.« Er grinste zufrieden. »Der Teig ist bereits im Ofen.«

Silvana nahm einen Schluck von der heißen Schokolade und presste sich erstaunt die Finger an die Lippen. »Das sprudelt ja!«

Corrie sah sie verständnislos an. »Sprudelnde Schokolade?«

»Das ist unsere Kitzel-Schokolade.« Emma zwinkerte ihnen verschwörerisch zu. »Bei den Kindern in Woodmoore und Umgebung ist die der Hit – egal, ob heiß oder kalt.«

Interessiert nahm Corrie nun ebenfalls einen Schluck. Grinsend krauste sie die Nase. »Wie Knister-Brause. Ge-

463

fällt mir!« Sie trank gleich noch einen Schluck und genoss das perlende Gefühl auf der Zunge.

»Zum Sommer hin werden wir auch noch andere Geschmacksrichtungen anbieten«, rief Albian, während er das schwarze Salz sorgfältig im Mörser zu feinem Pulver zerrieb.

»Wir dachten zum Beispiel an Banana-Split. Oder auch Waldmeister, Erdbeer-Käsekuchen und Vanille«, fügte Emma munter hinzu. »Und als kleines Extra für die etwas *anderen* Kinder wird es die Getränke auch mit einem schwach wirkenden Verwandlungszauber geben – Hundenasen, Schnurrhaare, Schnäbel …« Ihre Augen leuchteten.

»Dafür nutzt du also deine Alchimie-Fertigkeiten?«, wandte sich Corrie an Albian. Sie hatte sich schon gefragt, was ein Alchimist mit seinem Wissen in einem Café anfangen konnte – schließlich war ein Gold-Shake nicht unbedingt gut für die Gesundheit der Kunden. Auf der anderen Seite musste sie gestehen, dass sie nicht wirklich viel über Alchimie wusste – vom Stein der Weisen einmal abgesehen.

Albian hob vielsagend die Brauen. »Meine Fähigkeiten und ein kleines bisschen Magie.« Er füllte das Salz zusammen mit der Wyvern-Milch in den Becher und startete erneut das Handrührgerät.

»Was manchmal wirklich anstrengend sein kann.« Emma rollte mit den Augen. »Wenn ihm zum Beispiel morgens um zwei Uhr einfällt, wofür er Zauberspruch XY noch benutzen könnte, und er dann aus dem Bett springt, um es sofort auszuprobieren.« Sie schob den beiden Freundinnen den Glasteller in der Tischmitte zu, auf dem frische Croissants lagen. »Das sind Eis-Croissants. Ich habe sie heute Nachmittag noch schnell gebacken, weil Yazeem sie so gerne isst.«

Der Werwolf, der sich bereits bedient hatte und mit vollen Wangen kaute, nickte bekräftigend.

»Bist du eigentlich auch aus dem Inselreich?«, wollte Corrie wissen, während sie Emmas Aufforderung nachkam.

Emma schüttelte den Kopf. »Ich komme aus Plymouth. Vor etwa drei Jahren bin ich hierhergezogen, weil hier eine Stelle als Kindergärtnerin frei war und ich gerne aufs Land ziehen wollte. Irgendwann haben mich meine Kolleginnen in dieses bezaubernde Café gebracht, und so habe ich Albian kennengelernt. Er hat eine ganze Weile und jede Menge Überzeugungskraft gebraucht, bis ich ihm endlich geglaubt habe, dass er aus einer anderen Welt stammt und in Woodmoore nicht ganz *alltägliche* Leute wohnen. Ich kann mich noch gut an meine erste Begegnung mit einem echten Faun erinnern.«

Silvana warf Corrie einen bedeutungsvollen Blick zu. »Wir auch.«

»Ganz reizende Wesen, nicht wahr?« Sie lächelte versonnen. »Überhaupt habe ich so viele nette Leute kennengelernt, die aus dem Reich der Hundert Inseln oder der angrenzenden Länder stammen, dass ich sie nicht guten Gewissens jemandem wie Lamassar überlassen könnte.«

»Dann helft ihr uns deshalb?«, fragte Silvana.

»Ich weiß, was damals vorgefallen ist – dass euer Vorgänger bei Lamassars Angriff gestorben ist und mein Mann seine Finger verloren hat. Und ich habe die letzten Jahre erlebt, wie schwer diese Erinnerung auf ihm lastet, wie sehr ihn die Alpträume in manchen Nächten quälen. Jetzt ist die

Gelegenheit, das alles zu beenden. Wenn Lamassar die Bücher nicht bekommt, wenn er sein Ziel nicht erreicht, dann kann sicherlich nicht nur Albian wieder ruhig schlafen.« Sie hielt inne und seufzte leise. »Und außerdem können wir doch nicht zulassen, dass er alles zerstört, was ich oder ihr gerade erst anfangen, liebzugewinnen, oder? Es weiß zwar niemand genau, was passieren würde, wenn Lamassar eines der Bücher an sich nimmt, aber mit Sicherheit nichts Gutes – weder für unsere Welt noch für die Länder jenseits des Portals.«

Albian lehnte sich gegen die Arbeitsplatte und verschränkte die Arme. »Aber Emma, denk doch auch einmal an dich und unser Kind.«

»Genau das tue ich, Schatz. Außerdem hatten wir diese Diskussion doch schon, oder?« Emma schob entschlossen das Kinn vor. »Wenn Lamassar nicht das Handwerk gelegt wird, dann wird er für alle Zeiten eine Bedrohung bleiben. Wir müssten immer Angst haben, dass etwas in diese Welt dringt, das böse ist und ihr schaden will. Was würden die Menschen gegen Wesen tun, an die sie nicht einmal glauben? Was sollen moderne Maschinen gegen eine Magie ausrichten, die wir nicht verstehen? Dieser drohende Schatten, der ständig über uns schweben würde – das will ich nicht. Wir haben jetzt die Möglichkeit, es zu verhindern. Einen Teil dazu beizutragen, dass Lamassar nicht gewinnt. Ich möchte unserem Kind später einmal erzählen können, dass es mal einen bösen Magier gab, der alle Macht an sich reißen wollte – aber dass nun keiner mehr Angst vor ihm haben muss.«

Albian musterte seine Frau skeptisch, aber auch eine Spur nachdenklicher als zuvor. »Aber wenn er herausbekommt, dass wir helfen, wird er erst recht aufmerksam auf uns. Vielleicht wird er in seiner Wut über den Verlust des Zweiten Buches seine furchtbaren Schergen schicken, um Rache an uns zu nehmen. Und wie soll ich dich dann schützen? Dich und den Kleinen?«

»Wir sind auf seiner Liste vermutlich ganz weit unten, auch wenn wir Corrie und Silvana helfen«, hielt Emma dagegen, ohne auf seine Frage einzugehen. »Und ich bin mir sicher, dass Angriff in diesem Fall die beste Verteidigung ist, die wir haben.«

»Hast du denn kein bisschen Angst vor den Feuerwölfen?«, fragte Corrie.

Emma zuckte die Achseln. »Manchmal muss man eben etwas riskieren, oder? Und einfach dasitzen und nichts tun ist nicht meine Art.«

Albian nickte langsam. »Offenbar habe ich die Amazone in dir unterschätzt. Aber wenn du kämpfen möchtest«, er lächelte versöhnlich, »dann werde ich das für uns tun. Und nun ist es erst einmal genug davon.« Er stieß sich vom Schrank ab und wollte sich gerade zu ihnen setzen, als eine der Apparaturen laut knallte. Eine tintenblaue Wolke schwebte auf die Arbeitsfläche, wo sie sich langsam auflöste.

Mit einem Küchentuch in der Hand stürzte der Alchimist zum Brenner und zog mit spitzen Fingern den Tiegel vom Dreibein. Dann nahm er das Becherglas am anderen Ende des Röhrengebildes hoch und hielt es prüfend gegen das Licht. Das Destillat darin war vollkommen klar. »Das könnte geklappt haben.« Er wandte sich einem weiteren Kessel zu, der über einer niedrigen Gasbrennerflamme stand, und runzelte die Stirn. »Euch habe ich ja noch gar nicht miteinander bekannt gemacht! Wie konnte ich das vergessen?«

Erst jetzt sahen Corrie und Silvana, dass neben dem Kessel ein großer, dürrer Feldhase saß und geduldig rührte, während er in einem neben ihm liegenden Buch las.

»Hast du etwas gesagt, Albian?«, näselte er, als er den Alchimisten bemerkte.

»Ich wollte dich gerade unseren Gästen vorstellen.« Albian wies auf die beiden Freundinnen. »Corrie und Silvana. Aus dem neuen Buchladen, wo wir demnächst wieder Literatur für dich kaufen können.«

Der Feldhase strich sich mit einem Räuspern über seinen fransigen Latz und neigte den Kopf, wobei seine großen Ohren verspielt wippten. »Whitberry mein Name. Sehr erfreut.« Er sah zu dem Becherglas in Albians Hand. »Unterrühren?«

»Wenn es dir nichts ausmacht?«

Whitberry schüttelte den Kopf. »Immer rein damit. Ich bin ohnehin gerade an einer überaus spannenden Stelle.« Er klopfte mit der Hinterpfote auf das Buch.

»Ein sprechender, lesender Feldhase?«, fragte Silvana fasziniert.

»Mein Fehler«, gestand Emma und errötete leicht. »Ich habe ein Glas mit einer von Albians Mixturen von der Fensterbank gestoßen, und es fiel in den Garten. Abends klopfte dann Whitty an die Scheibe.«

»Ich habe einfach nur Klee gefressen«, erklärte der Hase, ohne von der Buchseite aufzusehen. »Und auf einmal konnte ich denken und sprechen wie ein Mensch. Emma hat mir dann auch noch das Lesen beigebracht.«

»Vor nicht ganz drei Monaten.«

468

Albian seufzte. »Und jetzt hat er schon die Hälfte der Bücher im Wohnzimmer durch.«

»Das gibt es ja gar nicht. Aber ich bin sicher, dass wir noch genügend Lesestoff finden werden.« Im Geiste durchforstete Silvana schon die Regale der *Taberna* nach brauchbarer Lektüre für Whitberry.

Emma warf einen kurzen Blick auf eine der insgesamt fünf Uhren, die überall in der Küche verteilt standen oder hingen. »Der Teig, Albian.«

»Schon?« Er leerte hastig das Becherglas in Whitberrys Topf und eilte zum Ofen. Nach einem längeren Blick durch die Scheibe schnalzte er mit der Zunge und holte tief Luft. »Also dann. Jetzt oder nie.« Ganz behutsam öffnete er die Tür und griff hinein. Als er das Blech herauszog, reckten Corrie und Silvana gespannt die Köpfe, um einen Blick auf das Ergebnis werfen zu können.

Über den Rand der Form wölbte sich eine strahlend blaue Haube, die ein wenig an einen Atompilz erinnerte. Vorsichtig balancierte Albian das Törtchen zur Arbeitsplatte, stellte es ab und machte einen raschen Schritt zurück.

Die blaue Pilzkappe blieb, wie und wo sie war.

»Und?«, wagte Corrie zu fragen. »Ist es etwas geworden?«

Albian musterte die Form kritisch und schürzte die Lippen. »Wenn du mich so fragst«, er machte eine Pause und begann unvermittelt, breit zu grinsen, »dann haben wir hier ein perfektes marderisches Festtagstörtchen. Es fehlt nur noch die geschlagene Creme und etwas schwarzes Salz als Dekoration, aber dazu muss es erst noch etwas abkühlen. Dann aber sollte es in der Lage sein, euer viertes Schloss zu öffnen.«

Draußen heulte der Wind auf und rüttelte an der Pavillontür, als wolle er gegen die Worte des Alchimisten protestieren. Altes, aufgewirbeltes Laub schabte über die Scheiben.

Whitberry sah beunruhigt von seinem Buch auf. Seine langen Ohren zuckten. »Ist Jasper schon wieder hier?«

Emma sah hinaus zum See. »Schatz?«

Albian hatte bereits die Tür geöffnet und wollte die Bulldogge gerade rufen, als sie hechelnd an ihm vorbeiraste und sich unter der Bank auf den Teppich legte, ohne die Gäste eines Blickes zu würdigen.

Albian nickte zufrieden. »Dann wäre das ja auch erledigt.« Er zog sich einen freien Stuhl heran und schenkte heiße Schokolade nach. Dann begannen er und Yazeem, Anekdoten von der Kundschaft in Woodmoore zu erzählen, die die beiden Freundinnen ein ums andere Mal herzhaft auflachen ließen: Vom Kaffeekranz der Blumenfeen oder der Tortenschlacht der Faune, dem kleptomanischen Wicht, der immer nur eine bestimmte Postkarte mitgehen ließ, dem Tatzelwurm, der Winterquartier auf dem Dachboden der jetzigen *Taberna Libraria* bezogen hatte, und von Yazeems ersten Versuchen als Kellner bei Albian, als der Buchladen geschlossen gewesen war. Jedes Mal wünschten sich die Freundinnen, selbst dabei gewesen zu sein und alles hautnah miterlebt zu haben, sogar Silvana.

Schließlich war der Teig ausreichend abgekühlt, so dass Albian das Törtchen aus der Form lösen, es kunstvoll mit der Creme verzieren, mit Salz bestreuen und dann in eine gut verschließbare Plastikbox setzen konnte, die er Silvana reichte. »Bitte sehr. Damit hättet ihr also alle Schlüssel. Werdet ihr die Schlösser noch heute Abend öffnen?«

Der Werwolf schüttelte energisch den Kopf. »Auf gar keinen Fall. Wir werden Vorsichtsmaßnahmen treffen, bevor wir es wagen. Ich werde Mortimer und Alexander bitten, sich bei uns einzufinden. Morgen Abend, wenn das Tagesgeschäft vorüber ist, wäre meiner Meinung nach ein geeigneter Zeitpunkt.«

Corrie nickte ergeben. »Wenn du das sagst.«

Yazeem sah sie ruhig an. »Vertraut mir einfach. Der Keller ist zwar durch einen Zauber geschützt, aber ich möchte nichts dem Zufall überlassen.«

Silvana brummte zustimmend. »Das Buch war jetzt so lange dort unten, da wird es auch noch einen Tag länger warten können.« Sie sah zu der Box in ihrer Hand. »Oder passiert mit dem Törtchen bis dahin etwas?«

»Sofern du es nicht fallen lässt, nicht.« Albian zuckte die Achseln. »Bis morgen sollte es sich im Kühlschrank gut halten.« Er bemerkte, dass Emma ihm einen auffordernden Blick zuwarf, und neigte zustimmend den Kopf. »Wartet bitte noch einen Moment.« Er verschwand kurz aus der Küche und kehrte mit einem kleinen violetten Lederbeutel zurück. »Das hier ist für euch.« Er öffnete die Kordeln und zog zwei dünne Silberketten hervor. An jeder hing eine fingerhutgroße Schachfigur – ein schwarzer Springer an der einen und ein weißer Turm an der anderen. »Nach unserem Gespräch war es Emmas Wunsch, dass ihr unseren Beistand erhaltet – und etwas, auf das ihr in bedrohlichen Situationen zurückgreifen könnt. Also habe ich diese beiden hier mit einem Zauber belegt.«

»Und was bewirken die?«, fragte Corrie und betrachtete aufmerksam die Pferdefigur, die Albian ihr reichte. Sie war sehr fein geschnitzt, und wenn das Licht in einem be-

471

stimmten Winkel auf das Auge des Tieres fiel, schien sich darin ein schwacher roter Schein erkennen zu lassen.

»Der Springer ruft einen Pferdedämon aus der Unterwelt herbei – so schwarz wie eine mondlose Nacht und schneller als jedes andere Lebewesen. Mühelos überspringt er selbst höchste Stadtmauern, und die Hitze seiner Hufe lässt auch den tiefsten Fluss in seinem Weg verdampfen.«

Corrie strich unsicher über den Hals der Figur. Sie musste an die Nebel-Aare denken. »Ist denn ein Dämon nicht sehr gefährlich?«

»Dieser nicht. Er ist überaus gutmütig und hilft gerne. Allerdings kann man ihn und den Turm nur alle achtundvierzig Stunden beschwören. Das solltet ihr stets im Blick behalten.«

»Und was hat der Turm für eine Fähigkeit?«, wollte Silvana wissen, die glaubte, die Oberfläche der Figur bläulich schimmern zu sehen.

»Er erschafft eine Mauer aus Eis, stark und weit wie ein Gebirge, die kein Feind zu überwinden vermag. Weder kann sie durchdrungen noch umrundet oder erklettert werden, und ihre Zinnen wehren auch den hartnäckigsten Angriff aus der Luft ab. Zudem bewegt sie sich mit dir, bis du sie nicht mehr benötigst.«

»Das sind mächtige Geschenke«, sagte Yazeem anerkennend.

Albian lächelte. »Immerhin waren die alten Schachfiguren so noch zu etwas zu gebrauchen.« Er sah die beiden Freundinnen an und wurde wieder ernst. »Ich habe einen großen Teil meiner magischen Kräfte für diese Amulette aufgewendet. Tragt sie so oft bei euch, wie es geht. Man weiß nie, wann ihr sie braucht. Und ich möchte den Zauber nicht umsonst gewirkt haben, so wie jene vor fünf Jahren, als wir den Feuerwölfen gegenüberstanden.«

Mit dem Törtchen, den restlichen Eis-Croissants und den Zauberketten rumpelten Corrie, Silvana und der Werwolf eine Viertelstunde später zurück in Richtung Straße. Um sie herum war es mittlerweile stockfinster geworden, und der Regen prasselte wild auf die Windschutzscheibe.

Im Rückspiegel konnten sie Albian und Emma eng umschlungen im beleuchteten Hausflur stehen und zum Abschied winken sehen. Whitberry und Jasper hatten sie schlafend in der Küche zurückgelassen, den Hasen über seinem Buch ausgestreckt, die Bulldogge noch immer unter der Bank.

Auch wenn sie annahm, dass die beiden es nicht mehr sehen konnten, winkte Corrie zurück. »Könnten wir nicht auch etwas für die zwei tun?«, überlegte sie laut. »Einen der drei Aare hierherschicken, zum Beispiel?«

Silvana blickte sich noch einmal um, doch die Regenbänder auf den beiden kleinen Heckfenstern ließen sie nichts mehr erkennen. »Ein Vater mit acht Fingern ist immerhin besser als überhaupt kein Vater.«

Yazeem hatte bereits sein Mobiltelefon gezückt. »Ich gebe Talisienn Bescheid. Er wird sich kümmern.«

KAPITEL 20

Das Zweite Buch von Angwil

Corrie sah zum wiederholten Male auf die Uhr über der Küchentür und seufzte tief. Die Zeit wollte einfach nicht vergehen, so wie immer, wenn man etwas entgegenfieberte.

Yazeem und Silvana bemühten sich um zwei Kunden, während Talisienn bei einer Tasse Tee den *Märchen aus Tausendundeiner Nacht* lauschte. Donn hatte sich zu einem Klienten aufgemacht, dem er die Entwürfe für einen Online-Shop präsentieren musste. Er wollte aber versuchen, bis zum Ladenschluss wieder zurück zu sein. Vor einer Stunde waren außerdem Alexander Trindall und Mortimer eingetroffen. Der Magier saß an einem der Tische und las, die Dogge hatte sich darunter ausgestreckt und schien zu dösen. Doch unter ihren halbgeschlossenen Lidern sah Corrie die gelben Augen aufmerksam umherwandern. Phil und Scrib hatten sich ins Spiegelzimmer zurückgezogen, um das Erste Buch zu bewachen, falls etwas schiefgehen sollte.

Nur noch eine weitere Stunde, dann schloss die *Taberna* für diesen Tag und sie konnten in den Keller hinabsteigen und das Buch heraufholen. Wenn sie alle Rätsel korrekt gelöst hatten. Wenn es wirklich eine schwarze Perle, einen Werwolf, einen Algenzupfer und ein marderisches Festtagstörtchen brauchte, um die Schlösser zu öffnen. Es würde sich zeigen.

Corrie hing mit einem Bein hinter den Regalen, als Donnald den Laden betrat und seinen Kaschmirmantel aufknöpfte. »Wo ist mein Bruder?«

»Hört sich ein Märchen an«, ächzte Corrie und versuchte, das Gleichgewicht nicht zu verlieren. »Unter der Treppe. Möchtest du auch einen Tee?«

»Nicht nötig.« Er schob sich an ihr vorbei.

Mortimer hob den Kopf und schnaufte. »Kein bisschen verändert.«

Donnald hielt inne und musterte die Dogge finster. »Das kann ich zurückgeben.«

Mortimer hob die Lefzen zu einer Art Lächeln. »Bei manch einem ist das auch durchaus positiv, Donn.« Und Alexander, der sich zu Donnald umgedreht hatte, nickte bekräftigend.

Der Vampir verdrehte die Augen.

Doch bevor der Disput fortgesetzt werden konnte, räusperte sich Silvana an der Theke.

»Es ist kurz vor sechs Uhr«, erklärte sie und sah sich um. »Sind wir vollzählig?«

Yazeem ließ seinen Blick in die Runde schweifen und nickte. »Sieht so aus.«

Silvana zückte den Schlüssel. »Dann kann ich also abschließen?«

Corrie spürte, wie sich prickelnde Aufregung in ihrem Magen breitzumachen begann, und nickte heftig. »Lasst uns anfangen!« Sie zog ihren Schlüssel hervor und wollte ihn gerade ins Schloss stecken, als die Tür von außen aufgestoßen wurde.

Corrie sprang gerade rechtzeitig zurück. Erstaunt sah sie auf. »Du?«

Albian Blackwood schenkte ihr ein entschuldigendes

Lächeln und sah mit erhobenen Brauen in die Runde. »Ihr hattet doch nicht ernsthaft vor, ohne mich anzufangen, oder?«

Yazeem schmunzelte. »Um ehrlich zu sein, hatten wir nicht mit dir gerechnet, nachdem du …«

Der Alchimist winkte ab. »Das habe ich wegen Emma gesagt. Aber nachdem mich meine Frau gerade eben mit einem Besen vor die Tür gekehrt hat, damit ich euch unterstütze, statt weiter an den neuesten Pralinen zu arbeiten …« Er zuckte die Achseln. »Also, hier bin ich.«

»Es ist schön, dich hier zu wissen«, nickte Talisienn. »Sind jetzt alle da?«

»Ich erwarte keine weitere Verstärkung«, antwortete Yazeem.

Corrie drehte den Schlüssel, und knackend schnappte der Riegel ins Schloss. »Dann können wir jetzt loslegen.« Sie holte tief Luft. »Ich hole die Perle.«

Silvana nickte. »Wie besprochen. Du die Perle, Yazeem unseren kleinen Fisch und ich das Törtchen.«

»Hattet ihr nicht etwas von vier Schlössern erwähnt?«, fragte Mortimer, der sich unter dem Tisch hervorschob und genüsslich reckte. Der Kristall an seinem Halsband leuchtete nur dumpf. Vermutlich hatte sich auch Micky zur Ruhe begeben, als die Dogge sich hingelegt hatte.

»Auf dem vierten Schloss ist ein Werwolf abgebildet«, erklärte Silvana und zwinkerte Yazeem zu. »Der kann selbst laufen.«

Einige Minuten später hatte Silvana das Törtchen in seinem Plastikbehälter aus dem Kühlschrank geholt, Corrie war nach oben in ihr Zimmer gelaufen und mit der Perle in ihrem Beutel zurückgekehrt, und Yazeem trug das gefüllte Aquarium aus dem Badezimmer nach unten.

Der neue Algenzupfer dümpelte zwischen ein paar Wurzeln, mit denen Corrie sein Reich dekoriert hatte, und störte sich an den neugierigen Blicken nicht im Geringsten. Träge ließ er sich bis fast auf den Kiesboden hinabsinken.

Der Werwolf sah in die Runde. »Möchte noch jemand etwas sagen, bevor wir hinabsteigen?«

»Nur, dass ich euch sehr gerne begleiten würde«, begann Talisienn und legte Donn, der bereits Luft geholt hatte, tastend die Hand auf den Arm. »Da ich euch aber vermutlich mehr im Weg stehen als nützen würde, habe ich einen anderen Gedanken gehabt. Eine Bitte, gewissermaßen.«

»Ich lasse nicht zu, dass du dich in irgendeiner Form wieder in Gefahr begibst«, schnarrte Donnald und verschränkte die Arme vor der Brust.

Talisienn lächelte mild. »Oh, das werde ich auch nicht, keine Sorge.« Er hob den Blick zu Silvana. »Mit deiner Erlaubnis würde ich gerne einen Zauber auf dich legen, der es mir ermöglichen würde, durch deine Augen zu sehen.«

Silvana zögerte. Auf der einen Seite war sie erfreut, dass er ausgerechnet sie um diesen Gefallen bat, auf der anderen Seite fürchtete sie, unwissentlich zu viel von sich preiszugeben.

Talisienn schüttelte den Kopf. »Ich kann mir vorstellen, was du denkst. Aber du brauchst keine Angst zu haben, ich könne deine Gedanken oder Gefühle erfahren. Für so etwas ist der Zauber nicht ausgelegt. Ich kann nicht einmal etwas dabei hören, weil die Magie sich ganz auf das Sehen beschränkt. Du würdest keine Veränderung bemerken.

478

Aber wenn dir die Vorstellung unangenehm ist, dann werde ich dich auch nicht dazu drängen.«

Corrie kratzte sich nachdenklich am Kopf. »Warum hast du diesen Zauber nicht schon eher angewendet? Als wir in Port Dogalaan waren, zum Beispiel?«

»Weil dieser Zauber sehr anstrengend ist«, erklärte der Vampir. »Er bindet meine Fähigkeiten völlig. Während er gewirkt ist, kann ich zwar alles um mich herum wahrnehmen, aber nicht handeln, ohne das Band zu lösen. Da ich mich momentan aber hier augenscheinlich nicht in Gefahr befinde«, er hob kurz den Blick in Richtung seines Bruders, »würde ich ihn gerne nutzen.«

»Und was ist, wenn du deine Kräfte doch zur Verteidigung brauchen solltest?«, fragte Corrie unsicher. »Sind sie dann durch den Zauber nicht zu sehr geschwächt?«

»Du kannst vollkommen beruhigt sein«, erwiderte Talisienn sanft. »Es kostet zwar Kraft, das Band nicht zerreißen zu lassen, aber wenn ich es wirklich löse, dann regeneriert sich meine Kraft binnen kürzester Zeit.«

»In Ordnung.« Silvana nickte. »Dann lass es uns versuchen. Was soll ich tun?«

Der Vampir presste die Fingerspitzen gegeneinander und senkte das Kinn. »Gar nichts. Ich muss mich nur kurz auf die rechten Worte konzentrieren.« Er senkte die Lider und murmelte etwas Unverständliches vor sich hin.

Silvana wartete darauf, dass sie irgendetwas spürte, auch wenn sie nicht wusste, was. Ein Kribbeln vielleicht? Ein Schauer? Doch nichts dergleichen geschah. Plötzlich öffnete Talisienn seine Augen – und Silvana sah in die ihren: die gleiche Farbe, die gleichen Schattierungen. Nichts deutete mehr auf Talisienns Blindheit hin. Der milchige Schlei-

479

er war vollkommen verschwunden. Überrascht blinzelte Silvana, und der Vampir tat es ihr gleich.

»Das ist der Hammer«, kommentierte Corrie, woraufhin der Hexer lächelte. »Nun werde ich jeden eurer Schritte verfolgen können. Und Donn, du könntest ruhig ein freundlicheres Gesicht machen. Alter Sauertopf.«

Corrie kicherte. »Sollen wir dann anfangen?«

»Wir werden mit Albian und den McCaers oben bleiben«, sagte Mortimer, und Trindall nickte zustimmend. »Falls jemand versuchen sollte, die Bannfelder von außen zu durchbrechen.«

Der Alchimist ließ sich im Sessel neben Talisienn nieder. »Falls ihr Hilfe benötigen solltet, hat unser Vampir ja jetzt zwei Augen auf euch.« Er zwinkerte fröhlich, was Donnald mit einem mürrischen Blick quittierte.

»Gut.« Corrie fasste den kleinen Samtbeutel fester und blies sich eine Strähne aus der Stirn. »Dann sind wir bereit zum Aufbruch. Bis später. Dann feiern wir hoffentlich das Zweite Buch von Angwil!« Sie wandte sich der Wand zu, atmete noch einmal sichtbar tief durch und trat hindurch. Yazeem nickte den anderen noch einmal zu, dann folgte er ihr. Silvana zögerte noch einen Moment. Mit dem Festtagstörtchen in den Händen holte auch sie einmal tief Luft und versuchte, nicht daran zu denken, was geschehen mochte, wenn sie nicht die richtigen Lösungen parat hatten. *Nur Mut,* redete sie sich gut zu. *Nach allem, was du überstanden hast, wirst du ja wohl jetzt nicht kneifen.* Von irgendwo drang die Stimme der Mutter in ihr Bewusstsein, die ihr einzureden versuchte, dass all dies nicht real sein konnte, dass sie, wie befürchtet, den Verstand verloren hätte und nichts weiter als ein dummes Kind sei, das an Märchen und Hirngespinste glaubte. Dann drehte sie sich zu den Männern um, die hinter ihr warteten und von denen sie bis vor ein paar Wochen noch nichts gewusst hatte – Donn und Talisienn, die beiden Vampirbrüder, Albian, der Alchimist mit den drei Fingern, der Magier Alex und schließlich die riesige Dogge Mortimer, in deren Kristallkugel das Licht von Micky, der Whisp, aufgeregt flackerte. Mortimer neigte den Kopf und sah ihr direkt in die Augen. »Nun geh schon, Silvana. Du hast alles richtig gemacht.«

»Es gibt keinen Grund, zu zweifeln«, fügte Talisienn sanft hinzu. »Du wirst schon sehen.«

»Danke.« Silvana packte den Plastikhenkel fester und nickte. »Bis später.« Dann machte sie einen beherzten Schritt nach vorne und durchschritt die Wand.

Corrie stürmte ihr entgegen. »Ich dachte schon, du hättest dich anders entschieden! Was hast du denn draußen noch gemacht?«

Silvana krauste die Nase. »Ich war mir nicht mehr ganz sicher, ob das hier alles real ist ...«

»Ach du liebe Güte!«, unterbrach sie Corrie und gab ihr einen leichten Stoß in die Seite. »Dann müsste ich ja auch nicht echt sein. Zugegeben, ich bin meistens nicht ganz echt, jedenfalls, wenn man meiner Mutter glaubt, aber ich habe alles gesehen, was du auch gesehen hast. Wir haben all das hier *zusammen* erlebt. Und wenn das bedeutet, dass wir beide verrückt sind, dann bin ich gerne mit dir verrückt.« Sie hakte sich bei ihrer Freundin ein. »Und jetzt lass uns gehen. Yazeem wartet eine Etage weiter unten mit unserem Aquarium.«

»Und auch wenn ich ein Werwolf bin, hat das Ding gefüllt doch ein ganz ordentliches Gewicht, das ich gerne loswerden würde!«, drang seine Stimme aus der Tiefe zu ihnen.

Corrie zog ihre Freundin mit sich. »Na komm, lassen wir ihn nicht warten. Ich bin schon furchtbar gespannt, ob sich die Tür öffnen wird.«

»Und was machen wir, wenn sie es nicht tut?«

Corrie machte eine wegwerfende Handbewegung. »Dann versuchen wir, herauszufinden, wo wir einen Fehler gemacht haben könnten.«

»Wenn wir es dann noch können.«

»Ich liebe deinen gnadenlosen Optimismus. Wenn es so kommt, dann kommt es so, und wir können nichts daran ändern. Aber wenn wir es nicht wenigstens versuchen, erfahren wir nie, ob wir nicht vielleicht doch richtiggelegen haben. Also: Versuchen wir es?«

Silvana dachte an all das, was sie in den letzten Tagen erlebt hatten, und an die Magier, die oben warteten. Wofür hatten sie diese Mühen auf sich genommen, wenn nicht für diesen Moment? Entschlossen nickte sie. »Wir haben es bis hierher geschafft, jetzt gehen wir auch weiter.«

Corrie lächelte erleichtert. »Es wird funktionieren. Ganz sicher. Du darfst nicht vergessen, dass ich eine Reperisciria bin – ich glaube nicht, dass ich Dinge anziehen würde, die mir in irgendeiner Form schaden. Das wäre ja kontraproduktiv, oder?« Sie legte Silvana die Hand auf die Schulter. »Wir kommen, Yazeem!«

Zu dritt stiegen sie die restlichen Treppen bis zum Tor hinab. Im Schein der magischen Feuer musterten sie das massive Holz, die schweren Riegel und die Schlösser, die darauf warteten, geöffnet zu werden.

Yazeem nickte schließlich langsam. »Wollen wir es versuchen?«

Corrie trat einen Schritt vor. »In Ordnung. Ich fange an.« Vorsichtig zog sie die glänzende schwarze Perle aus dem Beutel, legte sie sanft in die Vertiefung und trat zurück. Gebannt warteten sie. Doch nichts geschah.

»Und jetzt?«, fragte Silvana stirnrunzelnd.

»Lasst ihm noch einen Moment.« Yazeem verschränkte die Arme vor der Brust. »Möglicherweise muss die Magie erst ihren Weg finden.«

»Du meinst, wie bei einem Stromkabel? Na schön.«

Silvana beugte sich vor. Plötzlich öffnete sich der Bügel des Schlosses mit einem leisen Klicken. Zufrieden löste Yazeem die Arme. »Geht doch.«

Corrie klatschte aufgeregt in die Hände. »Dann war die Perle auf jeden Fall richtig.« Sie sah den Werwolf mit großen Augen an. »Verwandelst du dich jetzt?«

Yazeem lachte auf. »Nun, ich denke nicht, dass das vonnöten sein wird. Schließlich ist auf dem Schloss beides abgebildet – Mensch und Wolf. Versuchen wir es zuerst so. Meine Gestalt kann ich dann immer noch wechseln.« Er trat vor und berührte mit den Fingern das Schloss.

Diesmal mussten sie nicht so lang auf eine Reaktion warten. Die Linien der Gravuren begannen, in einem satten Grün zu leuchten, zuerst nur schwach, dann immer heller, bis aus dem Grün beinahe ein Gelb geworden war. Abrupt erlosch das Licht, und auch dieses Schloss schnappte auf.

»Zwei von vieren.« Silvana starrte hinunter auf den Algenzupfer. »Aber ob wir mit den restlichen beiden Lösungen wirklich richtigliegen?«

483

Corrie krauste die Nase. »Warum denn nicht?« Sie bückte sich, um etwas Aquariumwasser in den Behälter an der Tür zu schöpfen.

Silvana seufzte. »Ich hoffe einfach, dass wir mit einer falschen Antwort keinen Zauber in Gang setzen, der irgendetwas Unangenehmes mit uns anstellen könnte. Uns in Schweine verwandeln etwa, wie Kirke es mit Odysseus' Mannschaft getan hat.«

Yazeem ging neben dem Becken in die Hocke und versuchte, den Algenzupfer zu packen. »Odysseus hätte das Inselreich eben nicht ohne kundigen Führer durchsegeln sollen. In früheren Zeiten wusste man nie, was einen auf der nächsten Insel erwartet. Das hat sich zum Glück bei den meisten Eilanden geändert.«

Silvana warf Corrie einen entgeisterten Blick zu, doch ihre Freundin zuckte nur mit den Schultern.

Yazeem hob den kleinen Fisch aus dem Wasser und setzte ihn vorsichtig in die enge Röhre an der Tür. Irritiert starrte der Algenzupfer zuerst auf den Grund, dann zur Oberfläche und stieß schließlich eine frustrierte Stichflamme aus, die bis zum obersten Holm der Tür reichte.

Erschrocken machten Silvana und Corrie einen Schritt zurück.

Doch auch der Fisch schien die richtige Antwort auf den Satz aus dem Rätsel gewesen zu sein, denn der dritte Bügel öffnete sich ebenfalls. Leider geriet der Behälter dadurch ein wenig in Schieflage, und der Algenzupfer schwärzte empört die Steinwand neben der Tür mit einer Brandfontäne.

»Gut, dass wir hier weit weg von den Papierstapeln sind«, kommentierte Silvana.

Corrie hörte ihr jedoch gar nicht zu. Gespannt zwirbelte sie eine ihrer schwarzen Strähnen um den Zeigefinger. »Jetzt ist es nur noch ein Schloss!« Sie drehte sich zu ihrer Freundin um und strahlte sie erwartungsvoll an. »Nur noch das Törtchen – dann wissen wir, ob sich wirklich das Buch hinter dieser Tür befindet!«

Sie nahm den Behälter, hob den Deckel herunter und plazierte das strahlend blaue Törtchen mitten auf der Metallplatte. Das Klicken, mit dem sich das Schloss entriegelte, war diesmal jedoch nicht das Einzige, was passierte. In einem goldenen Wirbel erschien das ätherische Buch und öffnete sich. Die Stimme des Magiers füllte den Raum. »Oh, was würde ich dafür geben, wenn ich jetzt bei euch wäre, um in dieses köstliche Naschwerk beißen zu können! Aber mich gibt es nicht mehr, und ihr habt bewiesen, dass ihr würdig seid, zu erblicken, was ich einst hinter diesem Tor zurückgelassen habe. Es möge euer sein.«

Dann verblasste das Buch wieder.

»Klingt immer noch ziemlich kryptisch.« Silvana nagte an ihrer Unterlippe.

Corrie stieß sie tadelnd an. »Kommt ganz auf die Sichtweise an – und darauf, was du erwartest. Ich für meinen Teil platze gleich vor Neugierde, wenn wir jetzt nicht endlich die Tür aufmachen!«

Yazeem trat vor und hakte kurzerhand die Schlösser los, reichte sie an die beiden Freundinnen weiter und schob dann die Riegel zurück. Seine Finger legten sich behutsam um den geschmiedeten Ring. Doch er zog nicht daran. Abschätzend sah er über die Schulter zu den beiden Freundinnen.

Beunruhigt erwiderte Corrie den Blick. »Glaubst du doch, dass es gefährlich ist?«

Darauf grinste der Werwolf. »Ich musste nur gerade an

die Schweine denken.« Und mit einem Ruck öffnete er die Tür.

Silvana, die bereits fluchtbereit gewesen war, entspannte sich wieder. »Unglaublich.«

Corrie hüpfte freudig auf der Stelle. »Ich habe es dir ja gesagt!«

Hinter der Tür befand sich ein grob in den Fels getriebener Alkoven, in dem ein schlichtes Steinpodest stand.

Auf diesem Podest lag ein dünnes Buch. Sein Einband war aus hellem, beinahe weißem Leder, die Seiten silbrig schimmernd, und eine dicke silberne Kordel hielt es geschlossen.

»Endlich«, flüsterte Yazeem und streckte vorsichtig die Hände aus.

Er nahm das Buch unter den erwartungsvollen Blicken von Corrie und Silvana von seinem Platz und blies den Staub herunter. Der Staub verharrte kurz in der Luft und wirbelte dann empor zur Höhlendecke. Ungläubig folgten sie der Bewegung mit den Augen. Dort, wo der Staub hing, verdichtete sich die Luft und begann eine seltsame Hitze auszustrahlen. Leises Knistern erfüllte die Stille.

»Was ist los, Yazeem?«, fragte Corrie atemlos. »Warum schwebt der Staub?«

»Magie. Jemand manipuliert die Ordnung.« Der Werwolf wich langsam zurück und zog sein Falchion. »Wir sind nicht alleine.«

KAPITEL 21

Die Feuerprobe

Plötzlich explodierte der Staub-Cluster vor ihnen, und aus seiner Mitte löste sich eine Druckwelle, die durch das Gewölbe rauschte wie ein kleiner Komet. Ein seltsam süßlicher Geruch breitete sich aus.

Corrie fühlte sich undeutlich an etwas erinnert. Brennendes Sandelholz? Vanille? *Räucherstäbchen ...*

Langsam senkte sie den Arm, den sie bei der Eruption schützend vor ihr Gesicht gehalten hatte. Ihr Atem stockte.

Vor ihnen schwebte eine Gestalt. Zuerst war sie nur undeutlich zu erkennen, nicht mehr als ein bläuliches Flirren, doch dann wurden ihre Konturen schärfer und humanoider. Ein pechfarbener Zopf schaukelte an einem sonst kahlen Hinterkopf, und spitze Ohren standen wie Hörner zu beiden Seiten des Schädels ab. Über einer Boxernase starrten ihnen tote, tiefschwarze Augenschlitze entgegen. Getragen wurde dieser Kopf von einem muskulösen Rumpf, der sich in weißem, waberndem Rauch auflöste. Erschaudern ließ die drei jedoch etwas anderes: Der Kreatur fehlte die Haut. Rohe, blaue Muskeln pulsierten vor ihren Augen, als das Wesen sich reckte.

Gefangen in einer Mischung aus Panik und Abscheu, vernahm Silvana Yazeems Stimme nur dumpf. »Ein Dschinn!«

Corrie wich angsterfüllt hinter ihn zurück. »Erfüllen die nicht eigentlich Wünsche?«

»Das hängt vom Meister ab …«

Eine gebieterische Stimme unterbrach ihn. »Gebt mir das Buch!« Die Worte dröhnten in ihren Köpfen und schickten ihnen eine Gänsehaut über den gesamten Körper. »Vielleicht bin ich dann gnädig und lasse euch eure kleinen Leben.«

Der Dschinn bewegte die wulstigen Lippen beim Sprechen nicht, und seine Stimme erzeugte keinen Nachhall. Sie war *nur* in ihren Köpfen!

Yazeem wirbelte herum und drückte Corrie das Buch in die Arme. »Lauft nach oben! Schnell! Und traut euren Augen nicht!«

Vom Adrenalin getrieben, fragte Corrie nicht weiter nach, sondern griff Silvana am Arm und rannte los. Ihre Freundin, die noch immer die groteske Gestalt anstarrte, stolperte, fiel hart auf die Knie und rappelte sich mühsam wieder auf. Ihr Blick fiel auf den Dschinn, der seinen Mund so weit aufriss, dass sein Unterkiefer bis hinab zu seiner Hüfte reichte und sie in ein großes schwarzes Loch mit unendlich vielen scharfen Zähnen starrte. Kein Gaumen. Keine Zunge. Nur ein hässliches, verschlingendes Loch. In einem Alptraum wäre jetzt der Moment des Aufwachens gekommen.

Corrie zerrte an Silvana wie ein Hund an einem alten Spielzeug. »Komm, wir müssen zu den anderen!«, flehte sie. Silvana kam zurück auf die Füße und eilte an Corries Seite auf die Treppe zu. »Nicht umdrehen, Corrie. Nur nach vorne sehen!« Sie mussten es schaffen, nach oben in den Laden zu gelangen.

Hinter sich hörten sie, wie Metall auf Stein schlug. Ein Kreischen in ihren Köpfen ließ sie schmerzerfüllt zusammenzucken, aber nicht langsamer werden. Die Treppe war ganz nah.

Ohne Vorwarnung begannen die Wände um sie herum zu brennen. Blaues Feuer leckte vom Boden bis zur Decke empor. Mit einem ohrenbetäubenden Grollen riss der Boden vor ihnen auf, und weiß glühendes Magma spritzte wie Blut aus einer gerissenen Arterie.

Sie hörten Yazeem fluchen, und entgegen besseres Wissen wandten sie den Blick zurück. Der Dschinn war nur noch wenige Meter von ihnen entfernt, der Werwolf direkt hinter ihm. Mit einem gewaltigen Satz stürzte er sich auf die Kreatur und hieb sein Schwert in deren zerfasernden Rumpf.

Ein infernalisches Brüllen füllte für Sekundenbruchteile ihre Sinne.

»Traut euren Augen nicht!«, rief Yazeem noch einmal, bevor sich der Dschinn von der Klinge losriss und den Werwolf an die Wand schleuderte. Doch davon ließ sich Yazeem nicht beeindrucken. Mit einem Schrei stürzte er sofort wieder vor.

Corrie starrte mit kalkweißem Gesicht auf das Inferno vor ihnen. »Was soll das heißen – traut euren Augen nicht!«, fragte sie mit lauter Stimme.

Silvana starrte ebenfalls in die Flammen. Angst schnürte ihr die Kehle zu und machte ihr das Atmen beinahe unmöglich. Wie sollten sie entkommen? Und wo waren die anderen? Warum kamen sie ihnen nicht zu Hilfe? Talisienn musste es doch schon gesehen haben. Da spürte sie plötzlich einen kühlen Luftzug an der Wange, wie schon Wochen zuvor an der Tür zur Schreibstube.

Die Flammen blieben davon jedoch unbeeindruckt.

»Silvie!« Corrie klammerte sich hilfesuchend an sie. »Was tun wir?«

Silvana war überzeugt, dass sie sich den Luftzug nicht eingebildet hatte. Wenn die Flammen nicht darauf reagiert hatten, dann bedeutete das …

Vorsichtig streckte sie die Hand aus. Keine Hitze. Ihre Finger griffen nach der Hand ihrer Freundin. »Corrie!« Sie sah ihr fest in die panisch geweiteten Augen. »Hör mir zu! Vertraust du mir?«

Eine feine Falte bildete sich auf Corries Stirn, die Angst verblasste kurz. »Natürlich!«

»Dann schließ die Lider!«

Irritiert blinzelte ihre Freundin, doch dann tat sie, wie geheißen.

Silvana atmete tief durch. Zweimal, dreimal. Dann fasste sie Corries Hand fester und rannte los – mitten in die Flammen hinein. Nichts geschah. Alles nur eine Illusion.

Corrie, die erschrocken aufgeschrien hatte, als Silvana mit ihr losgestürmt war, öffnete die Augen und sah ihre Freundin verblüfft an. »Was …«

»Es braucht mehr als eine Fata Morgana, um uns aufzuhalten«, stellte Silvana grimmig fest, und neue Entschlossenheit lag in ihrer Stimme.

Corrie nickte stumm und drückte das Buch fester an sich. »Also los! Weiter!«

Silvana hatte bereits die ersten Stufen genommen, als Yazeems Schrei durch den Gang hallte. Corrie, die erschrocken zusammengezuckt war, verharrte am Treppenabsatz und blickte zurück.

»Corrie!« Silvana sprang die Steinstufen wieder hinab und versuchte, ihre Freundin mit sich zu ziehen. Hinter ihnen

490

rappelte sich Yazeem mühsam auf und stürzte sich mit einem Aufschrei abermals auf den Dschinn. Er schaffte es, dem Wesen sein Falchion in den Leib zu rammen, doch das Brüllen des Dschinns ging in ein Lachen über, mit dem er sich die Waffe aus dem Körper zog. Der Blutfluss aus der Wunde, die der Stahl geschlagen hatte, versiegte augenblicklich.

Silvana zerrte an Corries Oberarm. »Nun komm weiter! Wir können ihm nicht helfen!« Der Dämon schwebte mit dem Schwert in der Hand auf den Werwolf zu, der langsam zurückwich. »Corrie!«

Sie schüttelte den Kopf und gab endlich dem Zerren ihrer Freundin nach. Gemeinsam hasteten sie die Stufen zur nächsten Etage empor. Kaum hatte Silvana mit ihrem Fuß den oberen Absatz berührt, zog sie ihn mit einem Schreckenslaut zurück. Corrie sah an ihr vorbei und keuchte entsetzt auf, als der Boden zurückstarrte.

Schwarze, seelenlose Augen wie die des Dschinns quollen aus den Steinplatten, und lippenlose Mäuler fletschten ihre nadelspitzen Granitzähne.

»Sind das auch Illusionen?«, flüsterte Corrie heiser und sah hilfesuchend zu Silvana.

Ihre Freundin schluckte krampfhaft. »Sehen wir gleich.« Es kostete sie immense Überwindung und ihr Herz klopfte so wild wie niemals zuvor, doch sie schob vorsichtig die Spitze ihres Schuhs in Richtung des ersten Mauls, das augenblicklich gierig danach schnappte. Silvana war versucht zurückzuzucken, doch sie ließ ihren Fuß, wo er war. Lautlos schlugen die Zähne aufeinander.

»Wieder eine Täuschung«, stellte sie aufatmend fest und nahm entschlossen Corries Hand.

»Alle?«

»Ganz sicher. Der Dschinn versucht nur, uns etwas vorzugaukeln. Komm.«

Gemeinsam traten sie in den Korridor und über die Steinfratzen hinweg, die sich wütend reckten, als versuchten sie, die Fliesen zu verlassen. Doch alle ihre Bisse gingen ins Leere.

Plötzlich schrie Corrie panisch auf und riss sich los.

Unvermittelt war neben ihr ein Arm aus der Wand geschossen und hatte nach ihr gegriffen. Silvana wirbelte herum und sah gerade noch, wie das Buch von Angwil, mit dem Corrie nach dem Arm geschlagen hatte, durch diesen hindurchging.

Eine weitere Illusion. Ganz im Gegensatz zu …

»Corrie, lauf!«

Hinter ihnen schwebte der Dschinn die Stufen empor, das Gesicht zu einem bösartigen Grinsen verzogen. »Glaubt ihr wirklich, ihr könntet mir entkommen? Jetzt nehme ich mir, weshalb man mich geschickt hat!«

Beim Klang der Stimme in ihrem Kopf hatte Corrie sich umgedreht und erstarrte beim Anblick des nahenden Dämons. *Wo war Yazeem?* Sie warf sich herum und versuchte, zu Silvana aufzuschließen, die bereits bei den Stufen angelangt war.

»Lauf!«

Corrie stolperte und landete unsanft auf den staubigen Steinfliesen. Sie stöhnte laut auf, teils aus Schmerz, teils aus Entsetzen, als das Buch ihrem Griff entglitt und davonschlitterte.

Das Lachen des Dschinns ließ ihren Schädel beinahe bersten. »Sehr gut! Oh, bleib ruhig liegen. Ich hebe es für dich auf.«

Er schwebte näher und streckte seinen Arm aus, um das Buch an sich zu nehmen. Corrie starrte ihm aus großen Augen entgegen. Die Furcht, die ihr Herz hämmern ließ, ebbte etwas ab und machte anderen Gedanken Platz: *Das also war es? Bis hierher waren sie gekommen, nur um sich das Buch dann doch abnehmen zu lassen?*

Schnaufend rollte sie sich herum und packte das Buch.

Über ihr jaulte der Dämon auf vor Wut. »Du kleine Närrin! Glaubst du, dass mich das aufhalten wird?«

Corrie kauerte mit geschlossenen Augen in der Ecke an der Säule und presste das Buch an ihre Brust. Sie wartete auf die Krallen oder Zähne des Dschinns, doch stattdessen hörte sie eine bekannte Stimme: »Verschwinde von hier, Dämon!«

Das konnte doch nicht …

Das war Mortimer!

Als Corrie die Augen öffnete, sah sie die riesige Dogge vor sich stehen. Und direkt daneben Alexander Trindall.

Das glühende Gesicht des Dschinns verzog sich zu einem verächtlichen Grinsen. »Dazu sehe ich keinerlei Grund.«

Alexander ließ kurz das Handgelenk zucken. Eine weiß-blaue Kugel erschien über seiner Handfläche, die ebenso hell aufgleißte wie seine Augen.

Der Dschinn lachte ätzend. »Ich zittere ja schon!«

In Mortimers Kehle rollte ein tiefes Knurren. »Du tätest gut daran.«

Das Wesen fletschte die Zähne. »Wagt es nicht, euch zwischen einen Dschinn und seine Beute zu stellen!«

Mortimer sah kurz zu Corrie. »Los, verschwinde! Oben warten Talisienn, Donn und Albian. Wir machen das hier schon.«

Corrie schüttelte den Kopf. »Silvana …«

»Ich bin hier, du Heldenmaus!« Ihre Freundin packte sie am Arm und zerrte sie hoch. »Los! Und diesmal drehst du dich nicht um!«

Seite an Seite rannten sie so schnell sie konnten die Stufen hinauf, während sich hinter innen das Brüllen des Dschinns mit dem Fauchen der Zauber, die ihm Alexander und sein Hund entgegenschleuderten, mischte. Kein einziges Mal wandten sie den Kopf, bis sie endlich durch die Wand brachen und in den Laden stolperten.

Sofort wurden sie von kräftigen Armen gepackt und hinter die Regalreihen gezogen. Silvana keuchte auf, und Corrie stieß einen spitzen Schrei aus.

»Alles in Ordnung, ich tue euch doch nichts! Setzt euch.«

Der Griff lockerte sich, und die beiden Freundinnen ließen sich gehorsam auf den Boden sinken. Nach Luft ringend sahen sie zu Albian empor, der sich die Ärmel hochschob. »Egal, was gleich passiert – ihr bleibt hier in Deckung!« Seine Stimme duldete keinen Widerspruch.

»Keine Sorge.« Silvana unterdrückte ein Husten und atmete tief durch.

Corrie drückte noch immer das Buch fest an sich und hatte die Augen geschlossen. Sie schüttelte den Kopf. »Albian, können Alex und Mortimer einen Dschinn besiegen?«

Der Alchimist runzelte die Stirn. »Das werden wir gleich sehen.«

Gemeinsam spähten die drei aus der Deckung des Regals zur Wand, an der Talisienn und sein Bruder Aufstellung bezogen hatten. Der Hexer hielt seine Kette fest um

494

beide Fäuste gewickelt, und zwischen Donns Fingern blitzte es bläulich auf. Erstarrt fixierten die Vampire den magischen Durchlass in Erwartung des Dschinns – oder der beiden Magier.

Keiner sagte etwas. Sekunden verstrichen. Dann Minuten.

Corries Herzschlag hatte sich wieder etwas beruhigt. Gerade wollte sie Albian fragen, ob der Dschinn vielleicht besiegt sein konnte, als sich ein Schwall schwarzer Spinnen durch die Wand ergoss, die sich wie Wasser aus einem geborstenen Damm über den Fußboden ausbreiteten und an den Beinen der Vampire emporkrabbelten. Mit einem infernalischen Brüllen folgte ihnen der Dschinn.

Als er sich den beiden Vampiren gegenübersah, zögerte er einen kurzen Moment. Dann stürzte er sich auf Donnald.

Dieser wich ihm in einer raschen, fließenden Bewegung aus, rollte sich über die Schulter ab, kam zurück auf die Füße und griff den Dschinn von der Seite an. Das blaue Glühen zwischen seinen Fingern entpuppte sich als eine lange Nadel, die er dem überraschten Dschinn in den Körper stieß.

Das Aufkreischen der Kreatur ließ ihre Gedanken erzittern.

Als der Vampir zurücksprang, sahen sie, dass sich die Wunden des Dschinns nicht wieder schlossen. In Donns Fingern tauchten zwei weitere glühende Nadeln auf, doch der Ruf seines Bruders hielt ihn davon ab, erneut auf die Kreatur loszugehen. Talisienn hatte die Intonierung seines Zaubers beendet und schlug die Kette wie eine Peitsche in Richtung des Dschinns. Mit einem Hechtsprung kam

Donn aus der direkten Schusslinie der Magie, die den Dämon völlig unvorbereitet traf. Seine Oberfläche begann zu blubbern und zu dampfen, und sein Brüllen wurde zu einem schmerzerfüllten Heulen, mit dem er sich die Klauen gegen die Schläfen presste.

Die Spinnen, die über Donn hergefallen waren, als er zu Boden gegangen war, begannen, die Farbe zu wechseln und wild im Kreis zu laufen.

Silvana starrte ungläubig auf eine fette neonpinke Spinne, die wie eine Kaugummiblase immer runder und größer wurde, bis sie schließlich zerplatzte und spurlos verschwand. Die anderen Spinnen teilten ihr Schicksal.

Kurz darauf erschienen Mortimer und Alexander wieder vor der Wand, der Magier auf den Rücken seines Hundes gestützt. Mortimers Nackenhaare stellten sich beim Anblick des sich windenden Dschinns zu einem dichten Kamm auf. Knurrend schob er sich mit seinem Herrn an ihm vorbei, ohne ihn einen Moment aus den Augen zu lassen.

»Alex!« Albian stürzte vor und wollte den Magier stützen, doch Trindall hob abwehrend die Hand, stieß sich von seiner Dogge ab und lehnte sich schwer atmend an das Regal, hinter dem Corrie und Silvana sorgenvoll hervorsahen.

»Er behauptet, dass ihm nichts fehlt«, sagte Mortimer und knurrte den Dschinn unheilvoll an.

Albian musterte den Magier kritisch. »Bist du wirklich in Ordnung?«, vergewisserte er sich.

Erneut nickte Alexander. Er bewegte langsam die Finger seiner Rechten, und das blaue Glühen kehrte in seine Augen zurück.

Corrie stieß ihn an. »Habt ihr Yazeem gesehen?«

Trindall sah stumm zu ihr hinunter und schüttelte den Kopf.

Corrie spürte, wie sich ihr Magen schmerzhaft zusammenzog.

Silvana drückte ihre Schulter. »Er kommt gleich. Ganz sicher.«

Der Dschinn war im magischen Griff von Talisienn um die Hälfte geschrumpft. In einem letzten, verzweifelten Versuch, sich zu wehren, stieß er ein Kreischen aus, das nicht länger nur in ihren Schädeln schmerzte, sondern auch in ihren Ohren. Die schwarzen Kugeln an Talisienns Kette zerplatzten und ließen den Zauber in sich zusammenfallen wie ein Kartenhaus. Der Dschinn war wieder frei!

In einer Wolke aus heißem Dampf wollte er sich auf den Hexer stürzen, doch Donn reagierte schneller. Während Talisienn benommen zurücktaumelte und von Mortimer aufgefangen wurde, nahm sein Bruder Anlauf, federte mit einem mächtigen Satz vom Boden ab und hieb die Nadeln in den Hals des Ungetüms, so tief er es vermochte. Brüllend vor Schmerz ließ die Kreatur von Talisienn ab und versuchte stattdessen, Donnald von seinem Rücken zu zerren. Während der Vampir versuchte, sich krampfhaft festzuhalten und die Nadeln tiefer zu treiben, taumelte Yazeem durch die Mauer und verfehlte die beiden nur um Haaresbreite. Stolpernd und blutverschmiert, die Hand auf den rechten Arm gepresst, schaffte er es, ein paar Schritte in Richtung der Kinderecke zu machen, bevor er zusammenbrach. »Yazeem!« Albian stürzte vor, um seinem Freund zu helfen.

Dem Dämon gelang es, Donn von seinem Rücken und gegen das Sofa zu schleudern. Die Wucht des Aufpralls raubte dem Vampir beinahe die Besinnung. Der Dschinn ergriff die Gelegenheit. Ohne auf die Nadeln in seinem Körper zu achten, schoss er auf das Regal zu, fegte Albian und Alexander zur Seite und griff nach dem Buch. Doch Corrie ließ nicht los.

Der Dschinn zerrte sie mit dem Buch in die Höhe. »Du wirst es nicht bekommen!«, fuhr sie ihn an.

Das Monster bleckte seine scharfen Zähne. »Du wirst langsam ermüdend!«

Silvana hatte sich unterdessen aus ihrer Starre gelöst und umfasste Corries Taille. »Corrie, sei nicht dumm! Gib es ihm!« Keuchend versuchte sie, ihre Freundin wieder zu Boden zu ziehen. Der Dschinn holte mit seiner Klaue aus, um das störende Anhängsel vom Buch zu trennen. Corrie schrie, doch sie konnte das Buch einfach nicht loslassen. Sie hatten es bis hierher geschafft …

Plötzlich schoss ein weißer Blitz über ihren Kopf hinweg und traf den erhobenen Arm des Dschinns. Alexander grinste triumphierend, als darauf das Heulen des Dschinns durch den Laden brandete. Doch den Griff lockerte das Wesen nicht. Corrie hingegen verließen die Kräfte. Mit einem frustrierten Seufzen ließ sie los.

Sofort stob der Dschinn mit seiner Beute in Richtung des Kellers davon, doch Mortimer warf sich ihm in den Weg.

»Micky!«, brüllte die Dogge und riss den Kopf hoch. »Jetzt! Pack ihn dir!«

Das goldene Glühen im Inneren des Kristalls schwoll an, bis es zu einem gleißenden Licht wurde, das Mortimers Gestalt völlig einhüllte. Ein Kugelblitz stob aus dem Anhänger hervor und schoss entlang der Regale auf den

Dschinn zu, riss dabei die Bücher von den Brettern und schleuderte sie dem Wesen entgegen.

Aufheulend versuchte der Dschinn, die Geschosse abzuwehren. Er konnte seine Substanz nicht verändern, um sie durch seinen Körper hindurchgleiten zu lassen – denn das hätte bedeutet, dass er auch das Buch von Angwil nicht weiter hätte festhalten können. Immer mehr Bücher prasselten auf ihn ein und ließen ihn wanken. Schützend riss er den Arm über seinen Kopf und wich in Richtung Tür zurück.

Aber so einfach ließ ihn Micky nicht entkommen. Jaulend wie ein Orkan brauste die Whisp heran und hüllte den Dschinn mit ihrem glitzernden Lichtkörper ein.

Dieser allerdings verfügte noch über genügend Kraft, sich zu befreien. Funken stoben, als er eine Hand emporschnellen ließ und Mickys Hülle zerriss wie nasses Papier. Seine Klaue packte das schimmernde Energiewesen und schleuderte es davon.

Hastig ließ er seinen Blick umherrucken, um sich zu orientieren. Doch kein Gegner war mehr in Reichweite. Als er Silvana in die Augen sah, die mit Corrie am Boden lag und zurückstarrte, begann er höhnisch zu grinsen. »Ihr habt verloren«, schnarrte seine Stimme in ihrem Kopf.

Und bevor Micky oder einer der anderen erneut angreifen konnte, stürzte er durch die Eingangstür hinaus ins Freie.

Damit hatte er einen fatalen Fehler begangen. Denn jetzt befand er sich in Reichweite der Nebel-Aare.

Im Licht der Laterne sahen sie, wie sich ein breites Nebelband vom Himmel senkte und dem Dschinn den Weg versperrte. Als er sich herumwarf, um in die andere Richtung zu fliehen, schloss sich das Nebelband auch auf dieser Seite. Aus dem Dunst lösten sich zwei Aare, die sich auf ihn stürzten und mit ihren riesigen Schnäbeln wild auf ihn einhackten. Aus den Wunden, die sie rissen, schossen helle Lichtblitze hervor, die den Nebel um sie herum unheimlich leuchten ließen.

Corrie schluckte, als einer der Aare dem Dschinn den linken Arm herausriss, während der andere seine Schnäbel um den muskulösen Hals des Dämons schloss und zudrückte.

Verzweifelt versuchte der Dschinn, sich aus den Griffen zu befreien. Doch es war zu spät. Seine Kräfte waren erschöpft.

Ein mächtiger Ruck des Aars trennte den Kopf des Dschinns von seinem Rumpf. Wie eine überreife Frucht fiel der blaue Schädel aufs Pflaster des Gehwegs, gefolgt von Angwils Buch und dem Rest seines Körpers. Seine Überreste zerplatzten binnen weniger Sekunden und lösten sich auf. Zurück blieb einzig das Buch, auf dem sich zwei weiße Tauben niederließen und angriffslustig gurrten.

»Ist es vorbei?«, fragte Corrie ungläubig und sah sich um. Überall im Laden waren Bücher verteilt, die Micky aus den Regalen und von den Tischen gerissen hatte, Talisienn hing erschöpft in seinem Sessel, und Yazeem, dessen Verletzungen sich nur langsam schlossen, lag neben Albian auf der Couch.

Der Alchimist nickte langsam. »Es sieht ganz danach aus.«

»Und wir haben das Buch?«

Mortimer schüttelte den Kopf. »Noch nicht ganz.« Behutsam schob er sich durch das Loch in der Tür und nahm das Buch, von dem die Tauben hochgeschreckt waren, ins Maul. Mit einem zufriedenen Grinsen legte er es vor Corries Füßen ab. »Jetzt haben wir das Buch.«

»Wir hatten wahrlich mehr Glück als Verstand«, warf Donn ein. »Ein Dschinn.« Er schnaubte. »Als Nächstes schickt uns Lamassar einen Drachen. Und wenn der auch wieder so einfach hier reinspazieren kann …«

»Hattet ihr nicht gesagt, dass den Keller ein Bannzauber schützt?«, unterbrach ihn Albian.

Alexander sah ärgerlich auf, während Mortimer den massigen Kopf neigte. »Das haben wir alles geprüft. Oder glaubst du allen Ernstes, wir würden *wissentlich* einen Teil dieses Ladens ungeschützt lassen?«

»Die Aare sind ausschließlich für den Bereich außerhalb des Bannfeldes zuständig«, fügte Talisienn hinzu.

»Aber die Frage stellt sich nichtsdestotrotz«, hielt Donnald dagegen. »Wie konnte ein Dschinn bis vor das Tor gelangen, ohne dass ihn Bannzauber oder Aare gestoppt haben?«

Eine Weile herrschte nachdenkliches Schweigen, bis Yazeem stirnrunzelnd den Kopf hob.

»Hast du eine Idee?«, fragte Silvana.

Der Werwolf nickte langsam. »Nicht nur das. Ich *weiß*, wo er hergekommen ist.«

Corrie straffte sich. »Woher?«

Auch die übrigen Anwesenden sahen ihn erwartungsvoll an.

»Das Wasserbecken.«

»Das Wasserbecken?«, wiederholte Corrie ungläubig.

»Aber das befindet sich doch im Gang und somit ebenfalls *innerhalb* des Bannzaubers«, wandte Silvana ein.

501

Yazeem rieb sich verdrossen die Nasenwurzel. »Und genau dabei ist uns der Fehler unterlaufen. Das Becken selbst ja. Aber nicht die *Quelle*.«

»Das haben wir in der Tat nicht bedacht.« Mortimer ließ sich zu Boden sinken und legte die Lefzen auf seine Pfoten. »Wie konnte uns das passieren?«

Alexander presste die Lippen zusammen und starrte zu Boden.

»Verstehe ich nicht ganz«, gestand Corrie. »Soll das heißen, er ist *durch* das Wasser an den Schutzzaubern vorbeigekommen?«

»Durch das Grundwasser«, präzisierte Talisienn. »Blau gefärbte Dschinns können Wasser und Luft beherrschen. Vermutlich ist er weit außerhalb des Schutzbereiches der Aare eins mit dem Fluss geworden, der Woodmoores Grundwasser und damit den Trinkbrunnen im Keller speist. So hat er die Barriere passiert und sich dann in der Nähe des Tores verborgen.«

»Was auch heißt«, sagte Yazeem langsam, »dass Lamassar Kenntnis vom Brunnen erlangt haben muss. Sonst hätte sein Dschinn nicht diesen Weg gewählt.«

»Wem habt ihr davon erzählt?«, wandte sich Talisienn an die beiden Freundinnen.

Corrie zuckte unbehaglich die Schultern. »Keine Ahnung. Vermutlich einigen, als wir in der *Magischen Schriftrolle* waren. Cryas bestimmt. Möglicherweise auch Veron.«

»Mir«, warf Albian ein. »Als ihr gestern Abend bei uns gewesen seid.«

»Uns habt ihr auch davon erzählt«, fügte Talisienn hinzu.

Donnald senkte die Brauen. »Irgendjemand muss es an Lamassar weitergegeben haben. Nur wer?«

»Genau das«, murmelte Yazeem und sah hinaus in die Nacht zu den beiden Tauben auf der Laterne, die wachsam die Köpfe reckten, »gilt es nun herauszufinden. Sowohl den Verbleib des Dritten Buches als auch …« Er sprach nicht weiter.

Silvana nickte. »Wer uns verraten hat.«

Epilog

Sanft strich der warme Wind über den Balkon des *Blackwood Lakeview* und wiegte sich in den Wipfeln der nahen Bäume. Die Sonne sank langsam tiefer. Corrie, Silvana und Yazeem saßen an einem der runden Tische und genossen entspannt das Ende ihres Arbeitstages. Zwei Monate waren seit dem Angriff des Dschinns vergangen, und mittlerweile war fast wieder so etwas wie Normalität eingekehrt.

»Ich hätte nicht gedacht, dass es einmal einen Ort geben würde, an dem ich mich so wohl fühle«, stellte Corrie fest und sah zum Teich, auf dem sich gerade ein Schwarm Enten niederließ. Ihr Schnattern war selbst von weit weg noch deutlich zu hören und mischte sich mit dem Gurren der weißen Taube im Kirschbaum unter ihnen. »Ich bereue es kein bisschen, hierhergekommen zu sein.«

»Alles andere hätte mich auch gewundert«, bemerkte Silvana und hob ein weiteres Törtchen von der Servierplatte in der Tischmitte auf ihren Teller. Albian hatte ihnen eine kleine Auswahl dessen zusammengestellt, das sie seiner Meinung nach unbedingt einmal probiert haben mussten. Dann hatte er sich zurück in die Küche begeben, um nach Emma zu sehen – obwohl der Geburtstermin nur noch ein paar Wochen entfernt war, bestand sie darauf, ihrem Mann weiterhin zur Hand zu gehen.

Corrie sah ihre Freundin mit erhobenen Brauen an. »Geht es dir nicht genauso?«

»Keine Sorge«, lächelte Silvana. »Ich beginne langsam, Gefallen an dieser Gegend zu finden.« Sie stach ihren Löffel in die fliederfarbene Creme auf ihrem Teller. Eine kleine blaue Leuchtspur erhob sich aus dem Gebäck und zerplatzte vor ihrer Brust in einen glitzernden Regen. »Na, das nenne ich mal einen Silvesterknaller.«

Corrie bedachte sie mit einem neckischen Grinsen. »Bloß an der Gegend?« Es war es kein Geheimnis, dass Silvana in den vergangenen Wochen einen großen Teil ihrer freien Zeit bei Talisienn verbracht hatte. Zuerst nur, um mit ihm Tee zu trinken und dem *Sprechenden Buch* zuzuhören, das erstaunlich schnell geliefert worden war. Mittlerweile gingen sie regelmäßig spazieren, was Donnald hinnahm, seine distanzierte Art allerdings beibehielt.

Silvana antwortete mit einer Grimasse, und Corrie lachte auf. »Ja, es war definitiv die richtige Entscheidung, hierherzukommen.«

»Schicksal«, warf Yazeem ein, der an diesem Abend die meiste Zeit geschwiegen hatte.

»Ja, vielleicht auch das«, nickte Corrie.

»Reperisciria«, erinnerte sie der Werwolf an ihre Fähigkeit.

Lächelnd schenkte sich Corrie etwas Wasser nach. »Das erklärt auch nicht alles.«

»Aber vielleicht dein neues Hobby«, erwiderte Silvana. »Wie sonst kommt man von einem auf den anderen Tag dazu, ausgerechnet Speckstein zu bearbeiten?«

Corrie schüttelte den Kopf. »So ungewöhnlich ist das nun auch wieder nicht. Da gibt es weitaus seltsamere Dinge.«

Silvana nickte ergeben. Seit der Eröffnung des Buchladens hatte sie ihre Definition von »ungewöhnlich« und »seltsam« häufiger überdenken müssen als je zuvor. Mit

506

einem unterdrückten Gähnen lehnte sie sich zurück und blickte hinauf zum Himmel, an dem sich die ersten Sterne zu zeigen begannen. »Glaubt ihr eigentlich, dass wir noch länger Ruhe vor Lamassar haben werden?«, fragte sie unvermittelt. »Seit sein Dschinn besiegt wurde, hat er nichts mehr unternommen.«

»Vermutlich wartet er unsere nächsten Schritte ab«, antwortete Yazeem. »Vorher etwas zu unternehmen, würde ihm nicht viel bringen, und das weiß er.«

Corrie seufzte. »Ich wünschte, wir wären mit dem Zweiten Buch von Angwil schon irgendwie weitergekommen. Wenn wir zumindest einen Ansatzpunkt hätten, was es mit den Geschichten auf sich hat und wo sich darin die Rätsel verbergen. Dann könnten wir das Dritte holen, dann hoffentlich schnell das Vierte und das Fünfte …«

»Was niemand in den letzten Jahrhunderten geschafft hat«, unterbrach sie Silvana mit leichtem Spott in der Stimme.

»Das heißt nicht, dass wir es nicht trotzdem schaffen können!«

Yazeem blickte auf seine Uhr. »Ein ausgeschlafener Verstand ist beim Lösen solcher Rätsel sicherlich hilfreich.«

»Du willst los?«

Der Werwolf streckte sich. »Alexander wartet zwar nicht auf mich, aber ich möchte ungern mitten in der Nacht durch das Haus poltern. Das letzte Mal, als ich das gemacht habe … Nun ja, hätte auch anders ausgehen können.«

»Und du wohnst wirklich bei ihm, seit du hierhergekommen bist?«, fragte Silvana.

»Alexander kennt diese Welt schon lange und hat mir in der ersten Zeit vieles zeigen und erklären müssen. Da war

507

es ganz sinnvoll, bei ihm einzuziehen. Platz genug hat er schließlich. Nur Mortimer kann manchmal etwas anstrengend sein, und dann bin ich dankbar, wenn ich andere vier Wände um mich habe.« Er zwinkerte ihnen zu und erhob sich. »Meine Damen, ich wünsche eine gute Nacht mit angenehmen Träumen. Wir sehen uns morgen wieder.«

Eine gute halbe Stunde später lenkte Corrie ihren Wagen in die Einfahrt.

»Hast du das Licht angelassen?«, fragte Silvana stirnrunzelnd.

»Ich kann mich nicht einmal erinnern, es eingeschaltet zu haben«, erwiderte Corrie und sah zu den erleuchteten Fenstern im ersten Stock empor. »Vielleicht die Ratten?«

Silvana schien wenig überzeugt. Mit langsamen, vorsichtigen Bewegungen stieg sie aus und sah sich suchend um. »Siehst du irgendwo die Aare?«

»Nummer drei ist nach wie vor bei Albian, nehme ich an. Unsere beiden sitzen oben auf dem Garagendach.« Corrie zog den Schlüsselbund hervor. »Und auf mich wirkten sie eigentlich wie immer.« Sie öffnete die Seitentür und stieß sie behutsam nach innen auf. Dahinter blieb alles ruhig.

Ein paar Sekunden verharrten die beiden Freundinnen regungslos auf der Rampe, dann schüttelte Corrie den Kopf. »Lassen wir uns jetzt schon von einer eingeschalteten Lampe ins Bockshorn jagen?« Forsch machte sie einen Schritt über die Schwelle. »Kommst du, Silvie?«

Zögernd folgte Silvana ihrer Freundin in den Verkaufsraum, doch als Corrie die Hand nach dem Lichtschalter ausstreckte, hielt sie ihre Freundin zurück. »Und wenn wir doch ungebetenen Besuch haben?«

»Dann weiß er schon, dass wir wieder zurück sind, seit wir den Wagen abgestellt haben. Außerdem würde ungebetener Besuch bestimmt nicht einfach so das Licht anschalten und sich damit verraten.«

»Vielleicht ist er nicht der Klügste«, gab Silvana trotzig zurück.

Corrie drückte auf den Schalter. Mit einem leisen Knacken erwachte die Deckenbeleuchtung zum Leben. Weiter geschah nichts.

»Siehst du, es ist alles in Ordnung.« Corrie wandte sich der Treppe zu, die zu ihren Zimmern führte. Als sie den Fuß auf die erste Stufe gesetzt hatte, kam Phil aufgeregt das Geländer heruntergerannt. »Da seid ihr ja endlich!«, schnappte er atemlos.

Corrie sah ihn irritiert an. »Was ist denn los? Wo ist Scrib?«

»Oben! Kommt!« Hastig huschte er den Handlauf wieder empor und schaute zu ihnen zurück. Sein Schwanz zuckte nervös.

Mit einem mulmigen Gefühl folgten die beiden Freundinnen der Leseratte direkt zu Corries Zimmer.

Dort erwarteten sie das Buch von Bergolin, das sich halb unter das Sofa verkrochen hatte, und Scrib, der auf der Lehne hockte. Stumm wies er zum Fenster, an dem ein Mann mit großen, etwas nachlässig gefalteten Flügeln lehnte.

»Veron!«, entfuhr es Silvana. »Ist etwas passiert?«

Der Halbelf nickte und wandte ihnen sein Gesicht zu.

Erschrocken sahen Corrie und Silvana, dass eine hässliche Risswunde seine Wange zierte.

»Wer hat dir das angetan?«

»Feuerwölfe«, zischte Veron.

»In der *Magischen Schriftrolle?*«, fragte Corrie entsetzt. Der Halbelf nickte.

»Aber warum unternimmt Leigh nichts dagegen?«

Veron holte tief Luft. »Vor ein paar Tagen ist König Leigh zu seiner alljährlichen Jagd aufgebrochen. Anstatt wie sonst seiner Frau die Geschäfte zu übertragen, hat er sie dieses Mal an Lamassar übergeben.«

»Wie kommt er denn auf so etwas? Ausgerechnet einem schizophrenen, machthungrigen Magier das Amt zu übertragen ...«

»Davon dürfte Leigh nichts ahnen«, warf Silvana ein.

»Oder Lamassar hat ihn verhext.«

Der Halbelf nickte, ohne den Blick zu heben. »Jedenfalls hat Lamassar keine Zeit verloren – unter dem Vorwand, eine Verschwörung gegen Leigh aufzudecken, hat er verfügt, jede Buchhandlung des Inselreiches zu besetzen, die Bücher zu konfiszieren und die Buchhändler zu vernehmen.«

»Und mit der *Magischen Schriftrolle* hat er angefangen?« Corrie starrte ihn fassungslos an.

»Er hat Vulco und seine Wölfe geschickt, zwei Silberhufe und jede Menge Flederspinnen, die sofort ihre Netze gesponnen haben. Sie haben Cryas verhaftet und jeden, der Widerstand geleistet hat.«

Die beiden Frauen wechselten bestürzte Blicke. »Sie haben Cryas mitgenommen?«

»Und Vincent«, erwiderte Veron bitter. »Mittlerweile vermutlich auch Marica. Und wer weiß, wen noch.«

Silvana biss sich auf die Unterlippe. »Aber es war doch so ruhig in den letzten Wochen!«

»Das war eine trügerische Ruhe«, antwortete der Halbelf finster. »Wir hätten es besser wissen sollen. Nun hat Vulco die Kontrolle über den Buchladen.«

»Das sind furchtbare Neuigkeiten«, stöhnte Scrib.

»Wenn Vulco alles kontrolliert, kann er dann nicht auch durch das Portal *hierher*kommen?«, fragte Silvana unruhig und warf einen Blick zur Tür, als erwartete sie, dass jeden Moment der erste Feuerwolf hindurchstürzte.

Veron schüttelte den Kopf. »Das kann er nicht. Marica hat Vincents Tür hinter mir versiegelt. Allerdings sind wir nun auch von Amaranthina abgeschnitten – und vom Inselreich. Wir können nicht mehr hinüber.«

Silvana ließ sich aufs Sofa fallen und stützte den Kopf in die Hände. »Aber wieso das alles jetzt auf einmal? Aus welchem Grund?«

»Das kann ich euch sagen«, erwiderte Veron ernst. »Vulco hat keinen großen Hehl daraus gemacht.«

Corrie, Silvana und die Ratten sahen ihn fragend an.

»Lamassar weiß, wo sich das Dritte Buch von Angwil befindet. Und er ist bereits auf dem Weg dorthin.«

Danksagung

Wir möchten uns an dieser Stelle ganz herzlich bei allen bedanken, die uns unterstützt haben:

Malte Dageroth, Björn Christ, Jutta Pulter, Jasmin Alloush, Jonas Ischen, Yvonne Gorissen, Verena Greene-Christ und Claudia Strunk, Carolyn von Storytellers Inc. sowie bei allen unseren Testlesern!